La península de las casas vacías

David Uclés (Úbeda, 1990), licenciado y con un máster en Traducción e Interpretación, es, además, escritor, músico y dibujante. Ha publicado las novelas *La península de las casas vacías* (Siruela, 2024), *Emilio y Octubre* (2020) y *El llanto del león* (Premio Complutense de Literatura 2019). *La península de las casas vacías*, narrada en clave de realismo mágico, es el fruto de quince años de trabajo y de un exhaustivo viaje de documentación y memoria por la geografía española. Para su creación, ha recibido las becas Leonardo y Montserrat Roig.

DAVID UCLÉS

La península de las casas vacías

DEBOLSILLO

Penguin
Random House
Grupo Editorial

Primera edición: junio de 2026

Fundación
BBVA

Proyecto realizado con la Beca Leonardo a Investigadores y Creadores Culturales 2022 de la Fundación BBVA
La Fundación no se responsabiliza de las opiniones, comentarios y contenidos incluidos en el proyecto, los cuales son total y absoluta responsabilidad de sus autores

Impreso en Colombia / *Printed in Colombia*

ISBN: 979-8-89098-780-8

Algunos datos y fechas históricas han sido modificados ocasionalmente para que encajen las piezas de este rompecabezas; también se ha jugado con el devenir de los personajes, por muy reales que parezcan. Lo narrado se encuentra entre la realidad y lo imaginado.

Índice

Tercera parte / Ascua / 1937

Cuarta parte / Ceniza / 1938/1939

Todos los miembros de mi familia sin excepción provienen del mismo pueblo, Quesada, llamado Jándula en esta novela. Vivieron la Guerra Civil y a ellos dedico el libro

A mi tatarabuelo Jorge, que traía el correo y el pescado al pueblo en serones
A mi tatarabuelo José, que, inválido, enseñó a hacer pan a mi abuela desde la cama
A mi tatarabuela María Lucas, quien alejaba a sus nietos para no contagiarles la vejez
A mi tatarabuelo Felipe, que al llegar de la guerra se metió en la cama y no salió más
A mi tatarabuelo Eufrasio, que se enganchó en una polea y nos dejó el mote de «Perchas»
A mi tatarabuela Rita, que no pagó el bautizo de su nieta por no heredar su nombre

A mi bisabuelo Luis, que tuvo que emigrar por no entregar un rifle a la milicia
A mi bisabuelo Papa Lolo, que no se quitaba su bufanda morada ni en verano
A mi bisabuela Julia, que colgó la guitarra eternamente tras la muerte de una hija
A mi bisabuelo José, que vivió bajo el mismo techo que el pintor Rafael Zabaleta
A mi bisabuela Purilla, cuya hija nació con un estómago como un dedal y murió al año
A mi bisabuela Pura, de quien heredé el asma, las arritmias y las auras migrañosas

A mi tía abuela Juana, a quien el día de la boda de su hermana se le ahogó el hijo
A mi tío abuelo Antonio, que apuntaba a la tele cuando salía Franco y gritaba «¡pum!»
A mi tío abuelo Fernando, que se quedó mudo de pequeño por una meningitis
A mi tío abuelo Jorge y su hermana Tíscar,
a quienes el peso de la tierra les abrió las puertas del cielo
A mi tío abuelo Manuel, que se cortó con un biberón
y al llorar se le salieron las tripas
A mi tía abuela Trine, que se cayó en un canal de agua
y perdió el hijo que esperaba

A mi abuela Josefa, por las lámparas de frutos secos
y la ternura que nos dio en vida
A mi abuelo Francisco, que luchó en la campiña cordobesa
y volvió asqueado
A mi abuela Che, que sigue llamándome «lucero»,
por contarme cómo se vivía antes
A mi abuelo Luis, por dejarme mezclar sus cenizas con este papel calco de Odisto

Y, aunque nacieron después de la guerra:
a Pedro y a Ángeles, mis padres, por haberme inventado,
y a Mariángeles, mi hermana, por cuidarme tanto

«En España somos grandes cuando somos cien; más, nos entrematamos».

MAX AUB

«Triste país [...] en donde en la mirada de un hombre que pasa vemos la mirada de un enemigo».

PÍO BAROJA

«Tal vez España no se arregle hasta que muramos todos los españoles. Podía ser una solución un poco drástica, pero efectiva».

JESÚS TORBADO

«Hagamos de España un país fascista y vayámonos a vivir al extranjero».

AGUSTÍN DE FOXÁ

«Nadie ha cuidado de enseñar a los pueblos que la muerte y la guerra son mucho más fáciles que la paz y la vida».

CLARA CAMPOAMOR

«Es un error pensar que la memoria tiene que ver solo con el pasado. Tiene que ver con el presente y con el futuro; si no sabemos de dónde venimos no podremos saber quiénes no queremos ser».

ALMUDENA GRANDES

«Vivir no es tan importante como recordar».

MARÍA TERESA LEÓN

«La cultura es la opción más revolucionaria a largo plazo».

MONTSERRAT ROIG

«Una novela tiene que reflejar la realidad. Pero tiene que tener una parte de fantástico, de irreal. Y ha de ser poética».

MERCÈ RODOREDA

«Las casas contraídas, [...] rotas, salpicadas de sangre: las habitaciones donde un grito quedó temblando, donde la nada estalló de repente».

VICENTE ALEIXANDRE

«La casa donde ella había vivido siempre, donde se escuchaba la voz de sus padres, estaba ocupada ahora por gentes a las que no conocía y a las que tampoco hubiera querido conocer».

MARÍA LUISA ELÍO

«Alguna vez, ha venido escondiéndose tal o cual madre o esposa fugitiva anhelando saber la suerte de los suyos. Cuando recorren estas calles y estas casas vacías y en silencio, cuando comprueban espantadas que no queda alma viviente, huyen otra vez aterradas».

MANUEL CHAVES NOGALES

Prólogo

Altiplano de Glières, Francia; marzo de 1944

En mitad del cielo, una nube deja de moverse. Se distingue bien de las demás porque flota solitaria. Carece de contorno y es de un tono más pardusco. Se ha detenido sobre el cuerpo de un miliciano andaluz que yace bocarriba en el manto de nieve que cubre el valle. Solo destacan el rosa tibio de la piel del soldado desnudo y el púrpura de sus heridas, en especial el de la cicatriz del hombro, recuerdo de una batalla que no recuerda.

El miliciano no está muerto, duerme con la boca abierta y los pies entre gladiolos. Cuando abre los ojos, la nube despierta también y retoma el movimiento, pero no en dirección nordeste, hacia donde los vientos saboyanos suelen barrer el cielo, sino hacia el suelo. El joven observa que está cada vez más cerca. Se incorpora con la intención de huir, pero no puede caminar. Aprecia despavorido que su propia sombra, proyectada sobre la nieve, no tiene piernas. Antes de echarse las manos a las pantorrillas para comprobarlo, se las lleva a los oídos. Un sonido agudo y familiar lo envuelve. Alza la vista y reinterpreta las señales. No se trata de un nublo, sino de un obús. Se lanza de nuevo al suelo y cierra los ojos. Escucha el fragor de la explosión. No lo ha alcanzado, aunque sabe que las heridas graves no duelen al instante.

Vuelve a abrir los ojos y se incorpora, feliz de sentir las piernas. Se palpa el resto del cuerpo y se calma al hallarse de una pieza. El paisaje es ahora otro: la noche ha caído y, pese a que no hay luna ni fuego y a que todo debería estar sumido en una untuosa oscuridad, la nieve deja entrever el verde de los abetos, intenso y refulgente, así como el marrón franciscano de los troncos.

Reconoce el ruido de varias pisadas sobre el terreno, ese sonido indescriptible de nieve rota, hollada. De entre los árboles más cercanos asoma una veintena de niños, en cuyas caras, tras toparse con él, se vislumbran mohínes de espanto y pequeños círculos de luz blanca que parecen proyectados desde su propio torso. Los veinte niños alzan al unísono los brazos y lo señalan temblorosos. Se aproximan al miliciano y, para cerciorarse de que es real lo que están viendo, atraviesan su cuerpo con las manos. El soldado se mira el estómago y el pecho, perforados por innumerables agujeros. No le da tiempo a palparse. Vuelve a oír otra explosión, algo más lejana, y el cielo, después de un fogonazo, se tinta de naranja, desde el cénit hasta el horizonte. Los niños, azorados, deciden correr de nuevo hacia lo profundo del pinar, sin darse cuenta de que los agujeros del cuerpo del miliciano han cicatrizado durante la breve explosión y sus curiosos brazos se han quedado dentro del torso. Al querer sacarlos para alejarse destrozan el cuerpo del hombre, que se desguaza y cae sobre la nevada tierra de la montaña.

El miliciano, que ahora solo siente la cabeza y parte del pecho, cierra por enésima vez los ojos con la esperanza de despertar de un mal sueño. Los abre y se alegra de encontrarse en otra parte del valle, con el cuerpo de una pieza y sin heridas, salvo la raja del brazo izquierdo. El color del cielo, de un turquesa vivo, lo avisa de que sigue en una de sus interminables ensoñaciones.

Recuperado, decide adentrarse en el bosque. Pisa la linde y, a traición, recibe un disparo en el cuello. La bala le destroza la yugular. El miliciano grita de dolor. Sabe que la herida es mortal. Se lleva los dedos al agujero para intentar taponarlo. Lo que toca no parece sangre, es rugoso y menos adherente. Aprecia que de la herida le sale arena fina. Por mucho que aprieta, no deja de manar. Nota que se le desinfla el cuerpo, que se le escapa la vida. Y desfallece.

El miliciano andaluz encadena una pesadilla con otra. En los últimos años, ha visto tanto dolor y tantas muertes que estas han empezado a aparecérsele mientras duerme. Ha sufrido más que ningún otro hombre: sobrevivió a una hambruna sin precedentes en Iberia, seguida de un tiempo de tormentas fortísimas; luchó en la guerra civil de su país, perdió a su padre y al resto de su familia en la contienda; sufrió la represión de la posguerra y tuvo que partir al exilio; en Francia, fue enviado al campo de concentración de Argelès-sur-Mer, donde miles de íberos murieron por falta de higiene, y, al no obtener el estatus de prisionero de guerra y ser considerado por las autoridades extranjeras como apátrida, se escondió un tiempo para no acabar en Mauthausen hasta que logró alistarse como trabajador en la Compañía 517, encargada de construir carreteras en la Alta Saboya con el carbón de los montes vecinos. Pese a todo, acabó recibiendo el telegrama de Hitler en el que lo requisaba como mano de obra. Como no le servía el salvoconducto que el organizador de los íberos exiliados, Richard Andrés, le había preparado, se echó al monte de la mano de Miguel Vera, otro íbero que había sufrido una suerte parecida a la suya, y se unió a los maquis de los Alpes, donde ahora se enfrenta nuevamente al fascismo, esta vez en la Segunda Guerra Mundial.

El joven teme que, si ve morir a más gente, el sueño se le haga perpetuo y nunca despierte. El propio afectado lo explica así: «Mientras sueño, sufro en mis propias carnes todas las muertes que he presenciado, ya fueran de compatriotas o del enemigo».

El médico del frente comprende su dolencia. «Sin solución que podamos aplicarte en el campo de batalla, es recomendable que abandones esta lucha mañana mismo y que hagas curas de reposo en un balneario suizo. O eso, o que nazcas otra vez en otro país».

Angustiado, el miliciano pide a sus compañeros que lo dejen abandonar el frente. Sus camaradas aceptan facilitarle la retirada.

—¿Y con qué excusa te mandamos a casa? No podemos decir que te agitas mientras duermes. Necesitamos que Inglaterra vea que resistimos hasta el final, dar ejemplo con nuestra resistencia. ¡Si no, Churchill nos va a enviar, en lugar de armas, sogas!

—Tampoco creo que pase nada si les hablamos sin reservas. No ha bajado un solo hombre en todo este tiempo. Aquí nadie ha enfermado. ¡Estar a menos treinta grados tiene sus ventajas!

—Doctor, ¿se le ocurre algo? ¿Cree que podría escribir un parte sobre su estado?

—¿Cómo tienes los pies? Podemos retirarte alegando que sufres pies de trinchera. Pero si están en buenas condiciones...

—¡Podría caminar descalzo en la nieve! Lo que sea necesario.

—¡Le llevaría días enfermar y debe partir mañana mismo! Aunque quizás si... ¡Compañeros! ¡Descalzadlo y enterradle los pies en la nieve hasta que amanezca! O, mejor, de la cintura para abajo. Dejadle solo la ropa interior puesta, dos mudas, que no queremos que quede sin descendencia. ¡Camarada! Te irás al amanecer, ya has sufrido bastante. Como al alba tendrás los pies engarrotados, te bajarán en una camilla dos de nuestros hombres.

—¿En una parihuela por estas vertientes?

—¡En la parihuela podrás ir atado! No te caerás. Además, conociéndote, estarás soñando y ni te enterarás.

—De acuerdo, doctor. ¡Gracias!

El miliciano les hace prometer que, si muere en el camino, cumplirán su última voluntad: que el nombre grabado en su tumba sea el de su padre, Odisto Ardolento. Dice que lo mataron en la guerra civil íbera y nadie pudo encontrar su cuerpo. Les explica que así lo honraría. Sus compañeros le dan su palabra, aunque insisten en que no morirá. Pero se equivocan.

Al día siguiente, tras más de setenta días en los Alpes resistiendo a los ataques enemigos, decenas de ellos van a perder la vida. Hitler los sorprende desprevenidos. Los nazis llegan rasurados y cubiertos de talco para camuflarse entre la albura de la nieve, que enseguida tiñen de burdeos.

Retumba en todo el macizo el sonido del bombardeo alemán, las ráfagas de las baterías y los batallones ametrallando. El plan urdido resulta exitoso: diez mil alemanes y dos mil franceses de Vichy contra quinientos maquis. Con una desigualdad de uno contra veinte, tras la artillería por la mañana y la aviación al mediodía, el ruido cesa al atardecer.

El crepitar de la batalla da paso al zumbido del fuego, roto por los mugidos de una vaca que corre ciega campo a través. Los maquis que no han sido desprovistos de alma huyen al monte: orden de dispersión. Nuestro hombre, el hijo de Odisto, el de los sueños tormentosos, ahora sí, yace muerto y sin gladiolos en los pies, llevándose a la tumba el nombre que quiso que grabaran en su lápida.

Los dos compañeros que lo habían portado en la camilla, al escuchar el comienzo de la batalla, dejaron al andaluz en el suelo, atado y durmiente, y fueron a ayudar al resto de la Resistencia. Ambos cayeron minutos más tarde.

Para cuando hallaron al miliciano, meses más tarde, solo quedaban sus huesos atados a la camilla. El andaluz había sido incapaz de desatarse, o quizás nunca se había despertado de aquel sueño eterno de llanto y muerte.

Os acabo de narrar la muerte de la última persona que podría haber dejado en herencia el apellido de Odisto, el protagonista de esta novela, cuya familia pasó de contar con una cuarentena de miembros en 1936 a desaparecer apenas tres años después. Nunca más nacería un Ardolento. Es por ello que escribí estas páginas, para honrar a todos los perdedores.

He aquí pues la historia
de la descomposición total de una familia,
de la deshumanización de un pueblo,
de la desintegración de un territorio
y de una península de casas vacías.

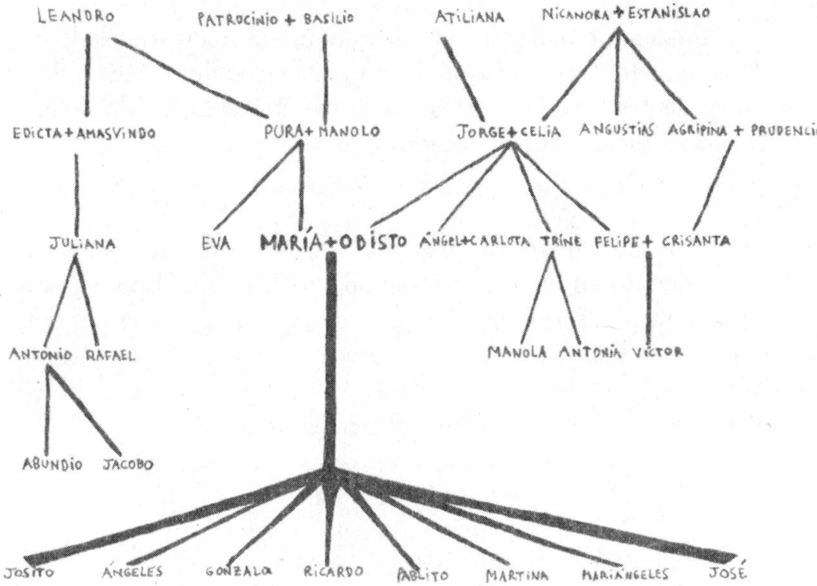
LEANDRO
PATROCINIO + BASILIO
ATILIANA
NICANORA + ESTANISLAO
EDICTA + AMASVINDO
PURA + MANOLO
JORGE + CELIA
ANGUSTIAS
AGRIPINA + PRUDENCIO
JULIANA
EVA
MARÍA + ODISTO
ÁNGEL + CARLOTA
TRINE
FELIPE + CRISANTA
ANTONIO
RAFAEL
MANOLA
ANTONIA
VÍCTOR
ABUNDIO
JACOBO
JOSITO
ÁNGELES
GONZALO
RICARDO
PABLITO
MARTINA
MARIÁNGELES
JOSÉ

IBERIA
ASTURIAS
GALIZA
PAÍS ÉUSCARO
NAVARRA
LEÓN
CASTILLA LA VIEJA
CATALUNYA
ARAGÓN
CASTILLA LA NUEVA
EXTREMADURA
VALENCIA
LUSITANIA
BALEARES
MURCIA
JÁNDULA
ANDALUCÍA
CANARIAS
AZORES
CEUTA
MADEIRA
MELILLA

PRIMERA PARTE
Simiente

1936

1
El jabalí de color rojo

Odisto iba a tener un hijo.

Con cada parto, en Jándula, un aire solano sacudía con furia los árboles. Aquella noche primaveral de 1936 el viento destemplado arrastró mucha tierra y cubrió de polvo las hojas de los chopos de las riberas. Aunque a simple vista no pudo apreciarse, los árboles, de hojas asfixiadas, se curvaron lentamente hacia el agua hasta remojar las copas. Odisto paseaba bajo aquel dosel terminando de roer el hueso de un albaricoque, tan absorto que no percibió siquiera que la vereda había perdido el resplandor nocturno del cielo. Los partos le abducían el espíritu. Entre abortos y niños nacidos sin pulso, tanto él como su mujer, María, habían presenciado más muerte que vida. Dicho así parece como si el matrimonio no hubiera podido engendrar descendencia. Nada más lejos de la realidad: el hijo que esperaban iba a ser el octavo.

Por su condición de varón, Odisto no podía acompañar a su mujer en el parto, ya que en su tierra los hombres no debían presenciar el alumbramiento o el bebé nacería descompuesto: una bocanada de arena, entrañas y huesos. Debía esperar alejado de la parturienta. Para hacer tiempo, había bajado hasta el río. Allí se entretuvo en pinchar los frutos de un árbol que emitía luz. Tomó una aguja de pino y atravesó la pielecilla de varias ciruelas tempranas, y de la fruta horadada volaron crías de luciérnagas. Aquellos insectos se alimentaban de la pulpa verdosa de las claudias, dejándolas huecas y echando a perder la recolecta. Pocos campesinos preferían la luz de las luciérnagas a la cosecha de un año. Tampoco Odisto.

Cuando no quedó ningún fruto iluminado, optó por volver al cortijo, donde el nacimiento iba a tener lugar. Para eso había que atravesar las cinco terrazas de la hermosa huerta, que albergaban cosechas diferentes.

Tras salvar un par de ribazos y desandar el camino del caz, se adentró en la cuarta terraza, reservada para la siembra de verano, donde entonces crecían altos los jaramagos, las collejas y las ortigas. Estas últimas las acariciaba a su paso y no le picaban porque aguantaba la respiración al tocarlas. No tenía una explicación científica, como tampoco la tenía que otro vecino del pueblo, Tomás, hubiera caminado por encima de las aguas del pantano del río Guadalentín con el mismo truco, reteniendo el aire en los pulmones. En Iberia, país al que pertenecía Jándula, con voluntad, paciencia y algo de fe, en ocasiones la lógica se invertía al capricho de sus habitantes. Quizás por eso no debería asombrarnos que en el bancal por el que Odisto paseaba descansaran a la intemperie los instrumentos de un cuarteto de cuerda.

Pertenecían a Ceferino, el director de la orquesta del pueblo. Un par de años atrás, el músico los había tallado en los tocones de unos álamos muertos. Y por eso mismo, al seguir unido el instrumento al árbol, pues nunca lo entallaba tanto como para que se desprendiera del tronco, la melodía se extendía hacia las raíces y, desde allí, hacía vibrar toda la tierra alrededor. En los días festivos, el pueblo se sentaba en los bancales colindantes y sentía la música retumbar en sus propias carnes: pasodobles, coplas, zarzuelas de Barbieri y *suites* de Falla y Albéniz. Dejaron de hacerlo porque tantas pisadas echaban a perder las cosechas. También Ceferino había descuidado los instrumentos: a la viola le brotaban ahora gurumelos, y a la voluta del violonchelo, una mata de perejil negro. A Odisto le habría gustado oír una canción esa noche de parto. A lo lejos ya distinguía su cortijo, cuya entrada principal lucía repleta de velas. Pronto la abrirían y sabría si hubo milagro o si el niño se quedó en abono para la tierra y había que llevarlo al pozo de San Vicente.

Siete hijos sanos, cuatro abortos y tres criaturas nacidas sin vida. Catorce historias más tarde, Odisto y María rezaban para recibir sano al octavo. Como todos en el pueblo, evitaban pronunciar el nombre del neonato antes de que abriera los ojos y lo elegían escribiéndolo en un papel. En cuanto al sexo que tendría la criatura, si a la embarazada le salían manchas en la cara y se afeaba, iba a ser niña, ya que la pequeña acaparaba para sí toda la belleza; si el vientre se abultaba más por arriba que por abajo, sería niña también, y si la mujer encinta caía al suelo de hinojos, niño; si las lúnulas se le oscurecían, niña, y si le salía una erupción en las corvas, niño. Como María no presentaba ningún signo concluyente, se prestó a que le hicieran lo de la medallita. Consistía en posarle sobre la palma de la mano una cadena, levantarla tres veces con tres golpes al aire y observar el trazado del colgante en el vacío. Si describía círculos, sería niño; si hacía la forma de una cruz, niña, y si se quedaba quieto, abortaría. Pero la cadenita que Escolapia —encargada en el pueblo de aquella tarea— hizo danzar sobre la mano de María se quebró en dos, dejando a esta descompuesta ante el oscuro vaticinio.

Odisto, por su parte, quería que se llamara Ricardo y, si era niña, Gema. Ambos casarían bien con su apellido: Arlodento, o Ardolento. Podía escribirse de ambas maneras. Los funcionarios del Registro Civil de Jándula lo debieron de anotar mal a lo largo de varias generaciones, hasta que llegaron a un punto en que no sabían cuál era el más fidedigno. Los dos servían. Ricardo Arlodento; Gema Ardolento. Otra peculiaridad sobre los nombres en Jándula era que los lugareños gustaban de llevarlos inscritos en una chapita colgada al cuello.

El repique de las campanas de la iglesia marcó la medianoche. Odisto se había sentado en un pilón sin agua que había en la tercera terraza. Acariciaba la chapa de su nombre pensando en el bautizo de su próximo hijo. Aún no habían decidido si le sumergirían la cabeza en agua bendita o si se la hundirían en tierra del desierto —el de Larva lo tenían a cuatro leguas, y el de Tabernas, a tres horas a caballo—. El agua dotaría al bebé de un espíritu fuerte y de una inteligencia mayor, mientras que la tierra lo haría enérgico y tenaz. Desazonado, Odisto decidió acercarse al camino de los tilos, que llevaba a la segunda terraza, desde donde podría escuchar el primer llanto del neonato.

El camino sombreado de los tilos era el lugar donde Odisto y María hacían el amor, pero solo en los solsticios, cuando era aconsejado. En los equinoccios nadie se atrevía a copular pues desaparecía entonces el viento frutal de la fertilidad y aquello no traía nada bueno.

En lo que a esta historia y a nuestros protagonistas atañe, ni Odisto ni María en ninguno de sus arrebatos carnales tuvieron la imprudencia de copular fuera de fecha. Pero en la temporada permitida, desde hacía casi veinte años, no había solsticio en el que no se encontraran bajo los tilos. Quizás sea más fácil imaginar la escena si describo el matrimonio. Él rondaba la cincuentena; María era diez años más joven. Eran altos en Jándula, medianos en Iberia y bajos en Europa. Odisto era delgado y con una piel dura como la de los orejones. Un hombre serio, algo esquinado, cuya mirada guardaba todo para sí. María era obesa y afable, sus rasgos no eran delicados, pero tendían a sonreír más que los de él. No le preocupaba su gordura, es más, le gustaba, ya que, desde las epidemias de tuberculosis de los dos años anteriores, estar gordo se asociaba a estar sano. Ambos tenían la nariz ancha y robusta, y pocas arrugas, aunque a Odisto los años le pesaban más que a ella: la barba se le había descolorido y había perdido la frondosidad que antaño le daba calor al rostro. Su pelo era gris como la joroba de una hiena, recio y poblado, formando ondas. María siempre llevaba atado a la cabeza un pañuelo oscuro con pequeños lunares blancos. Quizás lo único que destacaba en la pareja eran los ojos de Odisto, azules con reflejos del color de la simiente del melón, y la perfecta dentadura de María. Dos personas de rasgos comunes que hacían el amor con religiosa frecuencia.

Después de la cópula bajo los tilos, Odisto se encaminaba hacia la iglesia grande del pueblo. Allí, más por tradición que por devoción, encendía una vela al cristo contorsionado que yacía en una de las capillas del transepto; había sido su padre, Jorge, quien le había enseñado a proceder así. De paso, si la hora no era imprudente, charlaba con el párroco, don Robustiano, quien, incluso dando la misa, siempre estaba sentado porque, según decía, lo fatigaba la presencia del Espíritu Santo.

Nueve meses habían pasado desde aquella noche estival en la que Odisto había preparado un lecho bajo los tilos. Acarició las ramas más bajas de aquellos árboles y siguió caminando.

A solo un bancal del cortijo, Odisto creyó percibir en el viento los sollozos de su mujer empujando. Se sentó entre varios haces de habas dispuestos para secarse al sol. Recordó a su vecino Obdulio, a quien de comer tantas habas le dio favismo, se le oxidó la sangre y se murió. Se santiguó y arrojó un puñado de tierra contra el suelo. Se limpió las manos y, mientras se quitaba de encima las tijeretas que le trepaban, fijó la vista en su casa. El cortijo no tenía nombre y contaba apenas con cinco estadales cuadrados. Toda la familia vivía bajo el mismo techo, donde solo había dos dormitorios y una amplia habitación para lo demás. El dormitorio pequeño era el de Odisto y María, cuarto de muy reducidas dimensiones que albergaba un crucifijo sin cristo, con un tallo de cilantro seco en su lugar; un par de fotos apoyadas en una cómoda sin cajones y un almirez desgastado que les había regalado un viajero extremeño. En el dormitorio más grande dormían los siete hijos —cuatro niños y tres niñas— y la yaya Pura, la madre de María, sobre dos flacos colchones de paja, cuyo relleno se comerían durante la guerra. En los dormitorios el calor humano hacía de calefacción en invierno.

Por si fuera poco, también vivía en aquel cortijo un hermano de Odisto, Ángel, desde que se quedara viudo. Veinte años atrás, su prometida Carlota, a quien había conocido en un viaje a Toledo, había fallecido de tisis, la llamada enfermedad de los artistas. Tras la muerte de la joven, Ángel decidió no moverse del huerto donde la había visto morir, que resultó ser el de Odisto. Juró no abandonar aquel terreno hasta que se lo llevaran al camposanto. Solo se permitía quebrar la promesa para pasear a lo largo del río y de los caces de agua que atravesaban todas las huertas. Con los años, Ángel llegó a conocerlos tan bien que se hizo el mayor experto de la región en sistemas de regadío. Por suerte para la familia, Ángel no dormía en el cortijo, sino en el hueco que formaban las raíces de una higuera. Entraba en el sueño de un tirón con el apacible susurro de las culebras de escalera a su alrededor, que no lo mordían gracias a que, antes de acostarse, se rociaba con un perfume casero a base de alcohol, pimienta roja y madera de agar que sus antepasados trajeron de la guerra del Rif. Ángel nunca volvió a enamorarse. Seguía carteándose con sus suegros, unos aristócratas toledanos que lo invitaban cada año a que fuera a visitarlos, pero su fobia a abandonar el campo se lo impedía.

En la sala restante, que hacía de cocina y salón, descansaban los muebles del ajuar, los útiles para la cocina, la comida almacenada y los aperos del trabajo: celemines, medias fanegas y cuartillos para medir; escobas de rama para barrer y romanas para pesar; una cantarera con tres alcarrazas de agua fresca y otra con dos lebrillos encima, uno para lavar los platos y otro para enjuagarlos; embudos, candiles con torcías, calderos, perolas, escurridores de mimbre; tarros con ciruelas, morcillas que se oreaban, ristras de pimientos secos colgando del techo...

Sobre el retrete no hay gran prosa: un cubo lleno de paja con una tapadera, el cual debía vaciarse con asiduidad, colocado junto al muro de carga trasero del cortijo. Si algún lector encuentra esta descripción somera y quiere más detalles respecto a cómo era el lugar, que me busque y lo llevaré al mismo cubo azul verdoso de mi abuelo, situado en una huerta de Quesada, y tendrá el placer de defecar creando, de algún modo, cierta intertextualidad literaria. Vuelvo a la acción.

Aquel jueves de 1936 Odisto aguardaba el primer llanto de su hijo y María anhelaba su propio llanto de alivio. A la mujer cada vez se le hacían más amargos los partos. De tantas patadas, sus riñones eran ya habas secas; le molestaban al sentarse los huesos ensanchados de la cadera y tenía almorranas del tamaño de achicorias. «Este será el último», se consolaba. A Odisto le partía el alma ver sufrir a su esposa.

Inquieto, acudió al camino principal que lo llevaría directo al cortijo. Le pareció entonces distinguir una sombra en mitad del sendero. Un animal exótico le bloqueaba el camino. Bajo aquella oscuridad, Odisto distinguió dos ojos brillantes y una cresta erizada desde el cogote hasta el rabo que parecía coloreada a mano. El cuerpo era rojizo y el morro blanquinegro. Apenas un gruñido y la extraña criatura dio media vuelta, perdiéndose entre las matas de puerro, donde su piel pinchosa se confundió al instante con la fronda.

«Un jabalí rojo, el animal más bonito que he visto en mi vida», pensó. Tan ensimismado quedó Odisto con la aparición que casi se olvida del llanto de su mujer.

Odisto

No sé por qué, pero lo sé. Sé que un día, y no falta mucho, tendré que marcharme. Lo he soñado. Habrá niebla y ruido y sangre. Me he visto cayendo y hundiendo las manos en otra tierra. Espero que María no tenga que quemar mi ropa. ¡Ay, huerta mía, qué poco quiero alejarme de ti! Si pudiera, como los señoritos, hablarte con las palabras de los libros… Pero los gañanes no leemos, solo cavamos, la mayoría hasta nuestra propia tumba. ¡No te lleves, tierra mía, a otro más! ¡No dejes que mi niño muera!

2

La casa de la Coneja

La casa de Juliana la Coneja, la vecina más próxima a la familia y prima de María —pese a sacarle casi veinte años de edad—, era el cuádruple de espaciosa que el cortijillo antes descrito, de ahí que aquella noche de parto pernoctara allí el rebaño de hijos de Odisto, además de la propia familia de Juliana: su hijo mayor, Antonio, que solía dormir en la cuadra junto a las mulas, y sus dos nietos: Abundio y Jacobo. Un solo tejado y diez corazones latiendo.

Ninguno dormía, esperando el final del alumbramiento. Aún no tenían noticias del bebé, pese a que, según las contracciones, tendría que haber nacido a poco del ocaso. Juliana era la que estaba más espabilada pese a ir ya por su tercera infusión de amapola. Sufría de los nervios y tanto crío junto la irritaba. A los niños también les preparó una tisana de melisa, salvado y valeriana que no probaron siquiera. Los hijos de Odisto estaban encantados de pasar allí la noche. En el cortijo de sus padres apenas tenían sitio para dormir: se tumbaban con medio cuerpo fuera de la cama, en el suelo, casi encima los unos de los otros. Esa noche, que se preveía de celebración, estaban eufóricos.

Juliana, no sin esfuerzo, solo consiguió domarlos al principio. Los sentó en corro y les preguntó si estaban emocionados por el nuevo miembro que estaba a punto de llegar. Le respondieron que sí, pero ninguno fue sincero. Los más pequeños sabían que perderían la atención de sus padres, y los mayores, sobre todo las chicas, que el bebé les supondría el doble de trabajo, tanto en el campo, sustituyendo a la madre, como en el hogar. Razón no les faltaba.

Os hablaré brevemente de los hijos de Odisto y de María: José, esbelto y espigado, era el mayor. Le faltaba solo un año para cumplir dieciocho, aunque la mayoría de edad fuera entonces a los veintiuno. Lo seguía Ángeles con quince. Su cuerpo era ya el de una mujer y trabajaba tanto como los adultos. Dos días después de su nacimiento llegó Pablito. Iban a ser mellizos, pero el mozuelo se atascó en el útero y se retrasó. Lo daban por perdido, pero salió gracias a los fórceps —unas rudimentarias tenazas de la lumbre, curvadas y desinfectadas— que tanto mal causaron a María. Pablito era el que sentía una mayor curiosidad política. La siguiente en nacer fue Martina, de doce años. Iba a todas partes con Ángeles, a quien imitaba hasta en el corte de pelo por encima de los hombros. Por debajo, dos niños, también uña y carne: Gonzalo, de once, y Josito, de diez, el hijo ciego. El primero, por haberse criado casi a la par que el invidente, había asumido desde pequeño el papel de lazarillo. Eran muy parecidos, de tez muy morena y cabello rubio de tanto sol. Josito tenía incluso las pestañas blanquecinas, aunque el médico asociara aquella decoloración no al efecto del sol, sino a la esterilidad de sus ojos, que habían dejado yermo parte de su rostro. Al final de la descendencia, Mariángeles observaba el mundo desde sus cinco años. Llevaba el pelo a tazón y la ropa heredada de sus hermanas. Durante aquella madrugada, fuera Ricardo o Gema, una nueva criatura redondearía el número a ocho.

A medianoche, solo uno de los hermanos no revoloteaba por el cortijo: José. Se había ido a descansar al dormitorio de uno de los nietos de Juliana. Era inseparable del mayor, Jacobo. Trabajaban y descansaban juntos siempre que podían. El otro nieto, Abundio, era más solitario; las noches de gente en casa se marchaba con su padre a dormir al establo. Padecía una extraña enfermedad que lo hacía encerrarse en sí mismo: si la exponía al sol o la frotaba, la piel de su cuerpo se deshojaba como las capas de una cebolla. Así había perdido la parte interior del muslo derecho, las reservas crurales de grasa y el anular de la mano izquierda. A mí, como narrador, en caso de que queráis saberlo, la verdad es que me interesa bien poco como personaje, vamos, que ni fu ni fa. Prosigo.

La ausencia de José y de los descendientes de Juliana no hizo que la batahola de los niños fuera menor. La Coneja se encontraba a un paso de dejar las infusiones y pasarse a un láudano casero que preparaba a base de vino de Málaga, onzas de opio, hojas de adormidera, dracmas de clavo y barritas de canela. Con tanto zagal en casa y sus neurosis, le temblaban las muñecas y no sabía qué inventar para apaciguar, con ayuda de Ángeles, aquella barahúnda. Martina, por ejemplo, abría y cerraba todos los cajones con la esperanza de encontrar algo que llevarse sin llamar la atención. La última vez se había hecho con un sacaleches de cristal que utilizaba para hacer ventosa en los hormigueros y coleccionar las reinas. Aquella noche solo había encontrado una cajita con pastillas de regaliz y unos zarcillos de escayola que reproducían el rostro de la Virgen del pueblo.

Pablito, por su parte, revolvía en la buhardilla en busca de la jaula dorada con la que solía jugar de pequeño. Decía que encerraba un pájaro translúcido que no necesitaba ni agua ni comida y que trinaba si lo ponías al sol. Buscaba a tientas porque Juliana no había querido prestarle un candil, no fuera a ser que pegara fuego al tejado. Sus larguiruchas piernas tropezaban con todos los cacharros allí arrumbados. Al oír la escandalera, Juliana salió corriendo tras él. Como también olvidó llevar consigo alguna luz, ambos acabaron dando tumbos a oscuras: Pablito se descantilló las espinillas contra los goznes afilados de un arcón, y Juliana pisó una azadilla, perdió el equilibrio y se llevó por delante una cantarera.

A su vez, en la planta de abajo, Gonzalo se entretenía observando el hipnotizante reflejo de las llamas de la lumbre en el trashoguero. Asaba castañas de la temporada anterior. Le gustaba ver cómo salían a toda velocidad los gusanos que llevaban meses degustando el fruto. Se acercaba los insectos a los ojos y le parecía distinguir dos cabezas en cada uno que tiraban del cuerpo hacia el lado contrario.

En cuanto a Mariángeles, hacía rato que observaba su casa subida a una de las ventanas de la habitación de Juliana, con los pies sobre un busto de san Juan Bautista —que siempre tenía los ojos húmedos— y el cuerpo en el alféizar. Quería ser la primera en avisar del nacimiento de su próximo hermano.

El niño Josito, el ciego, tenía sus propios propósitos.

3

El alumbramiento

Delante de la puerta del cortijo, una escultura de Domingo Savio, tallada en la madera de un nogal centenario, bloqueaba la entrada. La habían colocado los familiares de María para augurar un venturoso parto. La figura del patrón de las embarazadas medía una vara y media; daba la impresión de que sus ojos roídos por la carcoma se movían, pero tan solo eran las sombras inquietas arrojadas por las llamas de las velas. En Jándula, cuando la embarazada dilataba y el alumbramiento comenzaba, todas las mechas del hogar prendían solas; por eso habían sacado afuera los cirios, para que no se agotara el oxígeno en las estancias y para evitar un incendio. Además, en las juntas de la puerta habían colgado ramas de laurel, que protegía de lo malo, y puesto una palangana con agua en cada rincón de la pieza donde la gestante iba a dar a luz, para devolver al ambiente la humedad que se perdería durante el parto.

Dos mujeres más ayudaban en la faena: la partera y la madre de la embarazada, Pura, que además se encargaba de rezar el rosario. Lo hacía ayudada de una rama de olivo. Con cada avemaría, arrancaba una hoja sin separar los ojos de la única vela que habían dejado dentro: el cirio bautismal de María. Aguardaban a oscuras a que prendiera espontáneamente en el momento en que el bebé asomara la cabeza. Tres años hacía de la llegada de la luz a Jándula, tarde con respecto al resto del país, que, desde las postrimerías del siglo anterior, ya disfrutaba de sus ventajas. Aunque el precio no era muy elevado y podía pagarse en reales o en fanegas de trigo, Odisto, cálido y telúrico, no quiso invertir en ella.

Dos padrenuestros, trece avemarías y dos glorias después, el cirio bautismal se encendió. María sentía la mitad del cuerpo entumecida y la otra mitad dolorida. Sabía que aquel sería el último alumbramiento porque las venas que le bajaban del estómago hacia la vulva se le habían marcado como a las ancianas y tenían ya un tacto rugoso como la madera. Aquello solo podía significar que el campo se estaba quedando yermo. La partera intentaba convencerla de que no para que empujara con mayor contento. La joven se llamaba Ana. Aquel era el segundo parto en el que ayudaba a María. Con la pequeña Mariángeles, su labor fue ejemplar, razón por la que la familia decidió contar de nuevo con su presencia. En la ciudad podría haber tenido un gran futuro, pero a ella le gustaba Jándula, sus casas encaladas de tejados rojizos, decoradas con macetas y enredaderas; sus callejas desiguales y trazadas al tuntún; aquellas huertas donde descansaban las cuestas que ascendían hacia las montañas vecinas; las plazoletas limpias, siempre llenas de gente; las rinconadas con sus fuentes solitarias; los campos que hacían linde con las laderas de Belerda... De igual forma, le satisfacía su trabajo y ayudar a las mujeres, y estaba dispuesta a ejercer de partera día y noche. Siempre vestía de rojo para que las manchas de sangre fueran más discretas. De entre los familiares de Odisto, Martina era la que más se entusiasmaba al verla. Cada vez que la partera pasaba por la huerta le llevaba una docena de jeringuillas vacías. A la pequeña le encantaba pinchar con ellas a los burros en los lomos. Las clavaba, absorbía la sangre de los animales, y estos disminuían de tamaño hasta desaparecer. Algo parecido sucedía con las mulas del rabadán Alfanhuí cuando bebían en el río Ferlosio, uno de los más caudalosos de la región, límite natural entre la vega de Granada y la sierra jiennense. También a Josito le gustaba pasar tiempo con la partera. Tenía un extraordinario interés por conocer el misterio de la vida, pues los mayores lo llamaban «alumbramiento» y el pequeño tenía en sus ojos el mal de la ceguera. Estaba convencido de que, si asistía a un nacimiento, quizás podría llegar a ver algo de luz. Por eso, aquella noche de parto se ocultó en el dormitorio.

La madre, en el centro de la sala, en una tumbona con las piernas atadas al techo.

La abuela, concentrada en el rezo, con los pies enterrados en hojas de olivo.

La partera, con su vestido rojo, de rodillas masajeando los labios de María.

Y Josito, en cuclillas junto a la cómoda, con las orejas hacia la vulva de su madre.

De pronto, por uno de los gritos de María, el ciego dio un respingo y derribó la cómoda llevándose las manos a las orejas. El mueble cayó contra el suelo de piedra y se partió en tres. El bebé, del estruendo, se asustó y volvió a introducirse en la matriz, haciendo fuerza con la frente contra el cuello uterino. La madre, al notarlo, empujó tan fuerte que se desmayó. Pero Ana consiguió que volviera en sí con una solución de limón, betel y café.

Pura, a quien el ruido había sobrecogido en mitad de una jaculatoria, sin más alternativa, desvió la mirada del cirio, que había empezado a parpadear, y se adentró a oscuras en el dormitorio. Temía que fuera un animal el causante del estruendo. Cuando vio que se trataba de su nieto, le arreó un bofetón, lo cogió de la cintura y lo aupó hacia la ventana del cuarto para sacarlo del cortijo. La puerta principal debía seguir a cal y canto hasta que el parto terminara. Josito, desconsolado por no haber podido ver la luz en la vagina de su madre, se quedó sentado en el suelo gimoteando. De golpe, sintió un aliento de humo y el silencio de las llamas. Las velas se habían apagado al unísono. La parcela se oscureció y los ojos de santo Domingo volvieron a parecer exánimes. El bebé había muerto.

Nadie en la huerta de al lado se percató de lo ocurrido, salvo la pequeña Mariángeles, que en el cortijo de Juliana, con todo el cuerpo abuzado en el poyo de una ventana, esperaba con impaciencia el final del parto. Para no caerse, con una rara precaución, la niña había atado los cordones de sus zapatos a una alcayata del alféizar donde a veces colgaban las jaulas para las perdices. Observaba con miedo la oscuridad en la que había quedado inmerso el cortijillo, que, como el desgastado vientre de su madre, había perdido toda la luz. Odisto fue el siguiente en percibir la negrura y en oler el humo de las velas muertas.

4

El pozo de San Vicente

Ricardo falleció al poco de salir del vientre, Pura lo sacó del cortijo y allí lo envolvió en una mantita negra de tafetán que ató con hebras de esparto. Solo le dejó descubiertos los pies, para que la madre los pudiera besar antes de separarse del cuerpo. Si el bebé moría, era tradición ocultarle la cara para que la madre no le viera el rostro, pues traía mal agüero.

Cuando María volvió en sí, quebró en llanto al conocer que el fruto ya estaba podrido. Se sintió aliviada al saber que, al menos, al pequeño le había dado tiempo a abrir los ojos. Si no lo hubiera hecho, no habrían podido mentar nunca su nombre ni considerarlo como hijo fallecido.

María se acercó como pudo al cajón que hacía de cuna, donde la abuela había depositado el cadáver. Le besó los diminutos pies, fríos como llaves; repitió varias veces «salvado recio de trigo, que vuelva a la tierra», se persignó y se despidió de él. Al no haber llegado a los seis meses de edad, no podían dedicarle ninguna misa de difuntos ni un enterramiento en el camposanto. La tradición católica de Jaén lo prohibía. Todos los niños muertos al nacer debían acabar en un mismo lugar: el pozo de San Vicente. Excavado a unos caminos de Linares, era la mina más profunda de Iberia. Lo más impresionante no era el insondable agujero en la tierra, sino la imponente construcción en forma de tetraedro que indicaba la entrada. En aquellos años, pocos encontraban macabra la idea de abandonar los cuerpos de los nacidos sin vida en una garganta subterránea, en una enorme fosa común. La superstición era más poderosa que cualquier otro sentimiento. «Si los fallecidos sin ser bautizados deben encontrar el infierno, que no penen buscándolo. Nuestra labor como feligreses e hijos de Dios es la de facilitarles el viaje», solían decir los párrocos para justificar aquel cruel rito funerario.

La tarea de trasladar el cuerpo hasta la mina solo la podían llevar a cabo las mujeres de la familia. Las sobrinas de María, Antonia y Manola, fueron las elegidas en aquella ocasión. Al amanecer cargaron con el cadáver y partieron a pie. El leguario de la salida noroeste de Jándula mostraba la distancia que había hasta la mina: quince leguas. Si salían al alba, llegarían en un día y medio. Y así fue.

Una vez en el pozo, realizaron el ritual ayudadas por la esposa de Leocadio, el patrón de la explotación. Pernoctaron en una de las casetas de la mina y regresaron al pueblo a la mañana siguiente.

5

El luto y los huesos de cereza

Odisto, nada más enterarse de la amarga noticia, se acercó a la iglesia para dar parte del no nacido, y para pagar al cura la oblata por la misa que daría para ellos. Cruzó el pueblo con el sombrero entre las manos, ceñudo y apesadumbrado, con cuidado de no tropezar, pues los faroles de la calle iban apagándose a su paso, como muestra solemne de apoyo y consuelo. Los lugareños que se cruzaban con él hacían el mismo gesto: se quitaban el sombrero y agachaban la cabeza. Odisto, para evitar ser el centro de atención, tomó el camino menos transitado, el que, en lugar de pasar por el jardín y la calle principal del pueblo, atravesaba la calleja de las Flores, un pasadizo estrecho adornado con miles de macetas, colgantes o en el suelo de tierra, en cuya parte más angosta se arañaba uno con los tallos de las esparragueras. La calleja había resultado ganadora ocho veces en el concurso anual que los janduleses celebraban durante la feria, en el que elegían la calle mejor decorada. Como premio otorgaban un azulejo que enyesaban al principio de la misma.

Don Robustiano hizo tañer las campanas con el toque de muerto, uno solo por tratarse de un bebé. Si hubiera sido una mujer adulta, habría sido doble, y por un hombre, triple. Y si el fallecido era homosexual, ladrón, prostituta o proxeneta, habría tocado las campanas sin badajo.

Una vez se llevaron del pueblo el cadáver de la criatura, la familia entera se enlutó. Mandó pintar de negro las hojas de los perales plantados a la entrada de la parcela de su cortijo, señal de que sufrían una pérdida reciente. Además de aquellos árboles, María quería que su casa también fuera pintada de negro. Para ello contrataron a un sevillano que enlutaba los hogares. Lo llamaban Juan el Dedoso. Decía ser nieto del hombre que había hecho de guía al fotógrafo Monney mientras inmortalizaba Andalucía. Aquel pintor de lutos conocía las tonalidades oscuras mejor que nadie y la duración del pigmento que usaba coincidía con la de la tristeza de los familiares por el fallecido.

Juan pintó toda la casa de Odisto, también el interior. Como sobró color, María ordenó que se pintara todo lo posible: el resto de árboles, la parra, los gatos ratoneros, los mulos, las bestias de corral, las tapias, los pretiles junto a la parte salvaje del río y la tierra... Juan también pintó las palmas que habían dejado secar en los balcones días atrás para celebrar el Domingo de Ramos, e incluso a alguna señora que había acudido a dar el pésame. Los que se libraron de la tintura fueron los hijos del matrimonio, que dormirían algunos días más en casa de Juliana la Coneja, para que hubiera más espacio en el cortijo durante las labores de pintura.

Conforme iba llegando el alba, los janduleses fueron acercándose a la casa de Odisto para dar el pésame, uno sucinto, ya que no había féretro. Ofrecían sus condolencias y lanzaban en el huerto de la familia un hueso de cereza, repitiendo tres veces una frase en voz baja: «que de los restos de un fruto crezca el siguiente y madure». Entre la mañana y la media tarde casi todo el pueblo pasó por allí, amigos y enemigos. Pese a estar alejada de la política nuestra familia, nadie vivía de espaldas a ella en un país dividido desde hacía siglos. Los de Odisto no eran de derechas ni de izquierdas, eran del árbol que más sombra les daba. ¿Que un ministro progresista prometía una desamortización que les daría más tierras y repartiría los bienes de manos muertas? ¡Progresistas! ¿Que la República auguraba reformas agrarias y la modernización del campo? ¡Republicanos! ¿Qué el rey les prometía pan y oro regio? ¡Monárquicos! Si no se mojaban más no era por conveniencia, sino porque no sabían de política. El campo no les dejaba tiempo para instruirse en el mundo de la palabra. A Odisto aquel universo oral le parecía muy combustible; trabajando la tierra no se quemaba uno las manos.

Días más tarde, con la vuelta de las sobrinas del pozo de San Vicente, la muerte de Ricardo dejó de mentarse y las aguas volvieron a su cauce. La familia retomó el trabajo acumulado; todos menos María, que volvió a recaer en la enfermedad debido a la atonía tras el parto. Le dio por engordar más y se quedó postrada. La dejaron reposando en casa con una dieta hipocalórica a base de agua con bicarbonato, limón y sal.

Pasaron varios meses hasta que el ánimo de la familia se recompuso, lo que no ocurrió hasta la llegada del verano. Así que, si me lo permitís, retomaré la narración principal más adelante. Ahora os contaré algo sobre el último rey de Iberia antes de la guerra, Alfonso XIII, y su papel en el conflicto bélico que estaba por llegar.

José Ortega y Gasset

«Dos Españas, señores, están trabadas en una lucha incesante: una España muerta, hueca y carcomida y una España nueva, afanosa, aspirante, que tiende hacia la vida».

Gerald Brenan

«Lo único que retrasaba el estallido de la Guerra Civil era que ningún partido se sentía fuerte para empezarla».

6

El rey de las lámparas y la Niña Bonita

Varios años antes de que María diera a luz aquel último hijo, el rey de Iberia, Alfonso XIII —apodado el Africano—, de labio belfo, ojillos hinchados y mandíbula prognata, dedicaba sus días a limpiar las lámparas del Palacio Real antes de que pasara a llamarse simplemente Palacio Nacional. Sin nada mejor que hacer, decidió cambiar el cetro por el amoníaco. Hacía tiempo que no tenía ni voz ni voto en el devenir de la península. No sentía el apoyo del pueblo y muy pocos lo querían. Era consciente de que los gloriosos días de absolutismo no iban a volver y sus movimientos políticos no le habían salido nada bien: en un intento por modernizar la institución, había apostado por líderes políticos que terminaron, por no atender al pueblo, desprestigiados y repuestos. El mismo rey que había obtenido el poder a sus dieciséis años se sentía impotente y solo. Quizás había jugado mal sus cartas; no debió haber apoyado la dictadura de Primo de Rivera, ni la dictablanda de Dámaso Berenguer, que no tardó en hacer agua. ¿Aunque qué habría hecho si no? Sin el brazo político de su lado y recibiendo cientos de amenazas diarias, la Casa Real le aconsejó que no volviera a mostrarse en público ni saliera de palacio, ni siquiera a los balcones, vigilados por ujieres —escondidos detrás de las cortinas de raso— no fuera que se le antojara desobedecer. Se había convertido en una figura ridiculizada por la mayor parte del país.

Los días encerrado se le hicieron eternos. No sabía qué inventar para calmar su inquietud, salvo comer, producir películas sicalípticas y fornicar, y ni aquello lo satisfacía como antaño. Su médico particular le aconsejó que durante el día invirtiera el tiempo en una tarea mecánica para desconectar la mente, así que se puso a limpiar las lámparas del Palacio Real, razón por la que lucen tan lustrosas hoy día. Seis plantas y casi cuatro mil salas; Alfonso tenía trabajo. Por la noche, también por prescripción médica, le llevaban prostitutas de todos los puntos de la península. Como a Alfonso no le gustaba repetir con la misma mujer, el secretario general de la casa del monarca, viendo que no quedaba meretriz en Iberia que no hubiera trasnochado en palacio, contrató a los mejores maquilladores de la ciudad para que deformaran el rostro de las prostitutas hasta el punto de que parecieran otra persona. Durante años, los trabajadores del Cabaret Satán —una suerte de recreación del Cabaret de la Muerte parisino, ideado por el pintor cubano Mario Carreño y frecuentado constantemente por Pablo Neruda— empolvaban por la tarde en los teatros y por la noche en la plaza de Oriente, cuatro plantas por debajo del dormitorio del rey Borbón.

Alfonso fue el rey más mujeriego de la historia del país. Estaba casado con Victoria Eugenia, pero el pueblo sabía que no dormía con ella, sino con personalidades de la época como Chelito, Pastora Imperio, Raquel Meller, Julia Fons, Melanie de Vilmorin, Mata Hari, Beatriz Noon, Beatriz Leopoldina o Carmen Ruiz de Moragas, a quien llamaba cariñosamente Neneta.

Treinta arrobas de maquillaje después, gastadas en cuatro años, y sin lámpara que limpiar en el palacio, decidió abandonar el país. Pocos lo querían, y voces como las de Gregorio Marañón, José Ortega y Gasset y Ramón Pérez de Ayala, padres espirituales de la República, lanzaron sus dardos de papel —*delenda est monarchia*— para luchar infatigablemente contra el monstruo de la monarquía —los mismos que tiempo después y en el exilio aborrecerían esa misma República, al menos su espíritu revolucionario—. También los principales representantes de los partidos políticos del país se habían juntado en Donostia para intentar tumbar, golpe mediante, la monarquía, aunque una insurrección adelantada en el municipio de Jaca echara a perder el plan.

Era cuestión de tiempo que la cabeza del rey rodara.

La Casa Real le aconsejó huir a algún lejano país árabe, aunque él prefería quedarse en Europa. Las viñetas satíricas de *Crisol*, *La Traca*, *L'Esquella de la Torratxa* o *Luz* ridiculizaron el exilio del rey mujeriego. «Se va porque no le queda otra —mujer», «¡Que el viaje no es más que de ida!», «El rey que huye». El pueblo se mofaba de él, pero él también del pueblo. Y así lo dejó por escrito:

Estos se creen que la dichosa república les va a cambiar la vida. ¡Pero la vida les va a ser igual de dura! Por mucho que las tierras se liberen del clero y de la aristocracia, las volverán a comprar los mismos, o los más ricos entre los ricos, y estos crearán mayores latifundios. Y así se perpetuará el capital en manos de unos pocos, que es donde tiene que estar. ¡En nuestros bolsillos! Las medidas progresistas son solo una fachada. El pueblo seguirá siendo tan tonto que, cuando el próximo rey les vuelva a robar a manos llenas, lo volverán a abrazar. ¡Estos íberos! Casi mejor no ser su rey, por mucho que ame Iberia. No tengo hoy el amor de mi pueblo.

Mientras Iberia latía ilusionada ante una nueva república que prometía modernizar el país, Alfonso empaquetaba sus trajes ceremoniosos e iba olvidándose de ser rey. Sabía que su tiempo como monarca llegaba a su fin. Decidió no demorarse y huyó el primer día de la flamante República, no fuera a ser que atentaran contra él lanzándole una bomba, como el día de su boda. En cuanto abandonó Madrid camino al puerto de Cartagena, desde donde partiría al exilio, la plaza de Oriente se abarrotó de curiosos que lanzaban los sombreros y gritaban vivas a la Segunda República. Cuando al día siguiente vio las imágenes en las gacetas, se alegró de haber huido a tiempo, gracias a los consejos, entre otros, del conde de Romanones, uno de los presidentes más déspotas que había tenido el país.

Se refugió en varios ostentosos hoteles —pagados con sus abultadas cuentas suizas—, donde dedicó los días que le quedaban a quitar polvo a lámparas extranjeras, ya que era la única actividad que rezaba en su currículo. Francia, Austria, Suiza, Egipto e Italia. Tras un prolongado viaje saltando de hotel en hotel, se instaló en Roma, convirtiendo la *suite* principal del Grand Hotel en su casa durante casi diez años.

Definitivamente, Iberia había perdido a su rey.

Lo que parecía un alivio para la izquierda se convirtió en una alegría para el fascismo latente de la península. El rey iba a ser una pieza fundamental en el ajedrez de la guerra; facilitaría, desde la sombra, que los monárquicos alfonsinos se hicieran con armas y apoyos militares italianos, llegando incluso a llamar personalmente a Mussolini por encargo del bando sublevado. A pesar de obrar de tal manera, en la prensa manifestó que si se había marchado del país era para evitar apoyar a ningún bando en otra fratricida guerra civil.

Nunca volvió a Iberia. Dicen que murió solo, tan solo que no tuvo a nadie que lo sacara a hombros en el ataúd. Los mismos empleados del hotel fueron los encargados de retirar el féretro del edificio.

Así se quedó el país desprovisto de uno de los dos grandes pilares que, para bien o para mal, habían sido seña de identidad de Iberia durante siglos. El otro era la Iglesia, institución que se había decantado por el inmovilismo, al menos al principio: callaba ante la barbarie y únicamente protestaba cuando los templos eran incendiados por anarquistas, cuando Azaña repetía que «todos los conventos de Madrid no valían la vida de un republicano», o cuando era acusada de asesinar a niños con caramelos envenenados, como había ocurrido en Madrid durante los disturbios de 1936. Que el campesinado necesitara tierras para subsistir no le importaba; no se manifestaba al lado de los más necesitados y sí detrás de los latifundistas, del Ejército y de la burguesía.

Mientras tanto, el pueblo… ¡Los dos pueblos! ¡O los cuatro! ¡O los tantos! No había manera de que se pusieran de acuerdo, ni lo harían en los años venideros: los anarquistas, los falangistas, los fascistas, los derechistas, los izquierdistas, los republicanos, los socialistas, los caballeristas, los araquistainistas, los monárquicos, los carlistas, los comunistas, los marxistas, los negristas, los poumistas, los sindicalistas, los cenetistas, los africanistas, los rifeños, los religiosos, los cedistas, los faístas, los tradicionalistas, los reformistas…

Huido el rey, la Segunda República, apodada la Niña Bonita, trajo momentáneamente algo de unificación, así como mucha alegría para los más desfavorecidos, pero la frustración de los más conservadores pronto acabaría con ella: no llevaron bien que las mujeres pudieran votar, que el territorio agrario se redistribuyera, que se implantara el divorcio, el matrimonio civil y el laicismo; que se quisieran secularizar los cementerios, que se expulsara a los jesuitas —de nuevo— y que, bajo una política regionalista, se le dieran estatutos a las autonomías; tampoco que bajo la excusa de modernizar el Ejército redujeran a casi un tercio el número de oficiales y militares. Las promesas políticas se volverían insostenibles y el clímax de descontento se haría general, por muchos bienes que la República trajera o por muchas barracas que construyera para alfabetizar: más de diez mil escuelas y siete mil nuevos maestros. Quizás era una utopía querer implantar una democracia tan avanzada en una península que no estaba preparada para ello. Sea como fuere, los tiros empezaron a silbar, y pistoleros anónimos —algunos de las Juventudes Socialistas, otros de Falange Íbera— sembraron el terror en el pueblo.

La guerra era cosa por venir y nadie podía evitarlo. A Jándula aún no llegaría, aunque en cierto modo, como en el resto de pueblos de Iberia, ya estaba allí, latente. Vuelvo a nuestra familia.

7
La última gota de pintura

El luto por Ricardo duró toda la primavera. Fue una borrasca de principios de verano la que puso fin al duelo. En Jándula, hasta que no desaparecía completamente la pintura con la que pintaban de negro los árboles junto a la casa del fallecido, no se superaba oficialmente el luto. Ocurrió a finales de junio: la última mancha en una de las hojas de los perales de Odisto se desvaneció con el agua caída. Y menos mal, porque tenían y venía mucha tarea; necesitaban un espíritu de trabajo menos cuitado. Además de ultimar la recogida de cebollas, pepinos y calabazas, las tres grandes verduras de la temporada estival, y de repartir la fajina por los bancos vacíos de la era —terreno en el que cultivaban legumbres y cereales, a media hora de camino del pueblo—, la familia preparaba la recogida de la breva. Esperaban hasta el día de San Juan para desprender el fruto del árbol. Aquel año el trabajo era doble, ya que se habían comprometido con un vecino ausente a encargarse de sus brevas. Adelardo, cuyo campo quedaba a la derecha del de Odisto, había caído enfermo en Navidad y tuvieron que llevárselo a Córdoba para operarlo. Sufría una enfermedad rara que, de vez en cuando, lo hacía ausentarse del tajo: se le acumulaba tierra debajo de la piel. Como hacía mucho que no iba a revisión, tenía tanta arena dentro del cuerpo que casi no podía caminar. La familia aceptó encargarse de sus higueras a cambio de que el vecino les donara las brevas caídas antes de que se agusanaran y criaran la avispa de los higos. Adelardo aceptó en un lacónico telegrama enviado con urgencia a la casa consistorial del pueblo:

Odisto y familia. Para vosotros las brevas caídas. Muy agradecido. Córdoba bonita, mucho calor. Mañana no tendré tierra. El cirujano cuenta historias. Todas las venas del cuerpo rodean la tierra dos veces. Su uña del dedo meñique es escalpelo. Afilada y corta el aire. Vuelvo pronto. Salud.

Las brevas, para quienes lo desconozcan, son los higos que da la higuera en la primera de sus dos cosechas anuales, cuyos brotes se van fraguando desde el invierno en la madera vieja del árbol. Es un fruto fuerte que aguanta las plagas y el frío; su único enemigo es la lluvia torrencial. Las caídas por el agua se pudren rápidamente. Sin embargo, las que caen al suelo por su propio peso, por una sobremaduración del fruto, se pueden aprovechar. Estas brevas, o albacoras, eran muy preciadas en Jándula, igual de dulces que el resto de higos, pero con un toque ácido. Contienen un jugo espeso y rojo, de un matiz intenso como los granos de una granada, que en el pueblo llamaban «almuco». Su sabor recuerda a la miel de castaño, a la pera y al limón, y ligeramente al clavo —con un agrio toque como de verdín, que deja un resabio particular durante varios días—. Los janduleses llevaban siglos exprimiéndolas y almacenando el almuco en unas damajuanas de cuatro litros que vendían a ciento veinte pesetas, el equivalente a un mes de trabajo de cualquier jornalero. El vidrio de la botella debía ser incoloro para que resaltara el tono sanguíneo del jarabe. Lo comercializaban en los mejores restoranes de la península, repartidos entre Madrid, Lisboa y Bilbao, que lo usaban en repostería y con carnes apretadas. Con el dinero que sacaban, los de Odisto invertían en linimentos gallegos, porrones, mantas lusas y carbón de coque que vendían después entre los suyos, obteniendo generosos beneficios.

El trabajo del almuco era uno de los muchos que realizaban a lo largo del año. Odisto tenía pensado abandonarlo en cuanto sus hijas estuvieran más crecidas; las enviaría durante la primavera y el verano a las fábricas de conservas de Navarra y luego a la vendimia francesa. En otoño debían estar de vuelta para ayudar en la mayor cosecha de la región: la recogida de la aceituna. Después, esperarían a que las escasas lluvias amainasen para roturar los campos y así evitar la proliferación de matas salvajes. Mientras tanto, se dedicarían a la recolección de la fruta de temporada. No les hacía falta un calendario, lo tenían todo en la cabeza.

El trabajo en el campo era duro porque nunca cesaba. Siempre había algo que sembrar, regar o recoger, amén del trabajo posterior preparando las conservas y los envíos o trueques. Aun así, la belleza viva de la tierra bien trabajada y florecida recompensaba ampliamente el esfuerzo invertido.

La huerta de nuestra familia era muy fértil y generosa. Había pertenecido al padre de Odisto, Jorge, que la había comprado cincuenta años atrás con el dinero que había ahorrado en Aranjuez, adonde se mudó a sus quince años. Su trabajo en Madrid consistió en la caza de sanguijuelas en el mar de Ontígola y en las lagunas del Tajuna. Le daban medio duro por cada jornal cazando anélidos. Aquellos chupasangres eran muy apreciados durante el siglo XIX en el arte médico de la flebotomía. Debido a la agresiva ola de cólera que llegó al centro de la península desde Valencia, los médicos usaban como mejor baza las sangrías, punzando ellos mismos las venas o colocando las sanguijuelas en el cuerpo del enfermo. En Aranjuez, Jorge conoció al rey de Iberia de aquel momento, Alfonso XII, y fue testigo de la entrada triunfal del monarca en un sanatorio lleno de enfermos de cólera. Aquello cambió su animadversión hacia la corona. Tanto fue así que el mismo día que el monarca murió de tuberculosis, Jorge abandonó Aranjuez. Volvió a su tierra natal, Jándula, donde se dedicó a traer de Mágina el correo y el pescado fresco, que metía en los serones de su mula. Con el dinero ahorrado se hizo con la huerta más grande del lugar, un terreno que albergaba un anticuado horno de cerámica.

Odisto la heredó siendo joven. Su padre, que nunca había vivido en ella, la cultivó poco, a pesar de contar con la ayuda de su esposa, Celia, y de sus cuatro hijos. Jorge no tenía mucha maña con el campo, mientras que Odisto y María se desvivieron por sacarle el máximo provecho y hacer de ella su principal sustento. En sus manos, en solo un par de años, se convirtió en la huerta más lustrosa del pueblo, motivo por el que en más de una ocasión se toparon con conatos de robo por parte de vecinos envidiosos que pretendían quedarse a la fuerza con aquellas tierras. Pero Odisto la defendió en cada ocasión. Sabía que, si bien el trabajo era duro, ni él ni su familia volverían a pasar hambre y las cenas de pan mojado en el suero del queso no volverían a ser una opción.

Una vez acabó el luto, el día a día de la familia volvió a la normalidad. En menos de un mes una tormenta bélica aguaría la placidez de aquellos días de verano. Era el último tiempo sereno.

8

El cuerpo de Cristo

La última celebración religiosa que festejó el pueblo antes de que llegara la lluvia y, acto seguido, la guerra, fue el Corpus Christi. Aquel año, la procesión de la hostia consagrada tuvo que hacerse en la iglesia por una orden estatal del gobierno republicano, que defendía una laicidad firme. Pese a la imposición, el templo se abarrotó. Jándula era mayoritariamente de izquierdas, pero respetaba la liturgia.

El párroco, a riesgo de caer de la torre y perder la vida, había repicado las campanas él mismo con el volteo que avisaba de una gran noticia. No había campanero desde que el último, Salvio, falleciera dos años atrás. Se precipitó al vacío tañendo la campana grande durante veinte minutos, y desde entonces nadie se había postulado al cargo. Aquella mañana, don Robustiano era consciente de que la iglesia recibiría el doble de fieles y curiosos de todas las ideologías. No lo hizo con la intención de completar aforo, sino porque realmente tenía algo enjundioso que compartir. Se trataba del anuncio de una nueva ascensión, la mejor noticia que un creyente podía recibir, pues Dios otorgaba a la primera familia que llegara al punto más alto de la región el don de la vida eterna. Una vez reunidos todos en el templo y en la plaza, el párroco les transmitió la buena nueva:

—La última vez que mandé tocar a rebato por algo así fue hace casi veinte años. ¡Hoy, janduleses, tengo el honor de anunciaros la llegada de una nueva ascensión! Todos pecamos por el mero hecho de existir. ¡No existe forma más directa de recibir el perdón y encontrar la gracia divina! Si yo pudiera, sería el primero en escalar el monte, pero mi labor aquí es apremiante y debo quedarme. Pero a vosotros, fiel rebaño, os animo de corazón a subir. Recordad que tendréis que hacerlo con la familia al completo, únicamente de primer grado: padres, hijos y hermanos. Os bendigo y os deseo una buena ascensión, pues el día elegido por Dios es hoy mismo y finalizará con la puesta de sol. ¡Podéis ir en paz! ¡Ahora, ascended!

Con la señal del párroco, el pueblo entero se echó al monte, unos para intentar ser los agraciados y el resto para observar el milagro. A la familia de Odisto el reciente luto por su hijo les impidió tomar parte en la carrera.

Una vez que la primera familia llegaba a la cumbre del cerro de la Magdalena, el punto más alto de la región, un rayo cegador de sol caía sobre ella. Y tras un breve resplandor, desaparecían. Tanto las almas como los cuerpos de los elegidos eran abducidos. El pueblo volvía entonces a la iglesia y allí oficiaba una misa en honor a aquellos a quienes nunca volverían a ver. A medianoche, el párroco, acompañado por Proto, el sereno y farolero del pueblo, acudía al cortijo que la familia ascendida había dejado en la tierra y cambiaba la cerradura. Aquel inmueble pasaba de inmediato a engrosar la lista de bienes de la Iglesia.

La familia agraciada aquel año fue la de Aleja y Regino, pastores de ovejas merinas, cuya grey también se la apropió la Iglesia. Era una familia muy beata y muy joven, de ahí su agilidad y disposición a abandonarlo todo y subir al monte antes que nadie. Era tal la confianza que Aleja tenía en Dios que, al aproximarse a lo alto del cerro y ver que había otras dos familias a su misma altura, cogió de las piernas a su hija de cinco años y, balanceándola, la lanzó hacia las alturas para que fuera alguien de su carne la primera en alcanzar la cumbre. La maniobra dio resultado, ya que fueron los abducidos, pero la niña cayó al suelo antes de que surgiera la luz y murió de inmediato. Don Robustiano tallaría su nombre en la pequeña fosa común del cementerio dedicada a los niños huérfanos fallecidos: HERENIA VICTORIA 1931-1936

La niña duró lo que la Segunda República. Habrían de pasar ciento cuarenta y siete años hasta la siguiente ascensión. Para entonces, habiendo decaído la fe en la ciudadanía y el aforo en las iglesias, nadie intentará siquiera realizar la hazaña, al creer que no se trata más que de una leyenda.

Eva

Augurio I

Esta noche se estrena *Morena Clara*, que será el último gran ejemplo de que, en Iberia, seas del bando que seas, te ríes de las mismas cosas en el cinematógrafo. Se mantendrá en cartel antes y después de la guerra, en los pocos teatros que queden intactos y con el escaso público que siga con vida. Su actriz principal, Imperio Argentina, acudirá al estreno en el cine Rialto de Madrid. El éxito de la cinta consolidará su fama, tanto que viajará a la capital del Reich para un nuevo rodaje, donde conocerá a Adolf Hitler, de quien dirá que «es un hombre muy atractivo». Más tarde, no la recibirán en Nueva York por enorgullecerse de sus polémicas amistades. Imperio se mantendrá hasta el final como una mujer de espíritu conservador, pese a sufrir de primera mano los estragos del fascismo en Alemania. Un día irá a comprarse un sombrero de la mano de Marlene Dietrich, quien sí que sabrá decir no al horror, y hallarán el escaparate hecho añicos. La Noche de los Cristales Rotos la hará volver a Iberia, pero no la alejará del fascismo. Morirá en su apartamento de Benalmádena el siglo siguiente. Al llegar al purgatorio, le darán a elegir la región donde vivir, por haber nacido y muerto en dos ciudades diferentes, pero con el mismo número de letras. El precio de la entrada para la película es de treinta céntimos, cuarenta y cinco en Madrid.

9

Las cabañuelas y el garbanzo

Mediados de julio. Unos días antes de que estalle la guerra.

Las noches previas a la recogida del garbanzo eran las más breves. Para evitar trabajar bajo las temperaturas más altas del día, que podían llegar a los cuarenta grados, y estando la era a media hora de camino del pueblo, Odisto y su familia se levantaban a las cuatro de la mañana. Atravesaban la parte oriental de Jándula sin toparse con una sola alma, bajo la inmensa oscuridad propia de una villa que, para ahorrar, cortaba el alumbrado eléctrico a medianoche. El resto de janduleses, con los campos de garbanzos más cercanos, dormía. Entonces también lo hacían José, el primogénito de Odisto —que aquel día no iba a ayudar a su familia por estar recuperándose de un esguince y se había quedado a dormir en casa de su vecino Jacobo—, y María, la matriarca, que seguía enferma. Desde el parto no había dejado de engordar y de sufrir episodios de fiebre. Antes de marchar, Odisto encendió el brasero de ascuas de debajo de la mesa camilla con cuidado de no quemar las enaguas, removió las ascuas para que el calor fuera mayor y le acercó el mueble a la cama. En Jándula, la fiebre se expulsaba haciendo sudar más al cuerpo. Tapó el cuerpo de su esposa con las faldillas, con cuidado de no cubrirle la boca, ya que el efecto del monóxido de carbono de las ascuas podría asfixiarla, como había sucedido tantas veces en el pueblo —uno de los accidentes domésticos más frecuentes entonces, una muerte dulce—. Para evitar que las faldillas se le subieran al rostro, le untó una línea de miel en la barbilla, donde se quedaría pegado el tejido en caso de ascender. Y partió al campo.

Aquella madrugada Odisto estaba más intranquilo de lo normal. No le inquietaba el sol, como de costumbre, sino la lluvia. El parte del tiempo había vaticinado tormenta. El documento se colgaba cada día a las diez de la noche en la puerta de la casa consistorial. Lo escribía Agrado, la encargada de pronosticar el tiempo. La mujer había viajado de joven por todos los países americanos y en México aprendió una costumbre asociada a los aztecas: las cabañuelas. Según aquella superstición, el tiempo que haría los doce primeros días del año coincidiría con el de los meses. Así, el día tres de enero simbolizaba el mes de marzo. Para hacerlo más exacto, dividía los doce primeros días del año en trescientas sesenta y cinco partes, y anotaba con rigor los distintos valores meteorológicos. Como era un trabajo que realizaba sola, durante doce días se privaba de dormir. Bebía mate que se había traído de Argentina. El café era muy caro y la achicoria, su sustituto, no estimulaba. Es cierto que, si bien en enero ya conocía el tiempo que haría durante el resto del año, lo iba desvelando cada día, pues aquello le daba derecho a un jornal público. Entre todos pagaban su trabajo. Eso sí, Agrado nunca cedía a chantajes, puesto que había quienes le ofrecían dinero para que les informara del tiempo días antes de una comunión o siembra.

Odisto, que confiaba ciegamente en las cabañuelas de Agrado y con un tercio de los garbanzos sin arrancar, sabiendo que una tormenta se avecinaba a media tarde, no dudó en levantar a los suyos más temprano. La recogida no debía demorarse, tenía que hacerse entrado el verano, ya que bajo el abrasador sol de agosto podía resultar mortal. Los tallos no alcanzaban gran altura y no había sombra alguna que cubriera a los trabajadores.

El proceso de recogida era el siguiente: arrancaban las matas de la planta donde colgaban los garbanzos, metidos cada uno en una pequeña vaina llamada cascarabito, y las agrupaban en haces que cargaba la mula hasta la parte más plana de la era, donde, después de tres días secándose al sol, aventaban las matas y las trillaban con el rulo, que removía la parva y separaba el garbanzo del resto de la planta. Los riñones, al igual que pasa en la vendimia, sufrían con la recogida, así como las manos, ya que las matas pinchan. Por eso usaban dos calcetines de astracán a modo de guantes.

La familia ya cruzaba el olivar oriental y la finca de Fique camino de la era. Habían dejado atrás el pueblo durmiente con una única alma despierta: Eva, hermana de María y personaje fundamental en esta historia. Ella nunca descansaba. Era la única agorera de toda la región y su obligación era estar despierta: tenía el don de predecir el futuro. Pasaba día y noche sentada en un callejón detrás del jardín pequeño, con los ojos cerrados, entre la vigilia y el sueño, nunca dormida del todo. No comía ni bebía, solo aguardaba. Su asiento estaba resguardado de la lluvia y de los inmisericordes rayos del sol andaluz por un amplio balcón. Lo que ocurría con aquella augur era que no respondía ante la presencia de los otros: hablaba solo cuando tenía algo que predecir, hubiera o no un alma delante de ella. Su don no podía ser comprado ni utilizado de manera egoísta, pero cualquiera podía servirse de sus palabras; solo se necesitaba un asiento a su lado y paciencia. Aun así, casi nadie frecuentaba aquella calle, tan solo los huertanos y yunteros más viejos del pueblo, que los martes a media tarde se reunían allí y vendían cañas de medidas, marcadas con la longitud exacta del codo, del pie, del palmo y de la pulgada, entre otras. Además, sus premoniciones dejaban mucho que desear pues no siempre tenían que ver con el futuro, si bien lo que contaba estaba relacionado con el momento de su enunciación.

Aquella mañana de julio, Eva iba a anunciar lo que estaba pasando en Madrid, el golpe de Estado que estaba terminando de fraguarse, la brecha que haría que los *hunos* y los *hotros* se mataran entre sí. Pero nadie lo escucharía, ni siquiera la familia de Odisto, que para entonces ya estaría bien lejos del pueblo.

Odisto llevaba a los suyos a paso ligero. Él mismo encabezaba la expedición, acompañado por Felipe, su hermano mayor, que le echaba una mano en las faenas. La mujer de Felipe, la tuerta Crisanta, que además era su prima hermana, había decidido quedarse en casa. Entonces eran frecuentes estos casos de endogamia, aunque los janduleses sabían que no era oportuno casarse entre primos porque los descendientes podían nacer con trastornos genéticos. De hecho, su hijo Víctor padecía una discapacidad intelectual, razón por la que tampoco acompañaba aquella mañana a su padre al tajo. Detrás de Felipe, el resto formaba la comitiva: Manola y Antonia, las sobrinas de Odisto que meses atrás habían llevado el cuerpo sin vida de Ricardo al pozo de San Vicente, cargaban con las dos barjas del almuerzo y charlaban sobre un nuevo bordado con forma de lazo que se estaba poniendo de moda en el pueblo; Pura, la suegra del patriarca, más fuerte que un chaparro pese a su avanzada edad, caminaba y remendaba al mismo tiempo unos calcetines para que alguien más los pudiera usar de guantes; y, al final del rebaño, los niños, que ralentizaban el paso a propósito para llegar tarde a la era y así trabajar menos. Todos los hijos de Odisto iban al garbanzo, incluso Josito, ya que aquel era un trabajo más de tacto que de vista. A ninguno de ellos se les permitía cargar con los útiles del trabajo para que no se hicieran daño. Los cargaba la mula, llamada Lucía. El único que no tenía las manos vacías era Josito, a quien le dejaban llevar su bastón de ciego. Se lo había tallado de la madera de una higuera el carpintero del pueblo, Alejandro el Bicéfalo. El mote le venía de una caída de un caballo cartujo un día de paseo por la sierra. Se cayó sobre el pilón de una fuente y se abrió la cabeza. La herida le deformó el cráneo y los niños se reían de él lanzándole melocotones y comparando su cabeza con el fruto.

La que cerraba el grupo era Martina. Iba feliz y cantando un refranillo: *a las una canta el gallo; a las dos el ruiseñor; a las seis la totovía y a las siete ya es de día*. Dejó de ir al paso de su hermana predilecta, Ángeles, para buscar en las orillas del camino capullos de gusanos de seda. No hacía caso a su tío Felipe, que la había avisado de que en verano ya no quedaba ninguno. Estaba obsesionada con las mariposas. Había escuchado a un viejo decir en la plaza del pueblo que aquellos insectos coloreaban sus alas con los pigmentos que comían cuando eran gusanos. Martina quería atraparlos y alimentarlos únicamente de moras negras, para ver mariposas oscuras volando. Odisto vio que se había quedado rezagada y mandó a Ángeles a por ella. Entonces sintieron de golpe una bofetada de viento seco y premonitorio que inquietó sobre todo a Odisto y a Felipe, ya que auguraba una tormenta descomunal.

Felipe quiso convencer a Odisto de volver antes de que se nublara el cielo, pero este, que lo vio venir, apretó el paso, tozudo, y no le dejó mediar palabra. Se alegró de que su hijo Gonzalo corriera hacia él para contarle alguna historia.

El reloj pronto marcó las seis de la mañana. La oscuridad de la noche le daba el relevo a la sombra de los nubarrones. La familia estaba cada vez más cerca de la era, y de la tromba.

Gonzalo y Odisto

—Padre, estoy cansado de caminar y tengo sueño.

—¡Claro, si duermes con un ojo abierto!

—¡Es para cuidar de Josito!

—¡Ay, gorrión! Josito cuida mejor de sí mismo de lo que crees.

—¿Eso de allí a lo lejos qué es?

—Es una iglesia. ¿Qué va a ser?

—¿Por qué hay gente quieta en la puerta?

Odisto aguzó la mirada hacia el templo que se veía a lo lejos. Apreció que había un centenar de personas quietas en la entrada.

—Eso... Por el inmovilismo. Eres demasiado pequeño para entenderlo.

—¡Cuéntemelo, por favor!

—A ver... La Iglesia lleva mucho tiempo quieta ante las cosas por las que debería protestar. Por ejemplo, ahora estamos en una mala época en la que hay mucha hambre y una gran división entre los íberos, pero no hace nada ni se pone del lado de los pobres.

—¿Y eso? ¿Por qué no hace algo?

—¡Porque no le interesa! ¡Es capaz de no mover un dedo ni aunque entremos en una guerra! Por eso, para seguir haciendo la vista gorda, fijó la ley del inmovilismo. Ahora los curas, las monjas y los más beatos se quedan quietos como estatuas cuando pasa gente alrededor. Por eso el cura, don Robustiano, se tira todo el día sentado.

—Tengo mucho sueño. —Tal y como Odisto se temía, Gonzalo no había entendido nada—. ¿Dónde estamos, papá? ¿Dónde está la era? ¿Nos hemos perdido?

—No, pero con la que va a caer, como no lleguemos pronto...

—¿Qué va a caer?

—¡Se avecina una buena tromba! Por la dirección de las nubes, creo que viene del norte. No se equivocan cuando dicen que el tiempo que hace en Madrid, lo hace aquí.

—¿Madrid dónde está?
—En el centro de Iberia.
—¿E Iberia dónde está?
—Iberia está aquí.
—¿En el campo?
—¡Claro! Iberia somos todos.
—¿No es una ciudad?
—No. Es el nombre del país.
—¿Y dónde está el país?
—En todas partes.
—¿Como Dios?
—Supongo…
—¿No estás seguro?
—¡Gonzalo, ya te lo explicarán en la escuela! ¡Ve a por tu hermano, que se estará dando calamonazos contra los troncos de los olivos sin tu ayuda! ¿No quieres ser el mejor lazarillo? ¡Pues hala!

El pequeño corrió en busca de Josito y Odisto levantó nuevamente los ojos al cielo, cada vez más oscuro y amenazador. Parecía como si no quisiera hacerse del todo de día.

10

Los dedos arrugados del cielo

Como sucede en la orilla de una playa cuando se forma una ola, antes de caer la pronosticada lluvia sobre Jándula el cielo se hizo con todo el líquido que pudo para lloverlo después. El pueblo entero sintió la absorción: el botijo de Agustino se vació de golpe mientras su dueño intentaba beber; los pies de Aniceta dejaron de flotar en los dos barreños donde los tenía metidos, agrietándosele nuevamente; Bartolo emitió un grito ahogado al no saber si se había tragado la solución química que debía escupir tras gargarear; la ausencia repentina del jugo de varios botes de conserva transformó las ciruelas en uvas pasas; las lágrimas de las vírgenes de las dos iglesias desaparecieron; las frutas se abrieron en dos; los obesos perdieron los líquidos acumulados, entre ellos, María, la mujer de Odisto, que recuperó la lozanía y pudo volver a caminar; y Amapola, a quien la absorción había pillado bañándose en un embalse, ascendió con el agua y se elevó varios codos del suelo, y el pueblo la encontró flotando corita en el aire. Días más tarde, una vez recuperó el conocimiento y encamada, pues se le habían partido varios huesos del cuerpo en la caída, decía preocuparle más haber enseñado sus vergüenzas que no poder volver a caminar.

El agua ascendió hacia el cielo dejando seca la tierra. La lluvia estaba a punto de dejarse caer. La primera gota iba a inaugurar lo que iba a ser una borrasca sin precedentes tanto en el pueblo como en toda la península. La tierra agradecería el riego. El año anterior había sido el más seco del siglo. Los campos se habían agrietado; se habían secado las lagunas, los ríos habían dejado de fluir e Iberia no distinguía su costa de la magrebí; las gentes se habían bebido las lágrimas, el sudor, la sangre y las orinas hervidas; las costureras habían utilizado solo hilo verde para recordar el color de las hojas vivas; las reses no dieron leche y se tuvo que tomar la de almendras, como hacían los viernes de Cuaresma. Todo aquello iba a cambiar aquel día de julio. Quizás esa lluvia debió aguardar tres años, habría lavado la sangre de las calles del país.

Odisto y su familia continuaron caminando hasta la era. Sabían que iba a caer una tromba, no solo por el petricor que se había levantado, sino también por el vuelo enloquecido de los pájaros, por las hormigas que volvían en masa a sus refugios bajo tierra y por un incesante croar de ranas en las charcas aledañas al camino. Pese a todas las señales, Odisto confiaba en que la lluvia se retrasara y pudieran trabajar. Se encontraban más cerca de la era que de casa, en uno de los caminos del bosque de los Hilos —llamado así porque en las raíces de los troncos nacían algodoneras y al andar se podía tejer con los pies sobre el suelo—. Poco le duró la fe al patriarca. Tronó una sola vez y empezó a llover con fuerza. Odisto maldijo por haberse arriesgado; ni el cielo ni las cabañuelas le habían sonreído, pero el garbanzo apremiaba y no había elección.

—¡Agua! —gritó Felipe varias veces.

Como en Andalucía no solía llover, cada vez que el milagro ocurría, los lugareños gritaban «agua» al cielo. Los niños lo imitaron.

La lluvia arreció. El cabeza de familia dudó si dar marcha atrás o llegar a la era, donde podrían resguardarse en la caseta de las herramientas. Decidió continuar. Felipe, por primera vez, lo secundó. En ese momento les pareció ver una sombra al final del camino. Un hombre empapado y cojitranco venía hacia ellos.

Eva

Augurio II

Una venganza sobre otra venganza que ya era venganza de otra. Esa ha sido una de las chispas simbólicas que han encendido la mecha. Así se va a adelantar la guerra. Ayer, el diputado monárquico Calvo Sotelo falleció en Madrid, herido por una bala en la cabeza a doscientas varas de su casa. Fue asesinado por un socialista como venganza por la muerte el día anterior de un militar a manos de falangistas. Dos entierros, uno de palmas y otro de puños. Calvo Sotelo no es querido entre las fuerzas izquierdistas por haber dicho tres semanas atrás que el país necesita una dictadura firme, y que, si eso significa ser fascista, entonces él lo es. El asesinato ha enfurecido a los derechistas, que no creen que haya sido ejecutado por un lobo solitario, y acusan al actual gobierno progresista de utilizar las fuerzas estatales para quitar vidas. Este asesinato ha hecho que terminen de decidirse los pocos políticos conservadores que todavía dudan si sumarse o no a la sublevación militar encabezada por el general Mola. La derecha dará un golpe de Estado e intentará hacerse con el gobierno republicano, en manos de la izquierda desde hace tan solo unos meses. Para ello, más de veinte emisarios han partido de Madrid hacia el resto de la península en cuanto se ha sabido que el diputado monárquico ha muerto. Van a entregar el mensaje de que la sublevación tendrá lugar esta misma semana. Uno de esos mensajeros está cruzando la comarca de Jándula en estos mismos instantes. Quedáis avisados, jandulenses, durmientes e ignorantes.

11

El pie del Medinaceli

Fabricio el Huesarrón maldecía que lo hubieran obligado a atravesar la mitad de la península a pie y con pronóstico de lluvia. «Aprovechando que eres de Cádiz, baja ahora mismo y entrega el mensaje en Melilla. También lo harán tus compañeros Jacinto y Orestes, pero por otros caminos. ¡Y no seréis los únicos que realicen tan gloriosa labor! Evita ser visto, utiliza caminos secundarios, a ser posible campo a través. Es mejor que lo hagas a pie, nada de ruedas, no te servirían. Y si te paran los guardias, diles que vas de vuelta a casa antes de que caiga la tormenta, que con esta cerrazón nada bueno se viene. No podemos arriesgarnos a enviar un radiograma o a llamar por teléfono, ni cifrado. Una vez en Melilla, busca a Juan Seguí y dale el mensaje». Fabricio no dejaba de repetirse el mensaje una y otra vez, no fuera que lo olvidara después de la maratón: *No caben más burbujas; el tapón va a explotar. Es un buen vino, del 17.*

Al hombre le gustaba la política, por eso había dejado su tierra para trabajar en Madrid, aunque terminara de recadero en el barrio de Salamanca y no de fumador en las Cortes. «Si ya lo dijo mi padre antes de morir: ¡tú hazte panadero, que mejor es trabajar de noche y solo con las manos que a todas horas y con todo el cuerpo!». Además de sureño, era un buen atleta, condición por la que lo habían elegido para correr desde el centro hasta el sur de la península para aprontar el mensaje. Pero nunca cumpliría la misión: Fabricio se quedó por el camino. Y no fue debido a que la distancia era ingente; no le flaquearon las fuerzas. Fue por el agua. La lluvia que había comenzado a caer era tan copiosa que, en las pocas horas que pasó debajo, le desgastó la ropa y lo dejó completamente desnudo. Una vez royó el tejido, comenzó a erosionarle la piel y la carne, dejándolo como el pie de las estatuas veneradas en las iglesias de tanto beso.

Para cuando Odisto se lo encontró atravesando la provincia de Jaén, además de ir en cueros, llevaba desgastado el hombro derecho, la zona de los omóplatos y la mitad de la frente, como si tuviera la cabeza abollada. También había perdido parte del relieve de los rasgos faciales; le habían desaparecido las pestañas y las cejas, así como la punta de la nariz, el labio superior y la barbilla, ya que la mayor parte del tiempo llovía de canto.

Odisto sintió cierta repulsión al verlo. Le dio incluso miedo. Temía que se acercara más y que los niños gritaran asustados. Quizás aquello encolerizaría al desconocido. Pero también sentía pena por él y quería ayudarlo, pues parecía pedir auxilio con los brazos. Ordenó a su familia que lo esperara en uno de los flancos del camino y se adelantó para hablar con él. Trató de hacerse oír bajo el rugido implacable de la lluvia.

—¿Qué le pasa, hombre? ¿Por qué va desvestido con la que está cayendo?

—Es buen vino…

Fabricio, además de las prominencias de su cuerpo, había perdido la noción del tiempo, del espacio y hasta de sí mismo. La lluvia le había desgastado tanto cráneo que parte de su hemisferio izquierdo se había visto tocada por el continuo goteo, afectándole al habla y al raciocinio.

—¿Qué le ha pasado?

—¡No caben más burbujas! El tapón va a…

—Caballero…

—… va a explotar. ¡La guerra ya llega!

Fabricio pasó corriendo junto a Odisto, le propinó un fuerte codazo e hizo que el jandulés se cayera en una de las cunetas encharcadas del camino. No se detuvo a auxiliarlo; continuó corriendo en dirección al sur de la península. Felipe soltó el amarre de la mula y corrió a ayudar a su hermano a levantarse del charco. Le quitó el barro de la cabeza y le asentó el pelo. Acto seguido, hizo el amago de salir detrás del joven desnudo. Odisto lo retuvo y le espetó que no tenía importancia, que lo dejara marchar.

—¡Ese hombre está trastornado! ¡Menuda bambolá!

—¡Déjalo que se marche!

—¿Qué gritaba de la guerra?

—¡Dice que ya está aquí! Y no sé qué de una botella que va a explotar. ¿Le has visto la cara y el cuerpo? ¡Parecía de otro mundo! ¡Menudo ser!

—¿Tú estás bien?

—Sí… ¿Y los niños?

—Ahí, detrás de la mula, debajo de esos árboles. La yaya los tranquiliza. Hermano, vamos a tener que resguardarnos hasta que amaine y luego volvernos a casa.

—¡Los garbanzos están sin recoger y estamos más cerca de la era que del pueblo!

—¡Por Dios, con la que está cayendo! ¡Que tu suegra, con su edad, no está para pasar frío! Si lo sé, me quedo dando clase en la escuela.

—¡La cosecha no puede esperar! ¡Llover puede llover todos los días, que al campo le trae sin cuidado! Se nos va a echar todo a perder si no…

—Entonces ni pa ti ni pa mí. Podemos llegar hasta la era, que está a la vuelta del camino, y nos resguardamos en el cobertizo. Pero si no amaina, nos volvemos al pueblo. Así no se puede recoger nada. ¿Me oyes? ¡Vamos a pillar una pulmonía!

Odisto comprendió que no le quedaba otra.

—¡Pues vamos! ¡Andando!

—¿Y si atravesamos el campo? —propuso Felipe—. Todavía no está muy embarrado y debajo de las copas de los árboles nos mojaremos menos. Con los jalones que pusieron los del coto hace años podremos orientarnos bien.

—¡Eso mismo iba a decir! Vamos por ahí. Un atajo es siempre buena idea.

—¡No se hable más!

Odisto y los suyos se adentraron en el bosque de los Hilos. Nunca llegarían a la era, como tampoco llegaría Fabricio al sur. La lluvia arreció con tantísima fuerza que el desgaste en su cuerpo se precipitó, eliminando la capa de grasa y músculo de parte de su torso y dejando al descubierto varios de sus órganos vitales. Fue la vena cava superior la que se erosionó primero, vertiendo un río de sangre a través del agujero de su pecho. La lluvia que recibió la sangre de Fabricio ascendió antes de tocar el suelo; el cielo le ahorró el camino.

12

La cueva de los durmientes

La lluvia no se detenía. Arreciaba y doblaba su espesor. La familia de Odisto ralentizó los pasos. El bosque se había embarrado antes de llegar a la era. Cada vez se les hacía más complicado avanzar. A Josito lo tuvo que cargar a pimpirinetes Gonzalo; a Gonzalo, a su vez, Ángeles, quien con la mano libre guiaba los pasos de Martina; por detrás caminaban las sobrinas Manola y Antonia, protegiendo a los más pequeños de las ciénagas de agua que se estaban formando bajo sus pies y ayudando a la yaya Pura para que no tropezara.

Felipe tiraba de la mula, reacia a seguir caminando, e intentaba persuadir a Odisto para que abandonara la idea de llegar hasta la era y se resguardaran en algún rincón del bosque. De vez en cuando alzaba la vista hacia el cielo tras la explosión de un pájaro: había estorninos, de pieles porosas, que se llenaban de agua hasta reventar. Acariciaba la quijada de la mula con cada estruendo, para calmarla.

Finalmente se toparon con un refugio de cazadores de cuando el lugar fue coto privado de gamos y muflones. Era un habitáculo cuadrado excavado en la pared caliza y lechosa de una pequeña loma. Aquella especie de cueva guarecía del agua y del frío, y se arrebujaron en ella.

Durante las siguientes horas, la escena, casi petrificada, se desarrolló así: Ángeles y Martina se agazaparon en un rincón, abrazadas y cubiertas con un par de sacos, llorando en silencio; Josito y Gonzalo se protegieron bajo el cuerpo grande de Pablito, frotándose la piel para entrar en calor; Mariángeles lo hizo en el regazo de Odisto; Manola y Antonia se durmieron de agotamiento, apoyadas en los hombros de su tío Felipe, sentado junto al patriarca con la mirada puesta en el exterior; y, por último, la yaya Pura, que desde que empezó a llover estaba entumecida y hablaba solo lo justo, se tumbó sobre las hojas de una enredadera que había crecido en el interior de la cueva. La mula se quedó a la entrada.

La lluvia no amainaba. Pasaron varias horas en aquel estado, sin saber si era de día o de noche. Pese al frío en los huesos y a las posturas incómodas, pronto cayeron muertos de sueño, todos menos Odisto. En cuanto se durmieron, el patriarca acomodó en el suelo con cuidado a su hija pequeña y salió de la cueva. Se subió a lo alto de la loma y levantó los brazos al cielo bajo la cortina de agua. Alzó la cabeza como una oca y abrió los ojos. Cuanto más doloroso se le hacía mantenerlos así, más se empeñaba. Odisto necesitaba llorar y no podía. Con la mirada hacia las nubes, una vez se le acostumbraron los ojos al agua, entendió que la lluvia no iba a menguar en varias semanas. Como así fue.

Llovía en toda la península, tanto que el Servicio Estatal de Meteorología de Iberia intervino en el gabinete de Gobierno para aplicar la Ley Queda hasta que amainara, es decir, se detenía oficialmente el conteo de los días y hasta pasada la tromba no retomarían el calendario; lo harían por el mismo día en que lo habían detenido. Esta es la razón por la que en los libros aparece que aquel aguacero se dio únicamente en la madrugada del 14 de julio, desde las cinco de la mañana hasta las cinco de la tarde, cuando en realidad duró veintiocho días exactos.

Odisto quiso asegurarse de que sus deudos no morirían de hambre e insomnio. ¿De dónde sacar los nutrientes necesarios y la mansedumbre de ánimo para sobrevivir allí atrapados? El suelo en los alrededores estaba completamente encharcado, aunque, gracias a que aquella tierra era de secano y tragaba, el nivel del agua se mantuvo constante sin entrar en la cueva. No podían pedir ayuda; los caminos se habían convertido en riachuelos veloces y furiosos. Era imposible abandonar el bosque.

No tuvo más remedio que acudir a mí, mal que le pesara. Bueno, también lo hizo a Dios. Pensó que alguno de los dos le haríamos caso. Y así fue. Tras una jaculatoria dirigida al cielo, Dios se apiadó de él, porque yo, la verdad, es que no hice nada. Odisto había pedido que un sueño reparador de cuatro semanas de duración los meciera a su familia y a él, que hibernaran como osos en aquella cueva.

Así ocurrió, tanto que hasta la mula se durmió. Un sueño profundo extinguió sus vidas hasta el final de las lluvias. Aquella cueva, lejana de Éfeso pero igual de portentosa, los hibernó.

Eva

Augurio III

Hace días que no pasa nada en la península. La lluvia ha detenido la historia íbera. Repetiré algunos de los sucesos de tiempos pasados para quien pueda interesar. Escogeré uno al azar. He aquí la noticia: *A rey muerto, rey puesto*. Hoy entra Manuel como nuevo presidente de la República Íbera, y sale Niceto, de abuelos jiennenses. Tras derrocar el Frente Popular al Frente Nacional en las últimas elecciones de febrero, el tablero político ha cambiado completamente. Es la primera vez que gobierna la izquierda en solitario. No es una tarea sencilla, y tampoco se la van a hacer fácil. El caos provocado por unos y otros se va a ir apoderando de la península. Se tomarán las tierras no trabajadas, se liberará a los presos políticos en una amnistía general, a algunos comunes y a los mineros de la Revolución de Asturias; se quemarán templos, y para que crezca el descontento y se llegue a la revolución social, habrá multitud de huelgas similares a la de 1917; se alejará a los mandos militares conspiradores; la moneda quedará devaluada, habrá fugas de capital… El terreno donde está injertada la ambiciosa planta de la República es estéril, y quizás no está preparado para un cambio tan radical en tan poco tiempo. Ortega y Gasset así lo afirma. Además, la planta republicana no comprende los tiempos ni las decisiones de las manos que la han cultivado. Y es que esas manos son caprichosas, y si unas veces la acarician y la riegan, otras la deshojan y la enguachinan. En cualquier caso, el presidente saliente, don Niceto, ya sin poder, hará las maletas y se irá a ver los fiordos de las costas escandinavas, los hoteles bohemios de París y la luz blanca de Buenos Aires. Volverá a Iberia en un sarcófago.

13

La vaca y el ramito de nomeolvides

El diluvio había empezado en torno a las seis de la mañana en los campos cercanos a Jándula, pero no llegaría al pueblo hasta pasadas las nueve. La sierra de Cazorla, Segura y las Villas retuvo durante varias horas las inmensas nubes. Lo que sí sufrió el pueblo de madrugada fue la resaca meteorológica que absorbió el agua antes de la lluvia. María, que no había ido al garbanzo con la familia por no poder levantarse de la cama con tanta grasa corporal, se acostó pesando casi doscientos kilos y amaneció con apenas cuarenta. Su problema de sobrepeso se había debido a una retención de líquidos aguda. Si lo hubiera sabido antes, lo habría remediado con infusiones de diente de león, pero la turgencia de sus carnes prietas hizo que el médico jandulés, Fernando el Soleduque, desechara la hipótesis, y le dijera que la única solución a su gordura era inocularle el virus de la tisis y esperar a que surtiera efecto, remedio que María rechazó porque ya había sufrido una vez una grave enfermedad: la apodada «Soldado de Nápoles», como la canción de la zarzuela; así se llamó a la gripe española en la península porque era más pegadiza que dicha pieza musical.

María perdió de golpe todos los líquidos retenidos. La poca luz que entraba por el cierre abombado de la ventana de su dormitorio dejaba intuir la transformación de la mujer. Su cuerpo cambió poéticamente de volumen: las pulposas manos le enflaquecieron, y lo que antes fueran vejigas, ahora eran tallos de camueso; la papada, antes tajada, se hizo gajo hueco; los pechos pasaron de calabazas a agracejos; el torso, de muela de molino a listón de palé; el abdomen, de orza a buche de gallo; el sexo, de oreja de burro a pliegue de párpado; el trasero, de pandero a octava de pan; y las piernas y los pies, de virtuosos troncos de coscojas a pulidas varas de arriero.

Cantó el gallo a las seis y María se despertó en su nuevo cuerpo, aunque no se dio cuenta de la transformación hasta que decidió levantarse. Antes, pasó media hora en la que no se movió de la yacija. Tendida sobre los dos colchones que le habían acomodado desde el parto, abrazada todavía a las enaguas de la mesa camilla, miraba fijamente el techo de la habitación, como cada mañana, mientras pensaba. El tramo que contemplaba tenía un color diferente al resto de la pintura del techo, así como un tacto más sedoso, debido a la erosión que la mirada de María le había causado a lo largo de los años. Hoy día ya no se dan esos lugares donde descansar la vista; en cambio, miramos cajas de rayos catódicos, que no se desgastan. Como resultado, morimos y mueren con nosotros los recuerdos, sin dejar mella alguna en el mundo que queda.

María salió de su ensimismamiento, se incorporó sin apenas esfuerzo, se palpó el cuerpo y gritó, de espanto y asombro primero, de felicidad después. De la emoción, quiso levantarse de un brinco, pero tuvo que volver a sentarse, ya que, aunque ahora estuviera delgada, las fuerzas seguían flaqueándole. Recuperó el aliento y se puso de pie. Se miró en un espejo de cuerpo entero y lloró ante la imagen reflejada. ¿Cómo era posible?, se preguntaba. Se dijo que quizás seguía soñando, pero todo era demasiado real. Se vistió con la ropa de una de sus hijas, de Ángeles, la mayor. Volvió a mirarse en el espejo y continuó llorando de alegría. Lo único que no le agradaba de su nuevo aspecto es que, desinflado el rostro, se le habían quedado los ojos muy juntos, rasgo que los lugareños relacionaban con la falta de inteligencia.

Decidió ir a casa de Juliana para enseñarle su nuevo cuerpo y para pedirle prestada una de sus vacas. Hacía tiempo que no veía a su padre y aquella era la mejor ocasión. Que padre e hija no hubieran podido reencontrarse en veintiún años se debía a dos motivos: primero, a que María, obesa, no podía caminar más que unas varas sin fatigarse, y su padre, Manolo, vivía a veinte minutos del pueblo; y segundo, porque Manolo, por una curiosa superstición, nunca abandonaba su hogar: el cementerio de Jándula. Se había mudado años atrás debido a la hipocondría aguda que le impedía hacer vida normal. Era tal su miedo a la muerte que consideró hacer de su futuro nicho su casa: «Antes que vivir con temor a la tumba, prefiero meterme ya en ella y así perderle el miedo. ¡No puedo soportar la idea de que me lleven a cuestas por todo el pueblo cuando me muera!». Se instaló en su hogar eterno a los cincuenta y cinco años de edad, y abandonó a Pura, su mujer, y a sus hijas, Eva y María. Manolo dormía en el reducido espacio de su futura tumba, dentro del discreto panteón familiar; comía en un merendero reservado a los enlutados que venían de lejos y se lavaba en la pila de los mulos con ramas de lavanda. A cambio de aquel techo y de una manutención básica, le pidieron que se hiciera cargo del camposanto: regar las flores, vigilar que no robaran, encender las velas, administrar los nichos vacíos... Y Manolo aceptó. Sabía que iba a echar de menos a su mujer porque la amaba con locura, aunque el amor no fuera precisamente la razón de los matrimonios en aquella época, sino más bien una dote, un embarazo inopinado o la simple necesidad. Pero sus miedos pudieron con él y tuvo que sacrificar su amor. Pura no le perdonó que no hubiera luchado más por quedarse a vivir en Jándula. Solo se veían cuando ella llevaba flores a su padre.

Aquel día de tormenta inminente, llegada el alba, Manolo se había sentado en una silla de anea en lo alto de la cuesta del camposanto, sobre la losa en la que años más tarde enterrarían el cuerpo de Zabaleta, el pintor que inmortalizaba de forma cubista los campos, la cultura, la tradición y a las gentes de Jándula. Desde allí oteaba el resto de la necrópolis y el camino que subía desde el pueblo. Le gustaba enterarse antes que los enterradores de si un féretro se acercaba. Mientras vigilaba, hacía ramilletes de nomeolvides y azucenas, y también de una flor autóctona llamada chuza, que tenía la peculiaridad de enfriar lo que tocaba y que los médicos usaban para anestesiar.

Sentado en su atalaya, le pareció entonces ver a lo lejos la figura de una mujer sobre una vaca acercándose. Se hizo con el par de binoculares que guardaba bajo la silla y escudriñó la escena. A primeras le pareció imposible, pero no podía tratarse de otra persona. Su hija María venía a su encuentro. Arrobado, dejó los prismáticos en el suelo, eligió el ramo más esbelto de nomeolvides y bajó corriendo a la puerta del camposanto, donde la esperaría impaciente, pues ni por esas se atrevía a abandonar el recinto vallado.

María había conseguido que el hijo mayor de Juliana la Coneja, Antonio, el vaquero del pueblo, le dejara una de sus reses para ir al cementerio. El hombre se prestó a acompañarla y conducir así a la vaca, cual boyero. María aceptó. Era un hombre muy solitario; apenas salía de la vaquería ni se juntaba con nadie. Era, además, el más atractivo del pueblo y pretendientes no le faltaban, pero él solo tenía ojos para sus vacas. Únicamente se le conocía una afición aparte de la ganadería: realizaba collares de agua. Bajaba hasta el río y, tras tirar un puñado de chinas, cogía rápidamente una aguja enhebrada a un hilo largo e intentaba coser y unir las pequeñas ondas circulares que las piedras habían formado en el agua. A veces lograba collares de hasta treinta cuentas. Salvo aquello, nada más podría decirse sobre él.

El apuesto hijo de Juliana tomó la vaca más vigorosa, montó a María en ella y la condujo de camino a los cipreses que delimitaban el camposanto. Antes de partir cargaron alforjas a ambos lados del animal. María no quería reencontrarse con su padre con las manos vacías. Le llevaba pipirrana, pisto y gachamiga; también una ristra de chorizos, morcilla y algo de fruta. Atravesaron las tierras sembradas antes de tomar el camino en cuesta que llevaba hacia el cerro de la Magdalena, a cuyos pies estaba el camposanto, e hicieron una breve parada. La vaca necesitaba descansar antes de enfrentarse a la cuesta. Junto al camino, en mitad de un campo sin cosechar, un hombre los miraba sentado en una cama a la intemperie y con una escopeta en la mano. Antonio creyó reconocerlo y se acercó a hablar con él. Se trataba de uno de los señoritos del pueblo, Agustín, terrateniente de aquella finca.

—¡Don Agustín! ¿Qué hace usted aquí solo? ¿No ve cómo se está poniendo el cielo? ¿Cómo ha traído la cama hasta aquí?

—¡No se acerque o le pego un tiro! ¿Quién es usted?

—¡Antonio, el vaquero, el hijo de la Coneja!

—¡Antonio! Lo siento mucho, hombre. No te había reconocido. Acércate.

—¿Qué hace aquí solo?

—¿Qué voy a hacer? ¡Defender lo que es mío! Proteger mis fincas antes de que esos desgraciados anarquistas se hagan con ellas. ¡Hasta arriba estoy de la dictadura del proletariado y de su puta madre! ¡Malditos bolcheviques!

—¿Quiénes? ¿Y por qué iban a hacer eso?

—¿No escuchas la radio? ¡La maldita revolución! Ni dios ni propiedad ni amo, dicen. Ahora ocupan tus tierras de manera ilegal y no tienes derecho ni a un mísero resarcimiento. ¡Y yo que he votado siempre obrero! ¿Cómo es posible que el Gobierno legalice las expropiaciones?

—Lo siento mucho, don Agustín. Quizás lo haga porque con la hambruna se necesitan campos para plantar, y si usted no los trabaja… ¿No ve usted que se está penando mucho?

—¿Tú también te vas a poner de su parte? ¡Pues nada, que se coman también las vacas que no ordeñes!

—Pero la reforma agraria sí permite la propiedad campesina, mientras sea de un tamaño considerable y no…

—¡Ni reforma agraria ni leches! ¡Mano dura hace falta en este país! ¡A mí no me confisca la tierra ni Dios Padre! Valientes progresistas… ¡Un buen golpe de Estado deberían dar los militares, y que los obliguen a devolver las tierras robadas! ¡A caballo me iría yo ahora a pegar tiros por Andalucía!

Antonio intentaba apaciguar al viejo terrateniente cuando el cielo crujió de forma ensordecedora y la lluvia empezó a caer de golpe. Como las nubes se habían retenido durante horas en los riscos de la sierra, cuando llegaron a Jándula soltaron el doble de agua que en el resto de la región. Don Agustín dejó de discutir y se metió debajo de la cama, abrazado a su vieja escopeta, que tenía pinta de arcabuz. Antonio volvió junto a María, que miraba con pena al cielo. Un segundo trueno después, la vaca se sacudió con vigor y las alforjas cayeron al suelo, derramando toda la comida. El animal mugía cada vez más y se mostraba reacio a seguir subiendo, girando la cabeza constantemente hacia atrás.

—¡María, tenemos que volver! Vamos por la mitad del camino, pero todo lo que queda es cuesta arriba y la vaca no puede más. Le dan miedo las tormentas. ¡Y yo no puedo dar un paso más! ¡Qué manera de llover! Lo siento mucho. Te traigo otro día, ¿sí?

A María no le salían las palabras. Desde aquel punto del camino conseguía ver la entrada del cementerio. No tardó en apreciar, pese al contundente manto de agua, que junto a la verja había un viejecito que los esperaba con un ramo de florecillas azuladas. Reconoció a su padre, pese a que habían pasado veintiún años. Lloró tanto en el camino de vuelta que se mojó más por las lágrimas que por la lluvia. Algo le decía que esa era la última vez que lo vería con vida. Manolo también lloró. Por un momento quiso vencer sus miedos y abandonar el camposanto para, al menos, reunirse con su hija en aquel camino; pero no fue capaz. Las piernas no lo obedecieron y se quedó inmóvil bajo la lluvia, suspirando hasta que el ramo perdió todas las florecillas. Volvió a su nicho sintiéndose el hombre más desgraciado de la península.

Frontonia y Fabriciano

—¿Qué? ¿Has cogido las calabazas?

—Nena... No te vas a creer lo que he visto. Mejor que te sientes.

—No me asustes, Fabriciano...

—Me he encontrado con dos brotes, y no es temporada.

—¿Con dos brotes de qué?

—De acelgas.

—¡Calla, calla! ¡Madre del amor hermoso! ¿No serían espinacas?

—No —respondió el hombre cabizbajo y llevándose una mano al pecho.

—Mira que en verano no hay casi, pero alguna que otra mata puede...

—¡No! Estoy seguro. Eran acel...

—¡Calla, calla! ¡No las nombres! ¿Dos matas?

—Sí.

—¿Y qué has hecho con ellas? ¿Las arrancaste?

—Me las he traído en el fardo.

—¿Aquí? ¡Tú estás majara! ¡Hay que quemarlas ya!

—¡Espera! ¿No deberíamos dar parte al alcalde?

—¡No! ¿Qué quieres, que nos tomen por reaccionarios? ¡Se queman y a otra cosa!

—Pero Frontonia...

—¡Ni pero ni pera! ¡Tráelas que enciendo la lumbre ya!

—¿Y a los lectores? ¿Les explicamos a qué tanto miedo?

—¡No seas metijón! Ya se enterarán ellos si es menester... ¡Va, échalas a la lumbre, que no me quedo tranquila hasta que sean solo tizne!

14

La hermana bajo la túnica de cuero

La noche cayó, o lo que parecía la noche. Con el tiempo del calendario oficialmente detenido, los relojes parados y el espesor de los nubarrones que todo lo oscurecían no se diferenciaban las partes del día. María intuyó que debía de ser de noche porque hacía varias horas desde su vuelta del camino del camposanto. Observaba el manto de agua desde la ventana de la buhardilla de su prima y vecina, Juliana, que no daba crédito a la tromba y tampoco al nuevo aspecto de María, que se había quedado en un cuarto de lo que era. Lejos de mostrarse feliz por su nuevo cuerpo, se sentía afligida e inquieta por la ausencia de su familia, que aún no había vuelto de la era. No se apartaba de la ventana. Juliana quería tranquilizarla, asegurarle que su familia estaría resguardada en la caseta de la era, pero algo le decía que no era así. No era mujer de dar ánimos así como así, pero se esforzó. Le preparó una infusión de amapola tan cargada que el líquido salió negro como el tizón.

—Estas cosas pasan, mujer, y tu marido, siendo un hombre de campo, lo habrá visto venir y habrá encontrado refugio. Además, si dices que salieron a las cuatro de la mañana y la lluvia empezó cinco horas más tarde, ¿te crees que no les dio tiempo a meterse bajo techo? Son muchos y muy listos. Estarán bien. Y María, siento no haber abierto antes la puerta; no te reconocía. Estás tan diferente…

—Yo también me habría asustado, no te preocupes.

Juliana, mientras preparaba una segunda tanda de amapola, se tomó dos tacitas de yerba de San Juan, infusión que le aliviaba la abulia. Guardaba las matas de hipérico en el sótano, junto a las ajorcas de su bisabuela, pues si les daba la luz perdían sus propiedades.

—Toma, hija, siéntate tranquila y bébetelo entero. Le he puesto miel de romero, que no engorda tanto. ¡Ay, qué tonta! Perdona, es la costumbre.

—Gracias, Juliana.

—¡A las monjas!

—¿Cómo es posible que llueva tanto? ¿Y si se ahogan?

—¡María, por favor! ¿Qué te he dicho? ¡Que no te preocupes más, mujer!

En ese momento llamaron a la puerta de la casa. María se volcó encima buena parte de la tisana al creer que podía tratarse de su familia. Era el nieto de Juliana.

—¡Abuela! ¡Abra ya, que se me escapan los bichos!

—¡Jacobo! ¿Dónde has estado metido? —le gritó desde la ventana de la cámara—. ¿Está José contigo? ¡Que está su madre aquí preocupá!

—¡Sí! ¡Está en el pajar! —María tomó fuerzas y se asomó al balcón, sacando solo la cabeza, temiendo que el joven no la reconociera con el nuevo aspecto—. ¡María! No se preocupe usted. Su hijo fue a buscarla nada más ponerse a llover, todavía cojeando, pero no la encontró en casa. Está muy preocupado.

—Dile que estoy bien. Pero que con esta lluvia no salga del pajar. No se vaya a hacer mal en el pie sano. ¡Que espere hasta que amaine!

—¡De acuerdo! Dejo esto en las jaulas y voy y se lo digo. Le tranquilizará saber que está usted bien. Bueno, abuela. ¿Baja y me abre? ¿Por qué ha cerrado con llave?

—¡Por si entraba el agua!

—¡Como si la tormenta llamara a la puerta! ¡Ande, écheme las llaves!

José, el primogénito de María, que no había acompañado a su familia al garbanzo porque no había manera de que el esguince se le curara, al no encontrar a nadie en el cortijo pensó que se había quedado huérfano, que las lluvias los habían engullido. Jacobo lo había consolado toda la tarde. Solo se separó de él cuando vio que las vacas estaban más inquietas de lo normal. Al acercarse al establo, vio que corrían alteradas porque había varios alacranes cebolleros. Jacobo se aprestó y les dio caza. Aquel insecto íbero era peligroso para el ganado, ya que, si se adhería a una res, a esta se le hinchaba el estómago hasta reventar. Jacobo no les tenía miedo y los cogía con los dedos desnudos.

Una vez le dio Juliana las llaves al nieto, las dos primas cerraron las ventanas y volvieron a sentarse. Terminaron de beberse los mejunjes y encendieron dos candiles, uno sobre la costura de Juliana y otro sobre los dedos de María, que, al no quedarle uñas que morderse, se roía los padrastros. No fue capaz de entretenerse con las agujas y el ovillo que la prima le había puesto en el regazo.

—¡Te va a salir un uñero como la copa de un pino!

—Juliana, me vas a regañar, pero creo que tengo que salir otra vez afuera. Necesito ir a hablar con mi hermana.

—¿Con Eva? Tú estás desnortada... ¡Con el temporal que hace! Pero si hablar con ella es como hablar con un muro. Lo mismo ni está en su sitio.

—¡Eva no se mueve de la calleja así estén cayendo chuzos de punta!

—¡Pero si no se ve ni torta, María! ¡Te vas a matar con la lluvia! Por no hablar de la pulmonía que vas a coger. Has perdido mucha carne en solo una noche, estás muy floja.

—Y más que voy a perder como no encuentre pronto a los míos. ¡Hasta el alma!

—¡Yo qué sé qué decirte! Haz como veas.

María se abrigó cuanto pudo, improvisó un chubasquero con una celulosa blanca que tenían para tapar los higos secos —con los que producían miel— y cogió el barreño más ancho de la casa a modo de paraguas; eso aguantaría aquel viento arreciado. María se preparaba para salir y Juliana rezaba a todos los santos por los que alguna vez tuvo devoción. Se sabía la retahíla de memoria.

—Luego te cuento, Juliana. Eva sabrá lo que les ha pasado.

—¡No te va a decir ni mu! Por mucho que nacierais del mismo vientre. ¡Esa solo da partes políticos! Y cuando le viene en gana. Pero bueno, ¡ten cuidaíco! Pásate a la vuelta y duerme aquí en mi casa. No quiero que estés sola en el cortijo con la que está cayendo.

—¿Y si vuelven y no me encuentran?

—Se imaginarán que estás aquí conmigo.

—Según me diga Eva, así haré.

—¡Pues entonces vas lista!

El camino a la plaza del pueblo desde las huertas era cuesta arriba. A María se le hizo muy difícil sortear los torrentes de agua que bajaban por las empinadas calles. No había nadie a la vista; ni siquiera se apreciaban las luces de los candiles y de las palmatorias dentro de los hogares. Quizás todo el mundo dormía; había sido una jornada agotadora. Se alegró de no cruzarse con nadie. No quería dar explicaciones sobre su nuevo aspecto. También se sintió aliviada y feliz al ver de nuevo la plaza del pueblo, frente a la casa consistorial, elíptica y parcialmente amurallada de vegetación, con un quiosco de música que animaba las noches de fiesta. Hacía años que no subía hasta allí debido a la movilidad reducida que había sufrido por la obesidad mórbida, y a que la calle que conectaba las huertas con el centro, la del Agua, era muy empinada. Aminoró el paso para contemplar la plaza, pero volvió a caminar deprisa al notar que el barreño que la protegía de la lluvia empezaba a hacerse poroso y a gotearle en la cabeza. ¿Era posible que el barro de la jofaina se estuviera desgastando por la fuerza de las gotas? Tardó en llegar al encuentro de su hermana menos de lo que había calculado. Allí estaba. La agorera del pueblo, como una estatua, en la pequeña plazoleta al final del callejón más estrecho de Jándula; más incluso que la calleja del Pañuelo de Córdoba.

Eva parecía una virgen de romería en un día lluvioso; alguien le había echado una túnica de cuero por encima, para que no se mojara demasiado. También habían dejado las alcantarillas de la plazoleta sin las rejillas, para que el suelo tragara el agua y no ahogara a la joven. María se acercó a ella. La saludó, le besó los carrillos y se sentó a su lado. Le contó todo lo que había ocurrido mientras le acariciaba las manos. Pero Eva, tal y como había vaticinado Juliana, ni se inmutó. María, viéndoselo venir, se obligó a tener paciencia. Se acomodó junto a sus piernas y le contó una y otra vez la misma historia, esperando que hablara. Y Eva, finalmente, habló, pero, como siempre, de lo que quiso. Después, calló. María volvió a casa sin noticias de su familia, rota y casi sin sostenerse en pie, obsesionada con la posible pérdida de sus seres queridos y con otra pesadumbre más: las acelgas, que, según Eva, habían comenzado a medrar…

Eva

Augurio IV

Hoy llueve en Jándula y la noche sangra, pero de lo peor solo han sido testigos dos personas. ¡Y es que vendrán acelgas! El matrimonio ha cogido las matas y las ha quemado. Saben lo que significan, pero harán como que no han visto nada. ¡Pero vendrán acelgas! Cada vez van más diputados pistola al cinto a las Cortes. Adiós a la independencia judicial. El socialista Indalecio Prieto ya lo avisó hace dos meses: «Vivimos, es cierto, en una intensísima guerra civil». Y eso que todavía no ha empezado. Pero la guerra no se demorará mucho más. ¡En cuanto amaine la lluvia y ordenen la vuelta al calendario! ¡Y vendrán acelgas! Hace más de un año que murió Carlos Gardel; se estrelló en un accidente aéreo. El fuego mató los tangos. No será el único que pierda así la vida. Dos más están al caer, en los cielos. Malditos aviones, o benditos. ¡Vendrán acelgas!

15
Los ideales dormidos

—¿Delgada mi madre?

—¡Ni te lo imaginas! ¡Está irreconocible!

—¿Me ayudas a ir a verla?

—Se pasará mañana a verte. Esta noche dijo algo de ir a ver a tu tía.

—¿A Eva? Pa qué, si es como hablarle al viento.

—No estoy seguro. Pero bueno, mañana se pasará por aquí. Te pongo un poco de agua templada con vinagre en el tobillo y me voy dormir, ¿sí?

—Gracias, Jacobo. Cuidas muy bien de mí.

—¡Ya me devolverás el favor, ya! Si me quiebro un pie o si me pica un alacrán.

—¿Se te hincharía el estómago como a las vacas?

—¡Se me hincharía esto de aquí abajo! —Jacobo se desabrochó el cinturón grueso que le sostenía los pantalones y asomó el pene por encima de la bragueta.

—¡Qué bruto eres! ¡Como si te hiciera falta que te picara el bicho ese!

—¡Pues las he visto más grandes! —Se guardó el miembro—. Mi tío, por ejemplo, ¡no veas la polla que tiene!

—¿El cura?

—¡Aún no es cura! Pero sí, el que va para sacerdote. ¡Se tendrá que poner siete calzones debajo de la sotana o entortará a los feligreses cuando se arrodillen a rezar! —Los jóvenes se rieron un buen rato. Su amistad era como un vínculo entre hermanos.

—¡Con lo bien que calzas, tendrás a la Pascuala bien contenta!

—¡Pero si no hemos hecho nada aún! Se queda preñá y su padre me mata. Que, por cierto, ayer me lo encontré en la peña socialista. Comentaba entre risas que la casa del señorito Anacleto había amanecido con la hoz y el martillo en la fachada.

—¡No jodas!

—Al parecer lo hicieron con una pintura resistente a la lluvia, hecha con una resina de un árbol de Grazalema, donde más llueve en toda la península.

—¡Que no se rían, no vayan a amanecer con las flechas y el yugo de los fascistas!

—Tal y como está la cosa, que no te extrañe. Han dicho en la radio que ayer un grupo de falangistas mató a tiros a un quiosquero por no vender el periódico *Arriba*, que es un diario que desde marzo ya no se imprime. Creo que lo prohibió el Frente Popular. La mayoría de las reyertas están provocadas por niños grandes que se creen que van a cambiar el país. ¿Qué sabrán? Son solo unos ignorantes con ganas de yesca.

—Pues mi hermano Pablito va camino de ser uno de ellos. Dice que en cuanto pueda se irá del pueblo y luchará contra los revolucionarios. Tiene un cuaderno en el que escribe todas las peroratas derechistas que oye por la radio, como las de los miembros de Acción Popular. ¿No escuchaste a Gil-Robles decir que hay que ir a por un Estado nuevo, aunque tengamos que derramar sangre? ¡Y que Iberia había de liberarse de los judíos, herejes, masones, liberales y marxistas!

—¡La Virgen, le faltarán adjetivos! —Se ríen—. No sabía lo de tu hermano. No le pega ser de derechas. ¿A quién ha salido? ¿Tu padre de qué pie cojea?

—A mi padre solo le interesa el campo. Vota al partido que le conviene a la huerta.

—¡Como si hubiera algún partido que pensara más en la tierra que en el poder!

—¿Qué pasa, tú también te vas a cambiar de bando?

—No. Yo seré siempre de izquierdas. ¿Cuándo querrá el Dios del cielo que la tortilla se vuelva y los pobres coman pan y los ricos coman mierda? —Los jóvenes rieron—. Pero no me jodas, José... No es posible que los nuestros sean unos santos y los otros el demonio, ¿no? Vivimos en un pueblo de izquierdas y no nos enteramos de la misa la media. Dice mi padre que el otro día fue a llevar dos terneros a un pueblo de Graná y que vio a una turba acuchillar a un guardiacivil a plena luz del día. Luego lo contó en la peña y dijo que nadie se atrevía a admitir que era una mala acción. De hecho, Venancio lo amenazó con hacerle otro tanto si hablaba mal de «nuestros camaradas».

—¡Y eso que tu padre no se mete con nadie! ¡Si no sale del establo ni pa cagar!

—Pues pa que veas.

—Pero ¿qué me quieres decir? ¿Que los santos son los conservadores?

—¿Qué santos? Los santos son los que votan por sus ideales, pero después tragan lo que venga, no los que se toman la justicia por su mano, de derechas o de izquierdas.

—¡Pues entonces vamos a tener que tragar mucha mierda! Y eso es de cobardes.

—El suelo se tiñe más de rojo cuanta más valentía.

—Mira, Jacobo, cabrones hay en todos los bandos. El otro día escuché decir a Eva que un cardenal de un pueblo de Sevilla prohibió los bailes agarrados, y que como ejemplo le cortó los brazos a una pareja de jóvenes que habían bailado pegados.

—¿Y no le quemaron la iglesia? —contestó Jacobo sorprendido.

—Ya sabes que Eva no dice más que verdades.

—¿Era un recuerdo pasado o un suceso futuro?

—No lo sé, la verdad. Miedo me da que sea una premonición. Por si acaso, en el baile no me pongas las manos en el culo, ¿vale? ¡Que mira que te conozco!

—¡Serás desjraciao! Ahora en serio… Quizás deberíamos sacarnos un carnet de esos. ¡Que como se líe una buena en algún bando hay que estar!

—¿Con los comunistas?

—Será más fácil con los anarquistas. La CNT no pone tantos impedimentos. Hasta un señorito bien redimido podría inscribirse. O, si no, ¡nos hacemos masones!

—¿Un masón es un socialista que pone velas y hace espiritismo?

—¡Qué fantasioso, por Dios! ¡Y qué ignorante! Los masones son liberales que se juntan para hablar en unas reuniones que se llaman logias. Son de izquierdas. Leí en un libro que si se es masón de verdad, se lleva un botón en la chaqueta, el Oriente no sé qué.

—¡Bueno, ya lo veremos!

—¡Decídete pronto! Que sin carnet seguro que no nos dan ni máscaras de gas.

—¿Para no atufarnos con el brasero? —propuso José en tono jocoso.

—¡Cabezón! ¡Por si llega la guerra química!

—Has leído demasiados tebeos... Oye, ¿no me ibas a dar una friega en el pie?

—Mejor mañana, que si no a ver quién es el valiente que se duerme con el tufo a vinagre después. Además, me duele bastante el labio y me dan pinchazos en la cabeza.

—¿No te iban a operar? —José rozó el labio superior de Jacobo, dividido en dos.

—¡Con agujas para el cuero e hilo de cáñamo! Para eso, lo dejo como está.

—A mí me gusta así.

—¡Qué tonterías dices!

—Te hace más interesante y atractivo. ¿O es que preferirías tener la cara de Quirico, que parece un huevo cocido con dos motas por ojos?

—Preferiría tener la tuya... Así tendría a todas las zagalas detrás de mí.

—¿Tan bonico soy?

—¡Buenas noches, cojo!

—Descansa, gandul.

A José le hubiera gustado recibir el masaje con vinagre aquella noche. Se repitió la escena en la cabeza una y otra vez antes de dormir.

16

El viaje a ninguna parte

El pueblo de Jándula, al saber que la familia de María —exceptuando su hijo mayor y su cuñado— había desaparecido, se volcó con la matriarca en un gesto de solidaridad que sería el último en décadas. Derechistas e izquierdistas, monárquicos y republicanos, religiosos y ateos, terratenientes y campesinos, empresarios y obreros, carlistas y liberales, falangistas y revolucionarios aunaron fuerzas y se echaron al monte en su busca. Bien abrigados caminaban durante horas y se daban el relevo. Pero las batidas no daban fruto y estaban dejando en cama a la mitad de los vecinos. Al poco, muy a su pesar, tuvieron que cejar en su empeño, y los familiares de Odisto no pudieron más que resignarse.

María se sumió en un estado letárgico del que no salía más que cuando recibía alguna visita. Solo tres personas acudían con asiduidad: su prima Juliana, que le llevaba la comida diariamente; su hijo José, que poco paraba en casa, y una conocida, Fuensanta. Esta era hija del pintor del pueblo, el cubista Zabaleta. En realidad, el artista nunca tuvo descendencia; pero, en el reino maleable de la literatura, he querido darle una hija. María no entendía el interés de la mujer —de raíces éuscaras y cuya belleza bien podría haber inmortalizado en un lienzo Julio Romero de Torres—, pero agradecía que alguien se acordara de ella. Además, estaba en deuda con su hija, Ana la partera, que tan bien la había asistido. Fuensanta llegaba siempre con el rostro salpicado de óleo. «¡A mi padre, que le ha dado por usarme de modelo! Y como dice que ha entrado en su período azul...». Cuando conversaban sobre el paradero de Odisto, mostraba una enorme conmoción y unas lágrimas diminutas le corrían por las mejillas cada vez que lo nombraban. Debido al pigmento del rostro, María no pudo distinguir el color de las gotas. En Jándula, las lágrimas brotaban de un color diferente dependiendo de la emoción: rojas de amor, azules de tristeza, negras de dolor, amarillas de alegría... En las lágrimas de Fuensanta le parecía apreciar un ligero tinte morado, así que se dijo que todo estaba bien, que no eran de amor. Si María hubiera sabido que eran el cian y el rojo los que formaban aquel color, no se habría quedado tan tranquila. O quizás era conocedora de los colores y simplemente se negaba a aceptar la realidad. El resto del tiempo María lo pasaba pegada a la ventana que daba hacia el camino. En aquel par de semanas, el cristalero del pueblo tuvo que cambiarle el vidrio cuatro veces; la mirada perdida de María lo desgastaba hasta que el agua acababa entrando en casa.

La lluvia se prolongó casi todo un mes. Los janduleses no volvieron a salir de casa durante la tromba, salvo por necesidad imperiosa. De hecho, llovía tanto que el párroco decidió cambiar la fecha del oficio del domingo a un día laborable para que ocurriera un milagro; según su experiencia, los cambios imprevistos en el calendario atraían la atención de Dios. Con ese objetivo, don Robustiano había organizado una procesión con un crucifijo de cobre, la única talla que no se echaría a perder bajo la lluvia. «A las malas, se pondrá verde, pero Dios no entiende de colores, solo de formas», tranquilizaba a los fieles. La marcha tendría lugar cada dos semanas: rodeaban la plaza de la Lonja y rezaban una plegaria que ya habían usado en los años de sequía, convenientemente modificada para expresar el deseo contrario: «¡Sol, Padre Eterno! ¡Sol, Jesús mío!¡Que pasen las nubes sin haber llovido!». Pero no funcionó, bien porque Dios no quiso ayudarlos o porque no los escuchó. ¿Qué puedo saber yo? El caso es que siguió lloviendo varias semanas, en las que poco sucedió en el pueblo. Donde sí que sucedió un milagro fue en la cueva del bosque de los Hilos donde se encontraba la familia de Odisto. Justo a mitad del diluvio, tanto Antonia como Manola despertaron de la hibernación. Se habían sentado encima de una rama de zarzamora y el dolor de las pinchas las sacó del letargo. Tras desentumecerse, valoraron las opciones que tenían: si dormirse de nuevo o partir en busca de ayuda. Gozaban de buena salud y se veían capaces de volver a casa bajo la intensa lluvia. Intentaron despertar tanto a Odisto como a Felipe y a Pura antes de marchar, para que no se preocuparan si despertaban y no las veían allí, pero fue tarea imposible. Dormían como troncos. Así que se fueron sin más.

En cuanto pisaron el camino, se calaron hasta los huesos. Ojalá hubiesen heredado de su madre, Trine, el don de la impermeabilidad. La piel de la hermana de Odisto, Trinidad, era resistente a la humedad y al frío. Además de aquella característica, la mujer sufría otra extraña condición: tenía todos los miembros de leche. Si perdía un brazo, un dedo o una pierna, a los pocos días le volvía a crecer. Y no solo una vez, sino todas las que hicieran falta.

Al llegar las sobrinas a las huertas del pueblo, la lluvia arreció con más fuerza, imposibilitándoles el paso campo a través. Decidieron seguir la vía más larga pero más segura, la que marcaba el caz del agua. A mitad de camino, junto a un pequeño acueducto que tenían que atravesar para pasar de una huerta a otra, Antonia pidió a su hermana que se detuvieran para recuperar el aliento. Manola hizo oídos sordos y siguió caminando, y Antonia, al cruzar el acueducto, se mareó y cayó al torrente, caudaloso y violento. La corriente arrastraría el cuerpo sin vida de Antonia a través de toda Andalucía. Esto quizás no debería contároslo ahora, pero el cadáver de la joven lo encontraron un mes más tarde en un pueblo de la provincia de Córdoba. Como por entonces la guerra ya había comenzado, la echaron a la fosa común y nadie avisó a la familia. Prosigo.

Manola, al percatarse de que su hermana no la seguía, quiso volver a buscarla, pero por el bancal superior del camino bajaba un mar de agua enlodada. Consiguió resguardarse en el hueco que habían dejado las raíces de un árbol desgarrado de la tierra. Se agazapó en él y perdió la consciencia. Soñó que tenía las manos de barro y que no debía moverlas si no quería que se le rompieran.

Dos horas más tarde, vomitando fango, despertó sacudida por unas manos fuertes: las de Ángel, el hermano de Odisto que nunca abandonaba las huertas. El hombre la había descubierto de casualidad. Manola le instó a que fuera a buscar a su hermana. Ángel le prometió regresar a por Antonia a condición de que ella volviera a casa de su madre. Manola, sin fuerzas, aceptó. Trine, su madre, la recibió con una inmensa alegría. Pero cuando supo que Antonia se había perdido, se le fue el color de la piel y de las primeras capas de su cuerpo y podía vérsele el interior, los ríos de las venas y arterias.

Una vez se recompuso, Trine avisó a María de que su hija había aparecido y de que, al parecer, la familia estaba viva, a salvo en una cueva del bosque de los Hilos. Manola, por su parte, durmió casi dos semanas. Bien iba a necesitarlo: trece días después, una vez escampara y el calendario retomara su curso habitual, prepararía un hatillo y seguiría el curso del agua en busca de su hermana. Así, de río en río, presenciaría meses más tarde uno de los episodios más atroces de la Guerra Civil en Andalucía. Pero tiempo al tiempo.

17

La vuelta al calendario

Los días de solivianto e inquietud de María llegaron a su fin. Tras la aparición de Manola y saber que la familia hibernaba en una suerte de refugio, fueron a rescatarlos. El ayuntamiento contrató a cinco guardabosques de Cazorla para la tarea, quienes, nada más llegar a Jándula, se hicieron con el relieve cartográfico de la región que había en la sala de juntas de la casa consistorial y partieron en su búsqueda. Según la descripción de la sobrina, el refugio estaba en un lugar muy alejado de las zonas que los lugareños habían peinado los primeros días. Aquello no facilitaba la empresa, ya que seguía lloviendo con fuerza. Ante la adversidad del terreno encharcado, los guardabosques usaron para el rastreo dos carros de caballos. Los vehículos a motor no funcionarían bajo aquella tormenta. El trabajo fue arduo, pero resultó exitoso. Los encontraron a todos, vivos y dormidos. Para los extraviados, el tiempo parecía no haber pasado. Decían sentirse como después de una breve siesta. Más tarde sabrían que fue la valentía de Antonia y Manola la que los salvó.

En cuanto María supo que conocían el paradero concreto de los familiares y que iban a por ellos, sacó fuerzas de flaqueza y fue a avisar a los janduleses. Seguía sin engordar; pesaba menos de cuarenta kilos. Buena parte del peso que le quedaba se debía a los dedos de piel estirajada que le colgaban del vientre y de las posaderas, pliegues que le recordaban los doscientos kilos que había llegado a pesar. Recorrió todas las calles de Jándula gritando la buena nueva: el regreso de su familia. Y todo el pueblo, paraguas en mano, se echó a la calle para recibirlos. Acostumbrados a la monotonía de aquellos días lluviosos en los que nada pasaba, recibieron aquella noticia con un enorme entusiasmo. Solo una vecina no se alegró de la vuelta de la familia. De ella no os he hablado hasta la fecha. Vivía al este del huerto de Odisto —al oeste lo hacía Juliana—. Se llamaba Irma. Era la hija de un alemán, Leopold, que se había mudado a Jándula años atrás. Padre e hija convivían en la misma casa. Mientras que el padre era todo afabilidad, la hija se llevaba mal con todo el pueblo, que la repudiaba debido a que no escondía su oficio: prostituta. Con María no ocurría diferente, y ambas se detestaban a partes iguales. Aquella mañana, tras terminar de avisar a todo el pueblo ambas mujeres tuvieron un encontronazo, otro de tantos.

—¿Por qué gritas tanto, ordinaria? —le reprochó Irma.

—¡Bien te podrías alegrar por mí!

—¡Bien podrías adelgazar tanto que desaparecieras!

—¡Oy, oy, Jesús, qué cosas tiene que oír una!

—Eso, eso, santíguate bien. Que te crees tú que el cura te va a salvar, si se viene aquí conmigo día sí, día también. ¡Menudo gazmoño está hecho!

—Vergüenza te tenía que dar lo que haces. ¡Guarra! ¡Y que sepas que no se me va a olvidar lo que le hiciste a mi Pablito!

—¿Lo que yo le hice? ¡Será más bien al contrario! ¡Que menuda polla gasta el zagal!

—¡Ordinaria! ¡Ni se te ocurra acercarte más a él! Me voy por no escucharte, desjraciá.

A unas leguas de allí, ajeno a aquella disputa, Odisto ya veía su huerta a lo lejos, al fondo de la vaguada, desde el coche de caballos en el que viajaba con su familia. Los guardabosques habían cumplido la misión y conducían a los rescatados a casa. Distinguía su huerto de los restantes por su inconfundible color, mucho más verde, y por tener las terrazas más grandes. También le ayudaba la forma ligeramente en u que el río formaba al final del campo, así como el blanco límpido de su cortijo, que desde allí no era más que un minúsculo punto iluminado. Les quedaban un par de caminos y alcanzarían las afueras del pueblo. Debido a la ubicación de la era, la entrada sería por la calle central, la carretera de montaña en torno a la cual había surgido y crecido Jándula. Se trataba de una misma vía, pero se conocía con tres nombres diferentes: paseo de Santa María, calle del Dos de Mayo y calle de Pedro Hidalgo. Este último se le puso en honor al héroe homónimo de la zona, un perínclito escudero que seiscientos años atrás habría expulsado a los árabes del castillo de Tíscar, el lugar al que peregrinaba el pueblo cada año para recoger y llevar a la Virgen en romería. Creo que olvidé mencionar el culto católico de Jándula. Veneraban —y lo siguen haciendo hoy día— a la Virgen de Tíscar, una imagen religiosa de pequeño tamaño y rostro diminuto. La devoción era muy grande, a pesar de tratarse de un pueblo mayoritariamente de izquierdas, como casi todos los de la provincia de Jaén.

El último tramo antes de llegar atravesaba un valle de collados suaves donde estaban los cortijos más antiguos, casi todos abandonados y algunos en ruinas. No los demolían por superstición. Pensaban que una casa albergaba siempre parte de las almas de quienes la habitaron, que la irían abandonando con el paso del tiempo. Solo quitaban los escombros una vez caía el último tabique de la construcción. Odisto apreció entre los cortijos el de la abuela fallecida de María, Patrocinio. Un escalofrío le recorrió el cuerpo. Le causaba una gran impresión recordar lo que aquella mujer había sido, fuerza y respeto, y lo que era ahora, los vestigios de una casa desvencijada. La mella del tiempo en las cosas lo angustiaba. Observó con abatimiento que las ventanas que antes ventilaban el interior y creaban corrientes de vida y frescor estaban completamente tapiadas, apuntaladas con maderos de olmo roídos por el barrenillo.

El traqueteo del coche sobre los adoquines sacó a Odisto del ensimismamiento. Habían llegado a Jándula. Los guardias forestales, sorprendidos ante lo que vieron a la entrada del pueblo, animaron a los familiares a que asomaran la cabeza. Los lugareños habían salido a las puertas y a los balcones de sus casas para darles la bienvenida resguardados bajo paraguas. Como el tafetán engomado de cada sombrilla era de un color distinto, las calles del pueblo se engalanaron de mil colores. La entrada triunfante emocionó a Odisto; un recibimiento muy diferente al que le darían años más tarde al volver de la guerra.

Como la cortina de agua ahogaría el sonido de los aplausos, idearon una manera visual de hacerles saber que se complacían de su vuelta: abrieron y cerraron los paraguas varias veces, haciendo rebotar las gotas de lluvia caídas sobre la tela, que daban la impresión de volver a caer a una velocidad menor. La familia, boquiabierta en la caja del coche, no olvidaría nunca aquel recibimiento.

Una vez llegaron al cortijo se sucedieron las bienvenidas, los llantos de alivio y de alegría; los familiares se fundieron en abrazos. José apretó a todos sus hermanos, Felipe se echó en los brazos de su mujer y Pura lloró al reencontrarse con su hija. Odisto y los que habían estado desaparecidos estaban felices de haber sobrevivido, pero extrañados de que el tiempo hubiera pasado de aquella manera. Lo que más sorpresa les causó fue el nuevo físico de la madre; al que más, a Josito, que no se creía lo que palpaba y decía no reconocerla.

—¡Mi madre es un palo! —Aquello acarreó las risas de los presentes, a pesar del llanto del niño al verse sin madre. María intentó cogerlo en brazos para convencerlo de que seguía siendo la misma persona, pero no había conseguido recuperar las fuerzas. Se puso a la altura del ciego y le dio tantos besos como pudo, pero el pequeño no dejaba de llorar.

Estuvieron horas reunidos en el cortijo, acompañados de Juliana la Coneja y de varios janduleses que se habían acercado a darles la bienvenida. Entre ellos se encontraba Pedro, un joven huérfano que estaba enamorado de Ángeles, y Fuensanta, la hija del pintor que tanto interés había mostrado por el extravío del patriarca. Tan solo un miembro de la familia se escabulló del reencuentro: Pablito, que se fue a celebrarlo a casa de Irma, la vecina prostituta.

La normalidad pareció volver a Jándula. La lluvia fue amainando y una semana más tarde escampó del todo. La mañana que amaneció el cielo despejado corrió la noticia por la radio de que el tiempo del calendario retomaba su curso: volvía a ser 14 de julio, martes. Oficialmente, la lluvia había durado unas horas y no veintiocho días, tanto en Jándula como en el resto de Iberia.

Aquella misma tarde se formó en el consistorio una junta general de vecinos con representantes de las barriadas y lugartenientes políticos. Jándula tenía en aquel momento más de diez mil habitantes, reducidos hoy día a menos de la mitad. La huida a las grandes ciudades desinflaría el pueblo en las décadas siguientes. El tema que trataron en aquella reunión fue la necesidad de celebrar que el gran aguacero había llegado a su fin: se haría una matanza por barrio. Eran conscientes de que no era la época del año de matar al cerdo, pues ya lo decía el refrán: «por san Martino, mata el pobre su cochino». Pero el ambiente frío que las lluvias habían dejado tras de sí era propicio y permitía que pudieran curarse los alimentos. También habría otras actividades festivas, como pasear a los gigantes y cabezudos acompañados de la orquesta del pueblo, peleas de gallos y la instalación de dos cucañas. La decisión fue unánime: celebrarían las matanzas el viernes de aquella misma semana, 17 de julio. Hasta entonces, el resto del pueblo retomó como pudo la rutina. Odisto, por su parte, se encargó de organizar y diseñar el trabajo que el campo exigía después de la copiosa lluvia, ya que los huertos habían quedado anegados y las cosechas echadas a perder; los eriazos eran mares.

Aquellos iban a ser los últimos tres días de vida normal en la península. Como muestra de ello, de esa cotidianeidad amistosa de la que gozó el pueblo por última vez, os dejo con el capítulo siguiente: las conversaciones de las ancianas en los trancos de sus puertas.

Polonia, Malena, Feliciana y Carmela

—¡Malena, arrímate a la acera, que te vas a caer a la carretera!

—¡No me da la gana!

—¡Cucha, cucha! ¡Qué voces pegas, hija!

—¿Esta? Esta es una ordinaria...

—¡Que no me caigo, coño!

—¡Madre mía! Si estuviera aquí la Jesusa..., ¡se echaría las manos a la cabeza, con lo bien hablada que era! La pobre...

—¡Es ley de vida! A todas nos llega, ¿no, Polonia?

—Dicen que van a derribar su casa para construir una más moderna.

—¿Quiénes?

—Los herederos, los hijos que tiene repartíos entre Alicante y Mágina. Les trae sin cuidado la costumbre que tenemos de dejar que las casas se caigan solas.

—¡Lo que nos faltaba, otra obra más! ¡Que tengo el patio empercudío de mierda!

—¡Pues como todas y no nos quejamos! ¿Te crees que yo hago algo más que barrer?

—¡Si hubieras tenido que limpiar tú lo que he limpiado yo, con la obra de Simona junto a mi patio, se te habrían caído las manos! Y encima con mis dos suegros en casa.

—Ahí te tengo que dar la razón, Feliciana, que lo de tus suegros...

—¡Como para dejarlos solos!

—Los míos también me dieron guerra antes de morirse. Eran más quisquillosos...

—¿Cuántos años tienen tus suegros? ¡Si tú ya tienes setenta!

—¡Yo qué sé, si ni se acuerdan de la edad que tienen!

—¿Setenta tienes ya, Carmela?

—¿Qué te crees? ¡Que ya no está hecha una zagala! ¿Verdad que no?

—¡A callar las tres, que sigo siendo la más joven!

—¡Y la más marrana!

—¡Vaya lengua tienes, Malena! Se te tenía que caer y pudrirse.

—¡Ay, qué Malena!

—¡Ay, qué Polonia; ay, qué Feliciana; ay, qué Carmela y ay, qué to!

—Cucha, que os cuente antes de que se me olvide. Estaba en la plaza comprando esta mañana, que fui temprano por lo de mi sobrina, que nos tiene soliviantaícos perdíos, a ver si se mejora ya de una vez..., ¡y escuché que la guerra está al caer!

—¡Bueno estaba y se murió!

—Se lo he oído decir a Jimeno, el hijo de Marieta, la Portaumbrales.

—¡Ese es demasiado leyista! ¡Nada más que perora to el santo día!

—¡Te diré y te contaré! El agonías ese no dice más que cosas malas. Cada día está más agurullao, ¡que se le van a juntar los hombros con las rodillas!

—Siempre está de mala follá. ¿No os acordáis del día de la comunión de su hija, cómo se puso porque le derramaron la orza? ¡Cojones con la santa orza de los chorizos! ¡Y eso que le regalaron un pan de vida que ocupaba media huerta!

—Se puso así porque se la rompió uno de San Bartolomé que es de derechas. Y como no quiso pagársela al precio que él decía, pues se llenó de veneno.

—¿A quién le habrá salío?

—¡A la facunda de la Portaumbrales! ¿A quién va a ser? ¿No ves que está to el día tarareando *La Internacional*? ¡Esa es más progresista que nadie! *Arriba, parias de no sé qué..., la famélica no sé cuánto...*

—Estamos apañaos con ser de derechas o de izquierdas... ¡Siempre con lo mismo!

—Los políticos no tienen campo. Si no, no tendrían tiempo de inventar tantas cosas.

—¡Habló la que tiene a los hijos en las Juventudes Socialistas!

—¡Bendito sea! ¿Acaso los he apuntado yo?

—Ya sabes lo que dicen, que de tal palo…

—¡Qué socialista ni qué niño muerto! ¡Campo, campo y campo! A mí los políticos no me dan de comer.

—Pues eso pienso yo también.

—Oye, ¿y si fuera verdad lo que dicen y viniera una guerra?

—¡Pues nada, nos colgamos el rifle y al ataque!

—¡Claro, las cuatro jinetas del Apocalipsis! ¡Dos de setenta y dos de ochenta años! ¡Íbamos a matar mucho!

—¡Calla, no mientes al diablo!

—Pero ¿qué he dicho ahora?

—Ya vengan quinientas guerras yo seguiré sacando mi silla cada noche a echar el ratico con vosotras. ¡Vamos, venga lo que venga!

—Ay, que nos vas a hacer llorar.

—Ni que estuviera mintiendo.

—Pues yo durante el día me iba a pegar tiros por ahí. ¡Pah, pah!

—¡Mírala, la revolucionaria!

—¡Y la otra santiguándose! ¿Te crees que la Virgen te va a salvar el culo cuando explote todo? ¡Una mierda pa ti!

—¡No! ¡Te lo va a salvar a ti, que no haces más que blasfemar!

—Nena, mañana mismo voy al cura a que me dé la comunión, no vaya a ser que me pille la muerte en bragas… Y de paso que me invite a un vinillo y a un plato de jamón, ¡que no veas cómo vive el gachón con las donaciones de los señoritos!

—A ti, ni agua te va a dar. ¡Con lo fea que eres! ¿No ves que el cura solo se anda con mocicas bonicas?

—Bueno, ¿qué? ¿Nos metemos ya pa dentro?, ¡que no me he echao el chal y tengo el mondongo helao!

—¡Qué bruta eres!

—Venga, sí, a recogerse. Que van a dar las doce.

—Otra vez con las sillas pa adentro.

—Nena, no la arrastres así, que se te va a desgastar.

—¡Eso será la tuya, que la tienes más roía que el culo de un marrano!

—¡Josú, josú, Malena! ¡Lávate esa boca!

—Venga. Hasta mañana si Dios quiere.

—Y el que se muera que no me espere.

Manuel Scorza

«Voy a la casa donde no viviremos, a mirar los muros que no se levantarán».

Salvador Espriu

«... me he quedado solo en la casa de los muertos que solo yo recuerdo».

18

Los ríos bárbaros y las falanges quebradas

Último jueves antes de la guerra. Un día normal. Mediodía.

Un martín pescador verde agua remojaba la cabeza en el pantano en el que se zambullían la familia de Isidra y la de Rosalía. Aunque vivían pared con pared, al estar construidos sus hogares a ras de una línea limítrofe comarcal, cada familia pertenecía a un pueblo distinto: uno socialista y otro cedista.
En tres años se habrán matado entre ellos.

Una ninfa de saltamontes saltaba sobre los cabellos de dos jóvenes desnudos, Álvaro el Sangelao y su primo, Tobías el Azuceno. Se masturbaban los jóvenes, cada uno con su instrumento, delante de unas estampas de Helena Cortesina y de Margarita Xirgu que habían encontrado en una caja de zapatos bituminosos.
En dos años Álvaro no tendrá brazos para tocarse y Tobías yacerá bajo tierra.

Un pico dorsiblanco cruzó el cénit de Beltrán a vuelo bajo. El buen hombre buscaba espárragos tardíos alrededor de las raíces salientes de los olivos. La sombra del ave lo despistó y se hizo un tajo en la mano con la navaja extremeña. Miró al ave con desdén. Sabía lo que su vuelo raso significaba: muerte. Si el pájaro se le volvía a aparecer de nuevo en mediodía, él o alguien de sus allegados fallecería.
En un año Beltrán morirá degollado.

Una liebre ibérica descansaba en la panadería de los Vílchez, escondida entre dos costales de harina, con una mueca bien

seria. Eudosia y Tíscar María, las panaderas, charlaban sobre los hornazos que preparaban para el Domingo de Resurrección, si el huevo que llevaba en medio la torta era mejor cocerlo o dejarlo *à la coque*.
En medio año no se hablarán; tendrán a sus hijos luchando en bandos contrarios.

Un caballito del diablo azul se posó en el poyete de la ventana del señorito Diego. El zigóptero lo observaba con atención mientras este ordenaba sus libros de contabilidad y hacía espacio en una estantería al fondo del despacho. Don Diego trabajaba aprisa, había quedado con don Félix, don Agustín, don Anacleto y don Fulgencio. Los cinco iban a beber orujo al Tirol y a comentar la política nacional.
Antes de que acabe el año les rebanarán las gargantas a cuatro de ellos.

Un zarapito real se dejó olvidado el pico en el río, despiste que aprovechó Dieguito de los Chaparrones para hacerse con él una flauta. Se abrió en el labio superior un tajo que por poco lo deja sin nariz. Fue corriendo a los brazos de su abuela. Esta lo mandó que volviera al río y se limpiara la herida allí, que aquella agua era pura y desinfectaba, y que después se la untaría con yodo y se la cosería.
En tres meses, el río arrastraría la sangre de las falanges quebradas del nieto.

Varias cochinillas se hacían una bola, asustadas entre los dedazos de Ernesto el Pardal y de Perico el Orejaplancha. Jugaban los niños a lanzarlas lo más lejos posible de un solo capirotazo. Después corrían tras los bichos. Los que primero se desenroscaban hacían ganador a su dueño.
En dos meses verían los zapatos de sus padres rodar.

Un coral órgano había sido arrancado del fondo del mar y trasladado desde el océano Pacífico a las fábricas alemanas de instrumentos de viento. La iglesia de Jándula había encargado uno hecho con aquel esqueleto rojizo. Lo había tramitado una tal Julia, de padre gallego, quien, en días festivos, tocaba el órgano en la catedral de Baeza.

El fin de semana el coral ardería.

~~Pablito~~
Pablo

A partir de hoy mismo, paso a llamarme Pablo. Ya no soy un niño y Pablito es nombre de crío. Tengo barba y fuerza, los hombros anchos, el sexo alerta, la mirada más atenta y la mente políticamente despierta. No creo que algo tan personal como el nombre deba depender más del narrador que de uno mismo. Llamadme Pablo.

19

Las cosechas venideras

Odisto y su primogénito se encontraron en la casetilla que había en una de las terrazas de la huerta para guardar el trigo recogido. Tenían que poner en orden el trabajo en el campo, tan descuidado por las lluvias y su ausencia en la hibernación.

—¿Por qué aquí, padre?

—Aquí estaremos más a gusto, porque con tu madre enferma en casa, los críos soliviantados y la abuela poniendo orden... ¡Y a la siesta se querían pasar a saludar los de Federica! ¿No tendrán otro momento? La siesta es sagrada.

—Bueno, encima de que vienen a vernos...

—Estos vienen por lo que vienen. ¡Por cumplir! Les habría dado igual que nos ahogáramos en el bosque. ¿No ves que están detrás de comprarnos la huerta? ¡Y la huerta es lo último que nos arrebatarán! Menudos caciques. ¿Tienes ya la libreta?

—Sí. Cuando quiera.

—A ver. Empieza anotando lo que guardamos en el silo y hemos salvado de las lluvias. Son catorce sacos de patatas, diez de judías verdes de la...

—Ya estoy al tanto de los sacos. Los conté mientras hablaba con Fuensanta. ¿Es que trabaja por aquí cerca? Nos visita mucho.

—Me echa una mano con las cuentas cuando tú no estás.

—¿Y no lo puede hacer madre?

—Tu madre no sabe contar bien. Y está muy débil. No quiero ni pensar en el día de mañana cuando nos falte. ¡Nos van a comer la mierda y el hambre! A ver, con los catorce de papas, los de las judías verdes de la cosecha de Domingo, que en paz descanse, y los veinte de pimientos dan para tenernos hasta la aceituna, sin contar con los frutos que nazcan de aquí al otoño, porque los que ya colgaban se pudrieron, como las ciruelas.

—¿Por qué dice «que en paz descanse»? ¿Se ha muerto Domingo?

—¿No te has enterao? Se ahogó en la poza que había hecho para dar de beber a los asnos. Al parecer, no contaba con que la lluvia había triplicado su profundidad; no hizo pie y se ahogó.

—Vaya... Que en paz descanse entonces. Era un buen hombre, me caía bien.

—Todo el pueblo lo quería. Pocos quedan así. ¡Que la tierra le sea leve!

—Padre, ¿y lo de las brevas? ¿Llegó a hablar con el gendarme de eso?

—¡El hijoputa que se las llevó! ¡Me cago en Satanás!

—Estese tranquilo... Si no, ahora que ya se me ha curado el pie, ya me informaré yo de quién estaba en Fique aquel día.

—¡Tú quietecico y no hurgues, que quien busca encuentra, y no cosa buena, más bien problemas! Venga, apunta: hay que darle al cura las perras gordas que se le deben por teñir las campanas por lo del niño, ¡que ya me dirás tú a mí si eso es trabajo que pagar!

—Padre, no hable así. Y no se dice «teñir», se dice «tañer».

—¿Qué nos has salido, instructor? ¡Verás qué leches, el niño! A ver... Aparte de los sacos tenemos las arrobas de rábanos, a unas cuantas perras la fanega. Lo malo es que Eleuterio ya no comercia más con nosotros y va a por cosechas hasta Zújar.

—Pero a alguien se los podremos vender, ¿no?

—Tu hermana decía de poner el puestecillo. ¿Cuántos tomates nos quedan?

—Secos, unos tres costales. Tuvimos que tirar muchos porque no los escurrimos bien. Martina se da buena maña, pero hay que enseñarle todavía. Los pimientos los ensarta por la carne y no por el pendón, y pone mucho conservante en las botellas.

—Hablando de botellas. ¿Devolviste las de la gaseosa?

—Lo intenté, pero dice que nos las quedemos, que con lo que hemos pasao...

—¡Mira qué bien! No nos quedaban botellas apenas. Las del calcio se rompen enseguida. ¿Por qué las harán tan alargadas? Si no, cogemos unos nidos de avispas alfareras y los usamos de botellas, que son bien resistentes.

—¿Y si nos pican?

—¡Pues te rascas! Duelen lo mismo que las picaduras de avispas corrientes. ¿Nos queda hilo de bramante y agujas esparteras?

—Sí. Por cierto, padre. ¿Y si hacemos las habichuelillas al baño maría?

—No quiero inventos. Hablaré con Casimiro. Él no para de hablarme de las maravillas del baño ese. Pero a mí no me convence lo de hervir el cristal.

—Como vea. Por cierto, el Manazas quería encargarle caquis para exportarlos.

—¿Teótimo? ¿Para qué querrán los catalanes tanto caqui? ¡Con la dentera que dan y lo que estriñen! Desde luego, eso solo se les ocurre a ellos, que no quieren decirse íberos... ¡Menudos conveníos! ¡Como los éuscaros, los gallegos y los lusos!

—Yo no entiendo de política, pero, aunque a mí no me haría gracia que la bella Iberia se separara, si así lo deciden sus pueblos, hay que respetarlo, padre.

—¡Con lo que nos está costando unirla y ahora quieren dividirla! Bien está que hablen como quieran, pero aquellas tierras son Iberia. ¡Ni estatuto ni leche frita!

—Yo opino que es muy fácil criticar sin saber la situación en la que viven. Llevan sufriendo más represión por parte del Estado central que el resto. Además, los...

—¡Mira, no me rechistes! Tú mismo has dicho que no entiendes de política, ¡así que no le lleves la contraria a tu padre!

—Yo no hablo de política, sino de la libertad de...

—¡A callar! ¿Pues no parece que has comido lengua hoy? Sigue con la lista. —José rezongó y continuó de mala gana.

—¿Qué hacemos con los caquis?

—Ya veremos después. ¿Y los higos secos? ¿Cuántos tenemos?

—Los higos están secándose en la cámara de Juliana. Nos queda la mitad, para el pan dulce. Tuvimos que tirar los pisaos el día del parto de madre; se habían agusanao. Los que se secaban los entró Juliana cuando vio llover; casi se mata pisando los zarzos.

—¿Y los nísperos?

—Tienen buena pinta, pero algunos los hemos cogido demasiado maduros.

—Metedlos entre la paja, junto a los tomates y a las manzanas verdes. Así se conservarán más tiempo. Entonces…, solo nos queda el negocio del salvado.

—Y la aceituna. ¡Y no hemos hablado de la pesca! Vamos a necesitar muchas lombrices. En la calle oí decir que pronto saldrán con estacas a por ellas. ¿Cómo se cazan?

—Es bien sencillo. Clavamos al compás unas estacas afiladas de madera en un mismo campo y, de las vibraciones que provocan, a los pocos minutos salen pitando las lombrices. Se creen que vienen los topos a por ellas. Las cogemos a puñados. Por cierto, vente a la noche al bar. Vamos a repartirnos los cerdos para las matanzas de mañana. ¡Hay que celebrar que estamos vivos! Tráete también a Pablito.

—Dice que no lo llamemos más así, que es todo un hombre, que se llama Pablo.

—¿Lo dice por la pelusilla que tiene por bigote? ¡Vaya espabilao!¡Conque Pablo! ¿Y desde cuándo le ha dao por ahí?

—Desde que despertó del sueño de la cueva. Ahora tiene la voz más grave.

—¡Sí que nos ha salido listo, sí!

20

La última liga en el bar

El bar en Iberia es todo un patrimonio. Es tanto una extensión del hogar como un refugio del mismo, y a la par, una embajada que sirve de unión entre los diferentes pueblos. Te acoge vengas de donde vengas: del mediodía más rural o del norte más industrial, de un pueblo independentista o de uno castizo del centro de Madrid. Es un salón compartido en el que se puede conversar, desayunar, comer, cenar, tomar el café, tapear, celebrar una fecha señalada, emborracharse, estudiar, escuchar la radio, leer la prensa, trabajar, descansar, matar el tiempo, ligar, hacer amigos, jugar a las cartas, asearse, ir al baño, trasnochar e incluso confiar las llaves de tu casa. Hoy día, Iberia es el país con más bares del globo, uno por cada ciento setenta personas.

En los años treinta del siglo pasado, los bares de los pueblos eran frecuentados por los hombres de forma diaria y por las mujeres los domingos después de misa y los días festivos. No es que la mujer estuviera vetada, pero la tradición, de corte machista, imperaba antaño, y la mujer no solía entrar si no era con su marido o en día de fiesta. Los hombres decían que iban al bar a «ligar», pero no en el sentido contemporáneo y sentimental de la palabra, sino como sinónimo de «encontrarse con los amigos». La «liga» era el tapeo acompañado de varias cervezas o vinos, generalmente antes de la hora de la cena, tras el tajo en el campo. Charlaban y jugaban al dominó o a las cartas: al tute, al mus, a la brisca, al chinchón, al subastao… En Jándula había varios bares: el Marisol y el Central eran los frecuentados por los señoritos, minoría en todos los pueblos. El resto acudía al Relámpago, a la Baranda, al Bartolo, al Churriano, al Mis Mulas, al Avenida, al Tirol o a la Palmera. La noche anterior a la matanza, Odisto y sus vecinos se reunieron en el bar Heredia, construido en los bajos del teatro del pueblo y regentado por el Escobas, de nombre

Custodio, muy amigo de nuestro patriarca. Tenía además familia alfarera en Mágina; por eso había decorado la taberna con platos verdes y redomas de boca estrecha de cerámica, firmados con el nombre de la familia ceramista: Tito. El Escobas era padre de siete hijos varones, a los que iba a perder de vista en menos de mil días: cinco de ellos morirían en la guerra venidera y los otros dos emigrarían a Sudamérica huyendo del conflicto.

La noche antes de la matanza, Odisto se encaminó al bar de su amigo junto a su hijo mayor, ya sin cojera, y a Pablo, el mediano, que estrenaba su nuevo nombre y que iba a ser por esa razón objeto de varias mofas a lo largo de la noche, además de por haberle cambiado la voz, que siempre era motivo de burla. El joven estaba empeñado en el cambio de nombre y no se bajaba del burro y a Odisto no le gustaba que sus hijos dieran que hablar en el pueblo. Le pidió que entrara después de él en el bar, y Pablo —sí, supongo que he de respetar su decisión y llamarlo en adelante sin el diminutivo— aceptó. Antes de entrar al bar, Odisto le colocó un palillo en la boca que Pablo debía mantener entre los labios durante toda la noche y, de cuando en cuando, usarlo de mondadientes. Aquello denotaba hombría. Pablo, de nuevo, aceptó.

El local estaba repleto de hombres sentados a la barra; los más mayores en las mesillas bajas de alrededor. Desde fuera poco se veía de la escena; las cristaleras eran amplias y transparentes, pero estaban empañadas. Pablo se relamió al ver la cantidad ingente de pasteles que había por todos lados: en la barra, apilados en los rincones, encima de las endebles mesas, en las estanterías, junto a los rodapiés... Al parecer, según le explicarían a su padre más tarde, el Escobas, nada más abrir el bar tras el fin de la lluvia, se encontró con cuatrocientos veinte panes de Calatrava. El Escobas dijo que, junto al inmenso cargamento de pasteles recién horneados, había encontrado una nota —cuyas iniciales y procedencia no lograron descifrar— que rezaba así:

Quería tener un detalle con vosotros por tantos días de lluvia y de cosechas perdidas.

D.U.

Temiendo que fuera una trampa, Odisto quiso prohibir a sus hijos comer de aquello, pero para cuando se enteró del asunto, ya habían dado cuenta de varias porciones. Así que se resignó y se tomó también una con su vino; Odisto era de vino y no de cerveza.

—¿Has visto lo que también nos ha dejado el hombre misterioso? ¡Asómate al almacén y verás! Si no encuentras a tus zagales es porque están allí todos los del pueblo. ¡Un milagro de juego! ¡Una maravilla!

—¿No será una ruleta de esas de estraperlo? ¡Que tumbaron a Lerroux por eso!

—¡Anda ya! ¡Entra y mira!

La persona que había firmado aquella nota también les había dejado un enorme futbolín de madera de arce, el primero que el pueblo veía. Es cierto que desde hacía cuarenta años ya había juegos como aquel, pero el modelo más famoso —que es el que ha llegado hasta nuestros días— no se patentaría hasta el año siguiente, y tardaría aún más en venderse debido a que su inventor, Alejandro Finisterre, perdería los papeles en una tormenta en el mar huyendo al exilio. Que el pueblo disfrutara de casi quinientas tartas y de un juego de mesa venido del futuro solo podía ser obra de Dios o del narrador, aunque los campesinos del bar decían que quizás se trataba de un regalo de personas tan dispares como Franco, el político Blas Infante —que sería fusilado nada más empezar la guerra por los derechistas— o Manuel Basulto, el obispo de Jaén.

Odisto, que apenas pudo ver el futbolín con tanto joven alrededor de él, volvió a la sala y se sentó junto a Fermín, uno de los que se encargaría de traer los cerdos al día siguiente, que regía la farmacia del pueblo. Partirían a medianoche junto a una docena de hombres y llegarían al alba. El criadero de cerdos se encontraba justo detrás de Despeñaperros, el monumental desfiladero que separaba Andalucía del resto de la península, el cual atravesaban también muchos bandoleros, que robaban las cargas de los transportistas que se atrevían a atravesar la zona. Fermín y los suyos, por precaución, fueron armados. Transportar cien cerdos de noche y sin armas de fuego habría sido un despropósito.

Además de a Fermín, Odisto reconoció a casi todos los presentes en el bar, menos a un par: dos ancianos que bebían de una bota de vino al fondo, observando en silencio a los janduleses. Odisto preguntó al Escobas por ellos. Eran dos viejos de Castilla la Vieja a los que un grupo de falangistas había montado en una camioneta y abandonado a cientos de leguas de sus casas, en mitad de un secarral al norte de la provincia de Jaén. Torcuato y Sandalio. El único mal que habían cometido fue negarse a cerrar una Casa del Pueblo, un centro obrero donde se juntaban los socialistas.

—¿Tú te crees que esto es normal? ¡Tienen más de setenta años y uno de ellos está enfermo! ¡Qué poca vergüenza! Al parecer, antes de abandonarlos les vendaron los ojos e hicieron como que iban a aplicarles el bando de guerra. ¡A fusilarlos! ¡Menudo simulacro! ¡Yo no sé cómo aguantaron sus corazones! Aquí en el bar no se me escapa una, y te juro que cada día me llegan más noticias de piquetes de falangistas. Dicen que muchos se visten de anarquistas y comunistas para que el pueblo acuse a la izquierda. ¡Cobardes! ¡Baladrones todos! ¡Y yo que me lo creo! Esa es la diferencia que nos va a condenar, Odisto. ¡La organización! La izquierda está fragmentadísima, llena de haraganes que solo hablan, mientras que la derecha cada vez coge más fuerza. Y así no solo vamos a perder la guerra, sino que vamos a regar el campo con más sangre de la necesaria. ¡Si no, tiempo al tiempo!

—Hablas de la guerra como si ya estuviera aquí —respondió Odisto, asqueado.

—¿Qué quieres, cogerte una silla y sentarte en mitad del camino a esperar a que llegue? ¿Como don Agustín? ¡Nos va a pillar el toro!

—¿Era tu padre el que había estado en la guerra de Cuba?

—En Cuba no, en Filipinas. ¿Por qué?

—Nada. Me acabo de acordar. Es un buen hombre, Cirilo.

—Vino hastiado de luchar por una Iberia que lo perdía todo. Nada más llegar, lo querían hacer rifeño. Se negó. Le daba igual Marruecos. Decía que era un entretenimiento para mantener ocupado al ejército y que no se movería más. Y así fue.

—¿Y él qué dice? ¿Cree que se avecina guerra o que no?

—Dice poco. No sé de qué pie cojea. Antes se cagaba en la monarquía. Decía que por su culpa perdimos las colonias. Pero ahora, las veces que dice algo es para criticar a la República y su «gimnasia revolucionaria»; con nada que dices te saca lo de la insurrección del Alto Llobregat o la matanza de Casas Viejas. ¡O que si las anarquistas danzaban como brujas alrededor de los cuatro guardiaciviles muertos en Castilblanco! ¡Y al alcalaíno de Azaña no puede ni oírlo! Dice que está seguro de que el presidente tiene las manos manchadas de sangre, que ordenó que dispararan en la barriga a los anarcosindicalistas que intentaron el levantamiento. Está muy senil; no me fío yo de sus juntas. El otro día me pidió una cosa muy rara: que preguntara en el bar quién se estaba comiendo los toros de lidia y que hiciera una lista con los nombres.

—¿Para qué quiere semejante cosa?

—No lo sé. Parece mentira que no entienda que se los coman, ¡con tanta hambre!

—¿Y qué les van a hacer a los que se comen los toros? ¿Apiolarlos? ¿Lidiarlos y hacer una becerrada con ellos?

—Lo más peligroso de una guerra muchas veces no es la lucha armada contra el enemigo político, sino el ajuste de cuentas con los que te rodean. ¡Todo está permitido! Y si alguien te descerraja un tiro en mitad de una calle, nadie va a ser juzgado. Ese es el mayor miedo que da una guerra, la sensación total de indefensión. Y con la que se nos viene encima... Pero bueno, no creo que nadie toree a nadie en esta historia; y mucho menos a animales. ¿No ves que el narrador está contra la fiesta?

—¿Y eso cómo lo sabes tú?

—¡Lo intuyo! ¿Acaso has visto alguna corrida hasta la fecha? Si no, preguntémosle a una persona del bar qué piensa de los toros. Lo que diga será lo que piensa el narrador. Estoy seguro de que, si nos está «leyendo», entrará al trapo. ¡Va! ¿Qué perdemos? Mira, preguntémosle a ese de ahí, que tiene que ser de una aldeílla porque a mí ni me suena su cara. ¡Muchacho! —El Escobas lo invitó a sentarse en la barra junto a ellos—. Te invito a un vinito si contestas a una pregunta. ¿Qué piensas del toreo?

—¿Del toreo? —Su rostro se puso serio y el tono de su voz pasó de jocoso y achispado a sereno y grave. Tanto Odisto como el Escobas comprendieron que, muy probablemente, el narrador de esta historia se estaba dirigiendo a ellos a través de él—. Me agradan las plazas de toros, los trajes de luces, las poses de los toreros, el vocabulario viejo y descriptivo, y los pasodobles de fondo, pero no me gusta ver sufrir a un animal, ni a los caballos ni a los toros, ni el aire casposo, rancio y machista presente en los ruedos. Yo no entro al Coliseo romano esperando ver hombres morir; tampoco deberíamos entrar a las plazas esperando ver animales sufrir y desfallecer. El toreo habría de evolucionar o extinguirse. —Entonces subió el tono, lo agudizó y gritó, como volviendo de nuevo en sí—. ¡El vino! ¡Dame el vino!

—¿Ves? ¡Te lo dije! El narrador está en contra de la fiesta —dijo el Escobas.

—¿En contra? No lo he entendido yo así.

—¡Aquí dos escuchan lo mismo y entienden lo contrario! ¡La guerra está al caer!

—¡Le pones a uno el cuerpo malo! Me salgo a tomar un poco el aire.

21
Las matanzas

Al día siguiente, el pueblo celebró treinta y cuatro matanzas, una por vecindario. Era su manera de festejar la vuelta a la normalidad. Casi cien cerdos iban a morir, que los proveerían de alimento durante un año entero. La matanza siempre se hacía en comunidad, entre familiares y vecinos. Originariamente se hizo siempre así para demostrar al inquisidor que comían cerdo y que no eran musulmanes, y la tradición mantuvo ese aspecto. Por eso se celebraba en espacios comunes y abiertos.

La matanza de nuestra familia, de cuatro cerdos, tuvo lugar en el huerto de Agripina, a dos terrenos del cortijo de Odisto. Agripina, madre de la tuerta Crisanta —la cuñada de Odisto—, era tendera en el mercado de abastos, al igual que su marido Prudencio. No era la primera vez que organizaban una celebración multitudinaria en su espacioso corral. Para aquella ocasión, habían hecho sitio en las habitaciones de la casa, por si volvía a caer una tromba inesperada, y habían limpiado las dos cocinas, la interior y la exterior: en la primera, las mujeres de mayor edad prepararían migas de harina y ajo arriero para dar de comer a todo el barrio los dos días que duraría la matanza, sentadas en torno a la enorme chimenea semicircular, con el fuego a tierra, que servía para cocinar y calentar las casas. Entre ellas se encontraban las madres de María y de Odisto: Pura y Celia. De Pura ya os hablé; de Celia no dije nada. Como en la vida real era una mujer muy sencilla a la que no le agradaba llamar la atención, decidí mantener el personaje de la misma manera. Diré solamente que, al igual que su marido Jorge, era una mujer muy generosa que siempre se prestaba a ayudar allá donde la necesitaran y que, pese a su avanzada edad, no padecía ningún mal grave de la vejez. El matrimonio vivía en uno de los barrios por detrás de la iglesia, en una casa apuntalada, pues el despeñadero junto al que había sido construida cedía cada año terreno. Según los cálculos del topógrafo del pueblo, Hersilio, antes de llegar a 1940 la casa se sostendría solamente gracias al andamiaje, perdería toda la tierra a su alrededor y se desconectaría de la menguante cañada. Estaba destinada a flotar como una isla con raíces de hierro. Como este libro llegará hasta esa fecha, veremos si se cumple la profecía o no.

La mañana de la matanza Celia debía responsabilizarse de las tareas de la cocina interior. Lo haría junto a Pura, con quien mantenía una hermosa amistad. En la cocina exterior, apéndice techado del enorme patio, Prudencio, pese a su avanzada edad, se cercioraba de que todo estuviera a punto y de que el corral estaba equipado con el gancho donde se colgaría el cerdo, los cubos para la sangre, la paletilla para removerla y que no se cuajase, el mazo para matar al animal, la navaja especial para abrirlo, la cama de escobas de helechos sobre la que harían el socarrado con lino y cucharas...

Al mediodía, todo el barrio ya estaba presente, sobre todo los niños, porque les encantaba ver la llegada de los cerdos al corral, que entraban disparados como los toros a la plaza. Entre ellos estaban: Celso, un niño que irradiaba mucho calor, que solía dormir en la cama de las mujeres que recién enviudaban; Gabriel, el único rubio de toda la región, a quien se le reflejaban en la cabellera las constelaciones en noches de poca luna; Josué, que hacía animalitos de papel con los periódicos que se salvaban de ir a la lumbre y luego se los comía embadurnados con miel; Juan Luis, cuyo aliento olía a centeno quemado y avivaba el fuego, y que era requerido por el alcalde cada año para soplar a las luminarias de san Antón; Raúl, ávido con las manos, que guardaba en su huerta una maqueta del pueblo hecha con palillos de dientes; y, claro está, entre otros, los hijos de Odisto y María. Los últimos en llegar fueron Ana la partera con su madre, Fuensanta, que no paraba de buscar a Odisto, y su abuelo Zabaleta, el pintor cubista, que aprovechó para tomar algunos bocetos para alguna de sus futuras pinturas.

Se escucharon los primeros berridos de los cerdos. Los vecinos se refugiaron en las habitaciones que daban al patio, abuzados en las ventanas, y los más agiles encima de los tejados y en las verjas de las terrazas. Los niños se protegieron dentro de la chiquera y veían a través de las puertas de alambre el espectáculo.

El primer cerdo en entrar fue el que más miedo les dio. Tenía los agujeros del hocico agrandados. El segundo entró furioso, despellejando la cal de la pared. Más tarde apareció el tercero, calmado y curioso, de tobillos recios. El último entró mareado, renqueante y dándose estezonazos contra todo. Era el más corpulento de los cuatro; llevaba una tomiza atada al morro y lo habían drogado para que no derribara a nadie. Le inyectaron una mezcla de toronjil, tila, adormidera, lavanda y amapola de California.

Comenzaba la matanza. Iban cerdo por cerdo. El matarife enganchaba con un garfio el pescuezo del primero y lo mataba; la sangre brotaba a los lebrillos y las mujeres la removían. Ciento sesenta kilos desprovistos de vida. Las ancianas raspaban con una cuchara la piel del animal para depilarlo. Después, el jifero colgaba verticalmente al gorrino, elevado por una polea y enganchado a un ramal, y colocaba una caña entre las patas delanteras, formando sus extremidades una equis. Cortaba la piel y sacaba las asaduras: tripas, hígado, riñones, corazón y demás órganos. Guardaban todo, salvo el intestino, para evitar el olor a heces. Acto seguido tomaban varias muestras de las carnes y vísceras y las llevaban a uno de los veterinarios del pueblo. Antiguamente había más albéitares que médicos, ya que había más reses que personas. De que no enfermaran los animales dependía la supervivencia de la gente. También se debía a que el oficio de médico no era muy popular, puesto que si no curaba al paciente, no cobraba. Esperaban hasta la mañana siguiente para elaborar los alimentos, una vez recibidos los resultados, casi siempre favorables.

Y llegaba el descuartizamiento. Ponían al cerdo sobre la mesa, entero o partido, y lo despezaban. Primero le sacaban los dos jamones traseros y las dos paletillas delanteras, que salarían durante varios días en unas artesas de madera. Después los lomos. Usaban esta carne para rellenar las tripas del intestino delgado y hacer salchichones, pasada antes por la picadora y aderezada con pimienta en grano. De todos los embutidos era el que menos se sazonaba. Una vez atadas las tripas, las metían en sal gorda durante un día y las dejaban orearse en la cámara de la casa. Entre las carnes del cerdo, los pliegues enormes de grasa se utilizaban como tocino, salándolo o friéndolo. Si la pieza era poco magra, llamada lardo, hacían jabón con ella. Respecto al resto de embutidos, había tres principales: el chorizo, la morcilla negra y la blanca.

También preparaban la casquería, que consumían los primeros días porque el proceso de conservación era más arriesgado: las criadillas, los sesos y demás órganos se freían y rebozaban. El espinazo y el rabo se salaban y se guardaban para dar sabor al cocido; las patas, también saladas, se consumían en un plato de caldo; las costillas las dejaban macerar una noche y luego las freían y echaban en aceite. Con una parte de los huesos tallaban fichas de dominó, a las que les grababan la fecha al dorso, ya que a los seis años y medio empezaban a deshacerse y a echar olor.

Termino con la parte que con más impaciencia esperaba cada año cuando era pequeño: la vejiga. La limpiaban bien, la inflaban y nos dejaban jugar con ella. Se trataba de un globo amarillento con un sinfín de venas en relieve. Eso sí, había que tener cuidado con ella y no explotarla pues, cuando se secaba, servía para hacer zambombas junto a una lata y un carrizo.

Así se mataba al cerdo antaño. Así se alimentaba un pueblo.

22

La hiperacusia y la hipocondría

Ni la cera de abeja untada alrededor de dos pedazos de algodón ni los dedales recubiertos de hojas de tilo impidieron que Gonzalo se echara las manos a los oídos por los berridos de los cerdos. Había elegido uno de los mejores rincones para ver la estampida entrando en el corral, pero tuvo que cederlo. Huyó antes siquiera de que llegaran los animales.

Gonzalo sufría una hiperacusia aguda. Tenía las orejas de soplillo, curvas y huecas, con una concha profunda como un valle y un antihélix abrupto y sediento. Aquella fisionomía le hacía poseedor de un don: percibía los ruidos más lejanos como si los tuviera delante. Los días despejados, ya que la lluvia, las nubes y la calina interferían en las ondas sonoras, podía captar incluso ruidos del extremo opuesto de la península o del mar: el gentío de un desembarco en un puerto, el repicar en una mina canguesa o las arengas políticas en alguna calle alicantina. Cuando le sucedía, lejos de congraciarse, refunfuñaba, se quejaba del ruido y buscaba el silencio. Tenía un truco para encontrarlo: se tumbaba en el suelo de lado, con la cabeza sobre un espejo, con un oído cara al cielo y el otro al reflejo. Así, las ondas horizontales no le llegaban y tan solo escuchaba el espacio exterior por ambos oídos, por uno directamente y por el otro mediante la refracción. Fue uno de los primeros en la región que se aventuró a decir que en el espacio no existía el sonido, claro que para la mayoría de íberos arriba no había un universo, sino un cielo católico o estalinista.

Gonzalo abandonó corriendo el corral de Agripina ante el estrépito provocado por los cuatro cerdos y la muchedumbre. Se fue a su casa, donde buscaría el juego de espejos. Era tal el dolor que temía desmayarse antes de llegar al cortijo. Corrió con los ojos cerrados. Cada vez que miraba fuera de su cabeza, se encontraba de nuevo en mitad del campo, como si el trecho entre el corral y su cortijo se hubiera alargado varias leguas. Se sintió completamente desorientado. No sabía dónde había ido a parar, no encontraba el cortijo, ni tampoco nada que pudiera indicarle dónde estaba. El dolor en los oídos le nubló la mente y lo obligaba a correr en dirección opuesta a los berridos. Media hora después cayó al suelo desmayado.

Cuando volvió a abrir los ojos, se encontró con la cabeza de un viejo mirándolo del revés. Le era familiar. Se reincorporó y vio que estaba en el cementerio. Volvió a fijar la vista en aquel anciano. Era su abuelo Manolo. El viejo no había abandonado el camposanto en años, pero eso no le impidió conocer a sus nietos, que iban a visitarlo con frecuencia a lomos de los burros de un vecino o con sus padres detrás de un muerto.

—¡Dichosos mis ojos! ¿Qué haces tú aquí, zagal?

—¿Abuelo?

—¿Quién te ha traído hasta aquí arriba? ¿Es que ha habido muerto hoy?

—Yo estaba en la huerta y de pronto me mareé...

—¿Te encuentras bien? Vamos a la fuente que te dé algo de agua. ¡Jesús bendito! ¡Si no lo veo, no lo creo! ¿Pero estás solo de verdad? ¿Quién te ha traído hasta aquí?

—No lo sé. Creo que vine yo solo, corriendo. Y con los ojos cerrados.

—Pero ¿te sabías el camino?

—¡No! Si nunca salí de la huerta solo... Abuelo, me pesa la cabeza y me duele.

—Ven, que vamos a buscar un par de hongos de centeno que tengo guardados, a ver si te da un poco de baile de San Vito y te despejas.

A Manolo le llevó un rato entender el viaje del nieto. Aceptó su historia: había acabado allí huyendo del ruido. Se sentaron frente al pilón de la fuente y conversaron sobre el fin de la lluvia. Manolo abrazaba al nieto entre frase y frase, feliz de tenerlo a su lado, aunque angustiado por el dilema que se le presentaba: bajar o no al nieto al pueblo. Se dijo que, ante aquella situación extraordinaria, no le quedaba más remedio que superar su hipocondría, salir del camposanto por primera vez en años y llevar a Gonzalo hasta la casa de sus padres en Jándula. Temía que la familia anduviera buscándolo.

—Muchacho, ¿se acuerda la familia de mí?

—A veces.

—¿La abuela Pura también?

—Sí.

—¿Y qué dice?

—Que es usted un desjraciao.

Manolo no se esperaba menos por parte de su esposa, que no había conseguido perdonarlo por irse a vivir al cementerio. Abuelo y nieto se levantaron de la fuente y dieron un paseo entre las tumbas. Manolo le enseñó dónde vivía: el interior del nicho donde dormía y los otros dos nichos con sus enseres. Gonzalo se entretuvo jugando con varios gatos mientras su abuelo se engalanaba con el traje que tenía preparado para el día de su funeral y se empapaba con el resto del perfume alemán que le quedaba. Tomó con fuerza la mano de su nieto y se encaminó hacia Jándula.

Se enjugó varias lágrimas al pasar bajo el arco festoneado de piedra de la salida del camposanto, la primera vez en tanto tiempo. Recordó la mañana que empezó la lluvia, cuando casi se atrevió a cruzarlo para encontrarse con su hija en el camino. Traspasó el umbral y suspiró aliviado, incluso notó sus pasos más ligeros una vez se iba alejando de él. Pese a la sensación de consuelo, sabía que aquello era flor de un día. En cuanto le bajara la adrenalina, volvería al camposanto.

A mitad de camino se detuvieron abuelo y nieto. Un destello iluminó el cénit y provocó que, tras la breve explosión, la oscuridad de la noche se intensificara. Fueron los únicos que vieron el resplandor y la posterior negrura, pues Jándula seguía emitiendo luz propia debido a las decenas de luminarias de la celebración.

23

El viejo pródigo y la oscuridad

Manolo tenía setenta y seis años. Había pasado veintiuno viviendo en el camposanto sin abandonarlo una sola vez, ni siquiera para acudir a la misa de su madre, muerta por un golpe de calor el día que trajeron a la Virgen. Cuando apareció aquella noche en mitad del corral, los vecinos no daban crédito. Todos se quedaron atónitos. Dejaron de trabajar las carnes del cerdo, inmóviles y callados, con la respiración casi contenida, esperando a que Manolo dijera algo. El viejo abrazó a su padre, de casi cien años, y recibió los besos y empujones cálidos de sus nietos. Después buscó a su hija María, y a Pura, su mujer. A la primera hacía años que no la veía, aunque el día que había comenzado el gran aguacero a punto estuvieron de reunirse. A su mujer no la había visto en dos décadas. Manolo nunca bajó a visitarla por superstición y Pura apenas subió por orgullo. Aquella noche, cuando sus miradas se cruzaron, el viejo quiso correr a abrazarla, pero con todo el barrio mirando y por miedo a incomodarla o al rechazo, decidió posponer la escena. La miró con lágrimas en los ojos y le sonrió. Pura no le devolvió el gesto, estaba absorta y parecía más enfadada que alegre. Por dentro maldecía su aparición de la nada después de tanto tiempo; lo odiaba, pero también seguía amándolo. Estaba impertérrita y no se atrevía a abalanzarse sobre él, ya fuera para besarlo o para darle un buen bofetón. Fue Gonzalo, todavía junto a su abuelo, quien los sacó del ensimismamiento.

—¡Abuelo! ¡Cuénteles a todos lo de la oscuridad!

El viejo se acercó a la hoguera, situada en el centro del corral, para que las llamas lo iluminaran bien, y se dirigió a los reunidos.

—Buenas noches, querido pueblo. Siento mucho irrumpir de esta guisa en vuestro trabajo y en vuestras vidas. No estaba entre mis planes bajar a Jándula, y mucho menos en mitad de una celebración. ¿Una matanza? ¿En pleno julio? Supongo que tendréis una buena razón. En cualquier caso..., hace una hora y pico Gonzalo apareció en el cementerio, desorientado. Se había perdido huyendo del ruido. Y como no había nadie más que pudiera bajarlo... Pensé que quizás estabais preocupados por su paradero, quizás su padre... ¿Dónde está Odisto?

—Mi padre no está aquí —respondió Ángeles—. Se ha quedado en casa con mi madre, que sigue enferma. ¿Quiere que vaya a llamarlo?

—¡No! ¡No salgáis de aquí! —gritó Manolo. Su tono asustó a los reunidos. Imploraba que nadie pusiera un pie fuera del corral y se dispuso a explicarles la razón—. Hace menos de media hora, a mitad de camino entre el camposanto y el pueblo, Gonzalo y yo vimos un fuerte resplandor en el cielo. Lo curioso fue que, tras el deslumbre, la poca luz que daba la noche desapareció. ¡No se veía nada! ¡Todo negro! Conseguimos encontrar la huerta guiándonos a tientas, gracias al don acústico de Gonzalo, que le dibuja el camino en la mente sin necesidad de verlo. Cuando se concentra, es capaz de captar sonidos lejanos a propósito, como vuestras voces. Bueno, a decir verdad, también nos ayudó que mi cuerpo se ilumine levemente en la oscuridad.

—¡Este hombre está completamente senil!

El viejo no mentía. Por haber respirado durante veinte años el aire que despedían las criptas del cementerio, algunas de ellas llenas de huesos de santos, tenía el cuerpo lleno del polvillo que se utilizaba antaño para hacer las figuras fosforescentes de las vírgenes. Relucía tenuemente con la noche caída, sobre todo si durante el día había recibido un buen baño de sol. Una lumbrera. Había intentado limpiar su cuerpo con esencia de azufaifa para apagar el brillo, que no lo dejaba dormir por la noche, pero nunca le dio resultado.

—¡Janduleses! ¡Algo ha pasado en el cielo y ahora todo está a oscuras!

Los vecinos alzaron la vista al cielo. Algunos admitieron que era cierto que se veía muy negro, pero que quizás era normal por el contraste con la luz de la lumbre que reinaba en el centro del corral. Manolo les propuso que abandonaran el patio y comprobaran ellos mismos la oscuridad reinante, pero que no se alejaran mucho o no sabrían volver, ya que era imposible orientarse en tal negrura.

Se creó un soliviantо general entre los vecinos pues, si aquello era verdad, no podrían acudir a sus campos a vigilar las cosechas. Muchos quisieron comprobarlo y se hicieron con rozos ardientes de la lumbre para iluminar los caminos. Manolo se puso frente a ellos.

—¡Quietos! ¡Por favor! ¿No veis que ni siquiera las antorchas alumbran lo suficiente? ¡Y si todos cogemos un tronco, al final morirá este fuego, que es el único que nos da luz! ¡Escuchadme un segundo! Tengo algo más que contaros. No se trata de algo pasajero. Se trata del cielo, que se ha roto. Guardad silencio y os lo cuento. —Los vecinos obedecieron a Manolo, cuya voz se había tornado más grave y respetuosa, y volvieron a reunirse en torno a la lumbre, echando los troncos humeantes de nuevo a la hoguera—. Mirad, como ya sabéis, mi nieto escucha a leguas de distancia, y justo en el momento del resplandor, el niño se echó las manos a las orejas. Yo no oí nada, pero él, al parecer, logró escuchar lo que se había producido en el cielo: un tiroteo y una explosión, y un ruido de cristales haciéndose trizas.

—¿Han destruido el sol?

—¿Qué sol ni qué diantres? ¡Han hecho un boquete en la bóveda celeste!

—¿Quiénes han podido hacer semejante cosa?

—¡Mi padre ya me avisó!

—¿Su padre?

El chache Basilio, abuelo paterno de María, dio un paso al frente y tomó la palabra. Por su edad, y por lo que parecía que tenía que decir, todos guardaron absoluto silencio.

—Mi padre Lope, que en paz descanse, nacido en el 1794, fue testigo de la guerra de la Independencia. Dice que unos días antes de que empezara, las noches se hicieron más oscuras. Según el registro astronómico, la descripción de mi padre coincide con una rotura en la bóveda celeste por causas desconocidas. En todo caso, el cristal de la gran cúpula se recompone en unas horas, así que al canto del gallo ya debería de haber luz.

—No lo entiendo. Si se rompe la bóveda, ¿cómo es que hay menos luz?

—Porque se cuela la oscuridad del universo.

—¿Qué universo ni qué leches? ¡Ahí arriba solo está Dios! ¡Y el cielo!

—¡Bueno estaba y se murió!

—¡Calmaos! Que si no la guerra va a llegar antes de tiempo.

—¿Qué guerra?

—Parece mentira que tenga que decirlo yo con la edad que tengo... —repuso Basilio—. Si alguien ha disparado a la bóveda es porque habrán habío tiros mal daos.

—¿Qué quiere usted decir?

—¡Que la luz se ha ido porque la guerra está al caer! Si no está aquí ya.

—¿Contra los franceses? —El comentario de un niño hizo reír a los reunidos.

—¡Ojalá! Sería mucho más sencillo.

—¿Contra quién entonces?

—Contra nosotros mismos —añadió un hombre mayor con los ojos clavados en el fuego.

—¡Mire, métase sus historias y guerras por donde le quepan, abuelo!

—¡Oiga, no le hable usted así tampoco, que es un hombre mayor!

—¡Pues que no nos hable él así a nosotros! Aquí hay niños pequeños y no veo a cuento de qué hay que meterles miedo.

—¿Miedo? Un buen baño de realidad a tiempo hace más bien que mal.

—¡Haya paz!

—¡Ni paz ni poz! ¡Que se calle la boca el viejo o se la callo yo!

—De verdad que nos merecemos una guerra; no..., ¡siete!

—Entonces, ¿qué hacemos? ¿Salimos o nos quedamos?

—Alrededor del fuego no se está tan mal. Lo avivamos con ramón y sarmiento, y durará. Podríamos esperar al alba, no queda tanto.

—Quedémonos pues ¡y tengamos la fiesta en paz!

El casi centenario Basilio tenía razón: la espesa oscuridad llegaría a su fin a la mañana siguiente, lo que tardaría en recomponerse la cúpula. Aquella suerte de penumbra intensa la iban a aprovechar muchos janduleses a su manera, sobre todo los más jóvenes. La pequeña Alfonsina, una de las vecinas del barrio, por tener las pupilas verticales de nacimiento y ver en la oscuridad, se recorrió todas las casas del pueblo descubriendo los secretos que las cómodas albergaban, y como en Jándula nadie cerraba la puerta de la casa con llave —algo importante que se me había pasado por alto—, entró en tantos hogares como quiso. Otro de los infantes que más disfrutó de la oscuridad fue Josito. La penumbra invirtió su ceguera y ahora veía con total claridad todo lo que se había perdido desde que fue afectado por la meningitis. El niño no cabía en sí de gozo. No se lo dijo a nadie, pues no lo habrían dejado en paz y tenía un empeño urgente: ponerle rostro a Ana la partera, de quien estaba enamorado. Haciendo como que no veía, se echó entre la gente y empezó a buscarla a voces. La joven partera tardó poco en dar con él, y Josito la vio por vez primera. Se quedó rendido ante su belleza. Era mucho más agraciada de lo que el tacto de sus dedos le había transmitido. La agarró de la mano y la sacó del corral. Ana no daba crédito y lloraba de emoción. Daba las gracias a Dios de que el pequeño hubiera recuperado la visión. A pesar de la diferencia de edad, Josito con diez y Ana con quince, ambos se abrazaron y acariciaron como dos enamorados.

En cuanto al resto de janduleses, continuaron con las matanzas. En el corral alentaban a los músicos presentes —armados con acordeones y laúdes— a que continuaran amenizando la noche, y enseguida se formó una verbena en torno al fuego, donde todos bailaban.

—Perica, ¿por qué no bailas?

—¡Me duele la cabeza!

—Pues arrímala a mi cintura ¡que tengo la hierba que todo lo cura!

—¡Qué ordinario!

—¡Pues bien que te ríes! ¡Va, preciosa! No te hagas la dura.

—¡Que a mí me gustan las mujeres, Romualdo!

—¡Ay, y qué tendrá que ver! ¡Si yo no me quiero casar contigo!

—¡Bueno, va!

—¿Ves? Si el que busca…

Mientras los janduleses bailaban y festejaban, una joven pintora inmortalizaba en un pedazo de papel una futura estampa basada en aquella verbena. La joven se llamaba Maruja, la sobrina de Venancia Mallo, la que mejor jabón hacía en el pueblo. Maruja había llegado a Jándula al principio del verano en carro desde Viveiro, al norte de la península. Pintora de oficio, recorría el país en busca de estampas que plasmar en sus lienzos. Tenía previsto partir al día siguiente de la matanza hacia Cádiz, donde daría por finalizado el viaje. Su tiempo en Jaén se había alargado demasiado a causa del mes no oficial de lluvias que la había obligado a resguardarse en casa de su tía. Para celebrar que era su última noche en Jándula, bosquejó en un cuaderno las escenas que vio, con las que pintaría un gran lienzo en Galiza: janduleses ebrios con los trajes de la comunión; el guitarrista gitano del pueblo; gigantes y cabezudos inspirados en la Benemérita, los reyes de Oriente y Juana la Loca; unos visillos de ganchillo andaluces y una mujer retirando un saco de aceitunas; un grupo de jovenzuelas que se habían disfrazado de Niña Bonita —es decir, de «la Mariana» íbera que simbolizaba la República—, con gorros frigios rojizos, alas y tocados exóticos…

Maruja esbozaba y el pueblo bailaba, arrejuntados los unos con los otros, ebrios y maravillados y llenos de alegría. En una de las escenas, una del barrio, Dominica, se subió a la reja de una ventana agarrándose con una sola mano, ya que en la otra llevaba un ramo improvisado con tallos de gitanillas, y llamó la atención de los allí presentes.

—Como no celebramos la boda por las lluvias, he pensado en lanzaros ahora el ramo. ¡Que la moza que lo coja se case en un año! ¡Si no es en un año, que se quede pa monja!

Lo agarró al vuelo Visitación, que, de lo borracha que iba y de la felicidad que le dio haber sido la elegida, empezó a darle bocados a las flores. Los hombres solteros la rodearon y la auparon, lanzándola en volandas. Con cada ascensión, Visitación eructaba y echaba un buen manojo de pétalos, muerta de risa y con lágrimas en los ojos.

Todo es de color, todo es de color…

Aquel último baile libre.

24

La sordociega de las esparragueras

He dudado mucho si contar lo que le sucedió a Martina aquella madrugada de verbena, o si ahorraros la escena y dejaros con el buen sabor de boca de la alegría de la fiesta, ya que, para un capítulo que acaba tan bien... Pero no, no puedo callármelo. Lo siento.

Martina pronto se aburrió de ver a su hermana mayor bailar con el tal Pedro, que siempre la estaba rondando. No es que le gustara el mozo, pero envidiaba el cuerpo de Ángeles; el suyo aún no se había desarrollado tanto. Celosa y enfadada consigo misma, se alejó del grupo de jóvenes y buscó un rodal donde sentarse y pasar desapercibida. Cruzó la pared llena de esparragueras; allí, varias ancianas sentadas, apoyados los mentones en sus garrotas, charlaban alegremente. Martina, tratando de no pisar ninguna de aquellas pantuflas roídas, cayó sobre el regazo de la más arrugada. Era tan vieja que nadie sabía su nombre ni ella lo recordaba. La mujer no hablaba ni veía ni escuchaba. Mostraba un semblante sembrado de surcos, cauces secos de cientos de ríos en una tierra vertical, y su piel y ropa se veían en blanco y negro. Venía de una época en la que el color no existía todavía. Martina casi respiraba su aliento. Estaba hundida en los pliegues del amplio regazo de la vieja. Quiso incorporarse, pero antes de que le diera tiempo a ponerse de pie, la vieja la agarró del cuello y le susurró algo al oído: «Por el coño. Por ahí te van a matar».

Martina se desprendió de aquel angosto hueco de vejez y salió corriendo con lágrimas en los ojos. Buscó entre los bailarines a su hermana mayor y se la llevó aparte. Era todo berrinche. Hasta que no se calmó no pudo explicarle lo que le había pasado. La hermana, lejos de vengar a Martina y de ir a hablar con la vieja, se rio. Aseguraba que aquella señora había dejado de hablar antes siquiera de que naciera ninguno de sus hermanos, y la reprendió por haberse inventado semejante obscenidad. La instó a que no lo compartiera con nadie y le hizo comprender que a veces la mente nos juega malas pasadas, que no le diera importancia, pero que, por si acaso, no se acercara más a las esparragueras, que pinchaban tanto como las ocurrencias malsanas de las viejas.

Martina se fue a llorar a otra parte.

25

El huesecillo de conejo

Odisto llegó a la mitad del discurso de Manolo, con las rodillas desolladas y un par de moratones en la frente. La huerta de Agripina estaba a dos de la suya, al otro lado de la casa de Juliana, pero el muro de oscuridad que reinaba hizo que tropezara varias veces. Odisto no tenía una buena relación con Manolo. Al igual que su suegra, le reprochaba la cobardía de vivir en su futura tumba, con lo bien que su ayuda le habría venido a la familia en el pueblo. Aquella noche no se acercó a él. Muy discretamente, nada más llegar al corral retrocedió y volvió a la penumbra y a su cortijo, pero no se fue con las manos vacías. Se llevó una orza con conejo asado y migas; ni María ni él habían cenado.

La vuelta se le hizo más fácil. Su cautela era mayor: si tropezaba, volcaría la orza. La llevaba abrazada al pecho. A mitad de camino se detuvo y observó a su alrededor. Intentó utilizar la absoluta oscuridad y el silencio total para relajarse brevemente y respirar varias veces. No fue consciente, pero se encontraba a tan solo dos varas de uno de sus hijos: la falta de luz no le permitió reconocer a Pablo, escondido con la vecina prostituta en la caseta vacía de los perros. El hijo sabía reconocer a los suyos por la manera de pisar; estaba seguro de que aquel era su padre. En cuanto escuchó la primera pisada, detuvo con una mano el movimiento de caderas de Irma y con la otra le tapó la boca. Le susurró que su padre estaba pasando a su lado y le pidió que no se moviera hasta pasados unos minutos. Por no hacer ruido, dejó el pene donde estaba, en la vagina. El miembro no perdió vigor, pero se desinfló rápido al sentir una enorme mano agarrándolo por el cuello y sacándolo de la caseta. Pese a la negrura, Pablo supo quién era cuando la mano le arreó un revés familiar en la nuca: su abuela Pura. Irma chillaba y trataba de separar a la anciana de Pablo. Se calló al recibir un puñado de arena en la boca.

La joven tosía con voz ronca y expulsaba tierra de los pulmones. Pura la amenazó. «¡Mi nieto es inocente!», gritó. A lo que la puta le contestó que, si aquel joven era inocente, ella era una santa apostólica *rumana*. La confusión hizo gracia a la abuela. «¡Pobre extranjera, que no sabe ni hablar, solo sabe follar!». Con el cuello de Pablo bajo el brazo, se marchó repitiendo la palabra *rumana* entre risas.

Por un solo minuto, Odisto no se enteró de la incómoda escena. Había logrado llegar antes al cortijo y cerró la puerta. El patriarca vio aquella noche a su mujer de mejor ánimo y con más salud. Se alegraba profundamente de aquel recobro. Repartió el conejo y las migas en dos cuencos, y con una tabla improvisó una mesa junto a la cama de María. Como su mujer mostraba tanta mejora, se guardó la noticia de que su padre había abandonado el cementerio y había acudido a la matanza. Temía que echara a perder la calma recuperada. Se lo contaría a la mañana siguiente, que de día la melancolía y la irascibilidad eran siempre menores. Comieron y charlaron reposadamente. La mujer, por su parte, no dudó en contarle a Odisto algo que había escuchado días atrás y que le perturbaba el ánimo: había oído a su hijo José describir en sueños el cuerpo desnudo de su primo segundo y vecino Jacobo. Odisto, lejos de poner el grito en el cielo, no dijo nada. El amaneramiento de José no les era nada nuevo. A Odisto no le hacía gracia que su hijo se moviera de aquella forma grácil y melindrosa, pero intentaba contener el disgusto; de ahí probablemente la desgana que el patriarca mostraba cuando trataba a solas con el primogénito. A María tampoco le hacían gracia aquellos ramalazos, y no porque no los encontrara bellos, sino porque daban de qué hablar al pueblo. El matrimonio decidió cambiar de tema.

Entonces ocurrió la desgracia. A la mujer se le fue por mal sitio un pequeño huesecillo de conejo; lo aspiró y le bloqueó trasversalmente la tráquea. De manera refleja quiso incorporarse en la cama. Derribó con los aspavientos los platos que había en la tabla, llenando la colcha de migas y de la carne aceitosa del conejo —mancha que nunca jamás saldría del tejido y que quedaría como prueba, a mis ojos, tataranieto suyo, de que aquella noche existió realmente—. Algunas migas, como tierrecilla suave, se le metieron en los ojos a Odisto, que se echó hacia atrás y se frotó los lagrimales a dos manos. María sintió que se quedaba sin fuerzas y optó por tumbarse; empezó a ponerse morada y a sacudirse bruscamente, mareada y sin poder hilar una idea. Odisto vio que su mujer se estaba ahogando, pero no sabía qué hacer, así que se puso a darle golpes en la espalda con la mano abierta. Tres fuertes manotazos; el último se le quedó grabado en la piel de la espalda, como pisada en barro. Quiso meterle los dedos en la garganta, pero no se dejaba, seguía sin poder coger aire. Un minuto después sintió el camino de su vida estrecharse y, sabiéndose muerta, reunió las últimas fuerzas para intentar abrazar a su marido. No llegó a hacerlo. Se desvaneció e hizo lo que pudo para que su última visión fuera el rostro de Odisto. María quiso transmitirle amor. Estaba terriblemente enamorada de él y en treinta años a su lado nunca había dejado de estarlo. Pero su cara no mostró más que un mohín de dolor paroxístico, con la boca muy abierta, los ojos desorbitados y una expresión que recordaba a las imágenes angustiosas de la Virgen ante su hijo muerto. El último suspiro le relajó la tráquea y desencajó el huesecillo de conejo.

María muerta y Odisto con ella en sus brazos: una piedad inversa. El ya viudo le acariciaba las sienes. La sangre en el cuerpo de María se había detenido y ya no correría más. Odisto no podía soltarla de sus brazos. Le decía cosas bonitas y le pedía perdón: por no haber podido hacer nada para evitar que se asfixiara, por su falta de sensibilidad, por no haberle demostrado todo el amor que le profesaba, por no haberle ofrecido una vida mejor… Se acercó a sus labios y los besó varias veces. Al reincorporarse, creyó ver en aquellos ojos los de la hija del pintor. Odisto se maldijo por pensar en Fuensanta en aquel último momento; también pensó que quizás todo tenía su porqué. De repente, algo lo sacó del ensimismamiento. Una luz cálida, que entraba por la ventana de la habitación, había comenzado a dibujar llamaradas rojas en el rostro sin vida de María. A lo lejos, la iglesia grande del pueblo estaba ardiendo.

26
El cerro del olivo solitario

—Me sé de memoria el camino al cerro. A mi hermano Josito, los días que no trabajamos en la era, hay que sacarlo a caminar antes de dormir. Dice mi madre que tiene que desfogar o no se duerme. Mis hermanos y yo nos turnamos para pasearlo. Cuando me toca a mí lo llevo siempre allí arriba. A veces me vendo los ojos. Así aprendo cómo ve él el mundo. Es increíble lo difícil que es al principio. Después te acostumbras y la sensación es maravillosa. Con los ojos abiertos, uno solo ve hacia delante, pero con ellos cerrados intuyes todo a tu alrededor, sea delante o detrás. ¡En fin, que puedo llevarte hasta allí arriba pese a la oscuridad! Incluso si me vendas los ojos.

—Pero ¿qué vamos a hacer en lo alto del cerro?

—¡Ver! ¿No ves que está iluminado? Es como si allí no se hubiera ido la luz.

José y Jacobo, sirviéndose de la oscuridad total, habían aprovechado para abandonar el corral y adentrarse en el campo sin luz. Estaba tan oscuro que no les fue nada divertido, hasta que descubrieron que la cima de un cerro cercano estaba misteriosamente iluminada. Jacobo se mostraba renuente a alejarse tanto y a escalar el monte a oscuras. José intentó convencer a su amigo. Viendo que se resistía, lo agarró con fuerza de la mano y tiró de él. Jacobo cedió; su mente se había centrado en el contacto cálido y áspero de aquella mano grande. No estaba acostumbrado a que un hombre tocara su cuerpo, y tampoco recordaba a nadie, salvo a su padre cuando era un crío o sus hermanos pequeños, que lo hubiera tomado de la mano de aquella manera tan carnal, tan íntima. Calló y siguió a José. No hablaron hasta llegar a las faldas del cerro, desde donde pudieron comprobar que, efectivamente, caía algo de luz. De hecho, ya lograban distinguirse los cuerpos.

—Siempre llevas razón, ¿no?

—No siempre. ¿Sabes en qué se parece una corneja a una mazorca de maíz?

Jacobo rio. Le hacían gracia los disparates que su amigo soltaba sin venir a cuento. Se reía con él más que con ninguna otra persona; más que con Pascuala, su novia, también porque el que asumía el papel de payaso en la relación era él.

—¿Y eso?

—Lo leí en un libro.

—¡Bueno estaba y se murió! ¿Ahora lees, José? Esto se lo tengo que decir yo a Felisindo, que está siempre con que no entra nadie a la biblioteca.

—A ti no te sobrará tiempo con la parienta.

—¿Es que todo tiene que girar siempre en torno a Pascuala? ¿La quieres para ti?

—No, gracias.

—¡Estás obsesionado con ella!

—¡Estoy obsesionado! Pero no con ella.

A Jacobo le incomodó aquella respuesta. Le soltó la mano bruscamente y se dio media vuelta hacia Jándula. José fue tras él. Tropezó con la raíz de un olivo y cayó justo entre dos cardos borriqueros. El primo, al escuchar la caída y los reniegos de José, volvió y lo ayudó a incorporarse. Tuvo que derribar uno de los dos arbustos pinchosos antes de echarle una mano, ya que eran especies cimbreantes y, tras la caída, habían vuelto a su posición dejando al joven atrapado. Los dos reían, Jacobo tanto que debía contenerse para no orinarse. José no se sabía si lloraba o reía; las pinchas de los arbustos se le habían clavado por todo el torso y por los brazos. Asumía cuán patética había sido su caída.

—¡Si es que ves menos que Pepe Leches!

—¡Calla y ayúdame a quitarme las pinchas! ¡No veas cómo pican!

—Aquí no veo nada. ¿Te las quito arriba? Estamos a un paso. ¡Va!

Alcanzaron la cima. Aquel cerro era célebre por su peculiar relieve. Desde abajo parecía una montaña, pero no tenía pico; se parecía al Naranjo de Bulnes de los Picos de Europa. La cima era chata y formaba una pequeña hondonada parecida a la boca de un volcán. El terreno era infértil y duro. Pese a ello, un olivo había crecido allí y era el único ser vivo de la hundida cumbre. Y el olivo, para sorpresa de los dos jóvenes, ardía. Se quedaron boquiabiertos, ensimismados por la belleza y la extrañeza de la combustión, Jacobo más sorprendido que José, pues era algo creyente y recordó el pasaje de Moisés y el arbusto que ardía en el Sinaí. El hijo de Odisto también pensó en aquello, más burlonamente.

—Jacobo, Yahvé me está diciendo que me mee en el olivo, que ponga el chorro justo en el fuego y que del humo resurgirá... ¡mi polla toda negra! —le gritó con socarronería.

—¡Eres un irrespetuoso! Además, no lo apagues o volveremos a casa dándonos calamonazos contra todos los cardos del camino.

—¿Quién ha dicho que tengamos que volver? Podemos esperar a que salga el sol.

—¿Y qué hacemos aquí toda la noche? Si al menos se vieran las estrellas... Es muy extraña esta oscuridad. Si nos hubiéramos traído el infiernillo de latón, podríamos haber cocinado unos cardos.

—¿Te caben aún unos cardos? ¡Con todo lo que hemos comido! ¡Joder, cómo duelen las pinchas! Cada vez que me muevo descubro nuevas.

—Ven, quejica, que te las quito.

Se sentaron en la hondonada, cerca del olivo para que iluminara las espinas clavadas en la piel de José. El herido se quitó la camisa. Se sentaron uno detrás del otro. José se quitó las espinas del pecho y de los brazos, y dejó que Jacobo le quitara las de la espalda, pidiéndoselo con tono quejumbroso. Jacobo había visto aquel cuerpo desnudo casi tantas veces como el suyo, pero nunca tan de cerca ni bajo una luz dorada y serena como aquella. Sintieron que se les erizaba la piel. No hablaron durante la operación. Cuando ya no quedaba ninguna, Jacobo, que estaba sentado con las piernas abiertas detrás de su amigo, hizo el amago de cambiar de posición, pero José le agarró las rodillas y se lo impidió. Les temblaban los cuerpos. José buscó las manos de Jacobo, acercó sus palmas al pecho y las apretó contra él. Al ver que no ofrecían resistencia, dejó de hacer fuerza y las acarició. Sus dedos acariciaban muy torpemente. Jacobo, imbuido, se quedó quieto en aquella posición, sin atreverse a levantar la vista del suelo y con ganas de salir corriendo. Intentó nuevamente separar un poco su cuerpo del de José; sentía su miembro completamente erecto y temía que el otro lo notara en la espalda. Pero vio que era demasiado tarde, pues su pantalón estaba completamente pegado al cuerpo del otro. Fue José quien se separó de él. Se dio la vuelta y se sentó al lado de Jacobo. Y, sin pensárselo demasiado, le besó la boca. José envolvió con los labios el gordito superior de su amigo, notando cierto sabor salado en la parte herida del labio dividido. Jacobo, también con la mente en blanco, instintivamente lo agarró de la cabeza y prolongó el beso. Se dejaron llevar. Temblaban; tenían la sensación de estar haciendo algo malo. Sus respiraciones fueron haciéndose más profundas y cortas, resuellos quebrados; los ojos cerrados y las manos explorando libremente el cuerpo del otro por primera vez. Jacobo se quitó la camisa y se abalanzó sobre José, tumbándolo. Ahora era él quien tomaba la iniciativa. Se quitaron los pantalones sin levantarse. Se dejaron los calzones. José rodeó sólidamente con los brazos a Jacobo. Aprovechó la postura para atraer con fuerza el cuerpo de su amigo hacia su miembro, marcándoselo contra el suyo. Aquello los colmó de placer: ambos penes empujándose el uno contra el otro. Los cuerpos aprendían los movimientos del otro y el baile era cada vez más sincrónico, más sentido y húmedo. Se abrazaron, frotaron, sacudieron y agarraron durante toda la noche, en un baile vehemente sobre el terreno endurecido, del cual se levantaban nubes de polvo que adquirían la tonalidad naranja del fuego del olivo. No cruzaron palabra, dejaron que sus cuerpos hablaran.

A mitad de la danza, el fuego del olivo se consumió, así como el incendio de la iglesia del pueblo. Aquel árbol había comenzado a arder al mismo tiempo que el templo, ya que la madera del altar procedía de aquel olivo. Ninguno de los jóvenes se había percatado del incendio, que quedaba a sus espaldas. El árbol no les había dejado ver el bosque. Tampoco se dieron cuenta de la sucinta pero intensa lluvia de estrellas que iluminó el cielo, quebrando momentáneamente la espesa oscuridad. Aquellas perseidas adelantadas, como tantas otras señales que se dieron a destiempo aquel último día sin guerra, vaticinaron un conflicto nacional irremediable, y así lo entendieron quienes las presenciaron.

José María Pemán

«Una mano secreta desde la noche oscura ha ordenado una siega satánica de cruces».

Vidal i Barraquer,
arzobispo de Tarragona

«Los revolucionarios han destruido las iglesias, pero el clero había destruido primero a la Iglesia».

27

La iglesia en llamas

Jándula tenía dos iglesias: la mayor, donde se realizaban todos los cultos, y la menor, únicamente para el rezo individual, donde la venerada estatua de san Antón era la única imagen religiosa, figura que sacaban en procesión por las calles del pueblo una vez al año, la noche del 17 de enero, a la luz de las luminarias. Por el contrario, la iglesia grande reunía varias imágenes religiosas, entre las que destacaban su patrona, la Virgen de Tíscar —salvo de septiembre a mayo, que descansaba en la aldea homónima— y un inmenso cristo crucificado con el torso inclinado hacia un lado. El templo era una construcción de estilo neoclásico levantada doscientos años atrás sobre las ruinas de una basílica gótica, acompañada de una torre campanario. Además de las tallas, alojaba un extenso patrimonio litúrgico: frescos, una pila bautismal, un artesonado de la mejor madera de olivo de la región, confesionarios, cirios de dos varas y media de longitud, un misal escrito en latín y en íbero, dos vinajeras en plata, un cáliz, un copón de oro... No me detengo más en la descripción porque, en apenas unas líneas, voy a quemarlo todo.

El día anterior al incendio, la fachada oriental del templo, donde se abría la puerta secundaria, amaneció con una frase pintada con los restos de un corcho quemado: «Esta iglesia no vale la vida de un solo republicano». El pueblo atribuyó la arenga a los sucesos ocurridos cinco años antes en Madrid, que se extendieron por el resto de la península, cuando más de cien templos fueron quemados por vándalos anticlericales. Aunque había llovido desde entonces, aquello había permanecido en la memoria de los íberos, estuvieran a favor o contra la Iglesia. Alguien quiso advertir al párroco de que debía apoyar la República y abandonar el inmovilismo, que el juego de don Tancredo no seguiría haciéndole bien. Tuviera la intención de hacerlo o no, la iglesia se vino abajo al día siguiente de la pintada vandálica.

Don Robustiano, el cura, tenía fama de conservador. Mantenía una más que estrecha relación con los señoritos y terratenientes del pueblo y poca tendencia al progresismo. Prueba de ello era que, desde hacía un par de años, había impedido que las procesiones salieran a la calle durante la Semana Santa, y no por obligación, sino únicamente para destemplar los ánimos; argüía que había sido amenazado por los izquierdistas y que, si permitía que sacaran los tronos, su vida corría peligro. Una elaborada mentira. En general, los curas no apoyaban a la izquierda, a excepción de los clérigos éuscaros y algarveños, y no ocultaban sus posiciones políticas simpatizantes con el fascismo. Precisamente por eso morirían alrededor de seis mil curas en el conflicto. Algunos tenían un perfil más bajo, y aunque no comulgaban con la causa republicana, tampoco tomaban partido en el asunto; otros, y me temo que la mayoría, hicieron lo que pudieron para ayudar a que Franco ganara la guerra y limpiara la tierra de «herejes». Incluso había quienes se iban a los campos de batalla para absolver a los republicanos que iban a ser fusilados en masa, como los clérigos carlistas. De todo hay en la viña del Señor, dicen.

En cualquier caso, ni los comunistas ni los socialistas ordenaron la quema de la iglesia de Jándula, pues, aunque eran mayoritariamente ateos y estaban en contra del paradójico aburguesamiento del clero, admiraban y protegían el patrimonio histórico del pueblo. Fue Víctor quien encendió el mixto, el sobrino de Odisto nacido con discapacidad intelectual, el hijo de primos hermanos. Lo encontraron frente al edificio, azogado y gritando, con el pantalón orinado:

—¡Qué bonito el fuego, y lo he hecho yo!

Nadie se atrevió a culpar a un niño tan inocente y cristalino, pero se dijo que quizá había sido utilizado por algún adulto. Unos decían que fueron los monárquicos quienes lo incitaron a hacerlo, para así enfadar a la parte de derechas, minoritaria en la región, y tener más motivos para la insurrección contra el gobierno central progresista. Otros, que no, que al niño le habían dado las cerillas los sindicalistas obreros y ácratas porque, de tanta rabia que cargaban contra lo religioso e íbero, no pudieron esperar a que el conflicto estallara. Fueran los *hunos* o los *hotros*, el bello templo, que nada entendía de palabras, ardió y cayó en la medianoche del día de las matanzas. Iluminó todo el pueblo hasta los campos circundantes, haciendo olvidar a los janduleses la noche más oscura que habían presenciado nunca.

Los lugareños abandonaron los corrales y las matanzas y acudieron aprisa a la plaza de la Lonja, donde estaba ubicada la iglesia en llamas. Cargaron agua en cubos, zaques, odres, botas y celemines, hasta en las bocas, las palmas de las manos y en los huecos supraclaviculares, pero solo pudieron apagar el fuego de la fachada principal y lo único que se salvó fue el campanario. Jándula no tenía cuerpo de bomberos; el más cercano estaba en Cazorla y, aunque se le avisó, no llegó a tiempo. No llegó o no quiso hacerlo. Muchos cuerpos de seguridad preferían no inmiscuirse en problemas como aquel, de corte marcadamente político.

El pueblo se lamentó de la pérdida de su monumento más querido, pero se alegró de que la Virgen no hubiera ardido. Se había salvado de las llamas horizontales del retablo. Decoroso y Erlinda, los dos vecinos de la plaza de la iglesia que primero vieron el fuego, lograron sacar la imagen del altar y protegerla en su casa, donde también acogerían al párroco, pues de la casa rectoral, a la derecha del ábside, solo quedarían cenizas.

El párroco, don Robustiano, trabajó más que ninguno para apagar el fuego. Una vez vio que nada más se podía hacer por la iglesia, se sentó en el suelo de la plaza, justo enfrente del templo, y rezó varias oraciones. Tras la plegaria, se levantó y se dirigió hacia las ruinas todavía incandescentes. Los janduleses intentaron detenerlo, pero era tal el arrebato del cura que no les dio tiempo. Don Robustiano escaló las ruinas de la parte izquierda, la más derribada, y entró al solar de la iglesia, lleno de pasquines comunistas a medio quemar que habían sido lanzados por manos anónimas para avivar el fuego. Desde allí se dirigió a la entrada del templo, que junto a la parte baja de la fachada había resistido, y, no sin esfuerzo, abrió las inmensas puertas, barriendo con ellas escombros y cascos hacia dentro. El pueblo, atento desde el exterior, vio abrirse los dos portones y emerger al cura del edificio en ruinas, quien nada más salir hizo el saludo fascista, lanzó varias imprecaciones, un «¡viva Cristo Rey!», y juró y perjuró que no le temblaría el pulso a la hora de defender los intereses de los católicos. Como broche añadió que, llegada la guerra, combatiría en las filas del bando conservador.

—¿No dicen que los íberos andan siempre detrás de los sacerdotes con una vela o con una estaca? ¡Pues que se preparen, que las dos las voy a blandir yo!

La susodicha guerra empezaría oficialmente al día siguiente, pero la promesa del cura pronto se quedaría en agua de borrajas, pues sin cuerpo uno no puede cumplir nada.

Dos madrileños

Madrid, 18 de julio. Diez de la mañana.

—¿Por qué coño nadie me trae el periódico? ¡*La Crónica!*

—¡Caballero, cálmese! ¿No sabe lo de la huelga?

—¿De qué es esta vez?

—De camareros.

—Copón bendito... ¿Lo leyó usted? ¿El diario?

—Sí.

—¿Y qué cuentan?

—Poca cosa.

—Algo dirán, ¿no?

—Pues que don Gregorio Marañón dejó a medias una operación de páncreas para huir al extranjero con su esposa. ¡Tuvieron que ponerle una esponja por órgano al enfermo! Y bueno, que están cambiando las cerraduras de la Residencia de Estudiantes y reforzando sus puertas. Dámaso Alonso y Ortega y Gasset. Nadie sabe por qué.

—¿Y sobre el país? ¿Qué dicen?

—¡Ah, sí! Que el Ejército ha tomado por fin el norte de África.

—¡Ya era hora! A ver si se dan prisa y suben pronto, porque yo sin mi periódico y mi café, no soy nadie.

Ni lo uno ni lo otro llegaría a tener. Aquel hombre iba a morir fusilado en menos de diez días en su casa del Campo de las Calaveras. Le sobreviviría en cambio la mesa en la que estaba sentado —como barricada primero y después como asiento en una trinchera de la Ciudad Universitaria de Madrid—, cuya superficie de mármol procedía de una tumba de un cementerio ya olvidado.

Onésimo Redondo

«Estamos entregados totalmente a la guerra y no habrá paz mientras el triunfo no sea completo. Para nosotros todo reparo y todo freno está desechado. Ya no hay parientes. Ya no hay hijos, ni esposa, ni padres, solo está la Patria».

Elena Fortún

«¿Qué día es mañana? Dieciocho de julio… Ojalá vuelvas pronto, dijo el abuelo. Y el corazón se me apretó sin saber por qué».

Hoja enterrada

1. e4 e5 2. Dh5 Ac5 3. Ac4 Ch6 4. Axf7+ Cxf7 5. Cf3 a6 6. Cxe5 O–O 7. Cxf7 Txf7 8. Dxc5 Cc6 9. d4 b6 10. Da3 Ab7 11. O–O Ce7 12. Te1 Tc8 13. Cc3 a5 14. Ad2 d5 15. exd5 Cxd5 16. Ce4 Cf6 17. Cg5 Td7 18. Ce6 De8 19. Cc5 Dg6 20. Cxb7 Tf7 21. c3 Cd5 22. Db3 Cf6 23. Af4 Tb8 24. Cxa5 Te8 25. d5 bxa5 26. Axc7 Txc7 27. d6+ Rh8 28. dxc7 Df5 29. Txe8+ Cxe8 30. Td1 Dc8 31. Db6 Dxc7 32. Dxc7 Cxc7 33. Td8+ Ce8 34. Txe8# 1–0

28

El Cerillita

El enfrentamiento que estaba a punto de comenzar iba a ser una cruenta guerra civil entre los íberos, y se desencadenaría tras el fracaso de un golpe de Estado orquestado por el bando derechista. La idea de una insurrección contra el gobierno legítimo, de corte progresista, se fue fraguando entre varios hombres, de forma paulatina y no siempre de la mano, que compartían el mismo espíritu por derrocar la Segunda República —aunque algunos de aquellos mandamases fueran republicanos; de derechas, pero a favor de continuar con el mismo sistema—. Mola, Goded, Fanjul, Franco, Sanjurjo y Primo de Rivera fueron los cabecillas, entre otros, ya que aquel monstruo fascista, aunque terminara por tener solo una cabeza, al inicio tenía la forma de una hidra. Todos ellos, militares y políticos, querían desempeñar un papel importante en la insurrección; cuanto más peso tuvieran, mayor sería el cargo que asumirían en el gobierno posterior y mejor podrían imponer sus ideologías. Azaña, el presidente del país, viendo venir el golpe de Estado, los separó. Mandó al arribista de Franco a Canarias, a Goded a las Baleares y al cubano Mola a Pamplona, aprovechando que Primo de Rivera ya estaba en prisión en Alicante, bordando en su propia camisa las palabras «mitad monjes, mitad soldados»; Sanjurjo fue exiliado a la costa lusa y Fanjul quedó bastante aislado en Madrid. Pero el hecho de que los futuros golpistas estuvieran dispersados por todo el país, incluyendo los archipiélagos, no impidió la conspiración contra el Gobierno. Al contrario, la facilitó, ya que acabaron cerca de lugares muy estratégicos militarmente, cerca de los requetés y de las tropas norteafricanas. Así, entre el 17 y el 18 de julio de 1936, las horas nocturnas en las que se perdió la luz en la península, cuando Jándula celebraba la vuelta a la normalidad después del inmenso aguacero de casi un mes y María moría atragantada, el golpe de Estado tuvo lugar.

Quizás podría haberse evitado si el jefe del Gobierno, Casares Quiroga, se hubiera enfrentado a lo que se avecinaba. Entre arrestar a los sospechosos rebeldes y enterrar la cabeza cual avestruz, optó por la segunda opción. Consideró que el golpe fracasaría y que era mejor no involucrarse. El mismo 18 de julio, tras haberse negado a dar armas a los sindicatos, dimitió. Como curiosidad, ya que este personaje no volverá a aparecer más en esta historia, os cuento que tuvo una hija llamada María, compañera sentimental de Albert Camus hasta su muerte, y según dijo, el gran amor de su vida.

La sublevación tuvo éxito en Sevilla, Cádiz, Zaragoza, Navarra, el protectorado de Marruecos, Galiza, Canarias, Burgos, Valladolid y Uviéu, pero fracasó en las ciudades más grandes, allí donde estaban los centros políticos más importantes y nacionales: Madrid, Barcelona —donde incluso ochocientos guardiaciviles entregaron sus armas a las fuerzas republicanas—, Bilbao y Valencia. Las ciudades de la región lusa, tales como Porto, Coímbra, Braga y Lisboa, al principio no se aliaron a ningún bando e intentaron vivir de espaldas al conflicto, pues varios años atrás ya habían caído en manos de los fascistas. Sin embargo, progresivamente acabarían apoyando al déspota de Franco, y llegarían incluso a enviar tropas militares para ayudar a los sediciosos fascistas: los Viriatos. La autonomía política del territorio luso y su relación con el resto de Iberia la narraré páginas más adelante, en la segunda parte de esta novela.

En cualquier caso, aquellos primeros días la guerra, en la mayor parte de la península, se iba a convertir en un juego sangriento entre dos bandos: el sublevado, rebelde o nacional, formado por derechistas que querían conquistar las grandes ciudades que le faltaban tras el golpe para implantar una dictadura militar de corte fascista, y el republicano, revolucionario o rojo, izquierdistas que luchaban por hacerse con los territorios sublevados y mantener el gobierno elegido en las urnas o pasar a la revolución.

Entre los miembros que urdieron el levantamiento, Franco sería el que se haría con el poder al final de la guerra. Dice un texto hindú que un animal de una sola cabeza es menos fuerte pero más sagaz que uno de múltiples, y en la guerra más que fuerza había que tener visión. La educación de Franco había sido más militar que intelectual. Según sus más cercanos, no era en absoluto un hombre erudito, pero sí un perfecto estratega, lo cual había quedado de manifiesto en sus primeros años como militar en Tetuán, alzado rápidamente a capitán. Fue tal el éxito que consiguió que hasta las tropas moras dijeron que Franco poseía *baraka,* es decir, el don de la invulnerabilidad. Poco después, terminó de ganarse el respeto de los militares tras aplacar la Revolución de Asturias, la insurrección izquierdista y obrera que no triunfó. Franco sabía mover a los que lo rodeaban, amigos y enemigos, como piezas de ajedrez, y jugaba mejor que nadie. De cara a la Guerra Civil, su táctica iba a ser la del desgaste: no habría jaque mate hasta que al menos todos los peones hubieran caído; es decir, alargaría la guerra lo máximo para que falleciera el mayor número posible de republicanos. Así evitaría una revancha y extirparía el mal del tablero, pues para él, el enemigo no era un hermano con ideas opuestas, sino un cáncer mortal de la humanidad. Si bien, antes de eliminar a todos los peones y de derribar al rey, tuvo que asegurarse de que las piezas grandes se quedaban fuera del tablero, y las que más temía no eran las del bando contrario, sino las de su propia facción: Mola, Goded, Fanjul, Sanjurjo, Primo de Rivera… El hecho de que aquellos hombres estuvieran dispersados por todo el país no impidió a Franco jugar su partida. Todos ellos morirían al inicio del conflicto. Y esto fue algo que el futuro dictador, de alguna manera, había previsto. Os lo confiaré:

En su retiro forzoso en la isla de Tenerife, días antes de que se produjera la cuartelada, Franco, que era ciegamente creyente y se consideraba un enviado de Dios, *homo missus a Deo*, escribió una plegaria mágica que, si no fue escuchada en el cielo, lo fue en el infierno —probablemente por haber enterrado la hoja en lugar de lanzarla al viento—. Aunque antes de contaros en qué consistió su ruego celestial, os describiré al solicitante. Y lo haré en cursiva porque, a día de hoy, el personaje ya es historia, es decir, polvo en un nicho, y esta grafía curvada se asemeja más a la ceniza rota del creador de un imperio absurdo que al memorial de un hombre bueno.

Francisco Paulino Hermenegildo Teódulo Franco Bahamonde medía uno sesenta; como era delgado y tenía la cabeza grande, además de muy redonda y medio calva, lo apodaron «el Cerillita». Su rostro de rasgos blandos era difícil de dibujar; no había nada que destacara en su expresión, salvo el leve bigote fascista y una dichosa papada. Quizás lo más atípico en él era la voz atiplada y llena de aire, dicen que por una sinusitis crónica. Sonaba como una trompetilla dentro de una orza tapada. También dicen que solo tenía un huevo, motivo de burlas incluso entre los suyos. Nunca fue religioso: en la Legión lo llamaban «el general de las tres emes»: sin miedo, sin mujeres y sin misa. Sin embargo, parece que el sentimiento religioso se le despertó —muy convenientemente— empezada la Guerra Civil. En cuanto a su carácter, los que lo conocieron afirman que era afable, aunque algo cenaoscuras; los que lo sufrieron, en cambio, dicen que cruel y acomplejado. Esto último es un rasgo típico en los dictadores modernos: el sentimiento de fracaso y el trauma infantil, así como una grave falta de amor. Stalin sufrió los malos tratos de un padre borracho e intemperado; Hitler, que de pequeño mojaba la cama, fue igualmente ridiculizado por su progenitor, además de rechazado en la escuela de arte; a Mussolini lo criaron en el odio tras el tajante diagnóstico del médico de la familia, que lo calificó de retrasado mental. Franco se crio igualmente a la sombra de un padre malévolo que pegaba a su esposa embarazada, que le rompió el brazo a su hijo mayor al pillarlo en plena masturbación y que insultaba a Franco por su voz amanerada llamándolo «Paquita». Entiendo que el trauma del gallego, pues el futuro caudillo había nacido en Ferrol, fue a más al encontrar que sus amigos militares lo insultaban en esa misma línea: «Miss Canarias», «Paca la Culona». Con una infancia así, un individuo puede tomar vías diferentes: el olvido, el perdón, la resignación, la justicia, la venganza… Yo creo que Franco optó por la última y que su sed de poder fue de la mano de una necesidad de imponerse y demostrar que era mucho más de lo que lo habían considerado desde pequeño. También compartía con el resto de dictadores la megalomanía. Se veía como un enviado de Dios y se engalanaba con delirantes sobrenombres como el Supremo Capitán de la Raza, el Caudillo de la Cruzada, César Invicto, el Centinela de Occidente, el Prín-

cipe de los Ejércitos, la Espada más limpia de Occidente, primus inter pares, *el Ángel Custodio del Imperio Íbero o el Enviado de la Divina Providencia. Como último rasgo a tener en cuenta, era un hombre profundamente religioso, tanto que, cuando se hizo con la península, se apropió de una de las reliquias del cuerpo de santa Teresa de Ávila: una mano sin el meñique. La llamaba «el brazo incorrupto de santa Teresa» y la llevaba siempre consigo, incluso durmiendo, guardándola en la mesita de noche. Dicen que cuando murió, casi cuatro décadas después de la Guerra Civil, como no llevaba la mano consigo, un arzobispo fue a buscarla y la colocó a los pies del cadáver, por si tenía lugar un milagro y se le concedía el don de la eternidad. Pero hasta Dios había tenido ya bastante.*

Ahora sí, sin más dilación, paso a describir la plegaria que Franco escribió la noche antes del golpe de Estado. Aprovechando que se encontraba en Tenerife, y que la isla tenía la misma forma que Iberia, buscó el punto geográfico que, al superponer los dos mapas, coincidiera con su tierra en la península, Galiza. La región indicada fue el Paisaje Lunar de Teno Alto, al noroeste del territorio, paraje idóneo para el rezo. Contactó a dos militares fieles y, a medianoche, les pidió que lo llevaran hasta aquel extremo de la isla y que le prepararan un ajedrez, un bloc y un lapicero. Se cercioró de llevar también el pasaporte y el talón bancario que su amigo Juan March le había hecho llegar desde el extranjero, por si la situación se torcía y tenía que exiliarse en Londres el resto de sus días. Franco llevaba poco en la isla y no la conocía bien. Los tinerfeños lo amaban y odiaban a partes iguales. Tras aplastar la Revolución de Asturias de 1934, fue acogido por los militares canarios con admiración y respeto. El ayuntamiento, sin embargo, lo recibió con una huelga y una pancarta enorme: FUERA FRANCO; MUERA FRANCO. Aquello no lo olvidaría el futuro Generalísimo. El eslogan había sido ideado por el alcalde de Santa Cruz, el chicharrero José Carlos Schwartz, que sería apresado el primer día de la insurrección y moriría semanas después en las Cañadas del Teide, en una fosa común cavada en el futuro parque nacional. En un gesto de conmiseración de la naturaleza autóctona, la tierra volcánica se tragó la tumba, arrastrando los cadáveres hasta la cámara magmática, reduciéndolos a cenizas y expulsándolos de nuevo en forma de nube ardiente a través de un flujo piroclástico improvisado en una ladera inhabitada. Así, sin duda, llegarían antes al cielo.

Una vez dieron con el Paisaje Lunar, Franco pidió a sus dos secuaces que lo esperaran en el camión. Sin alejarse mucho del convoy, pero lo bastante retirado como para que nadie lo viera, se sentó en el suelo y sacó el tablero de ajedrez. Una vez colocadas las piezas en su posición inicial, arrancó una hoja del bloc y anotó los movimientos que llevaba meses tramando, aquellos que le concederían la victoria. Se imaginó una partida entre fascistas y revolucionarios. El reto de la contienda debía ser el de liberar Iberia de izquierdistas con el mínimo número de movimientos posibles. Sabía que la izquierda, siempre fragmentada, no conseguiría aunar fuerzas y dejar que una única cabeza pensante jugara la partida. Tampoco los de su bando se lo permitirían. De ahí la plegaria, para que las fuerzas mágicas intercedieran, para que solo él moviera todas las piezas.

En el siguiente capítulo encontraréis descritos los movimientos tácticos definitivos y seguidamente, en cursiva, lo que les ocurrió a sus aliados/oponentes. Pero si la estrategia política no es lo vuestro, os los saltáis y punto.

29

La partida de ajedrez

Mate del pastor clásico – Goded
3. Ac4 Ch6 4. Axf7+ Cxf7
Ocupar Barcelona a la primera de cambio es una empresa imposible. Que lo intente Goded y, si no lo consigue, acógelo en tu seno.

El general Goded, animado por una fuerza inaudita, se hizo con el poder en las islas Baleares —salvo Menorca— y tomó un hidroavión a la ciudad de Barcelona. Si lograba liberar Catalunya, sería un militar ejemplar en el golpe. Sin embargo, fracasó y fue fusilado en el foso del castillo de Montjuïc. Dicen que la yedra de la muralla sobre la que cayó trepó por su cuerpo, lo envolvió y se alimentó de él durante el conflicto. Hoy día aún queda una fina pátina con la forma de un cuerpo bajo la trepadora.

Mate del pastor con caballo – Fanjul
6. Cxe5 O–O 7. Cxf7 Txf7
A Fanjul le deseo lo mismo que a Goded, pero en Madrid. Que logre liberar la capital de este país católico y, si no, que Dios lo acoja en su seno y le conceda la eternidad.

El general Fanjul corrió la misma suerte que Goded. El objetivo era demasiado ambicioso y fracasó. Quiso hacerse con la ciudad de Madrid. Vestido de paisano, logró entrar en el Cuartel de la Montaña, una construcción militar muy importante que estaba en la montaña del Príncipe Pío. Aquel lugar estaba lleno de historia, allí fueron fusilados por las tropas napoleónicas —e inmortalizados por Goya— cuarenta y cuatro madrileños, y allí actualmente se encuentra el templo egipcio de Debod. Fanjul entró en el edificio con la premisa de «salvar de la ignominia a Iberia», y para hacerse con armas para el bando nacional, pero no logró ni salvarse a sí mismo por muchos pañuelos blancos que sacara por la ventana. Intentó escapar vestido con el mono azul de un obrero, pisando cadáveres de hombres suicidados, pero lo reconocieron. Murió fusilado. Dicen que, antes de morir, pidió casarse con una viuda; después de mancharse las manos de sangre temía encontrarse las puertas del cielo cerradas. La viuda aceptó. Pidió al cura que escribiera bien su nombre en el libro de familia, que una sola falta ortográfica podría hacer que no pudiera reunirse con Dios.

Columna abierta — Balmes
15. exd5 Cxd5
Como aquí me vigilan continuamente, ya que temen que huya y forme parte del golpe que está a punto de darse, necesito una excusa para abandonar la isla de Tenerife y llegar al aeródromo de Gando, en la isla vecina de Gran Canaria, desde donde volaré a África y, después, a la península. No le deseo el mal a ninguno de los míos, pero los accidentes ocurren todos los días, y, si han de ocurrir, solo si estaba ya previsto por la Providencia Divina, mejor que sea por una buena causa. A mí, al menos, me vendría bien.

Amado Balmes, comandante militar de Gran Canaria, murió a la mañana siguiente de un disparo en el estómago. La versión oficial dijo que el soldado había intentado desencasquillar una pistola apoyándola en la canana, que la llevaba en torno a la barriga, y que se disparó. Franco aprovechó la excusa de acudir al entierro para llegar al aeródromo y abandonar la isla para unirse al golpe de Estado. Lo escucharon decir: «¡Menos mal que el buen hombre solo tenía un estómago y no cuatro como las vacas!».

Golpes fantasmas — Bolín

16. Ce4 Cf6 17. Cg5 Td7 18. Ce6 De8 19. Cc5 Dg6 20. Cxb7 Tf7

Ruego que Gran Bretaña, pese a su papel internacional contra el fascismo, ayude a nuestra causa, pues, si perdemos esta guerra que aún no ha comenzado, muy probablemente el comunismo se instale en Europa. Que Bolín, los servicios de inteligencia británicos y Dios me ayuden a escapar de esta isla y a llegar a Marruecos, donde tomaré las riendas del ejército moro y comenzaré a conquistar Iberia. ¡Señor, protege el avión y su maniobra de distracción!

Luis Bolín, corresponsal del periódico *ABC* en Londres, ayudado económicamente por el duque de Alba y por la inteligencia británica, y bajo la batuta de Luca de Tena —director del periódico—, se encargó de enviar el avión a Franco hasta Gran Canaria. Lo ayudaron pensando que el gallego, una vez en el poder, haría volver al rey a la península, pues los aristócratas eran monárquicos alfonsinos. La nave era el famoso Dragon Rapide, que había pertenecido al duque de Gales, y el piloto encargado, un famoso taxista aéreo, Bebb, que había trasladado al futuro rey de Inglaterra, Eduardo VIII, a directores de Hollywood y a celebridades como Joséphine Baker. No obstante, aquella madrugada el piloto no supo la identidad ni la relevancia del hombre que trasladaba. El corresponsal Bolín le hizo ver que se trataba de un viaje turista, añadiendo al pasaje a un coronel inglés célebre, a su hija y a la amiga de esta. El recorrido debía ser sinuoso para no levantar sospechas: Londres, Burdeos, Biarritz, Lisboa, Casablanca, Sáhara y Gran Canaria. Una vez aterrizara en la isla, un mensaje cifrado le llegaría a Franco: «Galiza saluda a Francia». Más tarde, tras el fin de la guerra, el piloto contó que, en mitad del trayecto, el futuro caudillo se afeitó para que no lo reconocieran tan fácilmente; se desnudó, tiró la ropa al mar y se atavió con un jaique, un albornoz y un turbante, para ser recibido con mayor estima —y de forma más disimulada— entre las tropas moras.

Clavada — Cabanellas
24. Cxa5
Los peores aliados son los que no sabes de qué pie cojean, si realmente son amigos o enemigos. De esos tengo varios. Cabanellas, por ejemplo. Mucho está tardando en apoyar la insurrección, mucho más que yo, incluso. Quizás crea que no vamos a alcanzar la victoria, o sea demasiado republicano y masón. Pobre de él. Señor, te ruego que se decida pronto y tome partido por nuestra causa, o al menos que se quede quieto y no nos haga mal; ya me encargaré yo de aislarlo posteriormente.

Tiempo después, Franco sería nombrado Generalísimo del ejército rebelde. Aquello infundió miedo a varios cabecillas del círculo castrense, entre ellos, el general Cabanellas, quien, conseguida la victoria, habría optado por un poder repartido y no por una dictadura omnímoda. Así se lo hizo saber a todo militar con el que se topó aquellos días, propagando el rumor de que Franco asumiría absolutamente todo el poder, y se extendería como una mancha de aceite. Literalmente: «Ustedes no saben lo que han hecho. Si le dan Iberia a Franco, va a creerse que es suya y no soltará el poder hasta su muerte». Al acabar la guerra, no se vería recompensado. Dicen que Franco decidió llamarlo por otro nombre para que su apellido no saliera nunca de su santa y adorada boca.

Jaque descubierto — Kindelán y Orgaz
25. d5 bxa5 26. Axc7 Txc7 27. d6+ Rh8
A veces hay que sacrificar a dos hombres buenos para poder alcanzar la victoria. Aparta de mi camino a estos monárquicos, que me dejen la vía despejada; que crean que arriesgarán su vida por el rey, aunque este luego ni pinche ni corte.

Franco se iba a rodear de hombres afines a diversas causas opuestas entre sí. Jugaría con las esperanzas de dos militares monárquicos que soñaban con restablecer la monarquía una vez acabara la guerra: Kindelán y Orgaz, cuyo apoyo en el conflicto iba a ser tácticamente imprescindible, tanto en aire como en tierra. Al final,

Franco mermaría sus sueños, llevándolos incluso al ridículo. Les dijo que, si no se echaban a un lado prudente y sigilosamente, pondría fin a sus vidas de la misma forma que algunos de los reyes de la vetusta monarquía íbera que tanto loaban. Franco les dio cuatro opciones a elegir: morir desgarrados por un oso, como el rey Favila de Asturias; con los ojos arrancados, como Froilán de León; perder el alma de una fuerte pedrada en la cabeza, como Enrique I de Castilla, o arder en paños mojados en coñac, como Carlos II de Navarra. Tanto Kindelán como Orgaz dieron un paso atrás.

Promoción — Sanjurjo
28. dxc7 Df5
Dios, anímelo a que el día que vuelva a Madrid cargue en sus maletas todas sus condecoraciones. La inmodestia de Sanjurjo es bien conocida. Se requiere una mirada más hacia fuera de uno mismo, hacia el propio país. Que cargue con tantos honores como pueda y, en esta partida, se quede a un paso de hacerse con la corona.

El capitán Sanjurjo, que en la llamada «Sanjurjada» en 1932 ya había intentado dar un golpe de Estado —muy fallido—, debió haber sido el comandante en jefe del ejército sublevado, aunque el que más había preparado el golpe fuera Mola. Sin embargo, moriría en un accidente de avioneta, en un breve viaje desde Estoril, en la región lusa, hasta Madrid. Dicen que la nave no aguantó el peso de las maletas del llamado «león del Rif» y que se estrelló nada más despegar contra un muro de piedra. El piloto salió totalmente ileso, como es lógico. Sanjurjo dejó el camino aún más libre al retaco de Ferrol.

Sacrificio posicional — Primo de Rivera
29. Txe8+ Cxe8
A veces es de Dios dejar que las cosas sigan el camino que han de tomar sin que uno lo impida. Así, dejaré que el destino se haga cargo de una de las piezas más importantes del tablero para los

peones, con mayor carga filosófica y fuerza moral, y que el enemigo derribe a quien tenga que derribar. Que cada cual aplique el corolario que desee.

José Antonio Primo de Rivera fue el fundador de Falange, el cuerpo ideológico fascista de más enjundia del país —basado en cuatro pilares: la Iglesia, la propiedad privada, el matrimonio y la familia—, así como el primogénito de Miguel Primo de Rivera —dictador del país durante siete años que empezó con el apoyo de los intelectuales y terminó exiliado y bajo una losa en París—. José Antonio y Franco nunca tuvieron una relación buena, pese a compartir ideología y visión de país. Además, Franco, cuya memoria era fabulosa, nunca olvidaría el día que Primo de Rivera le dio la espalda y no lo incluyó en la lista de candidatos por Cuenca a las elecciones generales. Siempre se ha dicho que el dictador no hizo todo lo posible por salvar su vida. En cualquier caso, su muerte le facilitó a Franco el uso posterior de la Falange, que se encargaría de la estructura simbólica y propagandística de los primeros años tras la guerra. Los restos de José Antonio serían llevados en procesión desde Alicante hasta El Escorial, más de ochenta leguas que recorrería a pie una multitud afligida en una escena tan oscurantista como medieval.

Desviación con jaque — Mola
32. Dxc7 Cxc7
A este país no le conviene una guerra corta ni un juego abierto en el que el poder recaiga en varias piezas. A veces es necesario sacrificar una de las mejores si así se consigue arrinconar al rey y tomar las riendas de todo el tablero. Te ruego que así sea.

El general Mola, apodado «el Director» por haber organizado el golpe de Estado, era muy admirado por el cuerpo militar sublevado. Tanto es así que, caído Sanjurjo, de no haber fallecido igualmente en un accidente de avión, habría logrado alzarse con el poder. Me atrevería a decir que fue el movimiento de ajedrez más inesperado y que mejor le vino a Franco. Mola habría querido que el nuevo régimen mantuviera la bandera republicana, y que la Iglesia y el Estado fueran entes separados; malas ideas para Franco.

Jaque mate – Iberia
34. Txe8# 1–0
Con el enemigo despistado al comienzo y disperso al final, además de desprovisto de ayudas internacionales, pues los países cercanos cerrarán la espita, podremos ganar esta guerra. Sin embargo, el jaque mate no llegará hasta que hayan caído absolutamente todas las figuras del enemigo. Una guerra lenta.

Tras enterrar la hoja con la jugada, Franco volvió a casa, esperando que todo lo descrito se cumpliera. Se despidió de su señora, Carmen Polo, y de su hija, a quienes mandó en otro avión diferente a El Havre y después a Bayona. La razón del cambio de ciudad fue decisión de Carmen; decía que los presbiterios de la mayoría de las iglesias de El Havre no miraban hacia Jerusalén, cosa que en la otra ciudad sí sucedía. La mujer era muy religiosa. Había conocido a Franco en Tarna un día cazando perdices. Su padre no veía con buenos ojos que se casara con alguien de apariencia tan mísera y de donnadie, en vez de con un joven de relumbrón, pero la onerosa de Carmen tenía mejor ojo que su padre, y desde aquella cacería ya nunca más se separó de él. Intuyó que junto a aquel hombrecillo podría mantener su mayor afición aparte de ir a misa: las joyas. Misa y joyas, una relación que de por sí dice más de ella que cualquier biografía. Fue tal el derroche en joyería que la apodaron «la Collares»; incluso le sujetaban el cuello entre varios cuando se quitaba las joyas, pues se le había alargado como a las mujeres *padaung*.

Aquella noche previa a la huida de Franco hacia el continente africano, Carmen se informó sobre la orientación de los presbiterios de los templos en la costa atlántica francesa y sobre las joyerías de la zona, repitiéndose la creencia de que la que bien vive, bien acaba. Una pensando en diamantes y rezos; el otro, en sangre y palacios.

Por cierto, hay quien dice que la Collares nunca estuvo embarazada, que su hija Carmencita fue fruto de una historia entre el hermano de Franco, Ramón, y una prostituta —apodada la Gaviota— que murió a los días de parir. Las malas lenguas decían que Carmen Polo era estéril, que habría sufrido una vibriosis ocasionada por las bacterias que contenían las perlas vivas que se colgaba del cuello.

Sea como fuere, yo no me fiaría de la descendencia del ferrolano. No tras haber leído las jugadas de ajedrez que proyectó.

30

El parto de Elena

De madrugada, un mensaje encriptado llegó a los mandatarios del ejército: «El pasado día 15, a las cuatro de la mañana, Elena dio a luz un hermoso hijo». El telegrama cifrado era la señal para que la rebelión tuviera lugar el 18 de julio en Marruecos, el 19 en el resto de la península. El mensaje se extendió con éxito y fue entendido por las guarniciones militares, aunque finalmente el golpe se adelantó en el protectorado de Marruecos al día 17. Esta es una historia bien conocida, pero está coja. El hecho de que eligieran ese mensaje y no otro no fue fruto del azar. Apenas había ficción en la escasa línea de texto, ya que la joven Elena existió. Os contaré la historia, testimonio manuscrito que encontré en el Centro Documental de la Memoria Histórica de Salamanca, pero no en esta novela. O quizás nunca la cuente. Es demasiado macabra.

En cualquier caso, y fuera cual fuera la historia de aquella Elena, el mensaje se extendió con éxito y la guerra comenzaría al día siguiente.

A Jándula, la guerra tardaría dos días en llegar. Sin radio, no se enteraron del inicio del conflicto. La antena se había quebrado con el gran diluvio. El técnico, Abilio, sostenía que aquello no parecía el resultado de una tormenta, sino de un acto premeditado. Aquella afirmación le costaría la vida pasado un tiempo y sería fusilado: había acusado de forma indirecta a los derechistas de querer ocultar el inicio de la guerra para que la sublevación llegara al pueblo de golpe y pillara desprevenidos a los republicanos.

La información de que la guerra había comenzado llegaría al pueblo clandestinamente en la base de un ánfora sin hombros. El cántaro manco tenía un pie falso y en el fondo podía ocultarse un canuto de papel. Para mayor precaución, habían escondido la nota en el interior de un pestiño, bien sujeta con los brazos de masa amarga. Así se comunicaban los señoritos de la región. Don Anacleto, uno de los más ricos de Jándula, avisó a los suyos de que la guerra había llegado; entre ellos, a Pablo, el hijo de Odisto, quien había sido adoctrinado por el señorito a espaldas de nuestra familia. El pequeño, antes Pablito, se hizo eco de la noticia y, aun coincidiendo con el velatorio de su madre, se escabulló a un juncal del río. Allí, en mitad de aquellos tallos altos donde nadie lo podía escuchar, gritó de felicidad y dio gracias al cielo de que empezara la conquista tan deseada, feliz de tener cumplidos los años necesarios para que lo aceptaran en el Ejército, aunque si hubiera tenido menos de quince, con el cuerpo tan crecido, el bigote en el rostro y la voz grave que gastaba desde días atrás, cualquier bando lo habría requerido.

En toda la península se leyó aquella madrugada el mensaje del inicio del conflicto armado. Tambores de guerra se adivinaban en la lejanía. Se dio un viento furioso, se estremecieron las copas de los árboles más viejos de Iberia y se levantó un oleaje furibundo que azotó las costas peninsulares y las Baleares y las Canarias… En estas últimas, dicen que todos los dragos sangraron a la vez al hacerse eco de la noticia.

La guerra, entonces sí, ya estaba presente.

Ramiro de Maeztu

«Ahí las tienen ustedes. Son dos Españas, contrarias, antagónicas, colocadas frente a frente [...]. Una es la España oficial, la que se mira solo al estómago; otra es la nueva, la que se mira a los brazos».

Luis Cernuda

«Mi casa rota, [...] a la deriva en el naufragio de un país».

SEGUNDA PARTE
Leño

1936

31
El volcán vacío

A la mañana siguiente, con la luz del alba, los janduleses se encontraron con la tierra cubierta de ceniza. Unos decían que se debía a la noche que habían sufrido, que como habían sido testigos de la caída de una parte de la bóveda celeste, aquello eran restos de éter. Otros argumentaban que la capa negra se debía a las cenizas del incendio de la iglesia. Los de Odisto, una vez supieron que María había fallecido a medianoche, pensaron que era una señal de Dios, que había enlutado así los campos y las calles. Pero la ceniza venía del centro de la tierra. La península había sentido de golpe toda la sangre que iba a recoger durante la guerra que acababa de comenzar y estalló de dolor: sacudió las placas y agrietó su centro geográfico, que se encontraba cerca de Madrid, justo debajo del cerro de los Ángeles. Se tragó todo el monumento al Sagrado Corazón que había erigido allí el exiliado Alfonso XIII —cuyo Cristo había sido fusilado por los republicanos días atrás—. En lo alto del cerro se abrió una sima que descendía hasta el centro del planeta —casi tan grande como la de Jinámar, en Gran Canaria, donde encontraron la muerte cientos de republicanos—, de la que aquella madrugada brotó una inmensa nube de ceniza.

Con el paso de los meses, los bordes de la sima crecerían hasta formar el cráter de un inmenso volcán. Pero la erupción no llegaría hasta bien entrado el conflicto porque el volcán estaba aún vacío. No podía expulsar sangre hasta que la tierra no se empapase del todo con ella.

32
Los espejos bien cubiertos

Le limpiaron el cuerpo con un paño mojado en romero —del que dice el refranero que «espanta lo malo y atrae lo bueno»— y en cenizas hervidas. Le lavaron el cabello en un barreño de zinc con jabón de la casa y lavanda. Le masajearon el rostro y, antes de que se le engarrotaran los músculos, le ataron un pañuelo al mentón para que no se le abriera la boca. También le maquillaron la piel con talco y arcilla, y le pegaron los párpados con savia de almendro y almidón. Le colocaron unas tijeras abiertas y un puñado de sal sobre el vientre para evitar la hinchazón del cuerpo y la vistieron con una bata negra de tul y un cinturón de algodón que la difunta había cosido años atrás. Era costumbre que la mujer, al llegar a la madurez, confeccionara el hábito que llevaría puesto el día de su entierro; los hombres usaban el traje de novio. Pese al afán del difunto por despedirse del mundo con sus mejores galas, la costumbre en Jándula obligaba a rajar el vestido antes de cerrar el ataúd, para que el espíritu no encontrara trabas en su viaje a las alturas. Naturalmente, todas las prendas del difunto debían ser negras. La única excepción se aplicaba a los niños, que iban de blanco y en una caja del mismo color. Para terminar, le colgaron un rosario entre los dedos y le colocaron los pies descalzos, bien rectos y no cruzados, ya que el cuerpo no podía imitar la pose de Cristo crucificado.

Amortajado el cuerpo de María, lo dejaron descansar en la cama hasta que llegó el ataúd, que instalaron en la cocina del cortijo —no disponían de zaguán— sobre un catafalco de hierro coronado por dos velones. Lo dejaron con la tapa abierta, como la puerta de la casa, de par en par para recibir a todos los lugareños que quisieran dar el pésame o acompañar a la familia en el velatorio. Como previeron que el cortijo se abarrotaría, desmontaron la cama matrimonial y los catres de los niños y los sacaron para hacer sitio. Odisto aceptó agradecido las sillas de anea y el sitial —para la madre de la fallecida— que Juliana les ofreció, si bien se negó a que el velatorio tuviera lugar en su casa. «La casa de uno lo ve tanto nacer como morir». La familia habilitó el pequeño cortijo e hizo lo necesario para que el espíritu de la fallecida encontrara el camino al cielo desde el que había sido su hogar. Entre otras supersticiones, cubrieron todos los espejos de la casa con paños; pensaban que si el alma se metía en uno de ellos se quedaría atrapada en la tierra; también temían que si un vivo se miraba en el espejo estando el cadáver presente, fuera el próximo en fallecer. Los pocos cuadros que tenían de decoración también los cubrieron o les dieron la vuelta, no porque se fuera a meter ningún alma dentro, sino como señal de luto riguroso. Los relojes tampoco se salvaron de la superstición y fueron parados a la hora exacta de la muerte de la difunta.

En Iberia, las familias podían optar por tres tipos de luto: riguroso, medio y ligero. La madre de María optó por el primero de ellos: decidió que no abandonaría el color negro hasta el día de su muerte; se dejaría el pelo largo y sujeto en un moño, llevaría velada la cabeza y vestiría medias oscuras. Odisto, en lugar de llevar ropa negra, que no era práctico para el trabajo en el campo bajo el poderoso sol andaluz —ni para la guerra—, se cosió un botón forrado de negro en los bolsillos de las camisas; las primeras semanas llevó una cinta del mismo color atada al brazo, en la manga derecha, así como una corbata parda los días festivos. El resto de familiares se decantó por un luto medio que se iría suavizando conforme pasaran los meses, aunque la guerra iba a hacer que pronto olvidaran aquel funeral de tantos como iba a haber.

El cortijo no tardó en llenarse de lugareños. Las primeras en llegar fueron las mujeres del pueblo, que empezaron a rezar el rosario. En honor al fallecido debían cantarse tres rosarios diarios durante nueve días. En Jándula había una señora que, previo contrato, se encargaba de hacerlo por la familia. Se llamaba Febronia. Como entonces las personas mayores no tenían pensión, y era viuda, ciega y sin hijos, aquel era el trabajo que realizaba para pagarse una manutención, además del de plañidera.

Entre llantos y rosarios, los convecinos hablaban, sobre todo las viudas del pueblo, sentadas frente al féretro, que se enzarzaron en una disputa por ver quién había sido mejor amiga de María. Pura llevaba un rato escuchándolas hablar. Ella mejor que nadie conocía la soledad que había sufrido su hija. Aquellas mismas vecinas que decían haber compartido tanto con ella se habían burlado a sus espaldas en vida, ya fuera por su gordura o por su flacura. Tras amonestarlas, no se oyó una palabra más en el cortijo. Se hizo un silencio roto tan solo por la decena de agujas de tejer, pues la mayoría de mujeres allí reunidas se había llevado la labor. Pura, temiendo que el silencio no durase y que las bellacas viudas volvieran a hablar de María, agarró la escoba y abandonó el cortijo. Barrió la vereda por la que saldría el ataúd y la comitiva, que todavía acumulaba un palmo de ceniza. Lo hizo con cuidado de no derribar uno de los siete cubos de pintura negra que había a un lado del camino, junto al muro del cortijillo. Después del entierro de María tenían que acabar de pintar de negro los árboles de la entrada. También pintarían las paredes de la casa, que habían ido perdiendo el color parduzco desde el luto por Ricardo. Tampoco se salvaron del negro los animales de corral.

Bien barrido y despejado el camino, Pura miró al cielo y se preguntó de dónde había salido tanta ceniza, si de verdad se trataba de éter carbonizado. Cogió un poco y lo desmenuzó con los dedos, se lo acercó a la nariz, pero solo reconoció el olor a quemado. Se santiguó y volvió a mirar al cielo. Soltó una pregunta al aire: «¿Qué nos vas a llover esta vez?».

33
La lluvia de garbanzos y el espino blanco

A medianoche, el pueblo entero se reunió alrededor del cortijo de los Ardolento y se preparó para formar la procesión solemne que acompañaría a la fallecida hasta la sepultura. Como María había muerto a la una de la mañana, el velatorio, que debía durar veinticuatro horas, terminó la madrugada del día siguiente. Pasado ese tiempo, cerraron el ataúd, arrojando antes dentro un puñado de granos de centeno germinados. Después clavaron la tapa con las espigas de los goznes de varias puertas del cortijo. Cuatro hombres no cercanos a la familia cargarían con el féretro a cuestas hasta el cementerio. Lo sacaron con los pies por delante; solo se sacaba al difunto por la cabeza si era cura o niño.

Asomó el ataúd por la puerta y las primeras leguminosas cayeron sobre la casa de María. El cielo regaló a la familia una lluvia de garbanzos para que al menos recuperaran la cosecha que habían perdido. Tras el gesto celestial, la familia suspiró aliviada. No era buena señal que el cielo no lloviera nada una vez finalizado el velatorio. La familia que no recibía simiente de las nubes se consideraba olvidada por Dios y caía en desgracia, esto último más social que divinamente. También había lluvias que avergonzaban a la familia: de reses muertas, sangre mefítica, insectos retorcidos, aves en descomposición o gotas de óxido.

Odisto decidió dejar el garbanzo reposar en la tierra y recogerlo a la vuelta del cementerio. Confiaba en que nadie se atreviera a robarle mientras enterraba a su mujer, y menos un alimento caído del cielo expresamente para ellos. Se dirigió a don Robustiano y le dio el visto bueno para que comenzara la procesión. Los reunidos se organizaron y partieron.

El cortejo fúnebre estaba encabezado por un vocero, Arturo, que avisaba a grito pelado de la muerte de María y del camino al cementerio. Detrás, dos acólitos llevaban sendas cruces y varios monaguillos un brasero en el que iban quemando incienso de olíbano y ramitas de hierbabuena seca. El cura los seguía, y tras él el núcleo familiar de María: sus padres, Pura y Manolo; Odisto y sus hermanos, Felipe y Trine; los primos de María, entre ellos Juliana la Coneja y, finalmente, los hijos y los sobrinos, ataviados también con ropas negras y calcetines de ganchillo, así como con velillos de tul las niñas. Los hijos no se habían hecho a la idea aún de lo que significaba la falta de madre a una edad tan temprana. Con el velatorio y el entierro no les había dado tiempo a pensar. La lloraban, y más la llorarían en adelante. No verían crecer la sombra del árbol que les había hecho brotar.

En la marcha, Ángeles y Martina iban las primeras, a la par de José y de Gonzalo. Pablo llevaba de la mano a Mariángeles, la más ajena a la desgracia. Y detrás de la familia, buena parte del pueblo. Entre los allegados se encontraba el primo del que José estaba profundamente enamorado, Jacobo. Iba del brazo de su prometida, Pascuala. José no podía sentirse más desgraciado. Si miraba al frente, el cadáver de su madre, y si miraba atrás, su amado con su prometida. Cerró los ojos e hizo a ciegas todo el camino. Se acordó de lo bien que le habría venido caminar de la mano de Josito, su hermano ciego, que tan bien se orientaba en la oscuridad. El pequeño no acudió ni al velatorio ni al cortejo; decía que aquella no era su madre. Sus manos nunca reconocieron el cuerpo de María, sumamente magro, y no hubo manera de convencerlo. Aquella noche de entierro se quedó en la huerta con Ángel, el tío de la familia que ni siquiera aquel día se atrevió a abandonar el camino de los huertos.

La caminata fue larga y pesada, como ocurría con las procesiones nocturnas. Aunque el cortejo terminaba en el camposanto, la costumbre era posar el ataúd previamente en la iglesia, donde el cura celebraba una misa *corpore insepulto,* pero como el templo había sido destruido por las llamas la noche anterior, y estando la iglesia pequeña abarrotada con los santos y el material litúrgico que habían logrado salvar de entre las ruinas de la iglesia mayor, decidieron ir directamente al cementerio. Pararon a mitad de camino en un terreno que pertenecía a la iglesia, una era poblada de higueras salvajes, y allí improvisó don Robustiano un breve oficio a la luz de los cirios que llevaban los familiares. Eran tantos los velones, y tan juntos entre sí, que los cuerpos, de respirar el aire cálido de aquellas pequeñas llamas, empezaron a sudar cera.

La misa fue ofrecida en latín, salvo el sermón y el responso, orados en íbero. El cura, al no disponer de altar ni púlpito, se subió a las ramas de un espino blanco, el único árbol que no daba higos en toda la vaguada. Una vez en lo alto, lanzó incienso sobre los presentes y dio un breve sermón:

—Le gustaban pocas cosas: el olivar desde una colina, el olor de los jacintos, la brisa del verano tardío…, y el amor. María era una mujer enamorada, siempre dispuesta a traer vida, a acudir a los tilos en época de fruto, a cosechar y a sembrar la palabra de Dios. Era una buena cristiana, ya en el cielo y en los brazos de Dios Padre. ¡Y mejor que en la tierra! Porque vivimos tiempos convulsos. La enfermedad, la pobreza, las constantes oscuridades, las sequías, los aguaceros, ¡y los templos derribados! Templos inocentes que poca culpa tienen de las decisiones de los hombres. ¡Esta guerra entre hermanos, Dios no quiera que llegue a algo salvaje! ¡Yo execro a todo aquel que la promueva! Debemos permanecer del lado de la fe, mostrarnos irreductibles y confiar en que la desavenencia no llegará. María se nos fue, sí, pero dejó una familia para que continúe con la obra sagrada. El cuerpo no está aquí para quedarse eternamente. Sabemos que se consumirá. Lo hace desde que nace. Hay que aprender a vivir en la contemplación del final como el principio en la vida eterna, donde el tiempo no existe. En Jándula no pasa un lustro sin que acontezca un milagro. Los milagros fortalecen nuestra fe; hay que estar abiertos a que sucedan. ¡Tened los ojos bien abiertos! Seguid el ejemplo de Raimunda, que amaba tanto a Dios que quiso engendrar un nuevo mesías. Decidió subir cada día nublado a lo alto del cerro de la Magdalena y aspirar la niebla hasta que llegara a su útero. Y casi consigue el milagro, de no ser porque, antes de subir, había visitado cama ajena y ya andaba ventruda. Aun así, Jehová de los Ejércitos se compadeció de la joven y, una vez nació el hijo, lo dotó con el don del zahorí. Hoy día sigue siendo el joven Marcos quien nos descubre las aguas subterráneas. Ahora, vamos a dar sepultura al cuerpo de María.

Hoy es un día triste por lo que esta madre significó para Jándula. Pero también es un día grande porque los días de muerte son nacimientos de una nueva vida en lo alto. ¡Celebrad esta fecha que es tan importante como la primera! Que Dios la acoja en su seno. Amén.

34

El almirez y la cúpula anaranjada

Era tarde, y la voz del cura, monótona. Las mujeres aprovechaban que llevaban el rostro cubierto y cerraban los ojos bajo el velillo, muertas de sueño. Los hombres directamente ignoraban las palabras del cura. Fumaban en el otro extremo del terreno; liaban picadura mezclada con plumas rojizas de milanos para que el humo volara alto y no rozara el ataúd. Tan solo los varones de la familia ocuparon las primeras filas en aquella homilía al aire libre.

Don Robustiano terminó el sermón y se saltó el rito de la eucaristía, pues en la misa de difuntos no se daba por no mezclar la comunión con el agrio misterio de la muerte. Rezó la versión corta del credo y orquestó el *pater noster*, que despertó un poco a las mujeres dormidas. Tras la bendición a los allí presentes, roció con agua bendita el ataúd y le posó varias veces una misma cruz, hecha con cristales de pirita dorada. Finalmente, dio paso a la ceremonia del almirez. Al terminar las misas de difuntos el miembro más pequeño de la familia del fallecido tocaba un almirez de cobre; debía golpearlo una sola vez y con fuerza. Pensaban que la nota se desplazaría horizontalmente, daría la vuelta a la tierra y volvería meses después al mismo punto del planeta, ascendiendo entonces hasta el cielo, liberándose completamente el último lazo del difunto con la tierra. A ello se debía que al año realizaran otra misa por el difunto. Entre los hijos de María, Mariángeles era la más pequeña, pero no tenía apenas fuerza y no lo tocaría con ímpetu. Josito, el segundo más pequeño, estaba ausente. El siguiente era Gonzalo. Se lanzó al almirez con emoción nada más saber que sería el encargado. Agarró el gélido mortero, en el cual había tallada una camelia, y golpeó con fuerza. El sonido llenó todo el espacio y se hizo presente de una manera muy corpórea. La vibración se desvaneció y Gonzalo devolvió el utensilio a don Robustiano. Acto seguido, alzó la cabeza hacia el cielo, como el resto. Despertados por el toque, cientos de pájaros azafranados volaron sobre sus cabezas. En realidad, eran simples tórtolas blancas que reflejaban en el pecho la luz ambarina de los candiles de la comitiva. Fueron tantas las aves que cubrieron el cielo que los lugareños dejaron de verlo. Formaron una cúpula incompleta, pues en su punto más alto se atisbaba un espacio sin pájaros, un óculo perfecto.

—¡Son tórtolas de sal! —gritó uno de los presentes, que reconoció la especie.

Aquellas aves se dejaban ver bien poco por Jándula. Eran muy deseadas porque al rajarles el buche les salía un chorro de sal fina. Eran la única manera que el pueblo tenía de hacerse con aquel preciado condimento.

Don Robustiano, inquieto ante aquella algarabía aérea y molesto, pues los aleteos diluían el silencio sepulcral propio de los cortejos fúnebres, se hizo con el mortero, se subió a la rama más alta de una de las higueras más crecidas y lanzó el objeto de cobre hacia el cénit. Tuvo buena puntería y logró atravesar justo el óculo de la bóveda. Los pájaros se dispersaron hacia lo alto hasta que no fueron más que puntos en el firmamento. El silencio sepulcral rogado por el cura se hizo presente. Don Robustiano esperó hasta que el almirez cayó, a poco más de un palmo de sus pies, de una pieza, y pidió a los janduleses que volvieran a formar la comitiva. Al cura no le hacía gracia cuando la realidad se tornaba mágica. Pensaba que aquello podría desviar la fe del rebaño.

Retomaron la caminata hacia el camposanto.

35

Las doce madres

La primera medianoche empezada la guerra en Iberia,

... Inga envolvió en papel de estraza un pan *pumpernickel* que había horneado cuarenta y cinco horas seguidas, el pan más duro de toda Westfalia, para que su hijo se defendiera hasta con el centeno si la Legión Cóndor era enviada a Iberia.

... Fiorella escondió bajo los faldones del uniforme y del abrigo militar de paño de su hijo un hatillo con varias trufas blancas, para que las empeñara en caso de necesidad y pudiera pagarse un barco de regreso a Turín.

... Amandine rellenó las botas de su hijo con grillo de Périgord, pues la caminata desde la Dordoña hasta la base del Batallón fascista Jeanne d'Arc, y de allí a Talavera de la Reina, le perjudicaría los pies. También le empapó las lengüetas con óleo de *aglandau*.

... Estela empacó con cuidado en el morral de su hijo menor una *francesinha* altísima, envuelta en cuero para que no se manchara con la salsa de cerveza rubia. Le dio permiso para que la compartiera con los Viriatos o los compañeros que hiciera en el camino.

... Petra mató un cerdo rápidamente para poder preparar *ćevapi* y conservarlo en tarros con aceite. Tres de sus hijos iban a dejar Yugoslavia y a unirse a las Brigadas Internacionales. Como sabía, debido a sus dotes de vidente, que uno de sus hijos no volvería con vida de la guerra, decidió ahorrarle el sufrimiento y metió polvo de amigdalina en una de las salchichas.

... Beata envolvió dentro de las coles blancas del *golabki* las balas que su hijo le enviaba cada dos días. Juntos escondían el armamento escacharrado que venderían a los republicanos a precios desorbitados, en una estafa histórica que ayudaría a rebajar la deuda económica de su país.

... Irina repasó en el fuego el doble de tiempo una tanda de blinis. Quería que adquirieran un tono más gris para que, bajo el sol persistente de la península, su hijo recordara en el color tostado de la harina de sarraceno los nublos soviéticos.

... Sinéad terminó de hornear un pastel de ruibarbo para que lo llevaran consigo sus dos hijos gemelos, rubicundos guerrilleros de la Brigada Irlandesa de más de tres mil hombres que, si morían por Dios, nada temían. Con los tallos más duros hizo dos cruces que les colgó del cuello para que no olvidaran que no iban a una guerra, sino a una cruzada católica de donde, si morían, ascenderían directos al cielo.

... Emily celebró el Pacto de No Intervención firmado por su país y preparó anguilas en gelatina y *shepherd's pie*. «Inglaterra no es amiga del fascismo, pero tampoco lo es del bolcheviquismo». No vería a sus hijos varones morir, al menos no todavía.

... Olivia, que trabajaba de secretaria para Roosevelt y tenía a sus hijos alistados en el ejército, se alegró de que no fueran a la guerra. Si bien, años más tarde, no dejó de repetir la muletilla que pronunció el presidente: «Fui miope al no ayudar a Iberia».

... María del Rosario estiró las hojas de mazorca para envolver los últimos tamales que comería su hijo antes de fallecer en el cuerpo de voluntarios Benito Juárez García, a casi dos mil leguas de Bella Flor, México.

… Miruna hizo una *ciorbă* en pan con balas rusas, entre las alubias, el tocino, el jamón y las zanahorias. Había cocido aquella hogaza largo tiempo para que aguantara el peso y no se descompusiera. Hizo prometer a su hijo que se acordaría de cuál de los panes era el que llevaba la munición. Marcó una pequeñita cruz en la base del elegido.

Eva

Augurio V

Los sublevados han sacado la cabeza de la tierra y han comenzado a trazar el camino hacia la victoria. La guerra ha empezado. Incluso el militar más indeciso, el que jugaba a dos bandas, Francisco Franco, se ha unido a la lucha. De Canarias a Tetuán voló hace dos noches en un pájaro inglés encarnado, semejante a un dragón mitológico. Hoy arma las tropas africanas y legionarias, y a los militares cuarteleros. Clama que el Ejército es ahora el que tiene el poder y el que recuperará el país. Quiere dirigir las tropas hasta Madrid; primero se hará con Sevilla. Sin embargo, para que esto sea posible, necesita que sus hombres crucen el estrecho de Gibraltar. Quiere hacer un puente aéreo, pues el mar está vigilado. Llamará a Hitler y lo agasajará: «Presta aviones a Iberia e Iberia te dará hierro y pirita, y el mejor wolframio procedente de la Costa da Morte». Hitler, que en ese momento tendrá las ínfulas dictatoriales hinchadas tras haber visto en Bayreuth la obra wagneriana *La valkiria*, aceptará. También confiará en que los ingleses hagan como que no ven ninguna aeronave pasar, y así será: estos se vendarán los ojos y se pondrán tapones en los oídos con obstinación. Cientos de vuelos, realizados por veinte aviones Junker 52, trasladarán a militares de un continente a otro, de fuera del tablero al interior. Hitler dirá años más tarde que Franco debería levantar un monumento al Junker 52, el verdadero ganador de la guerra. Franco no lo hará. El desembarco de Alhucemas será recordado por los militares más vetustos, aunque fuera en el sentido contrario. Y ocurrirá entonces que la partida de ajedrez entre sublevados y republicanos comenzará a recibir apoyo internacional, así como de la región íbera de Lusitania, siempre autónoma. Se armarán las piezas de cada jugador. El bando sedicioso contará con: la Legión Cóndor alemana, las armas enviadas por el Tercer Reich, el Corpo Truppe Volontarie italiano, los Viriatos lusos de Salazar, la Brigada Irlandesa y sus setecientos hombres católicos; la Guardia de Hierro rumana y el Pacto de No Intervención de Inglaterra y Francia —que preferirán no ayudar a la República con tal de no entrar en una segunda guerra mundial y para evitar que el bolchevismo se hiciera con Iberia—; los aviones sin ametralladoras que la Francia republicana dará al bando rojo —apodados «fabricantes de viudas» por ser una trampa mortal e indefensa— y el Batallón Jeanne d'Arc, procedente del grupo fascista Croix-de-feu, así como dos millones de toneladas de gasolina procedentes de la estadounidense empresa Texaco. Por otro lado, y más tarde que temprano, el bando republicano contará con: las Brigadas Internacionales —voluntarios extranjeros de más de cincuenta países—, un Stalin comprometido a medias y un escaso apoyo mexicano; también dispondrá de armas que comprará en el mercado negro, y que, paradójicamente, obtendrá de Göring, el comandante en jefe de la Luftwaffe, que hizo su agosto vendiendo armas a ambos bandos. En el tablero de ajedrez se aproximan hoy dos Iberias, la una con el puño en alto —izquierdo si son socialistas y derecho si son comunistas—, la otra con la palma. Puños y palmas. Como en el *Duelo a garrotazos* de Goya. Y todas ellas se ensangrentarán. Ocurrirá lo que tuvo lugar en Asturias hace dos años, cuando Franco, en su primera gran victoria, arrasó con las almas de los mineros que habían llamado a la revuelta. ¡Y no habrá Dolores que vaya a abrir las puertas a los presidiarios después! Más bien fusiles hambrientos. ¡El caos se avecina! ¡Y se va a trabajar en Cuelgamuros!

Caerán hombres de andamios y servirán de hormigón y macadán. Escaramuzas. Uviéu sangrará. Batallas y asedios. Belchite. Jarama. Ebro. Tiros en Paracuellos. Y en Teruel, en Brunete, en Toledo… Y en la plaza de toros de Badajoz, pintada por Martí Bas; y en la madrileña Cárcel Modelo. ¡Y en Jándula, aunque esta noche esté casi vacía!, pues están todos llevando el féretro de María hacia el camposanto. ¡Que disfruten de las últimas horas de ignorancia! Sangrará Jándula, y hasta yo sangraré. Citando unos versos futuros de un andaluz: «… estamos siempre abocados a abrir de nuevo el tajo y caer al hoyo». Mucho me temo que así es y será.

Margarita Nelken

«Mi hijo, mi vida, [...] me lo mataron cuando ya le estábamos esperando. Que fue un gran héroe... Condecoraciones... Pero yo me he quedado con mi cruz a cuestas —doblándome— para lo que me quede de vida».

Agustín Gómez Arcos

«Después, [...] llegó la guerra [...] que convierte a los hombres en piltrafas; las casas, en ruinas, y se auto transforma en exterminio, que algunos llaman paz».

36

El caballo de cartón y las acelgas

El camino hasta el camposanto era estrecho, a veces tanto que los que llevaban sobre sus hombros el féretro debían colocarse bajo el ataúd y alzarlo sobre sus cabezas en fila india. A ambos lados de la sinuosa veredilla crecía el olivar Resguarnecío, el más espeso de la comarca. Los ancestros del mayor terrateniente de Jándula, Anacleto, debieron de errar en el cálculo perimetral del olivar y redujeron los espacios entre los árboles a la mitad. Nacieron los troncos unos junto a otros y se formó un entramado gigante de raíces sobresalientes. Como se hizo imposible la recogida, las aceitunas caían a la tierra y brotaban nuevos plantones. Por eso el camino se hacía tan angosto, pues cada año el olivar le robaba más terreno a la vía. Otro motivo por el que el último tramo se les hizo tan difícil fue el tamaño del ataúd, que era un poco grande. Para que el cadáver delgado de María no bailara, la tuvieron que acomodar entre dos persianas enrolladas de esparto y ramos de crisantemos secos.

Odisto envió a su hermano Felipe a que despejara el paso y cortara las ramas que estorbaban. Una vez llegaran al riachuelo y cruzaran el pequeño puente, el camino se ensancharía. Le entregó una segadera que había cargado en el burro en el que iba el cura. Don Robustiano iba sentado de espaldas, mirando siempre hacia el ataúd, entonando una salve eterna, o una arenga política, como buen párroco reaccionario que era.

Atravesaron la zona estrecha y llegaron al riachuelo. El paso de los de Odisto aminoró hasta detenerse. Había que cruzar un puente de madera que no aguantaba mucho peso; lo harían progresivamente. En esto que una prima lejana de la familia, de nombre Alhelí, se soltó de la mano de su madre y se aproximó a la orilla del pequeño pero furioso río a darle de beber a su caballo de cartón, el regalo de la comunión del que nunca se separaba. Pero dio un traspiés y cayó de bruces al agua. Alhelí, asustada y helada, pues de noche incluso en verano las aguas venidas del Guadalquivir son frías y cortan la respiración, intentaba reincorporarse y, al mismo tiempo, salvar el juguete. Pero el caballito, que era de un cartón endeble y soluble como el cucurucho de un helado, se deshizo rápidamente; el pequeño jamelgo se transformó en un mísero gurullo de papel. Alhelí quiso recuperar los trozos y chapoteó detrás del caballito. Al ver a la niña ahogándose, su madre se echó al agua para salvarla, así como varios jóvenes janduleses. Alhelí le tenía un amor tan puro al caballo que, de pura aflicción, su cuerpo respondió al suceso mimetizándose, descomponiéndose en cartón mojado y desleído.

Alhelí se deshizo en menos de un minuto. Entre los presentes, además de la madre, Abundio vivió la escena con horror. Como os narré al principio de la novela, el joven era uno de los nietos de Juliana, y padecía un mal que hacía que la piel se le deshojara si la frotaba o la exponía al agua o al sol. Fue el primero que abandonó el lugar y que se fue corriendo a casa angustiado. «Así que esto es lo que me espera si me baño en el río o me caigo en una poza... Vivir para acabar así, ¿acaso tiene sentido?». Pero la escena dramática no acabó ahí. Cuando los presentes pensaban que la madre estaba a punto de derrumbarse de dolor, esta comenzó a chillar con mayor ímpetu y miedo, desgarrándose la garganta, huyendo de la orilla como si hubiera visto al mismo demonio. Había descubierto algo que la aterrorizó casi más que el hecho de haber perdido a su única hija, algo que de igual forma hizo gritar al resto de los allí presentes, huir hacia el pueblo y abandonar el entierro: juraba haber visto cómo crecían rápidamente las hojas de varias matas de acelgas que había a un lado del río. Desde hacía tres meses, muchos fueron los janduleses que confesaban haber visto crecer brotes ubérrimos de acelgas, pero hasta entonces solo habían sido rumores. La confirmación llegó a todo el pueblo aquel mismo amanecer. En Jándula, que aquella planta creciera con fuerza y a una velocidad impropia era señal de que una guerra había comenzado, más aún si el crecimiento tenía lugar en los únicos meses del año en los que no crecían matas de acelgas: julio y agosto.

Las acelgas se iban a extender en las siguientes horas por toda la región: por las huertas, las callejas, las plazas, en el interior de los cortijos, en las iglesias, las ermitas colindantes, el templo, el mercado, el ayuntamiento, la casa del pueblo, los bares, la enfermería, el tablao de la verbena de verano, el quiosco de la música..., y hasta entre las rendijas de los sepulcros del camposanto. Ya nadie albergaba ninguna duda: la guerra había empezado oficialmente aquel amanecer en Jándula.

El pánico cundió y el estrecho camino de vuelta por el olivar se ensanchó por la avalancha de lugareños que corrían a refugiarse en sus casas. Odisto, incrédulo, se acercó a la orilla del río y comprobó la velocidad a la que crecían las matas de acelgas. Ojiplático, ordenó a los suyos volver al pueblo, acompañados de Juliana y Ángeles, y sin meterse en la estampida. Odisto pidió a su hijo mayor, José, y a su siempre fiel hermano Felipe que se quedaran con él y lo ayudaran a cargar el cuerpo de su difunta esposa hasta la tumba. No quería dejarla abandonada allí. Hubo dos miembros de la familia que también decidieron acompañarlos al sepulcro: los padres de María, Manolo y Pura.

Odisto esperó pacientemente a que la algarada desapareciera antes de retomar la procesión hacia el camposanto, visible desde aquel último trecho del camino. El toletole se disolvió y cargaron con el ataúd. Una vez en el camposanto, depositaron el cuerpo en el nicho abierto de María, rezaron un par de oraciones en latín y sellaron con cemento y miel agria la losa.

María fue enterrada sin pena ni gloria; la guerra borra el folclore de los enterramientos y banaliza gravemente la muerte. *Requiescat in pace.*

37

Los viejos petrificados

En toda historia debería existir algún personaje a quien la acción principal del relato no le afecte, ni siquiera las tramas secundarias; alguien que viva al margen del problema al que se enfrenta el resto de personajes. En este libro, Pura y Manolo serán los que disfruten de esa prerrogativa, de una apartada soledad al margen de los más y menos de esta historia. He decidido no agotarlos más. No voy a eliminarlos, en este imaginario seguirán presentes y yo siempre los tendré en cuenta, pero les quitaré la voz y la presencia a partir de este momento. Debido a la considerable vejez —y consecuente sabiduría— de ambos, temo que empiecen a sospechar que este texto tiene rasgos de *nivola,* o que en realidad no son más que una invención de alguna máquina que, captando los cinco sentidos, puede desarrollarlos en tres dimensiones dentro de otra historia que ya ocurrió, aunque esta idea es tan complicada que solo al vecino Casares de Jándula, inventor de numerosos artefactos, se le podría ocurrir.

Mi decisión es firme, no quiero que sufran más.

No sé si os habéis fijado, pero hasta aquí la pobre Pura ha dado ya demasiados trotes: ayudó en el último parto de María, acompañó a la familia al garbanzo, hibernó bajo la lluvia durante varias semanas, organizó la cocina de las matanzas del barrio, preparó la casa para el velatorio de su propia hija y la acompañó hasta el cementerio. Creo que es el momento de dejar que descansen sus tobillos y que se pueda refugiar en el amor que todavía profesa a su marido. Manolo, por su parte, es un ser insustancial para esta historia, del cual solo pude resaltar su hipocondría, y que me fue útil para anunciar la oscuridad, pero nada más. Un viejo lleno de chascarrillos, y de estos tenemos ya bastantes; por ejemplo, su nonagenario padre Basilio, o el padre de Odisto, Jorge, ambos vivos y rozando la centena.

Así pues yo, narrador de esta historia, los retiro oficialmente; los convierto metafóricamente en piedra, y sobre la roca poco escribe la pluma. Quiero concederles un final apacible, que será el siguiente: Manolo y Pura no bajarán a Jándula tras el funeral de María, se quedarán a vivir en el camposanto. El viejo, que ha pasado el último quinto de su vida entre esos muros, le enseñará cómo hacer de aquel lugar de reposo su casa. Y Pura, que sin saber por qué se verá contagiada por una fuerza magnética que le impedirá abandonar el recinto de los muertos, atenderá a sus consejos. Los primeros días de estancia en el cementerio, Pura pedirá a Manolo que, durante las horas diurnas, le cosa los bajos del vestido a la tierra para evitar que huya al pueblo, pues es cuando más echará de menos Jándula. Pronto se acostumbrará a su nuevo hogar y se desprenderá emocionalmente de los suyos, a quienes echará en falta, pero de quienes sospechará que quizás no la echen tanto de menos como imaginaba. Para convencerse de ello, de vez en cuando recordará cómo abandonaron el cadáver de María a tan solo unas varas del descanso eterno. «Toda una vida al servicio de los demás, criando a la familia y apoyando al pueblo, y al final a una no le queda ni una mínima compañía en la despedida. ¡Vivir para esto!».

En cuanto a si me arrepentiré y los traeré de vuelta, no puedo saberlo. Quizás más adelante los reviva narrativamente o los retome al final para cerrar la historia; o quizás mueran y cuando quiera echar mano de ellos, ya no estén, y serán ellos los que me habrán abandonado. No puedo saberlo. Vosotros sí, si hojeáis el final del libro. Es curioso. Podéis adelantaros a lo que yo mismo desconozco todavía que ocurrirá. En ese sentido, os envidio.

Adiós, Manolo. Adiós, Pura.

38

El ojo del mar

La mañana que siguió al despuntar el alba fue del todo anómala. Las calles estaban desiertas: los vecinos salían de sus casas solo para lo justo, para comprobar si los suyos estaban bien y para hacerse con los alimentos necesarios para un posible estado de sitio, o para cercar sus huertos, y lo hacían en silencio total. Nadie osó mediar palabra con ningún vecino, no hasta que se aclararan los bandos, quién y cómo había empezado la guerra. A la hora de la siesta, el ruido de los cerrojos y pasadores de todas las puertas y vallas del pueblo formó una melodía posmoderna propia de Penderecki, que en aquel entonces solo tenía tres años y mamaba todavía del pecho de su madre en un ático en Cracovia. Aquella tarde fue probablemente una de las más silentes de la historia del pueblo. Es muy simbólico el hecho de que cerraran las puertas, ya que recordaréis que en Jándula siempre estaban abiertas y que ni durante la noche echaban la llave. Tanto era así que el sereno del pueblo, Proto, se dedicaba únicamente a cuidar de los edificios públicos y de las casas de los señoritos, estas siempre a cal y canto.

Aunque la guerra no había llegado aún al pueblo, ya se había cobrado su primera víctima mortal: el marranillo de San Antón. Jándula cumplía una tradición desde hacía décadas: todos los eneros, finalizada la celebración de las luminarias en honor a su patrón, soltaban un marranillo de corta edad en las calles del pueblo. El animal no huía al campo porque los janduleses lo alimentaban. Rara era la casa que, junto al tranco de la puerta, no dejaba un comedero para el cerdo. Lo engordaban entre todos durante un año y, llegado el invierno, lo rifaban entre los desheredados. El marranillo murió aquella misma tarde; lo hizo de sed. Se olvidaron de ponerle agua y, bajo los cuarenta grados de temperatura, su corazón no aguantó. Nadie se hizo cargo de él.

Aparte de los berridos del cerdo, otras voces rompieron el imponente silencio de la jornada: las de los viejos, que no dejaron de acudir a la cita diaria con los amigos al jardín mayor, y que aquella tarde hablaban del crecimiento de las acelgas. Decían que nunca antes habían crecido con tanto brío, ni siquiera durante la última guerra carlista, y tampoco en la guerra de la Independencia, según habían oído decir. Muy al contrario que los dicharacheros viejos, Eva la agorera no había soltado palabra desde que había salido el sol. Sufría una grave afonía. Se había pasado toda la noche pronunciando sentencias bélicas para nadie. Al día siguiente, fueron muchos los que se acercaron a ella para intentar sacarle algo sobre la guerra, pero solo obtuvieron el silencio por respuesta.

Respecto a nuestra familia, se escondió obedientemente en el cortijo. Odisto llegó más tarde, después de enterrar a su mujer y de acudir a la iglesia menor, donde se había encerrado el párroco, para pagar la misa de difuntos. Quería estar en paz con sus deudas. Después esperó en su huerto hasta que atardeció y las nubes arreboladas techaron la villa. Llamó a José y le instó a que lo acompañara a la reunión de los cabezas de familia de Jándula que iba a tener lugar por la noche en la casa consistorial. Allí iban a informarse sobre la situación del país y, si era necesario, preguntarían al ojo del mar.

El patriarca, antes del sínodo, volvió a ausentarse del cortijo; debía hacer un último recado. Se dirigió a casa de Fuensanta, que había enfermado de asma desde que vio las acelgas crecer. Estaba bien cuidada por su hija, la partera Ana. Odisto le llevó ramas de eucalipto, yedra y miel de la Alpujarra para que bebiera infusiones. Después se acercó a ver a Eva y le dio dos cucharadas del mismo mejunje, por si recuperaba la voz y le informaba sobre las acelgas y la guerra. Pero no hubo suerte.

Finalmente, Odisto volvió al cortijo y prometió a sus hijos que estaría de vuelta en cuanto terminara la reunión. Todos preguntaban por la abuela Pura, que era la que debía hacer de madre ahora que María no estaba entre ellos. El padre les dijo que la yaya estaría ausente una temporada. Se inventó que era la encargada de llevar de la mano a la madre hasta el cielo, que estaría de vuelta en unos meses. Pidió a Ángeles que los entretuviera con algo que no solieran hacer a menudo y a la joven se le ocurrió preparar gachillas de los santos. Con el buche lleno, los niños se olvidaron de las ausencias.

Cayó la noche y el pueblo se reunió en la sala de juntas.

En la mesa presidencial estaban el alcalde, don Cástulo, un hombre afable y muy querido por el pueblo, tanto que no lo destituyeron para formar un comité revolucionario; su esposa Romualda, que tenía de altanera lo que su marido de humilde; Adolfo, el secretario municipal, y el jefe local de la Benemérita, Danilo. Entre el público se encontraban todos los padres de familia, algunos de ellos acompañados por sus hijos o familiares varones, así como por sus esposas, siempre y cuando tuvieran un rol público importante en el pueblo, como la regencia de un puesto grande en el mercado, alguna vocalía en un partido político o ser ayudante del veterinario o del galeno. También estaba Teódulo, el misario de confianza de don Robustiano, al final de la sala, por si tenían que echar a correr al refugio que el párroco, temeroso, estaba preparando.

Odisto se sentó en uno de los primeros bancos, entre Fermín y el Escobas; detrás de él, su hijo José y su hermano Felipe, a quien le habían guardado un sitio por ser maestro. Los presentes se levantaron al ver entrar a Odisto, quitándose el gorro en señal de luto. El patriarca esbozó un gesto con la mano para que volvieran a sentarse y farfulló algo en voz baja. Estaba dolido por el abandono del funeral. Pero no era un hombre rencoroso y en nada olvidaría lo sucedido. Varias filas por detrás de Odisto, su hijo Pablo se escondía detrás de la multitud que se había quedado de pie. No quiso perderse la reunión y se arriesgó a que su padre lo viera; de descubrirlo, lo mandaría para casa *ipso facto*.

A las diez de la noche, la sala estaba repleta. No solo acudieron los janduleses, sino los hombres de las aldeas y de los casares contiguos, que habían sido prevenidos de la reunión mediante las atalayas, unas construcciones medievales levantadas para encender un fuego en lo alto y lanzar un mensaje en cadena, mediante la técnica de la ahumada. La atalaya más cercana era la del Infante Don Enrique, que se comunicaba directamente con la de Majuela, la de Montesión y la de Tíscar. La Edad Media había dejado detrás de sí fortalezas y minaretes que, unidos a las construcciones árabes, hacían de Jaén la tierra junto con Siria y Palestina con más castillos. ¡Tanta almena para proteger solo campos de olivos!

Las puertas de la sala se cerraron a las diez y cinco minutos. Se pasó lista entre los ediles, los representantes de los gremios y de las asociaciones de vecinos, y los latifundistas. También se aseguraron de que Prudencio, un tío de Odisto, con quien nuestro patriarca no tenía mucho trato, estuviera allí, pues era quien mejor entendía el ojo del mar, lo único que en aquella sala y aquella noche podría arrojar algo de luz sobre los tambores de guerra.

—Buenas noches a todos los presentes —saludó el secretario tras hacerlos callar—. Gracias por acudir al toque. Casi no cabemos en la sala porque habéis venido de muchos lugares: de Los Rosales, Tíscar, Collejares, Bruñel, Fique, Béjar, Belerda... Sentimos la falta de espacio, pero, por respeto a la tradición, esta reunión debía celebrarse aquí abajo, junto al ojo del mar. A continuación, doy la palabra al señor alcalde, don Cástulo Quintana Vega.

—Buenas noches, janduleses y jiennenses. A tenor de la vertiginosa crecida de acelgas, que continúa presente desde esta pasada medianoche, prueba de ello el brote de esta maceta de aquí, nuestra tierra parece ser testigo del peor de los presagios, de que ha comenzado una guerra a nivel nacional. —Un murmullo se extendió en la sala. Aún había quien esperaba que las acelgas crecieran por otra razón, sobre todo los más jóvenes, que nunca habían presenciado tal suceso—. Quizás nos confundamos, pero las acelgas están brotando con mucha fuerza. Por desgracia, hemos de ponernos en lo peor.

—¿Y Eva? —interrumpió Juana, ventera y esposa de uno de los ediles—. ¡Está como loca! No para de gesticular y de intentar hablar. Ella nos podría aclarar todo esto. ¿No hay algún remedio contra la afonía más eficaz que la maldita miel?

—Se habrá pasado la noche hablando de la guerra. ¡Y nosotros fuera del pueblo!

—Nosotros le hemos untado una pasta de regaliz, bicarbonato, aceite de oliva y manzanilla, y hasta un poco de vencetósigo, en la garganta, pero nada le surte efecto.

—¡Señor alcalde! Soy Bonifacio, de los cortijos de Fique. Estamos muy inquietos también por el manto de ceniza con el que ha amanecido cubierta la tierra. ¿Sabemos ya exactamente a qué se debe? Porque yo he escuchado historias a cada cual más rara.

—¡Se dice «cada cual más», no «a cada cual más»!

—¡Benditos sean mis oídos! —respondió Bonifacio—. ¿Te crees que está el horno para bollos? ¡Menudo desjraciao! ¡Métete tu gramática donde te quepa, que de poco te va a servir como sea verdad que estamos en guerra!

—¡Orden, por favor! Deje los comentarios gramaticales para otra ocasión más distendida, maestro Gregorio. Agradecemos su labor, pero a su hora y en su lugar. Sobre el manto de ceniza no sabemos nada concreto.

—¿Para qué nos hemos reunido si no se sabe nada?

—¿Nos hace falta escucharlo de boca del alcalde? ¡Esta guerra llevaba meses fraguándose! ¡Años! —La voz rasposa de Venancio surgió violenta y se extendió como un sarpullido—. ¿Acaso no hay señoritos en esta sala que desean ver nuestros cuellos rojos abiertos? Pues ¿sabéis lo que os digo? ¡Que venga la guerra, que venga!

—¡Qué enteraíllo eres, Venancio! ¿Te crees que metiendo miedo a la gente vas a llevar más razón? A ver si el que quiere derramar sangre eres tú y no a los que acusas.

—¿A quién estoy acusando yo? ¡Y a mí se me habla bien!

—¡Vaya, nos ha salido educado el gachón! ¡A buenas horas!

—¿Qué leches dices, Martín? —repuso Venancio—. ¡Condenao!

—¡Vaya! ¡Qué poco te ha durado la educación! —le contestó Martín—. Tan poco como os va a durar esta República de mierda. ¡Ya verás como te tragas la lengua! En cuanto te quiten el subsidio. Y sí, como tú bien dices, a ver si es verdad que empieza la guerra, pero a favor nuestro, de los católicos. ¡Que llegue ya esta santa cruzada!

—¿Santa cruzada? ¿Pero este qué se cree, que estamos en la Edad Media?

—¡Calma, caballeros! ¡No vaya a empezar la guerra aquí abajo!

—¿Pero habéis visto lo que me acaba de llamar este meapilas de mierda?

—¡Que te tragas las muelas, Venancio! ¿Delante de mi señora te diriges así a mí?

—¡Te vamos a echar del pueblo, chupacirios! —le respondió Venancio. A la batalla verbal se sumaron voces de la bancada de la izquierda, y a su vez los amigos bien pudientes de Martín arremetieron con bajezas contra los izquierdistas—. ¡No te saco la polla y te arreo porque habrás comido hoy ya mucho coño de oro, bujarra!

—¿Y tú, que estás de yegua hasta el gaznate? —reprochó otro a Venancio—. ¡Que los pobres, en cuanto podéis, os coméis las bestias muertas! ¡Y así salís, asalvajaos!

—¡Y tú de dineros, que te lavas el culo con billetes y nos hinchas a trabajar! ¡Ya está bien con la mierda de los señoritos estos! ¡Ya me gustaría a mí veros en el campo día sí, día también! ¡Luchad por la patria como lo hago yo! ¡Que os voy a meter la CEDA y la Falange por el culo a garrotazos!

—¡Vecinos, por favor! ¡Esos comentarios tan abyectos!

—¡Y el maestro con sus palabras que solo entiende él!

—Podéis gritar todo lo que queráis, que cuando Iberia se levante vais a ver lo que es mano dura con los gandules como Venancio y los de su casta. ¡Trabajo y pan para todos! ¡Menos para los anarquistas, que se comerán las yeguas y las balas de escopeta!

—¡A que os mando a todos a la mierda y se acabó! —Nunca antes habían visto al alcalde alzar la voz de aquella manera. El alcalde se hacía respetar—. ¡No os dais cuenta, pero la guerra la provocáis vosotros mismos! ¡Va a llegar la desgracia a nuestras tierras antes que al resto de la península, coño!

El secretario tomó la palabra.

—Janduleses y jiennenses, intentemos serenarnos. Como muchos ya sabéis, vamos a abrir el ojo del mar y después conectaremos la antena de la radio, que, a causa de la lluvia, ha estado estropeada estos días, pero ya está reparada y puesta a punto.

—¿Y usted, Odisto? ¿No tiene nada que decir? —propuso de improviso Venancio.

—¡Déjalo tranquilo! Acaba de morir su mujer.

—¡Silencio, por favor! —ordenó una vez más el alcalde—. Venancio! ¡Basta de pullas! ¿No ves que Odisto lleva luto reciente?

—Vecinos, ¿y el teléfono? ¿Habéis probado a llamar a la comandancia?

—El teléfono fue lo primero que dejó de funcionar.

—Tal vez hayan tomado el control de las estaciones telegráficas estatales.

—O quizás han matado a todas las telefonistas, ¡ahorcadas con sus cables!

—¡Por Dios, sed menos grotescos! Es lógico que hayan cortado el teléfono.

—¿Y por qué no escuchamos la radio? Será mejor que el ojo del mar.

—Yo tengo una. Es buena, una Emerson, pero desde hace días no capta nada.

—Como ya os avisamos, la antena principal del pueblo estaba en reparación y sin ella ninguna radio funciona. Pero ya la tenemos a punto para volver a conectarla.

—¿Y a qué esperamos?

—Hay que seguir la tradición e ir paso a paso; el ojo del mar nos llevará tan solo unos minutos. ¡Prudencio! Acérquese, que vamos a levantar la tapadera. Cuanto antes terminemos, antes podremos conectar la antena y encender la radio.

Prudencio, a sus ciento tres años, de riguroso luto por haber perdido a su nieta el día anterior —deshecha como el cartón en el río junto al cementerio—, se levantó de su asiento en primera fila y se acercó al pozo que había en medio de la sala donde estaban reunidos: el célebre ojo del mar. Decían que era capaz de traer el sonido de las costas que rodeaban la península, pero solo podía escucharlo la persona con más edad del pueblo. Lo destaparon y encaramaron al viejo para que pudiera abuzar la oreja. Lo dejaron bocabajo, metido en el pozo hasta que Prudencio les hizo una señal. Siete minutos. Una vez lo reincorporaron, le dieron friegas de alcohol para que la sangre volviera a circular. Entonces habló:

—Los mares están en calma, salvo en el mediodía íbero, en la región del estrecho de Gibraltar. Se oyen bimotores continuamente de un lado para otro.

—¡Eso es Franco, que se trae las tropas moras y banderas de la Legión!

—¿Con qué aviones? ¡Como si la República les fuera a prestar nada!

—No sé con qué aviones, pero creo que se trata de un puente aéreo —dijo el viejo.

—¿Un qué? —coreó la sala.

—¡Un puente aéreo! Pasarán las tropas en aviones, pues las aguas estarán controladas. Les llevará algo más de dos meses trasladar a todos los tabores de regulares, con doscientos cincuenta hombres por cada uno de ellos.

—Pero eso del puente aéreo ¿de dónde lo saca usted? Llevo años trabajando de bibliotecario y nunca había leído esa expresión en ningún libro ni crónica.

—Felisindo, usted no lo ha podido leer porque es el primer puente aéreo de la historia. ¿Quién creen que me habla cuando meto la cabeza ahí?

—¿Dios? —contestó don Teódulo.

—No. Alguien más poderoso aún.

—¿La Virgen María? —Los allí presentes rieron ante la inocencia del misario.

—¡No! El narrador.

—¡Este hombre no sabe lo que dice! ¡Qué blasfemia!

—¡Silencio, por favor! ¿Quién es el siguiente en la lista?

—¡Liborio!

—¡Pero si se murió hace meses de tuberculosis!

—La siguiente creo que soy yo —dijo con fuerza una señora mayor.

—Buenas noches, Marciana. ¿Qué edad tiene usted? —interrumpió el alcalde.

—Voy a cumplir ciento dos años en dos meses y tres semanas.

—Pero, señor alcalde, las mujeres solo escuchan a mujeres hablando.

—Soy consciente de ello. Aun así, Marciana, ¿se prestaría usted?

—¡Cogedme y abuzadme! Las piernas las tengo fatal, pero el oído lo tengo perfecto.

Siguieron el mismo procedimiento que con Prudencio, pero la mujer solo necesitó un minuto y medio. Al salir, repitió dos veces la frase que había escuchado: «Antes morir de pie que vivir de rodillas. Más vale ser viudas de héroes que mujeres de cobardes. No pasarán. Antes morir de pie que vivir de rodillas. Más vale ser viudas de héroes que mujeres de cobardes. No pasarán».

39

El tercer bando

—Padre, ¿por qué no han conectado la antena antes? No entiendo que tengamos que esperar hasta la medianoche.

—Tienen miedo de lo que la radio pueda decir. El alcalde prefiere hacerlo una vez estemos todos en casa; así, si la radio emite una arenga de un bando concreto, no se producirá un choque con los que piensan de manera diferente. ¿Entiendes? Yo creo que ha hecho bien. ¡Así que aligera el paso, que como los hijos de Juliana tengan la radio estropeada, nos vemos corriendo de cortijo en cortijo buscando una!

—Tenemos tiempo hasta las doce. No se preocupe. ¿Ha visto cómo se ha puesto Venancio?

—¡Baja la voz! Que no nos escuchen los vecinos.

—¿Puedo preguntarle algo? ¿Nosotros de qué bando somos?

—¿No te lo he dicho mil veces?

—¡Sí, del bando del campo! Pero eso no tiene sentido.

—¡Nosotros, centrados en el campo! Y la política, para los que entienden de ella.

—Pero, si llegado el momento tenemos que elegir un bando, ¿qué hacemos?

—Si te soy sincero, no lo sé. Así que espero que no llegue ese día.

—¿Y por qué no lo sabe?

—José, no es fácil elegir. Yo vi llegar con ilusión la República, una entelequia que se hacía bien real, pero en los últimos meses he visto cosas que no me han gustado. Han arramblado con varios campos con la excusa de que eran terrenos de señoritos que nadie utilizaba. ¿Qué culpa tendrá la tierra? Y, además, han quemado la iglesia, que, aunque yo no sea muy religioso, era lo más bonito.

—¿Y por qué lo hicieron?

—Quieren un estado laico. Están contra la Iglesia porque, lejos de ayudar a los más pobres, no hace más que acumular riqueza y se muestra muy amiga de los señoritos. Dicen que toda la península pertenece solo a veinte mil hombres, y muchos de ellos son religiosos. Además, ¿no te acuerdas de lo que le pasó a la tía de tu madre? La pobre Edicta... Se murió de un infarto al ver cosido a navajazos a su marido a la puerta de su casa.

—Pero ¿no me dijisteis que murió por borracho?

—Eso es lo que dicen, pero en realidad lo apiolaron por ser guardiacivil.

—Entonces, ¿usted prefiere el bando de los señoritos?

—¿Qué dices? ¿El bando que nos asfixia y nos trata como a imbéciles? ¿Los que nos miran por encima del hombro por ser pobres? ¿Los mismos que quieren imponer su moral a todo el mundo? ¡No!

—Pues padre, no me aclara usted nada.

—No me gusta ninguno de los dos bandos, ni la política ni la guerra.

—¿Y a quién le puede gustar la guerra?

—Ahora mismo a muchos.

—Pablo dice que, si estalla la guerra, él se alista.

—¡Pablito mejor que se centre en el trigo! Y en el cebadal. Que es lo que tiene que hacer. ¡Menudo espabilao me ha salío! ¡Alistarse, dice, y hasta hace dos días no sabía ni atarse los cordones! ¡Valiente imbécil! Ya le quitaré yo la guerra de la cabeza.

—¡No le diga que se lo he dicho!

—Mientras que tú te olvides de la dichosa guerra, no se lo diré.

—Pero ¿cómo me voy a olvidar si ya está aquí?

—Mirando al campo, José. Tú mira al campo y sigue trabajándolo, y todo irá bien.

—Si usted lo dice... Aunque veremos lo que dice la radio esta noche.

—¡Ya puede decir misa que yo mañana haré lo mismo que siempre! Cogeré el azadón y el escardillo y me iré a la huerta a romper terrones. ¡Y vosotros conmigo! ¡Va, ve a por tus hermanos y vámonos a lo de Juliana! Y coged un almocafre cada uno.

A medianoche, no había un alma en la calle. Todos los jandule-ses se habían reunido alrededor de las pocas radios que había en el pueblo, en las casas de los familiares más pudientes. Una vez el reloj del ayuntamiento marcó las doce de la noche, las radios no emitieron nada diferente al ruido blanco que llevaban vomitando desde hacía días. Siguieron escuchando atentos. Diez minutos más tarde, después de que el alcalde conectara la antena, el ruido desapareció y un mismo mensaje, alto y claro, llegó a todos los oídos en Jándula. Las primeras palabras que soltaron los altavoces fueron toda una demostración palmaria de que la guerra había comenzado: la arenga más sanguinolenta y violenta probablemente de todo el conflicto, emitida por un militar fas-cista, Queipo de Llano. Este se había hecho con Sevilla mediante el embuste y la guerra psicológica: una vez ocupó el centro de la capital andaluza, hizo dar vueltas a varios camiones dando tiros por los barrios republicanos de la ciudad, para que pareciera que eran más, mientras por radio decía tener el poder absoluto de la ciudad, lo que facilitó que Triana, el barrio más obrero, fuera finalmente tomado y, a continuación, el resto de la capital anda-luza. Dicen que para asustar a los que se resistían embadurnó los rostros de sus militares y los vistió con pantalones bombachos para que los confundieran con árabes, a quienes todos llamaban «moros», muy temidos por el salvajismo que empleaban en el campo de batalla, y bien reconocidos por el ululato que canta-ban, una lilaila que ponía los pelos de punta. También cuentan que, una vez llegaron los verdaderos moros a la capital andaluza, se entretuvieron en lanzar bombas de mano dentro de las casas de las barriadas obreras, donde solía haber sobre todo mujeres y niños escondidos.

Tras escuchar el violento mensaje, el alcalde de Jándula, que militaba en un partido de izquierdas, exigió al técnico que des-conectara la antena de nuevo y tramó rápidamente un plan que pondría en marcha a la mañana siguiente; una argucia que impe-diría futuras transmisiones por radio. Para eso solo necesitaba todos los espejos del pueblo.

Queipo de Llano

«¡A las armas! La patria está en peligro y para salvarla unos cuantos generales hemos asumido la responsabilidad de ponernos en frente de un movimiento salvador que triunfa por todas partes. [...] ¡Viva España! Nuestros valientes legionarios y regulares, hombres de rompe y rasga, han demostrado a los rojos cobardes lo que significa ser hombres de verdad. Esto está totalmente justificado porque estas comunistas y anarquistas predican el amor libre. Ahora por lo menos sabrán lo que son hombres de verdad y no milicianos maricones. No se van a librar por mucho que berreen y pataleen. Estamos decididos a actuar con arreglo a la ley, con firmeza inexorable: ¡Morón, Utrera, Puente Genil, Castro del Río, id preparando sepulturas! Yo os autorizo a matar como a un perro a cualquiera que se atreva a ejercer coacción ante vosotros, que, si lo hiciereis así, quedaréis exentos de toda responsabilidad».

Rafael Alberti

«¡Atención! Radio Sevilla.
Queipo de Llano es quien ladra,
quien muge, quien gargajea,
quien rebuzna a cuatro patas.
¡Radio Sevilla! —Señores:
aquí un salvador de España.
¡Viva el vino, viva el vómito!».

40
La antena de los cristales rotos

El anuncio de la guerra conmocionó a la mayor parte del pueblo, que era afín a la República, ya que Jándula había sido siempre de izquierdas; temían la llegada de las tropas arengadas por aquel militar violento de la radio. Si supuestamente iban a llegar bien pronto a Córdoba, no tardarían en tomar Jaén —que había permanecido republicana desde el golpe de Estado, cuando la Guardia Civil incluso entregó las armas al gobernador civil—. Ni siquiera el alcalde quiso pronunciarse al respecto y se mantuvo callado durante los primeros días. Bien pudo haber actuado como los corregidores de tantos pueblos rojos que armaron a sus hombres y formaron una milicia para defenderse. Pero Cástulo pensaba que si no tomaba partido, no podrían culparlo de nada; si hacía lo contrario y formaba paramilitarmente a los varones del pueblo, sería acusado por un motivo claro y fusilado. El que sí que decidió no quedarse en la sombra fue Venancio. A él no le importaba tomar un protagonismo que luego le pudiera pasar factura. Era tan abiertamente partidario de la guerra que sabía que, se mojara o no, si los rebeldes se hacían con el país, poca vida le quedaría entonces. Formó una cuadrilla junto a los representantes de los sindicatos agrícolas, de los partidos políticos de izquierdas y de los colectivos comunistas y anarquistas. También se le unió la parte del pueblo que no temía defender en voz alta las ideas republicanas. Los afines al bando contrario, aquel que acababa de alzarse en el sur de la península —y en tantas otras zonas que desconocían—, no se manifestaron públicamente ni armaron cuadrilla alguna. Eran muy pocos en el pueblo y, en general, señoritos, que consideraban que tenían mucho que perder si luchaban y se exponían y, dicho sea de paso, que no habían cogido un útil en su vida.

El ambiente siguió tenso desde la llegada oficial de la guerra, pero el odio no estalló hasta entrado el otoño. Hasta entonces, parecía como si los janduleses hubieran hecho un pacto de silencio y no mediaban palabra con nadie que no perteneciera a su propia familia, y a veces incluso entre familiares la conversación era más bien escasa. Si bien, de forma clandestina sí que hubo encuentros y desencuentros, ya que la desconfianza en los demás era total. Aquel fue uno de los mayores males de la Guerra Civil, que miembros de una misma familia o del mismo grupo de vecinos o de amigos desconfiaran unos de otros. Se decían entre ellos: «No te fíes de las aguas mansas, o tienen cieno o son falsas». De puertas hacia fuera los janduleses dieron muestra de un mutismo ejemplar, aun sabiendo que se trataba de la consabida calma que precede a la tormenta.

Solo hubo dos personas que hablaron con la mayoría de janduleses: Iván el de los Yerros y Leo el Matafieras. Habían sido los elegidos por el pleno para recoger de casa en casa todos los espejos del pueblo, que utilizarían después para bloquear los mensajes radiofónicos. Fueron primero a los edificios públicos y después a los hogares. Enseñaban la orden del consistorio y se los llevaban con cuidado. Se excusaban en que recibían órdenes de arriba; aun así, serían fusilados al final de la guerra.

Trabajaban sin descanso. Tres días después fueron a quejarse al alcalde, pero Cástulo se mostraba firme en la decisión: «Si no cubrimos la torre con los espejos, la guerra caerá antes de tiempo en Jándula. Continuad así. Tiempo habrá de dormir. Además, si desproveemos a los janduleses de todos los espejos, evitaremos que los heliógrafos envíen mensajes en morse. ¡Que nacionales tenemos varios! Y de muy mala fe».

Una semana más tarde habían entregado todos los espejos del pueblo, hasta el más pequeño. Odisto, que únicamente tenía uno roto que colgaba de un sarmiento, no se opuso a la recogida y quiso entregarlo, pero se lo rechazaron porque estaba en muy malas condiciones. Odisto se alegró enormemente de poder conservarlo. Nunca se miraba en él, pero le gustaba saber que, si quería, podía. Aquello le acarreó ciertos problemas: cuando el pueblo se enteró de dónde estaba el único espejo que no había sido requisado, todos los vecinos hicieron cola cada amanecer en su huerta para afeitarse en él.

Jándula se preguntaba para qué quería el alcalde los espejos, pero no se atrevía a preguntar. Don Cástulo era un hombre íntegro, culto y generoso que se llevaba bien con casi todos. La decisión se había tomado en el consistorio después de oír la sanguinolenta arenga política de la radio aquella fatídica noche. Los republicanos necesitaban cortar las señales radiofónicas en Jándula, así que convinieron en colgar todos los espejos del pueblo en la única torre que hacía de antena en el valle, instrumento de siete varas de altura. Los espejos reflejarían las ondas. Podrían simplemente haber derribado la torre, pero había costado mucho erigirla y les sería útil pasado el conflicto. Así, sin mensajes políticos del exterior, con suerte la guerra no llegaría a tomar forma jamás, o esa era la esperanza: hacer como que no pasaba nada.

Una vez Iván y Leo terminaron de cargar los espejos requisados hasta los pies de la antena, encolaron los cristales a la red con la que el alcalde y sus hombres la habían ya cubierto. Luego, las mujeres de los ediles enhebraron sus agujas toledanas de ojo con tripas de carnero —utilizadas hoy para las cuerdas de los violines, las de los bordones más graves— y cosieron la red a la antena con nudos tan complejos como el gordiano.

Manejando aquellos cantos afilados, Leo se cortó tantas veces que casi se desangra. Cuando terminó, lo llevaron a casa a cuestas y le transfundieron sangre directamente de su novia. El médico del pueblo, Fernando, comprobó antes que ambas sangres eran compatibles. Si los dos líquidos tenían el mismo color, el donante podía engancharse al paciente. Había ocho tonos diferentes: almagre, carmín, bermellón, lacre, bermejo, cardenal, carmesí y granate. Las sangres resultaron ser almagres. Leo ganó algunos meses más de vida. Nunca más volvería a acercarse a un espejo.

El pueblo comprendió entonces por qué les habían requisado con tanto apremio los espejos. Del carácter partidario y político de aquel acto, nadie dijo nada. Jándula siguió sumida en un estado letárgico hasta que llegaron las primeras milicias al pueblo, algo que iba a ocurrir bien pronto.

A continuación, dejaré descansando a nuestra familia unas semanas, dedicada a los cultivos tardíos del verano, como el membrillo, los higos y las granadas, e iré a echar una ojeada al resto de la península, a las primeras tierras cercanas regadas con sangre.

Dos políticos franceses

—¡Pongámonos a cubierto!

—¿Te quieres esperar? ¿Cómo van a llegar las balas hasta aquí? ¡Tranquilízate!

—¿No hueles la pólvora? ¿Y si estamos cerca de algún polvorín y estalla? ¿Y qué son esos nubarrones oscuros que vuelan rápido?

—Serán las aguas de...

—¡Mira, mira, corre! ¡Coge los prismáticos! ¡Están huyendo por el puente que cruza el Bidasoa! ¡Casi todos son mujeres! Cargan con baúles, sacos, carros, niños...

—Déjame ver...

—¡Mira el centro de Irún! Parece que está siendo quemado por los mismos que huyen.

—¿Por sus propios habitantes? ¡Cómo va a ser!

—¡Agáchate! ¡Hay militares señalando hacia nosotros!

—¡Tranquilo, hombre! ¿Dónde?

—¡Allí! Parecen decir que no disparen hacia aquí.

—¡Hombre, claro! ¡Se cargan a un francés y la lían buena!

—Bueno, ¿nos movemos?

—¿Bajamos a echarles una mano? Así, al menos, hacemos algo, como los paisanos que les indicaron por señas dónde se encontraba el enemigo.

—¿Y volver a casa como un colador? ¡Mejor alejémonos de la ensenada!

—Va, vamos a comer algo, que tengo un hambre... ¿A qué restorán te apetece ir hoy?

—¿Te hacen unas ostras?

41
El tiempo entre palacios

Franco, cuya partida de ajedrez enterrada en Canarias empezaba a dar sus frutos, decidió aprovechar su fama y consideró que debía vivir en palacios, lugares acordes a una figura «ínclita» como la suya. En su intento por hacerse con la capital, organizó las tropas para que se acercaran por Extremadura y no por la Mancha. Aquella decisión se explicaba por dos razones: la primera, la necesidad de llegar pronto a Cáceres, donde el golpe de Estado había tenido éxito, y así unir los dos bloques nacionales de la península y formar un solo frente; la segunda, que en aquella ruta se encontraban los palacios más del gusto de Franco: el de Yanduri en Sevilla —lugar de nacimiento de Vicente Aleixandre—, adonde llegó a primeros de agosto; el palacio de los Golfines de Arriba en Cáceres —agujereado no por las balas, sino por ornitólogos que querían poner nidos de vencejo en sus muros—; el palacio Episcopal de Salamanca, donde se establecería en la primera parte de la contienda, y, finalmente, el palacio de la Isla, en Burgos, donde pasaría el resto de la guerra. En el territorio extremeño entre los dos primeros palacios, las tropas del bando franquista aplicaron el terror las primeras semanas después del golpe de Estado, para demostrar a Madrid lo que le esperaba si lograban ocupar la capital: sangre y tizne. Cuando aquellas tropas, orquestadas por Franco pero encabezadas por el coronel Yagüe, llegaban a un pueblo nuevo afín a la República, solían asediar el territorio bajo un mando único y procedían la mayoría de las veces de la siguiente manera:

Los sublevados rodeaban el pueblo y avisaban de que iban a tomarlo.

Los lugareños amenazaban con fusilar a los presos y vecinos derechistas.

Los sublevados no cedían y entraban en el pueblo derramando sangre.

Los lugareños derramaban la sangre de los rehenes.

Los sublevados mataban a todo aquel con el que se topaban.

Los lugareños se defendían como podían contra un ejército armado.

Los sublevados se hacían con el poder total y fusilaban a los enemigos.

Los lugareños que lograban escapar se resguardaban en otra villa o se escondían.

Los sublevados iban a por el siguiente pueblo.

La tierra había empezado a ser regada con sangre y comenzó a saciar su sed en aquella región limítrofe con la región lusa: Extremadura. El mismo procedimiento que expliqué arriba lo llevó a cabo el galoneado coronel Yagüe en la ciudad de Almendralejo.

Los milicianos que decidieron defender aquella ciudad, ante el imponente avance de las tropas sublevadas —quince mil hombres—, se refugiaron en la torre de la iglesia. Los rebeldes llevaron hasta los pies del edificio paja y azufre para quemarla y que el humo tóxico hiciera salir a los republicanos, o los asfixiara. Encendieron el fuego, lo metieron por las ventanas y lograron que el campanario humeara negro como un chimeneón. Después derribaron la puerta pensando que estaban todos tiesos, pero los milicianos estaban vivos y pegando tiros. Si bien, aquellas balas republicanas se asustaron de la espesa humareda y se dieron la vuelta. Murieron por sus propios disparos. Los rebeldes entonces tomaron la ciudad y se hicieron con un centenar de mujeres republicanas, a las que violaron.

Me atrevería a decir que las mujeres, en la guerra, sufrieron más que los hombres: antes de ser asesinadas abusaban de ellas, mientras que al hombre le daban el beneplácito de una muerte rápida. Además, las que sobrevivían sufrían los estragos de sacar adelante una familia en un mundo de hombres, cuando habían sido ellas, desde la sombra, las que levantaron el país. A aquellas mujeres de Almendralejo, una vez consideraron que ya habían abusado bastante de sus cuerpos y ya no les hacían falta, les raparon la cabeza y las obligaron a tragar aceite de ricino —o agua de Carabaña— para que se les soltara el vientre en la procesión que harían por las calles del pueblo, desde la iglesia hasta donde serían fusiladas con cientos de personas más.

Las tropas de Yagüe realizaron un procedimiento similar al descrito arriba en Jara, Monesterio, Zafra y Llerena, hasta que, después de hacerse con Mérida —agujereada por el cañoneo— y beberse en la ciudad emérita una infusión de cenizas de hueso y de madera —para fortalecer las articulaciones—, llegaron a Badajoz. Lo que ocurrió allí, así como la respuesta republicana en la Cárcel Modelo, bien merece otro capítulo, uno más cercano a la novela histórica que al realismo mágico. No habrá muchos más relatos como el de Badajoz en este libro, pues la sangre no sale bien de este teclado. Pero antes de narraros la noche más oscura de la Muy Noble y Muy Leal Ciudad, terminaré de atar el fino hilo que unirá Jándula y Badajoz en los siguientes capítulos. Vuelvo a nuestro pueblo.

Antonio Muñoz Molina

«… una gran cantidad de personas, perfectamente honorables y bienintencionadas, […] de pronto, se vieron arrastradas en un torbellino en el cual solo podía ganar el más siniestro, el más violento, el más cruel».

Ernest Hemingway

«Jamás penséis que una *guerra*, por necesaria o justificada que parezca, deja de ser un crimen».

42

Los tres nombres

El pequeño Lesmes fue quien dio la voz de alarma. Se cruzó con el cadáver cuando iba a la cita con el maestro de la escuela, Gregorio, que se pasaba las mañanas ordenando el almacén de crucifijos en el que se había convertido una de las aulas de la escuela, y que enseñaba a los alumnos a hacerse el muerto en mitad de un campo de juncos. Catorce niños tumbados, intentando no moverse ni respirar. El maestro había rechazado el trabajo que la República le había ofrecido —maestro en las Milicias de la Cultura que irían al frente a alfabetizar a los soldados, al igual que los capellanes castrenses hacían en el frente rebelde— porque pensaba que en el pueblo su ayuda a los más pequeños era más necesaria, no solo para enseñarles a vivir, sino también a sobrevivir.

—¡Eso es! ¡Muy bien! Que no se note la respiración. Hay que respirar lentamente, que no se menee ni un ápice el cuerpo. Hay que echar el cuerpo a tierra siempre bocarriba, que de la otra forma es más fácil que los músculos se tensen y provoquen pequeños espasmos que os delatarían. ¡Venga, la vuelta! ¡Y tú! ¡Más descoyuntada! Nadie se muere en la guerra en una posición tan simétrica y apacible. No os acomodéis demasiado. ¡Los ojos abiertos y la boca abierta!

La mediana de Odisto, Martina, recibía aquella instrucción desde hacía una semana por recomendación de su tío Ángel.

—Maestro, ¿podemos ir a buscar tesoros después de hacernos los muertos?

—¿A buscar tesoros? ¿Adónde?

—Mi padre va cada noche, cuando todos duermen. Se pone a escarbar por los terrenos que hay entre las huertas del río. Dice que los señoritos están enterrando allí arcones con oros y joyas.

—¡No hagáis ni caso! Menuda historia... ¡Venga! ¡Más morir y menos hablar! Así, casi sin respirar, muy bien. Ahora voy a hacer ruidos con el palo para ver si os...

—¡Maestro! ¡Maestro! —Lesmes entró en el claro a toda prisa y lloroso. Felisa, la amiga inseparable de Martina, fue la primera en incorporarse al oír los gritos.

—¿Lesmes?

—¡Un cadáver! ¡Uno de verdad! ¡Hay un cadáver ahí arriba, en mitad del campo!

—¡Será uno de tus compañeros!

—¡No! ¡Tiene la cabeza separada del cuerpo!

El maestro se echó las manos a la frente y salió apresurado hacia donde le indicaba Lesmes. Insistió a los alumnos que lo aguardaran en las rosaledas, pero no lo obedecieron y lo siguieron a hurtadillas. Gregorio cogió la mano de Lesmes y se dejó guiar hasta el campo baldío donde el pequeño había visto el muerto. Cuando el maestro vio el cuerpo a lo lejos, ordenó a sus alumnos que no se acercaran bajo ningún pretexto al lugar del crimen. Obedecieron. Gregorio se acercó al fallecido y vio que lo habían degollado. Junto al descabezado, una hoz relucía. Se quitó el sombrero, lo puso entre el cuerpo y la cabeza y salió corriendo hacia el pueblo. Antes se paró a vomitar; arrojó un río débil de serrín mojado en sangre. Pensó que se le habría descompuesto alguno de sus órganos, una parte de sus entrañas estaba hecha de madera; al nacer, un ebanista había tenido que reemplazar algunos de sus órganos, defectuosos, por piezas de madera fina.

Tres semanas después de haber comenzado la guerra, pese al aparente inmovilismo del pueblo y a la quietud bélica que reinaba, varios episodios violentos tuvieron lugar. El degollamiento de don Agustín fue uno de ellos, así como la muerte de don Diego, otro señorito a quien también le rajaron el cuello el mismo día. En el caso de don Agustín, lo asesinaron en su propia cama. Era el viejo que desde hacía meses protegía su campo con un rifle y un colchón, durmiendo a la intemperie para no dejar ni un segundo descuidado su terreno. Lo asesinaron por negarse a que las autoridades le expropiaran la tierra que no usaba. A su amigo don Diego lo mataron por una razón parecida: había sido un terrateniente nada generoso con el campesinado, pendiente solo de sus propias ganancias.

Tras la muerte de aquellos dos hombres mayores —a cuyos entierros nadie asistió para evitar mostrar simpatías ideológicas, salvo los familiares cercanos—, solo quedaban tres grandes terratenientes en Jándula: Anacleto, el mayor de ellos, Félix y Fulgencio.

Odisto se enteró de aquella muerte el primero, apenas dos minutos después de que ocurriera. Descansaba aquella mañana en la entrada de su cortijo, a la sombra de la gran parra. Sentado en el tocón de un viejo acebuche, sacaba punta con su navaja a varios rizomas de paloduz que vendería a la tarde en el jardincillo del pueblo. De vez en cuando se metía uno en la boca y lo chupeteaba, sacándole todo el jugo. Escuchaba distendido a Ángeles y Mariángeles jugar. Cantaban una coplilla: *En la plaza Mayor ha caído una bomba y ha ido a parar a la reina Victoria. / Victoria está mala y el rey no la quiere, por eso Victoria de pena se muere.*

Los tallos de regaliz se le cayeron del regazo al ver aparecer por el camino que daba al cortijo a su hijo Pablo. Venía medio desnudo, con la camisa blanca bordada por su difunta madre en la mano, manchada de rojo sangre. Odisto se levantó tembloroso.

—Padre.

—¿De dónde vienes así? Entra al cortijo, anda. Que no te vean los vecinos.

—Vengo a decirle adiós. Me voy al frente, al nacional. Deseo que este…

—¿De quién es esa sangre? —Odisto le quitó la camisa manchada de las manos.

—De alguien que ha asesinado a un hombre bueno que defendía su tierra.

—¡Por Dios santo, Pablito! ¿Qué has hecho?

—¡Ya no me llamo así! Me llamo Pablo.

—¿A quién le quitaste la vida?

—Ya se enterará. Cuanto menos sepa, mejor.

—Demonio de criatura. ¡Te han comido bien la cabeza! ¡Pero bien, bien! ¡Seguro que esos señoritos desjraciaos a sus hijos no los mandan al frente! ¿Qué ha sido, Anacleto?

—Le traigo la camisa y el cuchillo.

—¿Vienes a matarme?

—Vengo a despedirme.

—Ni falta hace que lo hagas. Yo ya no tengo hijo.

—Algún día se dará cuenta de que…

—¿Qué leches vas a hacer en la guerra si no sabes ni atarte los cordones?

—Usted no escucha, padre. Hace semanas que me entrenan. Me han enseñado a usar el fusil y las bombas de mano. Dicen que estoy más que prepa…

—¡Arrea! —Odisto le dio un empujón con las dos manos, la primera vez que levantaba la mano a su hijo—. ¡Fuera de mi casa! ¡Yo ya no tengo hijo!

Odisto salió del cortijo y se dirigió hacia uno de los ciruelos cargados de fruto. Les quitó peso a las ramas extenuadas, con el ceño fruncido y farfullando. Algunas ciruelas las aplastó entre los dedos de rabia y frustración, y las dejó caer al suelo. Abrió tantas que formó una capa viscosa y dulce en torno a sus pies. Entonces acudió una bandada de gorriones grisáceos que se abalanzó sobre los frutos abiertos. Eran tantos que derribaron a Odisto, que sacudía los brazos para espantar a los pájaros. Con el buche lleno, las aves volaron. Se quedó el patriarca solo bajo el árbol, con pulpa amarilla en el rostro y alguna pluma suelta en el cabello. Se sentó y se apoyó en el tronco. Cavó un hoyo en la tierra y metió las manos en él. Se quedó en aquella postura hasta que se hizo de noche.

Pablito, cuando le creció el bigote y con él la insulsa hombría, pasó a llamarse Pablo. Y Pablo, bisoño en el arte de la guerra, se alistó en las tropas franquistas como Paulo. Y yo, a partir de ahora, obediente ante su deseo, lo llamaré así.

Tras avisar Paulo a su padre, única obligación moral que no quería pasar por alto, y hacerse con una camisa limpia, se alejó del cortijo y se encaminó al horror. Si bien, antes de dejar Jándula se pasó por casa de Irma, la vecina prostituta. Quiso despedirse de la mujer que tanto calor le había dado aquellos últimos meses. Quería recoger el encargo que le había hecho: un traje militar verde agua con ninguna insignia y sin gorra que pudiera hacerle pasar por un militar de ambos bandos, ya que hasta que llegara al destino que había previsto tendría que lidiar con muchas gentes diferentes.

—Cuando llegues a la parte nacional, raja estas costuras. Se harán bombachos, como los de los moros. Cúbrete la cabeza con esta gorrilla. Va en el forro interior de la entrepierna.

—Gracias, bonita.

—¡No te olvides de nosotros! Y perdona a tu padre. No es muy ducho en cosas de la guerra. El día de mañana se sentirá orgulloso de ti. ¿Me enviarás una postal?

—Si quieres..., pero saldrá roja entera.

—Roja de amor.

—¡Roja de sangre y de victoria!

—Envíala a nombre de mi padre; a él no le leen la correspondencia. Recibe constantemente cartas de un tal Modesto Ciruelos. Creo que es un pintor. No sé de qué se conocen. No creo que sea alemán. Pon ese nombre; hazte pasar por él.

—No te preocupes. Irá firmada por Paulo.

—¿Quién es Paulo?

—Yo. Será mi nombre fuera de Jándula. No quiero represalias si me pasa algo. De hecho, toma, te dejo la chapa con mi anterior nombre, Pablo. ¿Me la devolverás cuando vuelva? Así, si me olvido de mi nombre en la batalla, me vendrá bien recuperarla.

—La llevaré colgada del cuello, entre mis senos y sobre mi corazón.

—Adiós, Irma.

Paulo, antes Pablo, antes Pablito, se despidió de la vecina prostituta. Se deslizó entre las callejas menos transitadas y logró abandonar Jándula por la vaguada del oeste. Allí robó una moto. Le habían dicho que cualquier daño que infligiera, si era por Iberia, estaría bien visto por Dios, y aquel motor serviría a la patria. Comprobó que el depósito estaba lleno y partió.

Antes de dejar el pueblo, se detuvo en el camposanto. Llevó a su madre unas flores silvestres que encontró por el camino: colzas, margaritas y dientes de león. Dejó las flores junto al nicho, rezó varias oraciones, besó la losa de mármol y se fue dando pasos hacia atrás para no dar la espalda a la tumba. Cogió la motocicleta y arrancó.

La luz naranja del atardecer le ofreció una estampa inolvidable del pueblo: una montaña laberíntica de calles y casas enjalbegadas, rodeada por huertas, riachuelos y olivares en lo bajo, y coronada por la superviviente torre de la iglesia; detrás, una cordillera que conectaba directamente con los salvajes montes de las sierras de Cazorla, Segura y Las Villas. Se enjugó una lágrima y dio la espalda a su tierra, preguntándose si volvería a verla. Le quedaban muchos días de camino hasta llegar a Extremadura, adonde le habían dicho que fuera.

43

El viaje al oeste

Paulo se llevaba los dedos al rostro y sentía una capa de piel muerta desprendiéndosele. Caía un lorenzo abrasador que le estaba haciendo mudar de piel. El joven se iba repitiendo lo siguiente: «la familia y el sol, cuanto más lejos, mejor». Miraba al frente, nunca hacia atrás. Detenía la motocicleta de vez en cuando para mojarse la cara y los hombros con el agua de uno de los botijos con los que cargaba y proseguía, maldiciendo por ser el único de su familia con conciencia de la necesidad de alistarse en el bando sublevado.

La ruta que debía hacer era sencilla de memorizar pero larga: de la alta Andalucía hasta la baja, en línea recta, y después hacia arriba, hasta llegar a Extremadura.

El primer pueblo con el que se topó en el camino fue Jódar. Lo bordeó y no lo atravesó. Los lugareños habían pintado las paredes de las casas y los edificios públicos de rojo, y habían erigido una estatua de cinco varas de altura en el centro del municipio, un busto alargado de Dolores Ibárruri, la Pasionaria, la política izquierdista más célebre del país, aquella de la que sus enemigos dirían que había arrancado la yugular a un cura de un mordisco. Paulo no se adentró allí. Pidió y recibió combustible para la moto, también de color rojo, y siguió camino hasta Jaén capital. Solo se detuvo en algún momento para rellenar los dos botijos. Cruzó un gigantesco campo de olivos y llegó a Jaén capital. Aquella ciudad sería bombardeaba por Queipo de Llano poco después. Se derramaría sobre la villa un rosario de bombas y decenas de sacos llenos de cuchillos y metales oxidados. Pero Paulo eso no lo vería.

El jandulés llegó hasta la céntrica plaza de Santa María, donde estaba la puerta principal de la catedral. Decidió echar un vistazo al templo. Entró y subió a lo alto de la torre norte. Arriba lo esperaba una estatua de un león, manoseada y desgastada, y unas vistas impresionantes. Desde aquella planta octogonal y bajo la cúpula semiesférica, al resguardo del viento, observó el castillo de Santa Catalina, imponente sobre la sierra de Jabalcuz. Paulo bajó la escalera de caracol y salió de la catedral, donde un grupo de señoras ofrecían para beber «la sangre del lagarto». Aquel brebaje, muy parecido al vino caliente alemán, lo hacían solo durante el mes de julio o en días ventosos como aquel. Lo preparaban en honor al lagarto de Jaén, la leyenda más célebre de toda la provincia: se decía que en la ciudad había existido un lagarto de tamaño considerable que amedrentaba constantemente a los jiennenses y que incluso a alguno se lo comió.

—¿Quieres otra copita? Invita la Iglesia, que con todo el oro que estamos fundiendo de los retablos de estos meapilas, tenemos vino para dar y regalar; un poco picado y rancio, ¡pero emborracha igual! ¡La sangre de Cristo!

Paulo escupió el trago que se había echado a la boca y le devolvió la jícara a la señora, de nombre Gertrudis, que no entendió ni media. No le cayó en gracia la blasfemia ni estaba dispuesto a saciar su sed gracias a la hospitalidad de una republicana.

—¿Sabe lo que le digo? Póngase bien de vino, porque en solo ocho meses las bombas caerán sobre esta ciudad.

—¿En ocho meses? ¿Y cómo lo sabes tú? ¿Acaso eres sublevado?

—No. Lo sé porque lo he escuchado en la torre. ¿Para qué cree que he subido?

—¿La torre?

—Cuando hace mucho viento, si uno enfoca bien la oreja derecha hacia la parte del cielo desde donde impele Dios el viento…

—¿Dios? ¡Qué diantres dices! Querrás decir el narrador.

—¡Dios o quienquiera que sea! Si se abuza el oído hacia el viento, se escuchan las palabras que el creador de esta historia, se llame como se llame, tiene pensado escribir dentro de no mucho. ¡Así que dejen de fundir el oro de los retablos! De poco les va a servir.

Paulo le devolvió la copa y se marchó de la ciudad.

No le agradó la visita a Jaén. La ciudad entera simpatizaba con la fallida República. Durmió a las afueras y a la mañana siguiente no encontró la moto donde la había dejado. Habló con varios campesinos hasta que consiguió que uno de ellos accediera a llevarlo a Córdoba a lomos de un pollino.

Hicieron un alto en Martos. Llegaron antes del mediodía. Le impresionó la ingente roca jurásica sobre la ciudad, la conocidísima peña. Se dio un breve paseo por las calles más céntricas. En una de ellas, junto a la puerta de una casa, un azulejo mostraba una inscripción que lo sorprendió y lo hizo santiguarse:

> «Aquí perdió la virginidad el narrador de esta historia,
> en el dormitorio principal cuyo balcón da a la peña».

No sé si os habréis percatado, en las reacciones de varios personajes, de cierta dicotomía existencialista: los íberos no sabían si creer en Dios o en el narrador. Desconocían si eran lo mismo o no, y si alguno de los dos existía. Por regla general, la idea de ser un producto narrativo les angustiaba más que la de ser criaturas de un ente celestial.

Se despidió de Martos y muy pronto encontró otro transporte hacia su siguiente destino: una camioneta de sindicalistas iba a Baena a llevar armas. Lo tomaron por un miliciano en ciernes y lo acogieron bienaventuradamente. Le ofrecieron comida y asiento. En aquel viaje pudo aprender varias canciones que podrían servirle en el camino para seguir haciéndose pasar por republicano.

Llegaron no muy lejos de Baena de noche. Los alrededores estaban tomados por los anarquistas. No le dejaron abandonar la zona fácilmente, pues de allí en adelante todo era campo de batalla. Paulo intentó convencerlos de que estaba preparado para la lucha; mintió sobre su edad, dijo que tenía diecisiete, y también sobre su formación militar, asegurándoles que ya había disparado e incluso rebanado algún cuello, nada más lejos de la realidad. Aun así, insistieron en que esperara un poco antes de partir. Se quedó tres días.

Fue allí donde se le revolvieron las entrañas por primera vez en el viaje. La segunda noche, animado por uno de los amigos que había hecho en la camioneta, fueron a un prostíbulo. Pero aquello no era un burdel al uso: se trataba simplemente de la casa de un vecino que tenía tres hijas jóvenes. Los combatientes se turnaban para violarlas, siempre delante de los otros camaradas, siempre delante del padre. Paulo, que se acordó de sus tres hermanas al ver a las niñas, abandonó la casa con el estómago revuelto y, al día siguiente, Baena. Se fue maldiciendo a los anarquistas, a los comunistas y a todos aquellos que en esa contienda no luchaban por una Iberia católica, conservadora y tradicional. Sintió un deseo enorme de volver sobre sus pasos y deshacer el viaje únicamente para contarle a su padre lo que había presenciado, para ver si aquello le abría los ojos de una vez. Pero continuó el camino.

Tras varias leguas llegó a Espejo. Se acurrucó en el interior del castillo del pueblo y comió junto a dos extranjeros que decían ser fotógrafos, un joven y una chica, ella ataviada con el traje de miliciana y una graciosa gorrita de la que colgaba una borla. Junto a ellos comía también un escritor vienés. Se presentaron, pero no retuvo los nombres, solo el del escritor, André. Los foráneos chapurreaban el íbero lo suficiente para hablar con Paulo, que encontró muy amena la comida, ya que apenas hablaron de política y le contaron historias de otras ciudades extranjeras: de Praga, Berlín y París. Decían haber recorrido a pie el vasto continente tomando fotos y escribiendo crónicas, y que lo que más les molestaba de fotografiar en Iberia era que todo el mundo, en cuanto veía la cámara, levantaba el puño y posaba, cuando ellos buscaban escenas naturales. Después lo convencieron para que se acercara con ellos a un mitin político en la plaza central. Al hijo de Odisto le pareció bien, así podría aprender mejor las intenciones del enemigo, o memorizar frases de la arenga. Y fue allí donde le tomaron una fotografía, la única que lo inmortalizaría en todo el conflicto. Lo pilló desprevenido. De todas las personas reunidas fue el único que miró a la lente en el momento de la toma. Le dijeron que saldría guapo y atractivo, que las marcas de la viruela apenas las captaba la cámara. El muy zalamero pensó que, si aquello era cierto, iba a tener a muchas mujeres detrás de él por toda Europa. En cuanto a su belleza, razón no le faltaba: en la imagen se le marcaron los labios carnosos de forma sensual, y los grandes ojos; salió ataviado con la otra camisa blanca que le había bordado su difunta madre y con una gorra de plato de artillería que le había colocado una mujer que se encargaba de repartirlas.

De nuevo, Paulo partió solo y de madrugada. Se despidió de los fotógrafos y huyó.

A media legua de Espejo se encontró con un hombre solitario, señero, sentado en una piedra con el rifle en la mano. Temió que se tratara de un falangista y que, por sus atuendos republicanos, le descerrajara un tiro. Tuvo suerte; era un izquierdista.

—¡Buenos días y salud! Aunque hoy el sol esté algo remiso.

—¡Salud!

—¿Adónde te diriges?

—Voy a Córdoba capital. ¿Qué hace aquí solo?

—No me hables de usted, mozuelo. Espero la muerte.

—¿Cómo la muerte?

—Si logras sobrevivir a esta guerra y retienes mi nombre, sabrás a qué me refiero. Me llamo Federico Borrell García, el Taíno. ¿Te acordarás?

—Sí. ¿Es usted famoso?

—¡Que no me llames de usted, coño! No, no soy famoso. Todavía no, pero lo seré.

—¿Por qué razón?

—Hay un fotógrafo en Espejo que en unos días vendrá e inmortalizará el momento exacto de mi muerte, sobre este cerrito de paja seca. De hecho, la he ablentado con la horca para que salga más bonita en la foto.

—¿Y por qué no te vas y escapas de la muerte?

—Mi padre, que en paz descanse, decía que cada uno tiene su hora y su sitio.

—Pero ¿cómo puedes saber el tuyo? Es imposible.

—Pues yo lo sé. No sé cómo lo sé, pero lo sé. ¡Así que para Córdoba! ¡Salud!

Paulo caminó durante día y medio hacia el norte, hasta llegar a la sierra. Se notó las piernas fatigadas y algo más magras. Recordó lo delgada que se había quedado su madre con el diluvio. Se santiguó varias veces mirando al cielo. Continuó caminando hasta llegar al límite con el bando contrario. Allí, escondido entre los árboles, se vistió de militar derechista: se abombachó los pantalones, desplegó el chapiri y se lo colocó en la cabeza.

En el último trecho que recorrió se encontró con un reguero de cadáveres por todo el campo, algo separados entre sí. Vio que les habían colocado una identificación en sus manos rígidas: los muertos sujetaban sus carnets de afiliados a organizaciones sindicales, como si aquello fuera una prueba de su culpabilidad. Paulo había escuchado que los terratenientes falangistas de Sevilla recorrían los pueblos republicanos sembrando el terror, a caballo, llevando a cabo, según ellos, «la reforma agraria». Paulo sorteó los cuerpos sin vida y continuó sin bajar los ojos del cielo.

Tantos días de camino después se alegró inmensamente de llegar por fin a un pueblo tomado por los sublevados. Añora lo recibió entre vítores, donde pudo por fin dormir con los dos ojos cerrados.

—¡Identifícate!

—Vengo desde Jaén. He llegado solo con la intención de unirme a vuestro bando.

—¿Has atravesado todo el frente republicano vestido así?

—No, mi general. La ropa la llevaba escondida. Vine vestido de republicano.

—¡De andrajoso, querrás decir! ¿Afiliado a algún sindicato? ¿Tienes alguna de esas insignias rojinegras?

—No, señor. Jamás.

—¿Estás contra el proletariado?

—¡Siempre!

—Dime, ¿cuál es el nombre de tu padre?

—Odisto. Odisto Ardolento.

—¿Y el tuyo completo?

—Paulo Arlodento.

—¿No tenéis el mismo apellido?

—Lo escribieron mal en el registro, señor.

—¡Estos republicanos lo hacen todo mal! Paulo, te vas a quedar con nosotros, pero no te separes de uno de mis hombres. Si resulta que eres un infiltrado, enviaremos a un militar vestido de delegado obrero y fusilaremos a tu familia. Les clavaremos las estrellitas de sus gorras en los ojos y te traeremos sus cabezas. ¿Estamos?

—¡Sí, mi general!

—¡Andando! Que te enseñen el frente.

Paulo apreció lo diferente que era aquel ejército del Quinto Regimiento republicano: estaba organizado en rangos y perfectamente equipado, formado por hombres de la legión extranjera, la Guardia Civil, las tropas moras y las levas carlistas. Lo hicieron vestirse con una muda de ropa nueva y lo armaron con un fusil de cerrojo máuser y una pistola semiautomática Astra. Rápidamente le mostraron el plan: aquellos militares venían desde el norte de África e iban a tomar Madrid; al día siguiente se harían con Pozoblanco. Paulo se sintió feliz de luchar por la causa que percibía como más noble.

Aquella noche durmió a pierna suelta, la última vez en mucho tiempo. Cuando abrió los ojos, vio que a su lado descansaba uno de los soldados marroquís. Observó que aquel hombre se había acostado con un morral que asía con fuerza incluso dormido. Se incorporó y le pidió que le mostrara lo que había dentro. Lo que vio le hizo temblar, tanto o más que la violación grupal en Baena. El árabe llevaba dos cabezas de mujer, dijo que para sacarles los dientes de oro una vez volviera a casa.

Tras aquellos dos episodios desagradables, Paulo ya no sería el mismo. Su identidad estaba más fragmentada que nunca. Ya no sabía si Pablito, Pablo o Paulo; dudaba si había hecho bien abandonando a su familia o si debería haberse quedado allí para protegerla de lo que pudiera venir, de militares taimados con tan pocos escrúpulos como aquel o los violadores. Hizo memoria para saber si alguna de sus hermanas tenía un diente de oro. Se sintió aliviado al descartarlo.

Después de Pozoblanco, Paulo llegó a Mérida. Allí consiguió olvidar momentáneamente la angustia vivida gracias al esplendor del teatro romano y del acueducto de los Milagros. Se unió a la columna que iba a Badajoz. Lo que allí iba a presenciar serán las últimas páginas que dedicaré a la barbarie que las tropas ordenadas por Franco realizaron en su camino desde África hasta Madrid. Después, volveré a Jándula y a nuestra familia, terminado el verano y reluciente el otoño.

Miguel de Unamuno

«Y ahora debo decirle que, por muchas que hayan sido las atrocidades de los mandos rojos, los hunos, son mayores las de los bandos blancos, los hotros».

Gonzalo de Aguilera
jefe de prensa de Franco

«Hay que matar, matar y matar a todos los rojos; exterminar un tercio de la población masculina y limpiar el país de proletarios».

44
La arena y la cal

Primera mitad: La arena

Eulalio llevaba un buen rato escuchando los golpes en la puerta de su casa. Su mujer, Guadalupe, que dormía profundamente en la habitación contigua, vacía desde que su hijo mayor se marchara a trabajar a una fábrica de Navarra, se lo había avisado:

—¡Tarde o temprano estos vendrán a por ti! No son zonzos, Eulalio. Te han visto en la peña socialista y no son de olvido fácil. Te llevarán preso o te matarán. Deberíamos hacer como Inocente y Eliboria, y esconderte tras un falso muro, o bajo el suelo hidráulico, o en la entreplanta, sobre la volta catalana, donde guardábamos antes las conservas.

—¿Sobre la volta? ¡Con lo que nos costó que la construyeran aquí! ¡Calla, calla! ¡No levanto yo una sola baldosa ni muevo un ladrillo así venga la Benemérita con los fusiles al hombro! Además, ¿quién te ha contado lo de Inocente? ¡Habladurías! ¡Paparruchas! Historias fantásticas de los tres éuscaros esos que escriben la *Gaceta Infinita*.

—¿Entonces qué hacemos? ¿Dejamos que te maten?

—Pero ¿quién te ha metido tanto miedo?

—¡Nos van a pillar en cueros, Eulalio, y te me van a matar!

Los incesantes golpes en la puerta eran la primera señal de que quizás su mujer no andaba equivocada. El cincuentón se decidió a bajar y a abrir antes de que Guadalupe se despertara, o cualquiera de los vecinos, y cundiera el pánico. Vivían en una de las casas coloradas de la Plaza Alta de Badajoz, aquella construcción repleta de arcos rojos y blancos que había sido construida sobre los vestigios de una antigua ciudad musulmana. Eulalio se dedicaba al trabajo de la metalurgia; vendía wolframio —también llamado «oro negro»— a las potencias europeas que lo necesitaban para las grandes guerras. De ahí que pudiera costearse una casa tan bien armada arquitectónicamente y que viviera en un lugar tan lleno de historia, aunque en aquel entonces aquella plaza sirviera más de almacén de hierro que de reclamo turístico. Recordó una conversación con su hijo años atrás.

—Vivimos en un sitio bellísimo, pero muy triste.

—¿Por qué dice eso, padre?

—Esta plaza, ¿no ves que le falta un trozo?

—¿No está construida así a propósito?

—¡Qué va! Hace doscientos años, tras la guerra de Sucesión, en la que perdimos Gibraltar, se quedó así. No hubo dinero para terminarla.

—¿Qué guerra fue esa?

—Una que enfrentó a borbónicos y austriacistas.

—¿A quiénes?

—A los de Castilla contra los de Aragón.

—¿Y quiénes ganaron?

—¿Quiénes iban a ganar? ¡Los borbones! Si no, de qué íbamos a tener un rey lerdo.

—¿Es lerdo el rey?

—Los nobles se casan entre ellos para mantener sus títulos y claro, salen todos hemofílicos, bobalicones y viciosos. ¡Estos folladores solariegos!

—¿Y si viene la República, arreglarán la plaza?

—¡Claro! La remacharán y bien bonita que la van a dejar. ¡De una pieza! Y apuntalarán el hermoso arco del Peso del Colodrazgo, que resistirá siempre bien erguido.

Eulalio abrió la puerta de la casa. En el tranco no encontró a dos guardiaciviles, pero sí a dos militares del bando sublevado. Los reconoció por el uniforme: dos legionarios vestidos con el chapiri plegable sobre la cabeza, las camisas verde agua bien abiertas, luciendo un escote velludo, y los pantalones bombachos a juego con el bronceado que, al menos uno de ellos, traía del norte de África.

—¿Qué se les ofrece?

—¡Salude, coño! ¿No ve los uniformes?

—¡A sus órdenes!

—A este tendremos que enseñarle a cuadrarse.

—Si es que le da tiempo…

—¿Don Luciano Donoso de la Puebla?

—Ese es mi hijo, el chiquinino. Ya no vive aquí. ¿Quiénes son ustedes?

—Yo soy Facundo Chamizo, del terruño, como usted. Y este, Paulo, un jiennense que muy valientemente se ha unido a nuestro ejército. ¡Ha venido caminando desde allí, y solo! Puede usted fiarse de nosotros. ¿Podría facilitarnos la dirección de su hijo?

—Miren, si necesitan a alguien, llévenme a mí, pero dejen tranquilo a mi Luciano.

—¡No alce la voz, buen hombre! No queremos ponerle un zálamo. ¿Verdad que no?

—Chamizo, déjalo. Da igual si no nos lo dice, ¿no ves que en cuanto amanezca no quedarán más rojos en este pueblo?

—¿Usted cómo se llama?

—Eulalio.

—¿Y qué dice, que nos lo llevemos a usted en lugar de a su hijo?

—Así es.

—¡Pues venga, andando! ¡Al camión!

—¿Podría despedirme de mi señora?

—¿Dónde está?

—Durmiendo.

—Déjela así, tranquilita, soñando con los angelitos republicanos. ¡Andando!

—¿No puedo al menos vestirme? Voy hecho un farraguas.

—Arréglese los jarapales y andando. ¡Con lo que va a sudar, el chambergo le sobra!

—¿Qué haremos con él después del tajo? —preguntó Paulo a su compañero.

—Caballero, ¿le gusta el café? —se dirigió Chamizo al padre de familia.

—Sí.

—Perfecto. Le daremos café. —Chamizo guiñó un ojo a Paulo y este sonrió.

Guadalupe se desveló con el ruido del motor del camión alejándose. Para cuando reaccionó, ya era tarde. La cama de su marido estaba vacía, todavía caliente. Acercó la cara al amplio mantón de manila que Eulalio usaba como colcha en verano e intentó recoger parte del calor y del olor; presagiaba un único final para él. Sintió que el dolor la atravesaba y que necesitaba mantener la sangre fría. Corrió al pozo del patio a remojarse. Se atavió con la ropa de su difunta madre, cogió una garrota —a la que previamente le quitó la contera metálica, para no hacer ruido— y salió a la calle imitando el caminar de una anciana. Bajó a los jardines de la Galera, siguió el curso de la muralla y llegó al baluarte de Santa María, frente al que se encontraba la casa de su hermana Marciala. En aquel pequeño terreno años más tarde construirían la nueva plaza de toros, debido a que la vieja iba a quedar manchada de sangre para los restos.

Marciala no estaba dormida; la había despertado el ruido de varios tiros. Las hermanas bajaron al sótano oculto del cortijillo, al que accedían a través del falso suelo de un tinajón gigante. Encendieron la luz de tres candiles y, sin apenas mediar palabra, respetando un silencio monumental, se pusieron manos a la obra. Habían improvisado en aquella sala una sastrería donde cosían falsas camisas falangistas con una tela azul que habían traído a escondidas de las pañerías de los pueblos vecinos: treinta y siete varas de azul mahón. Intentar hacer pasar a los suyos y a sus hijos por militares falangistas era la última carta que les quedaba por jugar. Cosían con la misma técnica que dominaban las costureras monárquicas alfonsinas de Renovación Íbera y las falangistas de la Sección Femenina. Las camisas no eran simples réplicas, eran obras de arte.

Al mismo tiempo que se cosían aquellas prendas, a las que con mucho acierto llamaban «salvavidas», no muy lejos de allí Eulalio hablaba a media voz con otros hombres que iban en el mismo camión. Temían que los fueran a fusilar. No se atrevían a ponerlo en palabras, así que comentaban qué otras cosas podían querer los soldados hacer con ellos, como que, aunque no veían nada desde allí, iban cuesta abajo, así que probablemente los llevaban a las afueras. Pero se equivocaban. El camión los dejó a las puertas de la —antigua— plaza de toros.

Los bajaron del coche de forma muy educada, acorde a como los habían tratado hasta el momento, hablándoles de usted y sin alzar la voz, hasta que entraron a la arena de la plaza y el ímpetu de aquellas voces se hizo declamatorio.

—Caballeros, ¡a cargar fiambre!

Lo que vieron a continuación fue uno de los mayores horrores de toda la guerra, la razón por la que tendrían que ingresar en una clínica psiquiátrica al corresponsal luso Mário Pires, así como el origen de las siguientes palabras de su tocayo Mário Neves, también cronista: «... quiero dejar Badajoz cueste lo que cueste, lo más rápido posible y prometiéndome que no volveré nunca». La escena en aquel ruedo desgastó el reflejo cristalino puro de las córneas de los dos Mários y los privó de una mirada inocente el resto de sus vidas, oscureciéndoseles las córneas con el color de la muerte. Llegaron a Extremadura con el mar azul en los ojos y se volvieron con dos cuentas de azabache.

A Eulalio se le entumecieron los músculos de todo el cuerpo y le dio un calambre en los del cuello que le bloqueó el movimiento de la cabeza. Completamente envarado, se orinó y le castañeteaban los dientes. Perdió la noción del tiempo, del espacio y de la realidad. En aquel estado, sin saber por qué y de forma automática, continuó obedeciendo a aquellas voces y cargó los cadáveres apilados de la plaza en los vehículos, a los que se referían como los «camiones de la carne». Otro prisionero se le acercó y le intentó dar ánimos:

—¡Ánimo, camarada! Que ya mismo entran los tanques de Madrid por Extremadura y nos salvan de esta inmundicia.

Pero Eulalio no atendió a sus palabras. Había perdido el contacto con el mundo.

Solo describiré una vez lo que ocurrió allí dentro, y seré escueto. Si bien, os dejo antes el nombre de una pista de audio, por si queréis finalizar el capítulo con la misma música con la que lo estoy escribiendo yo: *Miserere mei, Deus*, de Gregorio Allegri.

Unas horas antes, las tropas del coronel Yagüe, apodado posteriormente «el carnicero de Badajoz», quien después de la guerra llegaría a ser nombrado ministro por su labor «ejemplar» en el conflicto, llegaron a las afueras de la ciudad y se apostaron frente a las murallas. Las tropas iban organizadas en una columna, llamada «de la muerte». Badajoz conservaba entonces mejor que hoy día los restos de la alcazaba más grande de todo el continente. La muralla, que llegó a contar con casi treinta cuerdas de longitud, tres varas de espesor y diez de altura, no logró proteger la ciudad de las fuerzas enemigas. Las tropas legionarias y los regulares de la Guardia Mora, tras una feroz batalla frente a los adarves y flancos, entraron en la ciudad, a veces escalando partes de la muralla, amontonando a los caídos de su propio bando y sirviéndose de ellos como escalera.

Llegaron las tropas al centro de la ciudad. Los republicanos que no habían podido huir por el oeste y cruzar el río Caya —el límite geográfico que los separaba de la región lusa— se rindieron. Lamentaban no haber cruzado la frontera regional, pero de poco les habría servido, ya que la dictadura salazarista —el régimen que gobernaba en la región lusa, del que os hablaré muy pronto en el capítulo dedicado a Lusitania, ubicado en el interludio de esta novela— devolvió a Iberia a los que pretendían refugiarse en su tierra. Fue como correr contra un muro de caucho.

Rendidos, devueltos o señalados por los propios lugareños, aquellos pacenses republicanos encontraron la muerte esa misma noche de agosto. Algunos lo hicieron al abrir las puertas de sus casas, a punta de bayoneta; otros, descuartizados por las granadas que entraron por las ventanas, con el tiempo justo para abrazarse a sus familiares y explotar juntos. La mayoría de ellos, sin embargo, fueron fusilados en la plaza de toros. Los hacinaban en los corrales, los obligaban a atravesar los chiqueros, les abrían los portones batientes y, conforme salían al ruedo, morían. Un palmo de sangre sobre el suelo, dicen. Cuatro mil almas. Además de la masacre, tantas otras calles fueron regadas de sangre. Las calles del Obispo, de San Blas y del Socorro, célebres y transitadas, eran ríos encarnados. La calle de Santa Lucía, que recogió la sangre de las últimas personas escondidas en la catedral, dejó un rastro rojo que cruzó la Puerta de Palmas y llegó hasta el río. Allí hay una isla que, después de aquella noche, recibió el nombre de «isla de los Gatos», debido a que fue el refugio de todos los felinos zurdos de la ciudad que temían las represalias.

El río Guadiana se tiñó de rojo y se volvió tóxico y ácido: se produjo una reacción química con el agua dulce de aquella región, rica en fosfatos corrosivos y en restos de tungsteno, que hizo que aumentara la cuenca del río, haciéndose más profunda y marcada la frontera con Lusitania. Aquellas aguas no solo descendieron hasta el Atlántico; la sangre también se extendió hacia el sentido opuesto del curso del río. Llegó hasta el parque nacional de las Tablas de Daimiel, destrozando las pasarelas de madera que conectaban, entre otras, la isla del Pan, causando una gran confusión entre los vecinos manchegos, que no eran capaces de comprender que aquello era el efecto de una de las mayores masacres de la cruenta guerra que acababa de comenzar. Ignoraban que aquel rojo del agua era la sangre de Guadalupe, quien después de coser las camisas azules y de llevarle una de ellas a su hijo presenció cómo un falangista paraba a Isidro en mitad de la calle —que así es como se llamaba su hijo pequeño— y lo fusilaba. El azul de la camisa no había sido suficiente para enmascararlo en el bando contrario. Las escuadras de falangistas estaban avisadas de la estafa y tenían un método infalible para reconocer al enemigo: les desvestían el hombro izquierdo y si allí había una marca azulada, significaba que aquella persona había usado un fusil republicano: el hematoma que dejaba la culata por el retroceso del disparo era más poderoso que el bordado de una madre.

—Mujeres, ¿habéis escuchado también este último disparo? ¡Se ha llevado la vida de uno de vuestros hijos vestido con una preciosa camisa azul! ¡No bordéis más, que los «camisas viejas» sabemos más por viejos que por diablos! ¿Estamos? ¡Mejor cocinad! Preparadnos un buen ajocano y un escarapuche, que matar da hambre.

Guadalupe, escondida en la esquina de la calle Virgen de la Soledad, donde había perdido la vida su hijo, se desmayó. La recogieron dos de sus vecinas, Melchora y Jacinta, y la llevaron a la catedral, de donde iba a surgir otro río de sangre. Las mujeres habían intentado protegerse en un refugio grande que había en un sótano del edificio que hacía esquina entre la calle del Obispo y la plaza de Iberia, pero estaba a rebosar. Se escondieron en el sótano del templo junto a cientos de personas, sobre todo mujeres, niños y ancianos, y también decenas de soldados heridos.

—¿Rezamos?

—¿Ahora eres de los suyos? No puedo creerlo, Isidora.

—¿Crees que por estar debajo del altar el Niño Jesús nos va a escuchar?

—Por intentarlo no perdemos nada.

Rezaron en silencio. Lo hicieron tan bien que en todo el templo no se oyó un solo murmullo, si bien las voces emitieron una ligera vibración que sacudió levemente el suelo; es por eso que dicen que la fe mueve montañas, supongo. Pese a los constantes rezos, a Dios no consiguieron estremecerlo, pues no se apiadó de buena parte de aquellas almas. Horas más tarde, un tal Pablo Alba ordenó los fusilamientos de los escondidos en el ayuntamiento y en la catedral. A la noche siguiente, los cuerpos formaron una columna de humo blanco de más de cuarenta varas en el cementerio. Ardieron en una gran hoguera, y el humo tapó una de las dos lunas llenas de aquel agosto. Dicen que aquella primera madrugada de sangre y horror, la patrona de la ciudad, la Virgen de la Soledad, giró su rostro hacia un lado para intentar no presenciar la masacre.

Fue entonces cuando Eulalio, encargado junto a una veintena de obreros represaliados de echar los cadáveres a las llamas, reconoció el cuerpo de su mujer entre una de las cargas del camión. El hombre cayó de rodillas al suelo, miró al cielo con los ojos llorosos y esperó a que terminara el miserere que yo mismo hice que sonara en sus oídos. Y murió.

Jay Allen

«Esta es la historia más dolorosa que me ha tocado escribir. La escribo a las cuatro de la madrugada, enfermo de cuerpo y alma. [...] Vengo de Badajoz. [...] Subí a la azotea para mirar atrás. Vi fuego. Están quemando cuerpos. Cuatro mil hombres y mujeres han muerto. [...] A la plaza de toros fui. [...] Filas de hombres, brazos en aire. Eran jóvenes, en su mayoría campesinos, mecánicos con monos. Hay ametralladoras esperándolos. Después de la primera noche se creía que la sangre llegaba a un palmo por encima del suelo. Hay más sangre de la que uno pueda imaginar...».

Coronel Yagüe

«Naturalmente que los hemos fusilado. ¿Qué se podía esperar? ¿Pensaban que me llevaría conmigo a cuatro mil rojos mientras mi columna avanzaba luchando contra reloj? ¿Debería dejarlos en libertad a mis espaldas, permitiéndoles que hicieran nuevamente de Badajoz una ciudad roja?».

—Cecilio, ¿has leído lo que ha traído Nolasco?

—¿El diario *Informaciones*? Es una barbaridad… ¿Quién va a creerse eso?

—¡Toreando a los republicanos y lidiándolos antes de matarlos! ¡A miles de ellos! Menudo cuento chino… ¿Sabes por dónde se pasan ellos mismos la Ley de Prensa del 83 y la Constitución del 31?

—Es verdad. La prensa exagera las cosas a su favor y las adorna con mucha épica. Yo ya he escuchado a varios comentar lo de Badajoz. Habrá corrido la sangre, pero no así.

—¡La prensa, sea del bando que sea, miente más que habla! ¿No has visto el artículo del *Claridad*? ¡Que vivimos como reyes, dicen! Me van a comparar esta cárcel con mi casa.

—Y que estamos pensando en amotinarnos, ¡pero si la mayoría entramos por voluntad propia! Está la cosa como para quedarse en el pueblo… ¡Te saca un rojo a paseo en menos que canta un gallo!

—Yo también entré voluntario.

—Tú y muchos más. Oye, ¿no huele a humo?

—¿A humo? La verdad es que perdí el olfato en África. Se me abrasó de comer espe…

—¡Corred! ¡Han prendido fuego a la leñera!

Un fuego provocado en el ala donde residían los presos políticos de derechas —en el sótano de la segunda galería de la Cárcel Modelo de Madrid— no tardó en extenderse por el pabellón y en obligar a los encarcelados a abandonar el recinto. Los reos tuvieron que pasar por un patio que fue ametrallado desde la azotea por republicanos. Varios convictos perdieron la vida, y no solo bajo el fuego de los francotiradores, sino a manos de simpatizantes de la izquierda que, previamente reunidos a las puertas de la prisión, se habían camuflado entre los bomberos para asesinar con sus propias manos.

Los presos que no murieron, en pleno desconcierto, exigieron —entonces sí— que los dejaran abandonar la cárcel. Sin embargo, la liberación solo se les concedió a los presos comunes, no a los políticos. La milicia republicana, encargada desde hacía un par de días del control paramilitar de la prisión, propuso la creación de un tribunal revolucionario urgente que juzgaría a los presos restantes. Para esto, organizaron en el patio mayor un auto de fe, pero con la diferencia de que en este caso las probables ejecuciones resultantes del juicio sí se realizarían en la plaza, a vista de todos, y no después y en privado. Obligaron a varios carpinteros presos a talar decenas de madroños de Aravaca y a construir a contrarreloj los bancos, toldos y estructuras típicas de un auto de fe, así como el cadalso. Edificado el enorme patíbulo, el patio se llenó de anarquistas sedientos de sangre.

Fueron juzgados treinta hombres, entre ellos: un expresidente del Congreso de los Diputados, Melquíades Álvarez; varios exministros, el hermano de José Antonio Primo de Rivera y el hijo del general Fanjul. Declarados culpables, los ataviaron con un sambenito y una coroza cónica, y los llevaron frente al garrote vil. Como este había sido construido aprisa y corriendo, optaron por un tiro en la nuca, más rápido, y decidieron hacerlo en el sótano de la cárcel, para que el ruido de los proyectiles no alertara a nadie.

Dijo la prensa que la masacre de Badajoz fue para avisar a los de Madrid de lo que les esperaba si no se rendían y entregaban la capital sin resistencia. Dijo la prensa que la masacre de la Cárcel Modelo fue la respuesta a lo ocurrido en Badajoz. En Badajoz, la arena absorbió la sangre. En Madrid, la cal recibió la carne. Ojo por ojo. Torcida ley del Talión.

Y Franco, mientras tanto, consciente de las muertes pero ajeno al dolor, celebraba que habían arriado la bandera republicana y que izaban una nueva, la bicolor monárquica, la rojo y gualda, aquel 15 de agosto —día de la Virgen de los Reyes, la patrona de la capital andaluza—, feliz de saber que Mola iba a tomar Irún y que Varela, bajo sus órdenes, tenía el camino despejado hasta Toledo, a las puertas de Madrid. Sonriente, se bebió un vino con casera en una terraza en Sevilla rodeado de personas que gritaban felices «¡Vivan las cadenas!» Se encontraba no muy lejos del salón de variedades de la calle Trajano, donde había ordenado meter a todos los presos republicanos, y brindó por la muerte sucesivas veces, rodeado de estatuas republicanas que habían tirado al suelo, de caballos enjaezados y de mujeres serviles con mantilla, como a él le gustaban.

Indalecio Prieto

«La brutalidad de lo que aquí acaba de ocurrir —en la Cárcel Modelo, a manos de nuestros hombres— significa, nada menos, que con esto hemos perdido la guerra... Me asquea la sangre, estoy hasta aquí; nos ahogará a todos».

Manuel Azaña

«No quiero ser presidente de una república de asesinos».

45

La recogida de la aceituna

A finales de septiembre, la guerra se sentía todavía ajena en Jándula. El pueblo estaba centrado en la recogida de la aceituna, que aquel año tenía lugar algo antes, ya que generalmente empezaba casi en noviembre. A consecuencia del gran diluvio de julio, el fruto que había sobrevivido había engordado y madurado velozmente. Aquella temporada iba a ser breve. El comienzo de la recogida coincidió con la «hojarascada», fenómeno natural propio de Jándula: dos noches después de la entrada del otoño todas las hojas de los árboles se oscurecían de golpe y coloreaban el paisaje de un nostálgico tono ambarino. Algunos años, al perder el verde caían también al suelo, pero aquel año no ocurrió.

Bajo aquella tímida luz naranja que las copas caducas reflejaban, los de Odisto se encaminaban día tras día a los pechos montañosos donde tenían el olivar, menos cansados que cuando iban al garbanzo. Para la aceituna se madrugaba mucho menos. Aun así, Odisto había recurrido a un método infalible para despertarse a una hora exacta: beber agua antes de acostarse. La vejiga llena rompía el sueño profundo. El farmacéutico del pueblo, Fermín, vendía unas jarras con unas marcas que indicaban cuánta agua se debía beber para levantarse a una u otra hora.

Ocho de la mañana.

Acudía al olivar la familia al completo, salvo las cuatro ausencias principales que abandonaron la acción en las páginas pasadas: Pura, establecida en el cementerio; Manola, que seguía sin descanso el curso de los ríos buscando a su hermana; María, tristemente fallecida, y Paulo, en aquel momento entrenándose al oeste de Madrid para una futura batalla, la del Jarama. La ausencia del mellizo de Ángeles los había apesadumbrado casi más que la de la madre. Los hermanos no comprendían por qué Paulo los había abandonado. Solo José decía entenderlo en parte, ya que él sentía a veces un sentimiento patriótico parecido, aunque de ideología contraria.

Aquella mañana de aceituna el tío Felipe los acompañaba, y también Crisanta, su esposa tuerta, y su hijo Víctor. Odisto encabezaba la procesión campestre junto a su hermano.

—Se comenta que murió don Félix.

—Sí. Le han rebanado el cuello como a los otros dos señoritos —respondió Felipe.

—¡Ay de don Fulgencio y de don Anacleto! Si yo fuera ellos, me iba del pueblo.

—¡Esos cicateros no sueltan sus chozas de oro ni con la soga al cuello!

—¡Calla! —clamó Odisto—. Que viene tu hijo.

—¡Papá! Me duele mucho la barriga. Quiero volverme a casa.

—¿No te dije que no desayunaras? ¡Si lo dice el refrán! ¡Que para comer pan y aceitunas más vale estar en ayunas!

—¿Le has dado aceitunas al chiquillo para desayunar?

—Se ha bebido la leche sin colarla y le sienta mal la nata. Con esto de que hay que hervirla dos veces para evitar las dichosas fiebres maltas esas, se crea un dedo de grasa. Y mira que la cabra está flaca. Por si fuera poco, después se ha zampao una cuarta de la barja de la ensalada gitana.

—¡Ay, Víctor, que eres un pillo! La próxima vez, ayuna como el resto, ¿sí?

—Va, ve con tu madre, que tu tío y yo estamos hablando de cosas de mayores.

—Felipe, que se monte en el mulo si le duele mucho. Las aguaderas van vacías.

—¡Déjalo, que se curta y aprenda! Por cierto, ¿al final qué hará Ángel?

—¡Calla, calla! Me trae por la calle de la amargura. No hay quién le saque la idea de la cabeza. Se va mañana. Ha vendido su parte de la huerta, se ha comprado un burro y lo ha cargado con tierra. Ha hecho un agujero en la huerta como la hoya de Guadix.

—¡Este no sabe lo que hace! ¡Coño, ni que el suegro fuera su padre!

El hermano de Odisto y Felipe, Ángel, quien, como recordaréis, nunca abandonaba la huerta para no olvidar el lugar donde había muerto su querida esposa, había recibido días atrás una llamada en la que se le informaba de que su suegro, Marto, estaba apresado en el asedio del alcázar de Toledo. Sin saber muy bien cómo podría ayudar, partió en su búsqueda. Como no había superado la superstición de no abandonar la huerta y de no pisar una sola carretera, decidió obrar de la siguiente manera: vertería tierra de su propia huerta en todos los caminos que tuviera que cruzar en su viaje hasta Toledo, para que sus pies pisaran solo tierra de Jándula. Para esto cargó dos sacos sin fondo con tierra del huerto, los montó encima de un burro de carga y partió. El viaje le llevaría varios días. Describiré el final de su aventura más adelante; vuelvo al olivar.

—¿Sigues dando clase? —preguntó Odisto a su hermano.

—Sí. Me han propuesto incluso formar parte de un programa móvil de alfabetización, perteneciente a un ateneo libertario de Córdoba. Al parecer, montan a maestros en furgonetas y los llevan al frente para ilustrar a milicianos sin estudios. ¡A buenas horas se acuerdan de que una guerra sin cabeza no se gana!

—¡Como si en el otro bando fueran más avispaos! Somos un país de necios, aquí y allí, por muchas camionetas de maestros que ordenen y muchos ateneístas espabilaos que haya. La inepcia nos carcome.

—Allí más que aquí, me atrevería a decir. He oído que en Castilla la Vieja están fusilando a gente por leer a Kant, a Rousseau y a Descartes.

—¿Esos quiénes son? ¿Del pueblo?

—¡Menudas cosas tienes, Odisto! ¡Son filósofos! ¡Como Ortega y Gasset!

—¿Ortega y quién más?

—Es una sola persona. Se apellida así. Es todo un referente en Madrid. Lo que dice va a misa. ¡Casi como un dios! Por eso están fusilando a sus epígonos, ¡y a sus lectores!

—¿Fusilan por leer?

—¡Y por no ir a misa!

—¿Y quién te ha dicho eso?

—Lo he oído en la radio que tiene escondida Elandino. Al parecer, pilla una emisora fantasma, una del otro bando que emite por aquí cerca de forma clandestina. Para eso no es necesario que la torre del pueblo funcione, porque con tanto espejo...

—Pues si es verdad lo que dicen, estamos apañaos... ¡Al final tengo razón y los libros y tanto pensar no traen nada bueno!

—Ya sabes que yo tengo un poco más de fe que tú en la educación. Pero ¿para qué vamos a abrir ese melón de nuevo? Oye, ¿sabes algo de las sobrinas?

—De Antonia, nada de nada. Trine la da por muerta. De Manola, lo mismo que tú. Sigue buscando a su hermana. En el último telegrama se encontraba en la provincia de Córdoba. Se detuvo unas semanas a descansar.

—Esta familia ya no es lo que era.

—¡Estamos menguando, hermano! Y más rápido que ninguna otra familia en el pueblo. A este paso, desaparecemos y se quedarán con nuestra huerta.

—¿Y la obsesión que tienes con la huerta? ¡Tú dale tiempo al tiempo! Verás como no somos los únicos que desaparecemos. ¡Y sé un poco más optimista! Que lo mismo que se alejan las perdices, vuelven antes de que caiga la noche.

—¡Optimista, mis cojones! ¿Tú sabes lo que es tener que explicar a tus zagales que un día, de la noche a la mañana, se quedaron sin madre y sin abuela? ¡Y sin hermano! ¡Que Dios nos ampare!

Llegaron al olivar y se pusieron manos a la obra. A continuación, describiré el tajo de la recogida de la aceituna. Lo haré en presente y en cursiva, para darle más aplomo:

A la señal del patrón, caen las mujeres de rodillas al suelo; los niños las imitan, aunque caen algo más tarde por su menor peso. Recogen el fruto descolgado por los céfiros y lo cargan en espuertas.

Con el suelo ya libre de aceituna, de pie, abrazan con dos mantones el tronco de la oliva. Mantón al oeste, mantón al este, bien colocados para que no caiga el fruto fuera de la tela. Si el suelo está helado y se trabaja en cuesta, el mantón resbalará. Hay que pisar fuerte o evitar trabajar a horas tempranas en los repechos.

Llega el momento más conocido y dibujado: el vareo. Las mujeres pueden; los hombres deben. Si son infantes o ancianos, ellos deciden si tomar la vara y arrear, o descansar en las sillas de anea que rodean la escena. Acezan los trabajadores dando palos al ramaje; quiebran el vínculo entre el aceite y la tierra. Llueve verde, y duele. Entrecierran los ojos, que ya andan cristalizados por la helada mañanera, no vayan a recibir un aceitunazo y a quebrarse.

Continúa el vareo. Suenan las hojas rozándose entre sí. También trastabillan las varas, las unas con las otras —que no eran más que largos fémures unidos de rocines de campo fallecidos—. Hasta que no llega el escampe de la lluvia del fruto, no se detiene la lucha. ¡A por otra!

Arremangan las mantas y cargan con ellas hasta el próximo olivo. Así hilera tras hilera. Si la manta pesa demasiado, haciendo cuencas con las manos pasan el fruto a los sacos, que después van al remolque. Antes hay que pasar el rastrillo por encima de la aceituna para quitar las ramas caídas. Para apartar las hojas también existe un invento viejo, llamado criba: un tobogán por el que entran las aceitunas enredadas con las hojas y del que salen separadas. De pequeño jugaba a tocarlo como si fuera un arpa.

Salvo a la hora de la merienda, nunca se detiene el trabajo. Quien necesita ir al baño se aleja entre los árboles y allí da sepultura a sus necesidades. La jornada empieza a las ocho de la mañana y termina a las cinco de la tarde. El trabajo se rinde bajo el sol. La luna les da tregua. A la noche, la aceituna se lleva al torno, supervisado por un maestro tornero, donde se prensa con enormes piedras de mármol movidas por una bestia que gira a su alrededor. El fruto almacenado toma entonces el aspecto de masa; rellenan con ella espuertas de esparto circulares que apilan en la siguiente máquina: la prensa. El fruto se aplasta bajo una viga de metal de casi dos varas de altura. Horas después, de la prensa sale un líquido que dejan reposar: arriba queda el aceite; debajo la jámila, líquido amargo inservible, y asolado al fondo reposa el orujo, los detritos del hueso y de la piel del fruto, que se utilizan como combustible, como carbón para los braseros de ascuas, ya que no sueltan apenas humo, o para alimentar a los cerdos. Los posos finales se usan para hacer jabón de la casa.

Una vez el aceite está envasado, se almacena y aguanta indefinidamente, aunque pierde propiedades con los años. Hoy día,

Jaén dispone de una cuarta parte de los olivos del mundo, y gran parte de su producción la compran los italianos, que lo venden como si fuera suyo. Algo parecido hacen con el café.

Setenta millones de olivos en una sola provincia de las setenta íberas.

Para aquella faena, los de Odisto llevaban tres mulas con sus serones, siete varas de madera de chopos rectos compradas en la feria agrícola de Bailén; cuatro mantones, doce sacos de cáñamo y algodón; bolsos de esparto con el almuerzo, un zurrón, dos rastrillos, astillas para amarrar los mantones al suelo y cuerda, mucha cuerda, para ligar todo en lo alto del transporte y para sujetarse bien fuerte a los troncos de los frutales si a una de aquellas ventiscas típicas de Fique le daba por arreciar.

Odisto, Felipe y José, los hombres más fuertes, se encargaban del vareo de las ramas altas. Crisanta, Ángeles y Martina, de las ramas más bajas. Los medianos y pequeños recogían el fruto derribado por las lluvias. De entre ellos el que mejor lo hacía era Josito, cuyo tacto hiperdesarrollado por la ceguera apreciaba las aceitunas y nunca cogía puñados con hojas o barbecho. Víctor lo imitaba, cerraba los ojos e intentaba afinar su sensibilidad digital. Buen aprendiz, su primo. La abuela Celia, paterna y sustituta de Pura en esta historia, preparaba el almuerzo y daba cháchara a los industriosos aceituneros.

Y Odisto, para estirar las piernas, se ausentaba de vez en cuando entre los árboles y reposaba la mente en el campo, que era toda su vida.

46

La muerte en el olivar

A Víctor, el primo de la familia, le gustaba ir a cagar a los pies de la atalaya de Majuela, una de las obras de mampostería más bellas de la región, situada en medio del olivar, pero lejos de donde trabajaba la familia. A diferencia del resto, le daba apuro mostrar sus vergüenzas. Incluso para orinar necesitaba alejarse casi una hectárea. Los demás varones, que no tenían pudor, sacaban el pene allí mismo y regaban los olivos. A Odisto no le gustaba que sus hijas vieran el espectáculo, pero al mismo tiempo se reía de la escena. Las ocurrencias más pícaras le eran las más simpáticas.

—¿Adónde vas? ¡Que no te vamos a cortar la pitusa, Víctor! —le decían entre risas.

—¡Dejadlo tranquilo! ¡Y venga, vamos a comer! Que se nos echa el día encima.

Todos los mandiles improvisaban en el suelo un hule gigante sobre el que almorzarían a eso de la una del mediodía. Barjas de gachurreno, conejo frito, migas de harina, ensalada gitana de aceitunas y pan de sierra. Después de almorzar, los mayores echaban una siesta que, por la hora, coincidía con la del burro —o la del obispo—, la que se echaba en Iberia antes de comer.

Mientras todos descansaban, Víctor, a lo lejos, intentaba cagar tranquilo, y Gonzalo, el primo que más se le aproximaba en edad, se preparaba para pegarle un susto de mil demonios; se estaba disfrazando del Limones. Era aquel un vecino jandulés de avanzada edad, con la barba más crecida y descuidada del pueblo, que traía en vilo a los más pequeños, pues siempre andaba asustándolos. Para más inri, las madres alimentaban su miedo al tachar al vecino de amigo de los tísicos, los hombres más temidos por los pequeños y con razón. El tísico era una persona que traficaba con la sangre fresca de los más jóvenes. Si bien sonaba mucho a habladuría, era cierta la existencia de aquellos traficantes, temidos no solo por los pequeños, sino también por los padres y abuelos.

Gonzalo se había puesto en la cara una enorme hoja de parra, como si fuera una gran barba verde, y de ella había colgado tres cítricos, imitando al Limones, que se decoraba la barba así. Se acercó sigilosamente al costal de la atalaya donde Víctor solía ir. El primo estaba agachado, bien concentrado. Gonzalo salió del escondite y bramó con la voz más grave que pudo, y Víctor, asustado, salió corriendo sin subirse los pantalones y dio un traspiés. Se golpeó la cabeza con el tronco de una carrasca, empezó a sangrar y se quedó inconsciente. Gonzalo se quitó el disfraz y corrió despavorido a avisar a la familia. Con la prisa, se resbaló cruzando la acequia y cayó con la boca abierta, dejándose parte de los dientecillos en el suelo. Al ver la escena y el agua teñida de rojo, se mareó de la impresión y tardó más de la cuenta en avisar.

—¡Padre! ¡Tito! ¡Víctor está sangrando junto a la atalaya!

La familia se despertó de la siesta sobresaltada, horrorizada por las palabras de Gonzalo y por la sonrisa partida que traía. Se apresuraron a seguirlo hasta el lugar del accidente.

Minutos más tarde, la madre, Crisanta, lloraba —al menos, el único de sus ojos— con el cuerpo inconsciente de su hijo en brazos, que respiraba ruidosamente con los ojos cerrados. El padre, Felipe, lo recogió y lo cargó en una de las tres mulas, se hizo con otra para él y partió al pueblo en busca del médico.

El resto se dedicó a terminar de ensacar y a llevar las herramientas a la casetilla de madera que había en la linde, en un repecho desde donde se atisbaba el valle oriental de Jándula. Volvieron todos al pueblo, salvo Odisto, que se quedó a dormir en el olivar junto a los sacos hasta que al día siguiente trajeran el resto de mulas de carga. Su hija mayor, Ángeles, decidió quedarse con él y hacerle compañía aquella noche.

La jornada de la aceituna había llegado a su fin antes de lo previsto.

Eva

Augurio VI

Hoy sale el oro hacia Moscú. Tres cuartas partes de las reservas de Iberia parten desde Cartagena hasta la Unión Soviética. Lo ha ordenado Juan Negrín, el ministro de Hacienda. Quinientas toneladas que han estado escondidas días enteros bajo los montes de Algameca Chica. Primero, un largo viaje en barco; después, llegarán a Odesa, donde apilarán las cajas en la escalera Potemkin, que conecta el mar Negro con el centro de la ciudad. Meses más tarde, el cuarto de oro restante será enviado a París. El Banco de Iberia, vacío del metal, pasará a guardar los otros dos oros íberos, el rojo y el líquido: toneladas de azafrán manchego y kilolitros de aceite de oliva.

47

La noche bajo las estrellas

Con la primera brisa de la noche y la última luz de la tarde, con un cielo iluminado por un sol durmiente y una luna a medio despertar, padre e hija, tumbados en el repecho del olivar, comentaban qué habría pasado con Víctor. Lo sabrían a la mañana siguiente. Ángeles aprovechó la intimidad y la calma del momento para hablar a su padre de Pedro, el jandulés que deseaba encarecidamente prometerse con ella. Desde el final del verano, no había día en que el joven huérfano no bajara hasta el cortijo para hacerle saber lo muy enamorado que estaba. Odisto arrugaba el ceño cuando oía hablar del amor a primera vista. Él se había casado por un desliz, por un embarazo no deseado, aunque después surgiera un amor especial. ¡Ay, su pobre María!

—¿Tú lo quieres?

—Yo qué voy a quererlo, padre.

—Mejor así, si el río ha de sonar, que suene, ¡pero con mucha agua!

—¿Qué quiere decir?

—Que si un mozuelo me pide la mano de mi mayor que sea por amor y compromiso, ¡no por la mosca de un verano!

—¡Se porta muy bien conmigo!

—Todos se portan bien al principio.

Odisto y su hija observaban el cielo oscurecerse, tapados con una manta. Desde la colina donde se encontraban tenían unas vistas inmejorables. Caída la noche, encendieron una hoguera y comieron los restos del mediodía, esta vez de espaldas al valle y cara a la fogata. Las chispas revoloteaban sobre las llamas más altas y caían después con el soplo del viento meridional. Todo ser viviente se acurrucó junto a la hoguera: lagartijas, grillos, culebrillas, típulas y mosquitos. Odisto estaba sentado como los indios, con los ojos en Babia, y repasaba lo sucedido en el día y en las últimas semanas. Se acordaba de la última conversación que tuvo con Paulo. Le pesaba haberle dicho que ya no tenía hijo. El recuerdo le quitaba el sueño. No había dormido bien desde la partida del joven. Pero aquella noche descansaría algo mejor. Se sentía en paz alejado de Jándula y de todo lo demás. El pausado ritmo de la respiración de su hija le amansaba el pensamiento, lo tranquilizaba. Se decía que no debía sentirse fracasado por la huida de su hijo, que había tenido casi una decena de vástagos y todos le habían salido obsecuentes y fieles. También se preguntaba si había hecho bien en tener tanta descendencia. ¿Y si lo de la guerra era verdad? Apartó aquellos pensamientos y se centró en dibujar el paisaje con los ojos cerrados. Al frente, el fuego serenaba y daba aplomo; atrás, la oscuridad total en contraste con el vigoroso y rutilante arrojo de las llamaradas asustaba. Abajo, la tierra seca de la colina le raspaba ligeramente las nalgas. Y arriba, las estrellas. Entonces, Ángeles se despertó.

—Padre, ¿me cuenta lo del quinto varón? Lo de la abuela y las serpientes.

—¿Otra vez? Te lo he contado mil veces, Ángeles. Y no era la abuela, sino tu bisabuela paterna, Atilana, y tu bisabuelo materno, Leandro.

—¿Me lo cuenta, aunque sea rápido?

—A ver... Como bien sabes, tus dos trastatarabuelos tenían poderes. Atilana era quinta hembra y Leandro quinto varón, es decir, eran los nacidos quintos en una consecución de hijos del mismo sexo. Para que lo entiendas, después de tener la madre de Atilana cuatro hijas, llegó ella al mundo; y lo mismo con Leandro, pero con varones. El caso es que, en el pueblo, el quinto consecutivo al nacer adquiría un don. Entre las virtudes estaba la de sanar, calmar el dolor, encantar serpientes, inmovilizar animales, acelerar una cosecha, apartar una plaga, cicatrizar heridas abiertas o curar el mal de ojo.

—¿Y usted no heredó nada?

—No. Ni tu madre ni yo. No es algo que se herede.

—¿Y qué hicieron los abuelos mal para perder la gracia?

—Cuando alguien enfermaba en el pueblo, fuera hombre o animal, llamaban a un quinto y le pedían que diera un masaje con la palma abierta y en el sentido de las agujas del reloj sobre la parte afectada. Pues bien, Leandro perdió el don por hacer el masaje al revés y matar al borrego que intentaba curar, que, además, era del alcalde. ¡Por poco no lo echan del pueblo!

—¿Y Atilana?

—Ella lo perdió por matar una bicha en un camino. Estaba bloqueando el paso y no logró hipnotizarla. Se hartó y la mató de un pisotón. Y claro, perdió el don.

—Pero ¿todo eso es verdad?

—¿No te acuerdas cuando a Gonzalo se le cerraron los bronquios? Lo llevamos a ver a Apolonio, el único quinto que hay en el pueblo. Le dio el masaje en el pecho y volvió a respirar. ¡Ahora, a dormir! Arrópate bien, que con tu sangre dulce te van a comer los mosquitos.

—¿Su sangre no es dulce?

—No. La mía, de tanto como he visto, es más amarga que la retama. Duérmete, lucero, que mañana tenemos que cargar con todo hasta el pueblo.

Odisto se durmió acariciándole el cabello a su hija, intentando detener el tiempo.

Eva

Augurio VII

El advenedizo hijo del rey Alfonso XIII, Juan de Borbón, exiliado en Cannes, donde a sus veintitrés años sufre las penurias de la buena vida, el desgaste del sol en la playa y el horror de la calma de un hotel lujoso, ha decidido de la noche a la mañana unirse al bando sublevado y luchar por la toma de Madrid, no sabemos si de forma obligada, por voluntad propia o tras haber tenido un sueño lúcido en el que se le revelaba que nunca gobernaría en Iberia. Se ha cambiado el nombre por el de Juan López, se ha vestido de falangista y se ha puesto una rodaja de limón bajo la lengua para despertarla y que se le entienda al hablar; así nadie lo confundirá con un Borbón. Ha pedido que lo lleven al frente, pese a su bisoñez. El tiempo total que estará en la península será menor a las horas de un día. Cruzará la frontera esta madrugada, comulgará en Burgos, llegará a la sierra de Madrid y, después de ser descubierto por el jefe del Ejército del Norte, Mola, agachará la cabeza y volverá a su lugar de descanso, a seguir haciendo nada, relegado al olvido hasta sus últimos días. Por eso mismo, para no entorpecer el curso de la historia, yo también lo relegaré al olvido y no dedicaré ni una sola frase más a su banal existencia. El príncipe de un día.

48

Los ocho braseros

Cuando Odisto llegó a casa de su hermano descubrió que, efectivamente, su sobrino no tenía buen aspecto. Yacía en la cama bocarriba, con los ojos cerrados y el cuerpo rígido, respirando muy fuerte por la nariz. Odisto apreció que la decoración del cuarto había cambiado: el matrimonio había clavado en el muro detrás del testero miles de imágenes religiosas, la mayoría de la Virgen de Tíscar, esperando recibir la advocación de la talla. En total, casi trescientas estampitas rodeaban a Víctor. Era costumbre en los pueblos regalar estampas de la patrona, de los santos y de Jesucristo, y nunca deshacerse de ellas, pues rajarlas, perderlas o tirarlas daba mala suerte. Si, por alguna circunstancia, la persona quería desprenderse de ellas, la única forma de hacerlo era quemándolas. La misma superstición tenían con la ropa de los difuntos. No podían tirarla, pero tampoco volver a usarla. Solo el fuego podía hacer desaparecer las prendas, que robaban espacio en los arcones. La ropa del pequeño Víctor pronto sería pasto del fuego.

El médico del pueblo, Fernando el Soleduque, estaba más preocupado por la salud de los padres que por la de Víctor, por quien sabía que poco más se podía hacer.

—Felipe, Crisanta, mucho me temo que vuestro hijo no va a despertar. Su consciencia se ha apagado del todo. He visto esto muchas veces, sobre todo en los ancianos. Entiendo que queráis esperar para ver si despierta, pero os aseguro, con todo mi pesar, que no lo hará y que está sufriendo. Prueba de ello, su respiración. Sin embargo, lo que más me preocupa no es su estado, sino el vuestro. Temo que, si no lográis subir un poco el ánimo, encontréis un final parecido al de vuestro hijo.

—Fernando, díganos cómo podemos ahorrarle el sufrimiento a nuestro pequeño.

—Tomás Moro, hace varios siglos, escribió que a los moribundos hay que tratarlos desde la misericordia, llevándolos a la muerte si sufren demasiado. Así es como obro yo.

—¿Cómo podemos hacer que descanse en paz? Díganos las opciones.

—Son varias: el ayuno, el veneno, el puñal o el brasero. La primera consiste en privarlo de alimento; en la segunda, se le administra un veneno fatídico; en la tercera opción, un puñal fino le cortaría el pulso, y en la cuarta... Creo que estais al tanto, ¿verdad?

De entre todos los sistemas eutanásicos disponibles hace casi un siglo, la familia eligió la muerte del brasero. Les pareció la menos agresiva. Al día siguiente, una vez reunidos todos bajo el mismo techo, procedieron con el rito. Vaciaron de muebles y de decoración la habitación y depositaron al pequeño en el centro. Se aseguraron de que la única ventana estaba cerrada, la persiana de esparto desenrollada y las contraventanas selladas. Finalmente, pusieron alrededor del joven ocho braseros con las ascuas de la gran hoguera que había ardido durante toda la noche con la cama de Víctor, su ropa, sus juguetes y la medallita donde llevaba escrito el nombre. Los braseros llenarían la habitación de monóxido de carbono y asfixiarían al pequeño. Ocho braseros. Cuatro a cada lado.

Se despidieron de él, primero los menos allegados y luego los padres, con el latido del corazón cada vez más lento. Cerraron la puerta del dormitorio y pusieron una toalla a modo de burlete para sellar la rendija que quedaba entre la madera y el suelo, por donde podría escaparse el monóxido. El gas tardó media hora en llenar la habitación, y cuatro minutos más en arrebatarle el soplo de vida a Víctor. Lo dejaron descansar una hora más y lo envolvieron en una sábana. Lo enterraron en su huerto, bajo una endrina de ramas caídas, el árbol que daba los frutos más azules de la comarca.

A la noche, el médico volvió apurado a casa del fallecido Víctor con los resultados del análisis de bilis que había hecho a los padres del pequeño.

—Felipe, Crisanta... Siento mucho lo de vuestro pequeño, pero mi deber ahora es para con los vivos, y vuestro estado me preocupa. Sufrís el mal de la melancolía. La bilis negra se ha acumulado en vuestro corazón. Si lográis remontar el ánimo, el mal se irá. Confío en que así sea. De lo contrario, vuestros corazones se detendrán para siempre. ¡Animaos, por favor!

Felipe le dio las gracias; tuvo que escribírselo en un papel, ya que no tenía fuerzas para hablar. Cada minuto del día, la pareja había envejecido un tercio de año. Felipe se miró una sola vez en el agua de un barreño y se sonrió, pues pensaba que estaba viendo el rostro de Dios, un viejo con el cansancio de llevar miles de años vivo. Después pidió a sus familiares que los acostaran, que querían descansar. No podían ni tenerse en pie. Física y anímicamente, pasaron de tener cuarenta a ochenta años en solo una tarde. Subieron al matrimonio al dormitorio y lo metieron en la cama con todo cuidado. Odisto, que apenas reconocía a su hermano, abandonó el cortijo y volvió a su campo. No podía creerse que aquel matrimonio fuera el mismo que el día anterior había vareado con tanto brío, aquel que bromeara junto a los suyos en el almuerzo en mitad del tajo. Temía que Felipe y su mujer fueran a morir. Rezó las oraciones a medias y estropeadas que conocía y pidió al cielo que su familia dejara de menguar. A última hora de la noche, antes de cerrar los ojos, Odisto se preguntó si quería menos a su mujer fallecida de lo que aquel matrimonio había querido a su hijo, porque, aunque la tristeza era descomunal, el cuerpo de Odisto no se había avejentado tanto a pesar de los muchos entierros a su alrededor. «¿Por qué a mí no se me ha acumulado la bilis negra?», preguntaría al médico días después. «Porque usted es el hombre más fuerte de todo este libro y resulta un buen ejemplo del campesino que todo lo sufre y aguanta. No se preocupe, Odisto, ya le llegará la hora en la que se consuma. Si le sirve de consuelo, a todos nos va a llegar. ¡Hemos comenzado a matarnos entre nosotros mismos! ¿Qué futuro nos podría esperar? Tome mucha leche de burra, boniatos y achicoria, y haga por donde para convencerse de que la muerte ha de ser solo el principio de algo más», le respondería.

Antes de salir el sol, las pulsaciones del matrimonio se habían extinguido. En el momento exacto en el que se apagó el corazón de Felipe, un pinchazo agudo brotó en los corazones de sus tres hermanos: Odisto, durmiente en su cortijo; Trine, rezando para que apareciera su hija Manola, y Ángel, de camino al alcázar de Toledo, hacia donde me dirijo ahora como narrador.

49

La tierra sobre el suelo de Toledo

—¿Sabe usted que los linces no tienen mejor vista que el resto? Dicen eso por las líneas negras que el propio pelaje les marca alrededor de los ojos. Menuda estafa. ¿No le parece? ¡Y también que los murciélagos son ciegos solo al nacer!

—Disculpe, no ha respondido a mi pregunta.

—¡Ah, sí! Que me despisto. Tiene usted que bajar hasta el río y después cruzar la ronda de Juanelo; o eso, o cruzar la hoz a pie si quiere ser menos visto, lo cual no se lo recomiendo, que estamos casi en octubre y el agua baja con mucha fuerza. No solo es el río más largo de la península, sino el más violento.

—¿No hay un acueducto antes?

—Toledo no tiene acueducto. Al que usted se refiere dejó de existir hace siglos. ¿Sale el Mirador del Valle en el mapa? Yo creo que al que lo dibujó se le mezclaron las épocas. De todas formas, ¿para qué necesita un mapa si el alcázar se ve desde toda la ciudad? No hay más que otearlo y subir las calles hasta él.

—Tiene usted razón. Muchas gracias.

—¿Me permite un consejo? No cruce el torno.

—¿Qué torno?

—¡El meandro! No entre en el casco viejo. ¿Qué se le ha perdido allí? ¿Es usted militar? Lo veo yo poco ataviado. ¿Va de incógnito? Aunque, en ese caso, no lo diría...

—Soy un labrador jiennense. Vengo a intentar sacar del alcázar a un familiar. Se trata de mi suegro. Es el primer viaje que hago en muchos años, por eso estoy tan confundido. No se lo creerá, pero durante mucho tiempo no salí del mismo huerto.

—¡Escúcheme bien! ¡De su huerto no lo sé, pero del alcázar si sale alguien será con los pies por delante! Está rodeado. Y como sigan las explosiones, poco va a quedar del edificio. Dese la vuelta y dedíquele una misa al familiar.

—No temo a los republicanos.

—No es a los republicanos a los que debe usted temer, aunque bien que aplicaron mano dura en la mina de Las Cabezuelas. ¡Una masacre!

—Lo siento mucho...

—¡No lo sienta! No se crea usted que eso me hace rebelde. ¿Qué se cree, que cuando lleguen los nacionales lo harán sin derramar sangre? ¡Entrarán en la ciudad como lo hicieron en Badajoz! ¡Si ya avisó Yagüe! Aunque al parecer lo han sustituido y ahora es otro el que dirige las tropas coloniales. Yagüe quería ir directamente a por Madrid y no entendía lo de pararse antes aquí. ¡Y no lo entiende ni él ni nadie! Solo Franquito...

—No me dan miedo los militares.

—Pues allá usted; los mismos hombres que cubrieron hace mes y medio Badajoz de sangre están al llegar. ¡Así que hágame caso y dese la vuelta!

—Bueno, se lo agradezco, pero debo continuar. Mi suegro me necesita, y si he conseguido llegar hasta aquí... ¿Cómo se llama usted?

—Nicéforo.

—Yo Ángel.

—Un buen ángel es lo que necesita. ¡Vaya usted con cuidao!

—Perdone, ¿podría hacerme un favor? ¿Cuidaría de mi mula hasta que vuelva?

—No hay problema. La pobre se quedará desamparada si no.

—Pero, si no volviera, no la empareje con otra bestia, que es horra.

Ángel, el hermano de Odisto, dejó la mula y los sacos al cuidado del viejo y fue a pie hasta el alcázar. Se llevó un pequeño bolso de franela con tierra suficiente para cubrir las calles empedradas que ascendían hasta la fortaleza y así respetar su manía de pisar solo tierra de su huerta. Le dijo al viejo que en nada estaría de vuelta, pero este insistió en que no se estaba adentrando en Toledo, sino en el infierno. Os pondré en situación:

Comenzada la guerra tras el golpe de Estado, los militares que se sublevaron en Toledo fueron bombardeados por las fuerzas aéreas republicanas, orden directa del Ministerio de la Guerra. Aquellos hombres, ante la entrada inminente de las fuerzas republicanas en la ciudad, tuvieron que decidir entre huir o refugiarse en el alcázar, edificio que por sus mastodónticas dimensiones y por su posición en el centro de la ciudad era un lugar idóneo para amotinarse. Mil combatientes sublevados, seiscientos civiles y cincuenta rehenes se guarecieron bajo las órdenes del coronel Moscardó, un militar obsesionado con Guzmán el Bueno, personaje histórico que en un asedio entregó un cuchillo al enemigo para que mataran a su hijo en vez de negociar para liberarlo.

Muy pronto, la ciudad quedó en manos del bando republicano y de su ejército, formado por el Ejército Popular y la Guardia de Asalto, creada por la República tras la quema de conventos de 1931. Pero los sublevados aguantaron.

La resistencia del bando nacional, que esperaba ser liberado pronto, se hizo célebre en toda la península gracias, entre otras cosas, a la historia que decía que el susodicho coronel Moscardó, después de que el enemigo intentara convencerlo de rendirse —y tras muchas conversaciones con Vicente Rojo, entonces uno de los militares más importantes del bando republicano—, habló por teléfono con su propio hijo, retenido por los republicanos fuera del alcázar, y le dijo que no iba a ceder, aunque amenazaran con fusilarlo.

Pasaron los días y el alcázar resistía. Ambos bandos se lanzaban continuamente proyectiles, salvo dos veces al día, en las que detenían los disparos. Lo hacían para que pasara un viejecito invidente que se ganaba el sustento rifando objetos que portaba en un cochambroso carromato, o realizando oportunos cambalaches. Adrián el Ciego. Subía la calle del Carmen religiosamente a la mañana y a la noche.

Finalmente, tras el duro asedio en el que tres de las cuatro torres del alcázar y la fachada oeste volaron por los aires, las fuerzas franquistas, encabezadas por el general Varela, se desviaron de su ruta hacia Madrid y entraron en Toledo, orientados por la enorme humareda que cubría toda la ciudad. Franco había encargado aquella misión al general Varela y no a Yagüe, a quien había pertenecido hasta la fecha aquella columna de hombres —la columna de la muerte—, porque Yagüe no lo había apoyado y prefirió ir a por Madrid.

Según entraban las tropas rebeldes a la ciudad, iban matando a todo aquel con el que se cruzaban, sobre todo la sección de hombres que estaba a cargo de Mohammed ben Mizzian. Ajusticiaron a todo miliciano vivo: a los que no les había dado tiempo a huir hacia Aranjuez, a los que se quedaron y ofrecieron resistencia, e incluso a los heridos e indefensos en el hospital, donde degollaron a más de doscientas personas convalecientes. Aquellos reclutas fascistas querían, literalmente, limpiar la ciudad de la «sangre de Caín». Les daba igual si mataban a hombres o a mujeres; se habían llevado a veinte mujeres embarazadas junto a las tapias del cementerio para horadar los cuarenta corazones, por poner un ejemplo. Y, justo en medio de aquella «limpieza», se toparon con Ángel, que, por sus atuendos y a ojos de los fascistas, parecía más un miliciano que un hombre «de bien».

El hermano de Odisto, ajeno a los últimos movimientos bélicos, ya llevaba la mitad del camino hacia el alcázar hecho. Iba feliz de saber que aún le quedaba tierra suficiente para llegar a la fortaleza, donde lo estaría esperando su suegro, cuando un pinchazo intenso en el corazón lo plegó de dolor. Se reincorporó. Entonces oyó tres disparos a sus espaldas. Vio a un grupo de militares en una camioneta dirigirse al puente al que se encaminaba también él. Le pareció reconocer a uno de ellos, pero se dijo que era imposible. Quiso levantar las manos en son de paz; lanzó el saquito de tierra al suelo y alzó los brazos, pero no le dio tiempo a estirarlos bien. Notó un crujido en su cabeza. Antes de poder palpársela, se le nubló la vista y cayó al suelo bocarriba.

Los soldados rodearon el alcázar y liberaron a los asediados.

Isaías y Paulo

—¡Joder, qué asco dan! ¡Ni muertos descansan!

—¿Le has dado en la cara?

—¡Desde el camión! ¡Qué puntería!

—¿Pero ha sido en la cara?

—¡Coño, acércate y lo compruebas! ¡Entre ojo y ojo!

—No jodas…

—¿Has visto? Tú mantente a mi lado, que te digo yo que de esta salimos ilesos.

—Se parece muchísimo a un tío mío.

—¿Qué dices?

—Sí, a mi tío Ángel, que nunca abandonaba la huerta. ¡Isaías, creo que es él!

—Pero si tu tío dices que no sale de la huerta, ya me dirás tú qué hacía en Toledo.

—Pero es que es igual.

—¡Pero si le he reventado la cabeza! Además, ¿no dicen que todos tenemos un doble? ¡Vamos, Paulo! ¿Qué diantres haces?

—Le voy a cerrar los ojos.

—¡Que ese no es tu tío!

—Ya lo sé, pero déjame.

—Va, no te entretengas. ¡Que lo mismo hasta viene Franco a felicitarnos!

Paulo quería mirar si del cuello le colgaba la medallita, pero no se atrevió a tentar a la suerte. Se santiguó y siguió a su compañero.

50
La conversación en el reclinatorio

Francisco Franco Bahamonde acudió a Toledo, que según el cardenal Gomá había vivido dos meses sin alma, al día siguiente de la liberación del alcázar. Se sentía radiante, feliz por haber logrado una victoria tan simbólica y por el baño de masas que se estaba dando. Aconsejado por su cuñado, que sabía mucho de propaganda, decidió tomarse una foto junto a las ruinas, pero a punto de posar para la instantánea, recibió un telegrama urgente que hizo que tuviera que abandonar el lugar *ipso facto*.

El apremiante y extemporáneo telegrama decía lo siguiente: *Soy el narrador de esta historia. Estaré toda la noche delante del* Conde de Orgaz. *Le estaré esperando, por si quiere venir y conversar conmigo.*

Pidió a sus escoltas que lo acompañaran a la iglesia de Santo Tomé, donde estaba la pintura del Greco referida en el mensaje. La encontraron fácilmente por el estilo mudéjar de su prominente torre, antiguo alminar. El militar entró de rondón y algo colérico en el templo, por la puerta posterior, donde precisamente estaba la pintura. Ya dentro, cerraron a cal y canto y vigilaron todas las salidas. En la antesala de la nave principal, delante de la enorme pintura de *El entierro del conde de Orgaz* y de rodillas en un reclinatorio, yo lo estaba esperando. Pero no íbamos a estar solos; escondido en un confesionario iba a escuchar nuestra conversación el escritor Ilya Ehrenburg, del que ni yo noté su presencia en aquel momento. Sobre aquella conversación escribiría el soviético años más tarde.

Franco se santiguó ante la pintura, como si se tratara de una imagen de culto, y se arrodilló a mi lado. Ni siquiera hizo por mirarme. ¿No tendría curiosidad por saber a quién me parecía? El orgullo le pudo más que la curiosidad. Tampoco se dirigió a mí, así que fui yo quien rompió el silencio:

—«Tal galardón recibe quien a Dios y a sus santos sirve». Eso es lo que decían los presentes aquel día, cuando san Esteban y san Agustín bajaron del cielo para enterrar con sus propias manos al bueno del conde de Orgaz. Y así lo pintó el Greco. ¿Lo sabía usted?

—Pensé que me hablaría de tú.

—¿Por qué pensó usted así?

—Porque, aunque no le conozco, tiene usted pinta de ser de izquierdas.

—Soy muy poco animal político. Mis ideas políticas son muy vagas. ¿Por qué piensa eso de mí?

—Por su aspecto. Si no, no llevaría el pelo largo.

—¡Y yo que pensaba que no me había usted mirado ni un segundo! ¿Sabe? De primeras quise hablarle de tú, pero luego consideré que, de obrar así, no habría venido al encuentro.

—Acertó usted.

—Pues, si se siente más cómodo, puedo añadir a cada frase un entonado y laudatorio «¡a las órdenes de vuecencia!». Pero no me pida más lisonjas, que no me son naturales. Será el único encomio que use.

—No, déjelo. Estamos en un templo. No es lugar para taconeos ni para cuadrarse ante ningún superior. Guárdese sus aparentes ditirambos. Aquí hasta el mejor de los vivos tiene que rendir a Dios. De hecho, ¿no se quita usted el sombrero?

—¿La boina? No. Soy bastante tímido cuando quedo por primera vez con alguien. Así me siento más tranquilo.

—En la iglesia, el hombre ha de descubrirse la cabeza. Hágame el favor...

—¡Deje de obsesionarse con la boina! Estamos delante de una pintura que no deja de ser la obra de un hombre, nada divino. No me voy a descubrir la cabeza.

—En ese caso, me marcharé.

—Como usted quiera.

Franco dudó si abandonar el templo o quedarse. Agachó la cabeza hacia las manos, con los dedos entrecruzados en posición de rezo, y guardó silencio varios minutos. Hasta que consideré oportuno continuar.

—¿Le viene bien entonces que le siga hablando de usted?

—Dígame, ¿qué quiere de mí? ¿Por qué deseaba usted verme?

—¿Yo? No he sido yo quien lo ha obligado a venir hasta aquí. Solo le dije dónde me encontraba. Por cierto, ¿sabe que los italianos harán una película sobre lo ocurrido en el alcázar? ¡Sobre esta «gesta heroica»! ¿No? He escrito «gesta heroica» entre comillas, aunque no lo pueda ver.

—¿Para no pillarse los dedos? Será usted un cobarde.

—Temo que ya me los he pillado, y bien. Pero esto último haré como que no lo ha oído. O se levantará y se irá de verdad... La película, mala pero efectiva.

—¿Cuándo la harán?

—En cuatro años, ya terminada la guerra. Seguro que ha visto usted *El acorazado Potemkin.* Será prima hermana, pero sin la fuerza y originalidad de la soviética, aunque menos cutre y casposa que *Raza.*

—¿Qué es *Raza*?

—Otra película. También ordenará usted una sobre el santuario de Andújar, y otra sobre su ascensión al poder gracias al Dragon Rapide, pero esta la harán los que no le profesan mucha estima. Le interpretará un actor maravilloso, Juan Diego.

—¿El santuario de la Cabeza? ¿Qué pasará en Andújar?

—Todo a su tiempo, Bahamonde... Por cierto, ¿ha leído ya la pastoral del arzobispo de Salamanca?

—No.

—¡Ay! Perdóneme, que aún no la ha publicado. Está a punto de hacerlo; mañana mismo ya estará en boca de todos. Se titulará *Las dos ciudades.*

—¿Qué dirá Enrique en la pastoral?

—No sea ansioso. Mañana podrá leerla. Será de su agrado. Gracias a él, la Iglesia lo apoyará firmemente y pasará a llamar el conflicto «cruzada contra los hijos de Caín». ¿No son todos los republicanos meros cainitas? Aunque para ganarse el apoyo total católico, también tendrá que organizar en unos meses la llamada «carta colectiva», a través de su mano derecha, el cardenal primado de esta ciudad. Pero bueno, primero la pastoral.

—Me agradará leerla.

—Ya lo creo. Bueno, ¿se ha decidido ya?

—¿Cómo?

—¿Sabe ya cómo quiere que se dirijan a usted? ¿Divino Caudillo? ¿Generalísimo? Porque el mando único, relájese, ya es suyo. En dos días lo proclamarán públicamente jefe del Estado.

—No soy yo quien toma esas decisiones.

—Pero sí quien trazó el camino. ¿Qué le parece «Jefe de Gobierno del Estado Íbero y Generalísimo de las Fuerzas de la Tierra, del Mar y del Aire mientras dure la guerra»?

—Me parece bien, pero ahórrese el «mientras dure la guerra».

—Entiendo... Pero, si prescinde de esa parte, se le van a echar encima muchos pesos pesados de su propia ideología, y probablemente no logre el mando único y la guerra lenta que tanto le gusta. ¿Le doy un consejo? Deje que lo añadan, pero antes de firmarlo arranque esa parte y cómasela.

—No necesito consejos de un desconocido. Ni soy asiduo a los casos de conciencia. ¡Ahórrese las abstracciones conmigo!

—¿Cómo puede ser que le sea desconocido si soy yo quien escribe sus palabras?

—También nos es desconocido Dios, aunque seamos sus hijos.

—¿Me está usted comparando con Dios?

—¡No blasfeme o me levanto y me voy!

—¡Era una broma, hombre! Con razón dirá Amos Oz que nunca habrá un fanático con sentido del humor.

—¿Quién?

—¡Nada! Un judío. Un malnacido según usted, ¿no? Por cierto, cambiando de tema. ¿Sabe usted por qué va a ganar esta guerra?

—¡Por la gracia de Dios!

—Ya... Aparte de por eso: por la inconsistencia de la izquierda, siempre tan dividida. Los suyos, aun de diferentes ideologías, clamarán bien alto «una patria, un caudillo, un Estado», pero la izquierda no logrará un mando único igual ni por asomo. Anarquistas, sindicalistas, socialistas, estalinistas, poumistas... ¡Figúrese, si hasta tendrá lugar una guerra civil interna en Barcelona entre los anarquistas y disidentes antiestalinistas, y los comunistas y los Cuerpos del Orden! ¡Pobre Azaña!

—¿Qué pasa con ese infeliz?

—Don Manuel criticará duramente esas divisiones ideológicas, que no haya un mando único, que se ahoguen en diatribas y en palabrería tóxica. Él habría preferido ver más pañuelos blancos alzados y menos puños.

—¡Ese es un matacuras!

—Pues, según tengo entendido, salvó a los monjes agustinos de su colegio en El Escorial nada más estallar el conflicto. Quizás no es como cuentan, ¿no?

—¿Lo conoce usted acaso?

—¿A Azaña? No. Personalmente no conozco a nadie descrito en estas páginas. Es usted el primero con el que vengo a hablar, y el último, supongo.

—¿Y a qué se debe este honor?

—A que, en realidad, sí que tengo algo que decirle.

—Dígame pues.

—Lo mismo que le diré al rey de Iberia dentro de un siglo.

—¿Volverá el rey?

—Sí. Lo elegirá usted a dedo, saltándose la ley de sucesión, y la sociedad lo aceptará sin rechistar. Dirán que será una monarquía abierta y democrática. ¡Toda una jugada lampedusiana! Y esto es lo que le diré: que no hay buen líder que tenga a la mitad de la población en contra. Usted, además, tiene y tendrá, hasta el día de su triste y prolongada muerte, las manos llenas de sangre, y así, querido Francisco, nadie puede llegar al cielo, por muy noble que piense que es su causa.

—¡Haré lo necesario por la victoria!

—¡Pues disfrute usted mucho de ella! Por cierto, un último consejo: cuando salude, no mueva tanto la mano, que se la va a dislocar. Deje simplemente la palma bien alta y recta. No le guardo ninguna simpatía, pero ¿qué culpa tiene su muñeca de haber nacido en su cuerpo? La misma culpa que tiene esta península de haberlo visto nacer: ninguna.

—¡No crea usted que va a salirse con la suya! Cumplirá con la función de narrador, pero yo con la de censor y, llegado el momento, haré que su texto se quede en un simple panfleto sin gracia ni sentido.

—No pertenecemos a la misma época. Me temo que será imposible.

—¿Se cree usted que dentro de cien años no habrá quienes me idolatren y defiendan? Eso es que no conoce usted bien este país. Dígame un número del uno al ciento veinte.

—El noventa y seis.

—Perfecto. He aquí la primera prueba de mi influencia incluso en el siglo que viene. Su libro no tendrá el capítulo nonagésimo sexto. Me marcho. Quede usted con Dios.

Aquella misma noche, Franco no pudo conciliar el sueño. La conversación con el narrador lo había llenado de rabia e impotencia, y necesitaba hacer algo más que censurar un capítulo de esta novela. Se incorporó y citó en una reunión a sus hombres de mayor rango. Sentía la necesidad de saciar su sed de venganza y de desahogarse.

—Caballeros. Seré breve. Necesito que obedezcan una orden.

—¡A la orden de vuecencia! —corearon los militares, con los ojos pegados de sueño.

—Tengo la impresión de que, desde el bando contrario, nos toman por un cuerpo exento de creatividad, alejado de movimientos vanguardistas, y quiero demostrar que no es así. Por eso, he tomado una decisión. Deseo que en un mes justo sean asesinados todos los presos que se llamen Ramiro. ¡Y de ambos bandos!

—¿Y por qué Ramiro, si me permite la indiscreción? —preguntó un coronel.

—¿Y por qué no? ¡No quiero que tenga sentido! La decisión es firme.

—¡Sí, mi general! Si bien, es mi deber avisarle de que morirán hombres nobles y amigos de nuestra causa, como Ramiro de Ledesma o Ramiro de Maeztu, que lo hará en pijama y deshonrado.

—Puedo salvar de la muerte a aquellos que sean gallegos, ¡pero nada más! Avísenles y que, antes de que corra el mes, se cambien el nombre de Ramiro a Camilo. Ahora, caballeros, es necesario que duerman las horas que restan de noche. Realicen cuanto les pedí en un mes. El próximo 29 de octubre se me antoja una buena fecha, el día de san Narciso de Jerusalén.

—¡A la orden de vuecencia!

Eva

Augurio VIII

Hoy, el ejército sublevado ha encerrado a una miliciana junto a veinte moros, que la han violado. Al mismo tiempo, tras días intentando hacerse con Madrid, Franco prevé que la guerra será larga; habrá grandes batallas y no una ofensiva directa sobre la ciudad. El golpe de Estado, como tal, finaliza en ese instante y comienza la guerra más civil. En el sur, donde acampa nuestra familia, las fuerzas republicanas pierden terreno. Andalucía está dividida en dos: la oriental es roja. Los republicanos del terreno recién conquistado por los rebeldes retroceden y se apremian a asegurar y defender los territorios afines a su causa. Así, de madrugada, llegarán los primeros milicianos a Jándula, que buenamente ha intentado vivir de espaldas al conflicto hasta ahora, mal que le haya pesado a los más irascibles de ambos bandos. Ya vienen. Ya llegan los primeros milicianos.

Manuel Azaña

«Proliferan por todas partes comités de grupos, partidos, sindicatos; de provincias y regiones, de ciudades, incluso de simples particulares. Todos usurpan las funciones del Estado, al que dejan inerme y descoyuntado».

Gerald Brenan

«Las tropas en su marcha hacia el frente limpiaban el camino para la revolución».

51

Los primeros milicianos

Primer acto
El versículo olvidado

Después de varios días a pie desde la provincia cordobesa, donde se había establecido la línea del frente en Andalucía, y de atravesar el alto Guadalquivir de camino a la recóndita cordillera Bética, concretamente sendero adentro por entre las sierras de Cazorla, Segura y las Villas, ataviados con pantalones marrones, camisa blanca y tirantes oscuros, algunos de ellos con sombrero de paja, doscientos milicianos andaluces llegaron a Jándula.

La propia tierra sintió las pisadas de aquellos extraños de forma muy diferente. Los cerros, los campos de cultivo seco y los prados llenos de jaramagos y ajenjo presintieron las atrocidades que iban a tener lugar en nombre de la guerra solo con notar aquellos pasos; intuyeron el esbozo de un campo maltratado, lleno de pólvora y de sangre. No olvidéis que lo telúrico y lo carnal en Iberia siempre han estado más entremezclados que en el resto del continente.

Aquellos soldados de leva iban a paso ligero a pesar de cargar con bultos, metralla, ganado y artillería; con bombas de mano, cuchillas, alambradas y el cuerpo de algún compañero herido, además de las grandes lonas que les habían servido para resguardarse de la lluvia y el viento, y para camuflarse. Llevaban un brío parecido, pero no iban al unísono. Les faltaba sincronía, quizás debido a que caminaban con botas varios números más grandes, prestadas por los mayores de sus familias: migajas de guerras pasadas. A pesar del empeño del bando republicano por uniformar, se apreciaban diferencias en la ropa. La imagen resultaba forzada y era toda una metáfora: iban tan preparados como bien vestidos. Les faltaba organización, intendencia y mando, como un tal Durruti diría desconsolado tiempo más tarde.

Aquellos muchachos tenían, en su mayoría, entre quince y treinta años, aunque algunos llegaban a los cincuenta. Se notaba más en el ánimo que en el físico quiénes eran los más jóvenes: por regla general, los más derrengados y confundidos. Probablemente aquellos mozuelos solo querían que la guerra terminara y volver a sus casas. La evolución del conflicto y el fortalecimiento del bando contrario harían que se tomaran más en serio su cometido: derribar al enemigo y defender la República, so pena de que su familia —y ellos mismos— fueran a la postre fusilados.

Los milicianos apreciaron la belleza del pueblo a pocos pasos de entrar y se alegraron de que ese fuera a ser su hogar hasta nuevo aviso, al menos para la mitad de ellos; el resto marcharía a Madrid dos noches después: había que defender la capital cada día más asediada. Cuando se llega a Jándula desde Mágina, entrando por el noroeste, dejando a un lado el barranco de Santiago, el pueblo parece estar a más altitud, abrazado de fondo por tres altos e imponentes picos: el Rayal, el Aguilón del Loco y el Picón del Guante.

Aquella madrugada otoñal, la tropa destinada a la comarca de Cazorla entraba por los lindes de Jándula. Nada más pisar el primero de ellos el pueblo, los milicianos sintieron una brisa mecer todas las copas de los árboles, los de la población y los de las huertas. Se movieron una sola vez y volvieron a quedarse quietas. No hicieron caso de aquella momentánea ráfaga que atravesó el valle y continuaron adentrándose en el pueblo. Hubo otro suceso que pasó desapercibido, pero que se dio al mismo tiempo: las balas de paja de los ejidos vecinos empezaron a sangrar, soltando rojo desde el centro del cilindro hasta regar el suelo. Los campesinos lo descubrirían al día siguiente y destrozarían las balas pensando que dentro habían escondido algún cadáver, pero no había nada, solo sangre. Los viejos dirían después que se trataba de un misterio divino.

El reloj marcaba las cinco y cuarto de la mañana. Los milicianos no tuvieron en consideración que el pueblo durmiese y entraron cantando el *Himno de Riego*.

Si los curas y Franco supieran
la paliza que les van a dar,
subirían al coro cantando:
¡libertad, libertad, libertad!

Los vecinos de las calles bajas del pueblo, por donde había entrado la tropa, fueron los primeros en desvelarse. Echaron un vistazo a través de las rendijas de los balcones y las ventanas altas. No querían asomarse, por muy republicanos que se sintieran. Temían las represalias de ambos bandos.

Uno de los hombres que iba en cabeza preguntó a un jandulés que estaba asomado a la ventana por dónde se llegaba a la iglesia del pueblo, a lo que el otro respondió que ya no había iglesia.

—¿Me estás vacilando, paisano? ¡Si hemos encontrado el pueblo por el campanario! ¿Qué cojones dices?

—Señor, le digo la verdad... Solo...

—¡No me hables de usted!

—¡Lo siento! Solo queda la torre, lo demás se derrumbó. Alguien la quemó.

—¡Así me gusta, un pueblo de los nuestros!

—Bueno, creemos que la quemó un niño.

—¿Un niño? —respondió el miliciano—. ¡Muy bien educado entonces!

—Y retrasado. —Los hombres rieron el comentario del jandulés.

—Retrasado o no, será de padres rojos. ¿Cómo se llama la criatura? ¡Habrá que ir a felicitarlo!

—Murió anoche. El pobre Víctor...

—¿Anoche justo? —el miliciano dudó—. Me da a mí que me la estás colando...

—Puede ir al... ¡Puedes! Puedes ir a casa de la familia, que esta noche lo están velando. El padre se llamaba Felipe. Se murió también después del pequeño, junto a su señora Crisanta. Se les paró el corazón de pena. Pregunte... Pregunta por Odisto, que es quien se ha encargado de organizar el velatorio. Es su hermano. La casa está en la calle Manuel Ciges Aparicio.

—¿Quién es ese Aparicio?

—Era un escritor y gobernador de Ávila, amigo de Azaña —añadió el maestro Gregorio desde la ventana de su casa—. Murió fusilado hace un par de meses.

—¿Y ya lo habéis honrado con una calle? ¡Este pueblo es oro!

—¡Muchas gracias, jefe! —respondió el primer vecino al que se había dirigido.

—¡En Iberia nadie tiene jefes! —lo reprendió.

—Pues gracias a secas. —Los soldados volvieron a reírse; no sabían si el hombre estaba muy nervioso o si era bastante ingenuo.

—Escúchame, graciosillo; si no sé ni dónde está la iglesia, ¿cómo voy a encontrar la calle? ¿Hay más templos?

—Hay otra iglesia, pero es pequeña y está llena de cosas, de las piezas que no se quemaron de la grande. Figúrate, que no cabe ni el cura.

—¿Qué cura?

—Don Robustiano.

—¿Hay un cura en este pueblo republicano?

—Sí.

—Si ya lo decía Napoleón: «Iberia es una chusma de aldeanos guiada por una chusma de curas». —Los milicianos rieron—. ¿Y sigue dando misa?

—Sí. Debajo de una higuera.

—¡Pues se rascará a dos manos! —Risas entre los milicianos—. ¿Dónde vive él?

Entonces un vecino del otro lado de la calle asomó la boca entre los visillos de una ventana.

—¿Vais a joder a la Iglesia? ¿O sois fascistas?

—Pero hombre… ¿Tú qué crees?

—¿La vais a joder bien jodida o no?

—Sí, compañero. La vamos a joder bien jodida. ¿Qué coño pasa, que el cura te la tiene jurada? ¿O tú a él? ¡Asoma la cabeza, hombre!

—El desjraciao ese… —Asomó todo el cuerpo—. ¡Llevo meses pidiéndole la apostasía! ¡Que me borre del registro! ¡De ese y del libro de cuentas! Porque el viejo lleva dos, y en los dos me tiene escrito. ¡Si ganan los nacionales, me aplicarán el bando de guerra por estar en el libro de cuentas, y si ganan los republicanos, capaces son de pegarme un tiro al ver que estoy hasta confirmao!

—¿Pero en qué libro quieres estar de los dos?

—¡En ninguno!

—¡Nos ha jodío! En esta vida hay que mojarse, rufián. ¿Dónde vive el cura?

—En una casa frente a la iglesia. ¡Dejadme que os acompañe! Que este se tiene que acordar de las que me ha hecho pasar pidiéndole la puñetera apostasía.

—¿Nombre?

—Don Robustiano.

—Deja de llamarlo de don, ¡y no me refiero al suyo, sino al tuyo!

—¡Cayetano! Está escrito aquí, en la chapita. Antes era el campanero del pueblo.

—¿Qué chapita?

—La que llevamos al cuello los de este pueblo para que no se nos olvide. —Cayetano se la mostró desde la ventana. Las risas en esta ocasión fueron estridentes.

—¡No jodas! Estáis medio majaretas en este pueblo, me da a mí... ¡Venga, Chapitas, ven con nosotros! ¡Y tú, el otro vecino! Con el que hablé primero. Veo que no te escondes como el resto y que respondiste bien a todo lo que te preguntamos.

—¡A servir a la República!

—¿Cuál es tu nombre?

—Jimeno.

—Muy bien. Yo me llamo Alfredo y soy el que encabeza esta tropa.

—¡A tus órdenes!

—¡Amigo, no te confundas de bando! ¡No te cuadres tanto! Tú lucha por la República y ríndele a ella, y a mí déjame de ceremonias y teatralidades. A ver, enséñame el carnet.

—¿Disculpe?

—¡Que no me hables de usted! ¡El carnet de sindicado, ya!

—No estoy sindicado.

—¿Ni con los comunistas ni con los anarquistas?

—No...

—¿Y eres un buen republicano?

—¡Sí, lo soy!

—¡Te vas a escapar por los pelos, pueblerino! En cuanto celebremos consejo, los indecisos vais a caer como chinches. ¡Y que no se le ocurra a nadie sacarse aprisa y corriendo el carné! ¿Estamos?

—¡Sí!

—Por cierto, ¿en este pueblo hay teatro?

—Sí. En la calle del Teatro.

—¡Qué originales, coño! —Pese al sueño que tenían, los combatientes reían cada respuesta absurda de aquellos janduleses.

—Antes tenía otro nombre, pero no lo recuerdo.

—Pues venga, acompañadnos al teatro ese, que, si es grande, vamos a instalarnos allí. ¿Qué autoridades hay en el pueblo?

—Las de siempre, el alcalde y los concejales.

—¿No hay ninguna milicia?

—No.

—Como nos avisaron. ¿Y la Guardia Civil?

—¡Salió por patas!

—Como nos avisaron. ¡Vamos, Jimeno, que tenemos trabajo! Al teatro y luego a ver al Robustiano ese, que nos estará esperando como agua de mayo.

—¡Militares! —Un tercer vecino se había asomado a hablar con ellos, esta vez a la puerta de su casa—. ¡Ocupad el teatro y destrozadlo bien! Que allí es donde van los señoritos cada domingo. ¡Y los demás, muertos de hambre, con la camisa manchada y la cara de subnormales!

—Muchas gracias, compañero. Pero no te tomes tantas confianzas. ¿Me explico? Que nada más aparecer, ya estás dando órdenes. Una cosa es la lucha de clases y otra es que me faltes al respeto. ¡Y a ver si aprendes a saludar bien, con el puño en alto y al grito de «camarada» o de «salud»!

—¡Yo no acato órdenes de nadie, así seas cortijero o terrateniente! ¿Me oyes bien?

—Tss, tranquilo… A ver, ¿cómo te llamas?

—¡A mí no me mandes callar! ¿Estamos?

—Pero bueno, ¿y este ahora?

—¡Se llama Proto! —gritó otro vecino desde una ventana. La mitad de la calle estaba atenta a aquellas conversaciones a gritos—. Es el sereno del pueblo. A veces trabaja con el cura. Y, cuando no, con los señoritos, que son los únicos que cierran con llave sus cortijos.

—¡Tú a callar, Fabriciano! ¡Que te enteraste antes que nadie de que las acelgas estaban creciendo y no dijiste nada!

—¡Tranquilidad! ¿Qué acelgas ni qué ocho cuartos?

—En Jándula crecen acelgas cuando se avecina una guerra. —Las risas eran imparables. Alfredo tuvo que esperar a que los hombres se calmasen—. ¡No os riais! Al parecer, ocurre lo mismo en otras regiones. En pueblos de Galiza crecen grelos, y borrajas en Aragón.

—¿Qué hacemos, caballeros? ¿Nos damos la vuelta? ¡Que aquí están todos más locos!

—¿No os da vergüenza estar formando esta escandalera tan temprano? ¡Que hay niños y mujeres durmiendo! —Proto continuaba quejándose.

—Eres tú muy espabilao para ser un simple farolero, ¿no? ¿Tan mal te sienta que el pueblo vaya ahora a estar protegido por los suyos?

—¿Los nuestros? ¡Aquí cada uno con su confesión!

—¿Y tú de qué pie cojeas, si se puede saber? Porque rojo, rojo...

—Yo, ni rojo ni azul, ¡ni verde agua!

—Pues hombre, a la República hay que respetarla, que estamos luchando por ella.

—¿Me vas a adoctrinar a estas horas? A mí lo mismo me da la Mariana francesa que Cristo Rey. La política ni me va ni me viene.

—¿Y la República?

—¡Ni la República!

—¡Bueno, ya está bien! —La voz que pegó el miliciano produjo un silencio total entre los combatientes y los asomados a la calle—. ¡A ver, vecino, póngase aquí! Eso es, aquí en medio. Quédese quieto un segundo.

—¿Por qué me hablas ahora de usted?

—Porque te va a matar —le contestó uno de los milicianos más jóvenes, con el rostro compungido y mirando al suelo.

Así fue como Proto dejó de existir, el primer fusilado en el pueblo por alguien que no era jandulés. Dos milicianos, a la señal de Alfredo, le dispararon con un fusil translúcido, un arma cargada con bayas de muérdago que, dentro del cuerpo, hacían que a la víctima se le fuera transparentando la piel, los tejidos, los huesos y los órganos. En un tiempo que oscilaba entre el medio minuto y los ocho, dependiendo de la constitución de la persona, esta desaparecía. Se hacía invisible para los demás y quedaba condenada a una existencia puramente visual, como un espectro. Un espectador invisible del mundo de los vivos. Una muerte en vida. Después del disparo, los vecinos que ya estaban completamente asomados a la calle entraron aprisa en sus hogares, con una breve sinfonía de pasadores, portazos y cerrojos.

Alfredo, guiado por los janduleses Jimeno y Cayetano, llevó a sus hombres al teatro. Le gustó saber que era amplio y que podría servirles de techo para dormir. Allí habilitó una sala aparte para el responsable del grupo, que llegaría horas más tarde. Los milicianos lo ocuparon y se echaron a descansar. Después, eligió a dos de sus hombres más leales y, siempre acompañado por Jimeno, a quien haría su mano derecha en el pueblo, y del hombre que no pudo apostatar, Cayetano, a quien decidió llamar «el Chapitas», se dirigió a la casa del cura. Estaba derrengado y necesitaba dormir, pero consideraba que el encuentro con el cura era apremiante. «No pienso dormirme y que mañana cuando me levante haya misa», se decía.

Cuando Alfredo llegó a la casa del cura, este ya había sido avisado, tanto del fusilamiento de su amigo Proto como de que se dirigían allí. Don Robustiano no temía a la muerte: después de la quema del templo y de la casa parroquial, las pintadas y las amenazas constantes contra él, la pérdida de fieles en sus homilías bajo la higuera, los asesinatos vengativos de los señoritos que había presenciado y la sensación de que se encontraba solo en un pueblo antes lleno de fe, se curtió y estaba preparado para defender a su dios incluso con su propia vida.

—Así que tú eres el cura, ¿no?

—Así es. ¿Qué quieren?

—Déjanos entrar y hablamos con calma.

—Prefiero bajar yo.

—¡Pues andando, que es gerundio!

El párroco no tardó en bajar.

—¿Qué desea? —le preguntó ya en la calle.

—¿Es cierto que apuntas en un libro si los lugareños son católicos de toda la vida o si se han convertido a última hora por miedo?

—Sí. Estos últimos no son verdaderos católicos.

—¿Y crees que tu dios no lo sabe si no lo lee en tu cuaderno?

—Dios lo sabe todo.

—¿Para qué coño lo escribes entonces?

—Para cuando termine la guerra y se alce la victoria. ¡Habrá que limpiar bien el pueblo de los que ahora nos hacen sufrir, malnacidos con las manos en fuego y sangre!

—¡Cálmate, curilla! Que te va a dar algo antes de tiempo.

—Que Dios se apiade de ustedes porque...

—No te voy a decir yo por dónde me paso a tu dios porque no soy una persona obscena, pero puedes imaginártelo. Pero, a ver, que no me entero... —interpeló el militar al cura—. Si en tu libro sagrado quieres que estén solo los nombres de los que verdaderamente creen en Dios, ¿por qué no le facilitaste la apostasía a este buen hombre?

—¡Ese de buen hombre tiene poco!

—¡Razón de más para que no manche con su nombre el libro sagrado! ¿No crees?

—Lo que pasa es que...

—¡No, no! Te diré yo lo que pasa, y es que a la Iglesia le encanta el poder. Punto. De toda la vida y sin excepción. Por eso queréis tener la única potestad para educar a nuestros hijos, y por eso os arrejuntáis tanto con los terratenientes y políticos tradicionalistas. Si os hubierais renovado y hubierais aceptado que la libertad de culto es imprescindible, que no se le puede imponer un solo credo a todo un pueblo, y mucho menos desde las autoridades... ¿Conoces el Levítico?

—Conozco toda la palabra de Dios.

—A ver si es verdad, que vamos a jugar a un juego. ¡Milicianos! —Llevaron al cura al centro de la plaza de la iglesia, frente a la casa donde vivía desde el incendio. Don Robustiano no opuso ninguna resistencia. Los curiosos, que al principio eran pocos, fueron cada vez más. No solo los janduleses que vivían en la plaza de la Lonja se asomaron, sino que en cada esquina observaban decenas de cabezas. Buena parte del pueblo, todavía con las legañas en los ojos, fue acudiendo a presenciar aquello.

—¿Qué me van a hacer?

—¡A callar, gilipollas! ¡Me hubieras dado la puta apostasía, que me hiciste penar bien! ¡La de veces que tuve que ir hasta el arzobispado, y bien de cestas que os di para nada! ¡Y venga decirme que las decisiones de Dios eran inescrutables! ¡Mi polla es inescrutable!

—¡Tranquilo, Chapitas! —tranquilizó Alfredo al jandulés.

—¡Y la polla de este cura también es inescrutable! Seguro que se tira a la prostituta alemana del pueblo.

—¿Cómo alemana? ¿Tenéis alemanes viviendo aquí?

—Sí... Una puta que vive con su padre comunista. ¿No dicen que en todas las casas hay putas, maricones o curas?

—¿Un alemán comunista? ¡Pero qué me estás contando!

—Bueno, comunista o nazista de esos, que yo no entiendo mucho.

—Ya iremos a verlos, ya...

—Viven justo en frente de la casa de Odisto.

—¿De qué me suena ese nombre?

—Te hemos hablado antes de él, al que se le han muerto el hermano, el sobrino y la cuñada el mismo día, ¡y la esposa no hace tanto! —añadió Jimeno.

—Tiene en su poder la huerta más grande, pero es un buen hombre —dijo el cura.

—¿Quién te ha dado a ti vela en este entierro? —reprochó Alfredo al cura, que bajó la cabeza y empezó a rezar—. El Odisto ese... ¿es terrateniente?

—No. Es un hombre noble —añadió Cayetano.

—También lo comprobaremos. Tiempo al tiempo. Y al alemán comunista, hierro habrá que darle. ¡Ahora, vamos a pasárnoslo bien! Venga, juguemos. Robustiano, el juego es bien sencillo. Ni que decir tiene que, si en algún momento no quieres jugar, solo tienes que pedírselo a tu dios, que interceda por ti y nosotros acataremos su decisión. ¡Faltaría más!

—Blasfemos...

—Tranquilo, Robustiano. Será rápido. Voy a decir la mitad de una frase del Pentateuco, concretamente del Levítico. Si logras completarla, te perdonaremos la vida y te dejaremos con tus libros y tus misas debajo de la higuera esa que mencionan tus vecinos. Pero, si no lograras completarla, te sucederá lo que dice la frase, la palabra misma de Dios. ¿Lo has entendido bien? Haz memoria, acierta y no habrá tinta suficiente en toda la provincia para todas las anotaciones que harás en tus preciados dietarios. ¡Milicianos, agarradlo bien fuerte! Jimeno, acércame el gancho.

—¡Jimeno, por Dios! ¡No se lo des! —Jimeno escupió en la cara al cura—. ¡Suéltenme! ¡Dios santo, ayúdame!

—¡No te muevas tanto! Cuanto antes respondas, antes podrás volver a tus archivos. El gancho es solo por si no aciertas. La frase dice así: «hay que matar con la misma arma…

—… al animal que a la persona». —El cura ni se lo pensó. Estaba seguro de la continuación de aquel versículo.

—¡Ay, don Robustiano! ¡Casi! Hay que respetar el orden de las cosas, y eso lo sabe usted mejor que nadie. No es lo mismo «al animal que a la persona» que «a la persona que al animal». Lo siento mucho, pero ha errado, y mucho.

—¿Y ahora por qué me habla de usted de repente?

El sonido del gancho de la matanza atravesando el cuello del cura hizo que todos los presentes se volvieran a encerrar en sus casas, algunos santiguándose sin parar; otros sonrientes, felices de que hubiera muerto.

Segundo acto
Los doce mandamientos

Los milicianos se establecieron por toda Jándula: en el teatro, en la casa del pueblo, en el ayuntamiento, en las oficinas del mercado de abastos... La llegada de los militares terminó de dividir los ánimos. Atemorizó a los lugareños de derechas y de gran poder económico, y tranquilizó a los izquierdistas, que eran la mayor parte del pueblo, y que habían temido las represalias por parte de algún derechista envalentonado si los soldados franquistas llegaban antes que los milicianos republicanos. Jándula había sido cautelosa hasta ver cuál de las dos fuerzas se alzaba con el triunfo. Aparentemente, y por el momento, la izquierda mostraba ventaja y dominaba la población.

Los milicianos anunciaron que por la noche explicarían en la plaza mayor su misión allí y ordenarían la implementación de nuevas medidas militares que se aplicarían a todo el pueblo. Para entonces, los de Odisto ya estaban al tanto de la ocupación y de lo ocurrido con el párroco.

Odisto, que acababa de enterrar a su hermano y la familia de este, sacó fuerzas de donde no había y acudió a la plaza junto a su primogénito José, a su hija mayor Ángeles, y a su amiga —y, en secreto, amada— Fuensanta, que llevaba también a su padre el pintor Zabaleta para que fuera testigo. Los cinco llegaron puntuales al lugar de encuentro. Nadie quería perderse lo que aquellos hombres tenían que decir. Pensaban que hablarían del estado de la guerra y que les traerían buenas noticias.

Un tal Quintino, el máximo responsable de la tropa, fue quien habló:

—¡Viva la República! —comenzó saludando.

—¡Viva! —corearon todos los presentes con fuerza, haciendo que temblaran las baldosas redondas de la plaza.

—¡Janduleses y jandulesas! Gracias por acogernos tan bien y por mantener el espíritu de la República a flote estos primeros meses difíciles. Esta madrugada, cuando llegaron los primeros milicianos, se quedaron sorprendidos de que os escondierais de ellos. Pero conforme se ha ido despertando el día, parece que también se han ido despertando los hombres y las mujeres conscientes, y ahora sí que nos habéis recibido como es debido, con alegría y emocionados. ¡La victoria ha de ser nuestra! ¡Republicana y roja!

No sé si por miedo o por verdadero entusiasmo, pero toda la plaza celebró con vítores, una salva de aplausos y escuetos ditirambos las palabras de Quintino. Hasta que el cabecilla levantó las manos y continuó hablando.

—¡Escuchad! Hemos llegado con dos propósitos. El primero es el más urgente: organizar una tropa que partirá hacia Madrid. Se viaja más seguro de noche, aunque Castilla la Nueva sea toda nuestra. Os rogamos que se presenten todos los varones entre dieciséis y treinta años, mañana, antes de las nueve de la noche, en el auditorio del parque de las Quebradas. Queremos formar un grupo enérgico y joven. Naturalmente, no nos llevaremos a nadie que no quiera luchar por su país, y de entre los más jóvenes solo aceptaremos a aquellos que tengan ya el cuerpo formado. ¡Pero venid todos! Pasaremos lista.

Se oyeron voces de distintos ánimos entre la multitud; había quienes querían ir a luchar, pero la mayoría no quería abandonar Jándula. El júbilo y el miedo corrieron por la plaza.

—¡Calma! ¡Calma! ¡Que queremos escuchar bien! —gritó un edil del ayuntamiento.

—¡Gracias, compatriota! En cuanto al otro propósito de nuestra llegada, necesitamos asegurar este bastión, así que la mitad de los milicianos que vinimos nos quedaremos.

—¿Qué bastión? ¡Si no somos más que un pueblucho!

—¡Jaén, la provincia entera! No sois solo un pueblo; sois una pieza muy preciada y fundamental en el funcionamiento de la comarca, y esta lo es de la provincia, y, a su vez, Jaén lo es de Andalucía y por ende de Iberia misma.

—¡Viva la República íbera!

—¡Viva! —El pueblo se autoaplaudió ante aquella descripción que Quintino acababa de hacer de ellos. Se sintieron una parte importante y crucial de un engranaje enorme.

—A continuación, os leeré las medidas que entrarán en vigor a partir de este mismo momento, por el bien del país y de Jándula. Son doce; las enumero:

1. No habrá cura en el pueblo ni iglesia activa. Tampoco se dará misa. Como vuestra iglesia ya está quemada, quemaremos sus ruinas una vez al mes; la torre la salvaremos, que nos servirá de atalaya.

2. Los empresarios, terratenientes, caciques, militares y eclesiásticos que no colaboren de buena fe y por voluntad propia serán juzgados a punta de fusil.

3. Se pondrá en práctica la lucha de clases, gracias a un comité obrero del que cualquiera, haya sido preso anteriormente o no, podrá formar parte.

4. Cada casa deberá lucir en su fachada, o bien la hoz y el martillo, o bien la bandera tricolor. Cualquiera que tenga una monárquica, que se la coma, porque si lo pillamos con ella, se la haremos tragar nosotros.

5. Durante el día deberéis llevar una insignia republicana, ya sea una pequeña bandera bordada, una estrella roja de cinco puntas o un pañuelo rojo al cuello. A las malas, pintáis de rojo la chapita esa que lleváis con vuestros nombres.

6. La educación se seguirá ofreciendo de forma gratuita y por maestros formados, nada de educación religiosa. La confesión de cada uno, en su casa. Además, los grandes caseríos de los más pudientes se rehabilitarán como escuelas. Galvanizaremos el pueblo como lugar dedicado a la cultura.

7. Las jornadas de trabajo, como hizo Blum en Francia, se reducen a ocho horas.

8. No se considerarán particulares ningunos de los bienes, ya sean terrenos, animales o carros. Todo es y será de todos.

9. Esta noche encenderemos un gran fuego en la plaza pequeña donde arderán todos los sombreros de vestir y las

corbatas del pueblo, así como los velos. Solo podrán usarse gorros de paja y pañuelos con cuatro nudos. También quemaremos los símbolos religiosos de los lugares públicos, ¡hasta la Virgen!

10. Absolutamente todas las armas de que dispongáis deberéis entregarlas en las oficinas del mercado de abastos antes de la medianoche. También las palas, los picos, las hoces y demás instrumentos afilados del campo.

11. Se prohíbe terminantemente hablar de «usted» o de «don». Tampoco nos dirigiremos a nadie como «jefe» o «señorito», sino como «responsable». Y ojo con decir «adiós». ¡Se dirá «salud», o «salud y república»! Y en cuanto a los nombres propios, ninguno de ellos llevará una connotación religiosa ni las partículas «san» o «santa». Los afectados deberán pasarse por el Registro Civil inmediatamente. Además, cualquier persona que se parezca a Cristo o a la Virgen, deberá hacer por donde para que su físico sea otro: dejarse crecer solo un bigote recio si es hombre, y cortarse el pelo a tazón si es mujer.

12. En cuanto a las festividades, solo se celebrarán las que no tengan carácter religioso. Así, el día de Reyes pasará a llamarse «día del Niño», y el día de la Purísima será el día de «la Pasionaria». Y eso es todo por el momento.

El pueblo abandonó la plaza muy confundido, con demasiada información en la cabeza. La mayoría aplaudía los cambios propuestos, pero admitían que era imposible poder llevarlos a cabo de la noche a la mañana, y menos bajo amenaza. El temor a los milicianos fue en aumento. Además, hubo un detalle que no gustó a nadie. Si bien hubo muchos que se alegraron del asesinato del párroco, la talla de la Virgen era sagrada para casi todos. Un gran número de los presentes en la plaza corrió hacia el templo pequeño para hacerse con la talla y esconderla en algún lugar seguro. Sin embargo, cuando llegaron, vieron que no estaba en su lugar. Temieron que ya hubiera sido requisada por los milicianos, pero estos, días más tarde, acusarían al pueblo de haber hecho lo mismo. Nadie sabía dónde estaba o quién la había cogido. El pueblo empezó a hablar de milagro, pero a espaldas de los milicianos, claro.

Lo cierto es que ni yo mismo, como narrador de esta historia, sé quién se llevó a la Virgen. Espero que, páginas más adelante, lo sepamos. Vuelvo a la historia, al momento que siguió al mitin y a los doce mandamientos republicanos.

Odisto ordenó a sus hijos que volvieran al cortijo y que no salieran de allí hasta que él regresara. Ángeles pidió permiso al padre para que la acompañara Pedro, el mozo que la pretendía. Era huérfano y no tenía a nadie a su cargo ni que lo estuviera esperando en casa. Odisto desechó la reticencia y aceptó. «Cualquier presencia de confianza añadida a la familia nos ayudará a levantar cabeza», se dijo. Se despidió de los hijos y se quedó a solas con Fuensanta y su padre. La mujer, esperanzada y asustada por el mitin que acababan de presenciar, se acercó a Odisto y le dio un abrazo tan fuerte que hizo que una de las costillas flotantes del patriarca se le moviera de sitio. Aprovechó la intimidad del abrazo para darle un beso en el cuello, y se marchó del brazo de su padre. Odisto se ruborizó y se masajeó los brazos para templarse la erección de los vellos. Se acercó al bar de su amigo a comentar lo escuchado en la plaza. Necesitaba valorar si aquellos militares eran fiables o no.

—¿Sigues siendo tan republicano como siempre? —lanzó Odisto al Escobas.

—Se me ha descolocado todo; tengo muchas ideas y todas se contradicen.

—¡A quién se le ocurre decir que van a quemar la Virgen! —añadió un tercero.

—¡Que se centren en los vivos mejor, que hacen más daño! —repuso otro.

—¡Por mí, si acaban con los rebeldes, pueden arramblar con los templos…!

—Y digo yo —añadió el Escobas—. ¿No podrían haber prohibido las venganzas personales? ¡Porque esto va a ser una carnicería!

—¿Te crees tú que no les interesa que se rajen pescuezos fascistas?

—¡Pues va a correr la sangre, pero bien!

El Escobas tenía razón: la sangre iba a correr. Las venganzas, que sucedían de igual forma en manos del bando contrario en otras ciudades, no tardaron en empezar. El primero en matar fue Venancio. El conocido anarquista del pueblo, al ver que los milicianos no habían prohibido tomarse la justicia por la mano, se dirigió al cortijo de uno de los dos últimos grandes señoritos que quedaban con vida: don Fulgencio. Era al que más tirria tenía y quien, según decía, más imposible le había hecho la vida.

Cuando llegó al cortijo se sorprendió al ver colgando de aquellos balcones dos largas banderas republicanas. Se notaba que la parte morada había sido superpuesta y cosida. Sin avisar de que entraba en la casa, sin el típico grito con el que los lugareños se llamaban entre sí, saltó la verja que separaba el camino del terreno privado del latifundista y entró en el cortijo. La puerta estaba entornada. Don Fulgencio estaba sentado junto a su esposa e hijos en una suntuosa sillería y en torno a una mesa alargada, compartiendo una cena generosa en el lujoso salón de la casa, donde no faltaba un detalle: una cómoda del siglo XIX, sobre la que lucía una cristalería de Bohemia; una escribanía de buena madera, con gavetas ovaladas; un velador, un taquillón de mármol y una orza llena de sombrillas de encaje; una consola con un gramófono, en cuya corneta bien hubiera podido caber un zagal; un baúl con grandes herrajes; un bargueño, tapetes de muselina en todas partes, en lugar del ganchillo típico de la zona, y mucha decoración religiosa, desde vinajeras de plata hasta una pequeña pila bautismal en uno de los rincones. Incluso hospedaban a una lugareña paniaguada que les limpiaba el hogar, aunque entonces no se encontrara presente en la habitación.

—¡Cucha, qué bien nos come! ¡Y parecía Juan sin Tierra hoy en la plaza! ¡Lastimica! ¿Y esas colgaduras? ¿Las has cosido tú, bella flor? ¡Ay, Federica!

—Venancio, ¿no podría dejarnos co…?

—¡Ya estamos tos callaos, me cagüendiez!

La familia no se atrevió a mover un dedo. Ni siquiera don Fulgencio, siempre dicharachero, hizo por intentar hablar con él, chantajearlo u ofrecerle dinero. Sabía que no había nada que hacer, entre otras cosas porque el dinero estaba dejando de ser útil y pronto se pagaría con vales o con trueque. Había estado temiendo aquel día desde antes de que empezara la guerra y al fin había llegado. Sus dos hijos varones, Eliseo y Mucio, no levantaban la cabeza del plato, temblorosos. Aquellos veinteañeros, acostumbrados a una vida ordenada, tenían poco coraje. La madre, al contrario, miraba furiosa a Venancio. Su marido le había cogido la mano para tranquilizarla. Fulgencio, consciente de no poder evitar la tragedia, era el que se veía más sosegado de todos.

—Vamos a ver, Fulgencito. ¿Dónde está la pintura con la que dibujaste el yugo y las flechas en mi fachada? ¡Sácala, que te la vas a tragar!

—¡Yo no pinté nada! Fuisteis vosotros quienes pusisteis la maldita hoz y...

—¡Cállate, falangista de mierda! ¡Mira que me lío a golpes con el cucharón y te abro la sesera! ¡A ti y a los desjraciaos de tus hijos, que no han dao un palo al agua en la vida!

Poco importaba de qué bando fuera Venancio: el rasgo más característico de su personalidad eran sus ataques de ira. Se trataba de un ser vengativo, violento y descompensado mentalmente. Si hubiera nacido en una familia derechista, la habría armado de igual forma. La política era una excusa para desahogar el dolor innato y la rabia que sentía desde pequeño sin causa ni razón, orgánicos en su cuerpo. Es cierto que don Fulgencio había abusado del campesinado, que se había lucrado a su costa, que había ayudado a la Iglesia a imponer una sola moral, rancia y alejada de la libertad, y que, por todo ello, debería haber sido amonestado y juzgado. Pero en una guerra donde los juicios eran sumarísimos, la desgracia se cernía sobre el señorito.

—Tenga piedad, Venancio...

—¡Que no hable la puta o me cago en Dios! —dijo dirigiéndose a Federica—. ¡A ver, señora! Veamos cómo de obediente es. Le hablaré de usted.

—¿Qué quiere? —respondió la mujer.

—Métase el puño entero en la boca.

—¡Malnacido! ¡Deja a mi mujer en paz!

—Voy a contar hasta tres. Si no se lo ha metido entero, le corto una mano a uno de sus hijos. Uno... —Federica miró a sus hijos y se metió el puño en la boca. Se rajó las comisuras de los labios, dos boqueras sangrantes.

—¡Muy bien! Déjeselo ahí bien metidito. No quiso levantarlo al aire cuando debía, ahora se jode y se lo deja en la boca. ¿Estamos?

—¡Valiente hijoputa!

—Y en cuanto a ti, señorito don Fulgencio, me han dicho que eres muy cristiano, ¿no? —Fulgencio no respondió. Miraba lloroso a su mujer y cerraba los puños—. ¡Contéstame, coño! —Venancio tomó uno de los platos y lo lanzó contra la pared—. ¡O me contestas, o el próximo lo estallo contra uno de tus dos mozuelos!

—¡Sí, así es! ¡Soy creyente! ¡Soy creyente!

—¡Bien! No se hable más.

Tercer acto
La pasión

A la mañana siguiente, de nuevo de madrugada, los janduleses se despertaron oyendo a los milicianos locales, que habían tomado los trajes de penitentes de una de las cofradías del pueblo y se paseaban por la ciudad tocando los tambores y una campana, echando incienso, clamando al pueblo que saliera a los balcones a ver la primera procesión republicana de la historia de Jándula. El pueblo, al principio, se rio con ellos, de forma natural los izquierdistas y más a desgana los derechistas, que ya habían empezado a hacerse pasar por rojos. No obstante, muchos de estos últimos pasaron de la risa al llanto, aun delante de todo el pueblo, al descubrir que los milicianos habían sacado dos tronos sagrados a hombros. Consideraban que era una nefasta blasfemia, hasta que descubrieron que el agravio era aún mayor: en el primer trono, en lugar de la escultura barroca de Cristo crucificado, habían colocado al señorito don Fulgencio, desnudo y lleno de sangre. Le habían puesto encima de los hombros una enorme cruz de madera y le habían clavado los pies al trono para que no intentara escapar y mantuviera el equilibrio. No puedo deciros cuántos izquierdistas se alegraron y cuantos vomitaron, porque hubo de todo y muy mezclado, pero se dieron las dos reacciones. Las risas de la mayoría y el hecho de que estuvieran todavía medio dormidos ayudaron a ensalzar aquella astracanada; se formó un halo de irrealidad y de euforia común que ayudó a quitarle importancia a la situación, cuando era bien cruda y desagradable, también a ojos de quienes entonces celebraban el ridículo. Buena parte de los janduleses risueños confiaban en que el calvario del señorito cargando con la cruz terminara mejor que el de Jesucristo, cuando la verdad era que las almas de aquellas dos personas ya estaban más que perdidas. Y digo dos personas porque, en el segundo y último trono, para oprobio de la familia, la mujer de don Fulgencio, Federica, también era expuesta al pueblo. Le habían clavado los pies al trono de igual forma, pero no iba desnuda ni sujetando una cruz, sino vestida con la ropa de una Virgen.

Nadie se atrevió a parar aquella ofensa. Muchos confiaban en que, cuando la procesión pasara por delante del teatro, donde

Quintino y los milicianos de fuera iban a ser testigos de aquella barbaridad, el espectáculo llegaría a su fin; pero estos, lejos de detener la sangría, pues el matrimonio se estaba desangrando por los pies clavados de mala manera, aplaudió y celebró la escena. Es cierto que hubo algunos milicianos, sobre todo los más mayores, que presenciaron con disgusto lo ocurrido, pues iba en contra de los valores republicanos, y pensaban que con actos así se estaban poniendo a la altura del adversario, a quien, según decían, le temblaba menos la mano para derramar sangre. Pero no dejaron que se atisbara ni un ápice de aquel pensamiento, temerosos ante las posibles represalias, no fueran a ser ellos los siguientes en salir en procesión. «Los unos rapan a nuestras mujeres, las violan y las pasean cagándose por la ciudad; y nosotros sacamos en procesión a un matrimonio casi muerto y toreamos a los terratenientes. ¡Esto no es una guerra de defensa ante un golpe de Estado, esto ya es una total guerra civil!», bisbiseaba a un compañero el miliciano cordobés de mayor edad, Acacio.

Odisto, cuyo cortijo en las huertas estaba alejado del centro del pueblo, se enteró de lo sucedido por Juliana la Coneja. Acudió corriendo junto a sus vecinos, el alemán Leopold y el judío Saúl, a la calle de la Curva, por donde estaba pasando entonces la improvisada y tosca comitiva. Sintieron tanto horror que decidieron no contemplar la escena ni un minuto y se volvieron a sus cortijos.

Después de lo que vieron, los tres vecinos tomaron diferentes decisiones. El que más temió por su vida fue Leopold. Se sentía comunista, pero como era alemán, podría tener un juicio difícil. Decidió que haría las maletas aquella misma noche. Irma, su hija, decidió quedarse. No quería abandonar el trabajo de prostituta porque su clientela le era fiel y le rendía un buen sueldo. Pensó que ganaría mucho más ahora que los jóvenes se habían triplicado en el pueblo. El vecino judío también decidió quedarse, ya que el bando republicano no era conocido por ser antisemita, como los aliados del bando nacional. Y en cuanto a Odisto, nuestro hombre, decidió que no abandonaría el huerto en lo que quedaba de conflicto. Tomó la decisión mirándose el bolsillo de la camisa, donde llevaba cosidos cinco botones negros, uno por cada familiar fallecido aquel año: Ricardo, el hijo muerto; María, su mujer; Felipe, su hermano; Crisanta, su cuñada; y Víctor, su sobrino, sin contar a Pura y a Paulo, vivos pero ausentes. Matiasa, la botonera de Jándula, que fabricaba aquellas piezas pardas con madera de quejigos tempranos, no daba abasto tallando botones de luto. La muerte se cernía sobre la península.

Salió el sol y terminó la procesión. El día apagó las almas de Fulgencio y Federica. Fueron abandonados junto a los tronos al final de la última calle del pueblo, donde una enorme cruz blanca coronaba un barranco, cruz que no tardó en ser derribada. Después de aquella escena cruel, no todos se escondieron en sus casas. Hubo vecinos que, una vez terminó el drama, salieron en auxilio del matrimonio. Levantaron los maderos de los tronos, totalmente deshechos y, desclavándoles los pies, sacaron los dos cuerpos sin vida de aquella madeja. Se los llevaron al cementerio, al cual podían acceder directamente desde aquella parte del pueblo sin ser vistos, y les dieron sepultura. Después de presenciar el entierro de sus propios padres, los dos hijos varones del matrimonio huyeron del pueblo. Se escondieron con unos familiares en el casar de Los Rosales, donde lograron sobrevivir el resto de la guerra. Aquel odio del que fueron testigos en primera persona lo usarían contra los republicanos terminado el conflicto. Recordad sus nombres: Eliseo y Mucio.

Aquel día nadie fue a trabajar. El pueblo necesitaba descansar y dormir. A las siete de la mañana, antes de que el último jandulés despierto cerrara los ojos, se oyeron dos disparos que retumbaron por todo el valle. El vecino alemán de Odisto, Leopold, que intentaba huir por un camino discreto que atravesaba las huertas, recibió el primer tiro por la espalda y el segundo en la boca. Cayó en un riachuelo, que pronto se tiñó de rosa.

Odisto se despabiló, se incorporó en la cama y localizó el sonido de los disparos no muy lejos de su huerto, cerca del río. Se vistió con el corazón encogido y se acercó con prudencia al cauce para ver qué había ocurrido. Cuando llegó, no vio ningún cadáver, solo las aguas rojizas y un libro que flotaba y caía por la vertiente. En su solapa rezaba: «*Die Blendung*. Ein Roman von Elias Canetti».

Don Miguel de Unamuno

Como aquel segundo día de milicianos en Jándula iba a ser la última noche de uno de los hijos de Odisto en el pueblo, ampliaré las horas del día para que descansen, haciendo una breve pausa entre capítulos. Os transcribiré parte del discurso que, doce días después, don Miguel de Unamuno, autor de la genial *Niebla* y de la insuperable *San Manuel Bueno, mártir,* iba a realizar delante del fascismo y del general Millán Astray, el fundador de la Legión Íbera y de Radio Nacional de Iberia, un militar que, pese a ser un gran mutilado de guerra —cojo, manco y tuerto—, defendía las virtudes de esta, y que entonó en mitad de aquel discurso un coreado: «¡Viva la muerte!» y un: «¡Muerte a los intelectuales!», horrendas invectivas que, lejos de ser repudiadas, fueron aplaudidas y celebradas. Os dejo con las palabras de Unamuno. Empero, como aquel día en el paraninfo salmantino no hubo micrófonos, no podemos estar seguros de que el texto no haya sido modificado por el escritor Luis Portillo, a quien le debemos la versión del discurso. Nunca sabremos las verdaderas palabras de Unamuno, pero esta aproximación poética ha influido mucho en Iberia. Vuelvo a repetirlo: no leáis este libro como fuente, sino como ficción histórica.

—Estáis esperando mis palabras. Me conocéis bien y sabéis que soy incapaz de permanecer en silencio. A veces, quedarse callado equivale a mentir. Porque el silencio puede ser interpretado como aquiescencia. Acabo de oír el necrófilo e insensato grito: «¡Viva la muerte!». Y yo, que he pasado mi vida componiendo paradojas que excitaban la ira de algunos que no las comprendían, he de deciros, como perito en la materia, que esta ridícula paradoja me parece repelente. El general Millán Astray es un inválido. No es preciso que digamos esto con un tono más bajo. Es un inválido de guerra. También lo fue Cervantes. Pero, desgraciadamente, en Iberia hay actualmente demasiados mutilados. Y, si Dios no nos ayuda, pronto habrá muchísimos más. Me atormenta pensar que el general Millán Astray pudiera dictar las normas de la psicología de la masa. Un mutilado que carezca de la grandeza espiritual de Cervantes es de esperar que encuentre un terrible alivio viendo cómo se multiplican los mutilados a su alrededor. Este es el templo de la inteligencia. Y yo soy su sumo sacerdote. Estáis profanando su sagrado recinto. Venceréis porque tenéis sobrada fuerza bruta. Pero no convenceréis. Para convencer hay que persuadir. Y para persuadir necesitaríais algo que os falta: razón y derecho en la lucha. Me parece inútil pediros que penséis en Iberia. He dicho.

Odisto y José

—¿A santo de qué vas a ningún lao? ¿No te dije que no salieras de la huerta?

—¿Cómo no iba a ir, padre? ¿Y que luego vinieran a buscarme aquí?

—José, no me puedo quedar sin ti. Se me ha muerto la mujer y el hermano, y nos hemos quedado sin la ayuda de la abuela, del tío Ángel, que Dios sepa qué estará haciendo en Toledo, y de tu hermano mediano. ¡Alistado con los fascistas! Yo ya no tengo fuerzas ni ánimo para trabajar el campo, y tengo cinco hijos pequeños que alimentar. No te puedes ir. Nunca te supliqué nada, pero te lo pido por favor. No quiero perderte a ti también, con bastante dolor cargo ya. Lo de mi hermano es tan reciente... Creo que era mi único amigo.

—Padre. Lo siento mucho, pero ya me inscribí. Parto mañana al mediodía. Las Juventudes Socialistas cuentan ahora conmigo. Se lo he intentado explicar, que si...

—¿Vale más la amistad que tienes con Jacobo que tu familia?

—¡No es por Jacobo! ¿No ve que tarde o temprano iban a venir a buscarme? ¡Y sí! ¡Si tengo que ir al infierno, prefiero hacerlo a su lado! ¿Qué tiene eso de malo?

—Abandonas a tu familia por un paseo por Sodoma.

—¡Padre! Por favor... No quiero irme disgustado con usted. No diga esas cosas, que solo se hace mal a sí mismo. Han alistado a todos los jóvenes del pueblo que se han presentado, y estaban pidiendo información sobre el resto. Todos íbamos a ir, por voluntad propia u obligados. ¿Qué quería que hiciese? ¡Además, no me voy con el bando rebelde!

—¿Qué cojones dices, José? ¡Te vas a una guerra, a una guerra entre hermanos donde todos seréis cainitas! ¡No sois derechistas ni izquierdistas! ¡Sois hermanos! ¿Y si te encuentras con Paulo en el campo de batalla? ¿O te crees que él se ha alistado con los rojos? ¡Te lo estoy diciendo! ¡Una guerra entre hermanos! ¡Maldita sea la hora! Y tienes el valor de hablarme de bandos… ¿Qué más da *huno* que *hotro*? ¿Qué coño vas a hacer con las ideas cuando te pongan el cañón en la boca?

—¡Pues, si es como usted dice, más razón aún para ir al frente! No quiero que gane un bando que te mete el cañón en la…

—¡Que dejes de hablar de bandos de una puñetera vez! ¡No te has enterado de nada de lo que te he enseñado estos años!

—¿Prefiere que me vaya a luchar a una guerra sin el ánimo de los ideales? Quien lucha obligado, muere sentado.

—¿No has visto lo que han hecho con el cura? ¡Y con don Fulgencio y su esposa! ¡Y con tu tía Eva, anoche, que en cuanto la vieron la emborracharon y la violaron! La pobre, quieta como está siempre, ¿cómo iba a defenderse? Ahora no hay quien la calle, no deja de decir cosas sin sentido. Se le han mezclado los tiempos, se quedó loca.

—Lo siento mucho… Aun así, tengo que ir.

—¡Mira! ¿Sabes qué? ¡Haz lo que te salga del nabo! ¡Me tenéis todos hasta los cojones!

—¡Padre, por Dios!

—¡Ni padre ni leches!

—¡Deme un abrazo, por favor!

—¡No! —Odisto recordó entonces el arrepentimiento con el que cargaba por no haberse despedido en condiciones de su hijo Paulo. Se acercó a la pila, se echó agua en la nuca y se masajeó el ceño, resoplando nervioso, pero intentando que le cambiara el semblante. Y pasó de la rabia a una vulnerable tristeza, volviéndose hacia su hijo—. Quieres un abrazo y te lo daré, pero cuando vuelvas. Así me aseguro de que volverás, ¿verdad, José? —La voz de Odisto se endulzó y el primogénito vio por primera vez las lágrimas de su padre. Hasta ese momento, y menos aún sabiendo que su enamorado había sido alistado a la fuerza, no había considerado ni un segundo quedarse en Jándula. Pero el llanto del padre le sembró momentáneamente la duda. Su voz, de forma autónoma, respondió a Odisto.

—Claro que volveré. Y si me da ese abrazo, una parte de mí se quedará con usted hasta mi vuelta.

No sé exactamente cuánto duró aquel último abrazo, pero en tiempo recordado en la cabeza de ambos fue una eternidad.

Eva

Augurio IX

¡Se suicidan los numantinos ante el sitio romano! ¡Luis I muere de viruela tras siete meses de reinado! No se conoce otra puerta más bella que la de los Siete Suelos. Alemania se pudre y los cuchillos se afilan. ¡Le cortaron la lengua al cantautor! Ni negrito ni negrita. ¡Purga y desarme! ¡Adiós, Alemania! Explota el globo, muere Hindenburg. Hitler se nombra presidente, canciller y *führer*. ¡Ahora, Franco! Un año le va a durar la Jefatura del Estado Mayor Central. ¡Se va a enterar el campo! ¡Vendrán acelgas! Mi hermana, atragantada, vino a verme. ¡Adiós al Chaco Boreal! ¡Buena señal! ¡Se firma una paz! Se abren trescientas guerras nuevas. ¡En Aznalcóllar se matan entre sí los propios hermanos encabritados! El Gran Teatro de Córdoba aplaude a Primo de Rivera. «¡No hay más dialéctica admisible que la dialéctica de los puños y de las pistolas cuando se ofende a la justicia o a la Patria!», arenga a la multitud. Ahora está muerto; fusilado. Dos historiadores se matan a tiros al no ponerse de acuerdo sobre si el bombardeo de Cabra fue un error o un ataque premeditado contra la población civil. Muere Gardel. ¡El fuego mata tangos! Nace Stalin de un zapatero. Sacan a Franco del Valle. Polvo rojo de África que llega hasta Ucrania, y Ucrania en guerra. Lola Flores ha nacido. Lola Flores ha muerto. Nombran a la primera presidenta de Iberia. El papa es asesinado en un bosque. La Patagonia es bombardeada. Un cervatillo recorre un puente colgante en el Bosque Nuboso de Monteverde...

52

La marcha del primogénito y el macetero

La tarde que los milicianos abandonaron Jándula todos los perros de Iberia ladraron.

Pasado el mediodía, la milicia formada por jóvenes janduleses dejó el pueblo por el norte. Tomó la carretera principal que los llevaría hasta Mágina, donde más hombres iban a engrosar aquel flamante batallón olivarero. No todos cargaban con armas de fuego; la mayoría lo hacía con útiles del campo y con varas de la aceituna, en una escena que parecía *La rendición de Breda*. La escasa impedimenta favoreció el trote ligero.

Los familiares de los jóvenes alistados, entonces milicianos, se reunieron a la salida de Jándula para despedirse de ellos. Aparte de tristeza, muchos padres sentían orgullo por sus hijos. Las madres no se mostraban tan efusivas, no querían perder a sus hijos; ni las novias a sus prometidos. Por ejemplo, Pascuala, la prometida de Jacobo —el enamorado, primo y vecino de José—, lloraba desconsolada, sujetada por su padre para que no saliera corriendo detrás del novio, aunque el amor entre ellos, al menos a nuestros ojos omniscientes, siempre había sido impostado. Jacobo también lloraba, y a José lo inquietaban aquellas lágrimas. Más tarde le preguntaría a su enamorado si de verdad le apenaba separarse de Pascuala, a lo que el joven respondería que sí, que aunque no estaba enamorado de ella, le tenía un cariño especial. José no lo comprendía.

A setecientas varas de la entrada al pueblo, el camino giraba y los milicianos perderían de vista a sus familiares; las montañas de aquel valle sabían cómo proteger a su querida Jándula. Antes de tomar el recodo, volvieron la cabeza por última vez. José fue el que más tarde fijó los ojos hacia Madrid. Caminó con la cabeza vuelta hasta que el monte ocultó a los suyos. Sintió vértigo y un dolor profundo en las sienes. Nunca se había alejado tanto de

Jándula. Se decía que quizás nunca más volvería, que la muerte no era cosa rara en la guerra.

—¿Cómo será el enemigo?

—¡Seguro que tienen mala cara, con los colmillos salidos!

—Dicen que no te disparan, sino que muerden y arrancan cuellos.

—¡Y algunos van con los ojos vendados! Oyen tan bien que no les hace falta ver.

—¿No habéis pensado que el enemigo es exactamente igual que nosotros?

—¿Qué dices, José?

—¡Serán pobres infelices sacados de sus casas, como nosotros! ¡No seáis tan fantásticos! ¡Si somos todos primos hermanos!

—¡Eres un aguafiestas, Ardolento!

Cuando estuvieron seguros de que ya no los veían sus familias, se montaron en los camiones. El camino era largo y tenían que guardar las fuerzas para el enemigo. De igual forma, los jandulenses que despidieron a sus familiares volvieron apesadumbrados a sus casas. Odisto se encaminó hacia su cortijo junto a sus hijos, después de abrazar a José una última vez y desearle buena suerte.

—Papá, ¿cuándo vuelve José?

—Pero si acaba de irse, Mariángeles.

—¿Y Pablito?

—¡Apréndete bien el nombre! Ahora se llama Paulo. ¡Mira que se lo he explicado mil veces y no le entra! —Martina reñía a su hermana y Odisto ponía los ojos en blanco.

—¡Deja a la cría que llame a su hermano como le dé la gana! Total, no va a volver.

—¡No diga eso, padre! Que parece que no, pero Mariángeles se entera de todo.

El patriarca se arrepintió y consideró dedicar algo más de tiempo a los suyos. Con tanto suceso y enterramiento, apenas les había echado cuentas.

—A ver, preciosa, ven. —Odisto se agachó y tomó en brazos a su hija pequeña—. Paulo y José volverán pronto, en cuanto terminen de hacer unas cosas en Madrid. ¡Y nos traerán regalos bonitos y una radio! ¿Qué te parece?

—A mí me encantaría que fuera verdad —añadió Martina—. ¡Así podríamos escuchar música en el huerto y bailar todos juntos!

—Oye, ¿y estos? ¿Por qué no hablan? —Odisto se refería a sus dos hijos pequeños, el ciego Josito y su lazarillo Gonzalo.

—Gonzalo se siente mal desde que murió su primo. Dice que fue su culpa.

—¿Qué culpa ni qué leches? ¡Víctor se tropezó! No le puso nadie el pie delante.

—Ya, padre, pero fue por el susto que le dio Gonzalo.

—¡No! ¡Me niego a que carguemos con más culpa! Bastante tenemos ya.

Soltó a la pequeña Mariángeles y la dejó a cargo de las dos mayores. Les pidió que continuaran ellas el camino y que los esperaran más adelante, en el arroyo. Odisto se acercó a Josito y a Gonzalo, rezagados y en silencio. Se puso entre ellos y los tomó de la mano. Se los llevó a la dehesa que había junto al barranco de la entrada del pueblo, los sentó en una piedra y habló con ellos.

—Hijos, tenéis que perdonarme. Este año está siendo muy duro para el pueblo, en especial para nosotros, después de que madre… subiera al cielo.

—Entonces, ¿subió al cielo o no? —Josito le preguntó enfadado. Su padre siempre se había mostrado reacio a asegurarles la existencia de Dios y del cielo. Pero Odisto, ante el gris de aquellos días de desapariciones, consideró que el cielo, pese a todo, y de existir, no sería para nada un mal lugar para su esposa.

—¡Claro! Y desde allí os protege.

—¿A los dos? —preguntó Gonzalo, a quien se le escapaban las lagrimillas.

—¿Qué pregunta es esa? ¡Pues claro!

—Padre… ¿Yo voy a ir al cielo?

—Pero ¿qué te pasa, Gonzalo? Sí, vas a ir al cielo, como todos.

—Como maté al primo…

—¡Que no! ¡Que el primo murió porque se cayó! Y tú no tuviste nada que ver.

—¡Pero si fui yo quien lo persiguió! Si me hubiera estado quieto…

—A ver. Os voy a contar una cosa, pero es un secreto y tiene que quedar entre nosotros tres que, ahora que José y Paulo están luchando en la guerra, somos los hombres de la casa, ¿de acuerdo? —Los niños parecieron recuperar el ánimo y miraron atentos al padre, secándose las lágrimas, pues Josito, si Gonzalo lloraba, lloraba él—. Dios tiene escrito en un papelito el día de nuestra muerte y eso no lo podemos cambiar nosotros. Víctor iba a morir aquel día sí o sí. Si tú no le hubieras dado el susto, le habría pasado otra cosa: se habría caído del mulo, se habría ahogado comiendo o le habría dado alguna alergia. De hecho, nos alegramos de que, tras la caída, se quedara dormidito, porque él no se enteró de nada, ni sufrió. En cierta forma, Gonzalo, hiciste que tuviera una muerte tranquila. Quien muere durmiendo, muere feliz. ¡No quiero ni imaginarme de qué horribles formas habría podido morir si no llega a ser por ti! Así que no le des más vueltas. Lo ayudaste a que subiera al cielo muy calmado, y recuerda que su nombre estaba ya escrito en el papelito de Dios.

—¿Nosotros también estamos escritos en el papelito de Dios?

—Sí. Todos.

—¿El alcalde también está en el papelito de Dios? ¿Y el cura?

—El cura no, porque ya subió al cielo hace unos días.

—¡Todo el mundo está subiendo al cielo! ¿Nos vamos a quedar solos en el pueblo?

—¡No! No os preocupéis. Os prometo que no. De todas formas, el cielo es un lugar muy bonito y es normal que la gente quiera subir. Y el día que vosotros lo hagáis, ¿sabéis quiénes os estarán esperando?

—¡Mamá!

—¡Exactamente! Estarán mamá y el primo Víctor con los titos. Y mis abuelos, a quienes conoceréis y os darán dulces aunque no sea domingo. Así que alegrad esas caras, ¿de acuerdo? Hoy no vamos a trabajar, podéis jugar en la huerta con los hijos de Juliana, o con los de Saúl. Pero no os acerquéis demasiado a la casa de Irma. No es el mejor momento.

—¿Su padre también subió al cielo?

—Así es. El río se lo llevó. ¡Ay, esta lluvia inversa de janduleses!

Odisto los puso en pie y continuó el camino hasta reunirse con sus hijas. Se sintió aliviado al ver que los pequeños habían recuperado el habla y la dicha, pero triste por haberles prometido algo que probablemente no existía. Tuvo que elegir bien las calles por las que bajaba. En varias había cuerpos de fusilados. La mayoría estaban cubiertos por una sábana y rodeados por los familiares más cercanos, donde las mujeres, vestidas de luto, se agachaban una y otra vez entre lágrimas a abrazar los cuerpos sin vida y besar la sábana. Era una escena sobrecogedora que encogía el corazón de Odisto.

Al llegar al huerto, Odisto vio que alguien lo esperaba delante del cortijo. Se trataba de la única hermana que le quedaba con vida, Trine. Se la veía nerviosa, tocándose el mandil continuamente y respirando agitada. Odisto mandó a sus hijos a jugar a una de las terrazas del huerto y atendió a Trine, que apenas podía decir una palabra de lo crispada que estaba. Entraron al cortijillo y Odisto le sirvió un vaso de agua fresca del pozo. Trine consiguió calmarse y le contó lo que la inquietaba.

—¡Menos mal que volviste! No sabía adónde ir a esconderme. La casa de padre está muy cerca de la lonja y podían verme. ¿Dónde estabais? No sabía si me seguían o…

—¿Te seguían? ¿Quiénes? ¡Cálmate, Trine!

—¡No sé quiénes eran! ¡Pero querían comerme!

—¿Cómo comerte? ¡Qué tonterías dices!

—Odisto… Que no se te olvide que tengo miembros de leche. Si me arrancan una pierna y se la comen, me crecerá otra. ¿No te das cuenta? ¡Con esta guerra, va a haber mucha más hambre de la que hay ahora! ¡Qué va a ser de mí! ¡Me van a comer!

—¡Cálmate, hermana! Aquí estás segura. Dime, ¿quiénes te seguían?

—Se presentaron en mi casa.

—Pero ¿quiénes? ¿Los militares?

—No. Tenían acento de la región. Yo creo que son de Collejares o de Los Rosales.

—¿Y dónde están ahora? Voy a ir a hablar con ellos.

—¡No! Quédate aquí conmigo. No me repongo del susto. ¡Entre el hambre y los militares mal vamos a acabar! ¿Le cortaste ya el pelo a Ángeles y a Martina?

—¿Cómo?

—¡Hay que raparles la cabeza! Si no, las violarán los soldados, sean estos o los otros. En eso son todos igual de desjraciaos.

—¡Yo no les corto el pelo a mis hijas ni harto de vino! ¡Lo que les faltaba! Andamos todos muy mal de ánimo con tanta muerte y tantas ausencias.

—Son tus crías, haz lo que quieras. Pero vamos…

—No insistas, Trine. ¡Ni se lo mientes!

—Ni media palabra más.

—¿Y tus hijas? —preguntó Odisto preocupado.

—Sigo sin saber nada nuevo. De Antonia, desde el aguacero, nada de nada, y Manola… Antes enviaba un telegrama cuando llegaba a una ciudad grande, pero dejó de hacerlo. El último que tengo es de hace casi un mes, creo que desde Granada.

—¿Granada? ¿Pero no estaba siguiendo el curso del río? No pasa por Granada.

—No sé si dijo Granada o Córdoba. No me acuerdo. Al parecer, se va de un río a otro por los afluentes y los embalses. No sigue un rumbo fijo, se mueve por intuición. Sigue con la perra de que a su hermana la arrastró la corriente hasta un pueblo concreto y que acabará encontrándola. Qué infeliz… El caso es que te quería hablar de ellas.

—Dime.

—No te enfades, pero estaba pensando en enterrar las manos en…

—¡No! ¡No, no y no! ¡Que me quedo sin hermanos, Trine!

—Por favor…

Lo que Trine quería pedirle es que la ayudara a enterrar las manos en el macetero del puerto de Tíscar. Había un tiesto de mármol junto al pilón de agua del santuario que era famoso por ayudar a las familias a encontrar a sus familiares extraviados. El procedimiento era sencillo. La persona introducía las manos en la tierra y dejaba que alguien se las regara con agua del abrevadero. Previamente debía encender junto a ella la vela del bautismo de la persona desaparecida. Después debía concentrarse en el familiar perdido. Si todo iba bien, la persona entraba en trance y podía ver a través de los ojos del extraviado, dando con su paradero, pero si había fallecido, después de ver sus últimas horas de vida, no podría despertar de la ensoñación: sentir la muerte del otro en su propio cuerpo haría que muriera *ipso facto* de la misma forma que el familiar. Por eso Odisto no quería arriesgarse a que Trine enterrara las manos, porque si Manola había fallecido, ella moriría también. Pero finalmente cedió. Se dio cuenta de que no saber el paradero de ninguna de sus dos hijas la estaba consumiendo, y que él habría pedido lo mismo. Decidieron hacerlo aquella misma medianoche.

En torno a las once de la noche, Odisto y Trine se montaron a lomos de la mula y se dirigieron a Tíscar, que se encontraba a dos leguas al sur de Jándula. En el camino no vieron a nadie, salvo a dos hermanas que vivían solas en un cortijo y que vendían jabón en un tenderete iluminado por dos velones.

—¿No dormís? —les habló Odisto.

—¡Qué vamos a dormir! Nuestra labor en esta guerra consiste en producir y vender el jabón que lavará la sangre. ¿Queréis una pieza? —dijo la primera señora.

—¡Es fresco fresco! —añadió la otra.

—Lo sentimos mucho, no tenemos nada que ofreceros a cambio.

—¡Descuidad! ¡Id con Dios!

Odisto pensó en prevenir a aquellas dos ancianas para que no saludaran de aquella forma, nombrando a Dios, o podrían tener problemas con los milicianos, pero el tiempo apremiaba y siguieron su camino.

Cuando llegaron a Tíscar, casi de noche, no había nadie en el santuario. Solo se visitaba de día y en invierno, ya que la patrona de Jándula, la Virgen de Tíscar, residía allí desde septiembre hasta el mes de mayo. Pero como ahora estaba desaparecida, no había un alma.

Se aproximaron al macetero. Trine dio las gracias a Odisto y se arrodilló ante la tierra. Encendió la vela bautismal de su hija Manola e introdujo las manos en la arena suave. Se las dejó regar por Odisto. Cerró los ojos e intentó visualizar el rostro de Manola. Prefería localizarla a ella porque a Antonia, por desgracia, hacía tiempo que la daba por muerta.

Pasó media hora y la mujer no entraba en trance. Odisto le recomendó que intentara dejar la mente en blanco. Le propuso que rezara o que repitiera una misma frase. No dio resultado. Entonces se le ocurrió que, en lugar de forzarse a no pensar en nada, hiciera lo contrario: que se distrajera trayendo a la mente algo que no tuviera nada que ver. Le pidió que le contara todas las recetas que había hecho desde que las acelgas habían crecido por todo el pueblo con la llegada de la guerra. Y Trine le hizo una lista.

—Acelgas con patatas rehogadas y chafadas, calamones al fuego envueltos en acelgas, tortilla de acelgas; acelgas frías y calientes; acelgas con vinagre y aceite…

Y funcionó. Trine dejó de hablar y se quedó quieta y relajada, con una respiración profunda. Odisto supo que había conectado con Manola porque había visto a más personas enterrar las manos. Esperó a su lado durante dos horas y media, hasta que Trine despertó. Odisto vio entonces su cara, iluminada gracias al pequeño fuego que había hecho a su lado para no coger frío. El espanto se dibujaba en su rostro: los ojos, rojos y llorosos, abiertos al máximo y casi salidos de las cuencas; la boca abierta y torcida y los músculos faciales crispados.

Antes de que Odisto pudiera acercarse a ella, Trine cayó de espaldas y murió.

T. C. Worsley

«Decidimos subir a los niños al camión, y al instante nos convertimos en el centro de atención de una muchedumbre enloquecida que gritaba, rogaba y suplicaba ante tan milagrosa aparición. La escena era sobrecogedora: las mujeres vociferaban mientras sostenían en alto a los bebés desnudos, suplicando, gritando y sollozando de gratitud o decepción».

Norman Bethune

«Treinta kilómetros de seres humanos serpenteaban como una oruga gigante, con sus innumerables miembros levantando una nube de polvo, moviéndose con lentitud».

53

Los rostros iluminados de Málaga

Lo que sucedió en Málaga no tuvo lugar en el otoño de 1936, sino en febrero de 1937. Sin embargo, voy a adelantar la acción porque se me rompe el corazón al verlos hacer vida como si nada, ajenos al amargo final que Dios, a quien justifican por lo inescrutable de sus actos, ha dispuesto para ellos. Quiero evitarles el sufrimiento porque considero que, quien es llamado a morir en tan atroces circunstancias, debe descansar pronto, cerrar los ojos y olvidarse de este mundo, de este sueño dentro de un sueño, como decía Poe.

Manola, la sobrina de Odisto que había seguido el curso de los ríos andaluces en busca de su hermana Antonia, llegó a la ciudad de Málaga cuatro meses después de comenzar el viaje. En total, caminó cien leguas desde el riachuelo del huerto de Odisto hasta la Costa del Sol. Siguió las riberas de los ríos, sin alejarse en ningún momento del agua. Descubrió lugares preciosos, como Montoro, donde se hospedó varios días con un hombre que adornaba su casa con conchas del mar: tenía alrededor de cuarenta millones. A Manola le recordó al palacio de Jabalquinto de Baeza. También se quedó embelesada con la mezquita de Córdoba, mancillada en el centro por una horrenda catedral católica; y con una ciudad cuyas calles ardían continuamente: Écija, donde se entretuvo en contar las torres barrocas. Allí, debido a las temperaturas extremas, todos los habitantes sin excepción usaban sombrero para que no se les escapara el alma por la cabeza. También usaban manga larga, para que el sol no los despellejara. Al final de su viaje, lo que más le dolía era no haber encontrado a su hermana.

Málaga le pareció blanca, dorada y lila. Las casas encaladas de la mano de edificios modernistas, la majestuosidad de la catedral inacabada y la enorme alcazaba de fondo se entremezclaban con los pétalos moráceos de las jacarandas. Las fachadas exponían altivas sus fraileros de palosanto y cierros de forja; las calles olían a incienso y a resina dulzona, y sus lugareños caminaban dichosos y resueltos.

La joven se adentró en el pasaje de Chinitas buscando refugiarse de una brisa fría que se había levantado. Allí hizo migas con un hombre que vivía de tocar la guitarra flamenca en las calles. Se llamaba Naser. Le ofreció un lugar donde dormir y comer hasta que pudiera volver a Jándula. Aceptó porque no tenía miedo de los hombres, y además aquel era homosexual. Manola durmió cuatro noches seguidas. Naser se preguntó varias veces si había fallecido, pero se relajaba al ver la respiración de la joven.

Cuando despertó, vio a su lado la talla de un Cristo llevando una cruz. Se trataba del Rico, un Cristo con un brazo articulado que en Semana Santa liberaba a un preso. Naser lo había ocultado en su casa, ya que varias hordas republicanas habían destrozado la mayor parte de la imaginería de los malagueños. El músico no era religioso, pero valoraba el arte de aquella pieza y de las costumbres.

Fue gracias a aquel guitarrista que Manola conoció la música y tradición de los verdiales. Eran músicos que cantaban y tocaban fandangos, acompañados por un violín, varias guitarras, la percusión de un pandero, muchos platillos —cuyo timbre metálico marcaba el ritmo— y castañuelas. Llamaban la atención, además de por la bella música, por la ropa que vestían: polícroma, con tiras de colores y unos sombreros decorados con flores.

—¡Manola, esta música es solo para ti! Les conté tu historia y han querido rendirte un pequeño homenaje. ¡Figúrate que han bajado desde los montes de Málaga solo para verte! ¡De Almogía, de Cártama y del valle de Abdalajís! ¡Te quejarás, mozuela!

Pese al luto que la sobrina de Odisto guardaba por la muerte de su hermana —que ya aceptaba plenamente—, aquellos días en Málaga fueron luz, color y felicidad, al menos hasta que llegaron las tres lluvias: la de los rosarios, que previno a los malagueños de la llegada de los fascistas a la ciudad; la del polvo rojizo por la calima de la vecina Marruecos, que interpretaron como una señal de la sangre que iba a correr, y la de las bombas.

La primera cayó una mañana soleada. A Manola la pilló saliendo de comprar en el mercado de la calle Atarazanas. Vio que la gente empezaba a gritar y a señalar hacia el cielo. Alzó la vista y vio caer sobre la ciudad una lluvia de rosarios, cada uno de ellos atado a un papel que decía: «el rosario es más poderoso que las armas. Roguemos porque el comunismo y los poderes de Satán sean aniquilados de la tierra». Manola se guardó un par: uno para ella y otro para su madre. Tuvo que disimular al esconderlos, ya que el resto de lugareños, al hacerse con ellos, los rompían y salpicaban de cuentas las calles de la ciudad, que se había mantenido fiel al bando republicano.

La segunda lluvia no les asustó tanto. Ocurría cada ciertas décadas que un viento del norte de África cargado de tierra —la llamada calima— teñía las blancas paredes de las construcciones malagueñas de rojo y apenas dejaba respirar. La única que se asombró ante aquella lluvia rojiza fue la sobrina de Odisto; el resto del pueblo estaba acostumbrado.

En cuanto a la tercera lluvia. Las tropas fascistas tomaron Málaga. Dicen que el motivo principal fue recuperar una reliquia que los republicanos habían desvalijado previamente del convento de las carmelitas descalzas de Ronda y que habían depositado en la capital de la provincia: la mano de santa Teresa de Ávila que cité anteriormente. Franco estaba obsesionado con ella, y como tampoco le venía mal ganar la provincia de Málaga en su lucha por hacerse pronto con Andalucía, envió a sus hombres allí. A los habitantes de aquella bonita ciudad no les quedó más remedio que huir. Los sublevados habían decidido no solo disparar contra los contrincantes armados, sino contra todos los civiles. Ni siquiera cortaron el grifo de la sangre una vez encontraron la reliquia.

La huida de los malagueños fue masiva, y no solo desde la capital, sino desde todos los pueblos cercanos a esta. Cargaron con los enseres más valiosos que tenían y se dirigieron hacia Almería, la zona republicana. Escogieron la carretera de la costa que unía ambas provincias. Era el camino más fácil y rápido. Manola se vio arrastrada por la muchedumbre y, de la mano de Naser, recorrió buena parte del camino. Se dijo a sí misma que tiraría hacia Jaén una vez pasaran por la provincia de Granada, aunque la habían avisado de que el tramo de Motril era el más complicado.

Llevaban dos días de camino cuando, al caer la tercera noche, aquellos miles de personas notaron que el ruido de la naturaleza a su alrededor, del mar y del viento, había enmudecido de golpe. Se formó un conticinio que no los tranquilizó, un silencio general que indicaba la llegada de una tormenta, calma rota tan solo por el llanto de algunos bebés que se resistían a dormir por el hambre. También rompían el silencio reinante los obturadores de las cámaras de Gerda Taro y Robert Capa, que seguían fotografiando todo lo que estaba teniendo lugar.

Conforme más insoportable se hacía el silencio, más apretaban los malagueños el paso. No hablaban entre ellos. Poco a poco, mal que les pesara, dejaron los macutos con los que cargaban a un lado del camino y se ayudaron unos a otros para que el ritmo fuera lo más regular posible. Intentaban que el paso de los ancianos y de los que tenían los pies desollados y sangrantes, quizás un tercio de ellos, no retrasara la marcha. La mayoría llevaba los zapatos destrozados.

Los acontecimientos de aquella noche se conocen como «la Desbandá». Cuando vieron que el silencio aumentaba y que empezaba a hacerles sangrar los oídos, todas aquellas personas intentaron refugiarse en las casas de los pueblos pegados a la carretera, pero estos cerraron sus puertas a los malacitanos huyentes, que no tuvieron más remedio que continuar por la carretera, oliéndose que aquello no iba a acabar bien.

Durante la noche, Naser se ausentó a buscar entre la muchedumbre a una sobrina a quien había perdido de vista, y dejó a su amigo Casiano, también verdial, el encargo de cuidar de Manola mientras tanto. Aquel hombre, que cargaba con un carro lleno de jaulas con perdices azuladas, intentó tranquilizar a la joven jandulesa susurrándole cosas de aquellas aves: que si criarlas era algo precioso porque las soltaba y volaban alto pero luego volvían al atardecer; que si curaban varias enfermedades, como la erisipela, para lo cual solo había que frotarse el buche de la perdiz por la cara; que si los zureos en noches de luna nueva eran más agudos que en luna llena... Manola, que no dejaba de llorar del miedo que tenía, le agradecía a aquel viejecito sus historias. Escuchaba con mucho amor porque pensó que quizás eran lo último que oyera en su vida.

Manola miraba a su alrededor y solo veía cansancio. Los cuerpos de aquellas personas estaban llenos de polvo, agrietados de sed. Buscó a Naser, que ya estaba tardando, pero no lo veía. Y ya no lo vería nunca más. El cielo se iluminó de golpe con todos los proyectiles que iban a caer sobre ellos: los disparos de los carros de combate desde los montes vecinos, los cañonazos de los buques bombarderos desde el mar —paralelo a la carretera—, como el Baleares, el Canarias y el Almirante Cervera; y las bombas y la metralla de la aviación.

Conscientes de que huir no cambiaría el destino que les esperaba, aquellos malagueños se quedaron contemplando las luces celestes arrojadas por los italianos, quienes, por cierto, llegaron vestidos con trajes tropicales porque les habían dicho que iban a luchar a Abisinia y no a Iberia.

Llegados a este punto, he decidido que voy a congelarlos durante los tres minutos y cuarenta y cuatro segundos que dura la pieza clásica de Sviridov que anoto a continuación y que sonará también en sus cabezas, pues haré que la canten los soviéticos de las Brigadas que desde los montes observan impotentes la escena; también sonará en la cabeza de Norman Bethune, el médico canadiense que cuando supo lo que estoy a punto de narraros, se desplazaría desde Valencia con su ambulancia hasta la maldita carretera para auxiliar a los heridos con sus técnicas innovadoras en cirugía y pioneras en transfusión de sangre. Os dejo con la melodía y con el caos: *3 choruses from tsar Fyodor Ioannovich: No. 2. Sacred love.*

Cinco mil personas inocentes destrozadas, desmembradas y vacías de vida. Los proyectiles cayeron y ardieron en la carretera, que se conocería más tarde como «la carretera de la muerte» porque hasta cuatro décadas más tarde todavía sobresalían huesos de las cunetas. Arengas bélicas en italiano llegaban desde el cielo. Camisas negras. La muchedumbre, que hasta entonces había caminado organizada y ayudándose, se hizo caos, como una madeja de mosquitos sobre una ciénaga, buscando una luz que emitiera dióxido de carbono y los sacara de allí. Cada cual corrió hacia donde pudo. Manola soltó la mano sin vida del hombre de las perdices para taparse los oídos; se le habían reventado los dos tímpanos y solo escuchaba un lamento agudo. Volvió la vista hacia el anciano, pero su cuerpo había dejado de tener forma humana, piezas esparcidas de un rompecabezas. Las jaulas que llevaba se habían abierto y volaban las aves entre la humareda —las que podían, pues la mayoría, desplumadas, aleteaba sin poder alzarse—. Notó una bofetada de aire caliente y de agua. Le empezaron a escocer los ojos. Apenas veía, solo distinguía el blanco del humo y las ráfagas negras de sangre, y algunas vibraciones: gritos desgarrados y el silbido de las balas. Perdió el oído, casi la vista, el lóbulo de una oreja, varios dedos de una mano y parte del hombro derecho. Sombras iban y venían a su alrededor. Manola no gritaba, no tenía voz. Tampoco corría, no sabía adónde ir. Vio a una mujer embarazada venir hacia ella, pero antes de alcanzarla cayó al suelo y se rompió tres dientes. La pisotearon, casi se la tragó el asfalto; sin embargo, la tierra no se tragó al bebé que llevaba en las entrañas. A Manola le pareció que lloraba; abría la boca como en un llanto. Lo recuperó y se lo escondió en el regazo. Y otra vez la onda expansiva de un explosivo la atrapó: le desgarró parte del cuero cabelludo, le agrietó las sienes y le arrancó al bebé, que se transformó en ceniza. Manola logró gritar «Naser». Lo llamó varias veces y tragaba arena. Sentía que la garganta se le rajaba; notaba la sangre por la laringe. Intentó taponar una herida en el costado por la que se estaba vaciando. No usó los dedos porque no los sentía. El corazón de Manola no aguantó tanta angustia y se paró, como se le paró también a su madre con las manos enterradas en la maceta junto a Odisto.

Franco

—El piloto ese que lanzó las cajas de comida atadas a los pavos en Andújar…

—¡Sí, mi general! Aunque ese capítulo todavía no ha sido narrado, mi general.

—Eso no importa. Ese hombre, ¿también bombardeó la carretera de Málaga?

—Gracias a él fue hacedero. Ayudó al asedio de la ciudad. Cortó las comunicaciones, mi general.

—¡Un primor! ¿Cómo se llama?

—Don Carlos de Haya, vuecencia.

—¡Anota bien su nombre! Se lo pondremos a la plaza más grande de Málaga, o a una avenida, o a un hospital. Que no se nos pase, ¿de acuerdo?

—¡Sí, mi general!

—Y el otro que tan bien supo aplastar a esos malagueños rojos…

—¿El Carnicerito? Carlos Arias Navarro, mi general.

—¡Arias Navarro! A él quiero tenerlo cerca. Incluso, si nos vemos obligados a crear unas Cortes, podríamos nombrarlo presidente del Gobierno.

—¡Así será, vuecencia!

—¡Y cuando muera que sea él quien anuncie por la radio mi fallecimiento! Si es que se da algún día, porque puede ser que me pruebe inmortal. Que diga algo así como: «Íberos, Franco ha muerto». Y que se le note muy angustiado, casi lloroso.

—¡Sí, vuecencia!

—Y el farero que apagó la luz del faro para ayudar a los republicanos que huían…

—Anselmo Vilar. A ese ya le dimos «café», mi general.

—Perfecto. Ya lo iba yo a mandar al batatar…

A Bethune, el médico canadiense que con los ojos llenos de pólvora cosió, suturó y devolvió a los cuerpos la sangre, no se lo homenajearía hasta pasados cuarenta años. En cuanto al susodicho Carnicerito, sería presidente del Gobierno con Franco vivo, pero también en el primer año de la jefatura de Estado del rey Juan Carlos I, ya muerto Franco.

54

El sótano de la rebotica y el rifle

Diciembre de 1936, a dos semanas de Navidad.

Odisto recibía cada diez días una carta de su primogénito José. Este, al contrario que su otro hijo, Paulo —a quien hemos dejado en la toma de Toledo—, sí hacía por informar a su familia de su situación, como la mayor parte de militares durante la guerra. Correos era la máquina imprescindible de propaganda y su buen funcionamiento venía bien a ambos bandos.

Odisto supo gracias a aquella correspondencia que José estaba a las puertas de Madrid, pero que todavía no había entrado en la capital. Los milicianos jiennenses habían viajado muy lentamente, pueblo a pueblo, reclutando a los hombres mejor preparados para el combate.

El patriarca leyó la última carta y se dirigió a la farmacia del pueblo, como cada martes. Allí, en un sótano oculto al que se accedía por una trampilla en la rebotica, se reunía con los amigos y charlaban sobre la guerra. El farmacéutico Fermín y el Escobas, el dueño del bar Heredia, eran siempre los primeros en llegar, seguidos por Quirino, el cajista encargado de la imprenta, Odisto y Teótimo el Manazas, aquel campesino que todos los años compraba las recolectas de caquis para llevarlos a Catalunya.

—¿Alguno sabe dónde conseguir chuzas? —abrió la conversación Fermín—. Las que crecían junto a las esparragueras hace tiempo que no salen. Fernando ha recibido el aviso de otros médicos andaluces de que va a tener que amputar bastante y, sin las propiedades de la chuza, va a ser difícil.

—¿No se puede anestesiar de otra manera?

—No hay nada tan efectivo como esa flor; enfría cualquier cosa con solo rozarla. De hecho, dicen que los últimos brotes del año pasado no pudieron ni cogerlos porque en lugar de enfriar, congelaban, y a algunos se les partieron los dedos al intentarlo. ¡Y como nunca hemos invertido en neveros!

—Ahora que no dependemos de los señoritos, podríamos ir al campo de chuzas que tienen al otro lado de Jándula, el que...

—¿Cómo que no dependemos de ellos? ¿Tú no sabes el refrán ese que dice que el dinero del jornalero vuelve a parar al banquero? —respondió el Manazas.

—¡Pero de qué señoritos habláis, si los han matado a todos!

—A todos, no... Queda Anacleto.

—¡No por mucho tiempo!

—Eso espero, que el desjraciao fue el que le metió la guerra en la cabeza a mi hijo —repuso Odisto sin apenas contener la rabia.

—¡Y Martín!

—Mira que yo a Martín nunca lo metí en el mismo saco, pero ahora que los otros postineros murieron es el más rico del pueblo, y con tanta tierra...

—¡Pues bien de derechas que es!

—A mí los señoritos no me dan miedo. A los que temo es a los anarquistas.

—¿Quiénes eran los cabecillas?

—Uno es Alfredo, que me da a mí que es el más peligroso por ser el más joven; y el otro, Quintino. Bueno, ¡y Venancio! Que es el que lleva la voz cantante en el pueblo.

—¡Y Jimeno! Todo el santo día pegado a él.

—Venancio va diciendo a todo el mundo que es el que más está haciendo por el pueblo.

—El que más hace, menos merece.

—¿Te ha dado hoy por los refranes?

—Oye, Fermín. ¿No ha sospechado hoy nadie por cerrar la farmacia?

—¡Qué van a sospechar! Ayer estuvo abierta de sol a sol y no se pasó más que una señora a por un óbolo de alcaravea.

—¿Un óbolo?

—¡Medio escrúpulo! Unos doce granos. Lo peor es que la señora volvió a pasarse antes de cerrar exigiéndome el dinero de vuelta. Al parecer, para asegurarse de que estaban en buen estado, le dio un par a una cotovía y nada más tragarse el primer grano, se desplumó completamente.

—No me digas...
—¡Estaría malo el pajarico!
—¿Solo se pasó una persona?
—Bueno... Y una joven que quería ciclamen para las lombrices intestinales.
—¿Pan de puerco? ¿Y se lo vendiste? Dicen que se puede usar como veneno.
—Eso es en grandes dosis.
—¡Para las lombrices, de toda la vida se come uno una mata de hierbabuena y caga!
—¡Bueno! ¿Qué vamos a hacer con las cestas? Que es a lo que hemos venido...
Los milicianos afincados en el teatro requerían al pueblo cestas llenas de alimentos. Los janduleses obedecían, pero no les entregaban lo mejor de sus huertos. Muy pícaramente, adecuaban el género según su belleza, dejando para la parte de arriba las piezas más gustosas sensorialmente —tomates, pimientos rojos, zanahorias y rábanos— y rellenando el resto de la canasta de patatas, coles y calabacines.
—Yo no he logrado llenar las diez cestas que me piden.
—¡Yo sí, pero me jode igual!
—Deberíamos hablar con ellos.
—No es fácil hablar con ellos, no con los fusiles esos que tienen que te hacen desaparecer.
—¡Pues algo habrá que hacer! El hambre se nota cada día más. Y ahora, sin nuestros hijos, ¿quiénes van a trabajar el campo?
—Yo voy a vender el mío —añadió Odisto. La noticia los pilló por sorpresa.
—¿La huerta?
—¡Qué dices, hombre!
—¡No, la huerta no! ¡Que me quedo en cueros! Pero la era y el olivar sí. No me queda más remedio.
—Tienes que aguantar, Odisto. ¡Tienes cinco hijos contigo! ¡Quién pudiera!
—¡Todos menores!
—¿Qué precio habías pensado? Para la era, que olivos tengo a espuertas.

—En realidad, quiero cambiarla por más terreno en la huerta. La era es muy fértil, pero está a tres leguas de aquí y la cosecha se va a echar a perder mientras dure la guerra.

—¿Más grande quieres la huerta aún? ¡Mira que te van a tomar por latifundista!

—¿Qué latifundista ni qué leches? ¡Si solo la trabajamos mi familia y yo!

—No discutáis... Si total, con los comunistas estos, todo será de todos. He escuchado que el ochenta por ciento de la tierra de toda la provincia ya ha sido colectivizado.

—Bueno, mejor eso a que sea solo de un hombre, ¿no?

—¿De qué hombre? ¿Te refieres a mí? —repuso Odisto.

—¡De Franco, coño!

—¡Tsss! ¡Bajad la voz!

—¡Pero si no hay un alma en la calle y estamos bajo tierra! ¿Qué van a oír?

—¡Razón de más para que bajemos el tono! O retumbarán los voceríos y nos descubrirán reunidos, que esto no está tan bien aislado como parece.

El ambiente de aquellos últimos días era otro. Las calles estaban vacías; había miedo a que surgieran roces inesperados con los soldados y no cesaban las noticias de bombardeos en el mediodía de la península, de tiroteos en pueblos cercanos y de disputas en la plaza de Jándula entre los distintos bandos. Los señoritos no salían de casa por temor a los rojos, pero seguían ejerciendo su presión sobre el campesinado y los hombres menesterosos, amenazándolos con represalias cuando Franco ganara la guerra —ya que lo daban por seguro—. Los republicanos no se escondían, pero no salían a pasear, sino a montar guardias o cumplir favores exigidos por los soldados. Los únicos que hacían vida normal y disfrutaban del pueblo eran los milicianos. De ahí que Odisto y los suyos se reunieran en secreto.

Aquellos honrados padres de familia hablaron una hora larga sobre la guerra y sus negocios, y sobre algunos chanchullos que tendrían que poner en marcha, y pasaron a echarse la partidilla de cartas que antes solía ser en el bar. Hicieron una pausa para tapear algo y volvieron al juego. Entonces escucharon que alguien tocaba con fuerza a la puerta de la farmacia. Fermín pidió a sus amigos que se tranquilizaran y no hicieran ruido, que no estaban haciendo nada ilegal, aunque a ojos de los militares una reunión bajo tierra a plena luz del día sería motivo de sospecha. El farmacéutico subió la escalera de madera y se asomó a la puerta de entrada. Vio que era uno de los dos señoritos que quedaban con vida en el pueblo: Martín. Se lo veía apurado. Fermín optó por abrirle y ver qué necesitaba. Si hubiera sido Anacleto, el otro terrateniente, no lo habría hecho. Pero Martín era el más cándido y apolítico de ellos.

—Buenas tardes, Martín. Tengo cerrado. ¿Qué necesitas? —le tuteó Fermín.

—Mire, quiero que sepa antes de nada que vengo obligado.

—¿Saben que estamos aquí? —El farmacéutico miró hacia ambos lados de la calle y se mostró nervioso.

—¿Quiénes?

—Los milicianos.

—No. No lo sé. No son ellos quienes me mandan —contestó el señorito.

—¿Quién le manda entonces? ¿Se encuentra bien? —Martín estaba más pálido que la tiza. Llevaba una bolsa de cuero alejada del cuerpo. Después de la pregunta de Fermín, echó la cabeza a un lado y vomitó—. ¡Martín! ¿Qué tiene? ¿Ha ido a ver al médico?

—¡No me pasa nada! —contestó azogado y con lágrimas en los ojos—. Me manda Venancio. Me ha pedido que le traiga esto a Odisto.

—¿Qué es?

—¡No lo abra! Por lo que más quiera. Mejor que lo vea solo él. Es un mensaje. Dígale que dice Venancio que tiene dos días para abandonar el pueblo, que aquí ya no es bienvenido. Y dígale de mi parte que lo siento, Fermín... —El terrateniente rompió a llorar.

—Pase, por favor...

—¡No! Tome la bolsa y fin del asunto. ¡Pero dígale que lo siento de veras! Odisto es un buen hombre, siempre lo he sabido. —El señorito le dio la bolsa al farmacéutico. Se echó la mano al corazón, lo miró, se quitó el sombrero y se marchó con pasos abatidos.

Fermín echó un vistazo a la bolsa antes de bajársela a Odisto y la cerró rápidamente. El estómago se le revolvió y se apoyó en el mostrador, conteniendo el vómito que le intentaba subir por el esófago. Corrió a una de las vitrinas donde guardaba las hierbas medicinales antiespasmódicas y se metió dos puñados en la boca, uno de regaliz y otro de hinojo.

Acabó vomitando en un almirez.

*

Dos horas antes.

Venancio había escuchado que el padre de Odisto, Jorge, no quería entregar su rifle a la escuadrilla anarquista del pueblo —creada por él y por su mano derecha, Jimeno—, que con la llegada de la milicia republicana se había visto fortalecida y pudo vigorizar su gancho reclutador. Como ninguna de las dos secciones tenía formación política, no hubo conflicto entre ellas, en el fondo, todos eran hijos de hombres del campo y no habían cogido un libro en la vida. No podían enzarzarse en una lucha retórica, pero sí usarían las armas como apéndice de una mano vengativa. Bernanos advertiría meses más tarde sobre el peligro de dar armas a gente corriente. Prosigo.

Venancio, encolerizado por la tozudez del viejo, no tardó en acudir a su casa, que estaba detrás de la iglesia y se sostenía solo con andamios. No estaba acostumbrado a que no lo obedecieran. Todo el pueblo sabía que aquel hombre había matado varias veces desde que empezó el conflicto y que volvería a hacerlo. Nadie le entregó las armas a gusto, pero se las dieron sin ofrecer resistencia. Sabían que no las quería para sus hombres, sino para venderlas y completarse los oros de la dentadura, o para construir un prostíbulo; le daban igual los carteles anarquistas que intentaban convencer a las prostitutas de abandonar su labor.

El padre de Odisto, Jorge, no quería desprenderse de la única arma de que disponía para proteger su casa y a su mujer. Celia, al contrario, se negaba a que su marido se viera envuelto en actos de sangre y le insistió repetidamente para que entregara el rifle. Pero no hubo manera de convencerlo. El viejo lo metió en un arcón y se sentó encima. Le dijo a Venancio que, si quería el arma, tendría que pasar por encima de su cadáver. Y Venancio, que se divertía con aquellas escenas, pensó en un escarmiento mayor para él.

—¡Virgen del Escapulario, dale la escopeta al desjraciao! —le gritaba su mujer.

—¡Cállate o te meto a cachitos en el arcón ese también! —respondió Venancio.

—¡Oye, no le faltes al respeto a mi señora!

—¡El respeto nos lo estás faltando tú! ¡A todo el pueblo!

—¡Si tengo que entregar el arma a los milicianos, se la entrego! ¡Faltaría más! ¡Pero a ti, ni agua! Lo único que quieres es sembrar el caos.

—Jorge, compañero… —Venancio bajó el tono—. Tú sabrás lo que haces. ¿De verdad que no me vas a dar el rifle? ¡Mira que os va a costar cara la tontería!

—¡No y mil veces no! —respondió recalcitrante el viejo.

—¿Pues sabes lo que te digo? Que le doy dos noches a tu hijo para que abandone el pueblo. No quiero verlo más por Jándula. Como me lo encuentre, mando que lo maten. O lo hago yo mismo. ¿Me has oído?

—¿A mi hijo, por qué? ¡Pégame a mí el tiro!

—De eso nada. Tú te vas a acordar bien de este día. ¡Hala! ¡A tomar por culo la santa escopeta del viejo! ¡A ver si escarmientas! ¡Y que no se le ocurra a Odisto llevarse a su familia con él! Se irá solo. La sierra tiene mis ojos y lo veo todo, y como saque a alguien más del pueblo, mato a todo dios de la familia. —Venancio disfrutaba con la escena. Jorge estaba tan encolerizado que no le salía palabra alguna. Iba a responderle, pero entonces sacó Venancio una navaja ancha de su zapato y se rajó la mano derecha como prueba de que llevaría la amenaza a cabo.

—Que no escarmientes pronto, condenao… —Jorge le respondió apretando los pocos dientes contra las encías.

—¡Cállate ya, por favor! —Celia lloraba y suplicaba a su marido que parase.

—¡Escarmentar lo va a hacer tu hijo! —le respondió Venancio antes de marcharse—. ¡Venga, que aquí ya no tengo nada más que hacer! ¡A despedirse del hijo! Otro menos, que he escuchado que ya no os queda ninguno con vida, ¿no? Porque no pensaréis que Ángel va a volver... ¡Ese tiene que estar ya en el cementerio de Toledo! O bajo las ruinas del Alcázar. ¡A ver cómo se lo explicas a tu hijo, valiente! ¡Menudo trabucaire! Y que te entre bien en la cabeza, que en tres días vendré a por el rifle de nuevo.

—¡Hijoputa! ¡Ten, llévatelo!

—En tres días, cuando se haya ido tu hijo. Y no hay más que hablar.

Venancio abandonó la casa de Jorge y se dirigió a su cuartel. Buscó una bolsa de cuero, metió en su interior algo con lo que convencería a Odisto para abandonar el pueblo y partió hacia la huerta. Nada más llegar comenzó a gritar su nombre. Todos los vecinos se enteraron de que Odisto tenía problemas. Un rosario de genuflexiones se dio en los balcones de la calle; los vecinos no podían salir a ayudarlo, pero sí rezar por él. Venancio, al no encontrar a nadie en el cortijo, fue a casa del único señorito que quedaba con vida, pues el otro había sido asesinado la noche anterior. Le encargó que fuera él quien entregara el mensaje, que buscara a Odisto y le diera la bolsa de cuero. Si no lo hacía antes de que cayera el sol, lo mataría.

*

Dos horas más tarde.

Fermín bajó al sótano y, quitándose el sombrero como quien da el pésame, echando un fuerte olor a hinojo y regaliz, transmitió el mensaje a Odisto. Le dijo que debía partir del pueblo, pero no le entregó la bolsa; le ahorró que se le removieran las entrañas con la cabeza del señorito Anacleto rodando dentro.

—Amigo, de verdad... ¡Anoche apiolaron a Anacleto! Tienes que marcharte hasta que se calmen las aguas.

—¿Y si hablamos con los milicianos? —apuntó el Escobas—. Dudo mucho que quieran que Odisto, que nunca se ha mojado en política, abandone el pueblo.

—Los milicianos están hartos de la banda que Venancio ha improvisado, pero en un caso así, lo respaldarán. Si no, se meterían en una guerra entre ellos. Yo, sintiéndolo mucho, opino que lo mejor es que salgas del pueblo —añadió Fermín.

—¿Y si hablamos con el sindicato de Jaén? Quizás puedas alistarte en la milicia popular de Mágina. Están buscando gente debajo de las piedras.

—¿E ir a la guerra? ¡No pienso tocar un fusil en lo que dure esta pesadilla!

—¿Y qué vas a hacer entonces? ¡Si te quedas, te matarán!

—Podrías ir al este o al norte; el resto es peligroso, con el frente nacional recortando cada día más terreno. A no ser que quieras unirte a ellos...

—¿Qué acabo de decir? ¡Que no tiro una sola bala en esta guerra! Ni con los unos ni con los otros. Que aquí bien que estamos padeciendo a estos jóvenes sin mando, pero no me quiero ni imaginar lo que estarán pasando los otros con los fascistas.

—¿No tenías una tía en Albacete?

—En Cuenca. Y no era una tía, sino mi abuela materna. Se llamaba Nicanora. Al morir mi abuelo Estanislao, conoció en la vendimia a un hombre de allí con quien hizo buenas migas y se arrejuntaron. Dejamos de tratarla cuando nos abandonó y no supimos más de ella. Pero vamos, que de seguir viva tendría más de cien años.

—Hay gente que dura eso y más. ¿No tienes el nombre del querido de tu abuela?

—Se llevó consigo a una de sus hijas, mi tía Angustias. Vino a vernos al pueblo una vez. Ella tendrá ahora la edad de mi madre.

—Bueno, es una opción.

—No me queda otra, ¿no? —Odisto, por primera vez, aceptaba en su discurso la posibilidad de tener que emigrar a Cuenca—. El resto de familiares los tengo todos aquí.

—Oye, ¿por qué no le pides al hijo de Juliana que te esconda?

—¿A quién? ¿Al que va para cura?

—¡Sí, a Rafael! Quizá te pueda esconder en el seminario ese donde está, en Ávila.

—¡Si es que no lo mataron!

—Qué lo van a matar. Si Ávila es nacional.

—A estas alturas, yo no me meto en una casa de curas.

—¡Pues nada, a Cuenca! Al menos no te toparás con la guerra, que, hasta la frontera de Aragón con Castilla la Vieja todo es republicano.

—¿Y tú cómo sabes tantas cosas? ¡Parece que te has tragado un atlas!

—Por la radio clandestina. La escucho a diario.

—¿Y qué escuchas? ¿Las arengas fascistas?

—A los republicanos, que se hicieron con dos emisoras en Madrid y en Barcelona. Se pueden captar a través de las frecuencias rebotadas desde la capital.

—¡A ver si te la van a meter doblada! He escuchado que hay radios fantasmas, y son rebeldes que hacen ver que son republicanos y dan información inventada.

—¡Las voces que escucho son voces de hombres rojos!

—¿Eres experto en voces ahora? ¿Son más aterciopeladas o más roncas? ¡No me jodas!

—Odisto, ¿y si te escondemos en algún lado? Te cavamos un zulo y...

—¿Bajo tierra? ¡De eso nada!

—Coincido en que no es buena idea. Os repito que ayer mataron a Anacleto, que Venancio va en serio. No es un farol. ¡Nos pillan escondiéndolo y nos matan!

—¡A ver! —Odisto se puso de pie—. ¿No quiere que me vaya? ¡Pues me voy!

—¡Odisto, como ganen los nacionales, este se entera de lo que es bueno! —El Escobas también se levantó del sitio y le puso la mano en el hombro.

—Mejor no entréis al trapo y cuidaos, caballeros. —Odisto se quitó el brazo de encima, recogió su chaqueta y se dirigió hacia la puerta, mirando al suelo—. Me marcho.

—Te ha dado dos días —le informó Fermín, con los ojos llorosos—. Tienes hasta el lunes de madrugada. No te precipites, deja las cosas bien atadas.

—¿Hay algo que podamos hacer por ti? —añadió el Escobas.

—Mirad por mi familia, que se me queda desamparada.

—Eso por descontado. ¡Y que vuelvas bien pronto!

—Lo haré. Señores, me marcho, que he de preparar a los míos. ¡Y dejad de quitaros el sombrero, que no voy a salir con los pies por delante!

No hubo un rostro más triste en todo el conflicto, ni en toda esta novela, que el de Odisto aquella tarde en Jándula. La piel de debajo de las cejas y de los carrillos le colgaba entonces más que de costumbre; sus ojos, afligidos, no podían mirar más que al suelo. Le pesaban los párpados como le pesaba el mundo; le escocían si los dejaba cerrados, pero la fatiga no le dejaba mantenerlos abiertos. Salió de la farmacia encorvado, envejecido, secándose unas lágrimas que solo él notaba, que se le colaban a través de la piel de las manos y le hormigueaban en los dedos.

Miró a ambos lados de la calle y una última vez a la plaza: el corazón de Jándula, donde había conocido a María y donde se encontraba cada tarde con sus amigos. Recordó los días felices bailando en la verbena alrededor del quiosco de música, yendo aprisa a avisar a sus amigos de los hijos que iba teniendo; vendiendo sus frutos en el mercado bajo el sol generoso del pueblo y entre los janduleses, a quienes consideraba su familia. No había más mundo para él que ese.

Dudó si pasar a despedirse de Eva, pero decidió ir directo al huerto. Su cuñada lo habría ignorado como siempre. Bajó la calle del Agua mascullando cosas ininteligibles, odio y pena, y entró en las huertas arrastrando los pies. Cuando llegó al cortijo, las suelas de sus esparteñas no existían y se le había desgastado la planta de los pies. No sintió dolor, no había nada más punzante que lo que le quedaba por hacer. Dicen que hasta su sombra iba lenta y apesadumbrada, a dos pasos del cuerpo.

Aquella misma tarde, mientras Odisto se preparaba para partir, su hijo José llegaba a Madrid del brazo de Jacobo. La emoción de ver la capital por primera vez, y en manos de los republicanos, contrastó con el pesar del padre; porque a José, Madrid, de primeras, le pareció esperanza, resistencia y felicidad.

Rafael Alberti

«Madrid es la capital de la gloria».

Francisco Franco

«Destruiré Madrid antes de dejársela a los marxistas. Pronto estaré oyendo misa allí».

55

La llegada a Madrid

«*Pues el invierno y el verano, / en Madrid solo son buenos, / desde la cuna a Madrid, / y desde Madrid al cielo*». Se cree que el eslogan más asociado a la ciudad viene del último verso de esta estrofa de Luis Quiñones de Benavente. Hay quien dice que el origen de la expresión es otro: las luces que, caída la noche, se ven en el monte más alto del mayor parque de la ciudad, la Casa de Campo, como si fueran almas que ascienden al cielo, aunque en realidad sean simples luciérnagas. En cualquier caso, el lema se invirtió durante la guerra y se quedó en «del cielo a Madrid», por los bombardeos que aterrorizaban a la población. Me gustaría destacar tres.

El primero tuvo lugar cuatro meses antes de que llegaran José y Jacobo a la capital, nada más empezar la guerra. Los proyectiles destrozaron parte del Ministerio de la Guerra, ubicado en el palacio de Buenavista. ¿No os parece curiosa la existencia de un ministerio para la organización de la guerra? Siempre me los imagino como edificios lúgubres, de vertiginosos techos y paredes sombrías; con lámparas góticas, lienzos representando a la Inquisición y pinturas tenebristas con una pátina de polvo.

El segundo cayó al sur de la ciudad, en la localidad de Getafe. Sesenta niños fallecieron, aunque aquella vez no se vieran lucecitas ascender. Jugaban en la escuela a una rayuela de veinticinco varas de largo, para la que utilizaban una enorme red llena de canicas de tejo. Llegaron todos de golpe a la casilla del cielo.

Un tercero descargó sobre la mayor pinacoteca del mundo. Aquello hizo que las autoridades republicanas ordenaran el traslado de las pinturas más importantes de la colección del Museo del Prado a Valencia, en una comitiva de viejos camiones del republicano Quinto Regimiento, en la que se dañaron algunos lienzos, como *Animales aullando,* de Goya, cuya pintura se disolvió y en la que únicamente quedó reconocible un perro pequeño mirando al cielo.

No sería el único museo bombardeado. También la Academia de Bellas Artes de San Fernando, el Museo Arqueológico, el Museo de Arte Moderno, el Museo Antropológico, la Biblioteca Nacional... Los milicianos, cuando veían aparecer a los aviones enemigos, disparaban hacia el cielo. Pobres ilusos, tirando a tontas y a locas, agotando la munición.

Desde hacía un par de meses, cuando las fuerzas sublevadas alcanzaron la Ciudad Universitaria —el límite al oeste con la ciudad de Madrid— y Leganés —al sudoeste—, los bombardeos fueron diarios. Los madrileños memorizaron con exactitud dónde se encontraban las setenta bocas disponibles de las tres líneas de metropolitano que servían de refugio. La ciudad, para evitar ser un blanco también durante la noche, apagaba todo el alumbrado público. Los habitantes se acostumbraron a vivir sin luz y a correr varias veces al día hacia el subsuelo. Muchos madrileños se instalaron de forma permanente en la ciudad subterránea, bien por no poder subir las escaleras tantas veces al día, bien por miedo o por haber perdido sus casas. No obstante, la urgencia con la que bajaban al metropolitano fue disminuyendo, se habituaron a las alarmas y lo hacían con calma y el rostro sereno, sin apenas mirar al cielo. Aquello fue lo que más impresión causó a los milicianos llegados desde Andalucía: la parsimonia de los madrileños ante un posible fuego enemigo. Por la noche, sin embargo, sí que corrían, pues generalmente las alarmas resultaban ciertas. Para ahorrarse las falsas, los republicanos habían colocado un detector de ruidos de aviación en un globo aerostático que izaban cada noche en la Casa de Campo. La primera vez que los facciosos lo dañaron tuvo lugar uno de los más sangrientos bombardeos nocturnos, que más tarde tendría como consecuencia el asesinato de presos fascistas en las cárceles republicanas.

—¡Milicianos, he aquí la villa! ¡La que con tanto honor se defiende del fascismo y le para los pies, ya sea con armas o con el aceite hirviendo que manejan sus valientes mujeres! ¡Aquí, donde los hombres se convierten en milicianos gracias a ilustres camaradas como Líster! ¡De Madrid al cielo! ¡Y a la victoria!

José y Jacobo se emocionaron al ver la silueta de Madrid por primera vez, aquel mar de edificios sobre el que destacaban la ingente catedral de la Almudena, el Palacio Real y algunos edificios recientes, como el de la Prensa o el de Telefónica. Justo al lado de este último se veía una montaña de casi ochenta varas de altura formada por las cartas que la compañía telegráfica nacional había recibido de todas partes de Iberia para agradecer a Franco el golpe de Estado. Como no se podía quemar toda aquella cantidad de papel o se acabaría incendiando la ciudad, la compañía lo había amontonado allí para que el viento se encargara de su desaparición.

Los milicianos admiraron brevemente las vistas y reanudaron el paso. El plan inicial de entrar en Madrid por Carabanchel Alto había cambiado porque desde hacía un mes era de los nacionales. Se desviaron hacia el este, por donde cruzaron el Manzanares. Allí, una muchedumbre, vestida de chulapos y manolas, festejaba que era domingo. Les sorprendió que, aunque con boina y chaleco de fiesta, llevaban también fusiles. José se preguntó cómo podía la República tolerar que aquellos hombres no estuvieran en el frente y sí bajo parasoles charlando de la última zarzuela estrenada antes de la guerra.

Dieron un breve rodeo por unas maniobras militares que les cortaron el paso directo hasta Atocha, y llegaron al centro de la ciudad a través de Lavapiés. Las calles estaban descuartizadas: a las fachadas les faltaban enormes trozos y el suelo estaba lleno de casquillos de metralla y de restos de pavimento, y farolas rotas que inundaban las calles con su olor a gas y que a veces explotaban a la mínima chispa. La porquería contrastaba con las bellas fachadas supervivientes, construcciones coloridas de estrechos balcones de donde colgaban banderas republicanas, comunistas y anarquistas, así como grandes letreros con el lema entresacado de las palabras del mariscal Pétain —dadle tiempo a la ironía— en la ya legendaria batalla de Verdún: «No pasarán».

El primer edificio que vieron completamente destruido fue el de las Escuelas Pías, que ardía desde el verano pese a estar a una semana del Año Nuevo. A sus pies, Agustín Lara entonaba *Solamente una vez* sobre un pedestal.

—¿Qué haces aquí, camarada? ¿No ves que vas a acabar como las Escuelas?

—¡Me dijeron que me quede acá quietecito no más! Cosas de la inmortalidad.

En aquella plazoleta rectangular también les llamó la atención la corrala que el impacto de un obús había dejado a la vista. Los milicianos andaluces no entendían cómo podían vivir allí tan hacinados, como en las celdas de una colmena. Un hombre tiraba de un carro rojo y dorado que soltaba un olor dulzón: vendía barquillos y puritos americanos. Los milicianos se hicieron con algunos y siguieron su camino. Pronto desviaron la atención hacia los balcones. Subiendo la calle del Amparo —de donde había salido el hombre de los barquillos, concretamente del número 25—, los madrileños se asomaron a los balcones, aplaudieron y vitorearon a aquella milicia joven que venía a ayudarlos desde tan lejos. A José y a Jacobo se les saltaron las lágrimas; reían emocionados y se abrazaban, saludando dichosos hacia las ventanas. Algunas mujeres bajaban corriendo a la calle y les propinaban besos en los morros, en las mejillas, en la frente…, hasta en los fusiles.

—¡Ya llegan los andaluces! ¡Y qué hombres! —gritaban las jovenzuelas, desatadas por una euforia colectiva entre la pasión política y la efervescencia hormonal.

—¡Ya están aquí las juventudes de los pueblos andaluces! ¡Viva la República! —José y Jacobo recibieron varios besos de aquellas mujeres; se miraron y se rieron.

—¡Ay, si estas supieran! —se dijeron. Y continuaron cruzando Madrid.

Conforme se aproximaban al centro de la ciudad, la destrucción alcanzaba cotas mayores; se veía que la villa era el máximo objetivo del bando enemigo. Las ruinas se habían multiplicado y bloqueaban las calles, cadenas de voluntarios republicanos reutilizaban los adoquines para montar barricadas. De nuevo, la belleza de los pisos altos de los edificios contrastaba con la fealdad de los bajos, donde el paisaje era bélico.

Llegaron a la plaza del Progreso, donde la mayoría vio por primera vez una boca de metropolitano. Se asomaron, se sobresaltaron con ese viento que exhalaba. Se preguntaron cómo diablos podía existir un tren bajo tierra, y no solo eso, sino hospitales de campaña, fábricas de municiones y refugios que protegían a la población de la capital.

Continuaron a mano derecha por la estrecha calle de la Magdalena hasta llegar a su primer destino, el teatro Monumental, donde los iban a dividir en cuatro grupos. Se habían arrancado las butacas para formar empalizadas en el barrio. En la sala proyectaban día y noche la misma película, una grabación del discurso que la Pasionaria, célebre diputada comunista, había dado un mes atrás en aquel mismo lugar. Tres hombres se turnaban para vigilar que no se quemara el rollo. La grabación siguió emitiéndose hasta el primero de abril de 1939, acompañada de una pista de audio que salía por el tejado a través de varios altavoces de trompeta: «Madrid será la tumba del fascismo». Mientras tanto, en la planta baja del teatro, un tal Gómez de la Serna daba una conferencia sobre una maleta y se comía una vela tras cada apagón.

Allí esperaron hasta recibir órdenes.

José y Jacobo estuvieron juntos en todo momento. Aprovecharon la hora libre que les dieron para echar un vistazo al centro de la ciudad guiados por su compañero Francisco Javier, un cordobés que se la conocía bien. Habían intimado porque padecía lo mismo que Jacobo, labio leporino.

—Hace unos años estuve de servicio en el Cuartel de la Montaña, cuando todavía estaba de una pieza. Me eché una novia en el hospital, una tal Vanesa. Era la enfermera que me curaba el labio. Me prometió que un día me lo cosería y que solo me quedaría una cicatriz de recuerdo, pero cortamos antes. Después, nada más comenzar la guerra, estuve en Somosierra defendiendo posiciones y me hirieron el hombro. Me desplazaron al hospital de sangre de La Cabrera ¡y allí estaba ella de nuevo! Eso fue hace unas semanas. ¡Allí conocí a la Dinamitera! Una joven que perdió una mano haciendo estallar una carga. Total, que trasladaron a Vanesa y la volví a perder de vista. Me han dicho que sigue viva, que trabaja a veces conduciendo ambulancias hacia el frente y otras en el hospital instalado en el casino de la calle Alcalá; aunque, bueno, vosotros no sabéis nada de calles todavía…

—¿Crees que podría ir a verla? —le preguntó Jacobo ilusionado.

—¿Tan pronto me vas a sajar a la parienta? ¡No me vas a dar tiempo ni a que la reconquiste! ¡Quedaos con la Dinamitera mejor! Que será manca, pero está de muy buen ver. Se llama Rosario.

—¡Que no es eso, Francisco Javier! Es por una herida.

—¿Qué herida? —le preguntó José, descolocado—. ¿La del labio?

—No. Esta. —Jacobo se descubrió la cabeza, se echó a un lado los rizos de la frente y mostró una herida circular que parecía hecha de arcilla.

—¿Y esto? —José era la primera vez que la veía. Le vino a la mente que Jacobo no se había quitado la gorra en varios días; llevaban con la misma ropa puesta desde Valdepeñas.

—Me apareció hace unos días. Al principio solo notaba un grano pequeño, pero poco a poco empezó a hacerse más grande. Desde anoche suelta arcilla.

—¡Qué cosa tan rara! —exclamó Francisco Javier—. ¡Nunca he visto algo así!

—¡Pues como siga aumentando de tamaño, se me va a caer la frente al suelo!

—¡Anda ya! No exageres.

—¿Te duele? —preguntó José, preocupado.

—Solo si me toco.

—¡Pues no te toques y santas pascuas! —rio Francisco Javier.

—Si no, se la mostramos a algún practicante en el regimiento —propuso José.

—Va, ya os llevaré un día a ver a la Vanesa. ¡Pero ni tocarla!

—Tranquilo, que tocarla, lo que se dice tocarla... —José y Jacobo se rieron a la par; este último volvió a cubrirse la frente para que no se le infectara la extraña herida.

—¡Ay, gorriones! ¡Cuando la veáis, no diréis lo mismo!

Llegaron a la Puerta del Sol, más pequeña de lo que se habían imaginado, llena de militares que iban de un lado para otro y, de nuevo, de suciedad: colchones destripados, berlinas desvencijadas, escombros de todos los tamaños, ropa vieja, latas vacías, botellas rotas, odres rasgados... y muchos caballos. Por toda la ciudad campaban bestias sin dueño que no tardarían, junto a los gatos y a los perros, en formar parte del menú que paliaría la hambruna de los largos meses siguientes. Jacobo no podía apartar los ojos del imponente reloj de Gobernación —construido por el célebre Losada, un relojero leonés exiliado en Londres que empezó haciendo relojes con chatarra y acabó con las sabonetas de la corte monárquica, el reloj más importante del país y un cronómetro marino que fue referente mundial—. La bola dorada que bajaba por dentro de la torre del reloj hipnotizó a Jacobo; cada día a las doce del mediodía descendía para sincronizar el resto de los relojes de la ciudad. La había visto en las ilustraciones de los madrileños tomando las doce uvas en Nochevieja. José, por su parte, se quedó arrobado con el enorme cartel luminoso colocado encima del hotel París, donde se leía GONZÁLEZ BYASS. Pensó que aquel nombre debía de ser el de un hombre de Estado, un político o un aristócrata, cuando se trataba de la simple marca de una bodega jerezana.

Antes de abandonar la céntrica plaza, se asombraron al ver el cadáver de un hombre frente a la librería San Martín. Les explicaron que se trataba del cuerpo de uno de los jefes de gobierno que había tenido el país, un tal Canalejas, asesinado allí mismo y abandonado en aquella posición para que el pueblo no olvidara lo ocurrido. Habían pasado años, casi veinticinco, y seguía incorrupto y de una pieza. José quiso santiguarse, pero Jacobo le arreó un manotazo y le quitó la idea.

Se despidieron de Sol y subieron la calle Montera; no les fue fácil esquivar las ruinas y los tranvías abandonados porque ya no podían circular. Llegaron a la arteria principal de la ciudad, la que más veces iba a cambiar de nombre: la conocida como Gran Vía fue apodada los meses antes de la guerra como avenida de la CNT; empezado el conflicto, le cambiaron el nombre a avenida de Rusia, aunque el pueblo la llamaba avenida de los Obuses; meses más tarde la iban a rebautizar como avenida de la Unión Soviética, hasta que, al terminar la guerra, Franco la llamó avenida de José Antonio, en honor al fundador de la Falange. Hoy ha perdido todos los nombres políticos.

En aquella hermosa calle vieron una cola de mujeres delante de una sombrerería. Muchas de ellas cargaban con lienzos y materiales de pintura. Para el lector curioso, artistas como Rosario Velasco, Delhy Tejero, Remedios Varo y Margarita Manso, pintoras cuya vanguardista obra apenas se conoce hoy día, esperaban que aquel establecimiento les vendiera un sombrero. Sin embargo, según explicaron a nuestros hombres, no tenían fe en que aquello sucediera, ya que la Historia, por lo visto, no tenía hueco para ellas.

Volvieron al teatro. Iban cortos de tiempo y caminar por la Gran Vía era complicado. Parecía una calle en obras, llena de ripios y boquetes en el asfalto —que no hacía tanto había reemplazado a los adoquines—. Solo se pararon a contemplar la altura del edificio Telefónica, así como la montaña de cartas a Franco. Aquella vía sembrada de cráteres de explosiones —buenamente cubiertos por recios tablones de madera— y rodeada de edificios gigantescos los dejó boquiabiertos. Volverían a pasar por allí muchas veces. Madrid iba a convertirse en su segundo hogar.

De vuelta en el Monumental, les fue adjudicado su nuevo destino: el Cuartel General de la Armada, donde les serían distribuidas las tareas militares. Se sintieron aliviados al ver que les había tocado el mismo grupo. Se despidieron de Francisco Javier, a quien mandaron a Cuatro Caminos, a echar una mano al Socorro Rojo, encargado de recibir a los refugiados, y siguieron a los hombres de su nueva tropa. Atravesaron el barrio de las Letras, donde vivieron escritores como Cervantes, Lope de Vega, Quevedo, Tirso de Molina o Calderón de la Barca. Fue al atravesar aquel distrito cuando avistaron los primeros aviones enemigos. Estando lejos de cualquier boca de metropolitano, no pudieron buscar refugio. Los milicianos que se quedaron pasmados mirando al cielo, y vieron a los aviones lanzar una lluvia de papeles en los que se podía leer: «Madrid va a ser liberado. Nada temáis de nosotros».

Aquello era cierto y no. Madrid estaba parcialmente rodeado de cuatro líneas de trincheras enemigas y la asfixia cada día era mayor, pero la resistencia que los madrileños iban a ofrecer haría que la ciudad no cayera de buenas a primeras. Además, como ya he dicho, Franco no quería hacerse con la capital tan pronto, o no erradicaría el mal comunista de Iberia, como él solía decir. Necesitaba una guerra de desgaste. Claro que aquel plan de alargar la guerra no lo compartía con nadie, solo con la reliquia de santa Teresa. Decía Bernanos, a quien vuelvo a citar, que si se hubiera hecho pública la intención de Franco de que la guerra durara más de un par de meses, pocos lo habrían secundado.

Los milicianos se tomaron a risa aquellos panfletos: algunos se bajaron los pantalones y se limpiaron el culo con ellos; otros se mearon encima o se los comieron. La mayoría se los guardó para liar tabaco, el bien que más iba a escasear y, me atrevería a decir, el más preciado. Retomaron el paso y salieron al paseo del Prado, donde la estatua de Cibeles los iba a recibir. La sorpresa fue enorme al ver que, en lugar de la mítica fuente, una montaña de tierra los saludaba. Habían enterrado la estatua para protegerla del fuego enemigo. La base de la fuente estaba oculta bajo una especie de mastaba y la parte escultural bajo un cono de tierra. En el caso de la vecina fuente de Neptuno, construyeron una casetilla de madera en torno a la estatua donde más tarde escribirían: «O me dais de comer o me quitáis el tenedor». Sin estatuas emblemáticas, los milicianos andaluces se contentaron con la belleza del Edificio de Comunicaciones, la verdadera catedral arquitectónica de la ciudad.

Llegaron al cuartel, de estilo neogótico, construido apenas diez años atrás. Allí esperaron una vez más a recibir instrucciones. El hombre que los había guiado hasta allí, un tal Bermudo, se ausentó varias horas; los citó a la noche. Había acudido a por nueva información al búnker construido bajo la fuente de Cibeles, donde estaba oculta la sede del Estado Mayor del ejército republicano, que a su vez se comunicaba mediante un pasadizo con el Ministerio de la Guerra. Dicen que debajo del suelo de Madrid hay otra ciudad oculta; creo que es algo común en las grandes ciudades, construidas sobre esponjas de tierra.

Ni José ni Jacobo aprovecharon para hacer más turismo por la zona, tenían los pies molidos. Se acercaron a los Jardines del Buen Retiro, sin adentrarse en ellos, y durmieron una siesta bajo un árbol centenario. Antes de llegar, presenciaron una imagen irrepetible, la popular Puerta de Alcalá lucía tres grandes retratos, uno por cada arco de medio punto: los semblantes de Litvinov, Stalin y Voroshilov, y debajo otro cartel alargado que decía «Viva la URSS». A los dos janduleses tuvieron que explicarles quiénes eran los bigotudos.

Durmieron una siesta de tres horas. Los despertó una sombra enorme. Abrieron los ojos y vieron pasar por la avenida una réplica de las carabelas de Colón. Las llevaban desde el Museo

Naval hasta el Real Canal del Manzanares, la obra hidráulica levantada dos siglos atrás para unir Madrid con el Tajo y navegar hasta el Atlántico. Los republicanos ideaban estrategias desesperadas; aquella haría agua.

A las nueve de la noche, los milicianos volvieron a reunirse para recibir el primer destino fijo que tendrían en la ciudad. A José le tocó la tarea de vaciar el Museo del Prado y cargar los lienzos en los dos mil cajones que irían hasta Valencia, y desde allí hasta Francia, Suiza y otros países, pasando antes por las minas de talco de La Vajol y los bajos de los castillos de Figueres y Peralada. Lo haría acompañado de un hombre que contaba mil bondades de su mujer, una tal Rosa Chacel: que si era famosa y escribía magníficamente, que si era bella y no sabía la suerte que él tenía...

Las pinturas no fueron lo único que fue a parar a la ciudad levantina, pues todo el Gobierno se había trasladado allí un mes atrás, incluido su jefe, el estalinista Largo Caballero —que después de la guerra acabaría exiliado y en un campo de concentración nazi—, y el de la República, Manuel Azaña. Solo se quedaron en Madrid el general Miaja y el teniente coronel Vicente Rojo, que se encargarían de su defensa.

A Jacobo, por el contrario, por orden de la Sección de Bibliotecas de Cultura Popular, que dependía directamente del Ministerio de Instrucción Pública, le impusieron la tarea de bajar todos los libros de la Biblioteca Nacional al sótano del mismo edificio para evitar que fueran confiscados y quemados por el otro bando. Habían oído que un tal Peter Kien andaba suelto por Madrid e iba prendiendo con su chisquero todas las librerías que encontraba a su paso. Por todo eso, la Biblioteca necesitaba su ayuda. Debían velar por una de las pocas bibliotecas de todo el país que no había sido convertida en hospital de campaña o en cuartel militar. La idea de usar a las milicias para preservar los tomos de aquella biblioteca había surgido de una mujer llamada María Moliner, miembro de la Institución Libre de Enseñanza, que desde Valencia movía tantos hilos como podía para que las letras se salvaran. Durante el día, la mujer hacía política con fines lingüísticos y por la noche se paseaba por los campos con un cuaderno: salía a cazar palabras. Decía que era más fácil cuando el resto dormía, que la mayor parte de los vocablos eran tímidos y se hacían desear.

Como Jacobo no sabía leer, le encargaron los libros más preciados, los que había que tener ocultos: los libros futuros. Eran obras que habían aparecido en el salón general de lectura de la biblioteca. Se distinguían de los demás por poseer una fecha de publicación futura. Había autores como Paul Preston, Montserrat Roig, Antony Beevor, Stanley G. Payne, Dulce Chacón, Hans Magnus Enzensberger, Hugh Thomas, Gabriel Jackson, Gerald Brenan, Almudena Grandes, Agustín Gómez Arcos, Ian Gibson, Herbert Southworth, Agustín de Foxá, Pío Moa, Carmen Laforet y Burnett Bolloten, entre otros. Pero poco le importaba el contenido a Jacobo ni a los que les encargaron el transporte de las obras, aunque, si los hubieran hojeado, se habrían dado cuenta de que esos libros describían la guerra que estaban viviendo y podrían haberse servido de ellos como mapas interactivos y proféticos del conflicto. Pocos buscan el futuro en los libros, pero, como dice esa frase tan manida —y no por ello menos sabia—, «para comprender el presente y el futuro, hay que remitirse y conocer el pasado». José, por su parte, antes de que la diligencia de cuadros saliera, consiguió cambiarle la tarea a un valenciano. Aquello permitió que los dos janduleses pudieran seguir juntos en la labor bibliotecaria, pero también impidió que el primogénito se cruzara con Odisto días más tarde a la altura de Cuenca.

La estación de metropolitano más cercana a la Biblioteca Nacional era la de Príncipe de Vergara —que tras la guerra se llamaría General Mola—. Allí se instalaron los dos amigos. Y allí se camelaron a dos ciudadrealeñas encargadas de repartir dos raciones de judías diarias a los soldados. Las jóvenes, encandiladas, les daban doble ración y algo de pan fresco, y a veces una botella de leche a compartir. Mientras tanto, ellos dos se amaban a escondidas, como habían hecho siempre. En la inmensa biblioteca podían intimar sin miedo a que los descubrieran; se sentían protegidos en aquellos sótanos, donde paseaban sus traseros velludos entre los tomos decorados con oro de Toledo.

En una de aquellas escapadas románticas, fueron descubiertos por una pareja de fotógrafos, que prometieron no decir nada sobre su orientación sexual. El incidente fue el comienzo de una peculiar amistad entre las dos parejas, a pesar de que los desconocidos eran extranjeros y solo chapurreaban el íbero. Se trataba, nuevamente, de los fotógrafos Gerda Taro y Robert Capa, que estaban fotografiando algunos libros militares de registro. Se habían hospedado en el mismo barrio, en el palacio de Heredia-Spínola, junto a otro amigo fotógrafo, un tal Chim. Es la tercera vez que la pareja judía sale en estas páginas y no será la última, ya que estuvieron presentes en muchos momentos clave del conflicto y dejaron uno de los mejores documentos fotográficos de la guerra.

Una mañana, Capa llevó unas fotografías para enseñárselas y mostrarles los horrores y las bendiciones que habían captado de aquella guerra. Quería comprobar la reacción de los muchachos. Lo que no esperaba era que uno de ellos reaccionara a gritos. José reconoció en una de las tomas de la provincia de Córdoba a su hermano Paulo. No tenía ninguna duda de que se trataba de él porque salía de frente; tampoco comprendía por qué posaba junto a milicianos republicanos cuando su hermano era fascista. Gerda y Robert, sorprendidos por la casualidad, se entristecieron al saber que Paulo los había engañado y que era cierto lo que llevaban tiempo escuchando, que había muchos enemigos alistados en el bando contrario.

Continuaron mostrándoles fotos de otros viajes. Cuando llegaron a las que tomaron en Málaga, decidieron quitarles las imágenes de las manos y ahorrarles aquellas escenas macabras. Así, de paso, y sin saberlo, evitaron que José pudiera reconocer en una de las fotografías a otro familiar: su prima Manola.

José dudó si contar a su padre que había visto a Paulo, pero decidió no hacerlo, quizá aquel no fuera su hermano, quizá lo había confundido con otro. Hacía tiempo que no le escribía y aún no le había comunicado que ya habían llegado a Madrid. Buscó una imprenta, se hizo con papel y tinta y le escribió una breve misiva. La carta nunca llegaría; se quedaría asfixiada en un convoy en llamas.

En cualquier caso, la casualidad de la fotografía hizo que se fortaleciera el lazo entre los janduleses y los extranjeros y, una semana más tarde, José y Jacobo serían invitados a celebrar con ellos el Año Nuevo. Aceptaron. Vivirían el final de aquel año en un ambiente del todo nuevo para ellos.

Miguel de Unamuno

«En ese pueblo triste, tristísimo, la gente se divierte, sin duda, pero se divierte como si dijera: comamos y bebamos, que mañana moriremos».

Práxedes Mateo Sagasta

«Yo no sé adónde vamos; pero sí sé que doquiera que vayamos, perderemos nuestro camino».

56

La última cena y la piedra negra

La última cena de Odisto antes de su marcha se sirvió en una mesa doble hecha con varios tablones, con dos grandes manteles bordados por Celia, como si celebraran una comunión o una boda. En la primera parte del mueble se sentaron los vivos; el otro extremo lo dejaron libre para que las almas de los fallecidos recientemente se pudieran sentar junto a ellos. Costumbres carpetovetónicas que fuera del pueblo no se entendían. Pero estaba tan arraigada aquella creencia que incluso sirvieron comida en la mesa vacía y la dejaron toda la noche una vez terminaron de cenar. Los zorros, jabalíes, perros y gatos salvajes apuraron aquellos platos llenos de sopa de ajo, pisto y gachas de maíz.

Por cierto, hace un par de noches, un amigo francés que trabaja como profesor de Historia me preguntó si Iberia es tan religiosa como considera buena parte de Europa, y le respondí que no, que no hay que confundir el sentir religioso con las costumbres, ni la fe con la superstición. He vivido en buena parte de este continente y pienso que la fe de un católico centroeuropeo es más pura y sentida que la de un íbero, pese a que el íbero la demuestre y manifieste de puertas afuera. Esto explicaría el hecho de que, aquella tarde, la idea de poner una segunda mesa para los espíritus viniera de un hombre agnóstico como Odisto. Prosigo.

Armaron el banquete en la pequeña terraza sobre la que estaba construido el cortijo, bajo unas vigas cargadas de vid, de donde aún colgaba el espejo roto en el que se había afeitado el pueblo entero hasta que pudieron recuperar los suyos, requisados por el consistorio. Cenaron fuera porque en la casa no habrían podido escuchar el sonido de las campanas huecas. Aquella era otra tradición en los banquetes de despedida. Colocaban seis campanas sin badajo alrededor del huerto y orientadas hacia la zona donde iban a reunirse. Si la noche era ventosa, el aire producía un sonido metálico que retumbaba por el huerto hasta desaparecer. La suerte acompañaría al que iba a emigrar si sonaban mucho. Odisto se sintió dichoso al reconocer durante toda la cena el sonido de aquellas seis.

El intenso frío decembrino los obligó a abrigarse, aunque los últimos rayos de un enorme sol los calentaron hasta el anochecer. La luz bajo la que cenaron fue la del cielo despejado y rosado, y el *luar* de una luna a tres cuartos que llevaba toda la tarde fuera. Se habían reunido todos los familiares más cercanos que quedaban en Jándula: cinco hijos de Odisto —Mariángeles, Gonzalo, Josito, Martina y Ángeles—; su padre Jorge, que no levantaba la vista del plato por la vergüenza de sentirse responsable del exilio de su propio hijo, y su madre Celia, mujer de pocas palabras, siempre prudente.

Se los veía cansados. La víspera nadie pudo pegar ojo. No entendían por qué Odisto debía abandonar Jándula. Jorge, como dije antes, era el más adolorido. Temía morir antes de que aquella guerra terminara y que su hijo no lo pudiera asistir, que no pudiera agarrarse a su mano en el lecho de muerte. Estaba enfermo del corazón y sabía que le quedaba poco. Odisto le dijo que no debía preocuparse ni sentirse culpable y le prometió que estaría junto a él cuando le llegara la hora.

Los más pequeños, aunque habían dormido, seguían llorosos. Sabían que no iba a ser fácil apañárselas sin su padre. La relación con los dos abuelos paternos nunca había sido mejor que entonces; más que quererse, se respetaban. En quien sí pensaban mucho era en su abuela Pura, a la que echaban mucho de menos. A Ángeles se le pasó por la cabeza subir al camposanto y traerla de vuelta a la historia, pero le quité esa idea de la cabeza. Me comprometí a dejarla tranquila en el cementerio y así lo haré.

Sin madre, padre, abuelos cercanos ni hermanos mayores, las únicas personas en quienes los niños confiaban como figuras protectoras eran su tía Juliana la Coneja y, en cierto modo, también Fuensanta, la amante de Odisto. Esta última los visitaba con asiduidad y había sabido ganarse la confianza de Ángeles y Martina. De hecho, fue ella quien asistió a la mediana en su primer sangrado, y aquello unía como cualquier lazo familiar.

—Tendréis que obedecer a vuestra hermana mayor. Ángeles ya es toda una mujer y sabrá llevar la casa tan bien como lo ha hecho hasta ahora. Vuestros abuelos bajarán a menudo, pero seguirán durmiendo en su propia casa, si es que no se cae. En fin, así lo hemos convenido. Los abuelos no están para muchos trotes. Intentad quedaros siempre en el huerto, y si necesitáis algo del pueblo, hablad con Juliana; ella os lo traerá. Esta guerra no durará mucho, así que más pronto que tarde estaré de vuelta.

—¿Y qué hacemos si baja Venancio, padre?

—¡A ese no se le ocurrirá poner un pie en el huerto! Su cabeza está podrida, pero su palabra se mantiene en cierto honor. No bajará.

Fue la única intervención oral en toda la cena. Nadie quiso añadir nada más. La pena no les dejaba coser palabras. Continuaron comiendo en silencio. Era tal la quietud de la escena que ni siquiera se inmutaron cuando una enorme bola de fuego que gritaba pasó a unas varas de ellos, iluminándoles la cara.

El nieto de Juliana, Abundio, llevaba tiempo decidido a desaparecer de esta narración. Según él, no se merecía tan poca atención por mi parte, ni que lo único que hubiera dicho de él fuera que se le escamaba la piel y que como personaje ni fu ni fa. Decidió retarme haciendo lo único que podía hacer: suicidarse. Y, para importunarme más, escogió uno de los momentos más delicados de la narración: la despedida de Odisto. Abundio se bañó en alcohol, pegó a su cuerpo los poemas escritos a lo largo de sus dieciséis años, que ni he mencionado, y se prendió fuego. Debería haberlo llamado Thích y no Abundio.

Envuelto en llamas y feliz de poder encocorarme, el letraherido cruzó corriendo la terraza donde la familia de Odisto cenaba. Gritó mientras su carne se cuarteaba y se convertía en ascuas y ceniza. La familia, como en un lienzo, ni se inmutó. Y no fue porque yo los instigara a ello, sino porque la pesadumbre les impidió reparar en la inmolación. No tenían fuerzas para levantar la cabeza del plato ni para pensar en otra cosa. Los ardientes restos de Abundio iluminaron aquella última cena, las arrugas de Odisto, el ceño compungido de Jorge y las lágrimas de Celia. Al día siguiente, su familia lo buscaría sin éxito. Juliana, su abuela, sentada en una silla baja de anea en su huerto, barrería la capa de ceniza con la que habían amanecido cubiertas las dos huertas, preguntándose dónde estaría.

Terminada la cena y apagada la luz del cuerpo de Abundio, tres golondrinas atravesaron el cielo y, entre ellas, el ibis escarlata que Odisto había visto en alguna ocasión rondar por la huerta y que era mal presagio si volaba raso. Aquella noche volaba alto. Se sintió aliviado. Tras cruzar el cénit, una nube lenta lo escondió.

Antes de irse a dormir, se acercaron todos a la charca de los Claros, un pequeño estero que servía a los agricultores para regar los campos. Una vez allí, metidos en el agua hasta las rodillas, llevaron a cabo, a petición de Odisto, el rito de la piedra negra para honrar de nuevo a los desaparecidos de la familia. La ceremonia consistía en escribir con tiza sobre una piedra negra de río los nombres de los miembros de la familia fallecidos aquel año. La sujetaban entre todos formando un corro y la dejaban caer al unísono al agua. Si la piedra tardaba en hundirse o incluso flotaba momentáneamente, significaba que los familiares seguían allí, protegiéndolos. Si, por el contrario, la piedra caía con fuerza hasta el fondo de la charca, quería decir que nadie los acompañaba, que estaban solos en el mundo.

Los nombres de Ricardo, María, Antonia, Manola, Trine, Crisanta, Felipe y Víctor los escribieron en mayúscula, ya que estaban seguros de su muerte. En minúscula anotaron los de Pura, Manolo y Ángel, porque no sabían si estaban vivos o muertos, pero, en cualquier caso, no estaban allí para acompañarlos. Odisto se negó a escribir el de sus dos hijos mayores, ya que de José había tenido noticia por carta de vez en cuando y, aunque de Paulo no, aquello no significaba que hubiera fallecido.

Contaron hasta tres y la dejaron caer. La piedra se hundió con tanta fuerza que abrió en el fondo de la charca un profundo agujero. Cogieron una vara de la aceituna para intentar tocar la piedra, pero el hoyo era demasiado profundo. Ataron dos varas juntas, y tres, y hasta cuatro, y no consiguieron tocar la roca. Aquello significaba que la piedra se había hundido al menos ocho varas. Ni siquiera Celia y Jorge, que habían vivido más que ningún otro familiar, habían visto nunca un caso parecido de inmersión. Apreciaron con horror que el agujero era tan profundo que había comenzado a drenar el agua de la charca; en unos minutos se quedó completamente seca. Y es que la piedra, no saciada con la charca, siguió su trayectoria hacia lo más profundo en una caída que atravesaría la corteza, la litosfera, la astenosfera, el manto superior y el manto inferior y que, en un año, alcanzaría el núcleo del planeta.

Al día siguiente, después de marchar Odisto, cuando los huertanos vieron que la charca había desaparecido —y como en el pueblo todo se sabía—, interpelaron a la familia de Odisto, sobre todo a Ángeles, la mayor de los hermanos. Esta no ocultó nada y les explicó lo sucedido. Aquello solía tener consecuencias penales, pero los agricultores, misericordes, se compadecieron de la familia y solo exigieron que alguien de los hijos se dedicara hasta el día de su muerte al oficio de zahorí para buscar el agua que habían perdido. Y así fue como Josito, que por su ceguera ya estaba acostumbrado a caminar siempre con un palo en la mano, se hizo zahorí. Aprendió el oficio de Marcos, el que se había encargado de aquel trabajo hasta la fecha.

Aquella noche Odisto acostó a sus hijos y se echó en la cama como si fuera la última vez. Imaginó que María estaba a su lado, medio año atrás, y que al día siguiente se levantaría e iría con José a por capachos de esparto a la almazara de Jódar. Por un instante consiguió engañar a sus ojos e intercambiar aquellas sombras que lo rodeaban por su fallecida esposa. Se levantó antes de dormirse. Era la hora; debía partir. Y alguien lo estaba esperando a las afueras de Jándula para darle el último adiós.

57

La despedida en el horno

Odisto había quedado en reunirse con Fuensanta antes de abandonar el pueblo. Lo hicieron en un lugar al que no iba desde hacía décadas: el horno en desuso que había pertenecido a una tatarabuela suya. Era una construcción de una sola planta, con la panadería y las habitaciones de una casa, de color azul claro, con grandes ventanales arqueados, arriates llenos de hortensias y un porche con vigas desnudas. El estilo colonial estaba presente, o lo había estado cuando la vegetación rodeaba la casa y las puertas y ventanas del horno se dejaban de par en par, inundando la vega del norte con el olor a tortas de mosto, a churros, a buñuelos de viento, borrachuelos y roscos fritos. El exterior había aguantado bien el paso del tiempo, pero el interior estaba medio en ruinas. Solo quedaban en pie dos habitaciones: la despensa y la cocina de la casa. Las otras eran una pintura de Braque.

Odisto amarró a Lucía, la mula con la que viajaría hacia el norte, y entró al horno por la única ventana que no estaba apuntalada. Hizo espacio en la sala y retiró los cascotes de en medio, no fueran a tropezarse; extendió en la alacena la estera que había preparado para el viaje y allí esperó a Fuensanta. Después, haciendo tiempo, recorrió los armarios de la cocina buscando algo que pudiera aprovechar para el viaje. Encontró tres cosas:

Lo primero que guardó en una de sus bolsas fue una caja de latón que contenía pescado: bacalaos que su tatarabuela, un siglo atrás, había secado al frío del cerro de la Magdalena. Se quedaban tiesos como estacas.

Lo segundo que se alegró de encontrar fue la teca de cerezo que había escondido de mozuelo junto a María —entonces ya estaba el horno más que abandonado—. La cajita taraceada, de motivos arabescos —como las que se venden en las calles enrevesadas del Albaicín de Granada—, contenía la mitad del diminuto lápiz color carne de la abuela paterna de María, Patrocinio. El lápiz sanaba las heridas mejor que la hierba callera; bastaba dibujar con él sobre la lesión y esta cicatrizaba. Odisto pensó que aquello podría serle útil.

En cuanto al tercer objeto preciado, encontró un tarro con chuzas, la flor autóctona que enfriaba hasta congelar todo lo que tocaba, salvo el vidrio y la arena. En la guerra le vendría igualmente bien.

Abrió otra despensa y vio que estaba llena de remedios naturales. La mayor parte había caducado o se había secado, pero pudo recuperar algunas cosas, como una botella de alcohol para masajes, yedra molida para la tos, esencia de romero para los calambres musculares y unos granos de anís estrellado para la indigestión. Dudó si llevarse una bandeja de alpaca con tres agujas, milagrosamente no oxidadas. La volvió a colocar en la despensa. Sabía que Fuensanta le traería algunas cosas para el viaje y ya llevaba más peso del que la mula podía cargar.

Media hora más tarde llegó la mujer y, tal y como suponía Odisto, cargaba con dos sacos. En el primero y más grande traía una pintura de su padre, una de aquellas escenas de campesinos que pintaba al óleo.

—Me lo ha dado para que lo vendas si te hace falta dinero. Dice que su firma, en unos años, podría valer mucho. En fin... ¡Ya sabes cómo anda de la cabeza! Lo mejor es que lo dejemos aquí en el horno, no vas a arrear con él por un capricho, ¡con lo que abulta!

En el segundo saco traía varios paquetes de comida: andrajos con pimientos secos y hierbabuena, lentejas con chorizo adobado, cinco morcillas, dos salchichones, dulces de la confitería de la plaza, tabletas de chocolate preparado con las arvejas del algarrobo y jalea de arándanos del pantano del Tranco. Le agradeció que hubiera preparado tanto alimento para su partida. La ayudó a entrar a la tahona y le enseñó las dos habitaciones mejor conservadas, así como el horno.

—¿Sabes por qué tiene la boca tan pequeña? —preguntó Odisto señalándolo.

—¿Por qué?

—Cuando éramos pequeños, jugábamos a escondernos dentro. Hasta que un buen día..., bueno, un mal día, la nieta de Eustasia se quedó encerrada y desapareció. Después de aquello, reconstruyeron la puerta para que no nos coláramos.

—¿Es una broma?

—¡De muy mal gusto sería!

—¿Cómo se llamaba?

—Creo que Licina, o Leoncia... Fue hace mucho tiempo. Recuerdo que, como no encontraron el cuerpo, enterraron la última hogaza de pan que se coció en el horno.

—La experiencia es una llama que no alumbra sino quemando.

—¿Y eso?

—Se lo leí a Galdós. No sé, me vino a la mente.

—Va, vamos a tumbarnos.

Se sentaron en la estera que Odisto había desplegado y charlaron sobre Jándula y sobre la decisión de Venancio. Se tumbaron y siguieron conversando, mirando al techo desvencijado de la sala. Odisto buscó la mano de Fuensanta y se la acarició mientras le contaba la vida y milagros de su tatarabuela. Se durmieron y despertaron varias veces. Entre sueño y sueño conversaban, cada vez con menos palabras y más cansados. No querían dejar de hablar porque sabían que, si se dormían del todo, el alba llegaría y no tendrían más tiempo que compartir. No hicieron el amor, solo se dieron algunos besos. Ni siquiera hubo mucho roce. Hubo cariño. La pareja no tuvo tiempo de descubrir el amor, ni el carnal ni el del corazón. El luto y las diferentes ausencias en la familia de Odisto les había dificultado el camino. Pero se atraían y en los últimos meses se habían buscado constantemente.

Fuensanta le prometió que cuidaría de su familia, que no les faltaría de nada, que los pequeños crecerían bien. Era mucho lo que prometía, pero deseaba que Odisto partiera lo más tranquilo posible. El hombre se lo agradeció con un regalo desesperado: las últimas lágrimas que vertió antes de partir.

Se volvieron a dormir, esta vez arropados por el velo del sueño profundo. Antes del amanecer, Odisto se despertó y decidió que era el mejor momento para partir. No despertó a Fuensanta. No le gustaban las despedidas y no habría sabido cómo hacerlo. A ella tampoco; por eso se hizo la dormida y dejó que se marchara, aunque lo vio alejarse desde la ventana del horno, también derramando unas últimas lágrimas, idénticas a las del patriarca en tamaño, forma y número.

Jándula se comunicaba con el este y el oeste de la región por el camino principal que la partía en dos. Al sur, más llano, se podía acceder por un camino secundario cercano a los olivares. Sin embargo, salir hacia el norte era difícil. Era donde la montaña alcanzaba más altitud. Atravesarla por encima suponía muchos días de viaje. Por eso se había excavado una pequeña gruta que cruzaba la montaña bajo tierra, a ras de las huertas septentrionales del pueblo. Odisto cruzó el pinar de la falda del valle y llegó a la pared rocosa de la montaña donde se abría la gruta; entró en ella antes de que saliera el sol.

Antes de acercarse a la entrada vio que un animal le cortaba el paso. Allí estaba de nuevo el potamóquero rojo. Aquel jabalí de río que ya había visto el día del último alumbramiento de María volvía a interponerse en su camino. Entonces sí le dio tiempo a apreciar mejor algunos detalles de su extraño aspecto, como los manojillos de canas que le salían de las puntas de las orejas, las barbas albinas o la sombra de ojos nívea que dibujaba extraños contornos en su cara morruda.

Se miraron fijamente durante un minuto, hasta que el animal agachó la cabeza, resopló y se echó a un lado, despejándole el paso. Odisto, entusiasmado con el animal, no leyó un aviso tallado en una roca a mano derecha de la entrada que decía: AMIGO, MEJOR SUBE LA MONTAÑA; ESTA GRUTA ROBA TU TIEMPO.

Odisto desapareció en la negrura del túnel subterráneo, mientras los girasoles de la región le daban la espalda, entristecidos por su decisión.

El jabalí vertió una sola lágrima, blanca, que coloreó la tierra rojiza y seca.

Alejo Carpentier

«Vengo de España. Es decir, del infierno. Es cien veces peor de lo que cuentan los periódicos [...]. Madrid vive bajo los obuses. ¡Caen ochocientos cada día! ¡Por la mañana, por la tarde, por la noche!».

Antoine de Saint-Exupéry

«Aquí se fusila como se tala árboles».

58

Las doce bombas sobre el reloj

—Yo en realidad no me llamo Robert, ni me apellido Capa. Me llamo Friedmann Endre Ernö. Lo de Robert Capa es un pseudónimo que se nos ocurrió a Gerda y a mí para publicar nuestras fotos. Pero el narrador no lo sabe. Se está enterando ahora conforme te lo estoy contando. Supongo que seguirá llamándome Capa para facilitar la narración.

—¿Y no crees que podría tomárselo como una humillación?

—¿El qué?

—Enterarse por ti y no por haberse documentado mejor.

—Bueno, puede que sí. Quizás se vengue y me lo diga el día de mi muerte.

—¿Y esa ocurrencia?

—He escuchado hablar de gente a la que le ha pasado.

—¡No jodas!

—¿Qué pasa?

—No te lo vas a creer...

—¿Qué ocurre?

—Acaba de venirme a la mente una fecha, justo después de que hayas dicho eso.

—¿Una fecha? ¿Cuál? ¿La de mi muerte? ¿Crees que es él, que te la ha desvelado?

—No lo sé.

—Dímela. No soy muy supersticioso.

—¿Estás seguro? Mira que no estamos hablando de Dios, sino del narrador.

—Sí, dímela.

—El 25 de mayo del 1954.

—...

—Lo siento mucho.

—¿Solo viviré cuarenta años?

—¡No me hagas caso! Lo mismo me la he inventado yo.

—¡Bah! Como te dije, no me creo mucho la existencia del narrador y demás.

—Bueno, no es por llevarte la contraria, pero yo sí que creo en él. Si no existe, ¿cómo es posible que hables tan bien íbero? ¡Si hace una semana solo soltabas monosílabos!

—Quizás sea un portento lingüísticamente hablando, o se trate de un milagro.

—¿Ahora eres religioso?

—¡También ocurren milagros lejos de Dios!

—¡Será en Vietnam!

—En Vietnam y en todas partes.

—¡Tu muerte, digo! Morirás en Vietnam. Me acaba de venir también a la mente. Aunque nunca oí hablar de esa ciudad, ¿está en Inglaterra?

—¿Vietnam? Es un país asiático. ¿Qué se me habrá perdido allí?

—No lo sé.

—¡Pues no pienso pisar Vietnam en mi vida! Por si acaso.

—Es lo que yo haría. Pero, cuidado; no retes al narrador de forma tan cínica, o te matará antes de tiempo. Según tengo entendido, no puede variar la causa de la muerte, pero sí el momento y el lugar.

—¿Entonces qué debería hacer? ¡Lo mismo digo de ir a visitar el país y me matan nada más llegar!

—Yo de ti iría a Vietnam llegado el momento.

—¡Va, José, que me estás poniendo el cuerpo malo con la conversación! ¡Menuda cháchara para recibir el año! ¿Nos vamos ya? La fiesta ya habrá empezado.

Capa y José abandonaron la Biblioteca Nacional. Hasta el último día del año habían tenido que trabajar cargando y fotografiando ejemplares. Dejaron el tajo y se encaminaron hasta el glamuroso hotel Florida —en la plaza de Callao, donde años más tarde, la Collares, la desaprensiva esposa de Franco, construiría en su lugar las célebres Galerías Preciados, derribando un edificio antiguo y bello sin ningún miramiento—. José pasó antes a recoger a Jacobo. Se engominaron y salieron.

Madrid iba a ser una fiesta, y nuestros dos jóvenes, José y Jacobo, se iban a unir a ella. Iban vestidos de etiqueta con unos trajes grises de varias tallas de más que les prestó una tal Fedora, viuda de un mandatario soviético que había trabajado en una *boutique* en el barrio de Salamanca y que entonces se dedicaba a vestir al frente. Como había carestía de telas de calidad, iba a las morgues de los barrios más adinerados a por prendas, trajes que con suerte solo tenían un par de agujeros de bala.

Atravesaron el barrio de Justicia y llegaron al susodicho hotel Florida, donde ya había comenzado la celebración. Capa y Taro los recibieron en la puerta y los condujeron hasta el salón, donde festejaban los aristócratas, artistas y cónsules extranjeros. Había muchos embajadores quejándose de que las embajadas estaban llenas de fascistas, casi diez mil en total, y que había que hacer algo. Pero pronto se dieron al vino y olvidaron aquel dilema.

Los fotógrafos extranjeros no paraban de hablar con todos los invitados, sobre todo en inglés y en francés, y los janduleses se quedaron rezagados. Se sentaron en un banco alejados del centro de la sala y observaron la curiosa madeja de cuerpos ebrios, entremezclados con una veintena de prostitutas poco vestidas y muy maquilladas, fácilmente reconocibles. La escena les parecía irreal y fabulosa y la observaban como si estuvieran dentro de una película, hasta que descubrieron la mesa donde estaba la comida y se abalanzaron sobre ella. Les sorprendió ver tantos platos diferentes y tal cantidad de alimento mientras que el pueblo pasaba hambre y se racionaban el pan y el resto de víveres. Aun así, aparcaron el sentimiento de culpa y comieron; estaban hartos de comer día y noche lentejas, las que con el tiempo serían llamadas «píldoras de la resistencia» —que, por cierto, no provenían de la huerta levantina, pues estas se vendían para comprar armas, sino que llegaban de México junto a toneladas de garbanzos—. Sobre la mesa había codornices, hinojos rellenos de *foie-gras*, sopa de tortuga con cilantro, caracoles rellenos de mantequilla y hierbas provenzales, y platos más castizos como los callos madrileños, el bacalao a la vizcaína o la sopa de *galets* catalana; también algunos dulces, como peras confitadas con chocolate, profiteroles, *goxua* éuscara y natillas glaseadas con brandi. Ni José ni Jacobo sabían exactamente lo que estaban comiendo, pero fue la cena más suculenta de sus vidas. Se llenaron el buche y se tomaron varias copas de vino de Jerez.

Mientras que el *swing* y el *jazz* marcaban el ritmo en el siempre vivo —y ajeno a la realidad del país— hotel Florida, otra fiesta se celebraba en otro palacio en Madrid, en uno de ladrillo visto ubicado en la calle Marqués del Duero: el de Heredia-Spínola, donde cantaban y bailaban varios de los miembros de la Alianza de Intelectuales Antifascistas, formada por los iberohablantes Rafael Alberti, Miguel Hernández, María Zambrano, Luis Cernuda, María Teresa León, Rosa Chacel, Pablo Neruda, Octavio Paz, César Vallejo o Luis Buñuel, y voces extranjeras como Ernest Hemingway, John Dos Passos o André Malraux, quienes pertenecían a la Escuadrilla Íbera, aunque pasaran más tiempo bebiendo en el Chicote que entre las nubes. Habían decorado el gran salón del edificio como para un baile de máscaras veneciano, así como el sótano del edificio, donde continuarían la fiesta si las bombas amenazaban con detener la celebración. Los invitados estaban dispuestos a todo para poder despedir aquel trágico y miserable 1936. Solo había uno entre ellos que no encontraba el ánimo para festejar nada y que, en cuanto empezó la fiesta, se subió a la tarima de los músicos, detuvo la serenata y reprendió a todos los presentes:

—¿No os da vergüenza semejante fiesta? ¡Con la que está cayendo! ¡Qué pronto os habéis olvidado de la guerra! ¡Mejor arengar tropas que avivar el fuego de la frivolidad! ¿Nos os dais cuenta de que es preciso matar para seguir viviendo?

—¡Pero Miguel! ¿No ves que es Nochevieja?

—¡Irresponsables, calaveras! ¡No, no actuaré yo de tal manera! Me marcho ahora mismo a luchar a Teruel, o al oeste de Madrid. ¡Adonde haga falta!

—¿Vas a dejar sola a Josefina?

—Me casaré con ella en cuanto ganemos la guerra, si es que la ganamos, porque desde los salones y disfrazados, la victoria se sueña lejana.

—¿Qué diablos te pasa? La moral del pueblo es tan importante como la lucha armada, y ya me dirás tú cómo va a sobrevivir un país sin sus intelectuales. Con un rebaño en el que no se aprecia diletantismo alguno.

—¡Intelectuales embriagados y aletargados! ¡Bah! ¡Ahí os quedáis!

Aquel poeta, de apellido Hernández, terminó de pronunciar la breve monserga y se marchó al frente. Los músicos continuaron tocando y los presentes siguieron bailando y conversando, combatiendo la guerra con la tinta de sus plumas.

A varias leguas de allí, concretamente a treinta y seis, Antoine de Saint-Exupéry se hizo eco de una información que ponía en peligro a sus amigos extranjeros reunidos en el centro de Madrid. En cuanto pudo, llamó al hotel Florida, donde el timbre del teléfono se ahogó en el fragor de la orquesta. Perdió la cuenta de las llamadas, tantas que la joven de la centralita de Telefónica le instó a que no lo intentara hasta pasado un buen rato. El francés le suplicó una última llamada: contactó con los escritores del palacio Heredia-Spínola para que fueran personalmente a avisar a los del hotel Florida de lo que se había enterado que iba a ocurrir. Fue Hemingway quien contestó y quien se encargaría de cruzar el centro de Madrid para llevar a sus amigos el urgente mensaje; lo hizo en una motocicleta con un sidecar, donde Pablo Neruda iba metiéndole mano a una prostituta que le pedía que la dejara bajarse; el chileno, contumaz, hacía oídos sordos. Tardaron el triple en llegar porque las calles estaban llenas de agujeros y escombros, y porque don Ernesto solo sabía conducir ambulancias.

Antoine, por si Hemingway no lo lograba, decidió acudir también en persona al hotel Florida para avisar del bombardeo que los fascistas habían preparado para arrasar a medianoche el barrio más céntrico de Madrid. No confiaba en que Ernest llegara a tiempo porque lo había encontrado algo borracho. Se montó en la avioneta y partió. Apenas había tráfico aéreo; ambos bandos celebraban bajo una supuesta tregua la llegada del Año Nuevo. Pensó en aterrizar en la plaza de San Marcial —a la que se negaba a llamar por su nuevo nombre, plaza de Iberia— y seguir desde allí a pie, por la calle Leganitos.

Al mismo tiempo que el piloto se iba acercando al centro de la ciudad, José y Jacobo, en un sofá del hotel, escuchaban desagradables historias de la guerra.

—¿Vosotros os tiráis con paracaídas?

—¡Si no tenemos ni fusil! Todavía no hemos visto uno al que no se le resista el cerrojo.

—¡Pues mejor! Porque el mes pasado me contaron algo truculento. Resulta que el Estado Mayor de la República dijo por radio que se tratara bien a los paracaidistas del bando contrario que caían por un aterrizaje forzoso, que los hicieran prisioneros de guerra, pero que no se ensañaran con ellos. Pues bien, ¿sabéis cuál fue la respuesta del bando fascista? Ese mismo día, un republicano tuvo la mala suerte de aterrizar en el bando nacional. Lo capturaron, lo despedazaron y metieron su cuerpo en una caja que lanzaron al bando republicano en paracaídas. ¡Así que mejor no saltéis desde un avión, que estos fascistas no tienen estómago! Parecen carniceros. ¡La de veces que han cogido el finado de uno de sus propios hombres y lo han mutilado para fotografiarlo y decir que habían sido los rojos!

—¿No tiene historias un poco más... felices?

—¡Eso sí que os revolvería las entrañas, conocer la vida que deberíais estar viviendo a vuestra edad y no esta locura! ¡Va! Os contaré una más graciosa. Estaban unos falangistas tan felices pidiendo «café» en el norte de África cuando...

Entonces, la banda dejó de tocar y un silencio sugirió un posible peligro, hasta que el contrabajista calmó los ánimos y dijo a los presentes que continuarían la música en la azotea, donde, aprovechando la tregua militar, el hotel ofrecería uvas a todos los que quisieran tomárselas con el reloj de la Puerta del Sol.

Faltaban apenas diez minutos para la medianoche. Todos los asistentes subieron y se prepararon para el rito más curioso de la Nochevieja. José y Jacobo, que entre la multitud se envalentonaron y se dieron la mano, también subieron a la azotea. Iba a ser la primera vez que se tomaran las uvas.

—¡Oh! ¡Mirad qué estampa! ¡Dos milicianos enamorados!

—¡No os cortéis, muchachos! ¡Aprovechad mientras dure la República!

—¡Que el amor y la libertad reinen por encima de cualquier moral vecina! ¡Salud!

La escena fue surrealista. Todos los invitados levantaron las copas en aquella azotea y brindaron por el amor de José y Jacobo. Fue la primera vez que los jóvenes se emocionaron ante lo que significaba la República. Aquel momento terminó de darles las fuerzas necesarias para ir al frente y defender a su país de los golpistas. Recordarían la escena una y otra vez en el campo de batalla, como quien mira una foto de su amada —o amado— oculta en un relicario al cuello. Sin embargo, poco duró aquella sensación, pues, tras el brindis, a un minuto de que empezaran las campanadas, doce relumbres iluminaron el cielo, las mismas luces que casi alcanzan la avioneta de Antoine, todavía en el aire, que fue el primero en saber dónde caerían las bombas: el mismísimo centro de todas las carreteras de la península, justo donde las campanadas iban a tener lugar: la Puerta del Sol.

Dicen que Franco se subió al tejado del palacio del Obispo de Salamanca, donde estaba afincado, y observó el espectáculo gracias a un anteojo que mandó construir con las vidrieras de la catedral de Burgos, y aunque ninguno de los proyectiles alcanzó el reloj, exclamó entusiasmado:

—¡Ahí tenéis, madrileños! ¡Esto por lo de López Ochoa! ¡Y que se vayan preparando Vicente Rojo y sus republicanos! ¡Que les espera exactamente lo mismo! ¡Muerte y lucecitas!

Comenzaba un nuevo año y atrás quedaba aquel 1936 que tanta muerte trajo.

Odisto emigraba y su primogénito veía las bombas caer. Ninguno de los proyectiles hirió ni a José ni a Jacobo, por mucha muerte y lucecitas que vieran a su alrededor.

59

La fumarola

En el primer capítulo de esta segunda parte, el día del alzamiento militar contra el gobierno republicano íbero, describí la sima que se había abierto en el cerro de los Ángeles —también llamado cerro Rojo—, el centro geográfico de la península. Desde aquel momento, los bordes de la brecha habían crecido cinco palmos cada día, y el día de Año Nuevo de 1937 alcanzaron casi ciento cincuenta varas de terreno vertical, dos veces el Edificio Telefónica de Madrid. Ahora había un enorme volcán dormido en mitad del país. No había erupción porque no tenía lava que soltar, pero la sangre que empezó a regar la tierra aquel mes de julio se fue acumulando. Cualquier gota derramada era absorbida por el subsuelo y conducida hasta el centro de Iberia. Todos los cuerpos caídos, fueran del color que fueran, alimentaron el volcán: los primeros fallecidos en Melilla, en la Mar Chica y durante el puente aéreo; las cincuenta almas de Mágina que abandonaron la cárcel atravesando el tejado y las doscientas que realizaron su último viaje en los Trenes de la Muerte, los caídos en Extremadura, especialmente en Badajoz, y en la provincia de Córdoba; los fallecidos en el intenso bombardeo sobre Jaén; las víctimas de las venganzas en los pueblos; los asediados en Toledo y los que perdieron la vida en el Cuartel de la Montaña; los que intentaron huir de Irún cargando con sus enseres sobre la cabeza, cruzando el verdoso puente internacional Avenida aprisa y bajo el ruido del fuego enemigo; los bombardeados en Madrid y los que se dejaron la vida en las batallas alrededor de la capital, como en los tres intentos de cortar la carretera de La Coruña; los presos que encontraron la muerte en la cárcel, los casi cincuenta hombres fusilados en Mágina o los de la Cárcel Modelo de Madrid; los provenientes de las organizadas sacas; los fusilados por los consejos de guerra sumarísimos; las mujeres violadas y posteriormente asesinadas por tropas o por individuos aislados; los bombardeados en Ceuta y los que ardieron en los buques de guerra, así como los que perecieron mirando al cielo en Don Benito, Uviéu, Getafe y Valladolid; los fallecidos en las trincheras del frente de Aragón y los ametrallados por las fuerzas aéreas extranjeras; los que paseaban por el puerto de Almería y por el de Palamós; los que defendieron Guadalajara de las bombas y los que fueron ejecutados para saldar aquel bombardeo; y también los que, en mi narración, cayeron cronológicamente antes de hora, es decir, los inocentes que huyeron de Málaga hacia Almería.

Con tanto derramamiento en apenas medio año, aquel primero de enero la sangre llegó hasta la mitad de la cámara magmática e hizo que el volcán expulsara una fumarola blanca y densa que no desaparecería hasta el final del conflicto.

No explotó, porque para eso necesitaba que la sangre llegara hasta la chimenea de la montaña hueca. Pero la celeridad con la que se estaba llenando alertó a los científicos de ambos bandos, que llevaban meses sobrevolando y vigilando la enorme caldera. Todos ellos vaticinaron una erupción futura si la guerra no acababa aquel mismo año. Los científicos, a veces, tenían la misma fe que los hombres de Dios.

Los últimos ríos de sangre aquel año, los que llenaron el volcán a la mitad justo a medianoche y provocaron que surgiera la fumarola, pertenecieron a tres momentos y a tres zonas diferentes de Iberia, pero llegaron al mismo tiempo al interior del volcán. A continuación, en el último capítulo de esta segunda parte, describiré los tres afluentes que alimentaron la brecha.

60
Los tres ríos de sangre

Primer río
El olivo de luceros fríos y nieve

El camión tenía montado encima un andamio de cuatro plantas en el que los viajeros habían colocado los decorados, los instrumentos, los trajes de baile y sus propios cuerpos, ataviados los masculinos con un mono azul y los femeninos con un vestido de cuello blanco. La estructura se sostenía gracias a un ensamblaje de maromas, juncos resistentes y listones de madera apuntalados, además de por el buen humor que llevaban los viajantes, que ayudaba a aligerar la escena pese al cansancio acumulado de tantos años de trote por carretera. Se trataba del camión que transportaba a la compañía de teatro itinerante La Barraca, que había asumido la función de llevar el teatro clásico íbero por los pueblos necesitados de alfabetización, tal y como hacían también El Búho de Max Aub y El Teatro del Pueblo de Alejandro Casona. Venían de interpretar *El Caballero de Olmedo*.

La comitiva se topó con una fila de guardiaciviles que cortaba la carretera de entrada a Granada capital. Los actores querían trasnochar en la Huerta de San Vicente, donde el organizador de aquella compañía, el poeta Federico García Lorca, tenía una finca de verano y los acogería. Lorca no había participado en aquellas últimas funciones porque estaba arreglándolo todo para emigrar a México; intentaba que su amante, su «rubio de Albacete», lo acompañara. Pero el amante necesitaba el permiso de su padre y aquello retrasó sus planes e hizo que el poeta se librara de aquel registro al vehículo de La Barraca.

Se bajó del camión uno de los actores, todavía vestido de doña Inés, y pidió a los guardiaciviles que los dejaran pasar. Los guardias, ofendidos por el disfraz femenino de aquel hombre, lo apresaron y lo mandaron encerrar en un calabozo. No detuvieron a nadie más. Iban buscando a Lina Ódena, una célebre comunista, y a Lorca, entre otros; pero, sobre todo, al poeta. Como a este último no lo encontraron, dejaron que el resto de la comitiva siguiera su camino bajo la orden de no abandonar la ciudad de Graná, como lo pronunciaban ellos.

Al llegar a la capital, los cómicos se dispersaron. Cada uno buscó refugio y amparo donde buenamente pudo; rechazaron esconderse en la Huerta de San Vicente. Uno de ellos fue a casa de Lorca a avisarle del peligro que corría. Y Federico, que tenía un buen amigo —también poeta— de familia falangista, abandonó precipitado su hogar y se ocultó en su casa. Granada ya había sido bombardeada. Habían saltado por los aires buena parte de las fachadas blancas del Albaicín, y el peligro se percibía en el ambiente. Se decía que los fusilamientos eran constantes, que incluso el guardián del cementerio había sido ingresado en una casa de orates de tantas muertes como había presenciado.

El amigo de Lorca se llamaba Luis Rosales, y poco pudo hacer cuando la Benemérita se presentó en su casa exigiéndole que entregara al poeta antifascista.

—Mi amigo no es antifascista. Es católico, comunista, anarquista, libertario, tradicionalista y monárquico, ¡pero no antifascista!

—¿Todo eso? ¡Pues que se lo explique al juez! Que pronto lo llamará a capítulo.

—¡No ha hecho daño a nadie! ¡Es un simple escritor!

—Algunos hay que hacen más daño con la estilográfica que con la pistola.

No tuvo más remedio que ceder.

A Lorca lo juzgaron por espía ruso, masón y sodomita, y lo fusilaron a la noche siguiente en un barranco entre Víznar y Alfacar, justo donde hoy crece un olivo que en el mes de agosto echa luceros fríos y nieve.

En el mismo instante en que perdió la vida, otro poeta de la península sufrió un leve derrame cerebral, que se le tradujo en un dolor de cabeza y un lado del cuerpo dormido. Aquel hombre sabía que solo la literatura podría calmarle. Tomó un lápiz que había tallado con sus iniciales, L. C., y escribió unos versos dedicados a Lorca, a quien sabía que acababan de extirparle el alma: «La muerte se diría más viva que la vida porque tú estás con ella».

Federico García Lorca

«Yo soy español integral y me sería imposible vivir fuera de mis límites geográficos; pero odio al que es español por ser español nada más. Yo soy hermano de todos y execro al hombre que se sacrifica por una idea nacionalista abstracta por el solo hecho de que ama a su patria con una venda en los ojos. El chino bueno está más cerca de mí que el español malo. Canto a España y la siento hasta la médula; pero antes que esto soy hombre del mundo y hermano de todos».

Segundo río
La cruz de hueso

Al político preso lo despertó el carcelero que peor se entendía con él con una sonrisa que parecía grapada a las orejas. No le dijo nada; de tan feliz que iba no podía pronunciar una sola palabra. Le indicó con la mano que abandonara la celda y lo siguiera. El político vio que no era el único al que despertaban de madrugada. La mayoría de presos habían salido de sus celdas. Los sacaron al patio trasero de la cárcel y los dejaron una hora al frío raso, hasta que llegó una flota de autobuses verdes de dos pisos, algunos de ellos turísticos. Los presos no sabían adónde se los llevaban. Al principio creyeron que a fusilarlos, que se trataba de una saca, pero cuando cruzaron Madrid en los ocho autobuses dobles a la vista de todos, lo descartaron. La ostentación del viaje restaba fuerza a aquella idea. En total eran quinientos hombres, demasiados para un ajuste de cuentas. Se pasaron todo el trayecto dilucidando sobre el futuro que les esperaba.

—¡A lo mejor nos llevan de excursión!

—¡Claro! A ver las fuentes de San Ildefonso. No te jode. ¿Y para qué nos atan las manos entonces? ¿Para que no nos echemos agua unos a los otros?

—¡No van a sacar a medio millar de presos con las manos libres! Digo yo... Además, como el Gobierno huyó a Valencia, a lo mejor nos trasladan también al Levante.

—¡Sandeces! ¿No oís los disparos de la guerra continuamente? Los sublevados están cada día más cerca de aquí, según me han dicho, al otro lado de la Ciudad Universitaria. ¡No les conviene a estos rojos tenernos en una prisión que está a unas cuadras del frente!

—¡Deberíamos rebelarnos y hacer la contrarrevolución!

—¡Pues yo creo que nos llevan a ver las fuentes!

—¿No oísteis por radio las palabras de un tal Carrillo? Pues dijo claramente que la Quinta Columna está en camino de ser aplastada.

—También afirman que Araquistáin dijo que la limpia iba a ser tremenda ¡y que no iba a quedar un fascista ni para un remedio! ¿Nos vamos a creer todas las habladurías? Se referirán a otras cosas. ¡Por el amor de Dios! ¡Un poco de calma, por favor!

—Calma la que vamos a tener. ¡Eterna!

No fue un viaje largo. El final del trayecto fue Paracuellos de Jarama, un municipio a unas cuatro leguas de Madrid —aunque aquellos episodios se sucederían en múltiples puntos alrededor de la capital—. Allí vieron que no eran los únicos. Cerca de dos mil hombres de otras cárceles —Modelo, Ventas, San Antón y Porlier— los esperaban sentados en una colina con las manos atadas. Los viajantes se unieron a ellos y guardaron silencio, hasta que un soplo de viento voló un documento de uno de los custodios —un militante de las Juventudes Socialistas Unificadas que por los aires que se daba parecía ser de los cabecillas de aquella operación— y lo arrastró hasta las rodillas de un preso, que pudo leer brevemente una frase de la nota. Era un acta y decía: «Ejecución inmediata. Cubriendo la responsabilidad».

Antes de que el preso pudiera gritar el contenido del documento, miles de disparos a coro horadaron las aurículas de aquellos hombres. El terror rojo en todo su apogeo. Seguidamente, los milicianos echaron a un lado los cadáveres y echaron tierra sobre la sangre. Querían recomponer la escena y disimular la muerte, pues iban a llegar más comitivas de presos —la cifra se estima en torno a los dos mil quinientos para la mayoría de historiadores contemporáneos; para un número menor de ellos, hasta seis mil—.

Más tarde, gracias a un tal Melchor Rodríguez, futuro alcalde de Madrid —además de vulcanólogo—, aquellas sacas se detuvieron, lo que le valió un apodo: «el Ángel Rojo».

Con los huesos de los fusilados se construyó una cruz gigante en el primer monte que recibió los cuerpos sin vida de los presos —que actualmente se puede ver desde la terminal cuatro del aeropuerto de Barajas, junto al llamado «cementerio de los Mártires»—.

Ricardo Rambal

«No sabía dónde estaba ni qué me había pasado. Serían las doce de la noche cuando abrí de nuevo los ojos. Me dolían una pierna, el estómago y la boca. Sangraba, sangraba mucho. Sin moverme del lugar en el que había caído palpé el terreno con ambas manos. El frío de los muertos me hizo reaccionar. ¡Qué escena! Cuerpos y más cuerpos sin vida, amontonados, ensangrentados, algunos de ellos terriblemente desfigurados. Me puse de pie, dudé décimas de segundo y salí corriendo despavorido. Creo que no grité porque tenía un intenso dolor en la boca. Luego me daría cuenta, horas más tarde, de que tenía una bala incrustada en el paladar. Era el tiro de gracia que me había entrado por la barbilla, pero afortunadamente el proyectil se quedó en la boca».

Tercer río
La muerte de la inteligencia

El último día del año, el escritor éuscaro Miguel de Unamuno, alojado en su casa de la calle Bordadores de Salamanca, supo que iba a morir. Y no fue porque notara las fuerzas flaquear ni porque las amenazas de muerte desde el mes de octubre hubieran ido a más; tampoco debido a la imprevista visita que un joven falangista al que apenas conocía le haría por la tarde. Unamuno supo de su muerte gracias al narrador de esta historia, que lo visitó primero.

—Miguel. Me alegra que me reciba.

—¡Bastante ha tardado en llegar! ¿Se entretuvo buscando la rana? ¡Esa maldita distracción, que, a su vez, es atracción de los más iletrados turistas! ¿O acaso fue a contemplar la belleza del cielo de Salamanca? Nadie hace nada; todos contemplan. Bastante ha tardado.

—¿Acaso me esperaba?

—Sí y no. Hace tiempo que siento todo más irreal que de costumbre. Que me tengan vigilado, o «protegido», como dicen ellos, no ha hecho sino aumentar esa sensación.

—¿Quiénes?

—Los falangistas.

—¡Pues mejor no se muera, porque las exequias de su entierro serán fascistas!

—Me lo esperaba. ¡Tanto los *hunos* como los *hotros* me habrían disfrazado de sus colores! Ya sean frascuelistas o lagartijistas, en Iberia hemos llegado a un punto en el que no se respeta ni la muerte de uno.

—¿Cree usted que Dios le salvará? ¿O le dará la espalda como a Iberia?

—¡Dios no puede dar la espalda a Iberia! Es ubicuo. Iberia se salvará porque tiene que salvarse. Además, ¿por qué me pregunta por Dios? ¿No ha citado usted páginas atrás mi *San Manuel Bueno, mártir*? En cualquier caso, si me han de asesinar como a otros, será aquí en mi casa.

—Miguel, cuidado con las alpargatas. Se le está quemando una con el brasero.

—¿Están llamando a la puerta?
—Sí. Usted hágase el muerto, como las arañas.
—¿Por qué?
—Porque quien muere dos veces sube antes al cielo.

Miguel Torga

«Hay en mi pecho angustias que necesitan de la aridez de Castilla, de la tenacidad vasca, de los perfumes del Levante y de la luz de la luna andaluza. Soy, por gracia de la vida, peninsular».

Ian Gibson

«Soy iberista. Pienso que la península es una totalidad y no veo por qué las regiones no podrían unirse fraternalmente en una relación federal».

Interludio

La región vecina

Para descansar tras el final de la segunda parte de este libro, en pleno ecuador, y esperar a que el volcán se llene hasta la mitad, aprovechando además que cambiamos de año en la historia, os contaré en un breve capítulo, que no es de lectura imprescindible, la unión entre Portugal y España que dio lugar a Iberia.

Tres décadas antes de aquella Nochevieja de ríos encarnados de 1936, Portugal y España se unieron y formaron Iberia. La unión se firmó en el Tratado de Coimbra, en el monasterio de Santa Cruz, a unas celdas de donde estudió Luis de Camões, y fue una consecuencia directa del regicidio que tuvo lugar en la capital del país: el pueblo luso mató a su rey. ¡Ay, Lisboa! ¡Cuántas cosas ha visto la Dama de la Luz! Cuatrocientos años más vieja que Roma, todo un laberinto de casas azulejadas a lo largo de siete colinas. Dicen que hasta hace unos siglos eran solo cuatro las colinas, pero que se dividieron tras el enorme terremoto de magnitud nueve que el día de Todos los Santos de 1755 asoló la ciudad, seguido de un tsunami que mató a un cuarto de millón de personas y de un incendio —provocado por las velas para los difuntos que olvidaron apagar— que destrozó toda la villa, quedando una sola construcción de una pieza: la librería Bertrand, la más antigua del mundo y todavía en pie desde 1732. Pese al desastre, Lisboa se recompuso: una urbe medio rota de callejas donde suena el fado y se mezclan el olor a dulces de hojaldre, a caldo verde, a bacalao, a flores y a mar. Allí, rodeado de tanta belleza y de sombras de flamencos emigrando, encontró la muerte el rey, que, en su camino hacia el centro de Lisboa, vio una lluvia de balas caer sobre el carruaje donde viajaba toda la familia real, y sintió uno de aquellos proyectiles atravesarlo desde el cráneo hasta el zapato derecho.

Murieron el rey, Carlos I, y el heredero, Luis Felipe. Solo quedó con vida un príncipe, más debilucho y poco preparado, que aprisa y corriendo fue proclamado rey de Portugal, no fuera que se proclamara la República. El nuevo rey, Manuel II, se refugió en el ampuloso palacio de Mafra, construido con el oro procedente de la esclavitud de Brasil. No salió de allí bajo ningún pretexto, por miedo a que lo asesinara algún miembro del Partido Republicano. Meses más tarde tuvo que exiliarse. Huyó en barco hasta Gibraltar. Desde allí, acogido por la Gibraltar Royal Calpe Hunt, supo que las regiones más monárquicas iban cayendo y se rendían ante la República. Perdida la esperanza, se marchó a Inglaterra, de cuyos monarcas era familia. Un edema en la garganta lo mató. Dicen que le salió de no usar las cuerdas vocales; no tenía talante, prefería quedarse callado.

La muerte del último heredero legítimo del trono de Portugal conllevó la unión del país con el resto de la península, España, formando una sola nación: Iberia. No era la primera vez que los dos países se unían, pero sí bajo aquel nombre. Hombres y mujeres de ambas naciones acudieron a «la raya» fronteriza con escobas y cubos de agua y la hicieron desaparecer. La península volvía a estar unida.

La alianza beneficiaba a los dos territorios, ya que solventaba los problemas de identidad de las regiones nacionalistas de ambos países, aunque realmente fue una unión más simbólica que real, pues Portugal, que pasó a llamarse Lusitania, mantuvo una independencia política, lingüística y administrativa como región de Iberia, sin que le afectara apenas la guerra civil que trato en esta novela.

Sin la influencia de Madrid, que se había impuesto como la capital de la península, se inició la Primera República en Lusitania y duró hasta el comienzo del llamado «Estado Novo» —o Segunda República—, la dictadura que durante casi medio siglo impuso Salazar en todo el territorio, la más larga de Europa. El régimen autoritario fue derrocado el 25 de abril de 1974 con la Revolución de los Claveles, apodada así al disparar los militares una lluvia de claveles contra el palacio de Belén como muestra de que no deseaban derramar sangre. Acto seguido, comenzó la Tercera —y actual— República.

La dictadura que Franco impuso terminada la guerra no afectó a la región lusa, ya que el Caudillo no trajo de vuelta la monarquía y porque la región lusa ya tenía su propia dictadura. Además, Franco y Salazar nunca se entendieron. Con quien sí que tuvo buen trato fue con los presidentes de la República lusa, militares como él. Aquellas amistades propiciaron que, durante la Guerra Civil, la región lusa apoyara el golpe de Estado fascista y enviara sus tropas: los Viriatos. Como agradecimiento, acabada la guerra, Franco obsequió a los lusos con una procesión de diez mil hombres descalzos que, desde la burgalesa cantera de Treviño, transportarían sobre sus hombros piedras enormes que asentarían las bases del puente Vasco da Gama, el viaducto más largo del continente, que iba a unir las dos orillas del Tajo, con casi doce millas de longitud. Pero los hombres no aguantaron el peso de la carga y más de la mitad murieron aplastados apenas comenzaron la travesía. El puente no vería la luz hasta dos décadas después de la muerte de ambos dictadores; porque sí, los dictadores, gracias a Dios, y aunque más tarde que pronto, también mueren.

Y esta es la historia que me he inventado para justificar históricamente Iberia. Porque creo firmemente que Iberia sería la solución más acertada a los males que arrastra la península desde siglos. Surgiría un estado más fuerte, multilingüe, polícromo y, sobre todo, ilusionado. Fernando Pessoa ya lo dijo: «construyamos en nosotros Iberia. Un día, Iberia será». Y también António Lobo Antunes, quien se lamentaba de «que no seamos el mismo país todos los ibéricos». Hay quienes dicen que la creación de Iberia vendría únicamente bien a España, que arrastra una mayor escisión traumática en su población; si bien, Portugal se beneficiaría tanto como España de la unión. En palabras de José Saramago, en Lusitania, la región que sería Portugal en Iberia, «no se dejaría de hablar, pensar y sentir en portugués. No seríamos gobernados por españoles, habría representantes de los partidos de ambos países en el Parlamento único con todas las fuerzas políticas de Iberia».

Pues eso. *Un día, Iberia será.*

TERCERA PARTE
Ascua

1937

61
La mula Rigoberta y el Jarama

Atardecía en el reflejo naranja del Jarama.

Paulo limpiaba sus botas con la última claridad del día. Aprovechaba también para engrasar el fusil, fabricado a partir de los restos de otros y con uno de los cerrojos más duros del frente sublevado. Lo untaba con aceite de oliva para suavizarlo. Entre los soldados solo él cargaba en todo momento con una aceitera, lo único que se había traído de Jándula, cuyo bálsamo usaba también para aliviar los sabañones y las almorranas.

De entre las pajas altas apareció al poco el corneta del bando. Decía que había oído rumores de que atacarían aquella misma tarde, que necesitaba urgentemente que alguien le engrasara los pistones del instrumento. Paulo compartió el aceite con Camilo, músico y maestro de un pueblo leonés que había trabajado en los últimos años como censor en un gobierno regional conservador; uno de tantos que pretendía expiar la culpa y la mala conciencia sacrificándose en la batalla.

—¿Esta es la buena de verdad?

—¡Esta vez sí que sí! Me han mandado a buscar al capellán para que nos dé una misa antes de atacar a estos infieles espurios. ¿Sabes dónde está?

—Se fue a cagar con su séquito.

Tres soldados rasos acompañaban al capellán del regimiento fascista, no fuera que uno del otro bando cruzara el río y lo sorprendiera jiñando. Al cura no le importaba que los soldados lo vieran y a ellos no les quedaba otra que obedecer. Sabían que aquel hombre les era imprescindible; haría que las almas de los caídos encontraran el camino al cielo y organizaría las misas previas a las batallas, donde la moral de los hombres solía recomponerse. Mientras el cura hacía de vientre, calentaba la cabeza a los soldados hablándoles de las cuatro canonjías. Y los militares, que no entendían nada de prebendas, asentían e intentaban respirar lo menos posible. Estaban acostumbrados al olor nauseabundo de la guerra, pero la mierda de aquel cura olía peor que la del resto, probablemente porque su alimentación era copiosa.

—Voy a buscarlo.

—¡Date prisa, jiennense! Están pasando revista y seguramente te envíen en la avanzadilla. ¡Vas a ver bien de frente a esos extranjeros!

—¡Mejor! ¡Verás qué cara ponen cuando vean a tanto moro echándoseles encima!

—Pues ya te puede ir bien, porque estos desde los árboles no dejan títere con cabeza, pero en tierra de nadie...

—Bueno, aunque no sean los mejores en el cuerpo a cuerpo, suben la moral del resto. ¡Y el miedo que dan sus gritos en árabe!

—¡Que Dios nos asista!

Paulo volvió al frente y se reincorporó a su unidad, la que, efectivamente, por su juventud, encabezaría el asalto al bando contrario. Ignorantes peones, ayunos de experiencia. Esperaron a que el capellán volviera y recibieron una breve misa, en la que el párroco introdujo en la boca de cada soldado unas migas de pan, ya que no tenía nada más consistente para celebrar la eucaristía. Formaron y acordaron la comunicación: Camilo tocaría la corneta, pero a media legua de allí, para confundir al enemigo y alejarlo de aquella posición. Una vez terminara el toque, más largo de lo habitual, tendrían luz verde para cruzar el río. Para comprender mejor el ataque, os resumiré el plan estratégico general:

El bando fascista, al que pertenecía el hijo de Odisto, llevaba tiempo queriendo rodear Madrid con un amplio movimiento de tenaza. Lo habían intentado hasta tres veces en la llamada batalla de Madrid, donde intentaron aislar la ciudad por el norte, pero no lograron hacerse con la ansiada carretera de La Coruña y tuvieron que desistir. Decidieron asfixiar la capital por el sureste. Si lograban hacerse con la carretera de Valencia, aislarían en buena parte al ejército republicano, que es lo que estaban intentando aquella tarde. Si bien, para llegar hasta la carretera, antes tenían que cruzar un hermoso afluente del Tajo, el río Jarama. Los fascistas iban a atacar cerca de uno de los puentes ferroviarios más estratégicos, el de Pindoque. Habían construido una red de trincheras aspilleradas, nidos de ametralladoras y túneles subterráneos muy cerca de la orilla, donde se protegían del frío nocturno de febrero y del radiante sol durante el día, ya que sobre la inmensa gándara pocas sombras caían.

Los republicanos estaban al tanto de un posible ataque, pero pensaban que sería uno menor, que el contendiente fascista los entretendría con algunas maniobras mientras volvían a atacar el norte de la capital. Estaban equivocados. Aquella iba a ser una de las batallas más sangrientas y duras, porque fue en una llanura y acabó en una batalla de desgaste, de frente abierto, donde el choque de fuerzas humanas sería frontal, como en la Edad Antigua, pero sin escudos, a pecho descubierto. Alrededor de veinte mil hombres de todos los colores perderían la vida en menos de un mes, aunque para algunos combatientes todo iba a suceder tan rápido que les parecería que la batalla se libraba en una sola noche, o en solo unas páginas, como al lector.

Aun así, pese a no medir correctamente el ataque que se les venía encima, los republicanos prepararon el terreno ante la posibilidad de que las tropas cruzaran el río. Formaron una unidad de artillería cerca del puente de Pindoque, por si tenían que volarlo. También cavaron numerosas trincheras paralelas al río, donde ocultaron las vituallas que alimentarían a los soldados de las líneas de fuego: manzanas pasadas, galletas, cecina rancia, chocolate y leche condensada. El coronel Azimut —apodado así por su sentido de la orientación— ordenó al alférez Junco —quien a su vez dejó la tarea a dos brigadas, y estos a un cabo primero— que sacara las dos escuadras de militares que se habían quedado atrapadas en una de las trincheras que cavaban, de tan profunda como la habían hecho. Salvaron a los soldados atando varias coyundas que habían servido para uncir bueyes. Parecido a un foso medieval, convinieron en no usar el enorme agujero como trinchera, sino como trampa para los sublevados que llegarían a pie. Cubrieron la enorme cavidad con una lona y la taparon con tierra, no sin antes echar sobre el fondo de la hondonada cristales de botellas, clavos, alfileres, varas quebradas y ramas de ortiga. Por último, añadieron al conjunto un animal: la mula Rigoberta, la más bella y blanca que tenían, que de tan blanca era azulada, y de tan azulada, transparente. La ataron a un tocón al otro extremo del señuelo, para que sirviera de reclamo a los soldados contrarios; toda una sirena íbera. En realidad, no se trataba de una mula, sino de un burdégano hembra.

Llegó el momento. Se hizo un silencio general, el que siempre presagiaba la batalla, seguido de un toque de corneta de Camilo. El joven decidió improvisar un aire parecido al *Tuba mirum* de Verdi, pero el doble de lento y de largo.

Los republicanos, según había calculado Franco —quien desde un puesto a lo lejos organizaba la batalla y golpeaba intranquilo la mesa llena de cartografía—, iban a caer en la trampa del toque musical y llevarían sus tropas al sur del río, dejando desprotegido el puente de Pindoque. Los fascistas se metieron en las trincheras y cargaron sus fusiles.

El toque emocionó por su belleza a los dos bandos, que ante la balada triste de corneta lloraron por dentro, pues los hombres, fueran del bando que fueran, no podían expresar sus sentimientos. En el bando nacional, además, la emoción era mayor al saber que Franco, al que tanto idolatraban, los estaba observando desde un cerro. Paulo, también lloroso, se metió los dedos en la garganta para deshacer el nudo que se le había formado y se puso alerta. En cualquier momento terminaría la melodía y tendrían que abandonar sus posiciones bajo tierra y atravesar el río. Sabía que, si no tenían suerte, chocarían cuerpo a cuerpo con los republicanos y más de la mitad de ellos moriría al instante. Miró a su alrededor y se sintió aliviado al reconocer la magnitud de las fuerzas fascistas. Solo en aquella ciudad subterránea que habían cavado había treinta mil moros sedientos de sangre.

Llegó la señal. Camilo soltó la boquilla del instrumento y suspiró.

Comenzó la batalla.

Los nacionales, desde el cielo, parecían hormigas soldado saliendo de la red de túneles y de trincheras subterráneos. El campo pasó de blanco a negro. La madeja humana se encaminó hacia el río. En el bando republicano vieron que el toque de corneta más largo de lo habitual había llegado a su fin, pero que allí donde había sonado no aparecía ningún hombre. Para entonces, el puente de Pindoque ya estaba guarnecido por los fascistas, y su avanzadilla, infantería y caballería habían conseguido cruzar el Jarama. Los rojos habían caído en la trampa.

A partir de aquel momento, la danza de la guerra se dio de manera desigual, un caos que por cada cien imágenes horrendas ofrece una bella. Los carros de combate salieron de su camuflaje vegetal; los aviones bombardeaban. Los hombres de ambos bandos se atrincheraron y se prepararon para una larga batalla, protegiendo las piezas de artillería más pequeñas en casamatas improvisadas, hechas de bálago de centeno, y enviando a la infantería al cuerpo a cuerpo. La caballería danzaba bien agarrada a sus tercerolas de madera. Los republicanos agitaban los fusiles para desencasquillarlos y las tropas coloniales lanzaban bombas de mano.

La carretera deprimida y la colina del suicidio dan fe de la sangre vertida.

Cada hombre tenía una tarea. Por ejemplo, un tal Rufo se encargaba de recorrer el laberinto de trincheras reptando por el fondo; debía enganchar una amapola en los tobillos de todos los infantes que portaban arma de guerra para darles suerte. Rufo iba jadeando y con la lengua fuera, negra de pólvora. En el bando contrario, otro Rufo hacía lo mismo, pero en lugar de engancharles amapolas les cosía un escapulario donde se podía leer bordado: «Detente bala. El Sagrado Corazón de Jesús está conmigo».

A la noche, los hombres de ambos bandos dejaron de disparar. Querían descansar unas horas, pero Josué, un sargento de rizos rubísimos, adelantó el amanecer; su pelotón acababa de llegar y ansiaba enfrentarse al enemigo. Ordenó que todos los nacionales de las trincheras adelantaran cinco horas sus relojes. El cielo plomizo, ante el aluvión de horeros adelantados, no pudo sino traer el día de nuevo. El bando contrario, como apenas llevaba relojes, no pudo reaccionar y no les quedó otra que perder el sueño y seguir batallando. Hasta que a Severino Tierno, uno de los estrategas más famosos del bando republicano, perteneciente al Batallón Garibaldi, se le ocurrió cómo traer de vuelta la oscuridad. Animó a sus camaradas a que reunieran todos los legajos habidos en el campamento y toda la broza de aquella llanura y los quemaran en el único repecho alto de la zona. Quería Severino oscurecer el cielo y, al mismo tiempo, despistar con ello a la fuerza aérea enemiga con una inmensa nube de humo, pues, aunque los aviones soviéticos de la Gloriosa —llamados «chatos» por su morro plano— defendían maravillosamente, los bombardeos de la Legión Cóndor fascista causaban muchísimos más estragos.

La humareda ascendía densa. El cielo se oscureció y les brindó el descanso que necesitaban. La calma congeló la metralla y los meció brevemente. Casi todos los hombres se echaron al sueño salvo algunos centinelas y dos escritores. Uno de ellos, extranjero, un tal Woody Guthrie, procedente de la Brigada Lincoln —formada por casi quinientos norteamericanos que antes de alistarse como milicianos habían trabajado de profesores en California—, le cambiaba la letra a una famosa canción folclórica de su región. Aquellos cambios eran harto comunes; otro ejemplo, anterior a este, que ilustra el uso de una música conocida y un cambio de letra político, fue la canción republicana de *Los cuatro generales*, que no era más que un préstamo musical de *Los cuatro muleros.*

El otro escritor que no se agachó, también en el bando republicano, escribía un poema. Era Miguel Hernández, a quien, en la segunda parte de este libro, vimos criticar a los intelectuales que celebraban entre lujos la llegada del año. Miguel, que presentía que sus días iban a acabar mal, aprovechaba cada minuto para dar forma a su estela literaria.

También hubo a quienes la oscuridad les hizo un flaco favor. Sin ir más lejos, un tal Ignacio Biedma, en el bando sedicioso, mató erróneamente a uno de los suyos. La pólvora adherida a las córneas, los nubarrones negros de febrero y la espesa humareda negra que, aunque volaba alto, se respiraba también en tierra firme, así como los gritos de dolor que desde que empezó la batalla se le reproducían en la cabeza una y otra vez habían alterado al soldado. En un pequeño claro, entre la niebla y el humo, disparó su fusil y mató a su superior, el alférez de su sección, de nombre Abdón. Ignacio no lo soportó. Apoyó el fusil contra su sien y quiso apretar, pero otro soldado que lo vio, un irlandés, le frenó el brazo e impidió que se suicidara; el mismo hombre que segundos más tarde lo mató de un balazo. Para los irlandeses, aquella guerra era una cruzada, un acto religioso dedicado a Dios, y como el suicidio estaba prohibido por ley divina, había que impedirlo. El irlandés prefirió matarlo él mismo. Una vez muerto, se arrodilló ante el cadáver, le tomó la mano e hizo que se santiguara. Después llevó el cuerpo ante sus superiores y volvió al frente sintiendo que su arma era el brazo de Dios. Sus compañeros no enterraron el cuerpo de Ignacio, sino que lo arrojaron al río. Al parecer, río abajo, un pueblo que acababa de ser conquistado por el bando nacional, Ciempozuelos, fue obligado a colocar una enorme red para recoger a los caídos sublevados y darles un entierro católico, exequias que en el campo de batalla resultaban imposibles.

Medio día más tarde el cielo se despejó, aunque iba a llenarse pronto de nubes blancas cargadas de lluvia que encharcarían los aeródromos. Unos regulares se adentraron en terreno republicano disfrazados y entonando *La Internacional*, y llevaron a cabo una razia sin parangón. La superchería coló. Por su parte, los nacionales pronto caerían también en otro engaño: el de la mula.

Lo primero que vio la avanzada facciosa una vez atravesó el río fue a la mula blanca.

—¡Mirad! ¡Los rojos se han dejado olvidada a la más bella de sus mujeres!

Los militares rieron el comentario del superior y se abalanzaron en tropel a hacerse con el animal. Si en lugar de una mula hubiera sido una ametralladora, nadie se habría acercado al claro, ya que habrían intuido que se trataba de una añagaza. Pero aquel bello animal... Cayeron como fichas de dominó. La lona dio de sí y la trampa con los cristales y clavos oxidados los recibió sedienta. La mitad del grupo cayó en aquella zanja profunda. Y el resto, que optó por correr hacia los laterales, se encontró con otro engaño más. Los republicanos habían plantado aquellos campos con lápices afilados, los cuales, con la humedad de los días anteriores, habían criado minas que explotaron bajo los calzados del águila en la suela.

En menos de cinco minutos no quedó un alma viva sobre aquella explanada salvo la de Jeremías Herriano, de los más afines al bando insurrecto, que tenía ambas piernas destrozadas y los dos brazos partidos. Tumbado bocarriba con la cabeza hacia atrás, veía del revés toda la explanada, sembrada de jóvenes muertos, de fusiles y de bayonetas. La mula Rigoberta, liberada de su amarre, se acercó al militar moribundo y le lamió la cara. Después se alejó y cruzó todo el terreno sin pisar ninguna mina. Jeremías, antes de morir, vio aquella última imagen con angustia: no quería desaparecer, envidiaba la lozanía de aquella bestia. Pero todo se le fundió a negro.

Hubo un pequeño porcentaje de hombres que huyó hacia el río con la esperanza de volver a su territorio por el puente que habían guarnecido antes de adentrarse en el terreno enemigo. Cuando llegaron a la orilla, solo se encontraron con el naranja típico del Jarama al atardecer. Los republicanos habían volado el puente, tanto el principal de Pindoque como otro más al sur con nombre de santo —que ahora mismo no me viene—. Mientras cruzaban el río a nado, una lluvia vertical de balas iluminó la escena y los remató. Entre ellos estaba Paulo, que fue alcanzado por un disparo y perdió el conocimiento. El río lo llevó corriente abajo hasta la enorme red de Ciempozuelos, que lo salvaría de las aguas. Paulo descansaría en una cama de arroz al lado de un brasero, en una improvisada enfermería, hasta que el agua de los pulmones se le evaporara completamente.

—¡Camaradas, hemos derribado los puentes y eliminado a todos los que habían conseguido acercarse a nuestros puestos! ¡Hay que seguir defendiendo nuestra posición! Hagámoslo hoy en honor a Rosita Díaz Gimeno, la famosa actriz republicana que ayer mismo fue fusilada en Sevilla.

—¿Es eso cierto?

—Lo dice el periódico socialista *Avance*.

—¡Luchemos por Rosita, pues!

Pero Rosita no había sido fusilada. La actriz estaba lista para abandonar el país y emigrar a Norteamérica, donde entablaría amistad con Buñuel. Aun así, la imagen de aquella mujer simpatizante de la izquierda fusilada por el bando contrario subió la moral de los combatientes republicanos. No había nada mejor que un mártir para infundir ánimo; quizás por esa razón se habían inventado la esquela en el periódico.

Los días se sucedieron. La batalla, que por el amplio número de combatientes de otros países fue considerada la más internacional, se prolongó durante todo el mes de febrero. El bando franquista logró avanzar e hizo retroceder a los republicanos una veintena de millas. Si bien los republicanos consiguieron fijar el avance enemigo y mostraron una resistencia que Franco no esperaba.

—¡Santo Dios! ¿De dónde han sacado los rojos tantos hombres?

—Mi general, he escuchado decir que la mayoría son pueblo llano y que los milicianos no tenían formación militar hasta la fecha. Es más, hay quien dice que los carros de combate van conducidos por taxistas de Madrid.

—¿Taxistas? ¡No voy a dejar piedra sobre piedra en Madrid! Rojo y Miaja tienen camándulas para dar y regalar, pero lo que no entienden es que una guerra de desgaste nos beneficia más a nosotros. ¡Vamos a desgastarles los huesos hasta que les veamos el tuétano! ¡Quiero que todas las tropas moras corran hacia el enemigo y acaben con él de una vez!

—¿Todas? Con todos mis respetos, mi general, va a ser una carnicería.

—¿Qué coño haré con tanto moro después de la guerra? Nos viene hasta bien.

—¡A las órdenes de vuecencia!

En los días siguientes, aquellos campos quedaron cubiertos por una estera de cuerpos marroquís atravesados por bayonetas. El desgaste en ambos bandos era real y una victoria se hacía imposible. La última esperanza que le quedaba a Franco era la de hacerse con el cerro Pingarrón. El accidente geográfico había pasado sucesivamente de unas manos a otras. Al final, los nacionales le hincaron la bandera. Pero ni siquiera con aquella victoria lograron el avance estratégico que tanto anhelaban. Franco tiró la toalla y ordenó la retirada. Decidió desviar la atención hacia un punto lejano, hacia Guadalajara, pero se le adelantó Mussolini con su plan de atacar aquella ciudad para aislar de una vez Madrid, cegado con la idea de conquistar todo el Mediterráneo, el quimérico Mare Nostrum, como lo llamaba él. Además, el italiano —quien con sus tropas apoyó al bando fascista en aquella guerra— quería llevarse la gloria de haber sido más lumbrera que Franco en la batalla. Lo que desconocía *il duce* es que sus camisas negras tendrían que huir en la que sería la primera derrota del fascismo italiano.

Aunque lo del Jarama quedó en tablas, los republicanos se lo tomaron como una victoria. Y, en cierto modo, tenían razón en sentirlo así, ya que habían sido capaces de pararle los pies a las organizadas tropas facciosas y a la aviación alemana.

Y Paulo, mientras tanto, envuelto en arroz.

62

La lengua geográfica

Odisto había entrado en el túnel de la montaña con tres mangas y gabán de pana, y salió arremangándose los bajos de los pantalones y limpiándose con la mano el sudor de la frente. La mula Lucía también sudaba. Y el día. Un sol tórrido golpeaba los campos. Vio Odisto que no solo la temperatura era diferente al otro lado de la sierra, sino también el paisaje. Los árboles, pelados y esqueléticos en Jándula, ya habían comenzado a verdear. Y los prados. Tenía la sensación no solo de haber cambiado de lugar sino también de estación, de haber pasado del invierno directamente a la primavera. Nada más lejos de la realidad: la desproporcionada relación entre el tiempo y el espacio en aquella gruta misteriosa hizo que, aunque Odisto creyera que había invertido media hora en recorrer la galería subterránea, hubieran pasado meses enteros. Ni él ni la mula apreciaron el paso del tiempo. Lucía, naturalmente, nunca lo llegaría a saber. Odisto no iba a tardar.

Descendió el collado que comunicaba la montaña con el inmenso llano septentrional que separaba Andalucía de Castilla la Nueva y buscó uno de los caminos en dirección nordeste que lo llevaría hasta tierra manchega. Pudo apreciar, además del intenso verdor, cómo iba cambiando el paisaje, más liso y sembrado de espontáneas encinas ennegrecidas y de arbustos espinosos de considerable altura. Se quitó todas las mangas y se quedó en tirantes. Cambió la boina por el sombrero de paja y se arremangó más los pantalones. El contraste le había sentado mal y el ligero calor lo estaba asfixiando.

Era el mismo camino que había tomado una década atrás para ir a Almansa, a la boda de un amigo de la infancia, cuando no existía la gruta bajo tierra. Allí distinguió a un ganadero, algo apeado del camino, que daba de comer a sus mulas. El hombre llevaba una recua monumental, la más numerosa que Odisto había visto jamás, de al menos cincuenta mulas.

—Buenos días, caballero —le saludó Odisto.

—Buenos días. ¿No me dice usted «salud»? —le contestó el hombre.

—¿Y usted no me trata de «tú»?

Los dos hombres se sonrieron. El trato de usted entre personas de cierta edad era una costumbre muy arraigada que difícilmente podía borrarse del imaginario colectivo íbero, por muchos vientos políticos que soplaran.

—¡Parece que algunos guardamos aún las buenas formas! —dijo el mulero—. ¿No es así? Dígame, ¿qué le trae por aquí? ¿Va de viaje?

—Me dirijo a Cuenca.

—Va usted en la buena dirección. ¿Desde dónde viene?

—Desde Jándula.

—He oído hablar de ella, pero nunca estuve. No he cruzado jamás la sierra. No tengo las rodillas para subir trechos, y debajo de esa montaña yo no me meto ni harto de vino. Además, soy un hombre de un solo lugar.

—Igual que yo. Y, dígame, ¿cómo es que hace tanto calor? ¡Que como dure y se extienda las cabañuelas van a ser bien fáciles de interpretar este año!

—¿Las cabañuelas? ¡Pero si ya fueron! Y poco parecen acertar esta vez.

—Me refiero a las cabañuelas del año que entra.

—¿Ya está pensando en el año que viene? ¡Con lo que queda!

—¡Pero si solo faltan unos días! Menos de una semana —respondió Odisto.

El mulero lo miró extrañado.

—Caballero, ¿en qué día cree usted que estamos?

—Pues, con toda la pesca del viaje y tal, no sabría decírselo con exactitud. Perdí un poco la noción del tiempo, pero a finales de diciembre.

—A finales de diciembre... ¿Cómo se llama?

—Odisto. ¿Y usted?

—Cardenio.

—Un placer.

—Lo mismo digo... Pero, Odisto, ¿sabe usted que estamos en febrero?

—¿Cómo en febrero?

—¡Otro más! ¡Pero para qué están los carteles!

—¿Qué carteles? ¿Qué ocurre? —Odisto no entendía nada.

—¡La sierra esa, que está maldita! Ya llevaba tiempo sin pasarnos, pero alguien debió de quitar el cartel. ¡Y mira que lo grabamos hasta en la piedra!

—¿Grabar el qué? ¿Qué cartel? No le entiendo.

—Le va a sonar a majadería. A ver... ¿Usted ha cruzado la sierra por debajo?

—Así es. Por la gruta que comunica Jándula con la Mancha.

—¡Pues ya está, misterio resuelto! Al parecer, la gente que atraviesa la sierra por esa gruta llega días más tarde al otro lado. ¡Vamos, que se camina media hora bajo tierra y, cuando se sale, ya han pasado dos meses!

—¿Cómo dice? ¿Me está tomando el pelo? —Odisto no daba crédito.

—Me temo que no.

—Demuéstremelo.

—¿Y cómo quiere que le pruebe algo así? Continúe caminando y pregunte por la fecha de hoy. Así se convencerá solo. ¡Dieciocho de febrero, ni más ni menos!

—Dieciocho de febrero...

—¡Así es! El día que, dentro de diez años, y muy cerca de aquí, nacerá un tal Cuerda que hará reír a todo el país. Lo sé porque es algo que todos los manchegos sabemos. —Odisto parecía estar absorto y no atender a nada—. ¡Escuche! No sé si se habrá dado cuenta o no, pero soy acemilero y he de irme a abrevar a mis mulas. ¡Suerte!

Se despidieron educadamente y Odisto continuó su camino. De vez en cuando se paraba y tocaba el suelo. Palpaba la humedad de la hierba, hundía las manos en la tierra arcillosa, se metía una hoja en la boca y la mascaba. El mulero tenía razón: todo apuntaba a que marzo estaba al caer y no enero. Caminó varias horas con la esperanza de toparse con alguien a quien poder preguntarle la fecha, pero la guerra, si bien aún no había cambiado aquel paisaje, ya había vaciado los caminos de viajeros. Se le vino a la cabeza su familia, lo que quedaba de ella, pero apartó los pensamientos con la mano, como quien espanta moscas, y aligeró el paso.

No se topó con nadie hasta el mediodía, cuando se cruzó con un tal Gervasio. El hombre viajaba bien vestido y sin animal, solo con un macuto a la espalda. Odisto le preguntó por la fecha.

—¡Febrero! ¿Qué mes si no? En torno al dieciocho.

—Muchas gracias, buen hombre —Odisto le agradeció la información, que no lograba asimilar.

—¡Ahora ayúdame tú a mí! —le inquirió Gervasio.

—¿Qué necesi...? —Odisto se mordió la lengua y enfundó el «usted». No estaba acostumbrado a tratar de tú a desconocidos; se corrigió a tiempo—. ¿Qué necesitas?

—¿Sabes leer mapas?

—Sí, pero si no conozco la región...

Seguidamente, Gervasio se encorvó y le puso la boca a la altura de los ojos; la abrió y sacó la lengua. Odisto se quedó patidifuso al descubrir lo que aquel hombre le mostraba: un mapa dibujado en la lengua.

—¡No te extrañes! Se llama lengua geográfica. No duele, pero molesta. Es difícil de explicar. Se me pelan las papilas de algunas zonas, y eso forma el dibujo blanquecino. Cambia conforme voy viajando. Al parecer no es nada maligno, sino algo que casi todos los talasémicos padecen. ¡Disculpa! Que empiezo a hablar de una cosa y salto a otra, ¡y enseguida me voy por los cerros de Mágina! ¿Podrías mirarme de nuevo la lengua? Necesito saber si ves unos puntitos negros aparecer y desaparecer en alguna región.

—Agáchate de nuevo. —Odisto aceptó. Observó durante un minuto la lengua—. Aparecen puntos que vienen y van, como pequeñas pústulas, pero solo en una parte.

—Arriba a la derecha, ¿verdad? Casi junto a la campanilla.

—Así es. ¿Cómo lo sabes? ¿Los sientes?

—No, pero me lo temía. Se trata de Albacete. Va a ser bombardeada. ¡Como sigamos así, no va a quedar nada! Una península de casas vacías.

Odisto se sintió aliviado al saber que las bombas no caerían en su camino. No había previsto pasar por Albacete, junto a la base de las Brigadas Internacionales. Se preguntó si no podrían evitar el fuego o avisar a la población.

—¿Y si voy en la mula hasta la ciudad? ¿Me dará tiempo a prevenirlos?

—¡A esta distancia, las bombas te destrozarían antes de pisar el pasaje de Lodares!

—¿Y si avisamos por teléfono? —propuso Odisto.

—¡Eso sí es una opción! Pero yo prefiero no hacer nada.

—¿Cómo es eso? ¿No te importan los muertos que pueda haber?

—No es eso, hombre, pero prefiero no alterar lo que ha de ser.

—¿Cuál es el pueblo más cercano? —preguntó Odisto, de mal humor.

—Hay varios ahí delante, pero están abandonados. El próximo con gente lo tienes en línea recta, a una hora más o menos. Se llama El Bonillo.

—¡Pues parto ya! Toma, quédate con estas alforjas. Están llenas de comida. Si me monto yo en la mula, Lucía no aguantará tanto peso.

—Muchas gracias. ¿Cómo me dijiste que te llamabas?

—No te lo dije. Odisto.

—¡A ver si la suerte está de tu lado! ¡Salud!

Odisto se montó en la mula y la arreó. Se tiró todo el camino mirando al cielo. Sentía una gran responsabilidad en sus manos. Se puso la boina y encima el sombrero de paja; pensó que si caían las bombas, dos sombreros protegían más que uno.

Tardaron dos horas en llegar al pueblo. Lucía iba dando síntomas de cansancio y cada vez trotaba más despacio. Odisto se alegró de haber puesto un pie en El Bonillo antes de que la oscuridad total hubiera caído. Pero, de repente, pareció como si hubieran movido el aire alrededor. Miró en dirección a Albacete y vio lo que más se había temido. Los aviones de la Legión Cóndor, que habían salido de Sevilla después de enterarse Odisto del futuro bombardeo, lanzaban su arsenal sobre la ciudad. Ciento cincuenta personas perderían la vida aquella noche de oscuridad y explosiones.

Llegó cabizbajo a la plaza del pueblo. Un campesino, de nombre Miguel, lo acogió en su casa. Sentía que debía ayudar al viajero y ofrecerle techo, sobre todo después de saber que la ciudad vecina estaba siendo bombardeada. El compañerismo en época de guerra alcanzó un grado que no volvería después del conflicto. Apenas cruzaron palabra. Terminaron de comer y se tumbaron en la azotea a mirar los destellos de los bombardeos.

Sus rostros se iluminaron toda la noche. Con cada fulgor, se apagaba una historia.

La Mancha

¡Estoy inflaíca de que me pataleen de contino y me restrieguen de toíco por la pellica! Que si carromatos, que si cañones... Y encima las pisás, con los botuchos esos de yerro hasta el galillo... ¡Y pocas veces que me habrán meao forasteros, y cagao y escupío! ¡Ne! Si vale que to quisque lo haga, pero por lo menos que conozca al mearrica y así lo pueo tratar de usté... ¡Me via cagar y va a goler! ¡Y venga forasteros! ¡Alemanes, italianos y rusos! ¡Si paece que están tontizos y medio alibombaos! ¡Que si quieres arroz, Catalina! ¡Y venga restregárseme bien por el lomo! Pos si me están dejando tan lisica, tan lisica, que no me extrañe na ensiquiera que no me queden ya cuasi cerros... ¡Pero agárrate a la brocha, que aún no han pasao los piores! Los políticos. ¡Estate y verás! Van de señoritos, que paece que te van a dar algo ¡y zasca! ¡No sirven na más que pa dejarte un mojón bien hermoso haciendo chaflán! Y pa cuatro gentes de bien que hay, tos embelesaícos mirando a las musarañas. ¡Y a mí no me echa cuentas naide! ¡Como me dé por esgarrarme un día se va a cagar hasta Cristo que lo fundó! ¡Viacer una ristra troneros que se va a colar por ahí toa el agua los mares liando una tropellina que se va a esfaratar la península esta y se va a hacer to yesca! ¡Y que se levante el cenizo de don Quijote y lo vea!

63

El hambre y los huevos de madera

Murió el primer mes del año y moría el segundo.

Jándula continuó la senda de ensombrecimiento que había tomado al inicio de la guerra. Todos andaban alicaídos y con miedo. No se acostumbraban a la presencia militar. Añoraban cuando la guerra era solo una amenaza en las charlas tabernarias y en los descansos dominicales, cuando se pasaba menos necesidad. El hambre se impuso como la mayor preocupación del pueblo.

Juan el Dedoso, por ejemplo, no daba abasto. Enlutaba tantas fachadas que temía que pronto del pueblo no se viera más que un borrón. El alcalde intentó ofrecerle otro oficio público, uno que no tuviera la muerte tan presente. Pero Juan solo sabía pintar, y únicamente de negro. Además, la pintura se la pagaba la casa del pueblo y se guardaba un porcentaje del pigmento, oculto en tinajas en el hueco del tejado, para bebérselo y alimentar a los suyos si el hambre apretaba.

Eudosia la Cabiona echaba arroz y hojas de biblia a la masa del pan. Con solo un tercio del trigo de la península en terreno republicano, el pan escaseaba y se había convertido en el alimento más demandado. Pocos notaban la diferencia, solo se les quedaba la boca más seca y el estómago acartonado. Y algunos, durante la digestión, si abrían la boca, soltaban versículos bíblicos.

Isclo no tenía qué llevar a la boca de sus hijos y cocinaba las babosas del río junto a la tela alible de los sombreros viejos. A fuego lento durante varias horas formaban una pasta que, disimulada con miel y limón, era un manjar. Aparte cocía las cáscaras de los cacahuetes y hacía una especie de café inventado.

Ramira se comía hasta los tallos conquistados por el parásito de la patata, y sus partes más verdosas y tóxicas, y la piel, e incluso la arena del tubérculo. Ni siquiera las cocinaba. A veces, si el alimento la aburría, se echaba un puñado de tierra a la boca, que con agua todo bajaba, y llenaba el estómago igual. El problema llegó cuando las lombrices de tierra, anidadas en su buche junto a una solitaria, engulleron el poco alimento que Ramira ingería. Si seguía comiendo patatas, iba a explotar, como les ocurría a las propias lombrices cuando eran parasitadas por larvas de abejas.

Otilia, Felixmina, Diega... Las madres, cuyos maridos habían desaparecido, fuera por el exilio, un disparo o el frente, vendaban los ojos a sus hijos para que no vieran la inmundicia que tenían que comer. Les hacían repetir cantando una frase que les ayudaba a tragar: «gachamiga rohiza, pan de centeno; entrando en la barriga to está bueno».

Mariana escurría la piel del ganado que había caído muerto, estrujándola como se retuerce un paño mojado. Lo hacía para obtener el máximo de sebo, que usaban para guisar, ya que no había mano de obra para el aceite. El campo estaba precioso, pero muy dejado y salvaje, verde como nunca, y en el pueblo les daba rabia verlo así.

Genoveva se llevaba a los labios de cuando en cuando un silbato hecho de cerámica. Era un pequeño botijo con dos orificios. Lo llenaba de agua, soplaba por uno de los orificios y, como por arte de magia, un trino agudo salía del artilugio. Cuando el agua se calentaba, se la bebía, y durante unos minutos su voz se convertía en canto de pájaro. Las bandadas que pasaban frenaban para escucharla. Y la madre, escopeta en mano, cazaba.

Isabelo y Escolástico, amigos solterones muy entrados en años, se alimentaban de la cal con la que enjalbegaban las paredes. Decían que alimentaba como el calcio, aunque la leche no les provocaba aquellas heridas que comunicaban directamente el estómago con el exterior. Viejos coladores.

Rufián, también machucho, lamía el musgo de las piedras del río y se alimentaba de ranas y algas. Cocía las cortezas de los árboles y estas le excoriaban las paredes del esófago y le producían unos ardores terribles. También freía cáscaras de cítricos arrugados y preparaba tabaco con hojas secas de lechuga.

Sancia y Silvestra, viudas y con varios hijos que alimentar, se arrejuntaron y aunaron fuerzas para mantenerse a flote como una sola familia. Como solo disponían de seis gallinas, teniendo más hijos que pitas, decidieron torturar a los animales para que pusieran huevos con más frecuencia. Cada tantas horas les metían una mezquina rama de peral untada en sebo por la cloaca, el orificio que daba, entre otros lugares, al oviducto, y les masajeaban la enjundia apretando fuertemente las yemas. Pensaban que así estimularían el recto del animal. Era en parte cierto, pero también aumentaban el estrés de las aves, que no tenían el tiempo necesario para producir un huevo de calidad. Así, su metabolismo involucionó y pusieron huevos hechos de lo que comían: huevos de madera. El pienso de las gallinas en época de guerra consistía en serrín mojado con tierra. Pero ni siquiera aquellos extraños huevos fueron desechados por el pueblo.

Protasio cazaba junto a sus hijas mayores perros cimarrones, zorrillos y gatos. Los preparaban como a los conejos y vendían sus carnes limpias en el mercado. Nadie preguntaba de qué animal eran; preferían no saberlo. Aquel era el alimento de los milicianos, a quienes había que entregar un porcentaje de la carne cazada.

Judas, uno de los cazadores del pueblo, había encargado a Zabaleta dos lienzos lo más realistas posibles de dos cerdos recién fallecidos. Tan pronto como los recibió, los colocó en el centro de un erial abandonado y se escondió junto a otros amigos perdigueros entre los jaramagos, apuntando hacia los lienzos con las escopetas. Los amigos le preguntaron si era una trampa para águilas y Judas negó con la cabeza. No tuvieron que aguardar mucho; pronto bajaron del cielo tres calvos buitres leonados —su cena—. No bajaron atraídos por las escenas dibujadas, sino por el olor que desprendía el barniz de los óleos, hecho con la placenta de los carneros recién nacidos. Los buitres alimentaron a buena parte del pueblo, que se comió las carnes con miedo a enfermar, pero con lágrimas de satisfacción.

El hambre hacía estragos en todos los janduleses. Respecto a los hijos de Odisto, comían los pocos frutos que quedaban sin robar de su huerta, que durante el día visitaban grupos de milicianos que iban a lavarse al río y a afeitarse al espejo que colgaba de la vid, y que arramblaban con los alimentos que veían. Los hijos tenían tanta hambre que hasta cocinaron las partes antropomórficas de los espantajos que había en el sembradío.

Josito era el hijo de Odisto que menos lloriqueaba por el hambre. Como no veía, se comía todo lo que le ponían en el plato. Sabía que lo engañaban con la descripción del alimento, y agradecía el teatrillo. Su hermano y lazarillo, Gonzalo, era el que más se quejaba, ya que su dentadura disponía de dos hileras paralelas de dientes. Cuando el hambre le rugía en el estómago, su boca salivaba el doble. Decidió limarse la línea de dientes interna. Cada tarde se frotaba en ellos una pumita alargada —piedra ígnea volcánica que servía para eliminar las durezas de los codos y los callos de los pies—. Probablemente la más afectada por la falta de alimento era la más pequeña, Mariángeles, que empezó a sufrir de escorbuto. Necesitaba más vitaminas de las que introducía en su cuerpecillo. Sus dientes de leche le temblaban antes de tiempo y parecía que pronto iban a caérsele; si abría la boca en un camino azotado por el viento, chocaban entre sí y producían un sonido de perlas saludándose, como el tintineo de los tubos de un carillón. Ángeles, la mayor de todos, intentaba convencer a Gonzalo para que, en lugar de limarse los dientes, se los sacara y los guardara para su hermana. Pero el niño no quería oír hablar de aquella idea. De más pequeño le habían sacado las cuatro muelas traseras de la hilera posterior para que no le chocaran con el cielo de la boca y todavía recordaba el dolor tan grande que pasó.

Sin Odisto ni los hermanos mayores en casa, Ángeles era la que se encargaba del cuidado de los pequeños, ayudada por su enamorado, Pedro —con quien aún no había compartido lecho, como mandaba la tradición—, y por su hermana Martina, que en aquel último año había echado cuerpo y voz de mujer.

—Martina, anda al río a por agua. ¿No te ibas a encargar tú de hacerlo cada mañana? ¡Pues ya estás tardando! —dijo Ángeles.

—¿No sería mejor que intentáramos cavar otro pozo?

—Tenemos la terraza baja que parece una colmena de abejas. No podemos desfondarla más o se echará a perder. ¿Cuántos hoyos hemos cavado desde que se fue papá? Además, es tierra seca, no es una aguada.

—¿Y para qué tenemos un hermano zahorí, si luego no encuentra nada de agua? ¡Me duele la barriga de tanta agua de río! Últimamente baja muy rosada.

—Pues bébetela a oscuras, como hago yo. Pero ni se os ocurra sacar agua de un pozo que no sea nuestro. Pueden estar contaminados. ¡Sepa Dios lo que contienen! ¡Va, ve a por el agua! Yo voy a robar naranjas por las huertas, que como Mariángeles no tome zumo, se le van a caer los dientes de una vez.

—Hermana..., ¿cuándo va a venir Fuensanta de nuevo?

—No lo sé. Se dejó caer hace dos días; aún nos queda harina de la que nos trajo.

—¿Por qué le das siempre que viene una caja con salamanquesas? ¿Se las come?

—¡No creo! Estarían calvos. ¿No sabes lo que te pasa si una lagartija te escupe? ¡Que te quedas calva! —Martina rio ante los gestos de su hermana, tocándose el pelo y dando saltitos. Sabía cómo hacerla reír—. ¡Anda! ¡Tráete el agua ya!

Al igual que escaseaban las viandas, escaseaba el resto de productos, como la pintura. Salvo la cal y el pigmento negro para el luto, ningún jandulés usaba ningún otro color. Únicamente el padre cubista de Fuensanta, al que siempre me referí como el pintor del pueblo, necesitaba colores para sus pinturas. Él seguía en su huerto retratando escenas del campesinado. Se negaba a plasmar escenas bélicas, que era lo que sus artistas coetáneos hacían. El campo era su mayor inspiración, y para eso necesitaba colores muy vivos. No podía viajar a la capital a por ellos y nadie transportaba aquel tipo de mercancía —de hecho, los bastidores para los lienzos los manufacturaba con madera de acebo que él mismo encolaba—. Así que se las apañó para crear él mismo los colores con los elementos de la naturaleza, con una alquimia colorida que solo aquel pintor de raíces éuscaras conocía. Lo hacía destilando en retortas sustancias extrañas que os desvelaré a continuación:

Extrajo el amarillo del almíbar de los melocotones en conserva, mezclado con sebo de gamuza pirenaica; el rojo, de su sangre, junto con arcilla húmeda; el verde, de la savia bruta de las encinas de la sierra mezclada con una pasta hecha de lombrices; el azul, del cielo, pigmento que obtenía de la cúpula celeste raspándola desde el monte más alto con una espátula; el marrón, de la tierra y del escupitajo; el dorado, de las joyas fundidas de la herencia de su bisabuela; el granate, del orín de las lagartijas y de las plumas derretidas del pecho de los colibrís salvajes; el naranja, de la peladura del cítrico; el negro, del miedo que extraía del sudor de los pañuelos de las viudas del pueblo; el blanco, del mismo lienzo o de la fermentación del hueso del cerezo con zumo de manzana... Y así con el resto de colores.

Dicen que, aparte del dinero que se sacaba vendiendo las pinturas en el extranjero —encargos a instancias de aristócratas parisinos—, Zabaleta se dedicaba una noche a la semana a acudir a los cortijos de los más pudientes, fueran de izquierdas o de derechas, y les pintaba la comida que deseaban comer. Fijaban aquellos janduleses los ojos en el lienzo y se comían al mismo tiempo algo que tuviera un tacto parecido a lo representado. Zabaleta debería haber pintado el ánimo del pueblo en lugar de sueños de estómagos inadaptados.

El hambre continuó, empeoró y no se detendría hasta pasada la guerra.

Antes de seguir con la lectura, os animo a que pongáis el *Andante festivo* de Sibelius y lo escuchéis mientras leéis el siguiente capítulo.

64

El candil al cielo

—¡Gonzalo! ¿Oyes? ¡Es preciosa!

—¡Sí!

—¡La hemos lanzado bien fuerte! ¡Qué bonita!

—¡Tanto que no ha caído aún! Para mí que el cielo se va a quedar con la lámpara. Total, para lo que hay que alumbrar... ¿Qué instrumentos son los que suenan?

—Son de cuerda. Habrá violines, y violas, y violonchelos...

—Es muy bella, sí.

—¡Me encanta! ¿Puedo correr por aquí?

—¡Sí! Estamos en la terraza central, está todo despejado.

—¡Qué bonita es!

—¡Va, corre antes de que acabe!

En Jándula, si lanzabas un objeto preciado al cielo, el narrador lo hacía desaparecer y a cambio ponía una música en los oídos del lanzador, una pieza clásica. El objeto debía rozar las nubes más bajas y captar la atención del escritor. Aquella tarde casi primaveral los dos hermanos lanzaron un candil. Los recompensé con el *Andante festivo* de Sibelius. Josito soltó el palo de lazarillo y corrió por la huerta para sentir el viento y creerse libre de la oscuridad, mirando al cielo y sonriendo, riendo a carcajadas. Gonzalo se sentó en el suelo y se echó a llorar con las manos en los ojos aprovechando que su hermano no lo escuchaba, ya que el volumen estaba muy alto. Lo había invadido una profunda tristeza por la muerte de su primo, a quien apenas había podido llorar, y por el exilio de su padre. La guerra les había abierto una herida que aquellos hermanos no conseguirían cerrar nunca, que supuraría hasta que se apagara la memoria de los hombres. Les puse la pieza dos veces.

65

La ciudad de los andamios

Odisto se quedó en El Bonillo hasta que los caminos volvieron a ser seguros. Aceptó la invitación de Miguel y convivió en su hogar hasta mitad de marzo. A cambio, lo ayudó con las dos tareas que el bonillero realizaba para el resto del pueblo: la construcción de hornos de pan y la fermentación de alimentos. Treinta días más tarde, partió.

De nuevo volvió a cargar a Lucía con las alforjas. Odisto marchó a pie, al lado del animal. El camino estaba lleno de navajos pedregosos y con el peso del patriarca la mula se habría lastimado las pezuñas. Le cantaba al oído pasodobles para hacer saber al animal que se compadecía de su trabajo. Le vino bien la caminata, necesitaba estirar las piernas después de un mes entero sin salir por temor a las bombas.

A pie no llegaría a Cuenca hasta pasados tres días.

El primer día fue el más apacible. El terreno era bien llano. Llegó hasta el pueblo de San Clemente, donde los republicanos habían construido un campo de aviación, y pernoctó bajo los arcos de la casa consistorial, edificio de estilo renacentista que le recordó a las joyas arquitectónicas de las ciudades de Mágina y de Baeza. Se sintió como en casa.

El segundo día durmió en la fortaleza de Castillo de Garcimuñoz. Como no había nadie para impedírselo y las aristas de los muros del castillo ofrecían un buen lugar de reposo, se acostó junto a la fortaleza. Partió de madrugada. Se deshizo de algunas de las alforjas y se montó en la mula. Le empezaban a fallar las rodillas y quería llegar pronto a Cuenca. Siguió animando a la mula con las coplillas, pero desde su lomo.

El tercer día se desperezó el alba y coloreó el campo manchego de azul pálido y ocre. El terreno siguió llano hasta el mediodía. Caída la tarde, le pareció ver una línea que le bloqueaba la ruta.

Conforme se fue acercando vio que se trataba de una caravana de camiones que iba a campo través. Observó que la parte trasera de los vehículos, sin su tradicional lona, transportaba unas estructuras rectangulares enormes, cubiertas de tela y de cuerda. Se preguntó qué clase de armamento era aquel, tan protegido y de tales dimensiones. Se sentó junto a una falsa acacia y esperó a que la comitiva cruzara la vía. Al rato, se entretuvo siguiendo el vuelo de un pato bastante curioso, todo marrón, pero con un azul intenso en el anverso de las alas. ¿Cómo era posible que un pato marrón y anodino guardara debajo una tonalidad tan linda?, se preguntó. Y yo me pregunto qué habría sentido Odisto si hubiera sabido que debajo de aquellas telas gigantes sobre los camiones no había una miríada de armamento, sino las obras pictóricas del Prado, del bombardeado palacio de Liria y de El Escorial: los trabajos de Goya, Velázquez, Patinir, Rafael, Rubens, El Bosco, Murillo, Tiziano, Tintoretto y Ribera, entre otros. La Junta Central del Tesoro, como esbocé en el primer capítulo sobre Madrid, había aprobado una medida urgente por miedo a que el museo fuera bombardeado: trasladaban las pinturas a Valencia y, desde allí, a Ginebra. Quizás por ello, la polvareda que los camiones levantaban guardaba reflejos de colores vivos.

Odisto se quitó el sombrero y lo agitó en el aire. Se despidió de la comitiva, feliz de tener de nuevo el camino a su disposición. Llegó a un cruce y le llamó la atención un letrero que indicaba la dirección hacia el pueblo de Uclés. Sintió un vuelco en el corazón. Nunca había estado allí, pero aquel nombre significaba algo importante para él y no lograba saber qué. Le imponía y, en cierta forma, le daba terror. Aunque dudó, no se desvió. Siguió hacia el nordeste. Se le hizo tarde y durmió en una fresneda donde, curiosamente, el aroma de un cerezo lo envolvió. A la mañana siguiente, y dos desvíos más tarde, apreció su destino a lo lejos.

Cuenca.

Odisto se echó las manos a la cabeza; no habría podido otear la ciudad sin sujetarse el cuello y arquearlo hacia el cielo. La ciudad no se encontraba a ras del camino, sino sobre lo alto de varios andamios construidos sobre peñas y derrumbaderos. La urbe se sostenía por varios ensamblajes de vigas, pretiles, paredaños, muros de carga y de contención, estructuras de sostén, pilastras, machones, estribos, columnas y contrafuertes. Las casas, las calles, las aceras, los templos, los edificios públicos, los bares, los sindicatos, las sedes políticas, los parques…, todo daba la sensación de flotar en equilibrio sobre un montón de chatarra.

Conforme se fue acercando vio que todos los lugareños iban vestidos con un mono de trabajo y ayudaban en aquella extraña construcción. Le llamó la atención una muchacha que salía de la ciudad, saltando desde una carretera flotante a medio construir hasta el suelo.

—¡Joven! ¿Es esto Cuenca?

—¡Así es!

—¿Por qué hay tanto andamio?

—Es por Franco. Levantamos la ciudad con andamios para caer en gracia al Caudillo y que no haya represalias una vez termine la guerra.

—Pero ¿es que Franco quiere que la levantéis?

—¿No lo ha leído? A todo esto, ¿lo trato de tú o de usted?

—De usted me va bien —respondió Odisto.

—Pues sí. Franco así lo desea. Sus aviones reparten panfletos por toda la península donde dicen paladinamente que hay que hacerlo.

—¿Tiene usted uno de esos panfletos?

—¡Pero a mí no me llame de usted, que me hace vieja! Sí, tenga; siempre llevo uno en el mandil. Puede quedárselo.

Odisto cogió el folleto y, junto a una ilustración bélica de aires épicos y tintes de anuncio de jabón francés, leyó la siguiente frase, que en el dibujo salía de la boca del dictador: «Franco, Franco, Franco, ¡arriba el campo!». A Odisto, por primera vez en todo el viaje, y en mucho tiempo, quizás un año, le entraron unas ganas desmesuradas de reír. Se contuvo mordiéndose la lengua y respirando fuerte por la nariz, cuyas narinas le vibraban al compás de las comisuras de los labios. ¿Era posible que aquellos pueblerinos hubieran emprendido la mitológica tarea de levantar una ciudad con andamios únicamente por el lema de aquel trozo de papel? ¿Cómo pudieron interpretar tan literalmente la arenga?

—Es mucho trabajo, ¿sabe? —le contó la joven—. ¡Jóvenes y viejos, mujeres y hombres! ¡Y hasta los niños! ¡Todos a destajo!

Ya hemos conseguido levantar la parte baja de Cuenca unas ocho varas del suelo, y la parte alta unas doce, ayudados por las peñas y por el barranco, al que amarramos las estructuras y los puentes levadizos para llevar por allí la piedra de las torcas. Ya hemos terminado varios de los caminos que ascienden hasta el centro. Esta carretera por la que yo he bajado está a una vara de tocar la tierra. Mañana mismo estará lista. Por cierto, ¿está usted de viaje?

—Vengo a visitar a un familiar.

—¿Es usted republicano o nacional?

—Yo no me meto en política.

—¡Bien que hace usted! Aquí puede ser lo que quiera porque nosotros somos las dos cosas. Aparentemente republicanos, pero nos estamos adelantando a la que va a caer. El futuro es franquista, ¿sabe usted? Vaya haciéndose a la idea.

—¿Y tú cómo te llamas?

—Leticia.

Odisto le preguntó a la joven si conocía a una Angustias de la edad de sus abuelos, hija de una tal Nicanora.

—¿La andaluza?

—¡Sí! —Odisto se ilusionó, pero poco le duró la dicha.

—Murió.

—¿Quién de ellas?

—Angustias. A la madre ni la conocí, que ya es hablar de una generación muy pasada.

—O sea, que están las dos muertas...

—¿Y cómo quería que estuvieran, alma de cántaro?

—¿Y no queda ningún descendiente?

—No. ¡Ni siquiera su casa! Estaba que se caía, abandonadísima. La derribaron para las obras del primer andamiaje. ¿Eran familia?

—Sí —respondió Odisto.

—Acérquese a la catedral. Está justo arriba del todo. El párroco quizás pueda hacerle un hueco en el hospicio.

—¿Un párroco en una ciudad republicana?

—¡Una ciudad consciente de lo mejor para su pueblo! Somos muy visionarios aquí, ya se lo dije. ¡Son las torcas! Nos traen vientos del futuro y sabemos lo que pasará.

—¿Qué son las torcas esas?

—¿De dónde viene usted? ¿Del sur?

—De Andalucía.

—Se le nota en el acento que muy del norte no es. Y por eso no las vio aún. Están yendo hacia la serranía, hacia Teruel.

—¿Y qué son?

—Mire, se me hace tarde. Acuda usted a la catedral y hable con el párroco, que le hará gustosamente de cicerone. Se llama Benancio. Él se lo contará todo. Vaya a mano izquierda por ese camino y encontrará una de las calles terminadas que ya tocan el suelo y que llevan directamente a todo lo alto. Así podrá subir con la burra.

—Mula.

—Burra, mula. ¿Se cree que entiendo de bestias? ¡Lo que me faltaba! Bueno, tengo que dejarlo, que me esperan en Jábaga. Es un pueblo vecino donde creen que ganarán los republicanos, e intente adivinar usted lo que están haciendo con sus calles...

—No lo sé.

—¡Están cavando un hoyo y reconstruyendo toda la aldea allí adentro!

—¿«Abajo Franco, abajo el campo»?

—Así es. ¡Tenga usted un buen día!

—¡Igualmente, mujer!

—¡Ay! Se me olvidaba. Se va a encontrar subiendo la calle con Gumersindo. Vigila la entrada de la ciudad día y noche con su pistola. Le hará una pregunta y es preciso que responda bien; si no, llegará usted antes a la tumba que a la catedral.

—¿Qué pregunta? —A Odisto le impresionó la frialdad con la que lo contaba.

—Si las casas que apegan al barranco se llaman colgadas o colgantes.

—¿Y qué debo responder?

—Si no quiere morir, ¡colgadas! ¡Hasta la próxima!

—¡Adiós, buena mujer!

El jandulés se adentró en Cuenca. Por suerte, no se topó con el tal Gumersindo. Le impresionó la altura de la ciudad, que parecía rivalizar con la del paisaje natural, el despeñadero mellado por el paso del tiempo y el viento. Atravesó múltiples callejas estrechas de fachadas coloridas. No parecía una ciudad manchega, sino más bien lusitana. Esquivó durante un largo trecho a los conquenses que trabajaban sin pausa, arrastrando piezas de construcción o dirigiendo carretillas, y llegó a la catedral. Le pareció bella pero extraña, como inacabada. Esto se debía a que a ambos lados del rosetón de la fachada principal había construidos dos arcos apuntados que no daban a un espacio cerrado, sino al cielo, como ventanas abiertas. También se debía a que faltaban varias piezas ornamentales básicas, sumadas a las dos torres principales que antaño coronaban el templo y que habían alcanzado dos veces el alto de la fachada. Más tarde sabría que la catedral no siempre había estado así, pero que, tras la fulgurante caída de un rayo y el incendio posterior, poco se salvó de la parte más alta. Se renovó a medias, manteniendo el estilo gótico. El otro aspecto del templo que extrañó a Odisto fue lo incomprensible de los dibujos de las vidrieras, una suerte de llamas abstractas.

Allí encontró a Benancio, que le contó un poco la historia del templo y de la ciudad, y lo invitó a dar un paseo por las afueras de Cuenca mientras Odisto le explicaba su situación. Bajaron por una de las calles y se alejaron una milla de la urbe. Se adentraron en un sabinar salpicado de pinos negrales y chaparros. Allí había una pequeña casa, alejada de todo, que el deán le ofrecía a cambio de una sola condición.

—Escuche, Odisto. Siento mucho que sus familiares conquenses fallecieran; eran muy queridas en la ciudad. Me consta que sí. Si usted lo ve bien, se puede quedar a vivir aquí el tiempo que necesite. Esta casa pertenece al cabildo catedralicio, es decir, está en mi poder, así que no tendrá ningún problema. Si aparecieran tropas republicanas, usted dígales que es su propia casa. No existe un registro formal sobre ella, nadie podrá decirle lo contrario. Ahora bien... A cambio de este refugio, tendrá que trabajar para nosotros. Con sus dotes labriegas, se me ocurre que podría encargarse de la recolecta del alimento que crece justo debajo de la ciudad, en las juntas de los andamios. ¿Tiene claustrofobia?

—¿Qué es eso?

—Si le dan miedo los lugares estrechos, cerrados...

—No.

—Perfecto, porque debajo de la ciudad hay tramos que son muy angostos.

—¿Y qué recogeré? ¡Aceitunas, no creo!

—¿Sabe usted mucho de aceitunas?

—Todo. Me puede poner una delante que le diré si se trata de una verdial, arbequina, manzanilla, blanqueta, cornicabra, hojiblanca, cordobesa, negra o picual.

—Pues aquí no le harán falta esos conocimientos, me temo. ¿Entiende también de verduras y hortalizas?

—Sí.

—Se encargará de recoger alimentos de sombra que necesitan mucha humedad: setas, trompetas de la muerte, champiñones, espárragos trigueros, grelos, berros, ajos, salsifíes, chirivías y rábanos. ¡Y colmenillas! ¿Las conoce?

—No me suenan.

—Son unas setas muy sabrosas, de tacto extraño y gelatinoso, con un sabor dulce muy especial. No le costará encontrarlas. Tenemos un terreno donde las cultivamos, el cual quemamos cada año, pues en tierra ardida, dos meses después, nacen que da gusto. ¿Será usted capaz de recogerlo todo?

—¡Coser y cantar!

—Hay algo más... Este cortijuelo, como bien supondrá usted, se encuentra entre Cuenca y las torcas de Palancares.

—Aún no me explicaron lo que es una torca.

—Son bocas del infierno, agujeros de Satán. Hendiduras en la tierra: desde el cielo han de verse como surcos.

—¿Son peligrosas?

—Sí. Y eso es exactamente de lo que quería prevenirle. ¡No se acerque a ellas! ¡Ni se asome! No cruce el bosque. Las torcas son muy profundas y podría caerse en una de ellas. Las hay vacías, pero las hay llenas de agua pesada, un agua que lo atraparía y lo arrastraría hasta lo más profundo. Además, están las voces...

—¿Las voces?

—La forma circular de las hondonadas arrastra vientos de toda la península. Si el día está revuelto, trae voces de todos los lugares, de arriba y de abajo, de vivos y de muertos. ¡No sería usted el primero que se aturde escuchándolas y cae en una torca de agua pesada!

—¿Hay muchas torcas?

—Deje de ser curioso. Le respondo a eso y nos olvidamos de ellas, ¿de acuerdo?

—Sí.

—Habrá una treintena. La más grande ocupa casi doce hectáreas y alcanza las cien varas de profundidad. La Larga, la de las Colmenas, la del Lobo y la del Novio, mejor ni verlas. No es terreno santo. ¿Acepta usted el trabajo?

Odisto no tenía nada mejor que hacer. Por su condición de exiliado de un territorio republicano, le convenía estar en una región sublevada —o neutral, como su espíritu—. Cuenca era perfecta por ser espiritualmente de izquierdas, pero corporalmente de derechas.

—Con mucho gusto.

66

Las lágrimas de mercurio

Una mujer oye disparos y tose pólvora.
Unos soldados derriban la puerta que da a las celdas.
Una monja es pisoteada.
El rosario de una hermana se ha enganchado en la reja picuda de una ventana ciega.
La monja cuelga desde la ventana y se asfixia.
Una estampida de hábitos sucios carga con las reliquias de sus santos.
El convento de las Jerónimas de San Ildefonso de Brihuega es derribado.
La pólvora cubre toda la región.
Los campos ese año florecerán negros de tizne.
La mujer corre al exterior. Busca el cementerio. Allí descansa su hijo.
Un infante lanza tiros y tejas desde una azotea. Un ladrillo abre una brecha en la sien de la mujer.
El rojo mancha las mangas blancas de su hábito y el velo que le cuelga del cuello.
La sangre de la brecha le entra en los ojos. Se desmaya.
Columnas de humo en Brihuega, destellos y explosiones a todo alrededor.
Cincuenta mil mercenarios italianos luchan bajo el fuego republicano.
Algunos ingieren alcohol para combatir mejor bajo el frío.
Se les congela y les bloquea la circulación. Muerte rápida; muerte relámpago.
Los italianos se muestran mohínos; luchan contra sus paisanos.
Pequeña guerra civil italiana.
Teresa Noce les da ánimos; ellos miran al suelo compungidos.
Arrendetevi o morirete.
José se tropieza con una roca y se clava la bayoneta en el gemelo derecho.
Llama a gritos a Jacobo. Solo ve humo y nieve. Una cellisca los rodea.
Las tanquetas italianas están atrapadas en el barro.
Los soldados quitan con las manos la tierra de las orugas.
Algunos quieren huir, pero recuerdan:
«quienes no luchen hasta el final, serán fusilados a la vuelta en Italia».
Luchan. Los carros de combate siguen atrapados.

Miran al cielo y ven puntos negros.
Fuegos artificiales. No piensan en Mussolini, ni en Franco.
¡Madre! ¡Padre!
Arden, como muñecos de trapo rellenos de brea.
La mujer vuelve en sí. Huye al campo. Se resguarda en una casa de labor abandonada.
La puerta está llena de zarzas. Se pincha con ellas.
Encuentra un catalejo. Mira por él. Ve a un soldado corriendo haciendo eses, alejado del muro.
Balas que rebotan. Paulo corre.
Quiere liarse las polainas. Le cuelgan y se va a tropezar.
Si cae en el barro, morirá. No se detiene.
Balas que silban cerca de las cabezas.
Proyectiles hechos de sal gorda, o de acero. Batallón Garibaldi.
El perro ha perdido a su presa. Olfatea y vuelve a territorio conocido.
Lame la cara destrozada de un republicano. Sabe a podredumbre, a hierro y a pólvora.
Salta el cerrojo de un fusil y quita una vida.
Otro se ha disparado a sí mismo. Está muerto, pero se le mueve aún una mano.
Un franquista se detiene y maldice a la fuerza aérea republicana.
En los aviones se puede leer *Moskvá*. Los llaman *moscas*.
También los llaman ratas, porque vuelan bajo y ascienden de un golpe.
Tinker derriba un avión. Tarda en caer por el frío.
Se queda estampado en el bronceado de unos campesinos a unos campos de allí.
Veinticinco mil hombres republicanos, y bajando.
Veinticinco mil hombres franquistas, y bajando
Nieve salpicada. Campos escarlatas.
Jacobo recibe órdenes directas de Miaja. Abandona el campo y se acerca a Trijueque.
No encuentra a José.
Paulo se ata las polainas e intenta orinar.
Le salen escamas de hielo de la uretra. Litiasis bélica.
Se remete los dos calzones largos y corre.
Un soldado enfermo de tuberculosis, aturdido y enclenque,
no sabe dónde se encuentra.
¿En Logroño, en Iria Flavia, en Guadalajara? Si sobrevive,
escribirá un libro sobre la región.
Una mujer, a lo lejos, ve columnas de humo rojo.

Lejos, Sigüenza. El Doncel se levanta de su tumba y huye despavorido.
La lluvia encharca la tierra. El río Salado se desborda. La Peña del Huso cae.
Las salinas rosáceas difuminan las carreteras y las pistas de los aeródromos.
Los bimotores nacionales no pueden despegar.
El agua ha blanqueado los pueblos negros del norte de la provincia.
Los soldados camuflados de oscuro en las fachadas negras son vistos desde el cielo.
Disparos. Los hombres de las columnas de Coppi son ametrallados por muchos aviones.
Carreteras cubiertas de hijos de madres italianas eviscerados y de sal.
Un cervatillo atraviesa el campo de batalla.
Mílites italianos se vendan miembros sanos; quieren huir.
Los republicanos sonríen; se reparten tres cigarrillos por hombre.
¡Jacobo, me hirieron!
Paulo está justo en el centro del hoyo de Brihuega.
Lo agarran del pie. Se da la vuelta. Un miliciano le apunta con un arma.
José, cojo y tumbado bocarriba en el suelo. Cargado el fusil, se dispone a disparar al enemigo.
Lo sujeta fuertemente por el tobillo.
Alrededor, el ruido de la muerte.
Las dos infanterías chocando. La niebla y la nieve.
Todo blanco. Gritos. Tímpanos desvencijados. Presión, bascas, náusea.
Los hermanos se reconocen.
Uno de pie, vestido de caqui.
El otro en el suelo, de azul.
Ni Dios ni yo sabemos el tiempo que se quedaron observándose.
Quietos. No se mueven, no se acercan, no se abrazan, no se hablan.
Se reconocen. Hermanos.
José lanza el fusil a los pies de su hermano y llora.
Se echa para atrás y se tumba completamente.
Solloza arrugando la cara como los niños.
No abre los ojos con el llanto.
No tiene fuerza para reincorporarse, ni para buscar a Jacobo, ni para pensar nada.
Paulo no mueve la mirada.
No baja el fusil con el que lo apunta desde que lo descubrió.
Le tiembla el labio inferior, salido hacia afuera, y los dedos que sujetan el arma.
Llora sin hacer ruido. Sus lágrimas son pesadas, como de mercurio.
Tardan en salir y le ensanchan el lagrimal, haciéndole daño.
Cuando caen a la nieve, la colorean de gris.

Se oyen pisadas detrás de él. Se oye un disparo.

Paulo siente una bala atravesarle la cabeza.
No lo ha matado. Quizás se trate de un balín.
Le arranca una oreja. Pierde el conocimiento.

José le grita al militar que ha disparado que es su hermano.
Lo creen muerto.
José grita y se maldice.
El joven maño agarra a José y le tapa la boca.
Se llama Cristino; lo sabrá más tarde.
Impide que José se quede más tiempo en el campo enemigo.
Antes de conducirlo a un lugar seguro, lo sacude y le grita una sola frase:
«Un hermano no te apunta con el fusil».
Lo hace enmudecer.

Abandonan la batalla de Guadalajara,
de la que solo recordarán imágenes inconexas.

Eva

Augurio X

Mis sobrinos luchan hoy frente a frente, el uno contra el otro, en una batalla que acabará con la derrota nacional e italiana. Franco, pese a perder estratégicamente, se alegrará, pues será la primera derrota de la Italia fascista, aquella que parecía que iba a hacerse con Madrid antes que él y a llevarse la gloria de la conquista. Se sonríe imaginando la humillación de su homólogo mediterráneo. Se reúne con sus mejores hombres y, mordiéndose los carrillos por dentro para no sonreír, da un golpe encima de la mesa y dice «¡basta!». Se acabaron los intentos de ocupar Madrid. Esperarán al buen tiempo y atacarán el norte de la península. Hasta allí irá uno de los dos hermanos janduleses, al que dieron por muerto y solo perdió una oreja; el otro se repondrá en Madrid y la defenderá junto a otros milicianos.

67

Las mantas con rubeola

Llegó la primavera, y con ella se desplazó la guerra al norte.

Corrió el rumor de que Franco había desistido en su intento de hacerse con Madrid y que iba a destinar todas sus tropas al norte de Iberia para hacerse con la cornisa cantábrica: hierro, fábricas de armamento y minas de carbón. Tenía sentido y parecía ser cierto: los alrededores de la capital llevaban semanas sin ataques, aunque las fuerzas fascistas no cedían terreno sublevado. Tenían hombres suficientes como para acometer contra los enemigos del norte y proteger lo conquistado. Los republicanos, sin embargo, tuvieron que enviar al Cantábrico a la mayor parte de sus hombres.

Así, los milicianos andaluces que se habían instalado en Jándula dejaron la tarea de proteger y administrar el pueblo al grupo anarquista local, liderado por Venancio, y partieron al norte. Nadie en Jándula se sintió aliviado. Los anarquistas habían sido los que más terror habían sembrado, los que primero se tomaron la justicia y la venganza por su mano. Las persianas y los postigos se cerraron con más ahínco; las calles se despoblaron y pocos negocios se atrevieron a abrir, solo los que eran forzados por los hombres de Venancio. Se multiplicaron las violaciones, los robos y el vandalismo, así como la guerrilla en plena calle: a escondidas y desde los balcones había quienes plantaban cara a aquellos desorganizadores y, escopeta en mano, les disparaban. Huelga decir que no todos los pueblos regidos por anarquistas representaban el caos bruto. Lo que más desorden acarreaba eran los mandos formados por hombres políticamente nada instruidos y analfabetos, capitostes que aplicaban a machamartillo ideas que el pueblo no llegaba a comprender. En aquellas regiones, pertenecieran a los *hunos* o a los *hotros*, el caos era el nuevo orden, uno caprichoso y basado en las exigencias personales de la cuadrilla del mandamás.

Pedro, el novio de Ángeles, fue de los más afectados por la huida masiva de milicianos. No hablé mucho de él. Os lo describiré algo más. Era un par de años mayor que Ángeles. Se había librado de ir a la guerra por no aparecer en el Registro Civil, por ser un niño expósito, es decir, un huérfano a quien su madre había abandonado a la puerta de la iglesia nada más nacer —concretamente en un agujero en la pared lateral del templo habilitado para esa función—. Fue criado por varias familias hasta que se echó solo al campo. A sus dieciocho años, era un joven servicial, honesto, fiel y educado, además de un trabajador prolijo e inquieto, siempre inventando. Todos los atributos nobles le eran pocos. También era muy agraciado, de ojos cerradillos, nariz prominente y bigote marcado. Probablemente, el mejor mozo que pudo encontrar Ángeles en toda la región.

Pedro había aprendido hasta la fecha varios oficios, de pocero a churrero, pero se dedicaba al del mantenimiento de las acequias. En los últimos años de la República había acompañado a Bárbaro, el fontanero del pueblo, a reponer las cañerías de los cortijos, oxidadas con el paso del tiempo. Ahorraba lo ganado con el propósito de construirse un cortijo donde poder formar una familia, y deseaba hacerlo junto a Ángeles, de quien, aquel miércoles primaveral, debía despedirse antes de huir del pueblo. ¿La razón? Unas mantas.

El joven, por conocer el oficio de fontanero, a veces ayudaba al pocero Celedonio, y en menos ocasiones a su esposa, Eustolia, encargada de la única mercería de Jándula. La mujer no había dado abasto desde el inicio del conflicto a coser uniformes y preparar ropa de cama y de campaña para los soldados. Había contratado a Pedro para que repartiera entre los milicianos los pedidos del taller. El problema vino cuando las mantas encargadas por los anarquistas resultaron defectuosas. El tejido estaba contaminado por una cepa de rubeola nociva en adultos, a quienes dejaba postrados en cama un par de semanas.

Celedonio y Eustolia no pudieron explicar cómo se habían contaminado solo las mantas de los anarquistas y no las del resto de militares. Y no pudieron no porque desconocieran la razón, sino porque un tiro les quitó el habla, el mismo proyectil que, una vez atravesó sus cuerpos y rebotó en el muro, buscó y persiguió a Pedro por todo el pueblo.

—¡No atienden a explicaciones! ¿Cómo iba a saber yo que tenían la enfermedad esa? ¡Si se las entregué con mis propias manos! ¡Me habría contagiado yo también! ¿No? ¡No te me acerques, mujer! ¡Que a las mujeres os deja yermas el dichoso virus! No vaya a ser que lo tenga yo también. ¡Porque es un milagro que me haya salvado! Ay, Dios santo... ¡Tendrías que ver a Venancio! Que si lo de la rubeola es un truco viejo, que si los íberos mataron así a muchos indios... ¿Sabrá el espabilao acaso de historia? No sabe hacer la o con un canuto, va a saber de libros... Pero vamos, ¡que no atiende a razones! ¡Mira si no lo que hizo con tu padre, que ni siquiera lo quiso escuchar! Lo siento mucho, querida, pero tengo que partir. Hay una bala con mi nombre, disparada no hace mucho, que me sigue por todo el pueblo. Si no me encuentra ella, lo harán los hombres de Venancio. ¡Vente conmigo, preciosa! ¡Mira que al pueblo no voy a poder volver y no te quiero perder! ¡No, Ángeles! ¡No te me acerques! ¡Estate quieta ahí! Si no tengo fiebre en unos días, te dejo que me abraces. ¡Vámonos juntos, lucero! ¿Qué hay tanto que pensar? Ven conmigo hasta que encuentre un refugio y luego te vuelves con tu familia. Así podrás venir a verme de cuando en cuando. ¡Que yo en cuanto ponga un pie fuera de Jándula, no vuelvo más! A menos que ganen los nacionales y ajusticien al miserable ese de Venancio. ¡No me iré muy lejos! Las balas que se disparan dentro del pueblo no salen de aquí; se desorientan con tanto olivo. Buscaré un sitio cercano. ¡A ver qué techo encuentro! Ve y habla con tu tía Juliana. Avísala y que eche un ojo a tus hermanos. ¡No creo que sea para tanto eso que dicen de que se le está yendo la cabeza! Serán cosas normales de la edad. ¿Hablaste ya con Martina? ¿Y qué dijo? ¿Se lo tomó bien? ¡Está hecha una mujer! Lo aprendió todo de ti. Cuidará mejor de los pequeños que nadie. Será tu mejor sustituta. ¡Vámonos, Ángeles! ¡Vente conmigo, que solo serán unos días hasta que me esconda y puedas volver! Porque, si te quedas, me perderás, lucero... Nos perderemos. Para siempre. No lo pienses más, que vas a gastar las fuerzas y nos van a hacer mucha falta. ¡Vámonos, lucero! ¡Coge lo preciso y vámonos, que ya oigo silbar la bala!

Ángeles, cansada de replantearse la misma pregunta, se decidió y siguió a su enamorado. Se prometió que lo acompañaría hasta el refugio para memorizar el camino y que volvería al cortijo a cuidar de sus hermanos. Le costó un berrinche tomar la decisión. Eligió entre proteger o sentirse protegida. Era consciente de que se había decantado por la opción más egoísta, pero hizo bien. Si se hubiera quedado, su presencia habría evitado alguna muerte, pero quizá no habría sobrevivido, y lo más importante: yo no habría nacido. ¡Y ya me diréis qué existencia iban a tener todos ellos sin el narrador! Tiempo al tiempo.

Partieron enseguida y apenas con lo puesto. Pedro llevaba un pequeño macuto con tabaco de liar, fósforos, algo de víveres, una olla, una navaja y una manta. También había arramblado con un pequeño pájaro de barro —con la forma de un bonito tordo— que, si le llenabas el buche de agua y soplabas por el orificio de la cola, trinaba. Aquel reclamo era el único objeto sentimental que había cogido. No recordaba quién se lo había regalado, pero lo llevaba consigo desde que tenía uso de razón; lo asociaba a los padres que nunca conoció. Ángeles no se llevó nada; su intención era volver al día siguiente. Iba vestida de hortelana, con una falda confeccionada con unas cortinas de la Alpujarra, un chal marrón, una blusa ceñida y una pañoleta por encima de la cabeza, para que no la reconocieran si la veían con Pedro. El muchacho, con la misma idea de pasar desapercibido, iba de negro. Vestía una boina oscura que lo hacía parecer más adulto y formal.

Evitaron salir del pueblo por los caminos más transitados. Siguieron el caz del agua de las glebas hacia el nacimiento del río y, hora y media después, aparecieron en lo alto del derrumbo que separaba Jándula del resto de la región. Varias veces quisieron hacer de alguna cueva el refugio soñado, o de uno de los cortijos que parecían abandonados, hasta que dieron con un granero que, por su estado lamentable, no podía pertenecer a nadie vivo. Pedro estaba entusiasmado con aquel pajar, dispuesto a hacer de aquel techo agujereado su casa durante la guerra.

—Me apena la muerte de las cosas: que fallezca un molino, un cortijo, un pozo.... ¡Voy a reconstruir este granero y me quedaré aquí! No está a la vista de ningún camino. Ni siquiera aparece esta meseta en los mapas de la región. Debe de ser un lugar creado solo para nosotros. ¿Te imaginas?

—¡No digas tonterías! ¿Creado por quién?

—¡La Virgen de Tíscar, el narrador o el Espíritu Santo! ¡Qué felices vamos a ser aquí!

—Pedro, yo mañana vuelvo al pueblo.

—Quédate un par de noches, mujer... Que soy bien ágil, pero hasta que esto esté un poco decente voy a necesitar que alguien me eche una mano. ¡Vamos a dormir la mar de bien con tanto agujero en el techo! No nos harán falta ni las estrellas.

—¡En contubernio!

—¡No me seas rancia, mujer! ¿Qué contubernio ni qué leches? ¿Te crees que esas cosas existen en tiempos de guerra? Preocupémonos mejor de estar vivos.

Pese a que no era amigo de las costumbres católicas, aquella primera noche Pedro le propuso a la joven dormir cada uno en un extremo del granero, para evitar las tentaciones indeseadas —o muy deseadas— y respetar la decisión de la mujer. Pero entrada la noche, para su sorpresa, fue Ángeles quien, por el frío, le propuso dormir juntos. Como solo disponían de una manta y ella no quería ensuciarla con la ropa con la que habían caminado todo el día, propuso al joven que durmieran desnudos. De nuevo Ángeles sorprendió a Pedro, que comenzó a preguntarse si no se habría imaginado el comentario sobre el contubernio.

La hija de Odisto se desnudó y Pedro la imitó. El joven dejó ver primero el pelo de su pecho y su espalda calva, cerró los ojos y se imaginó el frío polar de las eras en invierno y del agua del río. No quería tener una erección. Muy cuidadosamente, intentando no rozarla con el sexo, se desabrochó la parte de abajo y se quedó solo con la muda de calzones que llevaba puesta, acoplando la incipiente tumescencia hacia un lado. Pero poco tiempo le duró puesto el calzón.

De aquella noche nací yo; bueno, mi abuelo materno, Luis.

Y de él lo haría mi madre, Nines.

Y de ella, yo.

Martina, Mariángeles, Josito y Gonzalo

—¡Me tenéis que hacer caso en todo lo que os diga!

—¿Cuándo volverá la hermana Ángeles de nuevo?

—No lo sabe. Hasta ahora viene cada tres días, más o menos, pero quizás a veces sean más, depende del tiempo, del camino, de los militares...

—¿Tú también nos vas a abandonar?

—¡No! Y la hermana no nos ha abandonado —contestó Martina a Mariángeles.

—¿Y dónde está ahora? ¿Por qué viene y va todo el tiempo? —preguntó Josito.

—¿No se lo habéis preguntado ya?

—Sí.

—¿Y qué os ha dicho?

—¡Que es un secreto! —respondieron los hermanos a coro.

—¿Y no os gusta jugar a los secretos?

—Martina, si tú también te marchas, ¿quién nos va a cuidar?

—¡Que yo no me voy a ir a ninguna parte! Y si un día me entretengo en el mercado y necesitáis cualquier cosa, tenéis a Juliana a dos pasos.

—¡Pero si está loca!

—¡Josito! ¡Baja la voz!

—Josito tiene razón —añadió Gonzalo—. Yo la escucho desde aquí hablando sola.

—¡Eso lo hacen todos los viejos! Además, tu oyes cosas a leguas de distancia.

—Pero nos riñe sin haber hecho nada, y lo mismo se pone a llorar que se pone a reír.

—¡Nos da miedo!

—El otro día se bajó los leotardos y nos enseñó sus partes.

—Y luego nos dijo que si queríamos hacerle un hijo.

—¡Por Dios, por Dios! —Martina no daba crédito—. ¿Se bajó los leotardos?

—¡Y las bragas! —Los niños pasaron de mostrarse medrosos a reírse.

—¡Me pasaré a verla después! —zanjó Martina—. Está muy mayor, ¿sabéis? Además, ha perdido a su nieto y de su hijo no sabe nada desde antes de la guerra.

—¿El que es cura?

—Sí. Si no queréis acudir a Juliana, podéis ir a hablar con el hijo que vive con ella. Antonio es muy simpático.

—¡Ese está triste todo el día y no quiere jugar con nosotros ni hablarnos!

—Bueno, es que se le murieron casi todas las vacas, las blancas y las retintas.

—¿Estaban enfermas?

—No. En realidad, se las comieron... los soldados. —Martina quiso morderse la lengua, pero pensó que no era tan grave la afirmación, y que sus hermanos, pese a ser más pequeños que ella, debían espabilar—. ¡Va, vamos a hacer escobas con la cabezuela! Ahora que no pega tanto el sol. Así, cuando vuelva Ángeles, le damos una para que se la lleve.

—¡Hermana! ¡Mira, mira! ¡En la ventana de la cámara! —Gonzalo señaló hacia la casa de la vecina Juliana.

—¡Gonzalo, baja la voz! —le ordenó Martina, gritando más que él.

—¿Qué es? —Josito, que no podía ver la escena, preguntaba con curiosidad.

—¡La Juliana, que nos está enseñando otra vez el coño!

—¡Oye, Gonzalo, esa boca!

—¿Pero no lo ves? —Martina alzó la vista hacia la parte superior de la casa y vio que, en efecto, la vecina les estaba enseñando sus vergüenzas mientras lloraba de la risa. Martina dejó a sus hermanos haciendo escobas y fue a hablar con Antonio, aunque tampoco estaba mucho mejor, ya que se había enganchado a la bebida y pocas veces se lo podía encontrar uno sobrio.

Hay que decir que no todas las víctimas de aquellos años se debían a muertes extraordinarias y narrativamente interesantes; la mayoría moría de depresión, con el suicidio bajo el brazo o de una demencia. Al menos, así era en Jándula, pueblo que pertenecía al llamado triángulo de los suicidios. De ahí que dos hermanos de mi abuela se ahorcaran.

El campo es bello de lejos y poco tiempo; de cerca y constante, a veces mata.

María Luisa Bombal

«Hemos organizado una existencia lógica sobre un pozo de misterios».

Andrés Trapiello

«Todo lo que pasa en una guerra es extraño, y casi nada es lo que parece».

68
El hijo extraviado

Con el pico de la cuchilla, la única parte sin óxido, se quitó Odisto una hebra de bleda que se le había quedado entre el colmillo y la muela. Tenía los dientes muy roídos, pero sus raíces eran sólidas. Se enjuagó con aguasal y se frotó la cara con el jugo de un limón. Se había levantado tarde de la siesta. Llovía, así que no iría a trabajar. Cuando el cielo se ponía así, no había quien encontrara una seta bajo los andamios de Cuenca —que era el trabajo que le tocaba hacer entonces—. Se sentó junto a la mesa de la cocina, arrimada al lado de una amplia ventana, y buscó una vieja jícara en el desvencijado vasar. Preparó chocolate. Mezcló viejos polvos de cacao —obsequio del deán— con agua; aunque tenía leche, lo prefería así. Era aquel un gusto de pobres, acostumbrados a los bocadillos de aceite y azúcar, las tortillas hechas con arroz y los pucheros con sebo y cuatro sopas de maíz y pan duro. Mientras se terminaba el vaso, le daba vueltas a una vieja idea que cada vez iba cogiendo más fuerza: volver a Jándula a escondidas y traerse a sus hijos. Pero la larga distancia, la falta de un carro, la guerra en el camino… lo echaban atrás. Se levantó y se entretuvo limpiando el pequeño cortijo y ordenando los objetos de las alacenas. Al sacar los utensilios de cocina, encontró un libro de ilustraciones. Eran unos planos para la herida catedral de Cuenca. Había diseñadas unas torres transparentes, que habrían querido construir con cristales provenientes de la vecina Segóbriga, lugar donde hasta los romanos peregrinaban para sacar espejuelo del suelo. Las torres proyectadas triplicaban la altura actual del templo. Odisto arrancó una de las láminas y la colgó con un clavo frente a la cama. Le pareció que, intercalados entre sus golpes de martillo, unos nudillos llamaban a la puerta. Se asomó a la ventana y vio que se trataba de un matrimonio de viejecitos, que se mojaban bajo la lluvia. Les abrió.

—Buenas tardes. ¿Vive usted aquí?

—Así es.

—Perdone la impertinencia, ¿es usted de la zona? —Odisto meditó la respuesta.

—Sí. ¿Qué quieren?

—¡Ayúdenos, por favor! —Los rostros de los viejos eran pura desolación.

—¿Quiénes son ustedes?

—Benigno y Fausta. ¿Y usted?

—Odisto.

—Es un nombre peculiar. ¿Es usted extranjero?

—No. Díganme, ¿qué les sucede? —Odisto quiso evitar que siguieran mojándose—. ¿Quieren pasar?

El jandulés abrió la puerta de la entrada de par en par y les señaló las sillas en torno a la pequeña mesa de la cocina. Les dio confianza y pensó que un poco de compañía no le vendría mal. Los viejos aceptaron. Odisto le dio una manta a cada uno, para que entraran en calor, y les ofreció chocolate, pero no quisieron. Les sirvió un vaso de agua y se sentó a escucharlos.

—Huele a algo fuerte... ¿Qué es?

—Se me agusanó el potaje. Había olvidado que estaba en la perola desde ayer. ¿Saben que en época de guerra la comida se echa a perder mucho antes? La tierra, que acoge cuerpos descompuestos, entrega frutos casi podridos. ¡Ni las alubias de Tolosa aguantaron! Se me echan todos los guisos a perder.

—Entiendo... Caballero, iremos al grano. Se trata de nuestro hijo Zoilo. No sabemos dónde está desde que partió a la guerra y tememos... Es que verá, la mayoría de sus amigos no han vuelto tampoco, y los que lo han hecho vienen dislocados, ausentes..., diciendo que han fusilado al resto de sus compañeros. —Esta última frase le costó al anciano un esfuerzo sobrenatural articularla.

—¿En qué bando lucha? —preguntó Odisto.

—Mire, no hemos venido a discutir de política. No es nuestra intención saber quién o por qué lo mataron, si es que así fue, sino saber dónde está su cuerpo, o si, milagrosamente, y esperemos que así sea, sigue vivo.

—Entiendo. —Odisto se estremeció al darse cuenta de que estaba en la misma situación que aquel matrimonio, con la diferencia de que él tenía a dos hijos en la guerra y de ninguno sabía nada. Exiliado, ni siquiera podría seguir recibiendo las cartas de José—. ¿Y qué puedo hacer yo? Llegué hace poco a la región.

—Su cortijo es el más cercano a las torcas. Es allí donde están echando los cadáveres de los hijos que mueren en la batalla, o por venganzas personales.

—¡Vaya! Lo desconocía.

—Pues me temo que así es. El caso es que, como bien sabrá, es muy peligroso acercarse a ellas por el viento ese que susurra y que puede hacer que uno se vuelva loco. Nosotros somos ya muy mayores y no tenemos la agilidad de antaño. Nos desorientaríamos enseguida si intentáramos llegar a la torca de las Colmenas, que es donde creemos que están los cuerpos.

—Creemos que es allí porque es la más profunda, aunque hemos oído que hay tantos cuerpos que pronto dejará de ser un agujero y se verá como una montaña. ¡Es horrible! La gente ha empezado a cambiarle el nombre a la zona, y en lugar de Palancares la llaman Palamuertes. Puede usted figurarse…

—Miren, entiendo su desesperación, pero no soy el hombre que buscan —les interrumpió Odisto—. No conozco bien la zona de las torcas. Nunca me he adentrado en el bosque. ¿Cómo iba a saber cuál es la de Colmenares?

—¡De las Colmenas!

—Y, por otra parte, ¿cómo iba a reconocer a su hijo? Suponiendo que hubiera fallecido y su cuerpo se encontrara entre los otros. ¿No pretenderán ustedes que toque y desplace todos los cuerpos sin vida del barranco?

—Lo único que sabemos es que no podemos seguir viviendo con esta incertidumbre. Hasta la fecha, usted ha sido la única persona que se ha prestado a escucharnos de esta manera, tan comprensiva, invitándonos a sentarnos en su propia casa. Y solo por esto ya se lo agradecemos. ¡Pero por favor! ¡Ayúdenos a buscar a nuestro hijo!

—Lo siento muchísimo.

—¿Tiene usted hijos?

—Sí, y dos de ellos en la guerra. No hace falta que me diga que piense en ellos.

—¿Qué podemos ofrecerle a cambio? No tenemos dinero, pero tenemos animales, herramientas y un carro. —Odisto se entusiasmó ante la idea de tener un carro a su disposición. Recordó el plan de volver a Jándula a por su familia. Benigno atisbó la duda en su rostro—. ¿Se lo está usted pensando?

—¿Cómo es el carro? —preguntó Odisto.

—¡Gracias a Dios que apareció en nuestro camino! ¡Si se lo estuve yo pidiendo a la Virgen de Riánsares y a la Virgen de la Luz, que apareciera alguien que nos ayudara!

—¡Bendito sea Dios!

—¡Escúchenme! ¡Esperen! —Odisto resopló, se echó las manos a la cabeza y se quedó congelado en esa posición hasta que la mujer alargó el brazo y le acarició el hombro.

—Caballero, lo encuentre o no, el carro será suyo. No le quepa duda. No lo usamos y parece que a usted le hace mucha falta. Así que, por eso, no se preocupe. Ahora bien, nos gustaría que, si encuentra a Zoilo, además de reconocerlo nos lo traiga hasta aquí.

—Le podemos dar varias fotografías para que se las lleve consigo. ¿Qué opina? Fíese de nuestra buena voluntad. ¡El carro será suyo! Y dos caballos para tirar de él. Confíe en mi nombre: Benigno. No puedo traer desgracia, ¿verdad? ¿O usted piensa que los nombres no van de la mano con los cuerpos?

—Le será fácil reconocerlo, la piel de nuestro hijo brilla en la oscuridad más que la del resto, desde pequeño. Tiene una cicatriz en la frente con forma de rama y le falta la mitad del meñique de la mano derecha. El resto puede usted verlo en las fotografías. Además, si se pone estos tapones de resina de ciruelo en los oídos en cuanto distinga la primera torca, los ecos no le entrarán en la cabeza. Y si surgieran las voces que lo vuelven a uno loco, ¡cante o rece algo! Cuanto más ocupadas tenga las orejas, mejor.

—Si ve que empieza a sentirse mareado, dé marcha atrás y refúgiese entre los árboles. Allí se recuperará y podrá volver a intentarlo. ¡Rezaremos continuamente!

Odisto partió aquella misma noche.

El cielo andaba claro y la luna, llena. La tierra recogía la blanquecina luz del satélite. Decidieron que era más seguro que indagara caída la noche, pues durante el día había mucho movimiento de militares.

Había creído que estaban justo detrás de su cortijo, pero atravesar la ladera le llevó el doble del tiempo previsto. Partió a las nueve de la noche y llegó dos horas más tarde a los pies de la primera torca. Para no desorientarse por el espeso bosque, buscó la estrella polar y caminó siempre a la derecha de esta. Después de recorrer un camino que parecía no llevar a ningún lado, llegó a un claro grande con un enorme agujero en el centro, de una circunferencia perfecta ajena a la mano del hombre.

Aquella primera torca rebosaba agua. Le pareció preciosa. Odisto no percibió la brisa de la que tanto le habían hablado, aquella que en teoría transportaba las voces y las introducía en la cabeza de uno hasta hacerlo desfallecer y morir. No tuvo que ponerse tapones en los oídos.

Arriba, el cielo harinoso y una luna gigante. Abajo, el agua negra y quieta de las enormes dolinas hambrientas.

Pasó por una decena de torcas en el camino. En ninguna de ellas había cuerpos, solo agua. Benigno y Fausta lo habían avisado de que vería once hasta llegar a la buena. Y así fue. Después de la undécima, apareció una última fila de árboles y, detrás de estos, la supuesta última torca de la región, la que, si el relato de los ancianos era cierto, contenía los cuerpos caídos de tantos hombres y mujeres. A través de los árboles copados, le parecía como si aquella torca fuera la más grande y estuviera vacía, pues no reflejaba el cielo claro.

Fue salir de la arboleda y notar una brisa ligera acariciarle el rostro. Se acercó al borde, con cuidado de no dar un paso en falso y caer en la hondura. Quiso asomarse para echar un primer vistazo cuando de pronto, de forma automática y violenta, sintió que sus piernas lo impulsaban de un salto atrás hasta la linde del bosque. Cayó al suelo, sobre un tronco robusto. Había saltado porque algo lo había aterrorizado, una imagen que solo su cerebro había captado. Tomó aire y volvió a asomarse.

El fondo de la torca estaba cubierto por cientos de cuerpos sin vida.

Odisto volvió a echarse hacia atrás. Repitió la maniobra un par de veces. No lograba acostumbrarse a la imagen. Estaba tan centrado en comprender lo que veía que no apreció la fuerza que el viento había alcanzado. Había perdido hasta la boina.

Tal y como le habían prevenido, aquel aire empezó a llenarle la cabeza de voces. Comenzó por una floja y sutil, que de primeras pensó que era la voz de su conciencia. En poco tiempo surgieron más, y las de sus seres queridos se reprodujeron al unísono en su cabeza. Se puso los tapones, pero ya no servían para nada y lo desconectaban aún más del entorno. Se los quitó y entonces varias de aquellas voces volvieron con más fuerza.

Se puso en pie, luchando contra el viento cada vez más furioso, y se dispuso a rodear la torca. Había llegado hasta allí y bajaría al fondo del agujero para reconocer los cadáveres de cerca e intentar identificar al hijo de aquel noble matrimonio. Después de una primera vuelta completa a la hondonada, vio que el descenso no era fácil. La cabeza le dolió de golpe; se echó las manos a las sienes y cayó de hinojos en el suelo. Recordó el consejo de volver al bosque, donde se recuperaría, pero no tenía fuerzas ni para incorporarse. Se tumbó de lado y se le salieron del bolsillo las fotografías que le habían dado aquellos padres, que fueron barridas por el viento. Solo pudo salvar una. Se la acercó a los ojos y miró el retrato. No era Zoilo el que posaba sonriente en la instantánea, sino uno de sus hijos, que miraba al objetivo con un tiro en la frente.

Odisto perdió el conocimiento. No volvería a abrir los ojos hasta medio año después, lejos de allí, en una tierra diferente y rodeado de desconocidos, a decenas y decenas de páginas de esta.

69

La curandera y los huevos podridos

—Buenos días. El tiempo que esté usted en esta habitación conmigo, a partir de este momento, entenderá y podrá hablar íbero perfectamente. Ahora dígame. ¿Qué puedo hacer por usted? Si es por un fusilado, no tengo el remedio. Soy curandera, no la Virgen.

—Pues verá… La consulta es para mí. Soy un escritor francés que reside en Iberia.

—Ha visto usted una matanza, aquí, en Palma. ¿Verdad? Por parte de los secuaces de Franco. ¿No es así? Y su hijo, que es falangista, otras cuantas. Usted lo apoyó. Ahora lo atormenta porque usted no piensa como antes. ¿Se considera usted fascista?

—No. Verá, es complicado… Tengo un pensamiento conservador, monárquico y católico. Pero, desde que estoy en Iberia, quiero denunciar lo que la derecha está haciendo y apoyar la causa republicana. ¿Me convierte eso en un ser de izquierdas?

—¿Esa es su dolencia?

—Sí. Me duele pasar de un lado al otro; me aterra tener que elegir un bando.

—Pero siente que ha de hacerlo, ¿no es así? Deme la mano izquierda y no hable. Muy bien… Veo que su nombre será asociado en las escuelas a otros dos escritores: Céline y Maurras. Los pondrán de ejemplo como escritores de derechas. Céline será el más fascista, incluso los nazis lo anotaron en su lista negra por ser «demasiado radical»; Maurras será considerado de derechas a secas; y usted se tambaleará de una punta a otra, comenzando en la derecha y terminando algo más suave. ¡Lo contrario de lo que le pronostiqué una vez a Baroja! Eso es lo que dirán.

—¿Sabe algo de las obras que escribiré?

—Algo de la luna y de los cementerios. No tengo nada más que decirle.

—¿No me pasa el huevo por encima? Escuché decir en el pueblo…

—El huevo lo usamos solo para los políticos imbéciles. Somos una generación de curanderas gallegas, ¿sabe? Mi hija Adelina, que acaba de nacer, seguirá el oficio en Catalunya. Y su hija también lo seguirá haciendo. En fin…, caballero, le recomiendo que deje Iberia en cuanto pueda. Escriba sus cementerios y huya. Bergamín tendrá razón; esta no es su causa. Ahora he de pedirle que se vaya. Adiós, señor Bernanos.

70

Las batallas caducas

—José, ¿me escribirás?

—¡Claro! Lo mejor será que enviemos las cartas a Vanesa.

—¿A la enfermera?

—Sí. Ella nos las guardará, que no se moverá de Madrid.

—¿Y por qué no directamente al frente? Al ejército de campaña.

—La guerra de trincheras va quedando atrás. Adonde vamos ahora no habrá tiempo para leer. Dudo mucho que tengan un servicio postal. Las tarjetas hoy día no llevan más que testimonios de hombres que van a ser fusilados y sus voluntades. Lo último que necesita este ejército improvisado es desánimo en la batalla. Madrid será la mejor opción para el envío. Así, cuando uno de los dos esté solo sin el otro aquí, podrá tener la compañía de las cartas.

—¿Y si llegamos a la par?

—¿A Madrid? No lo creo... Pero bueno, si es así, ¡pues las leemos juntos!

—También podríamos enviarlas a este apartamento.

—¡No! Cuando volvamos, lo más probable es que haya sido ocupado, igual que hemos hecho nosotros todo este tiempo.

—¿De verdad que no hay nadie más con quien podamos hablar?

—Jacobo... Hemos estado juntos desde el principio, en todos los viajes, trabajos y batallas. Es la primera vez que nos separan, lo harán por algo, ¿no?

—¿Hablaste con Iluminado?

—Sí. Las listas son fijas. No se puede hacer nada. Si hacen una sola corrección con tinta, el resto se dará cuenta y también querrá cambios. ¡Tienes que hacerte a la idea de una vez! Que parto mañana...

—¿Y si no... si no vuelvo a verte?

—¡Sí que volverás a verme! El otoño está al caer.

—¡Pero si estamos en primavera!

—¡Tardía!

—José...

—¡Escúchame bien! Si no luchamos, entonces sí que vamos a desaparecer, los dos, ¡de una vez! Sabes que nunca estuve convencido del todo, pero ahora sí que lo estoy. ¡Será República o no será nada!, como tú me solías decir en Jándula. ¿Tú cuándo partes?

—En un par de semanas, más o menos —dijo Jacobo cabizbajo.

—Nada va a salir mal. Confía en mí.

—Gracias por los ánimos. ¿Y tú, estás mejor?

—Sí. No dejo de darle vueltas a..., ya sabes.

—¿Seguro que era él?

—Sí.

—¿Y dices que no soltó el fusil? Lo mismo no te reconoció.

—¡Me reconoció! Y no, no soltó el arma. Lo mismo, si no le llegan a dar el tiro, acaba matándome.

—¡Tu propio hermano! ¡No digas tonterías! —le repuso Jacobo.

—Era Paulo y no era él. No sé. Estaba muy cambiado, más adulto. Se le notaba la desesperación en el rostro. Me cuesta aceptarlo, pero creo que me habría matado.

—¡No digas eso!

—¿Qué hago si me lo encuentro otra vez? —preguntó José, con la mirada perdida.

—¡No te lo vas a encontrar de nuevo! Pocas veces le vemos la cara al enemigo.

—Enemigo...

—Perdona. Es un decir.

—Cuántos soldados rasos habrá que solo obedecen. O actúan así tras haberles llenado la cabeza de ponzoña. En esta guerra hay más inocentes que culpables.

—Tienes razón. Oye, llévate mi guerrera. Abriga más que la tuya y allí arriba te hará más falta que a mí.

—¿Y qué te doy yo a cambio?

—Ya me lo das todo...

Antes de separarse, Jacobo se acordó del botecito que quería entregar a José. Contenía una polilla hembra. Él se quedaría con la pareja macho. Le pidió que, si llegaba el Año Nuevo y no se habían encontrado, liberara a las doce de la noche la polilla. El insecto volaría hasta encontrar a su pareja, sin que importaran las leguas entre ambos. José aceptó y se guardó el bote en un bolsillo interior.

José y Jacobo partieron aquella semana a batallas diferentes. Era la primera vez que se separaban. El bando republicano era consciente de que, si mandaba a absolutamente todos sus hombres a defender el norte, Franco aprovecharía para atacar los alrededores de Madrid y terminaría con la guerra. Por eso, el general republicano Miaja ideó una estrategia. Enviaría a la mitad de sus hombres al norte, a Bilbao, y a la otra mitad al oeste de Madrid, a Segovia y Brunete —y de allí, más tarde, al nordeste de la misma, a Belchite—. Y así ocurrió.

Acabadas las batallas, ambas fracciones republicanas, o lo que quedara de ellas, se reunirían en Madrid a comienzos del otoño. Sabían que después del verano terminarían aquellas contiendas, aunque desconocían si el resultado sería favorable para *hunos* o para *hotros*. Yo mismo les di aquella información; lo vi conveniente, ya que el ánimo en ambos bandos estaba por los suelos, y el hecho de que los combates no se fueran a hacer interminables y los supieran caducos en otoño los alentó. En realidad, solo conversé con los cabecillas del bando republicano, pues el bando franquista se había cerrado a hablar conmigo y a aceptar mi existencia. Según decían, su fuerte creencia en Dios les impedía hacer pactos fáusticos.

El hecho de que un narrador transmitiera información futura a un ejército fue una hazaña que se llevó a cabo por primera vez en la guerra civil íbera. Por eso, y por otras muchas razones, como el ensayo de nuevos métodos de combate y de armamento más letal, aquel conflicto fue pionero y único en muchos aspectos, y la antesala de la Segunda Guerra Mundial.

Los caminos de José y Jacobo se alejaban, el primero hacia el norte y el otro al centro de la península, pero volverían a encontrarse bajo la luz ambarina de la vejez de los árboles en otoño.

Paul Éluard

«Las mujeres los niños tienen las mismas rosas rojas
en los ojos
cada uno muestra su sangre».

Manuel Leguineche

«La II Guerra Mundial empezó en mi pueblo, Gernika».

71

El árbol de Gernika

Hay un árbol en la península que ha sido testigo del odio entre íberos en la historia reciente. Dicen que lleva tantos años vivo que ya es imposible que muera, que quien supera la muerte, supera la vida y su condición caduca. No obstante, pese a ser un árbol tan importante, tiene un aspecto de lo más normal: tronco tirando a delgado, copa poco amplia y ramas no muy frondosas. Quizás destaque tanto porque a su alrededor no hay verde que le haga sombra, además de por encontrarse en un encuadre bonito, rodeado de una refinada verja. En su simpleza recoge toda la fuerza de la tierra: el árbol de Gernika.

Su fama comenzó en el siglo XIV, cuando acogió bajo su sombra por primera vez los fueros de los Reyes Católicos. Desde entonces, tuvo un valor especial para los éuscaros, tanto que se estableció como símbolo de la unión de sus pueblos, convirtiéndose en un emblema foralista y nacionalista, apreciado tanto por los *hunos* como por los *hotros*. Un roble fuerte, pero como todo árbol, mortal. Cuatro siglos después de su nacimiento, los lugareños de Gernika apreciaron los primeros síntomas de fatiga en la corteza y en el color de sus hojas, que pasaron de tener reflejos color azul de Prusia a ocre pardo mortecino. Decidieron plantar un retoño del árbol al lado del original, en el recinto de la Casa de Juntas. Al moribundo lo llamaron «árbol padre» y al nuevo, «árbol viejo». Apenas un siglo después, el «viejo» hizo honor a su nombre y murió. Lo colocaron en un templete circular en el mismo recinto y le cortaron otro retoño, del que brotaría el «árbol hijo». Este presenciaría el suceso más sonado internacionalmente de la guerra civil íbera y uno de los más simbólicos: el bombardeo de Gernika, el ataque que sería la antesala de los sucedidos posteriormente en ciudades como Dresde, Coventry y Róterdam.

Antes de narraros lo que sucedió, en un paréntesis cuyo contenido osa adelantarse al tiempo de esta historia, quiero contar el devenir del árbol desde el final del conflicto hasta la actualidad: las tropas franquistas, una vez se hicieron con la ciudad, quisieron talarlo, pero un grupo de requetés carlistas —antiguos absolutistas— se interpuso entre el tronco y las hachas, y evitó el desastre. Empero, lo que no mató el metal, lo hizo un hongo, y enfermó gravemente. De nuevo, plantaron un retoño. Se descompuso. Plantaron otro retoño. Se secó. Plantaron una bellota... Así, sucesivamente, evitaron la desaparición del árbol. También permitieron que los afectados por la diáspora éuscara se llevaran, junto a las flores *eguzkilore* que protegerían sus hogares futuros, tallos del árbol original en sus viajes, extendiéndolo así por todo el mundo. La inmortalidad del roble quedó entonces asegurada. Hoy día, si vais a Gernika preguntad cuál es el más original de todos. Os encontraréis con distintos pareceres. Ahora sí, vuelvo a la narración, al horrible día que marcó la historia de Iberia y que presenciaron el tercero de los árboles, el «árbol hijo», y el hijo de Odisto, José.

Un tal Wolfram von Richthofen, jefe del Estado Mayor de la Legión Cóndor alemana —condecorado un año después de lo sucedido en Gernika por Franco con la Cruz Íbera de Oro con Diamantes—, quiso ensayar un ataque aéreo en picado inédito: un bombardeo en alfombra que masacraría todo un pueblo de una sola vez, soltando veinte toneladas de explosivos. Preguntó a Franco dónde llevar a cabo la acción sanguinolenta y el ferrolano le contestó que en el norte, el bastión que el futuro dictador estaba quitándole de las manos a los republicanos. Le manifestó su deseo de que fuera cerca de Bilbao, su objetivo militar más inminente, para que los bilbaínos se acongojaran ante la fuerza enemiga. Así, Wolfram, primo del célebre Barón Rojo, temeroso de no ser el militar más glorioso de su familia, eligió la ciudad del árbol y se ensañó con ella. Pensó que si conseguía arrancarlo y llevárselo al sátrapa de Hitler, toda Alemania se lo agradecería, pues el extraño roble tenía la peculiaridad de criar raíces de hierro, y mucho hierro era lo que necesitaban los nazis para construir su imperio. Por eso se eligió aquella ciudad.

El último día de Gernika, tal y como se la conocía, fue el lunes 26 de abril de 1937. Tres horas y media infernales después, el municipio quedó destrozado, salvándose del fuego enemigo el árbol, que los alemanes ni se molestaron en arrancar al enterarse de que finalmente las raíces no eran de hierro tal y como decía el rumor. Murieron entre doscientas y dos mil personas —depende del historiador—, y casi todo el pueblo se incendió. Naturalmente, el bando faccioso negó la autoría del bombardeo. Luis Bolín, el hombre que organizó el vuelo que llevó a Franco a la península al inicio de la guerra, una de las voces del periódico *ABC*, propagó la noticia de que habían sido los propios rojos quienes arrasaron con la ciudad, unos dinamiteros anarquistas «aplicando la táctica de la tierra quemada, como habían hecho en Irún o en Éibar». Aquella patraña, pese a ser la oficial en el bando franquista, no se sostuvo. Hasta el propio Göring, en los juicios posteriores de Núremberg, confesaría la autoría por parte del bando nacional y de los nazis, y en menor medida de las fuerzas aéreas italianas.

Los éuscaros que pudieron huir aquella tarde se refugiaron en Bilbao, gernikarras y lugareños de la misma provincia que, vista la ferocidad de la fuerza aérea enemiga, no dudaron en arrimar el hombro. En Bilbao, la «muy noble y muy leal e invicta villa», aquellos hombres ayudaron durante dos meses a finalizar la construcción del célebre Cinturón de Hierro, una fortificación defensiva que rodeaba la ciudad, de veinte leguas de diámetro. Lo hicieron junto a éuscaros de todas las provincias, milicianos y extranjeros, así como al lado de los imbatibles y valientes presos asturianos, liberados tiempo atrás por la Pasionaria. Los *gudaris* también construyeron pozos de tirador, donde se metían dos personas para protegerse y no dejar de disparar, y grandes *txalapartas*, instrumentos musicales que, tocados con brío, animaban a la batalla.

El Cinturón parecía infranqueable: doscientos búnkeres, miles de trincheras, nidos de ametralladoras y trece leguas de longitud. Pero ocurrió una desgracia para el bando republicano. Alejandro Goicoechea, el creador del proyecto defensivo, se pasó al enemigo con los planos de la fortaleza en un acto de defección que pilló a todos por sorpresa. Más tarde, como agradecimiento por parte de la dictadura, sería el encargado de producir el primer tren íbero de alta velocidad, el Talgo —Tren Articulado Ligero Goicoechea Oriol—, y dos proyectos más que se quedaron en nada: el tren vertebrado que uniría las islas Canarias y el que enlazaría Marruecos con Iberia. Con los planos en manos enemigas, Bilbao cayó en tres días. No hubo región en todo el País Éuscaro sin pólvora, salvo la ciudad de Donostia —la capital de verano de la monarquía y burguesía—, que prefirió claudicar antes que acabar en ruinas, ya fuera por la acción de los *hunos* o por la táctica de tierra quemada de los *hotros*. Los donostiarras aristócratas salieron de sus hoteles de lujo a las calles armados con sus tambores del 20 de enero para celebrar que ya eran hombres libres. Con el temblor, el monte Urgull creció un palmo.

Se quemaron las ikurriñas y se prohibió el éuscaro. Franco, tras cuatro intentos infructuosos de hacerse con Madrid, se procuró el norte aquel verano, usando al general Mola —que falleció en aquel ataque— para sembrar el terror, para jugar a un dominó de piezas que sangraban al caer, como las dos mil personas que murieron en Sartaguda, que pasó a llamarse «el pueblo de las viudas», o los cientos de hombres lanzados desde el mirador de Ubaba, en Navarra. Y tras el País Éuscaro y Santander, el ferrolano se hizo con Asturias, donde las últimas ciudades en caer fueron Gijón y Avilés.

Estos son los hechos. A continuación, ayudado por tres mujeres éuscaras, para tener presente que las grandes olvidadas de las guerras son las mujeres, narraré la historia desde un punto de vista más subjetivo, bajo el prisma de Irati, Haizea y Nekane.

72

La hoguera de tres días

Irati

La mañana del bombardeo amaneció soleada, y así se mantuvo hasta pasado el mediodía. El mercado semanal de la ciudad, que tenía lugar los lunes, llenó Gernika de lugareños, tanto de la propia ciudad como de los alrededores. Aketza y Batista, de noventa y tantos años cada uno, se contaban viejas historias sentados frente al árbol, ajenos a la guerra. Comentaron la bella tarde que se iba a quedar, luminosa y cálida, hasta que apreciaron algo inaudito: las hojas del árbol estaban empezando a oscurecerse en algunas partes de la frondosa copa, como si se estuvieran marchitando. Pero las hojas no se movían ni cambiaban de forma, solo de color.

Aquello fue lo último que los amigos vieron antes de morir. Los tonos oscuros que mancharon el árbol eran las sombras de las bombas que iban a caer sobre la ciudad. A quien le dio tiempo a otear el cielo antes del bombardeo pudo ver una imagen aterradora: un fondo azul claro moteado por cientos de puntos oscuros que cada vez se hacían más corpulentos.

Algunas piedras éuscaras, al menos las que recibieron las sombras de los proyectiles, se rajaron espontáneamente antes de que las bombas hicieran el trabajo. La propia ciudad quería así salvar su honor, como hicieron los habitantes de Numancia dos mil años atrás. Pero el daño de las bombas fue mil veces mayor al de las grietas autoinfligidas. Durante tres horas, los estallidos, las llamas y los derrumbes iban a ser constantes. El infierno cayó como un molde sobre la ciudad, arrasando con todo, levantando los pavimentos, derribando los muros de las casas, crujiendo el frontón, descosiendo los miembros de los lugareños y envolviendo en fuego todo animal, mueble, papel, alimento y planta de Gernika.

El bombardeo comenzó con una primera bomba proyectada sobre uno de los puentes principales de la ciudad. Los mercenarios alemanes querían un exterminio completo y volaron los enlaces que pudieran servir a los gernikarras para huir. Seguidamente, bombardearon los carros de combate de agua, para que los bomberos no pudieran apagar el efecto de las bombas incendiarias, que arderían durante tres días enteros. Aquellas primeras explosiones avisaron al pueblo de que debía protegerse en los refugios, sin saber que los alemanes, que lo tenían todo bien planificado, conocían la posición de los búnkeres y los bombardearían de igual forma. Los refugios resultaron ser trampas mortales.

La hija de Batista, el viejo que acababa de morir frente al árbol, se escondió en el búnker de Astra. Entró a oscuras de la mano de sus dos hijas. Una vez dentro, la mujer, llamada Gabone, vio que estaba rodeada de cientos de personas, todos de pie y en silencio, calma que se rompía de vez en cuando por los gritos de alguno de los escondidos que pedía que le hicieran paso, que debía salir de allí porque acababa de comprender que, si se quedaba, moriría aplastado, como había ocurrido en el bombardeo de Durango tres semanas atrás —donde, entre otros cientos de víctimas, catorce monjas habían fallecido bajo la iglesia a la que habían asistido para celebrar un oficio—. Y, tristemente, así fue. Gabone sintió un peso enorme echándosele encima de la espalda. Cuando volvió a abrir los ojos, estaba atrapada bajo toneladas de escombro. Notó que sus dos manos asían todavía a sus hijas. En la derecha sintió la sangre caliente de la mayor, sin alma; en la izquierda, el pulso de su hija pequeña. Le apretó la mano y le dijo que la quería. La niña gritó «ay» varias veces y murió. Gabone iba a sobrevivir, pues, de lo contrario, no os estaría contando ahora su historia, que está basada en un testimonio real. Pese a los impactos, aquel búnker fue uno de los menos dañados; se encontraba cerca de las fábricas de armamento que los nazis no querían destruir. En otros búnkeres la situación fue mucho peor, como ocurrió en el refugio de la calle Andra Maria, donde perdieron la vida todos los refugiados, o en el sótano del ayuntamiento, donde solo unos pocos se salvaron gracias a los túneles que los equipos de socorro lograron excavar.

Durante los bombardeos, otra opción era correr hacia Lumo o hacia el bosque, pero había cinco aviones volando bajo y en círculo sobre la ciudad, disparando a todo aquel que intentaba huir. Entre las familias que optaron por aquella opción se encontraba la del *gudari* Balkoe. Corrieron hacia las afueras de la ciudad acompañados por carneros envueltos en fuego debido a la acción del fósforo blanco y de la termita, cuyos balidos sonaban graves, preñados de ceniza. Una vez alcanzaron el bosque, Balkoe tumbó a los suyos en una zanja y los cubrió con una manta. Los mercenarios alemanes lo vieron y dispararon sin compasión. Murieron todos salvo el más pequeño, Unai, de cuatro años de edad, que salió corriendo del escondite, llorando y sin saber adónde ir. Su incomprensión se apagó tras el movimiento del índice de uno de los pilotos, que ordenó a una bala que atravesara el pequeño cuello del infante. Joritz, un adolescente que acababa de presenciar el derrumbe total de la iglesia de San Juan, vio la escena y cayó de rodillas ante el cadáver del niño. La sangre salía a borbotones, como el agua entre las rocas de un torrente. Se quedó quieto junto al pequeño. Joritz moriría más tarde intentando apagar llamas.

Una vez se alejaron los aviones, dejando toda la ciudad en ruinas, los supervivientes salieron de los refugios y acudieron desde el bosque para intentar rescatar a las personas atrapadas bajo los escombros. El peso de las elefantinas piezas de piedra y la intensidad del fuego, que no se apagaría hasta el jueves, imposibilitaban la tarea. Así, Mirari tuvo que abandonar a su novio bajo las ruinas, a quien podía escuchar pidiendo ayuda y diciéndole que la quería. Mirari le decía que aguantara, que todo saldría bien. Miraba a su alrededor en busca de hombres fuertes que la ayudaran a levantar el derrumbe, pero aquella era una tarea imposible. Dos *gudaris* pasaron a su lado y, con lágrimas en los ojos inyectados de sangre y sin poder cerrar la boca, boqueando como dos muertos vivientes, le dijeron que no con la cabeza; le mostraron los dedos de las manos, cuyas uñas estaban destrozadas y ensangrentadas de haber excavado tanto y sin ningún resultado. La joven se sentó junto a la grieta por donde salía la voz de su novio y lloró. El novio le preguntaba cuándo llegaría la ayuda; ella solo respondía *maite zaitut.*

Otra mujer sobrevivió a todo aquello: Irati, escondida entre los helechos en los lindes de la zona derruida. Había salido a ocultar botes de conserva de alubias en un pequeño hueco en la tierra que su familia había habilitado por si llegaban los sublevados. El bombardeo la pilló fuera de la ciudad. Quiso volver a Gernika, pero las llamas se lo impidieron. Temió que la hubieran descubierto y que la persiguieran hasta asesinarla. Corrió entre las heredades éuscaras de piedras enormes, valles de cizaña y diente de león; por los senderos con brecinas y majuelos a los lados, y a lo largo de ríos salvajes camuflados por aligustres y avellanos. Llegó a Bilbao caída la noche. Atravesó el Cinturón de Hierro que protegía la ciudad y propagó la noticia del bombardeo por las trincheras, donde habían escuchado por radio que la destrucción de Gernika se debía a un incendio provocado por los rojos separatistas, la versión que el bando franquista se apresuró a oficializar.

73
El Cinturón de Hierro

Haizea

—¿Qué dicen las octavillas?

—Que les entreguemos la ciudad. O que acabaremos como los del Cabo Quilates.

—¿No han lanzado tabaco para comprarnos? Dicen que con Franco se fuma.

—¿Y qué fuman los facciosos? ¿Pipas de Kif? ¡Así de colocados van siempre!

—¡Colocados y con ojos de lince! La marihuana te agudiza el sentido de la vista.

—Franco tiene el monopolio del tabaco, de los cultivos del Tajo y del Ebro.

—Yo leí que la compañía tabaquera de Filipinas ha donado más de un millón de cajetillas al régimen franquista.

—¡Con tabaco o sin él, no nos rendiremos! ¡Así tengamos que seguir fumándonos el serrín o las cáscaras de los cacahuetes!

—Quieren entrar y vengarse, pero van a acabar todos como Mola. ¡Bien estrellados! O eso, o nos quemarán vivos y dirán que fuimos nosotros.

—¿Por qué dices eso?

—¡Por Gernika, hombre! ¿No te has enterado?

Al hijo de Odisto, José, destinado en la campaña del norte, encargado de vigilar una casamata solitaria cerca de Bilbao, le dio un vuelco el corazón al enterarse de la noticia del bombardeo, del cual llegaban detalles cada vez más desagradables. Entonces vieron a una mujer que corría dando nueva información sobre Gernika, que había tomado el relevo de Irati. José se acercó a ella, de nombre Haizea, y la escuchó: «¡No queda nada de la ciudad! Vi a ancianas con cestas recogiendo del suelo miembros sueltos; no sabían si eran humanos o animales». José oyó la información y sintió otro gran vuelco en el corazón. Inmediatamente después se acercó a su garita, arrancó dos pedazos de papel de un periódico, los hizo bolitas, los humedeció y se tapó los oídos. No quería escuchar nada más sobre Gernika o acabaría sufriendo un infarto. Se colgó un cartón del cuello donde escribió: «soy sordo». Más tarde tuvo que retirarse el tapón derecho, ya que el oído le ardía. Desplegó la bola y vio que en el periódico había una imagen de una plancha de hierro candente.

José no fue el único soldado en enterarse del bombardeo; pronto toda la ciudad de Bilbao estuvo al tanto. La noticia de Gernika los apenó profundamente, pero también los encolerizó y les dio los ánimos bélicos necesarios para resistir frente a los golpistas. Tenían la mente envalentonada, aunque el corazón asustado. En el fondo, sabían que los fascistas pronto arrasarían con Bilbao. Los heridos de la zona del Cinturón seguían moviéndose hacia el centro de la ciudad; soldados con miembros inmovilizados y algunos con la cabeza vendada, con solo un minúsculo agujero para respirar. Los atendía un cuerpo de sanitarios, al que pertenecía el poeta Blas de Otero, que escribía versos en las escayolas de algunos heridos. Eran tantos, que en cada puente de la ciudad había curas fatigados de hacer una señal de la cruz por cada combatiente que entraba herido en la villa. El clero éuscaro, como siempre, se mantuvo al lado de la causa republicana. Y bien caro lo pagaría: dieciséis curas iban a ser fusilados nada más ser tomada la ciudad, acto que fue reprobado por el pontífice de Roma, Pío XI, que apoyaba la causa franquista pero no el asesinato de aquellos hijos de Dios.

El número de muertos era cada vez mayor. Así, el joven Euken, cuyo trabajo era poner un paño de percal sobre los rostros de los fallecidos que iban entrando en la ciudad, se quedó sin tela y tuvo que reemplazarla por finas tortitas de trigo. Poco después, enloquecería y se lanzaría al río. Otro joven, Gizon, se encargaba de cubrir los zapatos de los muertos de miel, para que las moscas volaran hacia ella y dejaran tranquilos los brazos y la cabeza de los difuntos, ya que los fallecidos poco podían oxear. Había en la guerra oficios que nunca habían existido, inventados por la muerte.

Pasaban las horas y la batalla se acercaba cada vez más al centro de la ciudad, protegida por ametralladoras en las riberas. Otro poeta, Gabriel Celaya, apretaba el gatillo en aquellos escondrijos, consciente de que pronto abandonaría su puesto.

Los mandos políticos, desesperados y reunidos en el hotel Carlton —del que colgaba un letrero que decía LENDAKARITZA PRESIDENCIA—, los únicos encargados de la organización de Bilbao y de las tropas, tomaron tres decisiones.

En primer lugar, escondieron a Goicoechea —arquitecto del Cinturón de Hierro—, junto con los mapas de la fortaleza, en el estómago de una res que saldría a toda prisa de la ciudad, hacia el mar, donde la meterían en un barco que se alejaría de la península. Pero el vientre abultado del animal los delató; los enemigos descubrieron y se llevaron al ingeniero, el cual acabó entregándoles los mapas, tal y como habían temido los bilbaínos.

Seguidamente, derribaron todos los puentes que comunicaban el centro de Bilbao con la península, dejando las fábricas intactas mal que les pesara después. Escucharon que las tropas franquistas habían cruzado el Cinturón y temían que llegaran hasta el centro. Se encerraron en una ciudad que iba a recibir en un solo día más de veinte mil bombas. Muchos se dieron a la bebida como único consuelo, tanto que se creó un batallón para disparar a todas las botellas que contenían alcohol en la ciudad, la mayor parte de ellas llenas de hidromiel. Algunos borrachos lloraron tanto la pérdida de las botellas que, cuando las balas les destrozaron el pecho, no cayó piel rota, sino vidrios y zumo de uva. Meros envases de alcohol.

Por último, pusieron en marcha un sistema de evacuación hacia las montañas asturianas y Santander, y otro hacia Francia. Pero como ninguna de aquellas vías era cien por cien segura, convinieron en etiquetar a todos los niños de la ciudad y sacarlos en barcos. Los enviarían a un lugar más seguro en el extranjero: Bélgica, la Unión Soviética, Inglaterra, Suiza, Holanda, Dinamarca, Noruega, Suecia, México… Perforaron alrededor de cuatro mil lóbulos, cuatro mil brotes que medrarían separados del tronco. La mayoría viajó del puerto de Santurtzi hacia Southampton, desde donde después partirían a los diferentes destinos internacionales. Aquellos niños no iban a ser los únicos desplazados. Casi cien mil en tan solo tres años abandonarían Iberia.

Cuando las tropas golpistas entraron en Bilbao, la ciudad estaba casi vacía; solo se oía el murmullo de la ría del Nervión, el batir de las alas de algunos pájaros que se lanzaban desde el Artxanda, los ordenados pasos militares y los torpes tropiezos de algunas familias que tardaron más de la cuenta en huir, como los Zubiri, vendedores de corsés que tardaron todas las horas del día en cargar pilas enormes en el carro con el que emigraban. Entre las prendas habían escondido a su hija pequeña Nora, para que las telas evitaran que sus llantos de recién nacida alertaran a los fascistas.

El último en abandonar Bilbao fue un tal Telesforo Monzón, que lanzó desde un balcón del Carlton un jarrón chino sobre un fascista y lo mató. Acto seguido, huyó, justo detrás de los gigantes y cabezudos que también habían puesto pies en polvorosa —entre ellos don Terencio y doña Tomasa—, y de los *bertsolaris* que iban improvisando los versos más tristes de Euskal Herria.

Las bombas habían destrozado parte del mobiliario, hasta los cementerios, donde algunos recién fallecidos volvieron a salir a la superficie, desorientados. Los italianos, aliados de los sublevados, fueron los primeros que pusieron pie firme en la ciudad, sobre las baldosas bilbaínas de trazos profundos para que el agua —y la sangre— corriera mejor. Lanzaron flechas y llamas negras sobre todos los civiles. Algunos se quedaron sin munición y lanzaron con sus arcos los *txistus* abandonados que iban encontrando en los hogares. Otros utilizaban los cuadros de las bicicletas para crear escopetas, al contrario de lo que harían años después en Éibar.

Finalmente, una vez Ulibarri retiró sus tropas de los lindes de la ciudad, los carros de combate franquistas entraron por un puente construido con pajas y cañas biseladas, y un golpista colgó la bandera roja y gualda en el balcón principal del teatro Arriaga, clavando el asta en la frente de una muñeca de cuatro varas llamada Marijaia, símbolo folclórico de la ciudad. La sangre brotó de la tela.

74

Los niños etiquetados

Nekane

Nekane besó a su hijo por última vez. Lo hizo en los mofletes, en la frente, en la coronilla y en los labios, como si quisiera comérselo a besos hasta que el niño se agobiara o para desgastarlo, cuando en realidad quería imprimirle todo el amor posible. Para que la recordara bien y no la olvidara. Tres años después, las autoridades franquistas no permitirían la expatriación y vuelta del hijo a Iberia porque fue acogido en un país comunista. La madre moriría sin volver a verlo. La última imagen que se llevaría de su pequeño Zuhaitz a la tumba tuvo lugar en un muelle del Abra Exterior, el día de la separación. Lo agarraron y le fijaron al lóbulo izquierdo un marbete con su nombre, no fuera a volársele con el viento que se había levantado a orillas del Nervión. Después lo engancharon a una cuerda —por debajo de las axilas— que, conectada a una grúa de carga, colocó al infante en el buque Habana, que iba a transportar una montaña de cuatro mil niños llorosos y aterrorizados al extranjero, a quienes seguirían otros veintiséis mil. Algunas madres se rajaron los ojos para guardar aquella última escena en la lente de la memoria. Otras, simplemente, se los vendaron, por si algún día, más esperanzadas, volvían a verlos.

De nuevo el mismo poeta que, tras la muerte de Lorca, sufrió un derrame cerebral, sintió parársele el pulso más tiempo del que debía, atrofiándosele varios órganos que ya no le funcionarían igual. Recurrió al lápiz y escribió un poema para los niños que, sin saber cómo, supo que abandonaban el país. Lo que no sabía entonces es que, tiempo después, ayudaría a aquellos infantes en Inglaterra. He aquí los versos de Luis Cernuda:

Recordarás cruzando el mar un día
tu leve juventud con tus amigos
en flor, así alejados de la guerra.
La angustia resbalaba entre vosotros
y el mar sombrío al veros sonreía,
olvidando que él mismo te llevaba
a la muerte, tras un corto destierro.

Sepa el lector que intenté acompañar en el dolor a aquellas madres llevándoles una música bella y tranquila que había sonado en otra parte del mundo un mes antes, y que todavía flotaba y se conservaba intacta entre nubes bajas. Se trataba de una melodía balcánica llamada *Ederlezi*, hoy día bellamente interpretada por Nigel Kennedy y Goran Bregović. Pero ni siquiera aquello calmó a las flamantes huérfilas, cuyos cordones umbilicales habían tenido que cortar ellas mismas con sus dientes, de puntillas y en el filo del océano.

75

La península de las casas vacías

—¿Cuántas casas van ya?

—¿Destruidas o vacías?

—Vacías.

—¿En toda la península o en alguna región?

—En la península.

—Me faltan los datos de Bilbao. Al parecer, todas sus casas se quedaron huérfanas.

—¿Tienes un cálculo estimado?

—¿De Bilbao?

—Del total peninsular, contando las últimas de Bizkaia y las de sus alrededores. Y, si puedes, añadiendo las del reciente bombardeo de Almería.

—¿Qué bombardeo?

—¿No te has enterado? Hitler, sin avisar a nadie, atacó Almería; estaba furioso porque uno de sus buques había sido alcanzado por las fuerzas republicanas y necesitaba desahogarse.

—No sé cuántos fallecieron allí.

—Creo que una veintena de personas. Súmalas al resto.

—De acuerdo. Pues, a ver... Tengo un total estimado, es difícil dar una cifra exacta.

—Inténtalo. ¿A cuántas casas asciende?

—Es complicado saberlo...

—Necesito una cifra. La más realista que tengas.

—Alrededor de un millón trescientas mil casas vacías.

Dos mujeres

Dos mujeres en el mismo país. Iberia. La una es republicana e ingeniera, y trabaja en un liberatorio de prostitución erigido por Federica Montseny; acude esta mañana a abortar al hospital. Obtendrá un tratamiento moral y de derecho, constituido para defenderla y ayudarla durante el proceso. La otra es franquista. Quiso estudiar, pero no la dejaron. Está inscrita en la Sección Femenina falangista, donde le enseñan a coser, a tundir mantas y, en definitiva, a ser una esposa fiel y una buena ama de casa. Desciende la calle tapada de arriba abajo con tela negra y acude a misa. Se santigua al ver a una mujer embarazada y no casada.

76

Las cartas sin tinta

Querido José:

Deseo que estés bien. Seguimos estremecidos con las noticias que nos llegan del norte, lo sucedido en Gernika. Sé que estás vivo porque recibo tus cartas. Me las acerca Vanesa hasta Madrid, pero desde hace semanas solo recibo papeles en blanco, holandesas mudas. Me he informado y, al parecer, los carteros rascan la tinta manuscrita para reutilizarla. En Madrid hay escasez de todo. Espero que mis cartas te estén llegando escritas. Marco la caligrafía con fuerza y habiendo mojado la pluma en limón para que, si no llegan con tinta, puedas leerlas al trasluz pasándoles un mixto por debajo.

¡No sabes cuánto te echo de menos! Cuento los días hasta el otoño, cuando nos reencontraremos. Ojalá pase el verano rápido y sin ningún contratiempo. Por cierto, no te lo vas a creer, pero he coincidido en el frente con Robert y Gerda. Van de batalla en batalla. Me parece un milagro que no les haya alcanzado ningún proyectil. No tienen ni un rasguño y mantienen la misma jovialidad y energía que de costumbre. Siguen tomando fotos de todo cuanto ven. Te mandan recuerdos.

Yo todavía sigo frente a Segovia, en un valle desde el que vemos una sierra cuyo contorno parece formar la silueta de una mujer que yace sin vida. Pronto atacaremos. Deseo ver con mis propios ojos el acueducto y el alcázar, de los que tanto me hablaron, y comer cochinillo asado, que al parecer es una delicia. Me lo contó un extranjero, un tal Robert Jordan, que se prepara desde hace tiempo para volar un puente. Un hombre taciturno y triste. También me preguntó por la forma más fácil de suicidarse. No supe qué decirle.

Sin otro particular, vuelvo al frente. Te abrazo fuerte, como en las noches en Jándula y en los días en la Biblioteca. Deseando verte y leerte.

Recuerdos de Segovia.

¡Salud y República!

Jacobo

Bertolt Brecht

«El espacio que conquistó mi hermano
está en la sierra de Guadarrama.
Tiene un metro ochenta de largo
y un metro cincuenta de profundidad».

Francisco Ayala

«Acaso hemos hecho estéril el suelo por cuyo amor dimos la vida, al sembrarlo tan copiosamente con la cal de nuestros huesos».

77

El acueducto desmontado

Paulo observaba a través de un telescopio de tijera las calles de un pueblo lejano segoviano. Faltaban treinta minutos para el mediodía. El sol caía con fuerza. Estaba protegido de los rayos por la copa de una sabina. Era el único de los combatientes encargados de vigilar los movimientos de las tropas enemigas que disfrutaba con la tarea. Adoraba manejar el telescopio. Si los republicanos parecían tranquilos, desviaba el aparato y observaba algún pueblo; también avistaba aves o buscaba constelaciones.

Aquella mañana, antes de terminar la ronda, volvió a recorrer visualmente el campo enemigo en busca de algo inusual. Y lo encontró. Vio a un miliciano escribiendo una carta con tinta y zumo de limón, una de aquellas misivas que unían el frente con la retaguardia; a otro hombre meando, a uno sacándose un cigarro del pasamontañas y a dos hombres cogiendo nectarinas tempranas de un rosáceo, que hacían caer del árbol arrojándole un libro contundente que soltaba los frutos, posiblemente un misal, dado el enorme tamaño del ejemplar. Notó algo que era incapaz de describir con concisión: movimiento. No había nada que lo llevara a pensar que el enemigo estaba preparándose para atacar, pero la suma de todas las imágenes le daba cierta impresión de que la batalla estaba a punto de comenzar. Repasó todo el paisaje antes de correr hacia sus hombres; se cercioró del «movimiento» sospechoso que indicaba ataque inminente.

Abandonó el telescopio dorado —perteneciente a la sección astronómica de un museo—, entonces uno de los mejores tesoros que un soldado podía encontrarse en el campo de batalla, y corrió hacia el campamento de su sección, montado en uno de los puertos de montaña que controlaban los rebeldes —más pequeño que el de Guadarrama o que el de Somosierra, donde había tenido lugar la primerísima batalla de aquella guerra civil—. Gritó con todas sus fuerzas que había movimiento, que enviaran a otros hombres a estudiar la situación y se prepararan para un posible ataque. Quince minutos más tarde, la sensación que Paulo había captado se confirmó —por lo cual, si sobrevivía, sería condecorado—. Los franquistas se prepararon para defender Segovia.

Avisaron a los habitantes de la ciudad y cundió el pánico. Era la primera vez que se enfrentaban a un ataque directo de un ejército bien formado —o mejor de lo que estaba al principio, ya que los milicianos empezaban a militarizarse; es decir, a aceptar la necesidad de crear un mando único y una jerarquía, asumiendo la disciplina militar—. Muchos segovianos quisieron huir a Valladolid, donde decían que los vallisoletanos tomaban chocolate con churros cada tarde mientras contemplaban cómo sacaban a presos republicanos de las cocheras tranviarias y los fusilaban a la luz del día. Pero los soldados les quitaron la idea de la cabeza, ya que, si los republicanos se hacían con Segovia, por muy fascista que fuera, Valladolid sería el siguiente objetivo. Les propusieron que huyeran a la amurallada Ávila, donde las tapias románicas y los restos de santa Teresa de Jesús los protegerían. Y así hicieron. Se marcharon felices de saberse pronto cerca de lo que quedaba del cuerpo de Teresa. Explicaré algo más acerca de ella.

La santa fue, junto a san Juan de la Cruz, una escritora mística y espiritual, fundadora de la Orden de las Carmelitas Descalzas. En esta historia tiene mucha presencia. ¿Recordáis cuando describí a Franco y expliqué que durante sus casi cuarenta años de dictadura nunca se separó de una reliquia? Se trataba de una de las manos de aquella santa, que él llamaba «brazo incorrupto de santa Teresa», pese a no ser un brazo. Y es que, tras la muerte de la mística abulense en el siglo XVI —que curiosamente ocurrió el día antes de que Europa pasara del calendario juliano al gregoriano, retomándose el primero más tarde y omitiéndose once días que, históricamente, nunca existieron—, su cuerpo fue troceado para convertirlo en reliquias. Así, actualmente se encuentran una mano, una clavícula y un dedo anular en Ávila; un brazo y el corazón en Alba de Tormes; una mano y el ojo izquierdo en Ronda; el pie derecho y el maxilar superior en Roma; el rastro de un dedo en Túnez y Lisboa; varias muelas en Santiago de Compostela y en México; una sola muela en

Toledo, un dedo y una costilla en Sevilla, y otras partes en Cádiz, Madrid y París, entre otras ciudades. En fin, que está bien repartida. A mis ojos, se trata de una profanación y de una carnicería de mal gusto, pero cuando actos así van firmados por la autoridad papal y están respaldados por mediocres personajes históricos venidos a más, quieren parecer menos grotescos. Antes de terminar esta breve explicación sobre el fervor de las reliquias de la abulense, os dejaré una de sus frases, consideradas palabra de Dios, que la hacen, probablemente, la primera mujer feminista de la historia: «Tengo experiencia de lo que son muchas mujeres juntas. ¡Dios nos libre!».

Prosigo con Paulo, quien, después de haber avisado a sus superiores del ataque sorpresa que planeaba el enemigo, fue puerta por puerta dando la noticia a las mujeres que no habían huido para que ayudaran a esconder el acueducto romano —pues, al contrario que la santa, él sí creía que muchas mujeres juntas eran una bendición—. Aquel plan había sido aprobado en un pleno del ayuntamiento: llegado el momento, cada segoviana escondería en su casa una de las enormes piedras que conforman los ciento sesenta y siete arcos y casi veintiocho varas de altura del acueducto, para proteger la obra romana más prestigiosa de la península. Y, finalmente, lo lograron, a pesar de que el enemigo se acercaba cada vez más.

Un día más tarde, la pólvora asfixió las hojas de los pinos, cuyas agujas caerían al suelo y se le clavarían a más de uno antes de morir. El hijo de Odisto, que previamente había defendido la causa franquista en Toledo, en Badajoz, junto a la Ciudad Universitaria en Madrid, en el Jarama y en Guadalajara, seguía con fuerzas para luchar en Segovia. Si bien, desde que le dispararon en la última batalla, cuando apuntaba a su hermano José con el fusil, había perdido parte del equilibrio. Le habían reventado la oreja izquierda, privándole de una audición completa. Desde entonces padecía vértigos. No obstante, era imposible convencerlo para que reposara en una enfermería. Así que su superior, que le profesaba cierta estima, le prohibió tomar partido en el cuerpo a cuerpo de aquella contienda segoviana y, antes de que el fuego se aproximara a la ciudad, lo mandó a Madrid con la promesa de que, más adelante y una vez hubiera descansado, le encargarían una tarea militar crucial.

Paulo aceptó y se montó en una avioneta que partía enseguida. Se contentó con ver el choque de las dos infanterías desde el aire, aunque no miró demasiado hacia abajo para no empeorar sus vértigos. Abandonó la provincia del acueducto y descansó hasta el mes de julio en cama, a las afueras de Madrid, en terreno rebelde.

Siguió diariamente las noticias que le llegaban del frente. Al parecer, la razón por la que los republicanos habían atacado Segovia era la de quitar presión en las batallas del norte, pero no les salió bien la jugada. Lo mismo intentarían hacer en Huesca, donde George Orwell recibiría un tiro en la garganta. Sin embargo, la fuerza aérea sublevada iba a acabar con ellos.

Franco se alegró inmensamente de la victoria de los suyos, así como de que Mola, quien había viajado para ver y organizar la batalla de cerca, muriera en un accidente de avión de Valladolid a Segovia. El ferrolano se tomó dos cochinillos asados él solo; uno por la victoria y otro por los accidentes aéreos.

78

La última fotografía

Brunete.

Bien entrado el verano, con temperaturas infernales y apenas agua, se rumoreaba que el próximo objetivo republicano para disminuir la presión en el norte sería la ciudad de Brunete, un pueblo cercano a Madrid nada importante estratégicamente pero muy vulnerable al encontrarse en mitad de la nada y sin protección. La decisión había sido tomada por Vicente Rojo, que ordenaba las tropas republicanas. Sabía que Franco respondería y defendería el territorio, ya que al cabecilla fascista no le gustaba nada perder un pueblo, aunque fuera uno insignificante en la estrategia.

Tras su breve reposo en Madrid, Paulo fue trasladado allí. Fue entrenado durante semanas para hacerse pasar por republicano y así realizar una tarea más inteligente que física. Su nueva misión consistiría en infiltrarse en el frente enemigo y hacerse con información estratégica a favor de los rebeldes. Le enseñaron canciones, arengas, formas de saludar y de despedirse, jerga miliciana y nociones políticas, aunque para ser miliciano —o militar sublevado— tampoco hacían falta demasiadas, más bien conocer bien los odios que la mitad del pueblo íbero arrastraba contra la otra mitad desde hacía tanto tiempo.

La noche antes de emprender la misión se acostó y apenas durmió. Le volvieron los sueños en los que se topaba con su hermano de nuevo, fusil en mano. Hasta aquel encuentro en la fría Guadalajara apenas había pensado en su familia. Solo traía a la mente de vez en cuando a su difunta madre, pero no al resto. Se había empeñado en profesarles odio y rencor por la pasividad con la que recibieron la inminente guerra. A Odisto lo consideraba el mayor cobarde de todos y nunca hacía por recordarlo. Si alguien le preguntaba por su padre, decía ser huérfano. Había construido un dique mental alrededor de su nombre y de su imagen. Durmió cuanto pudo, que en la guerra era más bien poco, y marchó. Lo hizo acompañado de tres hombres más, quienes le iban a dar escolta hasta la línea enemiga; entre ellos, de Medardo, uno de los médicos de su sección, que a la vez ejercía de alférez.

—Muchacho, ¿has decidido ya dónde quieres el navajazo?

—¿No hay otra forma, señor?

—¿Lo vamos a discutir otra vez? ¡Va, arremángate el pantalón! Te haré una herida fea en la pantorrilla, pero no te dañaré el músculo, que para algo soy practicante, aunque no lleve el uniforme. Así podrás huir llegado el momento.

—¿Y si le hacemos una herida en la boca? Así no tendrá que hablar.

—¡Me tocas la boca y te rajo el pescuezo! —respondió Paulo encolerizado.

—¡Tranquilos, muchachos! La pierna y la oreja ¡y sanseacabó! —Aprovecharon que el jandulés había perdido recientemente el oído izquierdo para abrirle la llaga a medio sanar y le rajaron la pierna del mismo lado—. Y tú, andaluz, no te olvides de buscar a los otros infiltrados: Orencio y Norberto. ¡Deben de ser los únicos en todo el frente con esos nombres! No te será difícil. Ponles al día y no actúes solo. ¿Entendido?

—Entendido.

—¿No deberías cambiarte el nombre tú también? —propuso su compañero.

—¿Y cuál me pongo? —preguntó Paulo.

—Alguno que no se te olvide.

—¿Qué tal Paolo?

—¿Existe?

—Creo que sí, aunque me suena a extranjero. Pero si no existe, mejor que mejor. Así no lo encontrarán en ningún registro, ¡que estos rojos tienen ojos en todas partes! Paolo está bien. ¡Recuérdalo! Si alguien te pregunta, respondes que te llamas Paolo. Luego vamos a la Oficina de Cédulas Personales y lo arreglamos.

—¡Sí, señor! —aceptó el jandulés.

—Ahora, relájate, que esto te va a doler.

Paolo, antes Paulo, antes Pablo, antes Pablito, llegó al frente republicano hecho un cristo: con la ropa rajada, lleno de barro, cojeando y con la pierna y la oreja ensangrentadas. Los rojos lo recibieron mejor que bien. Lo llevaron a la enfermería y lo tuvieron en reposo varios días. Paolo —a quien, no quedándome otra, tendré que llamar así a partir de ahora—, una vez mejoró y pudo levantarse del catre, habló con el responsable de aquel batallón y le explicó que los nacionales lo habían apresado en Guadalajara y que, después de escapar de Brunete —donde, por cierto, cuentan que murieron cuarenta mil personas—, habían disparado contra él. Los republicanos lo creyeron y celebraron su incorporación. Le prometieron una condecoración militar. Paolo pensó que, al final de la guerra, sería el único íbero con condecoraciones en ambos bandos.

Los días que pasó junto a los republicanos vivió de cerca la penosa organización militar que tenían, a siglos del rigor y de la jerarquía nacionales, que habían construido una tela resistente de mandos intermedios, de comandantes y coroneles. No obstante, a diferencia de en las filas facciosas, apreció una camaradería entre aquellos hombres que parecía real, no impostada. No consideraba que los militares sublevados se trataran de forma deshonesta, pues los mejores amigos que tuvo jamás los había hecho en el bando franquista, pero el ambiente era mucho más opresivo entre los sublevados. Aun así, no logró sentirse todo lo distendido que pretendía. Estaba convencido de que aquellos hombres, si ganaban, impondrían un régimen que dividiría la península y destruiría todos los valores del pueblo íbero: la religión, la familia, la propiedad privada y rústica, el trabajo digno, las costumbres...

Se hizo buen amigo de un tal Amador. El joven resultaba llamativo porque no se quitaba el jersey de cuello alto ni a cuarenta grados. Decía que el tejido, proveniente del vellón de un carnero azulado, lo protegía de las balas. La pieza se la había cosido su abuela con una lana que se había traído de Lourdes años atrás, y tenía cosidos en el reverso catorce parches con la inscripción «detente bala»; si bien, aquella información religiosa no se la dio a sus compañeros.

No llevaba mucho tiempo infiltrado cuando descubrió algo que podría servirle de pasaporte de vuelta. Tan solo dos semanas más tarde, haciendo una ronda por los límites traseros del campamento, halló una tienda con los mapas donde los republicanos anotaban cada mañana las tácticas que iban a llevar a cabo en la inminente batalla, así como sus propias posiciones; mapas que, por cierto, habían sido dibujados completamente a mano por campesinos de la zona, ya que los republicanos apenas disponían de cartografía. Creyó que, si no les robaba aquel material, jamás volvería a tener una oportunidad de asestarles un golpe tan decisivo; y creyó bien, pues por aquella segunda hazaña en menos de un mes iba a obtener otra condecoración. Eso sí, esperó a que la batalla comenzara, ya que si huía antes lo descubrirían y le dispararían por disidente o espía. Debía esperar y camuflarse entre el resto de militares.

Los días posteriores se mantuvo cerca del puesto estratégico donde se guardaban los mapas. Una vez empezaron a llover los primeros proyectiles, tras la ofensiva lanzada por el Ejército Popular de la República, se hizo con los planos. Entró en la tienda de madrugada, antes de que saliera el sol; los enrolló y se los metió dentro de los pantalones. Los sujetó a la altura de las rodillas para poder correr y salió aprisa de la tienda.

Al salir del puesto, fue sorprendido por un miliciano joven que andaba perdido buscando no sé qué; desorientado, como todo hijo de vecino cuando es la primera vez que se enfrenta al caos de la guerra. Paolo se echó encima de él, desenfundó el cuchillo y se lo clavó en el cuello. Le llevó apenas diez segundos. Lo dejó sin vida y sin tiempo para darse cuenta de que iba a morir. Pensó que había actuado bien por darle una muerte rápida. Supongo que todo hombre intentaba justificar sus actos violentos de forma diferente. Paolo, siendo menor de edad y uno de los hombres más jóvenes de todo el frente, se acostumbró pronto a autoengañarse, a maquillar sus actos y a asesinar a sangre fría. Y yo, como narrador, tampoco puedo detenerme en cada muerte injusta, porque, para mí, no hay ninguna que esté justificada. Aun así, haré una sola excepción y dedicaré algunas líneas al anónimo caído:

Castiano, nacido en 1920 en Baltanás, Palencia, en una de las casas cavadas en la tierra y de chimeneas prominentes, infiltrado en el bando contrario. De familia vinícola, dedicada a la uva garnacha. Se alistó en el sublevado por su padre, caído el día del levantamiento por un carabinero por orden del gobernador republicano. Luchó en Guadalajara y en Brunete. Su madre y sus hermanas lo esperaron de vuelta toda la vida. Nunca encontrarían el cuerpo.

Paolo semienterró entre el follaje de unos sauzgatillos el cadáver de Castiano y continuó con la misión de abandonar el frente republicano. Tenía que atravesar todo el territorio y hacer como que iba a luchar. Empuñó el fusil y partió con paso firme. La cabeza le martilleaba, atacada por una vigorosa migraña. Aquella batalla le parecía más ruidosa que las anteriores, quizás por tener solamente un oído, o porque nunca antes habían luchado tantas fuerzas acorazadas al unísono, empantanando el terreno de disparos sonoros y explosivos. La tierra temblaba con tanto carro de combate y no era difícil caerse, aun sin los vértigos de los que el joven todavía no se había recuperado.

Por un golpe de suerte, se encontró con los otros dos espías. Preparaban una explosión de artillería dentro del campamento, supuestamente «por error»; uno de aquellos golpes en propio campo que tantas bajas causaban y que más minaban la moral. Les pidió que lo acompañaran hasta la línea de fuego. Al principio se negaron, pero, en cuanto les contó lo que llevaba consigo, aceptaron risueños. Ejecutarían más tarde el pequeño caballo de Troya.

Por el camino, sortearon un gran ataque aéreo de sus propios hombres, que dejó esparcido un rastro de muertos provenientes de un par de ambulancias que se hicieron añicos. Entre los fallecidos se encontraba un tal Julian Bell, conductor de uno de los coches, sobrino de Virginia Woolf y poeta.

Paolo, a quien apenó la muerte masiva de aquellos hombres dedicados a coser cuerpos destrozados, hizo la señal de la cruz en el interior de su bolsillo, no fueran a descubrirlo, y continuó su propósito y camino.

Entonces la vio. Se topó con una bella fotoperiodista que, con su pequeña cámara Leica modelo F —la primera cámara de 35 mm y de treinta y seis fotos por carrete— inmortalizaba a los milicianos sobre los carros de combate. ¿Era posible que fuera la alemana que había conocido en Córdoba? Las dudas se le disiparon cuando la joven miró hacia él y lo reconoció. Se alegró de verla, pero apreció que ella no. El espanto se le dibujó en el rostro, como si la joven supiera que se trataba de un estafador. Paolo podía leer todo aquello en sus grandes ojos. Pensó que todo estaba perdido, que ella conocía su verdadera identidad y que lo fusilarían allí mismo. Aceptó que, entre tanto miliciano armado, aquella vez no podría oponer resistencia. Pero el suelo volvió a temblar y Gerda se tambaleó y cayó delante de un tanque que transportaba a hombres lesionados. Fue arrollada por el vehículo y herida de muerte. La reacción de Paolo fue correr hacia ella e intentar salvarla de un final que ya estaba escrito, pese a que se jugaba la vida. Fue él quien la tomó en brazos y la reincorporó. Ayudado por otros soldados, la montaron en el carro de combate y la llevaron con urgencia al hospital. Paolo despidió a la comitiva fúnebre con la gorra apoyada en el pecho, los mapas dibujándosele en los muslos por el sudor y los ojos llorosos. Se agachó para recoger una fotografía que había caído del bolsillo de la joven: una veleta aplastada por varios ladrillos, cubierta de una fina capa de ceniza. La dejó en el suelo; no merecía quedársela. Volvió cabizbajo al bando nacional. Dicen que, de lo triste que iba, no corrió en tierra de nadie, sino que caminó muy lentamente. Tanto los milicianos como los sublevados, al verlo con semejante paso en la línea de fuego, se sorprendieron y se preguntaron qué diantres hacía aquel hombre. Ambos bandos pensaron que probablemente había perdido la cabeza y lo dejaron con vida.

Paolo logró cruzar y entregar los planos a los franquistas, quienes, gracias a su astucia, recuperaron el terreno perdido con una contraofensiva brutal y dieron por terminada la batalla, devolviendo a sus hombres al norte, donde habían detenido la caza durante un mes completo. Franco, en tablas, sintió que volvía a ganar. Y, como trofeo, se adueñó de una joya de la región: la finca del Canto del Pico. Fue el lugar desde donde los republicanos habían organizado la batalla, una suerte de palacio que recordaba al Nido del Águila de Hitler.

En cuanto al hijo de Odisto, una vez entregó los mapas fue retirado del frente. Lo mandaron a Burgos, donde le adjudicarían una tarea alejada de cualquier guarnición. Consideraron que no estaba en condiciones de unirse a la ofensiva del norte, que iba a caer pronto. Los sublevados estaban conquistando la península de forma continua. Al mismo tiempo, volvió a su antiguo nombre: Paulo. Ya no se infiltraría más en el enemigo.

Respecto a Gerda, que, interesadamente o no, dejó —junto a Capa— el mejor material visual de la guerra, logró llegar con vida al hospital de El Goloso en El Escorial de la Sierra —ese era su nuevo nombre; el anterior, San Lorenzo de El Escorial, había sido eliminado y prohibido—. Pero murió. Casi la entierran en una fosa común, al no encontrar la enfermera su pasaporte, de no ser porque Alberti y María Teresa León la reconocieron a tiempo. Su cadáver fue enviado a París, donde fue celebrada como una heroína y enterrada en el cementerio de Père-Lachaise, en compañía de Chopin, Rossini, Ingres o Bizet.

Dicen que cuando Robert Capa se enteró de la herida del amor de su vida, corrió a pie hasta el hospital. Como se encontraba en París, atravesó en un tiempo inaudito el país galo, los Pirineos y la mitad de la Iberia republicana. Pero a solo un breve tramo del hospital, su pie izquierdo se detuvo al sentir que había pisado algo metálico: una mina. Era un explosivo que, una vez pisado, ningún especialista podía desactivar y que, si se levantaba el pie, explotaba. Por eso no acudió al entierro en París. Se acordó de las palabras visionarias de su amigo José el día de Nochevieja, quien le había avisado de que moriría por una mina y de que no debía retar al narrador intentando no viajar a Vietnam. Días más tarde, un aperador lo descubrió con el pie encima del explosivo. El hombre, de nombre Frutos, le llevó comida y agua durante quince años, tarea de la que, al morir, se encargó su hijo menor Cristín. El fotoperiodista se quedó en aquella posición durante cuarenta años, sin otra cosa en la cabeza más que deshacerse de la mina y poner flores en la tumba de Gerda. Hasta que explotó.

En la actualidad, ese bosque está cercado debido al alto número de minas que no han podido ser desactivadas. Solo es frecuentado por lugareños que usan los huecos de las minas explotadas recientemente para madurar de forma rápida frutos verdes. Así que no trateis de buscar la tumba del húngaro en Vietnam, Normandía o Nueva York. Tampoco presten atención a las fotografías que se le atribuyen posteriores a 1937. Si queréis visitar su tumba, os dejo las coordenadas exactas: 40.64155880416523 -4.128438360497187

Sin fotoperiodistas que os transmitan el avance de la guerra y a diez capítulos de que termine esta bélica tercera parte, os informaré yo buenamente de lo que va sucediendo. Al norte, al sur, al oeste y en buena parte del centro, el morado de las banderas irá destiñéndose al tiempo que las hojas de los árboles se despiden del verano. En otoño habrá más dolor que en el resto de las estaciones, en una fugaz y asfixiante vorágine íbera.

Deán de Cuenca

—Ahora, oremos por el alma de Odisto, de quien no sabemos nada desde la primavera pasada. La ausencia de aquel buen hombre que llegó a Cuenca y nos ayudó con la recogida de las cosechas ha llegado hasta el otoño. Ni siquiera Dios mismo nos ha indicado dónde puede estar. Sigue desaparecido. Si algún feligrés supiera algo nuevo, que no dude en contármelo tras el oficio. Hoy día corren pocos hombres buenos, y él era uno de ellos. Probablemente se extravió en el bosque y cayó a una de esas malditas torcas. O bien fue fusilado por alguno de los dos bandos de esta sangrienta guerra. Entonemos juntos un rezo por él, que vuelva pronto y que no haya perdido el alma. Rezad conmigo…

79

La virgen de los muérdagos

Con la llegada del otoño, los janduleses se prepararon para un frío inaudito; según las cabañuelas, helaría en los últimos meses del año y las hojas caerían temprano, a poco de la hojarascada. Con las copas desvestidas, el viento iba a recorrer el paisaje sin obstáculos, raspando la piel desnuda.

Agrado, la encargada de las cabañuelas, comunicó la noticia a todo el pueblo. Como sabía que, por el miedo a la guerra, pocos se acercarían al panel de la casa consistorial a leer su pronóstico, fue puerta por puerta dando el parte meteorológico. En algunos tramos la acompañó su madre, Josefa, para alegrar con su presencia a los infantes del pueblo. Era la mujer más abnegada y caritativa de Jándula. Dedicaba el tiempo que le restaba del trabajo en el campo a construir pequeñas camas y sillas de juguete, hechas con tallos secos y cañas, que regalaba a los más pequeños junto a unas figuritas del Niño Jesús. También escribía rimas, hacía lámparas con frutos secos y botellas con calabazas deshidratadas. Pese a la alegría que desprendía, siempre iba vestida de riguroso luto, velo incluido. Su marido había «fallecido» cuando eran jóvenes. Lo escribo entre comillas porque puede que aún esté vivo. Según Josefa, el hombre había querido cavar el pozo más profundo de la provincia para abastecer a los janduleses de agua en época de sequía, pero cavó tanto que llegó a una suerte de cueva bajo tierra de la que nunca pudo salir. Al parecer, y esto solo lo sé yo, allí abajo se encontró con un hombre desnudo y desgarbado —sin la chepa mediría casi tres varas— que le propuso un pacto: si nunca más salía de la cueva y se quedaba con él, ayudándole a atar las raíces de los árboles más viejos, su mujer dejaría de ser estéril y pariría una hija. Francisco, que así es como se llamaba, aceptó. Nueve meses más tarde, Josefa dio a luz a Agrado. Sesenta años después, la mujer todavía vestía el luto.

Cuando llegaron al cortijo de Odisto, madre e hija se estremecieron al ver lo desamparada que estaba aquella familia, de la que solo quedaba la hija mediana al cuidado de sus tres hermanos pequeños. Josefa les regaló el doble de figuritas. Martina le agradeció el gesto. Antes de marcharse, madre e hija se santiguaron varias veces y rezaron dos avemarías.

—¡Mirad lo que me ha traído la Josefa! —anunció Martina—. ¡Jesusitos!

—¿Son todos para nosotros? —preguntó Josito, palpándolos incrédulo.

—¡Sí! Creo que les hemos dado pena.

—¿Me puedo quedar el rosa? —preguntó Gonzalo.

—Dejadle uno de cada color a Mariángeles, y el resto es para vosotros. ¡Va, id a por la leña, que se hace tarde! Robádsela a los vecinos de las huertas. ¡Pero que no os vean!

—¿No podemos ir donde la hermana mayor y Pedro a por la leña?

—¡Pero si no sabemos dónde se esconden! Además, Ángeles viene mañana, que Pedro se va a la montaña a cazar varias noches y no se quiere quedar sola en mitad del campo.

—¿Se quedará muchos días con nosotros? —preguntaron los hermanos, que añoraban a su hermana mayor, aunque Martina estuviera cumpliendo con la función de madre.

—Un par de noches, creo.

—Martina, ¿es verdad que han metido al vecino Saúl en la cárcel? —preguntó Gonzalo.

—¿Y eso a qué viene ahora?

—Lo he escuchado decir a otros niños, y como su casa está muy oscura…

—Pues sí, eso dicen.

—¿Y dónde está esa cárcel? ¿En el cielo?

—¿En el cielo? ¡En el pueblo! En la iglesia pequeña. La han vaciado y han puesto barrotes a las ventanas.

—¿Están encerrados con Dios y la Virgen?

—¡Con Dios y la Virgen! —repitió Martina entre risas—. ¡Va, id por la leña! Pero solo vosotros dos. A Mariángeles no la despertéis, que sigue malita.

—¿Se va a morir?

—¿Por qué me preguntáis siempre lo mismo? ¡No! Los niños a su edad se ponen todo el rato malos. Es un resfriado, nada más. Yo voy al río a por agua, que no nos queda para lavarnos y me han dicho que baja bien llenecico. ¿Dónde están los cubos?

—Los pusimos al sol con los caracoles adentro, a ver si sacan ya los...

—¡Que esos caracoles están más que muertos! ¿Cuántas veces os lo tengo que decir?

—¡Están dormidos! —repuso Josito—. Si me los pongo encima del brazo, babean.

—Están resecos perdíos... Pero bueno, así os entretenéis. Si sacan los cuernos, me avisáis, que se los doy a Juliana y nos los cocina.

—¡No te acerques a Juliana o te cocinará a ti! —Martina pensó que llevaba razón.

—¡Venga, que se nos hace de noche! ¡Al lío!

Si os da cierta curiosidad, era cierto que la iglesia pequeña la utilizaban de cárcel, pero no para varones, sino para mujeres. A los hombres se los llevaban a las afueras y les pegaban un tiro; así no reincidían. Saúl, el vecino judío de Odisto, buen amigo de nuestro patriarca, había acabado de tal manera: fusilado en un camino. Una rencilla personal que había acabado en ajusticiamiento. Su mujer y sus hijos tuvieron que huir.

La que sí que pasaba sus días en la cárcel era Irma, la vecina que se había dedicado a la prostitución. Tras la muerte de su padre, Leopold, fusilamiento que Odisto presenció en el río justo antes de marcharse, la joven ya no lograba trabajar y los hombres acabaron por aborrecerla. Su cuerpo se plegaba rígido y no ofrecía la dilatación y el calor de antaño. La maltrataron y la encarcelaron. Las mujeres, como dije antes, sufrieron más que los hombres, ya que no pudieron defenderse. Y hombres malos, viciados y desgraciados había en ambos bandos, de todas las nacionalidades, credos y simpatías políticas. Prueba de ello, el destino que encontraría la propia Irma: sobreviviría a la guerra, pero sería fusilada por el bando vencedor por haber ejercido la prostitución.

Martina aprovechó la ausencia de sus hermanos para ir a por agua al río. Saliendo del cortijillo, vio su reflejo en el espejo roto que colgaba de la vid. No se acostumbraba a verse con la cabeza rapada. La llevaba al rape para no llamar la atención de los machos cabríos. Todas las niñas que conocía llevaban el pelo así. Incluso se lo cortaron a Mariángeles, pese a no tener más que seis años. A Martina no le gustaba verse así; decía que parecía un cerillo. Aquella tarde, yendo a por agua al río, se fue por la orilla más sucia y poblada de juncos para evitar que las aguas cristalinas le devolvieran el reflejo de su cabeza.

Descendió las terrazas de la huerta y llegó hasta el acueducto por el que se había caído su prima Antonia. Debía cruzarlo para llegar a la orilla. Lo atravesó y descendió un terraplén. Finalmente alcanzó la higuera partida en dos, a través de cuyo hueco se accedía al mismo río; una vez allí, la pequeña se agachó en la orilla y dejó que el cubo se llenara. Solo se escuchaba el pequeño torrente y las hojas de los altísimos chopos luchando contra el viento. Metió la mano en el agua y la dejó muerta, que bailara con la fuerza desigual de la corriente. Se topó en un descuido con su reflejo. Pensó que tampoco estaba tan horrible sin cabello ahora que este empezaba de nuevo a salir y a dibujarle tímidos rizos. Volvió a mirar hacia la corriente y sacó violentamente la mano del río. El color del agua había cambiado a rosáceo, formándose algunos dibujos rojos e intensos, como hebras de azafrán flotando en un vaso de vidrio incoloro, o la alheña de un tinte cayendo en un barreño. Miró a ambos lados del río, pero no vio a nadie. Pronto el agua volvió a olvidarse de los colores. Vació el cubo, lo enjuagó y volvió a llenarlo; dos veces. Si no hubiera estado resfriada, pues el leve virus que había atrapado Mariángeles le estaba haciendo algo de mella, habría olido el intenso rastro de la pólvora.

El viento había arreciado, acelerando las nubes más bajas, que eran las más oscuras, y provocando no solo el rumor de las hojas muriendo, sino el crujir de las ramas chocando entre sí. Se entretuvo viendo cómo un nubarrón corría más veloz que el resto y casi se enganchaba en las puntas de los enjutos árboles fluviales.

Bajó la mirada al cubo, ya lleno, pero se asustó y lo soltó de un brinco hacia atrás. El agua bajaba más roja que antes, sobre todo en el centro del cauce, donde dos cuerpos flotaban bocabajo: el de una madre y su hijo. Martina nunca sabría sus nombres; vosotros, sí: Presentación y Argimiro. El pequeño había sido su amigo, y compañero en las clases de hacerse el muerto, pero no lo reconoció. Habían sido asesinados por el crimen cometido por el padre, Arconio, en la guerra: haber intentado cambiarse de bando.

Martina había presenciado muchos actos violentos aquellos dos últimos años y se tuvo que enfrentar a numerosos cadáveres de familiares y a sus subsiguientes enterramientos, pero nunca vio herido el río de su infancia, pintado de sangre, bermellón y transportando dos cuerpos sin vida, flotantes, a la deriva, cuerpos sosegados que no se soltaban de la mano. Se quedó petrificada, como las falanges entrelazadas de la madre y el hijo. Los cadáveres descendían danzando una pavana lenta. Martina tragó la saliva que no tenía, se levantó y se dispuso a correr hacia el cortijo. Aquello fue lo que la hizo adulta de golpe; no la ausencia de su hermana mayor, de sus padres o de su yaya, sino la presencia viva del horror.

Dio marcha atrás pero no pudo avanzar hacia el tronco partido en dos, pues delante de ella un grupo de tres adolescentes armados la observaba en silencio, serios y con los ojos fijos en su cuerpo. Sola en el río y alejada de todos no tenía escapatoria. Nadie la oiría gritar. Bueno, sí; su hermano Josito. El ciego quizá la oyera, o Gonzalo, debido a su hiperacusia. Así que gritó y se desgarró la garganta, aunque sin moverse. El miedo la tenía congelada.

Ante los gritos, los jóvenes se le echaron encima. Uno de ellos, Cleto, la cogió con fuerza, la levantó del suelo y le tapó la boca para que no gritara. La sostenía en el aire como quien levanta una sábana, sin el más mínimo esfuerzo. Le metió una bandera en la boca, sorprendiéndose por los escasos esfuerzos de Martina por morderla y ofrecer resistencia. Era imposible desasirse. La joven escuchó lo que aquellos hombres se decían entre sí, ignorándola, como si con ella no fuera el asunto.

—No me voy a follar a una cría con esos pelos, ¡que parece un zagal!

—Como tenga el de abajo igual...

—¡Me da a mí que pocas has visto tú!

—¿Las de su edad? ¡Si tendrá nuestra quinta!

—¡Con lo fácil que es echar un vistazo!

—¡Oye, en serio, que parece un zagal!
—¡Pues le ponemos un pañuelo en la cabeza y ya está!
—¿Qué pañuelo? ¿Llevas tú acaso un pañuelo?
—Le podemos liar mi camisa.
—¿Y oler tu sudor mientras me corro? ¡Y una mierda!
—¡Pues le ponemos la bandera!
—¿Y luego la llevamos a la plaza llena de babas?
—La bandera que has traído, ¿qué es? ¿Republicana o nacional?
—Creo que me he echado de las dos.

Aquellos adolescentes, que al principio de esta novela eran todavía niños, recorrían el pueblo intentando aplicar la autoridad que veían a los mayores ejercer entre ellos, los *hunos* contra los *hotros*. Dos de ellos eran huérfanos, de padres sublevados asesinados por la milicia, y uno de ellos era hijo de un político de izquierdas, asesinado por un falangista. Eran amigos porque les unía una misma fijación: aprovecharse del caos general y hacer lo que les venía en gana.

—¿Y si le disparamos con el rifle?

—¿Ves, Tereso? ¡Te lo dije! ¡Te dije que acabarías follándote a muertas!

—¡Me refiero al de los muérdagos! Al rifle que se dejaron los milicianos. Le disparamos en la cabeza y, en cuanto le haya desaparecido, nos ponemos manos a la obra.

—Si le disparamos un muérdago no solo se hará invisible, también desaparecerá su tacto. ¡Vamos, que como no lo hagamos deprisa, nos follamos el aire!

—Yo creo que no es mala idea. Los niños son los que más tardan en desaparecer. Los adultos lo hacen enseguida, pero a esta puede llevarle casi una hora. ¿Tenéis bayas de muérdago o de acebo?

—¡De muérdago! Sé que no son de acebo porque no me pinché las manos.

—¡No se hable más! ¿Quién la quiere para empezar?

—Albino, que es el que se corre antes.

Martina no podía creer lo que le estaba ocurriendo. Estaba paralizada porque, en parte, no era capaz de asimilar la situación. Le parecía una pesadilla. Pero no despertaba y el tiempo corría. Necesitaba zafarse y huir o los tres hombres le dispararían y la violarían. Colgando de los brazos del más fuerte, se imaginó cómo acabaría si no reaccionaba: tirada en aquella ribera, bocarriba, sin sus leotardos y con las faldas levantadas; los ojos llorosos y cerrados; un puño metido en la boca y el otro hundido en la tierra húmeda. Le subirían dos lombrices por el brazo y le revolotearían moscas sobre la cabeza. Herida y avergonzada, y el cuerpo desapareciéndole, notando que, poco a poco, era incapaz de asir nada, ni siquiera de verse las manos.

Por primera vez en su vida pensó en la muerte como algo real y no quería desaparecer. Se negaba. Y yo, como narrador, también. Así que le di la fuerza suficiente para desprenderse de las garras del joven. Le mordió el brazo, le arrancó parte de la carne y del músculo de la flexura del codo, destrozándole la vena basílica, y lo dejó sangrando de rodillas, lamentándose del dolor y pidiendo a sus dos compañeros que le dieran algo con lo que vendarse el estropicio o se desinflaría. Martina aprovechó para cruzar el río y huir por el camino de las huertas inferiores, ya que la salida opuesta la bloqueaban los tres jóvenes. El río bajaba con fuerza y tardó bastante en atravesarlo. No llegó a cubrirla entera; consideró que era más rápido cruzarlo a pie que nadando. Pisó la orilla contraria y gritó de satisfacción. Sabía que no la habían seguido por el ruido de las aguas.

Se acercó a la pared natural de juncos que delimitaba el camino silvestre del río, metió los brazos entre ellos y los separó para despejar un hueco por el que salir. Logró meter un pie dentro de la junquera. Se dijo que no miraría atrás para no perder tiempo. Le daba igual no haber memorizado bien aquellos rostros. Se dijo que, en cuanto llegara al cortijo, cogería a sus hermanos y se marcharía del pueblo. No esperaría siquiera a que volviera su hermana Ángeles. No podía quedarse más tiempo en Jándula. Notaba que la muerte cercaba cada vez más la tierra que pisaba. Desde la primavera del año anterior y el fallecimiento de su madre, las defunciones de familiares habían ido en aumento.

Metió el segundo pie dentro de la junquera y soltó las cañas, que volvieron a su posición formando nuevamente un muro recto. Delante tenía los caminos de las huertas que tan bien conocía. Allí nadie podía atraparla. Podría esconderse e incluso observarlos.

Se alegró de haber llegado hasta allí y echó a correr. Pero antes de haber recorrido una sola vara, sintió algo en la nuca y cayó al suelo del dolor. Se echó las manos a la cabeza y vio que no tenía sangre. No era una astilla de un junco, sino una baya de muérdago.

80

Los óleos fértiles

Ángeles acudió a casa de Zabaleta. Llegó a Jándula con el atardecer y se dijo que primero iría a ver al pintor y al día siguiente al cortijo de la huerta, donde la esperaban sus cuatro hermanos. La hija del pintor, Fuensanta, cuando supo la noticia del embarazo de Ángeles —quien se había enterado apenas dos días atrás, al orinar sobre semillas de cebada y ver que estas germinaban—, le propuso que durmiera una noche en su casa, que su padre conocía una astucia para bendecir y ofrecer protección al feto. En los pasados años treinta, después de la guerra y el hambre, la mayor causa de muerte prematura en la mujer eran los partos complicados y las enfermedades durante los puerperios. Consideró que toda precaución era poca. Confiaba plenamente en Fuensanta, a quien estimaba mucho, pues mientras que Odisto estuvo ausente, cuidó buenamente de su familia. Incluso se había ofrecido a acogerlos a todos en su casa, porque desde que su única hija Ana se había marchado a Madrid como enfermera, tenían sitio de sobra. Pero Ángeles se negó. Su padre no habría visto bien que abandonasen la huerta y ella le había prometido que la cuidaría la noche que pasaron en el olivar juntos. El terreno era como un miembro más de la familia y no podía echarse a perder; había que cuidarlo y que notara la presencia de los vivos.

Ángeles no recordaba haber entrado nunca antes en casa de Fuensanta. Esperaba verla llena de lienzos del padre, pero este decía que no le gustaba ver sus propias obras en casa. La decoración, salvo el colorido estudio del pintor, era más bien diáfana, de muros encalados y de muebles del ajuar; solo una escribanía destacaba entre el resto. Fuensanta le enseñó todo el cortijo, como era costumbre hacer en Andalucía cuando se recibía visita por primera vez, y después se sentaron a cenar. La mujer había preparado una tortilla sin huevos, con harina y patatas, que en

Jándula llamaban «gachurreno». A Ángeles, acostumbrada a comer forraje, berzas, nabos y tubérculos crudos, le supo a plato de banquete nupcial. Como era tarde, comieron a traganudo y pasaron directamente al estudio para realizar el ritual.

Zabaleta pidió a Ángeles que se desvistiera. La joven buscó con la mirada a Fuensanta, extrañada, quien asintió con la cabeza de forma tranquilizadora. Se desnudó. Tenía un cuerpo precioso, pero casi la mitad de lo que había sido un año atrás. El hambre recortaba las siluetas. Aún no se le notaba nada de tripa. Había agarrado la semilla a mediados de septiembre, a dos días de cambiar de estación; era pronto aún. Zabaleta la tumbó cuidadosamente encima de un amplio lienzo cuadrado de dos varas de lado y la colocó en posición fetal, sobre el lado izquierdo. Le rogó que intentara no moverse durante toda la noche. Le colocó algunos cojines para acomodarla: uno alargado entre las piernas, dos detrás del cuello y uno pesado detrás de la espalda, rellenos de flores de lavanda para relajarla y evitar espasmos. Como último deseo, quiso que Ángeles se llevara las manos al vientre, como si intentara cazar una patada del bebé, pese a que su barriga todavía era plana.

A la luz de dos nerviosos candiles de aceite, el artista pintó durante casi toda la noche el lienzo y el cuerpo de la joven. La avisó de que, hasta la mañana siguiente, no podría decirle si la empresa había sido fructuosa o no. Fuensanta se echó sobre una pequeña estera de esparto frente a ella para infundirle serenidad durante el proceso, pero también para evitar que cayera rendida al sueño, pues, si se dormía, podría cambiar de posición de forma brusca y habría que empezar de nuevo el lienzo.

Una vez terminó de pintarla, Zabaleta se retiró a continuar con otro trabajo que llevaba a medias —un encargo realizado por el narrador de esta historia, quien quería que la portada llevara los rostros de los personajes principales del libro, acompañados por dos militares— y dejó que las dos mujeres se despertaran de forma natural; habían caído rendidas. Con el canto del gallo y la luz blanca que entró por la puerta entornada, Fuensanta se despertó y se apresuró a hacer lo mismo con Ángeles. Debía llevarla al río antes de que el óleo se secara y se le agarrara a la piel. Así evitarían que tuviera que frotarse con disolvente.

El agua bajaba congelada. Ángeles, que tardó un siglo en meter todo el cuerpo en el río helado, se bañó brevemente, pero se frotó con ímpetu. El río se llenó de colores tornasolados por el aceite y la anilina, de tonos intensos que tiñeron las matas y los cantos de las orillas, algunos campos vecinos y hasta a una mula que bebía agua una legua más abajo, la del vecino y rabadán Alfanhuí, cuya piel tomó el color del azul ultramar y se le iluminaron los ojos con el de la lavanda.

En mitad del baño, un sonido metálico en el cielo llamó la atención de las mujeres. Un objeto dorado cayó a un par de pasos de donde estaban. Ángeles salió de las aguas, se secó y se vistió a toda prisa. Ambas corrieron curiosas hacia donde había caído aquel amasijo.

Descubrieron que era una jaula atada a una cuerda. En el interior había una paloma mensajera. No se la quedaron porque, al haber caído del cielo, pensaron que quizás estaba envenenada, que podía venir de un avión enemigo. Le abrieron la portezuela y la dejaron en libertad. No se dieron cuenta de que llevaba un pequeño canuto para mandar mensajes.

Después del baño y antes de que la joven se marchara a casa, Fuensanta la abrazó, le acarició el vientre y le dio una nota manuscrita de su padre, en la que se podía leer:

> *Muchacha, no te has movido nada durante la noche. El parto irá bien y tu hijo, que será varón, nacerá sano y fuerte. Si bien, el período de gestación será el triple, alrededor de veintisiete meses. Los cuerpos escuálidos, y en época de hambruna, se organizan así; es la única manera de evitar que salga desnutrido. Darás a luz en un año y medio. Enhorabuena, siéntete orgullosa. Puedes irte tranquila. No olvides borrar de tu piel todo resto de pintura; si no, el bebé nacerá lleno de antojos o con manchas ciegas en la mirada, miodesopsias que acabarían inundando toda su visión. Procura descansar.*
>
> *R. Z.*

81
La lluvia de jaulas

Setecientas jaulas doradas caían del cielo. El color oro de los barrotes centelleaba bajo el vigoroso sol en un éter despejado. Las aves presas, del color del cielo a primera hora de la mañana, batían las alas en el reducido espacio intentando evitar la caída, o salir de la prisión. Algunas jaulas perdían el equilibrio y daban vueltas sobre sí mismas; otras caían del revés; a muchas se les abrieron las puertas y dejaron libres a los pájaros mensajeros. Y entre jaulas y palomas moribundas caían también unas aves mayores: pavos reales atados a cajas de roble, desplumándose por la fuerza del viento, dejando tras de sí un manto de pluma de caída lenta y color cetrino. Debajo, justo donde iban a ir a parar los desconcertados voladores, dos mil jiennenses con los brazos levantados y las palmas abiertas esperaban la lluvia avícola con hambre, ensimismados con la madeja de metal que tan bellamente relucía.

Este es uno de los capítulos más breves de todo el libro. Lo debería haber narrado hace al menos diez, pero se me olvidó y, justo al caer una de las jaulas en el río de Jándula, lo recordé. Lo he incluido únicamente por la bella imagen que se formó en el cielo y, además, porque es uno de esos sucesos que no necesitan pátina alguna de realismo mágico ya que ocurrieron tal y como los cuento.

Días antes de que el alcázar de Toledo fuera liberado comenzó otro asedio que duró casi nueve meses, de nuevo por parte de republicanos contra alrededor de mil sublevados que se atrincheraron, esta vez, en el santuario de la Virgen de la Cabeza, en Andújar —aprovechando que los frailes trinitarios habían sido asesinados—. El final, sin embargo, fue diferente al de Toledo, pues la victoria fue republicana. El lugar del asedio quedó hecho añicos y tuvo que reconstruirse tras la guerra. Incluso se perdió la adorada imagen de la Virgen de la Cabeza.

¿Y qué es lo hermoso de este suceso bélico tan horrible como el resto? La lluvia de jaulas que se dio en el cielo iliturgitano sobre la cresta de la sierra de Andújar —y saber que Miguel Hernández presenció aquel suceso—.

Los asediados nacionales no contaban con ningún aparato de transmisión para comunicarse con el exterior del santuario. Por eso, a los pilotos del propio bando se les ocurrió dejar caer jaulas con palomas mensajeras dentro del templo, aves que volverían con cápsulas llenas de notas manuscritas. Antes de lanzar las jaulas vieron desde un avión que los asediados habían escrito en una sábana la palabra «HAMBRE» para que la leyeran desde el cielo. Así que consideraron lanzarles también cajas con víveres. Para que no se hicieran añicos al caer, ataron los paquetes a las patas de pavos reales, ya que estos amortiguarían la caída con el aleteo y, de paso, les servirían de comida.

Llegó el día de la entrega, y a eso de las seis de la tarde el cielo se cubrió enteramente de jaulas doradas con palomas albas y agrisadas, y de pavos reales de alas y colas desplegadas, verdosas y moteadas de azul.

Reflejos dorados y esmeralda sobre el rojo de la guerra.

(Por cierto, para quien tenga interés, años más tarde, en la década de los setenta, aparecerían las caras de varios fallecidos en este asedio en las paredes enjalbegadas de una casa de Bélmez de la Moraleda, en el hogar de una descendiente directa. Si al lector le pica la curiosidad, que se dé prisa, pues las caras desaparecerán con los años).

82
Las lágrimas ácidas

Ángeles abandonó la casa de Fuensanta radiante de felicidad; sabía que pariría bien y que sería un hijo, que era la ilusión de Pedro. Era probablemente la única persona que sonreía en el pueblo. Se encaminó aprisa hacia la huerta. Deseaba contarles a sus hermanos que iban a ser titos, aunque los más pequeños nunca se alegraban completamente de la llegada de un nuevo miembro a la familia, pues, en general, significaba una menor atención hacia ellos. En todo caso, sabía que Martina lloraría de alegría.

Llegó al cortijo y, antes de bajar la cuesta, sintió que algo iba mal. El vello del cuerpo se le erizó, saliéndole el de los brazos por entre las costuras de las mangas de su jersey de lana, y notó una ligera presión en las sienes y por detrás de las orejas. Se tocó y se le mancharon los dedos de ceniza. No recordaba lo que aquello presagiaba, pero sabía que nada bueno. Corrió a buscar a sus hermanos, que la esperaban impacientes en la puerta. Se encontró con los niños, Josito y Gonzalo, llorando los dos, sentados en unas sillas de anea de las que les colgaban los pies. El mayor corrió a abrazar a su hermana en cuanto la vio aparecer, y Josito, sentado con el palo de lazarillo en la mano, miró al cielo y lloró con más fuerza todavía, pues los llantos son siempre más intensos cuando se sabe uno atendido. A Ángeles se le nubló la vista. Aún no sabía lo que había pasado, pero parecía como si su cuerpo ya fuera consciente.

—¡Hijitos! ¿Qué pasa? ¿Por qué lloráis? ¿Y las hermanas?

—...

—¿Dónde están? ¡Hermanos, por favor!

Tuvo que darles un vaso de agua a cada uno para que sus diafragmas se relajaran lo suficiente para hablar. Fue Gonzalo quien lo hizo primero.

—¡La oí gritar!

—¿A quién?

—¡Casi me rompe los oídos! Y eso que ella estaba en el río.

—¿Quién? ¿Quién gritaba?

—¡Martina!

—¡Yo también la escuché! —añadió Josito—. Aunque menos fuerte y…

—¿Dónde está ahora? —Ángeles sintió oscurecerse la bruma de sus ojos.

—Bajé corriendo al río a ver qué le pasaba. ¡Estaban allí! Me tuve que esconder porque había varios militares con escopetas de esas largas.

—Martina… —Ángeles se sentó y siguió escuchando, un poco en otra parte, con la cabeza ida.

—¡Le hacían cosas malas! ¡Y no pude hacer nada! ¡Me dio miedo!

—¿Dónde está ahora? —le preguntó Ángeles, agarrándose a la esperanza.

—Cuando se fueron los militares, bajé a ayudarla. Estaba… —Gonzalo se echó a llorar de nuevo—. Estaba en el suelo. Mojada y llena de barro. Pero no pude levantarla porque… su cuerpo estaba… ¡Ay!

—¿Cómo estaba?

—Desapareciendo. —Ángeles enmudeció.

—¡Saúl nos contó que los soldados malos usaban una escopeta que te convierte en fantasma! —añadió Josito, airado y gritando.

—¡Sí! ¡Era esa escopeta! ¡Le dispararon bolas de Navidad!

—¿Dónde está Martina ahora? —preguntó Josito, ante el silencio de Ángeles.

La joven había confirmado lo más temido: la muerte de su hermana.

Realmente, como expliqué páginas atrás, un disparo de muérdago no te dejaba sin vida, pero te borraba la apariencia física, el tacto y la voz, quedando el herido incomunicado con el resto, como un fantasma que ni siquiera puede mover las cosas de sitio o susurrar durante el sueño. Ni siquiera yo, como narrador, pude seguir el rastro a Martina una vez se transparentó. Si bien, en teoría, Martina sí que podía ver a sus familiares y estar entre ellos.

Ángeles, que había visto el efecto de los muérdagos en dos ocasiones, no supo qué contestar a su hermano, ya que no quería decirles la verdad: que nunca más sabrían de ella, aunque no estuviera muerta. De pronto le dio un nuevo vuelco el corazón al acordarse de que la más pequeña de la familia, Mariángeles, tampoco estaba allí. Se levantó y corrió a buscarla a las habitaciones.

—¡Tata! ¡Tata! —Josito sintió la escena sin visualizarla.

—¡Tata! ¡No busques a Mariángeles! ¡Ay! ¡Ay! —añadió Gonzalo.

De nuevo se echaron los dos niños a llorar sin consuelo. Ángeles tuvo que darles otro vaso de agua, mientras que a ella se le aceleró el corazón como nunca antes. Le temblaban tanto las manos que derramó la mitad del agua en el trayecto insignificante que había de la pila a las sillas.

—¿Dónde está?

—¡Se la han llevado!

—¿Los militares?

—¡No! ¡La mujer bizca y el hijo de Hilaria!

Ángeles suspiró aliviada. Pese a que lo que acababan de afirmar no tenía mucha lógica, se alegró de que no hubieran sido los soldados y de que no fuera alcanzada por el muérdago, porque sabía que a las niñas que les pasaba a menudo eran violadas. Entonces sintió un retorcijón en el estómago, se echó hacia delante y vomitó. Devolvió un amasijo de carne y hueso de olor repulsivo. Se dijo que debía dejar salir el llanto; las lágrimas que no lloraba, ácidas, le estaban corroyendo el interior del cuerpo. Si no las evacuaba, podría morir. Se sentó en el suelo y lloró, lloró desconsoladamente, moviendo los brazos de un lado a otro con fuerza y mirando al cielo, preguntándose dónde estaban la protección de su madre y de Dios mismo, por qué los habían olvidado de tal manera.

83

La mujer bizca y el hijo de Hilaria

En los pasados años diez y veinte, muchos íberos emigraron buscando una vida mejor. De cada región de la península se migraba a un país diferente: muchos gallegos se marcharon a Argentina para trabajar los campos de cultivo; los cántabros fueron a Cuba, a cosechar la caña de azúcar, y los andaluces salían de Gibraltar hacia Brasil, a los grandes cafetales, o a Argelia, para trabajar en el esparto. Muy pocos emigraron a Francia. Los que lo hicieron, se encargaron de trabajos que los propios franceses, por estar inmersos en la Gran Guerra, no podían realizar.

Jándula vio menguar su población durante aquellos años. Muchos fueron los aventureros que por la hambruna emigraron para ahorrar y poder llevarse algún día a sus familias consigo. Uno de aquellos hombres se llamaba Alonso. Tenía veinticinco años cuando se mudó a Francia. Dejó a sus hijos al cuidado de sus padres, ya que su mujer había fallecido en el último parto, y les prometió que volvería en cuanto tuviera algo de dinero. Y así hizo, pero no pronto, como imaginaron Hilaria y Nepomuceno, sus padres, sino nueve años después.

Alonso volvió a Iberia no porque ya tuviera dinero suficiente como para ofrecer a sus hijos una vida mejor, sino para salvarlos de la guerra. Temía que la contienda arrebatara la vida de sus hijos y no quería que crecieran en un país donde los hermanos se masacraban.

El otoño de 1937, Alonso puso rumbo a Jándula. Lo hizo acompañado de Jeanne, la mujer con la que compartía su vida desde hacía un año. Sin detenerme mucho en ella, destacaré únicamente dos cosas: su bizquera, que le afeaba un tanto el rostro y le impedía caminar sin ayuda —veía el mundo descompuesto y cubista—, y que tenía dinero. De hecho, Jeanne decidió sufragar todo lo necesario para que Alonso pudiera ir a por sus hijos, e incluso se empeñó en acompañarlo. Y él aceptó.

Se hicieron con un Mercedes-Benz, modelo Nürburg de ocho plazas, con la intención de ir por carretera, pero luego cambiaron de plan al enterarse de que la región de la península que tendrían que cruzar era comunista; conducir con un coche así no era la forma más prudente de atravesar el país. Finalmente decidieron hacer el viaje por aire. Contrataron una avioneta privada que los dejó en Ciudad Real, cerca de un pueblo llamado Carrión de Calatrava, pues más al sur el piloto no se atrevió a volar. No se detuvieron en el pueblo porque les dijeron que a pocas leguas de allí había un pozo que estaban llenando de cadáveres, de donde el agua salía negra. Siguieron camino hasta la ciudad de Almagro, donde se hicieron con un coche de cinco plazas con buen motor, pero con la carcasa destrozada, ideal para pasar desapercibidos. El plan para la vuelta era cruzar los Pirineos y terminar el viaje por carretera.

En el recorrido desde Ciudad Real hasta el pueblo el ambiente era hostil y deprimente. Alonso no reconocía los paisajes, desgastados y cubiertos de escombros. No solo la tierra agrietada lo estremecía, sino también las carnes. Tenía la sensación de que los rostros de los íberos se habían encallecido, como si fueran viejísimos, una tribu agostada y expuesta a las inclemencias del tiempo. A Alonso le dio apuro que vieran su rostro blanco y terso, y se lo manchó de tierra varias veces en el camino. Hizo lo mismo con Jeanne, que no dejaba de santiguarse cada vez que veía a una madre cargando con un cadáver.

No quisieron prolongar su estancia en Iberia, no fuera que acabaran también con los pies por delante. Llegaron a Jándula de madrugada y, antes de que saliera el sol, ya se habían marchado. Sus hijos, Ermelo y Alfonsina, no reconocían a su padre. La última vez que lo vieron no tenían aún uso de razón. Alonso, para convencer a los reacios niños, les mostró fotografías de cuando eran pequeños, donde los sostenía en brazos. Tras dos horas de palabras dulces y seductoras, aceptaron marcharse con la pareja. La abuela los convenció para que se fueran con ellos; sabía que así tendrían un futuro mejor. Tanto ella como su marido se negaron a abandonar el pueblo. Decían que querían morir en su tierra. Alonso, sin más remedio, aceptó.

La familia de Alonso vivía en el cortijo que había en lo alto del camino que descendía hasta la huerta de Odisto. Eran vecinos y ambas familias se habían tratado mucho. Con Ermelo y Alfonsina en el coche, el padre ya no quería pararse a saludar a nadie, pero los hijos de Odisto se acercaron en cuanto oyeron el motor. Alonso no los reconoció, ya que habían nacido después de que él se fuera del pueblo hacía más de una década, pero supo que eran hijos de Odisto y de María: tenían rasgos de Ardolento.

Tanto Josito como Gonzalo lloraban y pedían ayuda a Alonso. Decían que su hermana había sido asesinada y que estaba desapareciendo en el río, literalmente «haciéndose invisible como un fantasma». Al vecino le pareció que aquellos niños deliraban, que los sueños se les estaban mezclando con la realidad.

Jeanne, a quien los niños no se acercaron porque les dio miedo su bizquera, se echó las manos a la cabeza al ver el estado de desnutrición de la más pequeña de los tres, de apenas seis años de edad. Mariángeles parecía enferma y apenas se mantenía en pie. Jeanne habló con Alonso y le propuso que se la llevaran también con ellos. Les sobraba una plaza libre en el coche y la niña moriría si no la sacaban de allí. Alonso quiso quitarle la idea de la cabeza, pero Jeanne le dijo que era el precio que debía pagar por haber dejado a sus hijos a cargo de sus padres durante tantos años, que ahora le tocaba a él hacerse responsable del mal de otros.

A regañadientes, Alonso aceptó. Cogieron a Mariángeles —que de tan enferma que estaba no se dio cuenta de nada— y la montaron en el coche. Y abandonaron Jándula antes de que los gritos de Josito hicieran acudir al resto del pueblo, gritos que acusaban a la pareja de ser tísicos y ladrones de niños. También huyeron de las pedradas que Gonzalo les lanzaba, proyectiles arrojados para que detuvieran la marcha y le devolvieran a su hermana pequeña.

Alonso intentó explicarles, antes de coger a Mariángeles, que era lo mejor para ella, pero los críos no entraban en razón. Los gritos y los guijarrazos fueron en vano. Se quedaron los niños sin su hermana pequeña, de la que lo último que vieron fue su silueta en la luna trasera del coche.

Una vez le contaron los niños la historia de las dos desapariciones a su hermana mayor, Ángeles acudió a hablar con la vecina Hilaria. Esta le prometió que su hijo devolvería a su hermana tan pronto como acabara la guerra, que en Francia comería bien y no estaría en riesgo su vida. Ángeles se calmó y volvió al cortijo. Tranquilizó a sus hermanos, diciéndoles que no habían sido los tísicos quienes se habían llevado a la hermana pequeña, y les pidió que la dejaran sola, que necesitaba pensar. Se encerró en el cuarto de su padre y valoró las opciones que tenía ante sí. No pensaba volver a dejar solo a ninguno de sus hermanos. O se los llevaba al escondite en el campo con Pedro o lo convencía para que volviera a Jándula y lo escondía de los militares en la huerta. Se decantó por la segunda opción por tres razones: allí tendrían más espacio que en el pajar; había prometido a su padre que el terreno siempre estaría bien cuidado y a cargo de la familia; y quería estar cerca de donde había desaparecido Martina, pues sabía que, aunque aquello equivalía a la muerte, la joven estaría siempre a su lado, sin presencia física, pero contemplándolos.

Ángeles no esperó ni un minuto más. Partió en busca de Pedro acompañada de los dos hermanos, y en un día y medio, en torno a las tres de la mañana, ocultos bajo el espeso manto de una noche sin luna, volvieron los cuatro al cortijo.

Los primeros días Pedro se escondió en un aljibe de obra que tenían vacío, hasta que Servando, uno de los albañiles del pueblo, de los pocos amigos fieles con los que contaba aún Pedro, les propuso construir un zulo debajo del dormitorio —al cual se accedería desde un agujero dentro del aljibe—. Allí se iba a esconder hasta que los hombres de Venancio, que lo tenían amenazado de muerte por las mantas con rubeola, murieran, huyeran o dejaran el poder. Pedro era consciente de que se arriesgaba a pasar años allí metido, pero no le quedaba otra. Ángeles cedió en su día y desprotegió a su familia por cuidarlo en su exilio, y bien caro lo había pagado. Ahora le tocaba a él sacrificarse. Y aceptó.

El joven se sentó en un banco de la huerta durante doce horas seguidas con los ojos abiertos hacia el sol para almacenar toda la claridad posible, y entró obediente en el zulo. Se acostó en el suelo, miró al techo y se durmió sabiendo que encima de él yacía su enamorada.

Eleanor y Franklin Roosevelt

—¿No crees que ya es hora de apoyar a la República íbera?

—No. Hemos de seguir con el embargo.

—¡Entonces caerá! ¿No te ha servido de nada ver la película?

—La voz de Orson Welles es estremecedora, y lo que nos cuentan Hemingway y Dos Passos. ¡Pero es cine, querida! ¿O no has visto *Defenders of the faith*?

—Esa es pura propaganda.

—¡Propaganda son todas!

—¡Pero no todas reflejan un país en guerra!

—Iberia no es asunto nuestro, Eleanor.

—¡Sí que lo es! El fascismo se contagia más rápido que cualquier otro mal.

—¿No has escuchado al padre Coughlin? Tenemos la sala de correo inundada de cartas. Perderíamos todo el voto católico si levantamos el embargo a Iberia.

—¡Ese sacerdote antisemita pasa más tiempo en la radio que en el templo!

—Lo pase o no, lo escuchan casi cuarenta millones de personas y ha logrado que una buena parte de ellos nos inunden con sus cartas. Sería un suicidio político.

—Y, de no hacerlo, un suicidio moral. El aislacionismo solo traerá sangre.

—Eleanor..., Iberia tiene alrededor de veinticuatro millones de habitantes. ¡Hay más cartas que íberos! No puedo apartar la vista. Lo siento.

—¡Pues cerremos los ojos, como el resto! ¡Ya está! Todo dicho.

Odisto

¿Dónde estoy? ¿Por qué llevo tantos capítulos sin aparecer? ¿Quiénes son estos hombres? ¿Son republicanos? ¿Ha llegado la batalla a Cuenca? ¿Estoy soñando? ¿Me habré desmayado en la torca ante tanto cadáver y unos militares se habrán hecho conmigo? ¿Como rehén, trofeo o víctima? ¿Adónde me llevan? ¿Y por qué? ¿Por qué este empeño en salvar a un hombre que no conocen y que no viste ni vistió nunca ningún uniforme? ¿Vale mi vida la salud de estos dos mozos? ¿Por qué no puedo moverme? ¿Me llevan en una parihuela? ¿Me he quedado paralítico? ¿Acaso he muerto?

Simone Weil

«La guerra no me gusta, pero lo que más me indigna de ella es la actitud de los que se cruzan de brazos».

George Orwell

«Voy a España, claro. Alguien debe de ocuparse de pararle los pies al fascismo».

84

Las botas más grandes de Iberia

Odisto abrió los ojos solo tres veces en medio año.

La primera, se vio tumbado e inmóvil, transportado en una camilla por dos hombres debiluchos vestidos de milicianos, que saltaban para evitar los baches del campo gris que iban cruzando. Salvo el cuello y la cabeza, no podía mover el resto del cuerpo ni articular palabra. Odisto no sabía dónde estaba, en qué estado se hallaba ni quiénes eran aquellos dos hombres. Como no podía hacer otra cosa, se limitó a observar a su alrededor la escena bélica. Se encontraba en mitad de una batalla. Era de noche, pero los colores centelleaban vivos. El marrón del suelo tenía reflejos rojizos; el verde de los árboles era oscuro y el azul del cielo, cobalto, cargado de albor. Como en las pinturas de Magritte, parecía como si la luz del día alumbrara la escena, pero el cielo se mantuviera fiel a la oscuridad. El día en la tierra y la noche en el cielo.

Tras recuperar la visión, los oídos empezaron a salir del letargo y a percibir las fuertes explosiones. Con cada detonación Odisto gritaba, pero no se escuchaba. Antes de cada estruendo, un haz de luz blanqueaba la escena, como si Dios la fotografiara. Movió el cuello de un lado a otro y notó que lo tenía vendado. Pensó que algún proyectil le habría alcanzado en el gollete. Temió por su vida; era bien sabido que pescuezo herido, cuerpo podrido.

—¡Nos estamos bombardeando por error! ¡Joder! ¿Qué coño estamos haciendo?

—¿Cómo coño íbamos a saber que esos carros de combate eran nuestros? ¿No ponen banderitas soviéticas por todos lados? ¡Que las hubieran pintado bien visibles, hostia!

—La culpa es de los rusos. ¿Por qué cojones se empeñaron en dar las órdenes en su idioma? ¡Si ya nos cuesta entendernos en íbero! ¡Mierda, mierda, mierda!

Odisto escuchaba la conversación de los dos camilleros desde lo alto del trono. Confirmó que estaba en manos de los republicanos y que, al parecer, estaban perdiendo, incluso atacándose a sí mismos.

—¿Cuántos días llevamos sin dormir? ¡Los nacionales, con tantos hombres, pueden turnarse y volver con sus familias el resto del día! ¡Es que hay que joderse! Luego que si desertamos...

—¡Calla! ¡Que no te oiga!

—¿Quién me va a oír con tanto cañonazo?

—¡El enfermo, hostias!

Odisto se quedó inmóvil al escuchar que se referían a él, no fueran a mirarlo y comprobaran que, en efecto, estaba escuchándolo todo.

—¡No me hables, no me hables! ¡Que me pongo enfermo yo! A ver qué coño hacemos transportando a un campesino al campamento. La izquierda peca de samaritana.

—Tiene que ser un hombre importante.

—¿Vestido de pueblerino? Como no sea un espía de esos...

Aquello hizo reflexionar a Odisto. ¿Por qué lo rescataron? ¿Había caído herido junto a la torca en Cuenca? ¿No habría sido más fácil dejarlo sobre aquellos cuerpos apilados?

—¡Mira que si al final resulta que el tío...!

La frase no llegó a su fin. Se oyó una fuerte explosión y se produjo una onda expansiva que derribó a los dos hombres. Odisto se cayó de la parihuela, se sintió desatado y dio varias vueltas por el suelo hasta quedar bocarriba encima de una mata de romero. Intentó buscar con la mirada a los dos hombres, pero si movía el cuello las hojas glabras del romero se le metían en los ojos. Se quedó en aquella posición durante tantas horas que volvió a perder la consciencia.

La segunda vez que abrió los ojos, Odisto percibió que se encontraba nuevamente tumbado, en un paisaje nocturno similar al anterior, pero con el cuerpo en el suelo y no acomodado en una camilla —ni en mitad de un romeral—. Alrededor de él flotaba un olor nauseabundo, de cadáver descompuesto, y sentía un calor inusual y un aire cargado irrespirable. Antes de reconocer paisaje alguno, escuchó los gritos de una mujer:

—¡Hija mía, corre hacia Zaragoza! ¡Guíate por las hogueras que han encendido los pueblos vecinos! ¡Yo no puedo seguirte con la pierna así! ¡Josefina, corre y no mires atrás! ¡Va, angelito mío! ¡Date prisa! ¡Y fíate de este caballero, aunque vaya vestido de los malos! ¡Tiene buen corazón!

Odisto notó que la guerra ya no estaba encima de él, sino a su derecha, en un pueblo que se estaba desmoronando por segundos. A través de uno de los arcos de acceso, Odisto creyó ver a militares republicanos yendo casa por casa dando bayonetazos y dejando seco al enemigo. El nombre del lugar lo sabría más tarde, pero ya os lo avanzo yo. Aquella villa arcillosa de estilo mudéjar y de apenas cuatro mil habitantes era Belchite, un objetivo republicano que pertenecía a las fuerzas rebeldes y que los rojos intentaron conquistar para rebajar la tensión de las fuerzas franquistas en el norte de la península, y de paso para acercarse a Zaragoza con una nueva ofensiva. Pero aquella operación tuvo el efecto contrario e imposibilitó que llegaran a la capital de la región. Los maños creyeron que se debió al efecto de las plegarias a la Pilarica; los republicanos sabían que, simplemente, fue un nuevo error estratégico de Vicente Rojo. Lo único que el bando republicano consiguió fue perder miles de hombres. Entre militares de ambos bandos y paisanos inocentes, fallecieron cinco mil personas, mil almas más de las censadas. Los abuelos y tíos de uno de los mejores cantautores de la península, Serrat, aún no nacido, perecieron allí. Los cadáveres de los nacionales, que habían colapsado los edificios públicos utilizados de hospitales de sangre, fueron metidos en un trujal de aceite y enterrados en cal viva; los republicanos fueron quemados o esparcidos por el campo. El pueblo quedó arrasado.

Durante la guerra, Franco acudió a Belchite y prometió delante de los supervivientes reconstruir el pueblo y llevar hasta allí el agua del río Ebro. Pero el dictador no cumplió con su palabra. Quería que aquel pueblo se terminara de hundir con los años, que quedara como símbolo de la devastación que habían realizado los rojos. Después de la guerra, Franco mandó construir una réplica del pueblo junto a las ruinas del original. Utilizó como mano de obra a presos políticos, hacinados en un campo de concentración vecino apodado «la pequeña Rusia». «Vosotros habéis destruido Belchite y vosotros lo vais a reconstruir», les dijo. Además, por primera vez en la historia, no solo quiso reconstruir todas las calles y edificios, sino también a los fallecidos que habían vivido y muerto allí. Se hizo con un catastro salvado de las explosiones y contrató a casi tres mil comediantes para que asumieran el aspecto y el nombre de los fallecidos, así como sus oficios y, si podían y eran bien informados, su forma de ser. A cambio, Franco les daría techo y pan. Los comediantes aceptaron. Hoy día no se sabe si los habitantes del nuevo Belchite siguen siendo conscientes de que viven una actuación continua, o si se creen autónomos, como los personajes de una novela. Preguntádselo vosotros mismos, pues, como las ruinas, no se han movido del sitio. Queda a una hora de Zaragoza. De paso, comprobad si queda algo en pie del pueblo viejo, pues, sin subvenciones públicas, sus ruinas están perdiendo la forma y pronto no serán más que escombros y piedra. Vuelvo al tiempo de esta narración.

Odisto escuchó nuevamente voces de militares a su alrededor.

—¿Qué hacemos con estos? —dijo un soldado, señalando hacia el jandulés.

—¡Están casi todos muertos! Cuando termine la batalla, ya veremos.

—¿Son republicanos o de los nuestros?

—La mayoría no son de ningún bando.

—¡Mira el descampado! ¡Qué lodazal! Me recuerda al Parapeto de la Muerte. ¿Tú estuviste allí alguna vez? ¡Aquello parecía un colador, de tantas troneras! ¡Teníamos al enemigo a solo unas varas! Como si nuestras trincheras y las suyas fueran parte de un mism...

—¿Qué hace tanto hombre encima de un solo tanque? ¡Agáchate!

Odisto observó que un tanque soviético, a lo lejos, en mitad de una planicie, intentaba apuntar con el cañón hacia donde estaban ellos. Al parecer, detrás de la montaña de cuerpos de la que él formaba parte había un par de camiones del ejército sublevado.

Los hombres que se habían agachado no tardaron en levantarse. El carro nunca lanzó ningún proyectil. El terreno por el que los carros discurrían estaba tan embarrado que no les permitía avanzar y si lo hacían, era a trompicones. Para más inri, cada uno de los vehículos portaba casi una cincuentena de hombres; jóvenes que se caían al barro con cada bache del terreno y eran aplastados por las orugas de los tanques, conducidos por sus propios camaradas.

En menos de diez minutos, aquel descampado se convirtió en una trampa mortal donde decenas de carros de combate republicanos se hundieron en el barro y dejaron atrapados a cientos de hombres, aplastados o abatidos por el fuego enemigo, que se aprovechó de la situación. Los contrarios, camuflados en la oscuridad, se adentraban en el terreno pantanoso y colocaban bombas incendiarias en las ruedas dentadas de los tanques. Aquellos artefactos fueron los precursores de los llamados cócteles Molotov. Para fabricarlos se necesitaba solo una botella, un trapo y gasolina. Llenaban el recipiente de cristal de combustible, lo tapaban con la tela recia; le daban la vuelta a la botella para que la tela se empapara, la prendían y la lanzaban. Y así fue como explotaron tantos tanques aquella noche.

Los gritos de desesperación inundaron la zona. Odisto observaba los fogonazos de los proyectiles caer sobre el descampado cuando vio salir a un hombre de la ciudad casi fantasma de Belchite. Iba trajeado, con un palo dorado en la mano y las llaves de la ciudad en la otra. Pensó que se trataba del alcalde, y acertó. Se dirigía hacia él para buscar refugio entre los heridos. Pero no llegó ni a mitad de camino. Un silbido lo hizo detenerse y mirar hacia el cielo. Recibió justo encima de la cabeza un mortero. Aquella villa no sonreía a sus corregidores: el anterior y socialista se había suicidado por tanto fusilamiento, y el que regía entonces explotó en pedazos. Odisto se compadeció de él y sintió un dolor en la frente, como si el proyectil le hubiera alcanzado. Volvió a desmayarse. Antes de perder completamente el conocimiento, notó que uno de los tullidos a su lado le agarraba la cabeza y le susurraba una frase al oído: «en el cielo hay un altar por cada noche en la tierra».

La tercera vez que nuestro patriarca abrió los ojos se vio en una enfermería. No parecía una de campaña, sino de un hospital real, de muros robustos y varias plantas a tenor del cielo que se veía a través de la hilera de ventanas. Notó que volvía a tener el control del cuerpo y de la voz. Carraspeó y se sentó en la cama. En toda la sala habría al menos una cuarentena de hombres. Los atendía una sola enfermera, afroamericana, de nombre Salaria Kea. Odisto era la primera vez que veía a alguien negro. Se quedó embobado. Después siguió recorriendo la estancia con la mirada. En el catre de su izquierda, un joven espigado parecía alegrarse de que hubiera salido del letargo y lo saludaba, con un íbero paupérrimo.

—¿Estás tú bien? ¡Es tiempo a despertar, hombre! ¡Demasiado dormir!

—¿Quién es usted? ¿Dónde estoy?

—¿Usted? Es mejor que no dices *usted*. No aquí. ¿No ves el mar en las ventanas?

Odisto estaba ingresado en la planta baja de una enfermería que daba al mar. Era la primera vez que lo veía en su vida. Le dio miedo, como si por mirarlo fuera a caer a sus aguas. Apartó la vista y se agarró a la cama, como quien se protege de un vértigo repentino.

—¿Dónde estoy? —volvió a preguntar Odisto.

—En cama de un *rabasaire* que muerto ayer. Tarragona. ¿Conoces?

—¿Tarragona? —Odisto no podía creérselo—. ¿Cómo es posible? Lo último que recuerdo es Cuenca. Después, no sé qué pasó. Me vienen algunas imágenes... Recuerdo haber estado en cama todo el tiempo, en mitad de unas batallas. Creo...

—Yo también en cama, primero en Siétamo, después en Barbastro, después Lleida y después aquí, Tarragona. Los hospitales en Iberia muy mal. Mucha comida, pero grasas. Mi estómago es británico, no está bien para él las grasas.

—¿Es usted inglés?

—Británico, bengalí... ¿Qué sé yo? Tú muy íbero.

—¿Cómo se llama?

—No «usted», por favor. Me llamo Eric Blair, puedes llamarme Jorge. Cambié mi nombre cuatro años antes. ¿Y tú? Enfermeras no saben. Dicen que espía o pobre tonto.

—Me llamo Odisto. Soy un campesino andaluz. Emigré por un viejo enemigo.

—¿Enemigo fascista?

—A ese hombre no le interesaba la política. Se vestía con los colores republicanos, pero solo miraba por su interés. Un desjraciao. ¿Y tú qué haces en Iberia?

—Antes trabajar en París para limpiar platos de hotel. ¡Limpiar todo el día! Antes en Asia. Trabajar con enemigo. Desperté allí. ¡Y rápido a Iberia! ¡Contra el fascismo! Pero ahora no tengo la fuerza. Los hombres de izquierda pelean contra ellos mismos. Muchas siglas. Guerra de siglas. ¿Sabes? CNT, FAI, POUM, UGT, PSUC, JCI, JSU, AIT… ¡Mucho ruido y guerra!

—Ya…

—¿Quieres un caliqueño?

—No fumo.

—¡Mejor! En esta guerra, no tabaco. Franco tiene todo el tabaco en Canarias. Los milicianos pueden fumar orégano y *licorice*. Íberos dices «orozuz». En Barcelona, diez pesetas un paquete. ¡Igual que la paga de un miliciano! Imposible fumar.

—¡Pues ya cobran bien los milicianos! Antes de la guerra, un campesino ganaba entre una y tres pesetas. Un manijero, cuatro o cinco. ¡Y el kilo de pan a una peseta!

—No justicia. Por cierto, tu herida es como mía. En cuello. El médico dice que no hablaré más. ¡Pero hablo ahora! Duele mucho. ¿Tu herida también en la batalla?

—¿Qué herida? —Odisto se echó las manos al cuello y palpó un enorme vendaje. Recordó haber soñado tener uno. Quizás aquellas imágenes no habían sido sueños, sino recuerdos futuros. Se tocó el resto del cuerpo en busca de otra herida, pero estaba ileso. El británico se reía al notar su preocupación.

—¡Herida en cuello y vivos! Somos milagro. —Odisto estudió el cuerpo de aquel hombre y se quedó un buen rato mirándole los pies. Le sobresalían dos palmos de las sábanas—. ¡Muy grandes pies! Barcelona no botas. Un zapatero hace unas botas para mí. Muy buenas, debajo cama. Escondidas porque aquí militares robar tus cosas. ¡Muy rápido! Reloj, dinero, fotografías… También las enfermeras robar. Dicen que es para dinero para hijos en guerra. Las levas. ¿Conoces? ¡Tus hijos a la guerra! Todos roban.

—Yo no tengo nada. Tenía muchas cosas, una tierra y una familia. Y perdí todo.

—Yo ver muchas familias rotas. En Huesca, muchas. Allí morir un artista que hace figuras grandes de papel. Ramón... No recuerdo. Muerto de Franco. Y su mujer. Huesca es interesante. Ciudad transparente. Lo siento, mi íbero es mal.

—Te entiendo bien, muchacho. ¡Ya hablas mejor que yo el inglés!

—Sí. Es verdad. —Orwell se incorporó—. ¡Bueno, pues yo ahora, a casa! A París.

El hombre se levantó, se puso las botas y el abrigo y se sentó en la cama para despedirse de Odisto, que pensaba que el enfermo deliraba. ¿Cómo era posible que decidiera él mismo que se iba? ¿Adónde pretendía ir con un pijama y un abrigo? Y con unas botas que parecían de circo. Quizás le habían robado el resto de la ropa.

—Entonces, ¿te vas?

—Sí. Yo voy. Es casi 1938. En libros de historia yo no estoy ahora en Iberia. Estoy aquí más tiempo para tú. El narrador dijo que cuido de tú mientras duermes. ¡Salud!

—¡Espera! ¿1938?

—Pronto Navidad. Dicen quieren pactar tregua en Navidad. Es mentira de Franco. Un día antes de Navidad, Franco en Catalunya y sangre. Estoy seguro.

—¿Y qué ha pasado en todo este tiempo?

—Cosas malas para republicanos. En Barcelona, una guerra civil dentro: izquierda contra izquierda. Anarquistas contra comunistas, trotskistas contra estalinistas; Prieto contra Caballero. Lo llamarán «los hechos de mayo». Lo sé porque siento futuro. En Barcelona, yo en los tejados disparar para proteger edificios. Barcelona cambiar mucho. Antes muy progresista, camaradería, pocos pobres. No dinero, solo bonos del comité para comprar. Poder en comités y sindicatos. Ahora peor. Muchos ricos y pobres, separados. Miedo y no hablas revolución. Burguesía fuerte y policía fuerte. Y si eres poumista, *poum!* ¡Dicen que tú es nazi y morir! ¡Como Andreu Nin! *They say* que somos fascistas. No es verdad. ¡A las barricadas...!

—¿Y en el resto de Iberia? —Odisto no comprendía todo lo que aquel joven decía.

—¡Madrid es republicana! Muy fuerte. Mi sueño era Madrid, pero no posible. Muy triste. Y ahora el norte es de Franco. Muchas bombas y todo para Franco. Gijón y Avilés ¡de Franco! Las plazas de toros con sangre, y los teatros. Gijón es sangre. Pasados por armas. Pronto todo el país de Franco. Si no hay guerra en Europa, todo de Franco.

—¿Y Andalucía? ¿Jaén?

—No lo sé... La guerra más en el norte. Ahora en centro. Azaña mueve a Barcelona, mucho miedo. Prieto dice guerra perdida, y Negrín. Ahora yo voy. Mi mujer espera. No le gusta yo estoy aquí. Pero estoy aquí por narrador. ¡Salud, camarada!

Odisto notó que la cabeza y el cuello le dolían. Pensó que la conversación le había tensado los músculos. Se echó en la cama con miedo a cerrar los ojos y, al abrirlos, encontrarse en otro lugar. Se consoló pensando que aquel era el pan de cada día de los soldados: cerraban los ojos y los abrían en otro lugar, y suerte si los abrían.

Sus días en aquella enfermería se alargarían hasta principios del año siguiente, lo que tardó en recuperarse de la herida en el cuello —nunca supo dónde ni cuándo la recibió—. Mantuvo la esperanza gracias a las cartas que una madrina de guerra le enviaba desde un pueblo manchego, lectura que, en otras circunstancias, hubiera desechado por impersonal y falseada. Pero en su situación cualquier palabra cariñosa por parte de una mujer —o de un hombre— lo ayudaba a mantener viva cierta ilusión. Leía aquellas cartas mirando hacia la costa. Poco a poco, se acostumbró a la inmensidad del mar, el mismo que, según decía —en este caso, muy acertadamente— aquel escritor homófobo y misógino, «nos obliga a ser orilla».

85

Paulo en el pazo

—¿Y a usted qué se le ha perdido en Galiza?

—Tengo familia en Sada. Me dieron un permiso y voy a verlos.

—Con ese acento, muy gallego no es, ¿me equivoco?

—Soy andaluz, y ellos también, pero emigrados.

Paulo había elaborado aquella mentira durante el largo viaje en tren. No podía decirles la verdad, que no tenía ninguna familia en Galiza y que viajaba desde Burgos con una misión política: entregar en mano el dinero que escondía en la parte interior del macuto, cuatrocientas mil y pico pesetas, a los herederos de la escritora Emilia Pardo Bazán —cuyo hijo iba a morir en la guerra—. A cambio, la familia le entregaría unas llaves, las del pazo de Meirás —y nunca más podría volver a pisar aquellas hectáreas ni el palacete—. Meses atrás, los hombres de poder que acompañaban a Franco habían celebrado un encuentro, la «Junta pro pazo del Caudillo», donde decidieron que regalarían al futuro dictador el pazo que la escritora gallega mandó reconstruir años atrás —y que seguirían construyendo y enriqueciendo con donativos forzosos y la expulsión de varios campesinos de sus tierras para agrandar el terreno colindante—. Paulo era el hombre que iba a cerrar aquel trato, pues era uno de los militares con más condecoraciones obtenidas en aquella guerra, pese a ser uno de los más jóvenes. Por otro lado, sus superiores vieron bien que realizara un trabajo alejado del campo de batalla, ya que la última vez había dado signos de inestabilidad emocional, al cruzar tierra de nadie a paso lento.

—¿Dónde cogió el tren?

—En Burgos —respondió Paulo.

—¡La ciudad donde reside el Caudillo! ¿Cómo es? ¿Le hace honor a su huésped, al honoroso prohombre?

—Es muy bella, y blanca.

Y así era. El imponente arco de Santa María, la cartuja de Miraflores, la iglesia de San Esteban, el castillo, la alta catedral... Las piedras de las construcciones más vetustas vestían el color del nácar. Eran blanqueadas cada año por la nieve acumulada. En Burgos nevaba la mitad del año, al menos hace un siglo. Se decía en Iberia que en aquella ciudad solo había dos estaciones: el invierno y la del tren. Además del blanco de los muros, los suelos de las calles fulguraban también impolutos. Se encargaban de barrerlos presas republicanas, a quienes los nacionales habían rapado y les habían colgado un letrero que decía «roja». Si no obedecían, acabarían donde sus maridos, bien profundas en la tierra. Por eso no había una sola mota de polvo en el pavimento de la ciudad. Desde el ayuntamiento se aseguraban de que Burgos fuera la villa más limpia de Iberia, ya que una vez ganaran la guerra, y hasta reorganizar Madrid, tenían pensado establecer allí la Junta de Gobierno y otorgarle la capitalidad de toda la península.

—¿Fue usted a ver la tumba del Cid Campeador?

—¿Quién es ese? —preguntó Paulo.

—¿Cómo que quién es ese? ¡Un héroe!

—¿Franquista?

—¡Claro! El que más. —Los dos soldados se rieron de la ingenuidad de Paulo.

—Pues no la vi, no.

—¿Y el palacio de la Isla?

—¡Allí sí que estuve!

Paulo se mordió la lengua. Casi les contó la reunión que tuvo con el Caudillo, aunque no hubieran estado frente a frente. Tan solo había escuchado aquella voz atiplada de globo desinflándose. Paulo no pasó de la sala de espera. Le asfixiaba el palacio; en comparación con el resto de la ciudad había mucho polvo. Parecía como si la suciedad se hubiera refugiado toda allí. No ayudaban las alfombras, los tapices y las paredes enteladas. También lo agobiaba el tono: todo era rojo oscuro y granate, como la sangre acumulada, como los carabineros recién pescados. Con quien sí tuvo un encuentro fue con uno de los factótums del Caudillo, Serrano Súñer, apodado el «cuñadísimo» por ser el cuñado del Generalísimo, es decir, de Franco. Aquel hombre, que a partir de ahora llamaré S. S., siglas que le convienen perfectamente, era la mente política del Caudillo, la cabeza pensante, pues Franco sabía mucho de estrategia militar, tal como había demostrado en la partida de ajedrez que enterró en Canarias, pero muy poco de política. S. S. era, además, un trepa sin escrúpulos que se arrimaba al sol que más calentaba. Dicen de él que se zafó de la matanza de la Cárcel Modelo de Madrid gracias a los hilos que movió el querido doctor Gregorio Marañón, y que logró escapar del hospital donde lo retuvieron vistiéndose de mujer. Después huyó de Alicante hasta Francia y, tras enterarse del fusilamiento de su hermano en una de las sacas de la cárcel de las Ventas en Madrid, se dirigió a Burgos y se puso a disposición plena de Franco. S. S. esculpió el camino ideológico del dictador. Y por eso mismo tuvo lugar aquella reunión entre Paulo y él, mientras Franco quitaba el polvo a unos soldaditos de plomo.

—Conozco el palacio porque pasábamos revista frente a él —respondió Paulo.

—¿Es cierto que hay una máquina Enigma para hablar con Alemania e Italia?

—No lo sé. Como os dije, no entré en el palacio. —Paulo no había oído nunca hablar de aquel invento. Franco contaba con diez ejemplares que guardaba en el Cuartel General de Salamanca—. Y a ustedes, ¿qué les trae por Galiza?

—¡Una santa impostora! —respondieron los dos viajeros.

—¿Una santa?

—Al parecer, hay una niña que se está haciendo pasar por la reencarnación de la Virgen de Fátima. Se hace llamar igual y está revolucionando las Rías Bajas.

—Pero ¿qué hace exactamente? —preguntó Paulo, curioso.

—No tenemos más detalles. Solo se nos ha ordenado buscarla y callarla. ¡Le vamos a dar «café»! —Volvieron a reírse—. ¿Quiere acompañarnos?

—Lo siento, pero la familia me espera —respondió Paulo.

Galiza entera lo esperaba. Era la primera vez que pisaba aquella tierra mágica. Le habían avisado de cómo cambiaba el paisaje entre Asturias y la tierra gallega, que pasaba de un terreno mondo teñido de un verde limpio y brillante a un campo irregular y bruto, también verde, pero más salvaje, propio de los montes más viejos de toda la península, desgastados y cargados de leyendas antiguas. Si bien, como el tren se había adentrado en el límite de la región caída la noche, Paulo no pudo ver aquel contraste.

El último tramo del trayecto les llevó mucho tiempo. La razón: gran parte de aquellas vías gallegas habían sido robadas por los alemanes, adoradores del hierro, y los trabajadores del ferrocarril se vieron obligados a quitar los rieles por donde ya había pasado el tren y a colocarlos en los trechos siguientes desprovistos de vía, desencajándolos y encajándolos toda la noche.

Con la primera luz del alba llegaron a Ferrol. Como a Paulo le pesaba el dinero en el morral y temía que pudieran robarle, no se entretuvo y partió a Sada. En el paseo de casi una legua que recorrió a pie desde el puerto hasta el pazo, Paulo vio dos cosas que lo sorprendieron: una pareja de adolescentes que casi es aplastada por un enorme piano que un joven había arrojado a la calle desde un piso alto, a quien no sancionaron por haber luchado en el frente nacional, y a un hombre encerrado en una urna de cristal en la plaza del pueblo, con solo un pequeño agujero para poder respirar, para que el pueblo viera lo que tardaba un rojo en asfixiarse, según argumentaban. También vio escenas bellas: mujeres mayores portando carapuchos, corozas y zocas, y otras llevando encima de la cabeza torres de objetos. Una de ellas llevaba un canasto de ropa sucia y a una de sus hijas sentada encima de las telas.

Paulo se alegró de llegar al fin al pazo. Desde fuera le pareció un edificio imponente y bello. Guardaba un encanto especial y enigmático, con sus torres salpicadas de almenas. El interior lo dejó asombrado. Nunca había visto una construcción tan ostentosa; ni siquiera el palacio de la Isla. Escalinatas, vidrieras, lámparas de araña, cornucopias, entredoses lujosos; lienzos que rivalizaban en tamaño con los rosetones calados, mostrando escenas afectadas; balaustradas talladas, candelabros de forja y ornamentos religiosos; tapices gobelinos, moquetas...

La familia de la escritora no le hizo esperar y cerraron el trato. Desde el gobierno ofrecieron a Paulo hospedarse en el pazo hasta nuevo aviso. Paulo aceptó. Se quedó una semana. Después lo dejaron libre, sin ninguna misión, ni siquiera la de volver a

Burgos a entregar las llaves a Franco, ya que de eso se encargó un piloto.

El joven jandulés aprovechó los días de descanso, que acabarían siendo meses, para acudir a Compostela, de la que tanto le habían hablado en el viaje. Allí entraría a la catedral por la Porta Santa y se confesaría y tomaría la comunión para alcanzar la célebre indulgencia plenaria, que buena falta le hacía. Llegaría hasta allí a pie, por el Camino de Santiago, por el tramo conocido como el Camino Inglés, que era el que partía desde Ferrol.

Antes de abandonar Ferrol, vio una escena en el puerto que lo perturbó: treinta marineros republicanos colgados de las vergas de un buque. Los habían ajusticiado por no secundar el golpe de Estado, y habían dejado allí los cadáveres para que el pueblo tuviera presente lo que les ocurriría si caían en la desobediencia.

86

La santa de las Rías Baixas

—¿Ha visto usted a la niña santa?

En la puerta del Registro Civil de Tui, improvisado en un lateral de la catedral de Santa María, cientos de personas guardaban el turno para cambiarse el nombre. Galiza llevaba desde el principio de la guerra bajo el mando de los nacionales. Los gallegos tenían la sensación de que aquella guerra iba a terminar ganándola Franco, así que decidieron no perder tiempo y borrar todo rastro de lengua gallega en su documento de identidad, cambiando sus nombres gallegos por íberos. Era bien sabido el temor que el futuro caudillo tenía hacia cualquier diferencia cultural, e intuían que, una vez se hiciera con el poder estatal, arremetería contra aquellos que usaran lenguas distintas al íbero. Y tenían razón en pensar así. Franco prohibiría los nombres no íberos en los bautizos.

—¿A la santa? Dicen que está junto al río Furnia.

Aquel hombre, por ejemplo, se llamaba Anxo, pero tras la visita al Registro pasaría a llamarse Ángel. Había contestado buenamente a los dos militares que buscaban a la niña santa, aquellos con los que se había topado Paulo en el tren de Burgos a Galiza.

—Si miente, volveremos. ¿Nos ha oído?

—¡No miento! Es, al menos, lo que escuchamos por aquí. Pregunten a otro.

—No, no. Nos fiamos de usted. Díganos. ¿Por dónde se va al río? ¿Queda lejos?

—¡En absoluto! A una legua a pie. Sigan hacia la costa y se lo encontrarán en el camino. Pregunten por Oia para orientarse y sigan esa dirección en línea recta.

—¡Llevamos medio año detrás de la niña! ¡Estoy hasta el pijo ya de tantas correrías! Más vale que esté allí.

—¿Quieren un par de lampreas? Las pesqué esta mañana. ¡Tomen! ¡Llévenselas!

—¿Qué clase de animal es este? —Uno de los militares casi vomita al ver el aspecto extraño del pez, semejante a un tentáculo alargado con una boca dentuda por cabeza—. ¡Retire esto de mi vista o el que recibirá el escarmiento será usted! ¡Por Dios!

—¡Lo siento mucho! Que tengan suerte con la búsqueda.

El joven Hugo descansaba en una heredad de hierba alta. Tumbado y mirando al cielo, fijaba la vista en busca del acueducto que decían que habían construido los romanos entre Cáceres y Lugo, tan alto que solo en días claros podía intuirse y al que solo tenían acceso los negros vencejos. El cielo estaba despejado, pero pronto una sombra se le echó encima. Se incorporó y vio a dos soldados frente a él.

—¿Dónde está?

—¿Quién?

—¡Fátima! —le gritó uno de los soldados, cansado del largo viaje a pie—. Nos han dicho en la lonja que la encontraríamos aquí, en este prado. Díganos donde está y le dejaremos en paz. O le pondremos de chaqueta la piel de su *madriña*.

El joven levantó el brazo y señaló hacia un lado del campo, donde la hierba alta se movía. Los soldados se dirigieron allí, pidiendo al joven que no se fuera, ya que, si no encontraban a nadie, lo usarían como guía. Pero no les iba a hacer falta: las hierbas se revolvían porque la niña santa jugaba. Los hombres la descubrieron junto a otro mozuelo, que se dedicaba a cazar mariposas.

—¿Te llamas Fátima? ¿Eres la niña hereje? ¡Respóndenos!

—¡Son las orquídeas! ¡No me quieren hacer caso! —La niña no les contestó.

—¡Déjenla tranquila! —respondió el niño de las mariposas.

—¿Y tú cómo te llamas, valiente?

—¡Moncho!

—¡Pues estate calladito! ¿Estamos?

—¡No es hereje! —Anxo los había seguido e intentaba convencerlos de que la joven no hacía mal a nadie, al contrario—. Se llama como la Virgen y obra milagros.

—Te aprendiste bien la lección, ¿no? ¡Aléjate, que ya no nos haces más falta! Y tú, dinos si eres Fátima o no —se dirigieron nuevamente a ella.

La niña no pudo ocultar su nerviosismo al descubrir que aquellos dos hombres eran militares malos, contra los que la habían prevenido tanto. A Fátima la habían avisado de que no hablara con ellos. Por ello no dijo nada más y continuó jugando; se entretenía metiendo hojas de hierba a través de los estigmas que tenía en las manos. Se acordó tarde de que también debía esconder las manos y se las echó a la espalda. Pero uno de ellos ya la apuntaba con un fusil.

—¡No fue Dios! ¡No fue Dios! ¡Los estigmas me los hicieron mis padres para...!

El disparo le atravesó la glándula pineal.

Gregorio Marañón

«La multitud ha sido en todas las épocas de la historia arrastrada por gestos más que por ideas. La muchedumbre no razona jamás».

Azorín

«Reposa el cerebro español como este campo seco y este pueblo grisáceo. No saldrá España de su marasmo secular mientras no haya millares y millares de hombres ávidos de conocer y comprender».

87

Los escritores reunidos

II Congreso Internacional de Escritores para la Defensa de la Cultura, celebrado en Valencia, Barcelona y París.

NICOLÁS GUILLÉN: En cuanto deje Iberia, me afilio al Partido Comunista. ¡Este conflicto me ha abierto los ojos!

MIJAÍL KOLTSOV: Le acogeremos con los brazos abiertos. Bueno, yo no, que seré fusilado nada más terminar la guerra. ¡Pero no por los fascistas! Por el mismísimo Stalin.

NICOLÁS GUILLÉN: ¿Qué me dice? ¿Y cómo me anima entonces a afiliarme?

MIJAÍL KOLTSOV: Bueno, pues porque hasta que eso pase, ¡Stalin, Stalin y Stalin!

JACINTO BENAVENTE: Cada uno siembra lo que recoge, ¿no?

NICOLÁS GUILLÉN: ¿A qué se refiere?

MIJAÍL KOLTSOV: Sí, ¿qué quiere decir?

JACINTO BENAVENTE: Se dirá, y no lo pongan en mi propia boca, que usted, Mijaíl Koltsov, cuya mano está cosida al teléfono del Kremlin, ideó Paracuellos. ¡Pues eso! Un fusil contra un fusil. Decimos aquí que donde las dan...

MIJAÍL KOLTSOV: ¡Decir, dice todo el mundo, y constantemente! No hay nada impuro en Stalin. ¡Si me fusila, será con toda la razón del mundo!

OCTAVIO PAZ: ¿Cómo es eso de que no hay nada impuro en Stalin? Si me permite, le daré un consejo. Hay que criticar al enemigo, bien es sabido, ¡pero también, y con la misma fuerza, al propio bando!

MIJAÍL KOLTSOV: ¿Y esa qué hace anotando todo lo que digo?

ELENA GARRO: ¡Lo siento! Soy su mujer y desde que llegamos al congreso anoto todo, como en un cuaderno de bitácora.

NICOLÁS GUILLÉN: Se llama Elena.

ELENA GARRO: Así es. Y soy también escritora, aunque la fama de mi marido me hará sombra. Ya saben que siendo mujer... ¡Pero lo amo tanto! Miren nuestras manos. Nos las hemos grapado. Bueno, lo hice yo anoche, una vez nos acostamos. Octavio está con la perra de unirse a los brigadistas ¡y no lo permitiré de ninguna manera!

MARÍA TERESA LEÓN: Resulta muy acertado que usted resalte el lugar en la sombra de la mujer en el mundo literario, pues me ocurre exactamente lo mismo. Yo también quiero a mi marido, pero claro, nunca me considerarán como a él. Una mujer puede sentir la vocación artística y dedicarse a ella, pero nos fuerzan a que seamos nosotras las que trabajemos en casa. Quizás sea una cuestión de economía más que de sombra. El que tiene la mesa puesta y la cama hecha tiene más tiempo para escribir, ¿no? Mientras que nosotras...

PABLO NERUDA: ¡Por favor! ¡No convirtamos este debate en uno que no procede!

RAFAEL ALBERTI: Tampoco hay necesidad de interrumpir a mi señora, ¿no?

VICENTE HUIDOBRO: ¿Este? Igual de fácil que interrumpe, escribe poesía.

PABLO NERUDA: ¿Cómo dices?

VICENTE HUIDOBRO: Tu poesía, que es verso bobo para las tontas de América.

PABLO NERUDA: Habló el ultraísta, el que mira a todos por encima del hombro. El que se autoproclamó Dios de la Poesía. ¡Sí, sí, oyen bien! ¡Nada más y nada menos!

VICENTE HUIDOBRO: ¿Y quién sería dios si no? ¿El que plagia a Tagore y manda callar a la mujer?

PABLO NERUDA: ¡Yo no acallo a nadie!

MARÍA TERESA LEÓN: ¡Por favor, tengamos la fiesta en paz! ¡Vaya genio se gastan! ¿No ven que, en todo caso, la que debería haber saltado por haber sido interrumpida sería yo? ¿Y acaso lo hice?

ELENA GARRO: Porque estamos tan acostumbradas...

MARÍA TERESA LEÓN: Por eso también, pero fundamentalmente porque la lucha que venimos a defender no entiende de sexos. Lidiamos contra un mal que extermina sin compasión tanto a hombres como a mujeres. Elena, querida, he visto el futuro y no pinta bien para nosotras. No te pido que te resignes, pero intentemos centrarnos ahora en la cruenta guerra.

ELENA GARRO: ¡Hay tantos futuros y ninguno nos sonríe!

MARÍA TERESA LEÓN: Señor Huidobro, le agradecemos que haya organizado a los chilenos para este congreso. Y a usted también, señor Neruda, que moviera hilos en Francia. Todas las fuerzas son pocas. En todo caso, aprovecho que tengo la palabra para pedirles ayuda. Necesitamos volver a mover las obras que sacamos de El Escorial y del Prado.

RAFAEL ALBERTI: Fue una tarea ardua y lo volverá a ser. ¿Sabéis quiénes podrían ayudarnos o cómo movilizar a los amigos en común?

MARÍA ZAMBRANO: Mañana doy una cena en casa, con Rosa Chacel, Maruja Mallo, Luis Cernuda… Creo que Pablo también vendrá.

PABLO NERUDA: Así es.

VICENTE HUIDOBRO: Yo mañana no tendré hambre.

PABLO NERUDA: ¡No es nada nuevo!

CÉSAR VALLEJO: Vicente, por favor. Deja las rencillas personales para el postre.

MARÍA ZAMBRANO: ¿Organizamos la nueva mudanza de las obras mañana?

ANDRÉ MALRAUX: Yo podría ayudaros. Soy capaz de pilotar un escuadrón de quince aviones solo, atándolos con alambre y cuerda.

JACINTO BENAVENTE: ¿Usted? ¿El que bien conoce los juicios amañados de Moscú y no tiene el valor de anatematizarlos? Su fama le precede, André, o, mejor dicho, le procede, pues la ristra de mitos en favor de su causa como ilustre personaje no hará sino aumentar. Lo mismo hasta estafa a la propia República y nos enteramos después.

ERNEST HEMINGWAY: ¡Háblele con más respeto, que será enterrado en el Panteón!

JACINTO BENAVENTE: ¡Y algún día, en cuanto investiguen un poco, lo sacarán!

MARÍA ZAMBRANO: ¿Es acaso un honor que te metan en el Panteón? Porque a mí, si me entierran junto a Rousseau, desgarro hasta con los dientes la tumba para salir de allí.

ERNEST HEMINGWAY: ¿Tal deshonor sería yacer junto al padre de la democracia?

MARÍA ZAMBRANO: Junto a un misógino.

PABLO NERUDA: ¡Ya estamos otra vez! ¿Y si por una santa vez tenemos en cuenta el contexto social? ¿O acaso no era normal ser misógino entonces?

MARÍA ZAMBRANO: Wollstonecraft escribió su *Vindicación de los derechos de la mujer* siendo coetánea de Rousseau. Si el ginebrés no defendió la absoluta igualdad entre el hombre y la mujer no fue por falta de miras, sino por interés propio.

TRISTÁN TZARA: Viento el árbol dulce amarilla sí, de dos en dos, sierra nieve del árbol es viven blanco la carretera vientre ahora.

ERNEST HEMINGWAY: ¿Y ese qué dice ahora? ¿Solecismos?

MARÍA ZAMBRANO: Algo que solo entiende él. Está desbarrando.

PABLO NERUDA: ¡Vaya, como tu prosa, Vicente!

CÉSAR VALLEJO: ¡Por favor, caballeros!

ELENA GARRO: Y damas...

CÉSAR VALLEJO: Insisto. Dejemos a un lado nuestras rencillas. La responsabilidad del escritor es comprender los momentos más graves de nuestra historia y actuar. Y eso es lo que haremos. No perdamos el foco. Es muy fácil perderlo. Os lo digo por experiencia. Sin ir más lejos, es un mal de mi país.

TRISTÁN TZARA: ¿Hoy siempre y con la rapidez viento cae sí ahora en cielo?

MARÍA ZAMBRANO: Madre mía...

ALEJO CARPENTIER: Creo que ha dicho que de dónde es usted.

RAFAEL ALBERTI: ¿Y usted cómo lo entiende?

ALEJO CARPENTIER: Porque escribo de una forma enrevesada muy parecida.

CÉSAR VALLEJO: Dígale que vengo del Perú. Allí, hace solo un año, nació una voz que encumbrará el mundo y llevará el nombre del país muy lejos. Será el único autor iberohablante cuya obra total será integrada en la reciente Biblioteca de la Pléiade. Lo único, creo que nacerá de izquierdas y morirá siendo de derechas.

JACINTO BENAVENTE: A todos nos puede pasar. Llegado el caso... Uno evoluciona.

RAFAEL ALBERTI: O involuciona.

JUAN GIL-ALBERT: ¿Por eso le has pedido al comunista de Negrín que te saque del país, Jacinto?

ARTURO SERRANO PLAJA: ¡Menuda desfachatez! ¿Qué moral vamos a mostrar al pueblo si huimos?

JACINTO BENAVENTE: Si queréis me quedo y que me fusilen por invertido.

ELENA GARRO: ¡Como al pobre de Federico!

MIGUEL HERNÁNDEZ: ¿Qué harás si Franco se hace con todo el país? ¿Volverás del exilio para poder seguir trabajando, aunque tengas que arrodillarte ante él? Porque yo antes prefiero la muerte.

JACINTO BENAVENTE: Tanta retórica… ¿Cómo puedo saberlo?

JUAN GIL-ALBERT: Escúchame, Jacinto. Yo preferiría quedar como un escritor que no se consagró a postrarme ante el fascismo. Ahí tenemos el ejemplo de Henri.

JACINTO BENAVENTE: ¿Qué Henri?

JUAN GIL-ALBERT: ¡De Bergson! Ha renunciado a todos sus títulos y no ha aceptado pasarse al catolicismo por quedarse en el lado de los suyos, por mucho que lo deseara. No se ha arrodillado ante el enemigo, y por eso acuden ante su balcón a escucharlo orar.

JACINTO BENAVENTE: Yo soy más de palcos; quizás por eso me dieron antes el Nobel.

JUAN GIL-ALBERT: ¡Menuda simpleza!

JACINTO BENAVENTE: En todo caso, ¿dónde quedan las sabias palabras del docto Ortega y Gasset? Habrá que conocer las circunstancias de cada uno, ¿no? Quien, por cierto, si no está aquí es porque, de alguna forma, también abandonó el país.

ANTONIO MACHADO: Mi buen amigo José no dio la espalda a Iberia. Su exilio es comprensible. Y el tuyo, Jacinto; y el nuestro también lo es. Por cierto, León… —Antonio dio la espalda a los reunidos y preguntó algo a su compañero de asiento—. ¿Qué opina de este verso? Es para el discurso de cierre del congreso, que con esto de que me hayan nombrado presidente de honor… No encuentro las palabras.

LEÓN FELIPE: Soy todo oídos.

ANTONIO MACHADO: *O escribimos sin olvidar al pueblo, o solo escribiremos tonterías.*

ANA MARÍA MATUTE: Son unos versos muy elocuentes. Un buen cierre.

ANTONIO MACHADO: ¿Quién es usted?

ANA MARÍA MATUTE: Soy una escritora de una época posterior, aunque ya he nacido. Ahora mismo tengo doce años.

ANTONIO MACHADO: Su cuerpo no dice lo mismo.

ANA MARÍA MATUTE: En la eternidad, una se queda con el cuerpo con el que será recordada, y a mí me recordarán de vieja. Pero también fui niña, ¿sabe?

ANTONIO MACHADO: Como todos. ¡Faltaría más!

ANA MARÍA MATUTE: ¡Y casi más niña que adulta! En todo caso, no dude sobre sus versos, que guiarán bien al pueblo.

ANTONIO MACHADO: Le agradezco mucho lo que me cuenta.

ANA MARÍA MATUTE: Más le agradecemos nosotros lo que nos contó.

88
El Camino de los Ingleses

Paulo abandonó el puerto de Curuxeiras y se encaminó a pie hacia el sur, rodeando antes la ría de Ferrol. No la cruzó por ninguno de los grandes puentes. No le gustaban los viaductos demasiado largos. Temía que le ocurriera como en uno de sus sueños recurrentes, en el que al atravesar un largo puente se desorientaba y no lograba salir de él, como si el centro de la construcción se estirara infinitamente y lo dejara atrapado. Una vez al otro lado de la ría, descendió la costa hacia el sur y atravesó el campo hasta llegar al río Eume. En el interior de la región, sin la referencia visual del mar, se perdió y se desvió del camino. Acabó en la aldea de Redes, un pueblo pintoresco, con las casas cada una de un color —debido a que antaño las habían pintado con el sobrante de decorar sus barcos— y en cuyas playas colgaban de unas altas estructuras de madera las pieles de las ballenas cazadas en alta mar —y las redes de pesca, de ahí el topónimo—. Salvo el suelo de la plaza, el resto de la aldea estaba pintado de colores, hasta la casa del párroco, una de las más ostentosas. En el centro del lugar, Paulo leyó un letrero que decía: «Esta noche la plaza dejará de ser blanca. Así, terminaremos de pintar todo el pueblo. Acudid todos. Después iremos a misa por la muerte del general Mola, como hacemos cada día». A Paulo no le interesaba la fiesta católica, pero quería ver cómo coloreaban el pavimento. Así que esperó hasta la noche en el único restorán del pueblo, desde cuyas ventanas se podían ver los peces de la ría, ya que el comedor estaba construido bajo tierra, como los acuarios modernos.

Llegó la noche y todos los habitantes de la aldea se reunieron en la plaza formando un corro. Diez minutos más tarde apareció un cabo de la Guardia Civil ataviado con un largo capote y con una mujer de unos cincuenta años. La agarraba del moño, que se le iba deshaciendo poco a poco. Le dio un empujón y la colocó en medio de la plaza.

—¡La madre de un republicano no tiene sitio entre nosotros! ¡Tu hijo Iván se echó a la mar y no se lo ha visto más! ¿No querías huir con él? ¡Pues venga, huye, que te dejamos! ¡Date la vuelta y echa a correr!

La mujer miró con lágrimas en los ojos a los reunidos. Conocía a todos. Habían sido sus amigos, y su familia. Nadie parecía querer defenderla, ni siquiera dedicarle una mirada de arrepentimiento o de tristeza. Aquella colección de rostros graves y de ojos nada juiciosos le desgarró el alma. ¿Qué le quedaba sino correr? Gritó un «¡te quiero, hijo!» mirando al cielo y corrió hacia el único lado del círculo de personas que no estaba cerrado, abierto a una calle que conducía a la ría. Antes de que pudiera pisar el agua con uno de sus pies costrosos, torturados y descalzos, recibió dos tiros en la nuca y cayó al suelo. Rápidamente se dirigieron hacia ella todos los lugareños, la agarraron y la pusieron en el centro de la plaza, que su sangre tiñera bien el pavimento blanco.

—Vayamos ahora a misa, que alguien tiene que guiar el pobre cuerpo de Mola.

—¡Amén! —respondió el pueblo al unísono.

Paulo se escabulló y no entró en el pequeño templo. Partió aquella misma noche de aquel pueblo, de aquella plaza manchada de sangre, deteniéndose solo para hacerse con un poco de gallofo para el buche. Se fue maldiciendo lo que había presenciado. A sangre fría él era capaz de matar a un soldado, en el campo de batalla o en un ajusticiamiento, ya fuera sumarísimo, pero a una madre, en su tierra y frente a los suyos... Hizo por donde para olvidarlo, o la tristeza le empañaría el hermoso paisaje.

Atravesó la región hasta llegar a la segunda ría. Llegó al amanecer a Pontedeume, una ciudad construida sobre una ladera escarpada y a los pies del río Eume. Esta vez sí cruzó el puente, un viaducto de quince arcos que en su día había tenido setenta y ocho. Antes de pisarlo siquiera, la ciudad estaba envuelta en la noche, pero una vez lo cruzó, en tan solo un par de minutos se encontró con que ya era completamente de día. La luz apareció conforme él caminaba. Decidió dar marcha atrás y comprobar si sucedía al revés. Lo atravesó mirando al cielo y no al suelo; y volvió a hacerse la noche. No podía decir en qué momento había tenido lugar el cambio de luz, ya que ocurría de forma progresiva y proporcionada. Lo repitió no sé cuántas veces. Se hizo de noche y de día tantas veces como quiso, hasta que un vecino le aconsejó que parara:

—El puente sufre, ¿sabe usted?

En Pontedeume se hospedó una sola noche. Le sorprendió ver tantas esculturas de jabalís y de osos por todas partes. Le pareció un pueblo menos sádico que los anteriores, apacible y ajeno a la guerra.

Al día siguiente, continuó el viaje hasta Betanzos, y de allí a Hospital de Bruma. Atravesó grandes maizales verdes. Se preguntó cómo era posible que creciera así el maíz en noviembre. Una paisana se lo explicó: «Es una cosecha tardía. Con la guerra, el campo va atrasado». Continuó el camino. Llegó a Sigüeiro, se bañó en el Tambre y descansó dos noches allí. Después se dirigió a Labacolla, y de allí al Monte do Gozo.

Al anochecer llegó a Compostela. Como casi todo peregrino, se encaminó directamente al Obradoiro —la plaza donde se encontraba la fachada principal de la catedral, la enorme tumba del apóstol Santiago—. Recordó la historia que una señora mayor le había contado en el camino: que las reliquias no pertenecían realmente al apóstol, sino a un hombre cualquiera, cuyos restos habían sido colocados allí por el obispo de Iria Flavia, un tal Teodomiro. Aun así, se santiguó repetidamente.

Le llamó la atención el aspecto de los lugareños. Todos iban vestidos de manera lujosa: caballeros trajeados con sombreros alados y señoronas tapizadas de satén y con gabanes de piel, cubiertas de collares de perlas, la mayoría luciendo un moño alto y rubio, en cuyo interior una lata vacía sostenía aquella forma altiva. Las ciudades cambiaban de fauna dependiendo del viento político.

Paulo llegó al Obradoiro, rezó frente al inmenso edificio y entró por la puerta principal, observando todos los detalles del Pórtico de la Gloria. El templo se encontraba en un nefasto estado. Las humedades se habían hecho con los muros, tanto del interior como del exterior, en una lucha contra el arte grabado y pictórico. Algunos decían que, si el invierno se presentaba lluvioso, parte de la fachada podría derrumbarse, sobre todo la torre derecha. El alcalde de la ciudad, aterrado por la idea de que fuera la derecha y no la izquierda la que se viniera abajo, organizó a los compostelanos para que una vez al día ascendieran a la torre derecha y a los tejados del templo y arrojaran cubos de agua a la torre izquierda. Si una de las dos debía caer, que fuera aquella.

Paulo se quedó a vivir en Compostela, donde encontró un curioso trabajo bien pagado: *despezador* de gaitas. Al parecer, a unas leguas de Compostela en dirección a Muxía, había una colosal hondonada en la que los gaiteros arrojaban los instrumentos estropeados. Su trabajo consistiría en salvar las piezas que quedaban en buen estado. Lo vistieron con unos zapatos hechos con vejigas de cerdo infladas y barnizados con la resina elástica del *abeleiro* rojo. Era la única manera de que pudiera caminar sobre tanta gaita sin lastimarse. Había miles de ellas, un verdadero cementerio: cientos de *foles* descosidos y de *ronquetas* astilladas. Dos meses estuvo descomponiendo gaitas, con la mirada puesta en la fumarola del centro de la península y en el brillante mar del otro lado.

89

Los restos que encajaron

Este capítulo, el penúltimo de esta tercera parte, no tiene lugar en la península ni en sus inmediaciones, sino en París. No es un capítulo de lectura obligatoria, pero ayudará al lector a comprender uno de los símbolos más conocidos del conflicto.

Henriette Theodora Markovitch se cruzó con la furgoneta después de abandonar el número siete de la *rue* des Grands-Augustins. Bajó la mirada al suelo por dos motivos: para apartar la nariz de aquel furgón, de donde salía un hedor nauseabundo, y para evitar que el conductor descubriera los moretones cubistas del mentón, cúmulos de sangre con la forma de unos dedos gordos, resultado de un hombre ruin o de un íncubo desalmado que, seguramente, se había propasado con ella.

Ander tenía los ojos puestos en las ruedas delanteras del vehículo que conducía y no se percató de la presencia en la estrecha calle de la mujer franco-croata. No quería que el remolque volcara a escasas varas de llegar al final del largo trayecto: más de ciento cincuenta leguas de camino. Debía cumplir la misión que le habían encomendado. El éuscaro había salido del norte de la península íbera meses atrás. Había recorrido con prudencia las carreteras íberas, arrasadas por la interminable Guerra Civil, y atravesado el país galo por las zonas menos transitadas para no llamar la atención. Si los gendarmes descubrían la mercancía que transportaba, probablemente acabaría en prisión o ejecutado, acusado de asesinato múltiple. Por eso viajó de forma clandestina. Finalmente había llegado a su destino: el centro de París, y a la calle que le habían ordenado.

Lo que estaba buscando no era una vivienda, sino un estudio. No tardó en encontrarlo. Había un buzón de madera junto a la puerta donde se alegró de leer el nombre del hombre que buscaba escrito en un listón de dos pies: Pablo Diego José Francisco de Paula Juan Nepomuceno María de los Remedios Cipriano de la Santísima Trinidad Mártir Patricio Clito Ruiz y Picasso.

La puerta estaba abierta. Entró. La sala tenía la forma de un trapecio gigante hueco, cuyo aspecto se debía a las vigas de madera desnudas. Reconoció los útiles de trabajo del pintor; se asombró al ver las dimensiones de un lienzo en blanco que ocupaba casi todo el espacio, de ocho varas de largo y cuatro de alto. No había nadie en aquella sala, pero reconoció dos voces en una adyacente. La conversación era en francés, entre dos hombres. Los espió, por si comprendía alguna palabra, hasta que decidió interrumpirlos.

—¿Señor Picasso?

—¿Quién es usted? ¿Y qué hace en mi taller?

—La puerta estaba abierta... Me llamo Ander.

—¿Es usted íbero?

—Éuscaro, de Gernika. He aparcado la furgoneta en mitad de la calle y, además, no quisiera molestarlo más de lo necesario. He venido a entregarle algo.

—¿De qué se trata?

—¿Puede usted acompañarme? No sabría explicárselo, mejor es que lo vea.

—¿Puede venir mi amigo conmigo? Es fotógrafo.

—Mientras no me saque a mí en ninguna foto...

—¡No se lo puedo prometer! Vigílelo bien; es perito en sacar retratos nocturnos.

Salieron y se dirigieron al remolque de la furgoneta. Picasso olió la podredumbre nada más poner un pie en la calle. Se tapó la nariz con sus dedos gordos y siguió al éuscaro con curiosidad e incertidumbre, con una mezcla de excitación y miedo. Sentía como si aquel hombre hubiera traído el olor propio de la guerra. Y así era. Ander había llenado el vehículo con todos los restos que pudo del bombardeo de Gernika: la cabeza de un toro, un caballo despedazado, el torso de una madre junto a su hijo muerto, una lámpara de techo, los restos de una casa en llamas, un quinqué que no había dejado de arder desde el bombardeo, una mujer abrazada a su pierna cortada, el brazo de un soldado empuñando un arma, trozos humanos y animales, escombros...

Picasso sonrió al saber que acababa de salir del bloqueo artístico y, acto seguido, escondió su alegría bajo un rostro entristecido. Fue como un baño de agua cálida seguido de uno gélido. Brassaï, por el contrario, se echó inmediatamente a llorar. Se secó las lágrimas con el revés de algunos negativos y lanzó su cámara contra una pared, haciéndola añicos. Ander se sentó en el suelo y se cubrió la cabeza con las manos, respirando el olor a humo que, siete meses más tarde, todavía no había desaparecido de ellas. Se dijo que, en cuanto volviera a su tierra, se sumergiría en una de las salinas del valle de Añana y dejaría que aquel oro blanco purificara su cuerpo. Pero el olor a guerra no se le desprendería nunca, le sería siempre inmanente.

Carmen y Franco

—Paco, quería preguntarte algo.

—Dime, Carmen, pero después marcho, que tengo que ir al frente.

—Precisamente... ¿Por qué luchas?

—¿Cómo que por qué lucho? ¿Qué pregunta es esa? ¿No lo sabes a estas alturas?

—Sí, por el Imperio, por Dios y por la santa Cruzada. Me refiero... Si todo sale bien y ganas esta guerra, ¿qué te hará feliz después?

—¡Levantar Iberia! ¡Santiago y cierra, Iberia! Reconstruir esta nación de Dios.

—¿Y después?

—¿Después?

—Sí, cuando hayas organizado todo.

—Pues querré vivir bien y junto a mi familia, pero al lado siempre de Iberia.

—¿Y después? Cuando llegues a viejo.

—Una vez muera me uniré con Dios en las alturas. ¿Qué te pasa?

—¿Y si esta guerra no fuera con Dios? ¿La harías también?

—¡Claro! ¡Por Iberia!

—¿Dónde irías entonces una vez muerto?

—También con Dios.

—Pero las guerras no son amigas de Dios, y menos si él no las quiere en su nombre.

—¿Adónde quieres llegar?

—Quiero saber a quién elegirías entre Dios e Iberia.

—Hay cosas que no necesitas saber. ¡Nos vemos a la vuelta! Cuida de Carmencita.

Jean-Luc Godard

«La guerra es simple: consiste en introducir un pedazo de hierro en un pedazo de carne».

Gabriela Mistral

«¿Qué hay de aquel país? La miseria es grande».

90

La muerte del novio

—Dicen que los nacionales han entrado en Teruel, que hay banderas rojas y tricolor colgadas de las iglesias y que van puerta por puerta derribando al enemigo. ¿Crees que es cierto?

—¿Qué periódico lo dice?

—*Ahora.*

—¡Exageran! Y no deberían facilitar tanta información a los sublevados.

Jacobo leía las noticias de la guerra a José, tumbado en su regazo, quien se echaba una siesta bajo el sol de aquel frío diciembre de 1937. Los enamorados se habían reencontrado varios meses después de su separación forzosa. Jacobo volvió a principios de otoño a Madrid, pero José no lo logró hasta primeros de diciembre. Tras sufrir la derrota en Bilbao, se dirigió a Asturias y se refugió en Avilés, el último territorio que defendieron los republicanos en el norte. Después de la conquista franquista de la cornisa cantábrica, la mayor parte de los republicanos huyeron por mar o por aire. Muy pocos lo hicieron por tierra; era una empresa complicada: desde el mar Cantábrico hasta Madrid todo era bando nacional. José fue uno de esos hombres: cruzó a pie la mitad de la península. Se escondió del enemigo eligiendo rutas salvajes y poco vigiladas, y a veces haciéndose pasar por nacional. Intentó que nada ni nadie ralentizara su camino; solo se detuvo más tiempo del debido a una vara de Uviéu, ante un palacio prerrománico asturiano que lo hechizó y dejó de piedra toda una tarde: Santa María del Naranco. Después, apenas se detuvo. Si bien, tardó meses en volver a los brazos del joven campesino de labio partido.

La alegría de los enamorados al reencontrarse fue inenarrable. Jacobo, que solo había recibido cartas sin tinta de parte de José, se había temido lo peor. Hacía tiempo que el norte había caído y no sabía nada de él. Sin la correspondencia habitual, casi lo daba por muerto. Aun así, decidió no moverse del apartamento donde dijeron que se reencontrarían a la vuelta, donde esperaría hasta el primero de enero para liberar la polilla que lo llevaría hasta él. E hizo bien en quedarse allí, pues el cuatro de diciembre José llamó a la puerta y se fundió en un sentido abrazo con Jacobo, envuelto en llanto y en una ligera sensación de irrealidad. Medio año separados, batallando contra el fascismo en diferentes frentes. Llenos de felicidad, liberaron juntos a los insectos voladores, que desaparecieron en el cielo de Madrid.

—¿Dónde está la papelería esa? Yo creo que ya no queda ni picadura.

—¡Que sí que queda! Me lo han dicho los hombres de Ursicino. Hay unos mataquintos finos con sabor a caña, un poco desabridos, ¡pero humo que dan!

Tras la lectura del periódico y oculto el sol, acudieron antes de que cerraran los negocios a por tabaco. Tanto José como Jacobo, que no habían probado un solo cigarro antes de la guerra, se hicieron fumadores desde el inicio del conflicto, como el resto.

—¿Te has dado cuenta de que no hay un solo gato por la calle? ¡Con la cantidad que había antes de que dejáramos Madrid!

—¿Tú también estás con lo de los gatos? ¡Siempre que hay hambruna se dice lo mismo! Yo no creo que seamos tan bárbaros. Quizás son los propios gatos los que, de tanta hambre, se comen entre sí.

—Cuando el estómago ruge…

—¡También dicen que se han comido un ave exótica del zoo! Y, al parecer, la mataron no para devorarla, sino porque cantaba y emitía un sonido muy parecido al de los obuses, la muy gárrula. ¡Tenía al pueblo soliviantaíco, claro!

—¡Caballeros! Buenas tardes. ¿Desean llevarse un bonito recuerdo del día de hoy? Miren que con la que está cayendo bien pudiera ser el último. ¡Ah! Y les trato de usted porque voy de frac, heredado de mi padre, y me sale solo.

—Tiene usted un humor bastante peculiar. ¿Cuánto por una fotografía?

Después de la muerte de su padre en el Jarama, Borís el fotógrafo había heredado la cámara familiar y se dedicaba a sacar retratos de parejas o de grupos de milicianos que paseaban por la Quinta de la Fuente del Berro. Tomó los datos del apartamento de los jóvenes y les dijo que en menos de tres días tendrían la instantánea. Le dieron la calderilla que llevaban en los bolsillos y el joven aceptó pese a ser menos de la mitad de lo que su padre habría pedido. Era consciente de que la situación no era la misma. Apenas encontraba parejas dispuestas a pagar por una fotografía; el hambre acuciaba más que el recuerdo.

Los janduleses se sentaron en un banco frente a una de las rocas de las que brotaba un caño de agua —junto al que unas vendedoras llenaban cántaras de cristal forradas de esparto— y posaron. Como intuyeron que aquel joven no diría nada, una vez que el fotógrafo se metió debajo de la tela oscura que rodeaba la ventana de enfoque, se dieron la mano. El joven sacó la cabeza acto seguido y nuestros hombres se soltaron.

—Qué raro...

—¿Qué sucede? —Los jóvenes se avergonzaron.

—A ver si limpiando el objetivo... ¡Un segundo!

Boris limpió la lente externa y volvió a acercar la cara al marco trasero del aparato. Sacó de nuevo la cabeza de la tela. Permaneció caviloso mirando a los dos jóvenes.

—Perdone si le ha molestado que nos diéramos la mano.

—¿Cómo dice? ¡No, no! ¡Ni que me incumba! ¡Faltaría más!

—Entonces, ¿qué sucede? ¿No funciona el aparato?

—Funcionar sí que funciona. Pero...

—¿Qué?

—Déjenme que saque la foto y se lo explico.

Borís volvió a meterse bajo la tela oscura. Accionó la máquina y capturó la imagen. Cuando volvió a mirar a los janduleses, su rostro seguía descompuesto. Parecía negarse a compartir con ellos lo que tanto le pesaba, hasta que decidió contárselo.

—Se trata de su gorra. Cuando he mirado a través del objetivo, no salía. Tenía la cabeza desnuda. Nunca me había pasado. ¡A mi padre sí! Decía que, según el modelo de la cámara, a veces el aparato podía adelantarse al futuro, o retroceder al pasado, o incluso tragarse el alma de quien posaba.

—¡Es usted un poeta! Fotógrafo y poeta, muy de la mano. Solo esperamos que la cámara no se haya tragado también nuestras cabezas, o será un recuerdo bien impersonal.

—¡Jacobo! No te rías del muchacho. ¿No ves que nos está hablando en serio?

—Bueno, sea como sea, tendrán la fotografía antes del domingo. Si no es así, yo nunca me muevo del sitio. ¡Bien podrían venir a rendirme cuentas! Ahora, si me permiten, apenas queda luz y he de intentar sacar una fotografía más. Buenas noches, camaradas.

Los jóvenes abandonaron el parque entre risas, burlándose del pobre fotógrafo.

Nada más poner un pie fuera del parque, tuvieron que correr de nuevo hacia dentro, a protegerse bajo las sombras más espesas de los altos árboles. Habían escuchado los cuatro toques de sirena que avisaban de bombardeo inminente. Veinte minutos más tarde, vieron caer varios bimotores dando volteretas a las afueras de la ciudad.

Continuaron el recorrido hasta su casa. Abandonaron la quinta y atravesaron el barrio de Salamanca, el único que, a petición de Franco, no había sido bombardeado. No hablaron de la alarma y los aviones, pues escenas como aquellas las presenciaban cada día y estaban más que acostumbrados.

—¿Te enteraste de lo del tal Cipriano Mera? ¡De buena nos libró!

—¿Y eso?

—Al parecer, se disfrazó de pastor y se infiltró en las tropas franquistas. Lo había preparado Vicente Rojo durante semanas. Consiguió robar unos mapas y gracias a eso no bombardearon de nuevo Madrid.

—¡Pues se ve que los planos que les robó eran los de este barrio! Porque ya me dirás tú si aquí se nota la guerra, que esto está más limpio que una patena. ¡No como Carabanchel, que es un campo de cadáveres! ¡Hasta en la guerra se salvan los mismos!

—Esta ciudad es una moneda de dos caras.

En cierta forma, tenían razón. Madrid era luz y sombra, una ciudad en la que morían personas de ambos bandos. Los pacos, los paseos, las sacas y las checas tenían aterrorizados a los madrileños, fueran de la ideología que fuesen. Os explicaré concisamente en qué consistían estas cuatro acciones violentas, pese a convertir esta página en apunte enciclopédico y no en una descripción literaria:

Pacos: un infiltrado sublevado te disparaba —paqueaba— desde una azotea en mitad de Madrid. El término venía de los francotiradores de las guerras de África. Eran la prueba de que existía en la propia capital de la península una quinta columna de hombres favorables al bando nacional, dispuestos a tomar las calles a la menor señal de Franco, los mismos que durante el día repartían folletos con información perjudicial para el bando republicano.

Paseos: te buscaban, te invitaban a dar un paseo y te disparaban por la espalda. Cuando todavía tenían cierto sentido de la justicia, antes de matarte te pedían que salieras corriendo; en aquellos casos aplicaban la «ley de fugas», que decía que si un prisionero intentaba escapar, podía ser asesinado por el militar que lo custodiaba. Al final, te mataban en cualquier caso. A veces te ataban a otra persona, o a dos o tres más, las muñecas de uno a los codos del otro, o espalda con espalda con alambre. Así ahorraban balas. Se daban en los dos bandos, aunque en la posguerra fue probablemente el instrumento preferido de Franco.

Sacas: te sacaban de la cárcel y te ajusticiaban. No había *habeas corpus.* Recordad lo sucedido en la Modelo de Madrid y los fusilados en Paracuellos. Las sacas más numerosas fueron republicanas, si bien se dieron en los dos bandos.

Checas: te torturaban y/o asesinaban en instalaciones clandestinas en la zona roja, ya fuera en conventos o en los sótanos de los edificios menos sospechados, como en el del Círculo de Bellas Artes de Madrid; o la situada en la estación de trenes del Mediodía, también conocida como Atocha, en cuyo salón real se ubicó la checa, posteriormente trasladada al norte de la ciudad, al barrio de las Cuarenta Fanegas. El llamado SIM, o Servicio de Inteligencia Militar republicano, creado probablemente por Indalecio Prieto, llevaba algunas de estas checas, o instalaciones que ejercían funciones similares. Como métodos de tortura, en las checas utilizaban sillas de tormento, simulacros de fusilamiento, cajas donde te metían y te hacían escuchar fuertes golpes y campanas, e inmersiones en agua helada. También te azotaban con látigos hechos con vergajos, es decir, vergas secas de toro. Después solían dejar los cadáveres al aire libre; en Madrid lo hacían en la pradera de San Isidro, en el cementerio del Este, no muy lejos de las Ventas —donde podían ser fusilados— o junto al hipódromo. Se referían a aquellos cuerpos como «besugos», por los ojos saltones que se les quedaban. Cuatro de las checas más «vanguardistas» fueron las psicotécnicas, ubicadas entre Barcelona y Valencia, propias de cualquier esbozo de Piranesi. Eran habitáculos decorados con espirales, colores agrios y chillones y figuras psicodélicas, y construidos con bloques afilados de hormigón en el suelo que impedían a los detenidos tumbarse en él, donde sonaba un reloj acelerado y de forma arrítmica, y una sola cama inclinada formaba el mobiliario. Si no estaban inspiradas en las pinturas de Kandinsky, bien pudieron haber servido de inspiración a dibujantes como Moebius.

Tanto Jacobo como José estaban al tanto de las tropelías de ambos bandos en la capital y en el resto de la península. Entonces eran solo rumores, de primera mano o más lejanos, pero los tenían presentes por si la realidad superaba la ficción, además de porque veían una continua y creciente congoja en los habitantes de la ciudad.

Madrid estaba cambiando: muecas hambrientas de ojos suspicaces; hombros bajos, espaldas gibadas y miradas al suelo; canciones en tonalidad menor, carteles con arengas borradas por la lluvia —diseñados por el artista valenciano Josep Renau, el pintor murciano Ramón Gaya y los cartelistas barceloneses Josep Obiols y Carles Fontseré—, y una manera de hablar que había dejado de usar el tuteo y las fórmulas comunistas para acogerse a un tono más neutral, entre el tú y el usted, que no se pudiera intuir de qué pie cojeaba uno. En solo un año, José y Jacobo habían pasado de celebrar la Nochevieja junto a artistas célebres con elegantes levitas, y en un hotel de lujo decorado con lienzos de Ramón Casas y de Sorolla, a malvivir en un piso bombardeado mientras esperaban que los volvieran a separar para luchar en cruentas batallas que perderían.

Por eso José tenía guardada una sorpresa para Jacobo aquella misma noche. Había preparado los macutos y los había colocado encima de la cama para que, cuando volvieran al apartamento, Jacobo supiera de golpe lo que José pretendía: abandonar la villa y volver a Jándula pese a los avisos de los periódicos republicanos que decían: «al desertor que huye, pena de muerte». El hijo de Odisto había hablado con Ciro, un buen amigo que había hecho en Bilbao, con algo de poder en la organización de hombres, para pedirle que los desplazaran al sur. Lo había logrado. Partirían en dos noches en un convoy lleno de hombres lisiados. Tendrían que echarle algo de cuento, pero con un par de vendajes podrían abandonar fácilmente Madrid.

—¿Sabes por qué son tan estrechos los balcones aquí?

—Creo que sí. Porque hace do... —Jacobo no pudo terminar la frase. Primero cayó su gorra al suelo, ensangrentada, dejándole la cabeza desnuda como en la fotografía de la tarde. Después cayó su cuerpo, bocabajo con la cabeza de lado. Respiró durante algunos segundos, pestañeó por última vez lentamente y dejó los labios abiertos.

Esta es la última escena de esta tercera parte: uno tirado en el suelo con un balazo en la cabeza y el otro gritando sin sacar sonido, llorando hacia los balcones mientras otros republicanos lo cogían de los brazos y lo obligaban a esconderse y protegerse, no fuera el paco, desde su lujoso balcón, a disparar de nuevo. Pero el jandulés consiguió deshacerse de aquellos compañeros y correr de nuevo hacia el cadáver. Solo quería abrazarlo y sentirlo junto a él. Los camaradas volvieron a por él aún entre disparos. Entonces oyeron un ruido mayor, una tremenda explosión que sacudió la tierra e hizo vibrar sus cuerpos y que llevaran los ojos al cielo. Hasta el novio que lloraba apartó la vista de su enamorado y miró a lo alto. La ciclópea fumarola del volcán, tan visible desde Madrid, se hizo negra y veinte veces más espesa, tocando el techo del cielo. Las vías subterráneas de la tierra, que llevaban recogiendo la sangre vertida en el conflicto desde su inicio y llevándola al centro de la península, recibieron la sangre de nuestro joven jandulés. La cámara magmática no pudo albergar más líquido y colapsó. El volcán —que tras el golpe de Estado había surgido en el centro de la península— se preparaba para entrar en erupción.

Joaquín Sabina

«Un velo de alquitrán en la mirada».

CUARTA PARTE
Ceniza

1938/1939

91
El volcán lleno

La noche del 25 de enero de 1938 el cielo se tiñó de rojo en Iberia. Los científicos dicen que fue debido a una tormenta geomagnética, a la que luego llamaron «Tormenta de Fátima», que produjo una aurora boreal de un intenso color rojo. Mi bisabuelo la recordaba perfectamente; decía que en el pueblo no sabían a qué se debía aquel firmamento encarnado, si era el reflejo de la sangre derramada en la guerra o un ataque químico venido del extranjero. Como el fenómeno astronómico sucedió antes de la esperada erupción del volcán, los íberos pensaron que se trataba del cielo reflejando la sangre que la grieta en la tierra estaba a punto de expulsar. Sabían que las cuevas subterráneas de toda la península estaban rebosantes de sangre y que, tarde o temprano, el volcán estallaría, pero creían que sería finalizada la guerra, como colofón, y no a meses de que esta terminara. Las explosiones habían sido continuas desde el mes de diciembre, cada vez más majestuosas y graves. Hasta que llegó la definitiva.

A finales de aquel mes de enero, el volcán entró en erupción con una furia inaudita. La enorme nube de humo dio paso a los primeros ríos nerviosos de sangre ardiente. Todo combustionó al paso de aquella lava sanguínea: árboles aguosos y marchitos; nidos de animales, chozas, cortijos y predios; muebles, ornamentos y recuerdos de tela y cáñamo; vías empedradas, calzadas asfaltadas, caminos de tierra y senderos de hierba salvaje; niños deslumbrados, ancianos flemáticos, hombres que cazaban a la orilla de los ríos; estatuas dedicadas a efemérides bélicas pasadas, vigas de madera llenas de serrín y de termitas; candiles y faroles de las calles mayores, muros en dehesas para atar a las bestias; oratorios, archivos, consistorios... Todo lo que abrazaron los pequeños primeros ríos se disolvió y fundió en el líquido bermellón, fuera corteza, metal, carne o tela, dejando un rastro de ceniza en su lugar, como en Pompeya. Los riachuelos bajaban violentos y engulleron a toda prisa, pero murieron pronto. Apenas media hora más tarde se quedaron secos. El pueblo suspiró aliviado. Desconocía que la explosión mayor aún no había llegado.

Horas más tarde, con la primera luz del alba, todos los perros de Iberia empezaron a ladrar, como cuando, páginas atrás, los primeros milicianos janduleses tuvieron que abandonar sus hogares. Lo hicieron durante diez minutos y callaron todos a la vez. La quietud reinó tras la orquesta de ladridos. Se dio una calma inaudita, una calma que detuvo los relojes y el movimiento. Nadie se atrevió a moverse ni a romper aquel silencio tan sagrado, salvo los pájaros peninsulares, que, sabiendo lo que se avecinaba tras el aparente sosiego, huyeron del país. Después de su marcha, entonces sí, la tierra se expresó con contundencia y se encargó de sacar del letargo al pueblo íbero.

Se oyó una explosión atronadora y grave y el volcán explotó sin clemencia. Un hondo temblor hizo vibrar el país, desde el centro de la península hasta los territorios insulares, mareando la mar e hiriendo el suelo. La mezcla de fuego y sangre iba a encender los campos, a carbonizar los cuerpos, a soterrar las viviendas y a agrietar el país. Solo iba a necesitar medio día para soltar toda la muerte que había soportado y toda la sangre almacenada desde hacía más de año y medio. Nadie podría restañar la herida.

A continuación, buscad esta pieza y escuchadla en unos auriculares a máximo volumen mientras leéis la destrucción de la península: *Requiem: II. Kyrie*, György Ligeti.

L

a

penín s

ul a q

uedó com

ple t

a

m

e

n

te h

erid

a

y a

g

r ie ta

d

a

.

92

El agrietamiento

Las grietas se dibujaron por todo el mapa íbero, nacientes desde la boca del volcán. Se quebró la consistencia de la tierra y provocó un derrumbe generalizado. Así, las cuevas abiertas del salto del Usero se vinieron abajo y embarraron sus aguas turquesas, como también se enfangaron los ríos de la sierra Cebollera y de la sierra del Perdón; el puente de la cárcel de Estella se invirtió y clavó su pico en el río Ega; el puente Nuevo de Ronda cedió y se hundió en la garganta del Guadalevín, y los Infiernos de Loja al fin hicieron honor a su nombre, vomitando sangre y vísceras; también los serpentinos y verdes cañones del Sil arrastraron entrañas rosadas y muerte; y una inmensa hendidura surgió en Vada, justo donde se juntaban tres arroyos, y tragó las casas de la aldea y las vacas cántabras que pastaban alrededor, cuyas ubres fueron aplastadas por las rocas y tiñeron el agua de blanco; se dividió en cuatro partes la cúpula de la catedral de Zamora, una por evangelio, y se cuarteó el campanario desde donde lanzaban una cabra anualmente; se soltó otra cúpula, la de la basílica de Nuestra Señora del Pilar, que cayó al suelo de una pieza y se hundió trescientas varas bajo tierra; la Sacra Capilla del Salvador de Mágina vio deformarse su emblemática puerta y arco de esquina; estallaron las vidrieras de la catedral de León, con sus doce apóstoles y el árbol de Jesé; el Pórtico del Paraíso de Ourense perdió todo el color y algunas de sus piezas se separaron de la pared y se hicieron añicos contra el suelo; el santuario de San Miguel de Aralar se convirtió en polvo y el monasterio cisterciense de Piedra perdió la fachada al quebrarse todas las columnas; la torre de la Higuera, que se creía que en medio del mar aguantaría, acabó de hundirse, aquel gran tapón del mar andalusí, formando un remolino de agua que se tragó toda la playa de Matalascañas y a los militares que habían acampado en los médanos de arena; algo parecido sucedió con la torre de Belém, pero el remolino fue menor; y no muy lejos de allí, la Torre del Oro de Sevilla volcó y rodó varias leguas, aplastando a varias familias, entre ellas a una de gitanos que volvía de Triana de cantar en un bautizo; y la Torre de los Clérigos cayó y dividió en dos Porto, cuyos habitantes no tardaron en construir varios tranvías entre las dos partes de la ciudad con los restos de la primera planta del puente Luís I, que también había caído con el temblor; los arcos de la mezquita de Córdoba aguantaron y no se rompieron, pero sí se hundió la catedral construida dentro, cosa que celebraron los cordobeses, que por fin pudieron deshacerse de aquel sacrilegio arquitectónico; los arcos que sí que cayeron en dominó fueron los de Medina Azahara y los del Pont del Diable; y también lo hicieron en plancha las murallas de Lugo, Ávila, Segovia y Badajoz, provocando unas monumentales nubes de humo rosa; las prehistóricas cuevas de Altamira sintieron revivir sus pinturas con el zarandeo, y del magma rojo marmoleado toros altivos de sangre y hez agitaron las cabezas ante la idea de volver a tener un cuerpo mortal; también el puente colgante de Bizkaia se agitó como un balancín, disparando sus tornillos a presión, algo que, de igual forma, le ocurrió al rojizo puente Eiffel de Girona, que acabó por derrumbarse, llevándose consigo varias de las fachadas coloridas que daban al río; el faro de Matxitxako dejó sin luz a los buques que se enfrentaban navalmente en las aguas del golfo de Bizkaia; las escaleras del santuario de Braga, Bom Jesús do Monte, se levantaron y quedaron inservibles; los yacimientos de Atapuerca se quebraron y quedaron indescifrables, y el dolmen de Menga se hizo trizas, así como la vecina peña de los Enamorados, que dejó de dibujar el perfil de un indio; y el palacio de Astorga diseñado por Gaudí se disolvió y dejó, al fin, todo el protagonismo a la bella catedral, de un aspecto parecido al engranaje interno de un reloj; el acueducto de Segovia no se vino abajo porque lo habían desmontado las lugareñas; más al norte, los montes se plegaron sobre la empedrada Torla y sobre su iglesia de San Salvador, y se desencajó el anfiteatro de Tarragona y se echó a la mar; y no muy lejos de allí, las obras de Gaudí vieron agrietarse aún más sus azulejos, desprendiéndose parte de los mosaicos y venciéndose los lagartos al vacío: estallaron los verdes de la torre del Capricho y los azules de la Casa Batlló; la Laguna Negra se secó, dejando sedientos a los lobos sorianos, que se vieron obligados a atacar a la población, y también se quedó sin agua la cascada del río Mundo, y la de Ézaro, que dejó de llenar el Atlántico; se precipitaron al vacío las casas colgadas entre las hoces del Júcar y el Huécar, arramblando con los andamios que habían ayudado a levantar la ciudad; y varias de las torcas aumentaron su diámetro y se tragaron buena parte de los bosques conquenses; se rompió como una cáscara de huevo la cúpula dorada de la catedral de Cádiz; los méganos del desierto de Tabernas tomaron una altura sobrecogedora y enterraron buena parte de la provincia de Granada; volaron los cuatro dragones de bronce de Ceuta y se hizo añicos el templete de la música de Melilla, el cual nunca volvería a reconstruirse; cedió la Cueva de los Verdes en Haría, aplastando a una decena de matrimonios burgueses que asistían a un concierto nocturno de música clásica a favor de la victoria; la Casa de las Conchas, el palacio de Jabalquinto y el del Infantado de Guadalajara sufrieron tal estremecimiento que sus paredes expulsaron los ornamentos platerescos y se quedaron lisas del todo; la península de Gaztelugatxe se soltó y se alejó flotando del territorio íbero; la concatedral de Santa María de la Redonda pareció resistir, pese a haberse venido abajo todo el retablo dorado del altar mayor, al igual que lo hizo el retablo gótico florido de la catedral primada; y así, la Alhambra, que llevaba siglos y siglos temiendo que se juntaran los azulejos de la mano y la llave, se desmoronó finalmente, provocando el llanto de todos los lugareños, que sin su fortaleza roja no querían seguir viviendo; las estalactitas de las cuevas de Nerja y de Mira de Aire se clavaron en las cabezas de sus protectores, dejándolos anclados de por vida como estalagmitas; y ya no se interpretaría más texto heleno en la ciudad romana de Mérida ni se atisbaría rompiendo el horizonte coruñés la hermosa y altísima torre de Hércules, la cual al caer formó un puente con una de las islas Cíes, que se habían trasladado por el maremoto ocasionado por el volcán tal y como les ocurrió a las Canarias, que llegaron a la altura de las Azores —hacia donde también fueron flotando los cuerpos sin vida de los republicanos que las Brigadas del Amanecer falangistas de Gran Canaria habían envuelto en sacos de plátanos y lanzado al mar—, y a las Baleares, que se extendieron a lo largo de la cornisa mediterránea formando una línea recta, llegando la isla de Espalmador hasta el Tirreno; otra isla gallega que sufrió estragos fue la de San Simón, que, como una balsa de piedra, se fue flotando hasta América Latina, donde sus habitantes, presos republicanos del norte de la península, pudieron salir de aquella prisión que era la isla, de aquel lazareto político donde habían sido abandonados por las fuerzas facciosas; y el botafumeiro de la catedral de Santiago, péndulo descontrolado, mataba a párrocos y a otros fieles que se empeñaban en cazarlo y en ponerlo a resguardo después de que le pegara un fuerte golpe a la figura del Apóstol, que traspuso hasta el convento de clausura de Belvís; también dicen que vieron bajar planeando con su paraguas abierto al Celedón de Gasteiz, por una de las simas abiertas hasta el fondo de la tierra; los bufones de Pría se ensancharon y expulsaron tanto viento y restos de mar que llegaron hasta el cielo y aturdieron a las aves migratorias; se secaron los lagos de Covadonga y se llenó de un agua rojiza la hoya de Guadix; y de la presión interna, los muros poco evidentes del yacimiento de Begastri ascendieron y volvieron a formar el asentamiento íbero y la posterior ciudad romana; algo parecido le ocurrió a la iglesia de Santa María de Eunate y la roca donde estaba construida ascendió casi ochocientas varas, impidiendo a los navarros el acceso a la capilla románica; las mismas varas descendió el castillo de Lorca, dejando una hondonada adonde acudieron tantos a suicidarse, que tuvo que ser perimetrada y cegada con cemento y coronada con un parador horrible medio siglo después; también la garganta de los Infiernos se abrió y fue lugar de encuentro de seres sin ánimo suficiente, apocados, y aquella tristeza la absorbió la tierra y se la transmitió a los cerezos vecinos del valle del Jerte, cuyos brotes también se suicidaron y nunca más volvieron a teñir de blanco Extremadura; se secaron las hojas del palmeral de Elche, que se habían cubierto de sangre por la muerte de los suaves pájaros que se acurrucaban en ellas; una depresión mayor se constituyó en el centro de Trujillo, donde la tierra se tragó la inmensa explanada de la plaza principal, parte del pueblo escalonado y encinas y cerdos ibéricos que descansaban en el suelo de plata de la región; y el aljibe de Cáceres se rajó e inundó buena parte de la ciudad, oscureciendo las piedras de sus construcciones; otro castillo que también salió rodando fue el de Belmonte y el vallisoletano de Peñafiel, sepultando bajo sus enormes piedras la plaza del Coso, y el funicular del Monte Igueldo se vio desprovisto de sus frenos y acabó sumergido en la bahía de la Concha; la humedad de los arrozales de la albufera valenciana se extendió hasta la capital e inclinó su suelo, dejando la ciudad del Turia semihundida en la tierra y tajada al sesgo, cuya extraña catedral tomó una forma más lógica que la que tenía; las arenas del Urdaibai se hicieron movedizas y hundieron el pueblo de Mundaka; la manga del Mar Menor se desprendió y llevó flotando hasta Túnez a sus habitantes; y Miguel de Cervantes, Sancho Panza y don Quijote de la Mancha dejaron de dar la hora en la Casa del Arco; el Turó de Lleida se hizo barro y absorbió lentamente la octogonal torre de la Seu Vella, al igual que cayó el también octogonal campanario de El Fadrí; el pueblo Valverde de Lucerna salió a la luz después de tantos años de leyendas, al haber drenado la hecatombe el lago de Sanabria; y el *art-déco* Cristo del Otero, que no había recibido más que algunas grietas, se vino abajo ante tanta desolación; cayó el pico Sacro y la montaña del Pico, cuyo volcán había cedido toda su savia al de la península; y las vides desnudas de la ribera del Duero se engarrotaron como manos salientes de tumbas paralelas, pámpanos encogidos; y en Teruel, donde aquel invierno todos los íberos tenían puestas la vista y sus esperanzas, la columna de la plaza del Torico se partió en tres y derribó la estatua del toro, que cobró vida y salió corriendo, amedrentado ante aquel pueblo que se mataba entre sí… Pero lo que más distorsionó el mapa íbero no fueron las grietas descritas anteriormente, sino la enorme hendedura que se creó en el istmo peninsular, de cuatrocientas ocho leguas de largo y doce cuerdas de ancho, separando completamente Iberia del resto del continente.

La tierra dejó de temblar y sumió a los íberos en una ardua tarea de reconstrucción que les llevó todo el invierno y el inicio de la primavera.

93

Los tiros de gracia

Dibujo realizado por un labrador de Teruel de los mil cinco tiros de gracia escuchados cada noche desde el inicio de la guerra junto a los Pozos de Caudé. Cada punto equivale a un disparo.

. . . .
. . . .
. . . .
. . . .
. . . .
. . . .
. . . .
. . . .
. . . .
. . . .
. . . .
. . . .
. . . .
. . . .
. . . .
. . . .
. . . .
. . . .
. . . .
. . . .
. . . .
. . . .
. . . .
. . . .
. . . .

94

La avioneta quieta sobre Teruel

Acher despegó el caza nacional muy disgustado, lanzando improperios que solo escuchaba él desde la estrecha cabina de piloto. Se maldecía por ser uno de los pocos íberos que seguían batallando en lugar de estar junto al resto del país reconstruyendo las infraestructuras dañadas por la erupción del volcán. Íberos de todas las regiones estaban arrimando el hombro en las que fueron llamadas «Tareas de Costura de la Tierra y de Reconstrucción del Patrimonio», a las que solían referirse para abreviar como «la Reconstructura». Todos menos un puñado de hombres: los militares de ambos bandos, que siguieron luchando en la batalla de Teruel, provocada por los republicanos —ordenada por Vicente Rojo— para aliviar la presión sobre Madrid. Así, el país disfrutaba de una tregua bélica salvo los que estaban en la región turolense, que, al igual que hicieron en Belchite, iban casa por casa matando. A las mujeres y a los niños los colocaban a salvo en la plaza del Torico y en el café Salduba. No a todos, y no siempre.

La batalla, que duró los dos primeros meses de aquel 1938, fue la más fría de toda la guerra. Los termómetros llegaron a alcanzar veinte grados bajo cero, como recogieron durante la noche de San Silvestre. Incluso los brigadistas internacionales rusos y nórdicos, acostumbrados a bajas temperaturas, se refirieron a la provincia turolense como el nuevo Polo Norte. Nevó sin pausa porque el cielo, en un ataque compasivo, quiso bajar la hinchazón de las heridas de la tierra después del volcán, pero aquello a los ejércitos no les vino bien: amputaron más miembros que nunca, las armas y los vehículos se atascaban con las heladas, y los fusiles no disparaban balas, sino soplos de aire cristalizados, ya que los proyectiles viajaban lentos y se congelaban. Algunos hombres llenaban sus buches con «matarratas» —así llamaban al aguardiente que circulaba entonces—, licor café, coñac y otros alcoholes fuertes, pensando que entrarían en calor: falsa sensación, pues el efecto vasodilatador disminuía el flujo de sangre hacia los órganos principales y, los que se quedaban dormidos, morían congelados.

Ante tales temperaturas, tanto la aviación republicana, llamada «la Gloriosa», como la sublevada decidieron esperar a que el frío remitiera, o los pilotos no sobrevivirían en lo alto. Pero hubo un piloto aragonés que, desesperado en un combate que se le estaba haciendo eterno, hizo oídos sordos y quiso bombardear al enemigo desde arriba. Despegó uno de los cazas y lo condujo por encima de la ciudad de Teruel. Era Acher, el protagonista de este breve capítulo.

El militar quiso sorprender al enemigo. Y lo consiguió, pero también a los de su mismo bando. Nadie contaba con que un avión pudiera llegar tan alto y que el corazón del piloto siguiera latiendo. Acher, feliz de haberlo logrado, echó un vistazo hacia la ciudad y consideró qué lugar atacar. Distinguió a unos republicanos que cargaban con dos sarcófagos en la escalinata del Óvalo, en dirección contraria al casco viejo. Le pareció a Acher que estaban robando las momias de los amantes de Teruel y pensó que era preferible que las reliquias no existieran a que fueran propiedad de los enemigos. Inclinó el mando del avión para acercarse y apuntar hacia allí. Pero el mando estaba atascado y no le dejaba hacer la maniobra. El avión estaba congelado.

Acher miró hacia abajo y vio que no se estaba moviendo. El avión se había quedado quieto en mitad del cielo, como los nimbos densos que se quedan atrapados y durante un tiempo no avanzan. Después de tocar todos los comandos del avión, un Messerschmitt Me-109 alemán, conectó la radio —para lo cual tuvo que darle una patada a un interruptor, que por poco no se hace trizas— y contactó con la base aérea.

—¿Qué hace detenido en mitad del cielo? ¿Quién le dio permiso para volar?

—Me llamo Acher Lustro Rota. La nave se paró. Creo que se ha congelado. No siento las piernas ni los brazos. Si no pierdo altura..., ¿pueden venir a rescatarme?

—¿A rescatarlo? ¿Cómo cree que han reaccionado los rojos al ver un avión sublevado sobre sus cabezas? ¡Han disparado contra usted! Los proyectiles también se han congelado, a un palmo del avión, pero en cuanto bajen las temperaturas, lo alcanzarán. Escúcheme con atención. Encomiéndese a Dios, hágalo pronto. Es usted hombre muerto.

El militar tenía razón y Acher era consciente. Así que abrió la cabina del avión, besó la cruz que llevaba al cuello, miró una última vez hacia el cielo y se lanzó al vacío. Cayó sobre la torre mudéjar de El Salvador. Atravesó el tejado, el campanario y sus tres cuerpos y también el suelo y la tierra, y fue a parar a una de las minas que había bajo la ciudad —las célebres galerías subterráneas que tantas veces habían sido motivo de miedos y leyendas—. Naturalmente, murió.

Lo último que vio el piloto fue a un hombre en aquella mina, solo y escribiendo en un cuaderno a la luz de varios cirios robados de la catedral. Se levantó del suelo y corrió en su auxilio, recitándole versos en catalán. Pero, como he dicho, murió.

Eva

Augurio XI

El nuevo año trajo la desolación. Después de las heridas, la península tuvo que cicatrizar. Se dieron cuatro meses de obras. La guerra se detuvo y dio un respiro, en todo el territorio menos en Teruel. Allí siguieron luchando. Y ahora, en esta primavera recién nacida, ya no hay más guerra en Teruel. Perdieron los republicanos y huyeron. Los amantes vuelven a ir a misa; Franco, también, pero en Burgos. Y lo hace bajo palio, como si fuera el mismísimo representante de Dios en la tierra. El presidente de la República, por su parte, no quiere oír hablar de templos. Manuel Azaña se ha mudado de Valencia a Barcelona. Ve imposible la victoria; comienza a esbozar un discurso donde clama por una reconciliación. Azaña quiere volar hasta Granada y escalar el Mulhacén, el punto más alto de la península, donde cree que será posible hablar con el narrador. Quiere pedirle que ponga fin a esta guerra, pero el presidente del Consejo de Ministros, el canario Negrín, se lo impide. Hay que resistir, le dice. «Resistir es vencer». Finalmente, Negrín accede a negociar una paz mediante la propuesta al enemigo de trece puntos. Pero el gobierno de Franco rechaza los puntos. Se espera que en unos días el territorio republicano se divida en dos una vez se conquiste el frente de Aragón. Y cuando lleguen al Mediterráneo, a la playa de Vinaròs, tras haber destrozado la defensa de los inmensos blocaos de Nules, el dictador tendrá que decidir si ir a por Catalunya o a por Valencia, atravesando la línea de defensa XYZ. Nadie quiere que vaya primero a Valencia porque eso significaría alargar la guerra, pero Franco quiere un conflicto de desgaste. Así que, si sigue lloviendo sobre mojado, muy pronto se dirigirá hacia la ciudad mediterránea con su Ofensiva del Levante. Tiempo al tiempo.

95

Las heridas futuras

Llegaron con cuatro heridas: la del amor, la de la muerte, la de muerte y la de la muerte.

Para que consideremos que una persona está herida, ha de estar viva. Los muertos no suelen resultar heridos, y cuando ocurre —en una guerra, por ejemplo— ya no nos referimos a ellos como lesionados: perdieron estatus. No se mide a los muertos por su salud, bien que el cuerpo, recién fallecido, todavía luche por vivir. Quizás deberíamos considerar medir a los vivos por sus heridas futuras. Una herida superficial aparece de golpe y porrazo, pero no desaparece de la noche a la mañana. Las heridas que causan la muerte, o un gran dolor —propio o ajeno—, tardan en aparecer el mismo tiempo que en desaparecer, si bien, raramente son visibles en su fase de crecimiento. Dios, el narrador o cualquier otro demiurgo, a veces se encarga de hacer muy sutil la presencia de la herida creciente; sabe que a los humanos les angustia saber cuándo van a morir. Yo, como narrador, he intentado camuflar también las heridas futuras de los míos. Sin embargo, sabiendo que tres de los cuatro personajes principales de este capítulo acabarán muertos, y que lo presenciaremos, he decidido hacerles saber que se les viene un gran dolor y dejarles intuir las heridas futuras que tanto mal les harán, repito, sean propias o ajenas, porque también existen las heridas ajenas, es decir, la reproducción de la herida de un ser querido en un cuerpo distinto, como un holograma, con el mismo dolor pero sin sufrir desgaste físico alguno. Como puede salirle a una madre la herida que tendrá su hijo o viceversa. Sin más preámbulos, continúo con la narración de estas cuatro heridas, volátiles, caprichosas y especiosas, pero infalibles. Solo tres de ellas llevarán a la muerte.

*

La herida de Odisto

Desde la explosión del volcán a principios de año hasta aquel mes de abril, Odisto no se movió apenas de la cama de la enfermería tarraconense. Había llegado entumecido de aquella batalla que no recordaba, pero sabía que la había presenciado tumbado, siempre sobre una camilla y en campamentos para lisiados. Nunca averiguó quién lo encontró en las torcas de Cuenca, ni por qué se lo habían llevado al frente si estaba lisiado. Tampoco supo con qué se había hecho mal; no recordaba haberse caído, más allá del desmayo que había sufrido buscando el cuerpo de aquel joven en la torca de las voces.

La primavera floreció en él con una fuerza inaudita y logró ponerse en pie y dar las primeras caminatas sin ayuda de ninguna enfermera. Le gustaba el lugar donde se encontraba. Aquel hospital había sido construido junto a una bella cala, la cala Fonda. Le hicieron saber que solo estaba de paso y que más pronto que tarde lo trasladarían a Barcelona, a un centro de rehabilitación para tullidos. A veces dudaba si hacerse el enfermo y no mostrar tanto progreso, pues si recuperaba totalmente la movilidad, podrían mandarlo a la guerra, o a reconstruir el país, tal y como les pasó a sus compañeros menos lisiados, que se deslomaron todo el invierno cosiendo la tierra y reparando los daños.

Aquella mañana de abril, Odisto caminaba solo por la playa; no había nadie alrededor. Hacía uno de esos días blancos en los que la ceniza del volcán llovía sobre la península y la cubría de una fina capa nívea. Llevaba solo una muleta y con la otra mano sujetaba un amplio paraguas de bisagras amarillo, regalo de una enferma que se había suicidado al cumplir los ochenta años. Desde la cristalera de la primera planta del hospital, el resto de ingresados lo veía caminar en soledad a lo largo de la playa opalina de reflejos irisados: el mar translúcido al fondo y un punto amarillo barriendo la ceniza, dejando un rastro oscuro tras él.

Odisto se detuvo en una pared rocosa, cerró el paraguas y se sentó para descansar. Vio que en el mar, como cada día, un centenar de barcos tiraba del anfiteatro de Tarragona. Lo llevaban amarrado y trataban de devolverlo a su sitio, en la playa. Se dijo que nunca lo conseguirían y siguió a otra cosa. Llevaba días con un dolor diferente al de las piernas, un cosquilleo agudo en el pecho, sobre el corazón. Se palpó y se notó la misma costra que el día anterior, fina y transparente. Le daba placer arrancársela, así que hizo lo mismo con la nueva, como cada dos días. No obstante, el ligero dolor le continuaba, con o sin costra. Se preguntaba qué demonios intentaba sanar aquella capa de sangre y plaquetas; no recordaba haberse herido el pecho.

Volvió al hospital. Se encontró con un hombre mayor que él que siempre le preguntaba lo mismo, a quien había cogido cierto cariño:

—¿Qué pasa, andaluz? ¿Te cuento hoy el parte?

—¡De eso nada! Solo dime si sigue habiendo guerra o no. Los detalles, para otro.

—Sí sigue, sí... ¡Pero hay novedades!

—¡No! No quiero saber nada más.

—¡Espera, hombre! ¡Qué tanta prisa! ¡Que la ceniza es blanca, pero no nieve! ¡No te vas a resfriar por quedarte a charlar un poco conmigo! ¿Has visto lo del rayo?

—¿Qué rayo?

—¡Anoche cayeron tres en el mismo sitio! A la entrada del castillo de Tamarit, en Altafulla. Se cree que el calor que adquiere la tierra cuando cae uno es milagroso y otorga fuerza. Se han marchado todos los lisiados a pie hasta allí. ¡Como si fuera la tumba del Apóstol!

—Por eso no había nadie en la playa...

—Si te acercas, luego cuentas, que yo no puedo caminar tres pasos sin caerme.

A Odisto le pudo la curiosidad y se acercó hasta allí. En mitad de la explanada más alta frente al castillo, donde antes había un pequeño arbusto de bayas silvestres, se había formado una ligera hondonada, como un inmenso charco sin agua. Toda la zona del surco estaba ennegrecida de un tizne que contrastaba con el blanco de toda la península. Alrededor del lugar donde habían caído los tres rayos había un centenar de hombres tullidos. A la mayoría les faltaba o la pierna o el brazo o ambas cosas a la vez. El resto había perdido solo un pie o una mano, o decía haber perdido la visión de uno de los ojos; o tenía una herida que le impedía marchar derecho. También había ciegos y sordos, y algunos sordociegos. Sordociegos, mancos y cojos a la vez no los había. Gracias a Dios, no hubo ningún Johnny sin fusil en toda la guerra.

Odisto pasó entre la muchedumbre, esquivando a personas cosidas a sus sillas de ruedas, muletas, prótesis, vendas y tablillas, y se agachó en el centro de la hondonada. Acercó los dedos de la mano derecha hasta el mismo centro del impacto, de donde salía humo. Vio que el suelo no quemaba tanto como se había figurado.

Se sentó en el corro de los lisiados. Cerró los ojos y se imaginó su vida dos años atrás: levantarse junto a María, ir a abrir el caz del agua para regar los cultivos, si es que bajaba agua; echar de comer a los animales, lavarse el rostro en el río y vestirse con la ropa vieja para trabajar; tomar algún fruto del árbol que estuviera en cierne, hacer de vientre y volver a la casa, donde todos debían estar despiertos y preparados para el tajo del día. Saludaría a Pura, que se quedaría en casa con Mariángeles, y acariciaría el pelo de Gonzalo y de Josito. Se quejaría de algo sobre el aspecto o el ánimo de José, mandaría a Pablito la tarea más complicada, para que diera de una vez el paso a la madurez, y atendería la nueva nadería que Martina habría aprendido de su hermana Ángeles y que siempre compartía con él. Aquella rutina se le había hecho la mayoría de las veces pesada y monótona, pero ahora la echaba de menos como nunca. Rezó para que, cuando volviera, sus hijos lo estuvieran esperando, su gran familia; pedía a Dios que la guerra no hubiera hecho demasiados estragos en el pueblo. No pudo imaginarse Jándula de otro color: era un pueblo blanco, no sangrado, y así debía restar.

Los tullidos se quedaron allí hasta que empezó a anochecer. Volverían cada nuevo día.

*

La herida de Ángeles

Fuera de Jándula, Odisto rezaba por que el pueblo no se desangrara, y en Jándula rezaban por lo mismo: que el resto del país cortara la hemorragia bélica de una santa vez. Sin embargo, cientos de miles de íberos rezaban por que se desangrara el bando contrario. Hace falta que todo un pueblo rece por lo mismo para que Dios intervenga; de lo contrario, deja al pueblo a expensas de sus propias decisiones. Iberia estaba sola en una guerra entre hermanos.

Ángeles no rezaba por el país, sino por que el embarazo le fuera bien. Le iban flaqueando las fuerzas y no llevaba ni la mitad del proceso. Recordad que, gracias al óleo del pintor sobre su barriga, la criatura nacería bien, pero dos años y medio más tarde en lugar de nueve meses.

Quería pasar desapercibida en el pueblo, así que evitaba salir del huerto. Le habría gustado preguntar a una mujer de varios partos qué debía hacer para que su embarazo tardío se resolviera sin complicaciones. No temía que el bebé muriera, pero ella sí lo haría si continuaba deprimida —no había levantado cabeza desde la «muerte» de Martina y el «rapto» de Mariángeles— y seguía desnutriéndose... Había poco o nada que llevarse a la boca. El campo sufría un período de infertilidad y apenas daba fruto, y las importaciones se habían detenido un año atrás. Lo poco que Ángeles cosechaba lo guardaba para sus dos hermanos, menores y en edad de crecimiento, y para su novio, que al estar privado de la luz del sol, necesitaba más vitaminas que el resto. Pedro seguía escondido en el zulo que habían construido bajo el cortijo. No se atrevía a moverse de allí ni de noche. Las únicas veces en que salía y estiraba las piernas era en noches despejadas y de luna nueva. Sin el satélite ni los blancos nublos, y estando la luz de las calles cortada por el toque de queda, la oscuridad era total y aprovechaba para correr y desfogarse. A veces lo acompañaba Josito, que conocía mejor que nadie los caminos a oscuras.

Pedro se sentía doblemente afligido: por no poder salir de aquel estrecho e inhumano escondite y por no poder levantar el ánimo de su amada. No sabía cómo responder al rostro serio de Ángeles, a sus ojos errantes y a la inconsistencia de su discurso, roto y perdido. Sentía un inmenso dolor en ella, incurable. No había visto la herida reseca que le estaba naciendo en el vientre, pero intuía que algo iba mal y que estaba sufriendo. Ni siquiera ella misma, tan absorta, percibió la herida futura.

Los únicos que, por tener un pie en la infancia aún, podían disfrutar del mundo tal y como era, sin la memoria del pasado ni el vértigo de los días rápidos, eran los dos niños de la familia: Josito y Gonzalo. Dos luciérnagas en la noche, como describiera posteriormente otra niña a quien también le iban a robar parte de la infancia.

Si los niños pensaban en su difunta madre, en el padre exiliado, en la hermana que les quitaron de los brazos, en la desaparición de su abuela materna, en la muerte de su hermana y de sus primos, y de tantos conocidos, así como en el último palo a la familia —la muerte de los abuelos paternos—, dejaban de comer y de querer vivir. La infancia era la que los alejaba de aquellas imágenes, que eran enterradas en la recámara de la cabeza y que, hasta pasados muchos años, no saldrían al exterior en forma de miedos o angustia. Hasta que aquel momento llegara, jugaban los hermanos en las abandonadas huertas, sintiéndose los dueños y señores de la mayor parte de las tierras de regadío del pueblo.

Acabo de caer en la cuenta de que, al no haber interrumpido narrativamente las vidas de los de Odisto desde la explosión del volcán en Navidad hasta aquel mes de abril, me olvidé de contaros el fatídico final de los abuelos paternos de la familia. Es bien sencillo. Os lo narraré:

No sé si recordáis la descripción de la casa de los padres de Odisto, Jorge y Celia. Estaba por detrás de la iglesia mayor, a los pies de un peñascoso barranco que cedía un palmo de tierra cada equis tiempo. Los ancianos intentaron sujetar la casa con grandes andamiajes. Sin embargo, tal y como había predicho el arquitecto del pueblo, Telesforo, aquella construcción estaba condenada a caerse. Pasados los años, el final de la casa fue otro bien distinto. No se vino abajo, pero toda la tierra alrededor de ella se desprendió, dejándola sujeta por una fina columna de roca, pero desconectada de todo lo demás, como una isla sin agua alrededor. La desconexión llegó justo aquel invierno de 1938, tras el enorme temblor de tierra que había provocado el volcán. Así, Jorge y Celia no pudieron volver a salir de su casa ni para ir a visitar a sus nietos. Los vecinos del barrio de la Lonja se encargaron de alimentar a los viejos, lanzándoles espuertas con comida cada día ante la imposibilidad de acceder al cortijo a pie.

A los ancianos también les fallaba la movilidad y les bombeaba irregularmente el corazón. Eran los últimos de toda la inmensa familia, de su generación, exceptuando a Basilio, el centenario abuelo de María que había perdido la cabeza. El matrimonio que más se les había acercado en edad lo habían formado Agripina y Prudencio, fallecidos antes de Navidad. Ella había dejado una noche de respirar mientras dormía y él lo hizo a la noche siguiente. Fueron enterrados abrazados.

Por lo tanto, solo Jorge y Celia sujetaban el pesado velo de su generación, resistiéndose a morir. Lo hicieron bien y bellamente, hasta que vieron las venas en sus respectivas muñecas. Habían observado aquellos caminos rosados en amigos suyos y entendían lo que significaban. A veces ocurría, en personas muy viejas de pieles finas y transparentes, que unas venas diminutas y moradas les nacían del pliegue del brazo izquierdo y se encaminaban, cada día un poco más, hacia el corazón. Sabían que el día que llegaran al pecho, morirían. Celia, que era la que mejor cabeza tenía, tomó una regla, midió las venas e hizo cuentas; averiguó que no llegarían a 1940, pero que con suerte verían volver a su hijo Odisto de la guerra, si es que el conflicto terminaba antes de los dos años que les quedaban de vida. Sabían que no podían hacer nada contra aquella señal, salvo evitar mirar el calendario y pensar que la fecha señalada no llegaría nunca. Así que quemaron todos los calendarios de la casa. La mujer juntó los papeles en el centro del salón y el hombre les prendió fuego. No podían quemarlos fuera porque solo había barranco. Tuvieron mala suerte y el fuego se les fue de las manos y acabó envolviendo en llamas el cortijo y a ellos. A veces es mejor no saber cuándo va uno a morir o se adelanta uno al fallo.

No hizo falta enterramiento; no encontraron sus cuerpos, solo unas cenizas grisáceas mezcladas con las del volcán. Le llevaron las cenizas a Ángeles y esta, con la mirada perdida y el rostro impasible, dio las gracias y dejó la lata en el fondo de un armario con la luna rota, sin ser consciente de dónde estaba depositando la vida futura de sus abuelos paternos, olvidándose de ellos. Se palpó el vientre, siguió obviando la herida y continuó sin hacer nada, sentada frente a la ventana, pero mirando dentro, a una pared vacía.

Hoy en día, la lata con las cenizas descansa en ese mismo mueble, aún en el cortijo de mi familia. De pequeño la cogía y jugaba con ella. Mis abuelos me decían que aquellos polvos eran veneno, que no los tocara. Siempre me lo creí.

*

La herida de Paulo

Paulo, antes Pablo, antes Pablito y, durante un tiempo, Paolo, a diferencia de su padre y de su hermana, en cuanto se notó las heridas futuras en el torso, no se las ocultó. Se las tocó cada día, midiéndolas e imaginándose cómo iba a morir. Aquellas tres marcas en el pecho blancuzco se las descubrió un compañero también en la espalda. Estaba claro, iba a recibir tres disparos que atravesarían su cuerpo. Se preguntaba quién podía querer dispararle tantas veces; quizás un soldado joven e iniciado que pensara que debía dejarlo como un colador para que el alma se le escapara, cuando un solo tiro era suficiente para derribar a un hombre.

Según el grosor que el borde de la herida circular iba tomando, así como la humedad de la arenilla que, cada día en mayor cantidad, soltaba por los futuros agujeros, calculó que no llegaría a Navidad. Se la enseñó a un buen compañero, Zenón, un herreño que había dejado en las islas seis hijas y una mujer y que había ejercido de practicante antes del conflicto.

—A Navidad no lo sé, pero el invierno cerrado no lo catas.

Así, sin más miramientos, se hablaba de la muerte en la guerra. Era un estado que podía llegarle a uno más fácilmente que el hambre y más rápido que el sueño. Con el tiempo, el soldado aprendía a frivolizar con ella, desaprensivo, y a perderle el miedo. Al menos hasta que uno de sus compañeros caía y, de manera violenta, la muerte era lo único palpable y aterraba.

—Mañana me marcho. —Zenón lo sorprendió con la amarga noticia aquella mañana de abril. «Quizás no me quiera ver morir», pensó Paulo.

—¿Adónde te vas? ¿A Canarias?

—A Cádiz, a un pueblo sepultado bajo el saliente de una roca. Setenil de no sé qué.

—Dudo mucho que quede alguien con vida bajo los escombros a estas alturas.

—¡Muchacho, eres la alegría de la huerta!

—¿Qué quieres? Si tú hubieras visto lo que yo... —le respondió Paulo.

—¿Te crees que yo he visto poca cosa?

—Bueno, ¿no te vas? ¡Pues ala!

Paulo se dio media vuelta. Estaba seguro de que su amigo se despedía por no verlo morir y que moriría solo.

—¡Andaluz! Ven que te dé un abrazo, anda.

—Si me abrazas, lo mismo se te contagian las heridas.

—Si fuera tan fácil, te pediría que me abrazaras desnudo.

—¿Y dejar a una familia sin padre? Mira que yo no tengo a nadie.

—Tienes que hacer las paces con tu padre. ¡No puedes seguir haciendo como si no existiera! Te estará esperando en Jándula. No le dediques tanto tiempo a la guerra, que esta no se acuerda apenas de nosotros. Tu batalla está en otro lado, y es una ganada.

—Cuando acabe esta guerra iré a verte. Dame tus señas —cambió de tema Paulo.

—¿Qué señas? ¡Tú pregunta por mí en la isla! ¿Necesito yo tus señas en Jándula?

—No. Pero no preguntes por Paulo... —dudó si continuar hablando—. Pregunta por Pablito, que es como me conocen allí, o por la huerta de Odisto.

—¡Pero me voy mañana, no hoy! Venga, que aún nos queda tajo en la cueva.

Paulo ya no se encontraba en Galiza. Había trabajado desmontando gaitas hasta comienzos de enero. Después de la explosión del volcán y el derrumbe de buena parte de la península, fue movilizado para la Reconstructura. Todo el pueblo íbero fue llamado a reconstruir el país, sobre todo los soldados. La guerra se detuvo, pero no se unieron los bandos en ningún momento. Cada facción reconstruiría las tachas de la propia tierra conquistada.

El jandulés fue de la ceca a la meca realizando decenas de trabajos. Primero a una cueva que pertenecía al municipio de Covanera; tuvieron que volver a llenar de agua el llamado «Pozo Azul». Después, Paulo fue desplazado a Tudela, donde ayudó a levantar la torre de la catedral. Y, posteriormente, a unas leguas de Tudela, ya en provincia oscense, se dedicó a sujetar con vigas las descomunales peñas de casi trescientas varas que amenazaban con aplastar un pueblo entero: los llamados Mallos de Riglos. Terminó la travesía en un campamento de las Caídas de la Negra, en el límite navarro-aragonés, donde se sometió a un duro entrenamiento militar por parte de los mejores cabecillas castrenses de todo el conflicto. Aquella mesnada se estaba preparando para salir en cualquier momento hacia Valencia bajo la orden del Generalísimo, quien, tras haber dividido el territorio republicano en dos, quería hacerse entonces con la capital del Turia y aislar Madrid. Sin embargo, el bando sublevado cambió a última hora de planes y decidió no atacar Valencia, sino poner todas sus fuerzas en la que iba a ser la mayor batalla de la guerra: la del Ebro.

*

La herida de José

Encuentran a un grupo de hombres caminando al paso por Castilla la Nueva. Van vestidos con galas militares, pero sin armas y sin una actitud aparentemente pugnaz. Los hombres pertenecen a ambos bandos. Caminan a paso lento, muy lento, demasiado, y dirigen la mirada hacia el horizonte, con los ojos perdidos y el semblante demacrado.

José leyó la noticia en la plaza de la Paja, en el periódico que sujetaba mientras caminaba. Le llamó la atención la fotografía de los hombres erráticos y se reconoció en sus rostros abstraídos. Se paró en medio de la plaza, bajó los brazos y miró al frente, intentando descifrar por qué aquellos hombres habían decidido hacer aquella marcha errabunda.

El jandulés venía de ver a Ana, la partera de Jándula, con quien se había encontrado por casualidad en Madrid. Después de presenciar la muerte de su enamorado Jacobo, sufrió una crisis de ansiedad que le duró varias semanas. Sus compañeros lo ingresaron en un hospital, en el ala psiquiátrica, que entonces era el doble de espaciosa y ocupaba también la zona de maternidad porque desde que empezó la guerra habían disminuido los partos y aumentado las demencias. Allí fue donde se encontró con Ana, la hija de Fuensanta, que había partido hacia Madrid un año atrás, donde se sentía más útil que en el pueblo; la reconoció por el generoso bozo que lucía sobre el labio. Esa mañana le había llevado un bote de caramelos de mora que había comprado en un puesto en Las Vistillas, así como un ramo de claveles reventones, rojos como su uniforme, pues no había dejado de vestir aquel color en todos aquellos años. Ana sabía que no había ninguna intención romántica por parte del joven, solo agradecimiento por haber cuidado de él. José le había contado todo lo sucedido con Jacobo, también la historia de amor.

Los hombres no hablan con nadie ni responden. Tampoco se dirigen a un lugar concreto. Simplemente, vagan por los campos castellanos, absortos y con el alma quebrada.

José volvió a leer la noticia y bajó los brazos, descubriéndose los ojos llenos de lágrimas. Desde la muerte de Jacobo lloraba por cualquier cosa. Todo le recordaba a él, lo viejo y lo nuevo; se imaginaba contándole hacia dónde parecía continuar el conflicto, las vidas de sus amigos, el mundo y sus rocambolescas historias… Pero pronto paraba aquellos pensamientos, como le había recomendado el galeno en el hospital, e intentaba centrarse en el presente y abandonar la añoranza, o al menos dejarla para la noche. Pero ¿qué le quedaba sin él a su lado, si todo, incluso la idea de participar en aquella guerra, lo había hecho para poder disfrutar más y mejor de su compañía? Por una parte, el cuerpo le pedía descansar, volver a Jándula y abrazar a su familia. Por otra, no quería alejarse de Madrid, ya que había sido el hogar de ambos. En ningún momento se le pasó por la cabeza la idea de retomar una vida lejos de su sombra o de su recuerdo, o de lo que quedara de la presencia de su novio. A veces, una fuerza intensa de venganza removía las paredes de sus arterias, hinchándole las venas de las sienes, y entonces deseaba unirse al frente y matar al enemigo sin piedad, gritando el nombre de Jacobo con cada disparo.

Madrid se quedaba vacía. Los militares republicanos se estaban reuniendo para asestar el golpe definitivo al fascismo: recuperar el territorio perdido en torno al Ebro y volver a unir Barcelona con Madrid. Así, con suerte, ralentizaremos esta guerra y daremos tiempo a que surja el conflicto en Europa. ¡Se nos aliarán las potencias democráticas y lucharemos todos contra el fascismo!, se decían. Pero, a decir verdad, José no tenía el cuerpo para batallas. La pena lo aplastaba, pero no solo esta, también unas heridas que le estaban saliendo en el cuerpo: tres marcas redondas que parecían disparos de fusil. Aquellas heridas futuras eran idénticas a las de su hermano Paulo, aunque ambos lo desconocían y solo uno de ellos llegaría a recibirlas.

Tanto el bando nacional como el republicano coinciden en que estos hombres errantes hacen un flaco favor a la patria. En un conflicto como este, ¿es suficiente la displicencia para liquidar a una persona? ¿Deberíamos detenerlos y/o ejecutarlos? Por el momento, y hasta nuevo aviso, seguirán caminando a sus anchas.

José pasó la página del periódico y alejó los ojos de la hipnótica fotografía de los errantes.

Encuentran en el cuerpo sin vida de un italiano los mapas con el lugar por donde los fascistas querían atacar Madrid. Una vez más, el bando republicano se adelanta al enemigo y salva la villa, que casi cae como aquel imperio que se dejó una puerta abierta.

No. No podía seguir haciendo como si el recuerdo de Jacobo solo hubiera manchado las sábanas de lino con las que envolvía sus pensamientos. El dolor era descomunal, como el de un nazareno descalzo sobre cristales que cumple una promesa por la muerte de su ser más querido. Lo tenía agarrado en la boca del estómago, en el lado del corazón, en las heridas del pecho y de la espalda, y en las sienes. A veces se detenía a tomarse el pulso, no lo encontraba y paraba a un camarada en la calle para que acercara la oreja a su pecho y lo auscultara. «¿Ha dejado de latir? ¿Estoy muerto? Si lo estoy, ¿por qué no lo veo? ¿Acaso no me está esperando en el más allá? ¿Hay un infierno diferente para cada uno?». Lo tranquilizaban diciéndole que sí que había latido, pero agostado, como el ruido de una tiza partiéndose en dos. «¡Jacobo!», gritaba algunas noches en plena calle. Acudían corriendo hacia él de nuevo algunos camaradas y lo cubrían bajo un paraguas fabricado de acero, no fuera a acabar como su enamorado, alcanzado por un paco y tiñendo el moho gris del alcantarillado de Madrid.

Otro camión proveniente de las minas de sílex de Casa Montero trae de nuevo tierra resistente a las bombas que cubrirá las estatuas aún expuestas. ¡Militares a la Puerta de Atocha! Venid con una pala y ganas de salvar nuestro más valioso patrimonio.

Aquella última lectura resultó ser una premonición. José iba a acabar cubierto por aquella tierra, pues, al terminar de leer el periódico en el centro de la plaza de la Paja, bajó los brazos y perdió la mirada en el infinito. Se quedó ensimismado, como uno de los hombres que atravesaban Castilla. Su cuerpo se detuvo después de proyectar un recuerdo de Jacobo. Fue tal la pena que sintió que se quedó completamente congelado. Los madrileños intentaron moverlo del sitio, pero pesaba una tonelada, como si se hubiera transformado en metal. Viendo que no podían moverlo de la plaza, lo pintaron de gris y lo cubrieron con tierra hasta el cuello. Con suerte, la aviación enemiga no lo vería o pensaría que se trataba de una estatua más. José permaneció varios meses así.

97

Las grapas de los quincalleros

La frontera con Francia se había convertido en la casilla de llegada de numerosos exiliados, intelectuales perseguidos por sus ideas e íberos anónimos con balas en los tobillos y vidas amenazadas. Los desterrados llegaban de toda la península y se contaban por miles. Abandonaban sus casas y confiaban en que Francia, pese a no haber apoyado a la República durante la guerra, se apiadara de ellos. Y lo iba a hacer, pero a su manera. Como eran tantos, el país galo no encontró mejor solución que meterlos en campos de concentración en el sur del país. Meses más tarde, la recién fundada Francia de Vichy entregaría a Hitler a muchos de estos íberos, cuyo agradable final podéis imaginar.

Aquella primavera de 1938 nadie podía siquiera imaginar que el exilio, al menos para una gran parte, también sería muerte y penuria. Cientos de miles de personas se prepararon para abandonar la península sin más dilación. Y no, no lo hicieron masivamente en 1939, como señalan los libros de texto. Tuvieron que adelantarse casi un año debido a que, tras el volcán, el istmo que unía la península con el resto del continente se había fracturado completamente. Temían que Iberia se separara más aún de Francia. Tampoco ayudaban los bombardeos que caían sobre Catalunya, en especial sobre Barcelona, y que dejarían más de dos mil quinientos muertos, de los que hablaré después, o sobre Granollers, la llamada Gernika catalana, así como sobre el resto del territorio que subía hacia la frontera con Francia.

Ante la inconmensurable grieta en el istmo, que hizo de la península una isla, el gobierno de la República reaccionó contratando a todos los quincalleros y soldadores de la zona republicana para que trabajaran mano a mano en la construcción de varias grapas gigantes que impidieran que Iberia saliera flotando. Como material, usaron las piezas de los desguaces de carros y las montañas de residuos metálicos del norte, así como las máquinas de las fábricas textiles catalanas y todos los metales que los íberos recogieron y depositaron en las plazas centrales de los pueblos. Una vez recogido el material, llegaba el momento más complicado: soldar y construir las grapas gigantes, colocar sus patas a ambos lados del territorio dividido e hincarlas fuertemente en la tierra. Aquella tarea se llevó la vida de cientos de hombres. Las aguas cantábricas y mediterráneas se habían entremezclado en aquella falla con una fuerza ensoberbecida y no facilitaron la tarea a los chatarreros y herreros.

De todas las grapas que clavaron, solo una tenía el grosor y la resistencia necesarios para servir de puente a la interminable fila de exiliados cargados con equipaje. Estaba situada a una legua de Cerbère, junto al derruido Castell de Querroig. Era la más resistente a pesar de ser también la de mayor longitud. La falla superaba en aquella zona las doce cuerdas de ancho y llegaba casi a las treinta. A aquella grapa la llamaron «la salvadora», por la esperanza que conllevaba cruzarla y pisar un país que no estaba en guerra. Y por allí es por donde pasó de vuelta Alonso, el jandulés que fue a por sus hijos, y con ellos, Jeanne y Mariángeles, a quien, como recordaréis, raptaron.

La reestructurada familia había partido de Jándula hacia el mes de octubre del año anterior, pero no llegaron a la frontera hasta abril del año siguiente. La ruta por la península se les había complicado. Aunque alcanzaron pronto Madrid, se les prohibió abandonar la ciudad hasta que la guerra en el frente de Aragón se calmara o detuviera. Se hospedaron en un hotel al sur de Madrid, que pagó Jeanne, dedicado al almacenamiento de dinamita, salvo la última planta, que el dueño arrendaba a los extranjeros que querían salir de Madrid pero aún no podían. Después de la explosión del volcán, aprovecharon que la guerra, salvo en Teruel, se iba a pausar durante todo el invierno y continuaron el viaje. Les llevó más de tres meses llegar a Barcelona. La península estaba agrietada; las carreteras eran líneas entrecortadas y no conducían a ninguna parte, y las hondonadas, los cañones, las cuencas y los enormes charcos de sangre del volcán eran continuos. Llegar hasta Catalunya fue una carrera de obstáculos. Cuando entraron a Barcelona, decidieron vender el coche y seguir el trayecto a pie hasta la frontera. Habían oído que era la única forma de abandonar el país, ya que, para pisar suelo francés, había que pasar por una grapa metálica no muy ancha, por donde no cabría ni una carreta mediana.

Sacaron muy poco dinero por el vehículo; tenía el bajo destrozado de haber afeitado tanto pedrusco a través de Aragón, así como la totalidad de la cubierta desgajada. Hicieron el equipaje y salieron a cenar una última vez en Iberia, pues Alonso se había prometido no volver a pisar la península nunca más. Fueron al hotel Majestic; el restorán se había mantenido operativo, aunque parte de sus estancias hubieran servido al conflicto. Cenaban criadillas trufadas, *cap i pota* y sobrehúsa gaditana —pues, muy probablemente, la cocinera era charnega—, cuando escucharon el estruendo de varias bombas cayendo sobre la ciudad, así como los gritos de uno de los responsables del hotel, que comía junto a ellos, en un catalán cerrado que no les traslució ninguna palabra.

—Una altra vegada? Però què els passa a aquests feixistes? Destruiran tota la ciutat! És això el que vol Franco? Això és un infern!

—Baixem al búnquer!

—Millor fugim d'aquesta ratera de ciutat!

—I lliurar-la a mans del gallec?

—Doncs que entri Franco ràpid i posi ordre d'una vegada!

—Se senten cada vegada més a prop!

—Morirem aixafats!

Alonso y su nueva familia salieron y observaron lo que ocurría. Lo hicieron junto a un grupo de intelectuales que estaban decididos a abandonar Iberia aquella misma noche si se producía otro bombardeo masivo. Desde el paseo de Gracia alzaron la vista al firmamento; vieron cómo caían cientos de bombas sobre la Ciudad Condal, pero no vieron ningún edificio estallar, ni enormes polvaredas y nubes de casquillos por todo el callejero. Tardaron en colegir que aquellos proyectiles eran una proyección, como en el cinematógrafo, pero sobre la ciudad en lugar de sobre una pared blanca. Las bombas eran hologramas diseñados por los italianos para asustar a la población y avisarlos de lo que les esperaba si no entregaban la ciudad: centenares de explosivos de espoleta retardada que causarían el destrozo una vez entraran en contacto con el suelo, o la carne. Eran una réplica exacta de las que habían caído el mes anterior, en el segundo bombardeo más violento de toda la guerra después de Gernika. Hay que tener en cuenta, además, que Barcelona era la ciudad más poblada de Iberia, superando a Madrid con casi un millón de habitantes.

Alonso y su familia siguieron al grupo de intelectuales calle arriba, hasta llegar al cruce con la Diagonal. Allí había varios vehículos aparcados que se ofrecieron a llevarlos hasta el istmo quebrado, la nueva frontera natural con Francia. Los intelectuales se montaron en un bibliobús. Entre ellos se encontraban Mercè Rodoreda, Armand Obiols, Pompeu Fabra, Pere Quart, Francesc Trabal, Antoni Rovira i Virgili y Antonio Machado.

—Pompeu, Pere, Riba... ¡Y Antonio! ¡Vosotros no debéis montaros en este bus! —repuso Rodoreda—. ¡No cambiéis vuestro destino o cambiaréis el de todos!

—No podemos quedarnos más aquí, estamos aterrados. ¡Y somos deterministas!

—¿Qué va a decir el narrador?

—Mercè... En esta vida uno no ha de hacer caso ni a Dios ni al narrador, por muy cristiano que sea. ¿Te crees que porque nos exilie en la fecha correcta le van a llover menos palos? ¡Le van a caer de todos lados! ¿A quién se le ocurre contar esta guerra de forma tan surrealista? ¿Dónde se ha visto que lluevan bombas de luz?

—¡A la mierda el narrador! ¡Que se las apañe con los historiadores! ¡Hacednos hueco!

Miquel Joseph, que era quien había organizado la huida, aceptó y dejó que los intelectuales se montaran; eran diecisiete. Entonces apareció Lluís Companys, el presidente de Esquerra Catalana, que sería fusilado al año siguiente en los fosos del castillo de Montjuïc.

—¡No, Lluís! ¡Tú no! ¡No y no! Tu historia es más importante que la nuestra, exceptuando quizás la de Machado, con quien ya nos arriesgamos lo suyo al llevárnoslo ahora. Haz lo que tengas que hacer, pero no te montes en el bus, por favor, que no está escrito.

—¿Cómo sabes tú lo que está escrito y lo que no?

—¡No lo sé, pero lo sé!

—Tranquilo, Miquel. No voy a montarme con vosotros. Vengo a despedirme. ¡Deseadme que la tierra me sea leve!

Los intelectuales, asomados a las ventanas del bibliobús, mojaron el asfalto de tristeza, desolados e impotentes. Se resignaron y le dieron la bendición a coro.

—Que la terra et sigui lleu!

Miquel arrancó el motor y estaba preparado para emprender el viaje cuando la familia del cuñado de Odisto apareció delante del vehículo.

—¡Perdonen! Estábamos a vuestro lado en el restorán.

—¡La campaña de alfabetización se terminó! ¡Lo sentimos! —Miquel hizo una broma que no le salió bien, pues ni los suyos ni la familia rio la gracia. Se dio cuenta de que podía malinterpretarse. Se dirigió de nuevo a la familia de forma más educada—. ¿Qué les ocurre? No querrán montarse también, ¿no? ¡Vamos como sardinas!

—¡Móntense en uno de los tiznaos de enfrente! Vienen hasta la frontera.

—¡Gracias! —Y así hicieron.

Alonso, Jeanne, Alfonsina, Ermelo y Mariángeles entraron en uno de los tres vehículos militares listos para partir. Un «tiznao», además de un suculento plato manchego, era un vehículo preparado para la guerra que los trabajadores en las industrias de Catalunya y del País Éuscaro habían blindado con colchones y enormes chapas metálicas. A la hora de la verdad, no se usaron en la batalla porque eran demasiado aparatosos y pesados, y se recalentaban e iban perdiendo las albardas metálicas por el camino, tal y como le ocurrió al tiznao en el que se montó nuestra familia, que llegó a la frontera sin la mayoría de las piezas soldadas, dejando a la vista el interior del vehículo: un taxi que Durruti había usado en su intento por hacerse con la capital, sin éxito. Alonso, que iba embobado con la remodelación chapucera, encontró bajo su asiento una fotografía de un hombre en una azotea con una ciudad árabe de fondo. Le dio la vuelta y vio que había una dedicatoria: «De Albert a Simone».

Se la guardó en el bolsillo. La enmarcaría como recuerdo de aquel viaje.

—¿Os gusta mi tiznao? Lo fabricamos un buen amigo y yo. El pobre… En fin. Me tocó la lotería e invertí todo en esto. ¡Y ahora se le están cayendo las piezas! Y ni tiempo tengo para volver a soldarlas. Lo peor de la guerra es que va todo a contrarreloj, ¿no les parece? En una guerra siempre gana el que tiene tiempo.

Una vez el tiznao salió de la ciudad, el conductor indicó a Alonso que podía mirar afuera por unas mirillas que habían instalado en la parte trasera del vehículo para cubrirse las espaldas. Lo que vio le erizó el vello de todo el cuerpo: miles de personas —medio millón en unos meses, acabada la batalla del Ebro— llenaban la carretera y los caminos paralelos a esta, huyendo hacia Francia. Alonso narró las vistas al conductor, de nombre Roger, y este no pudo contener el agraz comentario que se le había bordado en la lengua:

—¡Nos van a freír vivos, como en Málaga! ¡O en Irún! ¡Y en Bilbao! ¡Bien podían habernos ayudado los rusos aquí! Pero estos no quieren que la guerra acabe, para tener entretenido al alemán. ¡Y ni hablar de los ingleses! Mucho Pacto de No Intervención, pero bien que siguen comprándonos aceite, corcho, minas y vino. Y mientras, amenazando a los franceses con que, si nos apoyan, no los protegerán frente a Hitler. Y Mauriac diciendo eso de que nunca le perdonaría a ningún francés el error de apoyar a la República. ¡Malditos franceses e ingleses! ¡Deberíamos resucitar a Agustina de Aragón y a María Pita! ¡Y nosotros aquí, mientras tanto, friéndonos vivos! ¡Que tenemos ya el último color del salmonete de roca, que cambia de tono antes de morir! —Se dio cuenta de que la mitad de los pasajeros eran menores. Quiso calmar a la familia—. Bueno, no será tan difícil cruzar la grapa esa de la frontera. Esos ingenieros llevan siglos haciendo puentes y esclusas, dragando bocanas… ¡No nos van a detener quinientas varas de nada! Ya mismo estamos en Francia. ¿Habéis estado antes allí?

—Nosotros sí, pero los niños no. Es el primer viaje que hacen en sus vidas.

—¡Pues intentaremos que sea inolvidable! O, mejor aún, que lo olviden pronto.

El viaje del exilio pasó por los siguientes lugares: al salir de Barcelona, se encaminaron hacia Girona por carreteras alejadas de la costa. Allí solo se detuvieron para incorporar a más viajantes, al menos los vehículos que disponían de espacio. Girona sufría un encogimiento general; el miedo estaba calando tanto en los habitantes de aquella villa —ciudad que durante toda la guerra había vivido ajena a los pies fascistas— que la ciudad manifestó su zozobra encogiéndose. Las calles, ya de por si enrevesadas, se retorcieron y formaron un tapiz sinuoso e imposible de recorrer sin quebrar las leyes de la gravedad: callejas de apenas treinta dedos de ancho, escalones a sardinel imposibles de subir, murallas encorvadas que cubrían buena parte del cielo de la ciudad; portalillos que se juntaban con los de la acera de enfrente y techaban las calles, dejándolas desprovistas de oxígeno. La luz desaparecía en la hasta entonces llena de color Girona.

Finalmente, los vehículos lograron salir de allí antes de que se engarbullara más, y continuaron hasta Figueres y hacia la costa. Se deshicieron de los vehículos en Portbou, lanzándolos en marcha desde el mirador de la punta del Claper al mar. El resto del viaje, dos leguas hacia el interior, lo hicieron a pie. No querían que la aviación enemiga supiera dónde se encontraba la grapa sobre la que pasarían, y los vehículos eran más visibles a vista de pájaro que la fila de personas que intentaba camuflarse bajo los árboles.

Las escenas que presenciaron en el camino no fueron plato de buen gusto: ancianos abandonados por sus familias por no poder seguirles el ritmo; mujeres que parían solas a la luz de un pequeño fuego que les descongelaba las entrañas; padres que cargaban con el cadáver de su hijo; hombres taciturnos que lo habían perdido todo y avanzaban con la mirada perdida, ajenos al terror...

Nuestra familia llegó con los primeros rayos del día al castillo de Querroig. Al dejar atrás Girona, a unas cuatro leguas de esta, pasaron por un pueblo sumido en un silencio total, donde escucharon los gritos que un madrileño aprisionado estaba pegando desde su celda. Un tal Rafael Sánchez Mazas gritaba sin descanso la consigna «¡Arriba Iberia!». El falangista llevaba haciéndolo desde que había caído preso el año anterior. Una vez finalizara la guerra, tendría que someterse a una operación quirúrgica urgente para que le cambiaran las cuerdas vocales. Salvo por aquel mantra rasgado e iracundo, el resto del viaje fue tranquilo.

A las seis y media de la mañana vieron por primera vez el istmo roto; la falla enorme que había separado la península. Realmente, Iberia no era entonces más que una isla. La raja continental aterraba, como unas fauces deseando tragar cuerpos, una máquina gigante de producir olvido, furiosa y ensordecedora. Se tuvieron que acercar mucho hasta el precipicio para atisbar la grapa sobre la que tendrían que cruzar las aguas. Era mucho más pequeña e inestable de lo que se habían imaginado. Y en torno a ella había cientos de personas. Los primeros en pasar fueron los niños, ayudados por una mujer de gran desparpajo que transmitía confianza y seguridad, pese a las muertes que había presenciado en el abismo. Se trataba de Victoria Kent, cuya misión en los últimos meses había sido la de salvar a los hijos de los milicianos. Victoria era conocida por haberse opuesto a Clara Campoamor en el congreso, en contra del sufragio universal, para evitar que el voto se inclinara hacia el conservadurismo. Ninguna repetiría escaño. «La Clara y la Yema», las apodaron en la prensa, donde fueron ridiculizadas y ninguneadas, haciendo leña del árbol caído.

Le llegó el turno a nuestra familia. Alfonsina y Ermelo cruzaron de la mano de Victoria. Mariángeles lo haría sobre los hombros de Alonso. Los dos hermanos cruzaron junto a cincuenta personas más. Les llevó casi un cuarto de hora atravesar la grapa. Después llegó el turno de los mayores. Alonso cogió de las manos a Jeanne y le habló:

—Jeanne, por favor... Eres el amor de mi vida. No hagas que me quede viudo de nuevo y cruza conmigo, por favor.

La mujer alemana, cuya bizquera casi le coloreaba los ojos de blanco, no quería cruzar sobre aquella grapa, ya que no la veía. La región central del campo de su visión, debido a su estrabismo, no se le reproducía en la cabeza y pensaba que se caería al mar, que allí solo había aire. Al no tener alternativa, accedió. Prefería la muerte junto a Alonso que quedarse sola y desamparada en aquel rincón de una península en guerra.

La lluvia primaveral y el viento no facilitaron la tarea. Les llevó casi media hora atravesarla. Los niños habían mostrado menos miedo que los adultos. Aunque se les había advertido antes de pisar el puente que no miraran hacia abajo ni hacia los lados, solo al frente y a la grapa, Alonso aprovechó que se encontraba en mitad de la construcción para mirar hacia ambos lados de la falla. Le pareció bellísima la escena, como si estuviera sobre una nube entre dos mundos, entre la guerra y la paz. Notó un efecto extraño, provocado por el viento del lugar: los colores cambiaron de tono, pasaban de uno a otro, como si el viento los destiñera y los volviera a teñir con los matices voladizos de otros cuerpos cercanos. Incluso las carnes de los exiliados cambiaban de tono.

—¡Jeanne! ¿Y si abres los ojos y los ubicas hacia donde sopla el viento? ¿No dicen que uno se puede quedar bizco si bizquea mirando al viento?

—¡Pero yo estoy feliz con mis ojos así!

—¡Ábrelos un momento, por probar!

—¡No, Alonso! ¡En los tiempos que corren, es mejor no ver!

La que sí que los abrió fue la hija de Odisto, sentada en los hombros de Alonso. Mariángeles no solo pudo apreciar la belleza del enclave, sino que notó que sus ojos se giraban hacia adentro por la fuerza del viento. Se sacudió y se echó las manos para volverlos del derecho. Con las yemas de los dedos en las córneas, consiguió que miraran de nuevo al frente. Pero cuando lo hizo, no vio la grapa, ni a Alonso, ni la frontera de Francia a unos pasos. Solo vio los brazos de su madre María, que le sonreía. La pequeña se había soltado de los hombros de Alonso y se había precipitado al vacío.

Su cuerpecillo no solo cayó al oleaje iracundo, sino sobre una estampida de fanecas bravas que iban buscando las aguas frías. Le agujerearon la carne muerta.

Teresa Pàmies

«De la huida de Barcelona, el 26 de enero, nunca podré olvidar a los heridos que salían del hospital de Vallcarca y que, mutilados, envueltos en sus vendajes, semidesnudos pese al frío, se lanzaban a las carreteras pidiendo a gritos que no les abandonásemos en manos de los vencedores. [...] Aquellos que habían perdido las piernas se arrastraban por el suelo, los que les faltaba un brazo levantaban el otro con el puño cerrado, lloraban de miedo los más jóvenes, gritaban enloquecidos de rabia los más viejos [...] y maldecían a los que huíamos y los abandonábamos. [...] Las mujeres parían al borde de los caminos. Hubo bebés que murieron de frío, niños arrollados por la turbamulta. Un hombre resumió así el espanto de aquella tristísima caravana: "Al lado de la carretera había un hombre colgado de un árbol. Un pie llevaba una alpargata y el otro estaba descalzo; bajo aquel hombre colgado había una maleta abierta con un crío que había muerto de frío durante la noche". No se sabe cuántos fallecieron en las carreteras camino a Francia».

María Teresa León

«Estoy cansada de no saber dónde morirme. Esa es la mayor tristeza del emigrado. ¿Qué tenemos nosotros que ver con los cementerios de los países donde vivimos?».

98

Los nueve hoyos de cal viva

El medio millón de exiliados íberos que, al final de la guerra, consiguió cruzar la frontera y refugiarse en Francia, se repartió en varios campos de concentración. Estaban en playas vacías o descampados, a menudo a la intemperie, cercados por una doble alambrada de espino que recogía unos pocos barracones donde la higiene era inexistente y faltaban colchones y equipamiento sanitario. Las condiciones eran pésimas: la comida escaseaba y los reclusos no tenían ropas de abrigo. Las enfermedades propias de aquellos lugares de internamiento se cebaron en ellos. Dicen que el gobierno francés no quería mantener dignamente a medio millón de personas —venidas de la noche a la mañana— por el enorme dispendio que aquello suponía. Así, la esperanza de aquellos hombres fue menguando como el relieve de sus cuerpos. En aquellos inhóspitos lugares murieron alrededor de quince mil personas. Con cada muerte, montones de ropa y de pertenencias personales se acumulaban en los campos. Para hacer espacio y contribuir a que estuvieran menos hacinados, la Garde Mobile cavaba hoyos profundos donde enterraba pertenencias y los recuerdos de los fallecidos, y vertían sobre ellos cal viva, borrando toda pista de los exiliados. En poco tiempo, aquellos íberos pasarían de ser refugiados a ser considerados como mano de obra, y fueron repartidos por todo el país, allá donde necesitaban a personas con moral y voluntad fáciles de domar; seres dóciles y asustados, desvalidos e impotentes, con mucha hambre y sed de sueño. Hubo alrededor de cuarenta campos. Estos son los escogidos, de los que he rescatado una simple escena por lugar, narrada en presente:

~~Argelès-sur-Mer~~

Hospici abre los ojos al máximo e intenta no cerrarlos. La niña con la boca más limpia de todo el campo se los sopla. Cuando los siente bien resecos, levanta la mano para que la niña detenga el soplido. Hospici se sujeta los párpados con los dedos y sale del barracón. Corre hacia el centro de la explanada y se sienta en el suelo junto a los otros, inclinando la cabeza hacia atrás. Deja que las gotas de lluvia caigan sobre sus retinas secas y desprotegidas. Conforme las gotas van cayendo, nota una desopresión ligera en la parte trasera de la cabeza, y una sensación parecida a la felicidad. La terapia, que consiste en dejar que las puras gotas de la lluvia erosionen los recuerdos de la memoria visual, hace efecto en él, limpiándole la visión de broza y gris. La lluvia le borra las imágenes del horror.

~~Saint-Cyprien~~

Anselmo lleva atada la espátula a la muñeca para no tener que asirla con tanta fuerza, pues se le estaban desquebrajando los músculos del antebrazo. Se la ha atado con los jirones de un pantalón de estameña que se ha salvado de la cal. En la otra mano lleva una cubeta de jabón líquido hecho con la leche pasada de una burra pirenaica. Al principio contaba el número de cuerpos que había separado, pero perdió la cuenta. Se ha convertido en un trabajo mecánico. Se introduce en la madeja de cuerpos hacinados y los separa con la espátula, lubricada con el jabón, metiéndola en las juntas de las pegajosas carnes de los hombres, unidos entre sí por un engrudo hecho de piel, sudor y luto.

~~Septfonds~~

Ferreol no padece de vértigo, así que es, tal y como él mismo ha afirmado tantas veces, el más indicado para realizar el trabajo de vigilante costero. Se asoma cada noche a uno de los acantilados, se tumba en él para que la hierba alta lo cubra, y observa con unos anteojos la lejana costa íbera. Anota en un cuaderno los republicanos arrojados al mar afilado desde las altas rocas, obligados a encontrar la muerte en un suicidio a medias. Les vendan los ojos para que no cuenten en el cielo lo que han presenciado. Los nacionales son muy supersticiosos y creen que si uno muere con los ojos tapados, no recordará nada de lo visto. Ferreol, antes de ser vigilante, cuando la República ilustraba a un pueblo analfabeto, era maestro, especializado en arte moderno. Le viene a la cabeza el lienzo del fusilamiento de Torrijos. «Al menos no acabarán en una cuneta y el mar les hará de sepulcro».

~~Le Barcarès~~
Queralt corre hacia la única mujer de toda la playa que lleva una prenda colorida: una falda azul con lunares blancos. Le mira el rostro y se marcha decepcionada; pensó haber encontrado a la única mujer que sonreía en todo el lugar. «Quizás no exista y se trate de una leyenda, aunque tantos digan que la han visto». Siguió sentada en la arena, sintiendo cómo el tifus acampaba en el interior de su cuerpo. Al rato, escucha las amenazas de la Garde Mobile a un preso que se niega a abrir el puño y a soltar el puñado de tierra que ha traído desde Iberia. Acorralado, abre la boca y se lo traga. El guardia le dispara a la altura del esófago y ve salir a través del agujero la arena y el alma del prisionero.

~~Vernet d'Ariège~~
Llúcia no se separa de la bolsa, por muy mal que la miren y por muy amplio que sea el perímetro que el resto de prisioneros deja alrededor de ella. Lejos de apiadarse, la insultan e intentan convencerla de que se desprenda del contenido del saco, pero no cede. Lleva en él a su hija recién nacida, que murió pisoteada en el camino antes de llegar a Francia. A la noche, sus compañeros logran arrancarle de las manos la pestilente bolsa y la entierran en cal viva. Llúcia se despierta al reconocer el olor de su hija ardiendo. Se aproxima hacia el hoyo de la cal y se lanza a él. Nada se puede hacer por Llúcia. Los otros detenidos corren a la montaña de objetos para lanzarlos encima de ella, y que el olor a carne chamuscada no se extienda por el campo. A unas varas de allí, uno de los presos toma del suelo una piedra caliza ocre y un pedazo de carbón, y dibuja en un cartón una escena que vio antes de llegar al campo de concentración. Su compañero, el escritor Max Aub, echa una ojeada al dibujo y le propone lanzarlo por los aires cuando lo acabe para que el narrador sea testigo de la ilustración. Helios acepta.

~~Agde~~

Txell llora en un lugar apartado del campo la ausencia de su marido y de su hijo. Habían cruzado la frontera los tres de la mano, pero el gobierno francés los separó nada más pisar el territorio galo. Mandaron al marido a un campo lejano. No se volvieron a ver más. Semanas después, le quitaron el hijo de los brazos y lo enviaron a México. Tampoco lo volvió a ver más. Txell se quedó sola y desamparada. Pasada la guerra, vendrán a por ella y la repatriarán. Se vestirá de luto y cerrará las ventanas de su casa para siempre, donde esperará una muerte temprana.

~~Clermont-Ferrand~~

«¡Yo sé pintar!». Un tal Gerardo Lizarraga le dice a los guardias la profesión que mejor sabe hacer. Estos se ríen y lo ridiculizan, haciéndole saber que un hombre hecho y derecho debería tener otras nociones en la vida para poder dedicarse a oficios de mayor hombría. Además, le dicen que en Francia ya tienen dibujantes de sobra, y los mejores del mundo. Los chovinistas guardias, aun así, le dan una oportunidad para que muestre sus dotes. Le colocan delante a un viejo y le dan dos minutos para que pinte el mejor de los retratos. Gerardo toma papel y tizón, y esboza la idea visual que tiene de ese hombre viejo: una madeja de formas curvas, sinuosas y expresivas, miembros que se derriten y apenas dejan ver la forma del cuerpo del anciano. A la noche, los guardias cuelgan al viejo bocabajo de un recio árbol seco. «¡Mire bien, Lizarraga! Si este hombre muere, será solo culpa suya». Lizarraga tiene que peinarle las venas del cuerpo de la cabeza a los pies para que le circule la lenta y espesa sangre. Por suerte, no muere.

~~Gurs~~

Eusebio se sorprendió ayer al ver que los guardias del campo de concentración francés de Gurs, el más grande y longevo de todos, eran árabes. Se preguntó si no habían caído en una trampa y, lejos de haber alcanzado la libertad en el país vecino, estaban en manos de los fascistas. Quizás Franco se había hecho con el sur de Francia, o lo estaba arrendando. Al principio intentó tranquilizarse y decirse que aquellos guardias bien podrían ser neutrales en el conflicto. Pero poco le duró aquella suposición. Minutos más tarde vio que uno de ellos, a caballo, derribó a un prisionero que, sofocado y viejo, no podía caminar más deprisa. El viejo cayó al barro y le costó sudor y lágrimas volver a recomponerse. Eusebio le echó una mano. Esa misma noche, el viejo durmió junto a él en el mismo hueco cavado en el barrizal que era el suelo del campo. El reloj marca ahora las seis de la mañana. Eusebio no ha pegado ojo; piensa que se acostumbrará pasados los días. Entrecierra los ojos y, cuando los vuelve a abrir, ya es de día. Lo que ve, lo marcará de por vida, pero más aún marcará a los árabes: el guardia bereber a caballo del día anterior, aquel ojizarco de tez blanca que tan mal había tratado al viejo, ha sido asesinado. Lo han colgado de uno de los postes de madera donde agarran las alambradas; le han clavado su propio machete en el corazón. Desde ese día ningún otro árabe se atreverá a meterse con un exiliado íbero; les hablarán a voces desde lejos, temerosos, como si los prisioneros tuvieran el poder de mover sus sables. La impúdica venganza de uno se ha convertido en el escudo de los demás, mal que no les haya agradado ver al guardia de aquella manera, casi crucificado.

~~**Bram**~~

Casildo yace pelado en mitad de un socavón; se le ven los músculos y algunos huesos donde un minuto antes solo había piel. Había trabajado todo el día transportando cubos llenos de heces. En una sola fila de urinarios, de apenas siete varas, cabían diez cubos con algo de paja, donde cagaban diez hombres al mismo tiempo. El trabajo era dificultoso y debía hacerse con presteza para evitar que el olor pasara de nauseabundo a mortal. Finalmente, su cuerpo no aguantó más, tropezó y cayó al suelo. Ochenta y cinco kilos contra la tierra blanca arcillosa. Tuvo mala suerte Casildo. Cayó justo encima de un suelo hueco donde anidaba un centenar de cantáridas, protegiéndose de la inmundicia del campo. El cuerpo se vio envuelto por los insectos verdes y metalizados, y Casildo se llenó de la sustancia vesicante que, después de hincharlo y duplicar casi su tamaño, corroyó los tejidos de su cuerpo. Simón Bolívar y los reyes Fernando II y Fernando VII se acuerdan de él desde el cielo; cielo que ahora está teñido de verde por el vuelo de las llamadas «moscas íberas» alejándose del fallecido Casildo, a quien nadie se acerca.

Manuel Azaña

En el segundo aniversario del golpe de Estado, el presidente de la República dio un discurso en el célebre Saló de Cent, ubicado en el corazón del ayuntamiento de Barcelona. Durante una hora y doce minutos proclamaría la necesidad de llegar a un armisticio y de terminar con aquella guerra. No sirvió para nada, quizás solo para otorgar algo de poesía a los discursos que se emitían de forma constante por ambos bandos. He aquí una de sus partes más famosas:

«Cuando la antorcha pase a otras manos, a otros hombres, a otras generaciones, que les hierva la sangre iracunda y otra vez el genio íbero vuelva a enfurecerse con la intolerancia y con el odio y con el apetito de destrucción, que piensen en los muertos y que escuchen su lección: la de esos hombres que han caído magníficamente por un ideal grandioso y que ahora, abrigados en la tierra materna, ya no tienen odio, ya no tienen rencor, y nos envían, con los relumbres de su luz, tranquila y remota como la de una estrella, el mensaje de la patria eterna que dice a todos sus hijos: paz, piedad, perdón».

99

La carta del padre

Ijos mios:

Os escrive buestro padre. Estoi vien. Me fui lenjos, pero os siento cerca cada dia que pasa, aunque el narrador mui provablemente no os lo aga saber, ni a bosotros ni al lector. No entiendo esta vida si no es para daros un futuro hestable, para que podais ser felizes. E canviao muncho desde que parti. Antes, el canpo me era lo mas inportante, y le prestaba mas atencion que a todo lo otro, mas que a bosotros, a mis amigos, a mi mismo... El canpo me cegaba, y creo que con razon, pero debi aberme esforzao más por pasar tienpo junto a bosotros. El tienpo es trasparente y solo toma forma y color cuando es pasao o perdio. Os prometo que, cuando vuelva, trabajaremos el canpo de una forma diferente, mas calida. Deseo miraros a los ojos y saber que estais vien. Tengo mieo de bolver y de no reconoceros, o de que no me reconozcais. La mella de la guerra... Os quiero muncho, y os tengo sienpre presentes. Bolveré mui pronto, antes de lo que os podais figurar. Cuidaos muncho y aced caso de los ermanos mayores.
Os quiere, buestro padre.

O.

Josito y Ángeles

—Hermana... ¿Duermes? —Josito acudió al lecho de Ángeles de madrugada.

—¿Josito? ¿Qué ocurre? —La joven se incorporó asustada, todavía en duermevela.

—¡Nada! Es solo que no me puedo dormir porque hay una cosa que me da miedo y que no te he contado.

—¿Qué es? Puedes contármelo. —Ángeles se sentó en la cama y dejó que el hermano ciego lo hiciera a su lado. Le tomó una mano y se la besó. El calor de su hermana lo apaciguaba, aunque lo notaba demasiado inquieto.

—¿Y si no me crees?

—¿Por qué no iba a creerte? Venga, cuéntamelo, que es tarde y mañana tenemos que ir a por las flores de San Juan. ¿No querrás que nos quedemos dormidos sin encontrarlas?

—¡No!

—Pues venga, va... ¿Qué te pasa?

—Es sobre la hermana.

—¿Mariángeles?

—No... Martina. —Ángeles tragó saliva y cerró los ojos. Apretó la mano de Josito e hizo por donde para continuar hablando con su hermano.

—Todos la echamos de menos, Josito. Tienes que intentar...

—¡No es eso! Es que... la veo.

—¿Cómo que la ves?

—¡Si abro los ojos, la veo! —Ángeles notó que el crío se agitaba y se ponía nervioso. No dudaba de su palabra. Josito, por su invidencia, nunca abría los ojos. Solo lo hacía de vez en cuando para airear sus marchitos órganos, pero en nada cambiaba su ceguera—. ¡Tengo mucho miedo!

—¿La ves? ¿Y... cómo está?

—¡Mal! —Las lágrimas inundaron el rostro de Ángeles. No

sabía cuánto de imaginación y de verdad había en aquella confesión, pero la estaba angustiando igual—. La veo iluminada, con la misma ropa que llevaba cuando se fue al río. ¡Pero me da miedo! Siempre está entre nosotros y nos mira constantemente.

—Pero eso ya lo sabíamos, Josito. Sabíamos que estaba entre nosotros, transparente y sin poder tocarnos, pero presente. ¿No te hace feliz que siga aquí?

—¡No! ¡Me da miedo!

—¡Josito! —Ángeles adoptó un tono más de enfado—. ¿Por qué hablas así de tu hermana? ¿Y si nos está escuchando ahora? Se va a entristecer mucho.

—¡Me da miedo! ¡Siempre está sonriendo con la boca muy grande, y tiene los ojos diminutos! ¡Es como si llorara y sonriera al mismo tiempo! ¡Y la boca la tiene torcida y caída! ¡No quiero verla más! —A Ángeles se le puso todo el vello de punta; un escalofrío la recorrió. Trató de calmar a su hermano.

—Tu hermana nunca te haría daño, Josito. ¿No has pensado que quizás sean sueños?

—¡No! No quiero verla más.

—Tranquilo, pequeño... —Ángeles le acarició el pecho.

—Quiero pedirte una cosa.

—Dime. —Ángeles se sorprendió ante los modales del joven, como si hubiera madurado de golpe. Al menos, todavía conservaba la voz infantil.

—¿Me puedes coser los ojos? ¡No me sirven para nada! Y no quiero volver a abrirlos.

—Josito...

—¡Por favor! ¡Por favor! ¡Que me da mucho miedo!

—¡Te dolería mucho!

—¡Me da igual!

—Bueno... De acuerdo. —Ángeles cedió; pensó que, quizás a la luz del día, lo haría entrar en razón—. Te los coseré después de que celebremos San Juan, ¿de acuerdo?

—Vale.

Josito se secó unas minúsculas lágrimas y se fue hacia su pequeña cama junto a su hermano. Antes de salir por la puerta, la hermana le dijo que intentara descansar, que al día siguiente iban a caminar mucho. El niño cerró la puerta y se fue.

100

La Noche de San Juan

Pese a tratarse de una tradición de los pueblos célticos, bien asentada en Galiza, la noche del 23 al 24 de junio las siete hierbas mágicas eran recolectadas en buena parte del norte de la península y en Jándula. Tenían que recogerse junto a siete fuentes distintas antes de que cayera la noche; después había que sumergirlas en una cuba con agua y dejarlas en remojo hasta la mañana siguiente. Al alba, los lugareños se lavaban la cara y el cuerpo con el agua, coloreada de tonos vidriosos y almagres. El perfume los purificaba durante doce meses.

Ángeles había partido en busca de las siete fuentes y de las hierbas a media mañana: hierba de San Juan, romero, hierbaluisa, helecho, malva, sauco y retama negra. Lo hizo con sus hermanos, a quienes intentaba no perder de vista. Pedro se quedó en casa, bajo tierra y escondido, tejiendo a oscuras mantas para el invierno.

Ángeles detalló a Gonzalo el aspecto de las flores, y a Josito el olor de cada una, para que pudieran ayudarla a localizarlas. Cada año sentían el mismo miedo, la ansiedad de no encontrarlas todas y que el mal agüero cayera sobre ellos. Pero aquel año Ángeles no estaba asustada porque peor no les podía ir. Lo bueno del desánimo más absoluto es que erradica la superstición.

Aquel verano de 1938, el último de la guerra, resultó ser muy caluroso, tanto como gélido había sido el invierno anterior. Los tres hermanos se protegían del sol saltando de sombra en sombra. Caminaron varias leguas hacia el oeste, acercándose a las tierras empinadas e irregulares que quedaban entre Jándula y Cazorla, donde más vírgenes eran los terrenos y más puras y frondosas las matas. Era un lugar desaconsejado por el predominio de grandes matojos de chuza, la especie autóctona que enfriaba y congelaba todo lo que tocaba siempre que fuera algo vivo, orgánico.

—Si alguna vez tenéis que esconderos, venid hasta aquí. Esta tierra no está señalada en los mapas. Papá me lo contó cientos de veces. ¡Pero no hay que pisarla en invierno! Hay demasiadas chuzas y es peligroso. Una chuza en verano te enfría, pero en invierno te congela vivo. ¡Alejaos de ellas! Es mejor pasar calor a que se os congele un dedo. ¿De acuerdo?

Ángeles insistió tanto que los niños, a quienes las chuzas entusiasmaban y acongojaban a partes iguales, obedecieron sin rechistar.

—Hermana, hecho de menos a papá.

—Gonzalo, «echo» se escribe sin hache.

—¿Cómo sabes que lo he dicho con hache si es muda?

—Porque, cuando hablas, suelo imaginarme las palabras escritas en la mente. Me ocurre por pasar más tiempo dentro de mí que fuera. Y sí, todos lo echamos de menos.

—¿Nos lees esta noche su carta de nuevo?

—Sí. La leeremos un par de veces, ¿de acuerdo?

—¿Junto al hueco donde se esconde el tito Pedro?

—¡Josito! ¿Qué te dije en casa? ¡No hablemos de eso aquí!

—¡Pero si aquí no nos escucha nadie!

—¿Acaso no escucha Gonzalo lo que ocurre a leguas sin necesidad de moverse? ¡Va, a ver quién encuentra primero la malva, que es la única que nos falta! A las malas, arrancaremos algo de lavanda, que a mi ánimo no le vendrá mal.

La semana anterior habían recibido la primera carta de Odisto desde que partió. El patriarca no se había atrevido a hacerlo antes. No lo hizo de forma directa. Se la envió a Fermín, el farmacéutico. Este se la llevó a la familia; la escondió dentro de uno de aquellos paquetes grises y alargados de algodón hidrófilo, de los del membrete blanco y la cruz dorada sobre un círculo rojo. Había tantos paquetes de aquellos por todas partes que a nadie se le ocurriría abrirlo para investigar el contenido. Fermín temía las amenazas de Venancio. Era cierto que el jandulés desquiciado iba perdiendo poder, ya que, conforme iban llegando noticias del avance de las tropas fascistas, menos se envalentonaba y más retrocedía su dominio desalmado en el pueblo. Tanto era así que, según decían, su mujer tenía las maletas hechas por si había que echar a correr. En verdad, medio pueblo las tenía preparadas, de ambas ideologías. Los *hunos* temían a los rusos, los *hotros* a los alemanes. Todos tenían un ojo puesto en la batalla definitiva y decisiva que no tardaría en comenzar en torno al Ebro.

Recogieron las siete plantas y volvieron a casa. Además del lavado con las hierbas mágicas a la mañana siguiente, también llenaron varios vasos de agua, uno por cabeza, y los dejaron en el poyete de una ventana. Debían esperar hasta medianoche y beberse el agua.

Después de la cena, encendieron una pequeña fogata en la terraza más escondida del huerto y saltaron encima de las llamas. Tenían que hacerlo un número impar de veces. Pedro se les unió. Se arriesgó a ser descubierto por algún vecino, ya que las llamas de la hoguera lo mostraban con detalle. Dijo que prefería la muerte a no saltar la hoguera de San Juan. Ángeles aceptó, con un ojo en su novio y otro en el rifle que ocultaba sobre una de las vigas que, junto a la mimbre, sostenían las viñas del cortijo.

Tierra, agua y fuego.

La reestructurada familia celebró la mágica Noche de San Juan, préstamos culturales gallegos mediante, e intentó traer buen agüero a sus vidas; esperanza y dicha. Ahora bien, de aquí en adelante, si algo le pasara a alguno de estos cuatro cándidos, no piensen ustedes que el tal san Juan no existe, o que el santo no intercede por quienes cumplen con la tradición. Quizás con tanta cacharela se despistó y no supo llevar el manto de su protección al resto de la herida y agrietada península, o fueron los montes de León los que le impidieron ver más allá, pues dichos montes, que siempre habían sido algo chatos, alcanzaron cotas inimaginables con la erupción del volcán. El pico Teleno llegó a cuatro mil setecientas flamantes varas y quedó como el más alto de la península, superando al Mulhacén.

El 24 de junio de 1938, Ángeles, Pedro, Gonzalo y Josito celebraron la noche más corta del año. Durmieron felices, imaginando los deseos bien cumplidos por san Juan. Un mes más tarde, recomenzó la guerra.

Eva

Augurio XII

Hoy, día del Apóstol, santo protector de Iberia y su único patrón, a las doce y quince minutos de la medianoche comenzará la batalla del Ebro. Todos los hombres en Iberia correrán hacia allí. Se conoce que será la última gran lucha en campo abierto, la mayor de las batallas aéreas y la más decisiva. Ya nadie acude a conquistar Valencia ni a hacerse con Madrid. La partida se juega junto al hermoso río Ebro, el más caudaloso de la península, si es que aún podemos referirnos a ella como península, ya que el istmo está quebrado y mal grapado. En total, serán cuatro meses de batalla, aunque a los soldados la lucha se les hará cosa de un día, como suele ocurrir en las hojas de este libro. Pondrán un pie en tierra de nadie una mañana de finales de julio y, al caer la noche, ya será noviembre.

101

Las trece rosas

Apenas cuatro meses después de que acabara la guerra, trece mujeres —siete de ellas menores de edad— fueron hacinadas en una prisión, torturadas y fusiladas por el leguleyo de Franco junto a unos cuarenta hombres, en un juicio sumarísimo, en las tapias del cementerio de la Almudena. A las mujeres se las llamó «las trece rosas», y a los hombres «los cuarenta y tres claveles». Aquel asesinato fue uno de los más sonados y denunciados después de la dictadura, prueba de la perversidad del régimen. El motivo del fusilamiento fue de corte político, una venganza franquista por un atentado republicano que ocurrió cerca de Talavera de la Reina, pese a que aquel golpe no había sido ni ejecutado ni orquestado por las trece mujeres.

Esto es lo que la historia nos cuenta, y lo que habría pasado si no fuera porque bajé hasta Madrid a hablar con ellas y las convencí para que adelantaran la fecha de su muerte. El 24 de julio de 1938 me encarné en un personaje de este libro y entré en la narración. Las reuní en Madrid y les vaticiné la forma en que iban a morir. Les propuse que murieran al día siguiente, un año antes de su defunción real, para intentar cambiar el curso de la historia y de la guerra. Mi propuesta consistía en que se suicidaran juntas en la batalla del Ebro, sobre una roca en la que pudieran ser vistas por ambos bandos, para remover las conciencias de los militares. Quizás el sufrimiento de las jóvenes sirviera a los combatientes para darse cuenta del error que cometerían si Franco llegaba a liderar el país. Y ellas aceptaron.

Ahora, en perspectiva, me doy cuenta de que fue una proposición muy torpe porque no sirvió de nada y les robé un año de vida a las trece mujeres, aunque también podría verse de la siguiente forma: les ahorré un último año de padecimiento y de camino hacia el vacío.

En cualquier caso, he aquí lo que hicieron y cómo pusieron fin a sus vidas:

Primero, una vez empezada la ofensiva y transformada en batalla, tres avionetas lanzaron una lluvia de papeles sobre los combatientes de ambos bandos en los que se explicaba que aquellas mujeres serían asesinadas por Franco al final de la guerra y que, si ellos no cambiaban el destino de la península, miles de inocentes perderían la vida de igual forma. Se hacía hincapié en que tanto la derecha como la izquierda podían derrotar al caudillo, que un país encadenado, da igual si es rojo o azul, no puede respirar. Bastaba con que un solo eslabón se soltara para que la cadena dejara de asfixiar la tierra. Los combatientes recibieron con estupefacción la información caída del cielo. Inmediatamente después, llevaron los ojos hacia una montaña prominente que se podía ver desde toda la tierra de nadie. Allí arriba gritaban trece mujeres, con los ojos maquillados y llorosos, con churretes negros surcando sus rostros. Dejaron de gritar y se desnudaron, doblaron sus camisones y los dejaron sujetos con una piedra para que no salieran volando, como si aquello importara una vez murieran. Carmen Barrero, Martina Barroso, Blanca Brisac, Pilar Bueno, Julia Conesa, Adelina García, Elena Gil, Virtudes González, Ana López, Joaquina López, Dionisia Manzanero, Victoria Muñoz y Luisa Rodríguez. Desnudas, se arrodillaron y vertieron agua con una jofaina en la tierra; hicieron barro frente a ellas, al borde del precipicio. Se fueron pasando la palangana hasta que todas consiguieron hacer un charco embarrado ante sus rodillas, porque se habían puesto de rodillas. Metieron las manos en sus respectivos charcos y esperaron a que el barro se solidificase con rostros arrostrados y firmes. No tardó en hacerlo. Hice soplar un viento frío que en unos minutos dejó el barrizal duro como las rocas de un castro. Contaron hasta cuatro y se lanzaron al precipicio, dando una voltereta hacia adelante con sus cuerpos. Como las manos estaban atrapadas en la tierra, no cayeron al despeñadero, sino que se quedaron colgadas en el filo del escarpe, con los brazos rotos. En aquella posición encontraron la muerte.

Nadie se atrevería a moverlas de allí, aunque sus cuerpos miraran hacia la batalla e incomodaran a ambos bandos, sobre todo al fascista. Varios días después, en una pausa bélica, un soldado aprovechó la noche para subir y comprobar si podía descolgarlas. Se acercó a los charcos endurecidos que aprisionaban sus manos fracturadas y vio que de cada uno de ellos había nacido un rosal. Y cada rosal echó una sola flor. El soldado franquista cortó los veintiséis brazos de las mujeres y dejó que cayeran al barranco; pero dejó intactos los rosales y sus trece rosas. Volvió pensando: «Si tanto han insistido en que esta muerte ha sido dulce en comparación con la que Franco les tenía guardada…, ¿cuán cruel habría sido la otra?».

102

La batalla del Ebro

El entonces presidente del Consejo de Ministros, Juan Negrín, pidió al jefe del Estado Mayor Central republicano, el general Vicente Rojo, que preparara todos los contingentes para lanzar una ofensiva que aliviara la presión que el ejército sublevado estaba ejerciendo sobre Valencia. La intención del ataque sorpresa no era volver a unir los dos bloques en que estaba dividida la zona republicana, objetivo irrealizable, sino evitar que cayera Valencia y demostrar a Europa la entrega y la constancia del ejército republicano, en espera de que la guerra comenzara de un día para otro en el resto del continente y recibieran el apoyo de las fuerzas militares de los países democráticos.

El general Rojo, después de considerar varios ataques diferentes, resolvió ordenar que cruzaran el bajo Ebro seis divisiones republicanas y atacaran la Terra Alta. Lo harían por doce puntos estratégicos diferentes, entre Mequinenza y Amposta, hasta avanzar ocho leguas y llegar a la localidad de Gandesa, la capital de aquella comarca —donde aún hoy, como prueba de la ferocidad de aquel choque bélico, si paseáis por los campos lindantes a los pueblos de Pinell, Flix, Fatarella o Miravet, podréis encontrar restos óseos con apenas levantar el polvo—. La operación tomaría el nombre de «Ofensiva del Ebro», al trazar el propio río el límite entre ambos bandos. Tanto a Juan como a Vicente no les pareció una empresa arriesgada. Aquella tierra no opondría gran resistencia, ya que apenas tenía núcleos urbanos ni grandes puestos de mando de las fuerzas nacionales. Pensaron que sería coser y cantar. Estipularon lo necesario y dieron luz verde a los tres cuerpos del ejército y a sus divisiones correspondientes. Varios días más tarde, las primeras formaciones militares llegaron a la ribera oriental del Ebro y con prudencia se guarecieron del enemigo, ajeno a sus ambiciosos planes, pero consciente de un ataque próximo.

Una vez llegaron todos los hombres del bando republicano, comenzaron la previa de la operación. Enmascararon el armamento, cubriendo las piezas de artillería con cañas y ramas ligeras para poder deshacerse de ellas con agilidad. Se aproximaron lo máximo posible al río y se parapetaron detrás de la junquera de las aguas marginales —aquellos cañaverales silvestres alcanzaban hasta las dos varas de altura—. Una vez escondidas las unidades, aguantaron firmes y atentas a la señal, fusil en ristre. El momento más complicado de la operación estaba a punto de darse: el cruce del río. Ni los manuales bélicos más deficientes e improvisados aconsejaban atravesar un río tan caudaloso como aquel. Los soldados se repetían una y otra vez en voz baja una consigna, para mantener la concentración: «ríos de sudor para evitar gotas de sangre». Algunos se echaban las manos al vientre y se lo masajeaban sin soltar el fusil. Habían comido copiosamente; las tropas habían obtenido doble ración de rancho para que no les flojearan las fuerzas: un puchero cocinado con dos botellas de coñac para camuflar el sabor rancio del lardo.

Los soldados estuvieron de pie junto a los juncos alrededor de tres horas y media hasta que, a medianoche, el matemático Tagüeña, encargado de aquellas unidades, dio la señal, que era una palmada al hombro que los unos a los otros de forma consecutiva se iban a dar a lo largo de todo el trecho de río que habían escogido para franquear. No lanzaron consignas o gritos de guerra. La operación se llevó a cabo en el más absoluto silencio, interrumpido únicamente por el chapoteo de los remos de las barcas mal bogadas. Fueron guiados por aparceros republicanos de la zona, quienes conocían los puntos del río menos peligrosos. Aunque también hubo quien sintió pánico al ver las aguas del río y desertó, como el Campesino, uno de los militares republicanos más célebres y loados.

Noventa bateles cruzaron el río, cargando en total con novecientos hombres, diez por barca, en un trecho que les llevó diez minutos atravesar. Muy pocos hombres se mojaron, la mayoría únicamente las piernas, y a solo unas varas de arribar la embarcación. Con los pantalones mojados, ganarían una capa extra de barro; algún combatiente pensó que aquello los protegería mejor de las balas. Los que no navegaron, cruzaron el río a través de las pasarelas de piezas flotantes de alcornoque que los pontoneros acababan de construir. Por allí podían pasar hasta dos mil quinientos hombres cada hora. Posteriormente, aquellos peritos fluviales también construirían pasarelas más resistentes para los vehículos militares.

José fue uno de los soldados que descuidó el equilibrio y cayó al agua antes de llegar a la ribera contraria. Formaba parte de un pelotón de dos escuadras, mandado por un cabo primero; la primera escuadra de fusileros corrió junto al resto de la infantería a enfrentarse cuerpo a cuerpo con el enemigo; la segunda, una escuadra de ametralladoras, se quedó intencionadamente rezagada para establecerse así en lo alto de un montículo que les sirviera de casamata, desde donde cubrirían con el fuego de las ametralladoras los pasos del resto de la infantería. José pertenecía al segundo grupo. No era muy ducho disparando, así que asumió la tarea de cambiar el cañón de la máquina cada vez que veía el fin de la cinta, doscientos disparos en una ristra metálica. Para impedir que la máquina se sobrecalentara, ya que, de hacerlo, el tubo quedaría soldado al casquillo guía y al cierre, impidiendo sacar el cañón, José debía meter los cañones en agua para que se enfriaran antes. También asumió la función de proveedor, que era el soldado que se encargaba de sacar la cinta de munición de la caja y sujetarla, pues la máquina no tenía la fuerza suficiente como para tirar de los cartuchos ella misma, pese a que, a simple vista, los engullía con violencia y aplomo.

En solo cinco minutos, el sonido de aquel apacible lugar quedó contaminado con los escalofriantes silbidos de las balas y las explosiones de las piezas de artillería, en especial de las baterías de cañones de las escuadrillas de la retaguardia. José no miraba alrededor. Pensaba que, si no buscaba las balas con la mirada, estas no lo alcanzarían. Se centró en la labor de alimentar la ametralladora.

—¡No queda agua y esto está que arde! ¡Y no me queda más pis! ¿Tienes ganas de mear?

—¡No sé mear delante de gente!

—¡Nos ha salido señorito el andaluz! ¡Pues baja al río y trae agua! —le ordenó su compañero.

—¿Y dónde la cargo?

—¡En el casco mismo! ¡Toma el mío también! ¡Va, no te entretengas! ¡Vamos a apiolar a estos fascistas de mierda, que si salimos de esta, me caso mañana mismo con la novia! ¡Y si ves un furriel, pídele munición!

El jandulés se puso los dos cascos, uno encima del otro, por si tropezaba descendiendo el altillo y necesitaba amortiguar la caída con las manos, y fue a buscar el agua. Llegó al río y se disponía a llenar los cascos cuando un hombre con un fuerte acento francés, uno de los primeros heridos de la batalla, le pidió ayuda. El convaleciente se había hincado la bayoneta del rifle en el hombro y no podía mover el brazo. José se preguntó cómo diantres se había hecho aquella herida. Lo montó en una de las barcas que partían hacia la zona republicana y le puso el machete que llevaba enfundado junto al cinto en la mano.

—Ya que no puedes disparar con una sola mano, defiéndete con esto.

—*Merci! Tu viens d'aider quelqu'un qui combattra le fascisme à Paris, qui arrêtera les pieds d'Hitler. Rol-Tanguy! Souviens-toi de mon nom!*

Era conocida la manía de los extranjeros de hablar en su propio idioma y de empeñarse en que el otro, por obra del Espíritu Santo, los entendiera. José no comprendió una sola palabra, salvo «Hitler» y «*merci*». Volvió a su tarea principal, preguntándose si acababa de ayudar a un nazi. Llenó los dos cascos de agua y volvió a su puesto. Al atravesar la breña que había entre la corriente y el monte, recibió un disparo en uno de los cascos. Maniobró para ponerse a cubierto y meter al mismo tiempo el dedo corazón en el agujero. Se maldijo. En todo el regimiento republicano apenas había cascos como aquel, proveniente de la última remesa internacional de armamento. El dañado era el de su compañero. Hizo el intercambio: se quedaría él con el agujereado. Temía ser reprendido. Logró volver con el agua, enfriar los cañones y continuar dándole de comer a la máquina, ignorando las quejas de su compañero por su dilatada ausencia.

El inicio de la operación fue tácticamente un éxito —al bando republicano se le daba bien el ataque sorpresa, pero después se desorientaba y perdía fuelle, como ya vimos en batallas anteriores—, aunque en un solo día fallecieron más de mil doscientos hombres, pérdidas sobre todo notables en la avanzada que formaba la vanguardia de brigadistas. Pese a las bajas del batallón de choque —el cual, hay que decirlo, siempre estaba formado por los combatientes más inexpertos, ya que, como peones, eran las piezas que antes caerían—, las fuerzas republicanas avanzaron expeditas y consiguieron crear varias cabezas de puente, de norte a sur, tal y como se habían propuesto. La más extensa de ellas llegó hasta las inmediaciones de Gandesa, donde incluso detuvieron a numerosos soldados sublevados y se hicieron con miles de desertores.

Aquellos franquistas que se habían entregado temían ser fusilados, y se asombraron al ver que los temidos rojos no actuaban así. Pero sádicos había en todos lados. Sin ir más lejos, un tal Fredesvindo, un alférez republicano que había perdido a más de la mitad de los hombres de su sección, se opuso a la idea de perdonar la vida a los que desertaban. En un alarde de superioridad, cogió a uno de ellos y lo puso en una situación complicada:

—Así que desertas, ¿no es así?

—¡Así es, mi capitán!

—¡Ni capitán ni leches, que soy alférez! —Sus compañeros rieron el comentario.

—¡No soy un fascista, señor! ¡Soy republicano! Me infiltr…

—Calma, calma, calma… ¿Qué edad tienes? ¡Este es de la Quinta del Biberón!

—¡Diecinueve, señor! ¡UHP! ¡Uníos Hermanos Proletarios! ¡Viva la revolución de Asturias!

—Pero tranquilo, hombre. Deja las arengas a un lado. Dices, si he entendido bien, que tú eres de los nuestros, que has fingido todo este tiempo los juramentos a la patria infecta del Caudillo y a sus símbolos imperialistas. ¿Es así? ¡Pues toma mi pistola!

El alférez le puso el arma en las manos y suscitó el asombro de todos los que admiraban la escena, sublevados apresados y republicanos libres. El inmenso corro de hombres dio un paso hacia atrás y contuvo la respiración.

—¿Cómo te llamas?

—Antíoco.

—¡No, si aquí, raro es el que no tiene un nombre raro! —Las risas se sucedieron, pero más débiles—. Muy bien, Antonio o como te llames. Vas a hacer lo siguiente. Escúchame bien. O me matas a mí o matas a uno de los fascistas que hemos apresado y que juran no desertar ni hartos de vino. A uno de esos de ahí, ¿los ves? ¡Esos que siguen empecinados en ensalzar el fascismo! ¡Hemeterio, tráeme a uno de buen ver! ¡Con todos los dientes y guapo! Que es menos difícil matar a un feo que a uno de buen lustre. —El mandado se acercó hacia los hombres y, después de levantarle los labios superiores a varios de ellos, se quedó con el de la mejor dentadura, rubio y de ojos claros, que antes de salir al centro del corro ya se había orinado encima y temblaba de miedo—. Pero hombre, ¿por qué lloras? ¿No decías que nunca abandonarías a los tuyos? ¡Muestra un poco más de valentía y de honor! Si total, morir vas a morir igual. Dime tu nombre completo, ¡venga!

—Con... Conrado Arqu... Arquí... Arquímedes Ve-ga.

—Conrado Arquímedes Vega. ¿Podéis repetirlo todos juntos a coro? ¡Para que no se le olvide a Antonio en toda su puñetera vida el nombre del angelico al que mató a sangre fría! ¡Vamos! ¡A mi señal! ¡Conrado Arquímedes Vega!

—¡Conrado Arquímedes Vega! —Cientos de soldados vocearon el nombre en tono marcial, firmes ante las imprecaciones del alférez, al que siempre obedecían a pies juntillas. El grito sonó en todo el valle. Los presentes se inquietaron ante la fuerza de sus voces coreadas, que habían provocado la estampida de algunos reptantes y el vuelo de los pájaros. Cuando bajaron la vista del cielo y la pusieron en el centro del corro, la sangre mojaba la arena. No habían sido sus voces, sino el fuerte disparo del arma el que había provocado la desbandada. Antíoco había decidido pegarle un tiro en la sien al alférez Fredesvindo en lugar de al pobre Conrado Arquímedes Vega, a sabiendas de que lo fusilarían por ello. Prefirió una vida corta que una larga con el nombre de aquel hombre tembloroso atormentándolo en su cabeza. Había jurado lealtad a la patria franquista y no era hombre de felonías; bastante tenía con haber tenido que rendirse.

No lo ejecutaron. Los cabecillas republicanos siguieron tratándole como al resto de prisioneros. Consideraron que el alférez lo había puesto en una situación imposible y que el joven franquista se había defendido como cualquiera habría hecho.

Antíoco volvió al cerco de prisioneros y fue abrazado por sus compañeros. Todos lloraban, pues en la guerra, raro es el hombre que no se siente solo y llora, que no se siente herido y llora, que no ve la muerte venir y, acongojado, llora; por mucho que el cine y la literatura nos muestren hombría y poca lágrima. La mayoría de los soldados no querían matar a nadie, y hasta disparaban al aire exprofeso para no alcanzar al otro. Cuando no les quedaba más remedio, lo hacían casi sin mirar, de reojo. El envalentonamiento inicial que habían sentido al comienzo de la guerra se fue evaporando. Al final del conflicto, muchos fueron los que dispararon palabras contra el enemigo, pero muy pocos tiraron balas de gracia. Aunque, por desgracia, se necesitaban muy pocas manos para matar a miles de personas. Como prueba de ello, la dura posguerra.

En todo caso, escenas como la del alférez enfebrecido se repetían en ambos bandos, tanto las viles muestras de abuso de autoridad como los llantos a mansalva, pero en aquella última gran batalla no habría tiempo para más teatro, y pronto los soldados tuvieron que romper el corro y volver a sus armas y a la vorágine del conflicto.

Tras la exitosa entrada de los republicanos en el territorio contrario, las fuerzas de regulares franquistas se prepararon para presentar batalla a la ofensiva y, con suerte, hacerla retroceder hasta el otro lado del río. La lucha era inevitable. Cien mil soldados republicanos lucharían contra casi doscientos mil sublevados. Franco no solo movilizó todas sus fuerzas disponibles, sino que se presentó en la batalla para dirigirla él mismo. Acudió hasta el oeste de Gandesa, al llamado Coll del Moro, y detrás de un improvisado puesto de mando hecho con sillas viejas, se sentó en el suelo para controlar los diferentes movimientos. Se sentía ufano con sus grandes prismáticos, los más valiosos del frente, haciendo gala del poder que, todavía sin acabar el conflicto, le correspondía. Desde aquel punto, nada se interponía entre el campo de batalla y él, salvo las tijeras de uno de sus asistentes personales, un obsequioso joven que le atusaba los flecos de la borla que le colgaba del gorro cuartelero y que le impedía aplicarse los binoculares. Habían probado a sujetársela encima del barbuquejo, pero la borla volvía a caer y a molestarle. Eran los únicos flecos del frente que parecían estar vivos, pues cada día que pasaba eran más largos. Franco lo justificaba aludiendo a la *baraka*, aquella fuerza sobrenatural africana que supuestamente lo protegía. Toda una flor en el culo.

*

A una hora de allí, Paulo, el hermano de José, descansaba en una pequeña masía de muros trizados, en la Matarraña aragonesa, con el fusil colgado y las botas puestas, no fuera que tuviera que salir corriendo. E hizo bien en no quitárselas. Recibió una orden directa de su superior, el capitán de una de las mejores compañías de la guerra, que era baturro y conocía bien el terreno, para prepararse y partir enseguida a las órdenes de Yagüe. No le agradó saber que su superior volvía a ser aquel hombre, el mismo que había provocado en Badajoz uno de los episodios más cruentos de la guerra. Hizo de tripas corazón e intentó automatizarse en la medida de lo posible. Al parecer, la causa lo merecía: los republicanos habían atacado las inmediaciones del río Ebro y se habían atrincherado en pequeños pueblos al sur de la provincia de Tarragona. Franco deseaba que todas sus fuerzas acudieran hasta allí y liberaran la Terra Alta, y para ello envió todas las tropas y divisiones de refresco nacionales, vestidas con ponchos con borrego por dentro y el símbolo falangista bordado por fuera. Mientras llegaban los efectivos por tierra, también envió a la Luftwaffe, la eficaz Legión Cóndor, que se entretuvo en destruir los pontones y las pasarelas edificados sobre el río, dejando así presos en aquella porción de tierra conquistada a los republicanos, que de un lado tenían toda la fuerza del enemigo y del otro un inmenso río que cruzar.

Paulo partió en una compañía llena de africanos. Caminaron un largo trecho con un ordenado paso marcial. Cada vez que pasaban frente a un superior, daban el taconazo al unísono. En una de aquellas ocasiones, el superior ordenó que se detuvieran. Se le veía molesto; el aspecto de Paulo lo había encabritado. Se acercó al jandulés y lo amonestó por llevar la cabeza descubierta durante el saludo. Paulo se excusó diciendo que había dado la palmada reglamentaria en los muslos, pero que, al estar en mitad de tanto moro, no fue visible. El oficial de la compañía le dio una fuerte bofetada y le dijo: «la próxima vez, que la palmada suene así de fuerte». Le dieron un turbante y un casco, y se quedó con el segundo. El superior le impuso la tarea de llevar consigo los perros de aquella compañía, tres canes atados a una correa que, a la mitad, se trifurcaba. Agradeció aquella faena, ya que los perros tiraban de él y lo ayudaban a caminar. Continuaron atravesando campo hasta que los perros se detuvieron y olfatearon hacia el cielo. Supieron que habían llegado al campo de batalla por el olor a podrido de la guerra. Se pusieron a cubierto cuando vieron aparecer sobre ellos un escuadrón de bombarderos «katiuska» y «chatos» del enemigo; más de trescientos aviones que cubrieron el cielo de negro. Esperaron a que la Legión Cóndor los eliminase y continuaron, esquivando la lluvia de obuses y de chatarra.

Se toparon con una veintena de hombres que corría hacia ellos. Era una unidad poco pertrechada. Paulo confiaba en que los derrotarían. Y así fue. Para lograrlo, les azuzó los canes y dejó que les mordieran. Poco más hizo él. En general, el ejército franquista contaba con el doble de fuerzas de combate, piezas de artillería y aviación. Duplicaban en número y en calidad al ejército republicano. No les estaba siendo difícil ganar.

A la mañana siguiente, Paulo pidió el traslado a otra unidad. Quería alejarse de los moros, ya que era el único vestido de color caqui y resultaba un blanco fácil entre tanta vestimenta clara. Además, no se avenía con aquel cuerpo de ejército marroquí. Sabía que aquellos hombres de turbante, aunque lucharan a su lado, no lo hacían con el mismo sentimiento; a ellos Iberia les daba igual. En cierto modo, pensaba el jandulés, eran como sicarios: se debían a la paga y a la aventura más grotesca, la de matar occidentales. Se movían principalmente por el rencor que sentían hacia los galos, entre quienes muchos de ellos se habían tenido que esconder en el Sáhara. A Paulo le aterraban las personas que iban a otro país a matar sin sentir la causa como suya. Asimismo, detestaba la algazara que formaban, cuyos estridentes gritos se le incrustaban en el cráneo.

Hizo bien en querer alejarse de ellos. El primer golpe republicano los pilló desprevenidos y cundió el pánico, y ellos, en lugar de contratacar, huyeron hacia la retaguardia. Sabían que, de caer prisioneros y con la mala fama de sanguinarios que tenían, serían ajusticiados. Fue una carnicería; un desastre.

Así que Paulo partió en solitario. Lo mandaron a patrullar junto a dos mallorquines los terrenos cercanos a la línea de fuego propia y a tierra de nadie. La misión parecía sencilla: matar a cuántos más republicanos mejor, arrostrándose al enemigo sin dudar.

Allí presenció imágenes surrealistas: hombres de su bando de aspecto pueril que se disparaban en las piernas para tener una excusa para abandonar el frente; moros que reptaban hacia el enemigo con el cuchillo entre los dientes, sangrándoles las encías; carlistas que lanzaban granadas con una mano y con la otra pasaban las cuentas del rosario, mientras entonaban trozos del *Oriamendi*... Poco a poco, Paulo se fue habituando a escenas como aquellas; se fue insensibilizando.

*

José, después de haber ayudado en el destacamento de las ametralladoras los primeros días, también cambió de misión. Se unió a una guarnición que protegía un campanario que les servía de torre de vigía. A los pocos días, a uno de ellos, Clemente, lo alcanzó un tiro mientras defendía lo alto de la torre. El disparo le perforó parte del cuello. José, con quien más había intimado en el Ebro, lo cogió en brazos y lo puso a cubierto, llamando a gritos a un médico o a un enfermero con paquetes de vendas. Nadie llegó en su ayuda, ni llegó la esperada ambulancia que les habían prometido los superiores. El vehículo no pudo cruzar el río, en el cual trabajaban nuevamente a destajo los pontoneros para reparar las pasarelas derribadas por los alemanes. Aquellos pobres hombres ya no sabían cuántas veces habían reconstruido los puentes. El Caudillo, para destrozar cuantos más mejor, tenía un método: abría las compuertas de los embalses de Tremp y Camarasa para que el nivel del agua en el río ascendiera y lanzaba troncos que flotaban y que cargaban con dinamita, la cual estallaba contra las pasarelas. Parece realismo mágico, pero fue tal que así.

José, mientras le taponaba la herida a su amigo, que se iba desinflando de sangre y de vida, miraba hacia la carretera pensando en la ambulancia. Un compañero se acercó a él y le dijo que, aunque arreglaran pronto las pasarelas, difícilmente se acercaría tanto la enfermería portátil. El enemigo no se arriesgaría y bombardearía el vehículo, ya que podía darse el caso de que la ambulancia, además de cargar heridos, llevara al terreno bélico remesas de armamento. Aquella misma noche el corazón de su amigo dejó de latir. José lloró su muerte con la mirada perdida en su noble rostro. Recordó el rostro de Jacobo en la acera de aquella amplia calle del barrio de Salamanca. Lo único que le hizo levantar la cabeza fue el destello de unas luces que se encendieron al mismo tiempo en todo el valle. Era el fuego de los cigarrillos que cientos de combatientes de ambos bandos aspiraban en la noche tranquila.

Se durmió junto al cadáver. Clemente se había convertido en uno de los únicos buenos amigos que había hecho en toda la guerra. Había sido la persona que más trucos le había enseñado para poder sobrevivir: que si debía tiznar la bayoneta para que no reflejara la luz de la luna; que si la hoja puntiaguda se encastraba así; que si para limpiar por dentro un arma debía foguearla, es decir, cargarla con poca pólvora y disparar; que si debía prestar atención al cierre y mantenerlo siempre limpio para que no le fallara; que si para engrasarlo bastaba con aceite de oliva... ¡Y allí estaba ahora, en sus brazos! El mentor agonizaba y el simple aprendiz recogía los restos de su calor.

Al despertar, decidió alejarse del campanario para apartar los amargos recuerdos. Consiguió volver a cambiar de misión. Aceptó el encargo de llevar material a varios puestos de mando temporales. Se atavió con todos los objetos que pudo. Parecía un buhonero, un quiosco de feria ambulante. De su cuello colgaban catalejos, mapas plegados, bengalas, velas, varias cajas de cerillas, un mechero de acetileno y un par de cizallas. Cuando se cruzaba con otros combatientes, lo que más le pedían eran chisqueros y tabaco, y ninguna de las dos cosas llevaba. Al coincidir con un intendente que vio que no tenía un solo rasguño y que se encontraba bien lozano, lo enviaron a complementar un batallón de cuatrocientos hombres que se estaba desangrando y que acababa de quedarse sin comandante. Pensó que esa sería la vez que más cerca de la muerte iba a estar.

Conforme se acercaba al enemigo, oía el ruido de la guerra con mayor contundencia. Una vez en tierra de nadie, escuchó los gritos de un coronel franquista que batía sin piedad las alas de su regimiento sobre los cuerpos de los mal uniformados republicanos, que formaban unidades nerviosas y desacompasadas. José apreció lo bien preparado que estaba el ejército sublevado y se preguntó si toda la maniobra republicana desde el inicio de la guerra hasta la fecha no habría sido no solo en balde, sino ridícula. Le dio miedo la simple idea. Apartó aquella sensación de derrota y empezó a disparar de seguido con el fusil detrás del tocón de un viejo olivo que utilizó como aspillera. De vez en cuando, si el cerrojo del arma se atascaba demasiado, ya que lo tenía cubierto de óxido, lo dejaba enfriar y se dedicaba a lanzar proyectiles de mano: sacaba una granada, le quitaba la anilla y la arrojaba hacia el bando enemigo segundos antes de que la espoleta terminara su descenso e iniciara la carga; contaba en voz baja para no acabar desmembrado. Si la granada era propia del Quinto Regimiento, en lugar de anilla tenía mecha: aquel explosivo era el que menos gustaba a los soldados, ya que solía explotar a mitad de camino y raro era si no se te incrustaba algo de metralla o incluso un diminuto crucifijo, pues los republicanos, como burla, habían rellenado aquellas bombas de mano con las insignias que el bando contrario tanto respetaba. Y si se trataba de una granada proveniente de los faístas, ni siquiera se molestaba en activarla, porque era tan pesada que era muy probable que lo hiriera tanto como al enemigo. De ahí el sobrenombre que llevaba aquel proyectil: «la imparcial».

Por las noches, José se resguardaba en una trinchera hundida en el fango, donde solo entraba aire por la entrada y por las aspilleras. Allí dormía junto a las ratas más grandes de la península. Aunque hiciera calor, pues aquel verano los sorprendió con días de hasta sesenta grados al sol, se tumbaba con la cazadora puesta y la cremallera hasta arriba, para que los roedores y los piojos no se entretuvieran con su carne magra.

Desde la posición que le tocó defender, muy cerca de tierra de nadie, acabó acostumbrándose al ruido de la guerra y al de la construcción, pues de la zona franquista venían sonidos de martillos, yunques, espátulas y motores. Estaban levantando, con una organización ejemplar, reductos, casamatas, parapetos con planchas de pizarra y con rocas alargadas, y nidos de ametralladoras a una velocidad nunca antes vista. Los republicanos solo consiguieron cavar hoyos malogrados, barracones endebles y barricadas deformes, que, pese a su aspecto cubista, sirvieron para cortar el paso a las tropas fascistas en las carreteras.

Fue en una de aquellas trincheras donde José conoció a Consolación. La vio aparecer por una zanja de paredes rojizas mal tajada. Era la única mujer en todo el bando republicano. Tenía aspecto de madre, un rostro en el que cualquier militar podía reconocer rasgos de la suya propia. Su labor consistía en abrazar a los hombres heridos en combate y moribundos, y ofrecerles apaciguamiento; facilitarles el trámite de abandonar el cuerpo y morir. Aquella mujer asumía cada día decenas de veces el rol de madre. José no recibió su abrazo, ya que no se encontraba entre la vida y la muerte. Frotó los brazos de la mujer para que entrara en calor, le dio agua y comida, y esta siguió su camino en busca de cuerpos rotos. Al jandulés no le gustaba que aquella mujer tuviera el derecho de abrazar tanto a republicanos como a nacionales. Las llamadas «madres de la guerra» así habían decidido su labor: no harían ninguna distinción entre los heridos, pues todos habían nacido de una mujer. Y los militares de ambos bandos aceptaron.

Dos meses después del comienzo de la batalla, para reactivarla, pues se había reducido a arrojar artillería al enemigo, los nacionales abrieron los diques de los ríos pirenaicos tributarios del Ebro para inundar el terreno y dificultar la guerra a los republicanos, que tuvieron que conducir la caballería de carros de combate rusos a través de los únicos terrenos no encharcados: los viñedos plantados en repechos. Los franquistas, aprovechando el desconcierto del enemigo, enviaron tropas a caballo, ágiles y estoicas. Una de las primeras tropas en cruzar fueron los llamados Húsares de la Princesa, un regimiento de caballería perteneciente a las guerras carlistas que había dejado de existir años atrás, pero que yo utilizo para esta batalla porque sus uniformes son hermosísimos y aportan un colorido precioso al cruel momento: ataviados con un gorro cónico de fieltro, con pompones azules de pelo de cabra y plumeros de cerda azul celeste; un capote de montar gris celeste, un dolmán con adornos de alamares, una pelliza de piel negra de borrego con cuatro hileras de diez botones dorados, camisa roja, pantalones azules y un sable sujeto al cinturón. Verlos correr es como ver brotar lamparones de pintura azul, roja y amarilla sobre un lienzo marrón y verde oscuro.

Una de aquellas jornadas de agua creciente, José, que acudía a una zona encharcada para hacer sus deposiciones, encontró a un joven enemigo al otro lado de la charca, sentado sobre una roca, al socaire de un muro irregular de juncos. El muchacho, de nombre Germán, se quitaba la gravilla de la suela de sus botas. Se trataba de un zapador; cargaba con un hacha con la que cortaba los arbustos que impedían a sus hombres cavar recovecos para protegerse. El joven le pareció lindísimo a José. Y a mí también. Rubio de ojos claros, imberbe, solo con un ligero bigote oscuro, casi perfilado, y dos racimos de pecas rosadas; de facciones marcadas, mandíbulas dibujadas y sobresalientes, pómulos salientes y un salpique de lunares que le daban un aire gracioso. Una melena grácil culminaba la evidencia de su atractivo. Descansaba desarmado junto a su fusil.

José lo tenía a tiro fijo, pero no apretó el gatillo. Era un enemigo y debía matarlo o él podría dejarlo sin vida tiempo después. Pero Germán era muy bello y le dio pena herirlo. Se quedó mirándolo hasta que se calzó y se fue.

*

Paulo seguía defendiendo las posiciones reconquistadas de la zona nacional cercana a la tierra de nadie. Debido a las últimas lluvias, decidió calzarse las galochas más altas que encontró en la garita fija que había junto al nuevo hospital de sangre que de la noche a la mañana habían levantado. Se ató las holgadas cañas con cuerda de yute y partió hacia el terreno encharcado. Octubre estaba al caer y las tormentas de finales de verano no ayudaban a que el campo se secara. Se acostumbró a caminar pisando charcos; terminó aborreciéndolos para el resto de su vida.

Atravesaba, aparatosamente y sujetándose bien los cintos y las cartucheras, un campo de vides del tipo garnacha convertido en una ciénaga, donde el agua le llegaba por las rodillas, cuando detrás de una hilera apareció un republicano con una cicatriz fresca en la cara, de la frente al labio superior, y se le echó encima. Ninguno de los dos tuvo tiempo de descolgarse la carabina y apuntar, y tampoco les sobraba ninguna mano para buscar uno de los cuchillos que con tanto denuedo ocultaban en las botas o entre los pliegues más firmes de los bombachos. Solo la lucha cuerpo a cuerpo tenía sentido en aquel reciente estero. El problema era que Paulo no sabía pelear. Nunca se había enfrentado sin armas al enemigo, y las únicas veces que tuvo que batirse a golpes había sido de niño en Jándula. Pese a todo, y después de diez minutos de forcejeos, de fintas ridículas y de lucha húmeda, Paulo logró agarrar su cabeza y echarse sobre ella hasta torcerle el cuello. No lo mató, pero le provocó un fuerte crujido y un lacerante calambre, y lo dejó con un rictus de incomprensión y de intenso dolor. Paulo no quería matarlo, suficiente era con haberlo dejado con aquella agonía. Se apoyó en una vid recia y recuperó el aliento. Pero el joven republicano seguía retorciéndose de dolor; lo sacudían espasmos en todo el cuerpo y tenía los ojos en blanco. Entonces lo vio sacarse una navaja de hoja corta y apuntar hacia su propio corazón. El joven gritó algo incomprensible, balbuceando y lloroso, y se clavó el arma blanca en el pecho. Paulo se abalanzó sobre él y quiso quitarle la hoja de las manos, pero llegó tarde. La herida no era profunda y aquel hombre siguió en el mismo estado, convulsionando, con el cuello rígido como una lima y el resto descompuesto. Se ladeó para mirar a Paulo y le suplicó que acabara con aquel tormento. El hombre lanzó el cuchillo y se mostró inerme. Y Paulo obedeció, pues no sabía pelearse cuerpo a cuerpo, pero matar sí que sabía hacerlo. Se acercó a él, también entre lágrimas, y lo abrazó. El otro lo asió con menos fuerza, debido a los calambres, y le lloró en el hombro. Se quedaron así un buen rato, sollozando, rodeados de explosiones y sobrevolados por aviones, aunque el tiempo se hubiera detenido para los dos. Paulo, de forma refleja, le dio un beso por detrás de la oreja, que le mojó los labios de sudor y lo hundió en el barro. Colocó las rodillas sobre la espalda del joven, lo sumergió y esperó hasta que el forcejeo del hombre acabara. Una vez asfixiado, le quitó el pañuelo rojo que llevaba en el cuello, donde su nombre, Humilde, estaba bordado y se lo metió en el bolsillo. Pensó que, acabada la guerra y si sobrevivía, buscaría a su familia.

Antes de toparse con aquel hombre tenía pensado aproximarse al recinto más cercano a Franco para que con suerte lo viera y lo distinguiera posteriormente con la Cruz Laureada de San Fernando, pero desechó la idea. Se sentó en el tronco de una vid, que de grueso parecía de olivo, y se echó a llorar hasta que anocheció.

Y yo, que contemplaba impotente la fatiga moral de Paulo y su desánimo, decidí que su único oído sano dejara de apreciar durante aquel descanso el constante ruido de la batalla. Hice que sonara muy tibiamente una pieza en su cabeza: la melancólica interpretación que Miles Davis haría tiempo después del *adagio* del *Concierto de Aranjuez*. Así animo al lector paciente a que, si lo desea, aparque la batalla y escuche la pieza antes de continuar. Se trata de un bello llanto íbero soplado desde el otro lado del océano.

TREGUA

La batalla del Ebro duró casi cuatro meses. A algunos les pareció cosa de un día, como si por la mañana fuera verano, por la tarde se diera la vendimia y al crepúsculo llegara el otoño más cerrado. Entrada la última gran estación del año, el calor soporífero bajo el que se había luchado se volvió frío: heladas mañaneras, lluvias copiosas que encharcaban el terreno y vientos cortantes y secos que se llevaban consigo las hojas muertas. De nuevo, ambos bandos luchaban contra enemigos distintos: su oponente político y el frío.

Según los libros de texto, fue una batalla continua, sin días de descanso ni tregua alguna. Pero no fue así. Sí que se dio un parón total en aquel otoño desangelado y gélido: tres horas. Os narraré esos ciento ochenta minutos, la única tregua de la mayor batalla de la Guerra Civil, a través de la mirada de un gallego:

Aquella mañana otoñal, Martiño iba a ser fusilado por homosexual. Pertenecía al bando nacional y por sus propios compañeros iba a encontrar la muerte. Había sido descubierto masturbándose delante de dos fotografías de hombres desnudos. Sus superiores consideraron aquel gesto como una ignominia a la causa nacional que defendían, como si Martiño fuera un apéndice que extirpar del cuerpo antes de que corrompiera al resto. Le quitaron las fotografías de las manos, se las metieron en la boca y le propinaron un fuerte culatazo en los morros para que se las tragara, partiéndole las dos palas y otros incisivos. Después lo apresaron y lo pusieron de pie, sin darle tiempo a subirse los pantalones, y se lo llevaron con sus vergüenzas al aire a un lugar donde un cura rezaría por él y sería fusilado.

A Martiño, buen católico, le preocupaba más haber perdido los dientes que perder la vida; temía llegar al cielo con la sonrisa mellada.

Llegaron al lugar del fusilamiento. Entonces tronó una sola vez y empezó a llover. Los militares maldijeron al unísono. Con el frío que hacía, si se empapaban, morirían antes que el invertido, pensaron. Aquellos jóvenes se aplicaron bien los vuelos de sus abrigos y se cubrieron todas las partes del cuerpo. Se pusieron a resguardo. Todos lo hicieron, salvo Martiño. Este, al contrario, se desabrochó la pechera, se arremangó, levantó los brazos hacia el cielo y abrió los ojos. Quería aprovechar la que iba a ser la última lluvia de su vida. Los soldados se rieron de él y dejaron que recibiera el agua en aquella posición, con los pantalones y los gayumbos aún por las rodillas.

Martiño gritó a sus compañeros que el agua ardía. Estos, protegidos debajo de un árbol, pensaron que había perdido la cabeza, hasta que vieron vaho salir de las gotas estrelladas contra el suelo. Era bien cierto. Sobre el Ebro llovía un agua caliente.

Los soldados, que llevaban meses sin ducharse, sin la caricia del agua caliente sobre sus cabezas, hombros y cuerpos fatigados, se desnudaron por completo y se dejaron mojar. Hubo reacciones de todo tipo: los hubo que se quedaron quietos con el rostro hacia el cielo, quienes se frotaron los pliegues de su cuerpo para intentar deshacerse de las huevas de tanto piojo, quienes brincaron y corrieron y jugaron bajo el manto de agua; otros que se abrazaron muertos de risa, aunque sus miembros se juntaran, miembros cuyos interiores cavernosos se habían dilatado y se llenaban de sangre, haciendo que muchos hombres lucieran empalmados —sin necesidad de arrobamiento, o con él— y que otros, incluso, llegaran a correrse sin siquiera tocarse.

Respecto a nuestro grupo, se olvidaron del castigo que querían imponer a Martiño. Además, la lluvia estaba borrando el barro de aquellas caras, barro que durante dos años había deformado los rostros de aquellos hombres. Sin la tierra pegada a sus facciones, su aspecto era otro. Martiño podría hacerse pasar por otro hombre, por uno heterosexual y no desviado, se dijo con resquemor.

Pero al cabecilla de tropa, la lluvia no le quitó las ideas, y a Martiño le pareció oír cómo gritaba: «¡Gallego! ¡Ni se te ocurra huir! ¡Ya lo oíste en la radio! ¡Aquellos que huyan serán pasados por las armas! ¡Tú lo serás de igual forma, así que no te adelantes y disfruta, al menos, de esta lluvia de Dios!».

Martiño se escabulló y los dejó duchándose bajo el cielo cerrado. Durante casi tres horas intentaron que la lluvia curara sus heridas de guerra, entremezclados, en aquellos parajes agrestes, nacionales y republicanos. Sin ropa y solo oyendo la lluvia caer, no había manera de saber quiénes eran de un bando o de otro, pero poco les importaba entonces.

—¡Esto lo hemos provocado nosotros! ¡Nos encontramos una biblia y, por joder, nos dio por leerla al revés! ¡E invertimos el orden!

—¡Al contrario! ¡Fuimos nosotros que, al leerla bien, Dios nos recompensó!

La Terra Alta se llenó del vapor de la lluvia cálida, tanto que imposibilitó el trabajo de los heliógrafos, que, subidos en pequeños altozanos, intentaban enviarse mensajes en morse. Todo el aparataje bélico se detuvo y todo hombre se lavó.

~~TREGUA~~

Al anochecer, una vez amainó la lluvia y los bandos volvieron a separarse, se tomó una decisión bastante errónea, a mi parecer. El gobierno republicano decidió prescindir de los brigadistas internacionales y mandarlos a sus respectivos países, con la ilusión de que Franco hiciera lo mismo con las fuerzas italianas y alemanas. Pero no fue así. El gallego no fue tan estúpido como para despedir a la Legión Cóndor y a las fuerzas de Mussolini. Quizás por eso, entre otras cosas, iba a ganar aquella guerra. Sea como fuere, se les dio un último adiós a los brigadistas en ciudades como Valencia y Barcelona, donde la Pasionaria dio un enérgico mitin exaltando su valentía y su arrojo, subrayando que hubieran venido a luchar no como mercenarios, sino por un ideal en común. «Podéis marchar orgullosos», les dijo. Barcelona se llenó de gente que salió a aplaudir y a despedirlos con lágrimas en los ojos allí donde desfilaron una última vez, por la avenida del 14 de abril —la actual Diagonal—, también ante Azaña y el gobierno republicano. Los niños corrían sin resuello hasta los extranjeros que desfilaban hacia los trenes, identificados aún con los brazaletes con las banderas de sus respectivos países, y se colgaban de ellos para abrazarlos. Y las mujeres, las más jóvenes y desinhibidas, con el pelo ondulado a la moda y sus mejores vestidos, se colgaban también de sus cuellos, los morreaban, los llenaban de besos y volvían entre el público.

Los forasteros izquierdistas abandonaron la península. Franco se frotó las manos, feliz de ver que ninguna potencia europea lo forzaba a tomar la misma decisión.

*

Llegó la noche y el mes de noviembre.

Tuvo lugar el choque de fuerzas más sangriento de la batalla y de toda la guerra, una ofensiva mutua que bien pudo haber formado parte de la Gran Guerra, donde el cuerpo a cuerpo fue la tónica general y el caos reinó por un breve período de tiempo, fundamental para desequilibrar la balanza. Si cualquiera de vosotros, lectores, hubierais estado en aquel momento en el centro de aquella madeja marcial, solo habríais contemplado una serie de diapositivas de escenas grotescas e irreales que no salen en ningún manual del buen soldado.

Por ejemplo, lo que le ocurrió a un tal Enrico. Se movía en tierra de nadie a gatas, hacia donde sonaban los tiros, cuando sintió una onda que barrió todo a su alrededor con una fuerza brutal y lo levantó y lanzó contra el suelo. La bofetada de viento deshojó las copas de los árboles cercanos. Pensó que un obús habría explotado muy cerca de donde estaba. Quiso levantarse, pero no podía moverse. Se le acercó un compañero, Melquíades, pero, antes de tocarlo, se llevó las manos a la cabeza, rompió a llorar y, caminando hacia atrás, se alejó de él. La onda había destrozado los huesos de Enrico y su cuerpo había quedado descompuesto, como un globo desinflado. El pobre no tuvo el consuelo de la compañía de un hombre antes de despedirse del mundo. Melquíades no se atrevió a acercarse de tan desfigurado como había quedado el cuerpo. Dudó si recoger su arma, un máuser largo, pero pensó que aquello, a ojos de Dios, podría ser considerado una profanación; desestimó la idea. Recogió el mortero que había soltado por la impresión y corrió hacia donde sus compañeros lo estaban esperando.

Estos formaban un corro alrededor de un hombre. Se trataba de un soldado sublevado que amenazaba con suicidarse. El resto intentaba convencerlo de que no lo hiciera sin acercarse demasiado a él, no se le fuera a ir la mano, o más bien el pie, pues aquel mílite, de nombre Hipólito, quería volarse la cabeza de la única forma que su largo fusil le permitía: había apoyado el arma en el suelo y colocado el cañón bajo la barbilla, apuntándose hacia el cerebro, con el dedo gordo del pie en el gatillo.

El ruido de aquel disparo se quedaría en la memoria de once hombres eternamente. Un capitán llamado Pueblo fue el que se acercó a cerrarle los ojos, o lo que quedaba de ellos. A falta de un párpado, le puso una hoja de magnolio. Vio que cargaba con una pequeña chapa de identificación. Supo que aquel soldado había servido en el tabor de regulares de Melilla. Se guardó la chapa del mercenario y pidió al resto que no se vinieran abajo, que continuaran hacia la batalla y proclamaran la victoria en honor a Hipólito.

*

Media hora más tarde, pasó por allí un pelotón sin sargento.

—Mirad, este se ha suicidado.

—Oye, ¿y esta piedra sujetando un pañuelo?

—¿Dónde?

—Ahí, al fondo del camino.

—¡Bajad la voz! Cojamos un desvío, no vaya a ser una trampa.

Aquella piedra había sido colocada allí por Zuri, un asturiano que afirmaba entre su unidad que aquello despistaría al enemigo y lo haría replantearse el camino tomado. Y acertó, hasta que otro franquista, un tal Crisantos, perseguido por varios rojos, se tropezó con ella y cayó a plomo, y segundos después recibió una manta de balas.

Los tiros atrajeron a más soldados, de ambos bandos, que acudían imantados al ruido de los disparos. Soldados de un lado y de otro se acribillaron en una lucha encarnizada. Las balas no tenían piedad de nada ni de nadie; sin embargo, atravesaban los cuerpos de los soldados a distinta velocidad: los cuerpos de los nacionales, generalmente, estaban mejor comidos que los de los republicanos, delgaduchos y chupados. Pero matar, mataban igual, rápidas y directas entre aspavientos, golpes de fusil, desmayos y danzas macabras, bajo pájaros desolados, sombras amenazantes, nubes salpicadas de rojo y humaredas negras.

*

—¡En Belchite igual! ¡En Teruel y Brunete también! ¡Siempre empezáis que parece que os vais a comer el mundo! ¡No habrá paz que firmar, ganará el Imperio y la victoria de Dios!

—¡Cuando ganemos, me lo repites! ¿No veis que en Europa nadie os quiere? ¡Poco tiempo os queda, amigo, a vosotros y a los sanguinarios de Hitler! ¡En cuanto empiece la guerra en el continente, tendréis que huir nadando!

—¿Cuando ganéis? ¿Y cómo pensáis ganar? ¿Con vuestra guerra de guerrillas? ¿Creéis que porque funcionó contra los franceses os servirá ahora?

—¡Os veo tragando tierra! ¡La que cubre las raíces de vuestros naranjos, que pronto serán nuestros!

—¡Te vas a tragar una buena polla! ¡Y no precisamente la mía, sino la tuya propia, cortadita y bien metida en tu garganta, gilipollas!

—¡Yo le enviaré la tuya a tu santa madre, para que se la lleve a santa Águeda a ver si la resucita y se la folla bien follá!

—¡Desgraciado!

—¡Desgraciado tú, fascista de mierda!

Paulo, que escuchaba atentamente aquella disputa entre los dos soldados, se arremangó los pantalones y se marchó a otra parte. Lo agotaban aquellas rencillas: los mismos insultos, los mismos improperios indecentes y desagradables, la misma inquina... Él prefería matar en silencio, como quien va a cazar: sorprender a su presa y abalanzarse sobre ella, dejándole poco tiempo de vida, el suficiente como para que recordara su cara y adiós.

En los días siguientes luchó solo. Se dedicó a cazar a los rezagados y a inmiscuirse en el bando contrario para rastrear y acabar con parte de la retaguardia más desconcertada. Notó que los republicanos se iban dispersando, que sus unidades se desquebrajaban. Comenzó a escuchar entre los suyos que pronto acabaría aquella batalla y con ella la guerra. Él prefería hacer oídos sordos; lo único que le impedía pensar en todos los horrores que había sufrido y provocado era seguir luchando. No lograba imaginarse un futuro lejos del campo de batalla, sin la licencia para asesinar al enemigo, sin tener un enemigo. Prefería enfrentarse al hombre que a sus propios demonios. Llevaba días sin llorar y casi había olvidado al soldado del cuello quebrado. La escena le quedaba lejos, pero presente, como cuando dormía en los cuarteles y no levantaba la esterilla porque sabía que debajo de ella anidaban las chinches que lo atormentarían una vez cayera rendido.

La batalla iba a terminar el 16 de aquel mes de noviembre, pero él iba a pegar su último tiro el día 12, a las tres y doce minutos de la tarde, la hora de la siesta, cuando el fuego bajaba un poco la intensidad y algunos combatientes se echaban un sueño aprovechando el silencio sagrado de esas horas tan íberas. Paulo no se echaba ninguna siesta, ni la del burro ni la del carnero ni la de media tarde. Mientras el resto dormía, él caminaba furtivo por aquellas tierras húmedas y secas a la vez, planas, pero con espontáneas sierras de grotescas rocas desnudas y tajos en la tierra; comarca de aspecto recio y de colores rojizos.

Aquel día había pegado varios tiros, pero ninguno con buen acierto. Parecía como si los republicanos estuvieran desapareciendo. Los sublevados los habían hecho retroceder varias leguas y Paulo pronto llegaría al río. Pensaba cruzarlo y perseguirlos hasta Barcelona, por muchas órdenes directas que tuviera de abandonar la batalla y dirigirse a Madrid o a Valencia.

Pasó dos horas siguiendo un afluente tributario con la esperanza de que le mostrara pronto el ancho Ebro. El ruido del agua era cada vez mayor. Se acordó del caz que iba a la par del río en Jándula. Era el mismo sonido. Le apaciguaba y le hacía sentirse como en casa. Pensó en tumbarse un rato para descansar la espalda sin llegar a dormirse. Buscó un pequeño campo de cultivo o una dehesa donde poder acostarse sin que lo vieran, donde los arbustos y las plantaciones heridas lo protegieran y ocultaran. Lo encontró a algunas varas, a mano izquierda saliendo del riachuelo. Se adentró en un huerto abandonado. Pensó que allí nadie lo molestaría. Cuando estaba a punto de clavar el fusil en el suelo, escuchó unos pasos delante, tras una frondosa coscoja. Apuntó con su fusil alemán y rodeó encorvado el árbol achaparrado. Pensó que se encontraría al enemigo desprevenido, pero se sorprendió al hallarlo de frente y con su carabina apuntándole.

Era a su hermano a quien apuntaba.

*

José había escuchado que, después de atacar el bando nacional las sierras de Cavalls y Pàndols, donde sembraron un centenar de bombas en un tiempo inaudito, la derrota republicana era inminente. No habría más ofensivas, pues la última cabeza de puente de los suyos había quedado sentenciada tras el ataque franquista por todos los flancos.

La orden era clara: todos los soldados republicanos debían retroceder «poco a poco» hasta el río y volver a cruzarlo. Pero «poco a poco», es decir, no huyendo sin cubrirse las espaldas, sino protegiéndose y ralentizando la derrota. Cuanto más tardaran en llegar a la otra orilla y en caminar hasta Barcelona, a más gente estarían salvando; y quizá, si Europa se daba prisa, podrían ganar la guerra.

José fue de los pocos que decidió quedarse hasta el final. No se batió en retirada no por miedo a que los copasen, sino porque tenía muy presente que la única manera de curar la herida de la muerte de su novio era salvando el máximo número de conmilitones. Alguien debía entretener a los sublevados mientras los republicanos se montaban en las barcas agujereadas y mal reparadas, o mientras cruzaban a nado el río, cuyas aguas aquellos días bajaban con menos fuerza, como si la naturaleza se hubiera apiadado de ellos.

José caminaba de espaldas, necesitaba avanzar, pero también protegerse y mostrar resistencia. Tampoco debía retrasarse mucho; sabía que, llegado el momento, Tagüeña volaría el puente de Flix —y el resto de estructuras de paso—, por donde era más seguro pasar y hacia donde él se dirigía. Llevaba el paso más firme que podía yendo a la inversa. No le daba la espalda al bando contrario ni para comer, defecar, mear o descansar.

Y así fue como, aquella siesta del mes de noviembre, después de percibir los pasos de un hombre, vio aparecer detrás de aquel chaparro el rostro de la muerte, que coincidía con el de su hermano.

*

Los dos jóvenes, que habían salido del mismo útero y sido educados bajo el mismo brazo, rodeados de los mismos hermanos y sobre la misma tierra árida del sur, alimentados de la misma manera, que se reían de las mismas cosas y habían soñado con las mismas fantasías, piezas de un mismo molde, volvieron a encontrarse.

El primer encuentro había tenido lugar en la batalla de Guadalajara, rodeados de niebla, frío y confusión. Allí también se apuntaron el uno al otro, hasta que Paulo, al recibir un disparo de otro hombre, cayó inconsciente con una oreja rebanada. La confusión del campo de batalla y la incesante lluvia de balas perdidas hizo que José tuviera que abandonar el campo sin poder acercarse al cuerpo de su hermano, mal que le pesara.

Un año después, volvían a encontrarse en una batalla, en la más crucial. Entonces no había nadie alrededor de ellos. Se oía el rugir de la lucha a lo lejos, apagándose, ruidos sordos; como si escucharan con la cabeza metida en el agua. No había balas ajenas volando; estaban rodeados de toda la paz del mundo y, al mismo tiempo, de la inquietud del silencio, que, en la guerra, tantas veces va seguido por una detonación.

Se reconocieron el uno al otro y José bajó lentamente el fusil. Acabó soltándolo junto a sus pies y se quedó en aquella posición firme, con los brazos caídos y mirando a su hermano, rígido e inmóvil, como cuando un aguacero te cala hasta los huesos.

José se echó a llorar. Lanzó un primer sollozo sincero, que abrió el camino al resto de sollozos. La guerra había acabado. Necesitaba abrazar a su hermano y fundirse en él. Lo que viniera después poco le importaba; ambos habían aprendido a no hacer planes. Dio un pequeño paso hacia él, lo llamó por su nombre, por el original, Pablito, y dio otro paso al frente. No se aproximó más porque el hermano, al contrario que José, no se había movido un ápice del sitio ni había desarticulado su rígida postura de soldado de plomo empuñando el arma.

Paulo, antes Paolo, Pablo y Pablito, también lloraba, pero no cambiaba la pose. Seguía apuntando a la cabeza de su hermano. Le temblaban las manos y el arma, apoyada en el hombro. Sentía un dolor agudísimo en la boca del estómago que se le extendía por el abdomen, por las tres heridas futuras que se había notado tiempo atrás. Necesitaba encorvarse para encontrar algo de alivio, pero no podía abandonar aquella pose defensiva, ni siquiera se secó las lágrimas de los ojos. Hacía tiempo que no lloraba de aquella forma; sentía que le estaba haciendo bien. Quizás la cura de todo era el llanto y la unión con su hermano. Pensó que podría ser un símbolo perfecto, los dos hermanos unidos a pesar de pertenecer a bandos diferentes, que se podría extrapolar al conflicto general de la península. El cuerpo le pedía a gritos un abrazo, el mismo que había querido darle en Guadalajara.

Guadalajara. ¿Quién le había disparado? No había sido su hermano, eso lo recuerda, pero ¿por qué no se paró a auxiliarle? No habría sido fácil en medio de aquel caos, probablemente la batalla más desorganizada que sufrieron. Quizás incluso le disparó un colega de José y tuvo que fingir no conocerle. Se acordó de su oreja percutida, también del cuello del republicano al que había dado el golpe de gracia. Se preguntó por qué diantres lo había ahogado en lugar de hincarle el arma en el corazón, como el mismo joven había intentado. Había optado por una muerte segura pero horrible. No se había parado a pensarlo hasta entonces. ¿Cómo era posible que hubiera elegido aquel método de asesinato? Le vinieron a la mente todas sus víctimas, a las que había enterrado con alegría y orgullo. Se acordó de las violaciones de mujeres republicanas, de los asedios a los pueblos, de las matanzas en Extremadura, las barbaries hacia los éuscaros, las trampas para animales que servían a los madrileños en el frente, los tiros en Guadalajara y las familias campesinas asesinadas en la Terra Alta, días atrás... Se sintió sucio y en un callejón sin salida. ¿Cómo podría seguir viviendo después de toda la barbarie presenciada? El dolor le iba en aumento, ingente, y el llanto. Recordó sus heridas futuras. ¿Por qué le dolían entonces? ¿Pertenecían a un fusilamiento inmediato? El dolor le decía que aquellas heridas estaban a punto de tener lugar, pero su hermano acababa de tirar el arma al suelo y no había nadie alrededor. Y aunque la idea del suicidio se le había pasado varias veces por la cabeza, era imposible dispararse tres veces. Entonces le vino una idea a la cabeza que lo angustió como nunca antes. ¿Y si las heridas eran una proyección de las que recibiría su hermano? Al fin y al cabo, era carne de su carne, y a veces aquello ocurría. No, se corrigió, no es posible ya que solo hay una bala en la recámara y, salvo que desgraciadamente me vuelva loco, no mutilaría el cuerpo de mi hermano. Se sintió perverso por imaginar siquiera que le pegaría un solo tiro. Apartó aquellas ideas, pero volvían una y otra vez, entremezcladas, juzgadoras y enérgicas. Quería fundirse con él, el perdón, volver a ver a su padre..., pero odiaba la idea de hacerlo, de ser juzgado, de no volver a sentirse hijo de Dios. Dio un grito rasgado, movió la cabeza de un lado a otro, para remover los pensamientos; balbuceó el nombre de su hermano, se le formaron dos pompas de saliva entre los labios que se deshicieron con el siguiente grito mudo que dio, para el cual abrió la boca al máximo. Después, encadenó una secuencia de respiraciones quebradas y asfixiadas, que fue interrumpida por las palabras de José.

—Hermano, dame un abrazo…

José se acercó. No llegó a tocarlo. Paulo cerró con todas sus fuerzas los ojos, clavándose las pestañas en los párpados. Gritó, se desgarró la garganta, miró al cielo sin ver nada por las lágrimas y apretó el gatillo. Lanzó solo una bala, que atravesó el corazón de su hermano y lo dejó al instante sin vida. José cayó de espaldas, con los brazos buscando el abrazo y los ojos abiertos, todavía llorando, pues las uñas y el pelo del cuerpo no eran lo único que crecía en un hombre una vez moría, también las lágrimas si la muerte lo encontraba sumido en llanto.

Entonces sí, Paulo se deshizo del arma, la arrojó lejos y acudió a abrazar a su hermano. Se tumbó junto a él y apretó su cuerpo sin vida contra el suyo. Le pareció sentir cómo los brazos de José le apretaban la espalda en un último reflejo. Se quedó petrificado en aquella posición nadie sabe cuánto, llorando como un niño en el regazo de su madre.

José siempre quiso que el último pensamiento vivo fuera el rostro de su amado Jacobo, pero se llevó el de su hermano quitándole la vida.

Eva

Augurio XIII

La Terra Alta está llena de cadáveres. Son tantos que hasta un siglo después los restos serán visibles. Habrá pobres que harán de aquel terreno su medio de vida, rescatando metralla, chatarra y objetos de valor de los soldados caídos, vendiéndolos después. La escena es devastadora, una tierra llena de muerte que nadie acudirá a limpiar. Al contrario, habrá más muertos que se unirán a los caídos en la batalla: las víctimas de los fusilamientos franquistas en la posguerra que comenzará en medio año. Franco sabe que tendrá que alimentar la tierra con todos los muertos republicanos posibles, para evitar golpes de estado tramados en la clandestinidad y rebeliones posteriores. Por eso ha recuperado este año de 1938 en el código penal la pena de muerte aplicada a delitos menores, que había sido abolida por una aplastante mayoría años atrás. La muerte necesita también hacer uso de la política y hoy utiliza a Franco como marioneta, aunque este piense que el que mueve los hilos es él, Dios mediante, y no el diablo.

Miguel Delibes

«En las guerras no gana nadie, pierden todos; eso aprendí».

Ana María Matute

«Lo peor en este mundo es sobrevivir».

103
El último primero de enero

Conforme 1938 llegaba a su fin, Odisto iba recuperando la movilidad. Había pasado todo el otoño en aquella enfermería tarraconense. Estaba previsto que le dieran el alta definitiva antes del día de la Inmaculada —el 8 de diciembre—. Sin embargo, a mediados de noviembre, la madrugada del 16 al 17, la herida futura que le crecía en el pecho, en el lado del corazón, se le cerró y le cicatrizó de una vez, dejándole ileso el tejido, la textura arrugada de un hombre de cincuenta y siete años. Sin embargo, la curación física de la herida vino acompañada de un dolor agudo en el corazón. El médico más avezado de la enfermería lo auscultó y notó algo que nunca había notado antes: el corazón le latía cada siete segundos. Clínicamente, era un hombre muerto, pero seguía con vida; eso sí, no exento de un cansancio monumental que le impedía ponerse en pie. De nuevo se vio obligado a volver a la cama el bueno de Odisto, que no terminaba de acostumbrarse a mirar al techo día y noche. Durante unos días habló con una mujer que llevaba todo el rostro vendado, salvo un orificio para la boca y la nariz. Se llamaba Núria. Le contó a Odisto cómo había acabado así. Su familia se dedicaba a recoger *calçots* en Tarragona. Una tarde, mientras paseaba bajo un pinar, le cayó en la cabeza un bolsón lleno de orugas procesionarias. Tuvieron que ingresarla *ipso facto* por la urticaria. Odisto no había oído hablar de aquella oruga que, muy religiosamente, caminaba siempre detrás de otra formando largas filas, como los viacrucis en los pueblos del sur. Pero Núria abandonó el hospital dos noches después.

Como el corazón no mejoraba, consideraron llevárselo a Barcelona. Fue a mediados de diciembre. Odisto estaba feliz de dejar Tarragona y llegar a la ciudad de la que tanto le habían hablado, desde donde le sería más sencillo hacer nuevos contactos para volver a Jándula, pensaba. Lo trasladaron en una ambulancia sin techo, para que los enfermos tumbados gritaran al conductor si veían algún proyectil caer desde el cielo. Ya en Barcelona, lo ingresaron en el antiguo hospital de sangre Pompeia, hoy desaparecido, y de allí, a solo unas varas de distancia, lo trasladaron al único gabinete especializado en patologías cardíacas de toda la península, ubicado en el paseo de Gracia, en el ático de la Casa Fuster. Aquel edificio era una obra modernista del arquitecto Domènech i Montaner, que contaba con una amplia azotea donde había instaladas varias cúpulas de vidrio algo resquebrajadas por los bombardeos primaverales. Introdujeron a Odisto en una de las cúpulas, la dedicada a los bradicárdicos. La construcción hacía el efecto de un invernadero y condensaba en el aire del recinto las propiedades medicinales de las especies que se plantaban dentro, alrededor de los lechos de los enfermos. Aquel domo en concreto estaba repleto de *Vincas major* verdirrojas, una especie que emitía un compuesto que aceleraba los latidos del corazón.

Rodeado de hierba doncella, allí vio Odisto morir el año viejo y entrar el nuevo. El último primero de enero de esta historia, de 1939, fue en Barcelona un día aciago más en el que no hubo celebración alguna. No se atrevieron a festejar ni siquiera encerrados en sus casas. La población prefería ser prudente por el clima de incertidumbre política reinante. Hicieron como si fuera un día más del calendario.

Odisto pasó la noche acompañado de otros tres enfermos con cardiopatías graves. Todos se estaban recuperando de la misma dolencia, de una herida futura en el corazón, y a todos les había desaparecido la llaga de un día para otro, dejándoles un dolor profundo y un latido lento. Y tenían algo más en común: todos habían perdido a uno de sus hijos en el momento en que les había cicatrizado la herida.

A Odisto aquel dato le hacía reflexionar. ¿Se debía su herida también a una pérdida? ¿Habían fusilado a uno de sus vástagos? Se preguntó cuál de sus hijos sería, o de sus hijas. Se obsesionó con ello. La tristeza era infinita. Tampoco le ayudaban los llantos de los otros enfermos, ni las historias que las enfermeras contaban sin descanso. Como, por ejemplo, la confesión una semana más tarde de la hermana Emigdia:

—¡Mire mi pecho! No crea usted que se lo enseño a todo dios, con perdón de la expresión. Pero mire, ¡mire! ¿Lo ve? ¡No hay pecho! Tres años atrás, cuando vivía en Galiza, llegaron unos soldados y nos colgaron a todas las monjas de las tetas de la baranda de los balcones del coro de la iglesia. ¡Imagínese la escena! Pero escúcheme bien, que no fueron los rojos, ¡sino los sublevados! Querían armar ruido y culpar a los otros. Lo sé porque reconocí a dos de ellos que militaban en el Frente Nacional. ¡Si hasta los había tratado de chicos y los vi hacer la comunión! Torsino y Peio. A ellos les dio igual. No tenían sentimientos. Total, que acabaron por cortarme las tetas como a la mismísima santa Águeda de Catania. Luego, en cuanto me recuperé, me fui al País Éuscaro, pero acabé agotada de que los enfermos, casi todos ateos, no quisieran que los atendiera. Así que me vine a Catalunya. No quería oír hablar más ni de los fascistas que habían arrasado con todo a sangre y fuego, ni de los desagradecidos progresistas ateos. Me ingresaron en el convento de las carmelitas de la Caridad, el que está en Vic, si es que queda algo de él todavía... Total, que llegó lo peor de la guerra. ¡Y otra vez tuve que salir corriendo! Aquella vez sí que fueron los rojos. —La hermana bajó la voz y miró a su alrededor, comprobando que ninguno de los otros tres enfermos la escuchaba. Se acercó al oído de Odisto, que no quería seguir prestándole atención, pero que, al no poder mover el cuello, tuvo que resignarse y escuchar lo que le había ocurrido en Vic—. No sé si se lo habrán contado ya, pero en aquella cárcel conventual se emplearon bien con nosotras. ¡Menuda nos cayó! Y a la hermana Apolonia... ¡Que Dios la tenga en su gloria! ¡La descuartizaron y la dieron de comer a los cerdos! ¿Y sabe qué hicieron luego los republicanos? ¡Mataron a los cerdos, hicieron chorizos y los repartieron por la ciudad gritando «chorizo de monja»! ¿Usted cree que eso es normal? ¿Dónde se mete una? ¡Dígamelo! ¿Me va a amparar el Socorro Blanco? ¿O el Socorro Rojo? ¿Las Margaritas? ¿El Auxilio Azul? ¿El Comité de la Cruz Roja? ¡Deseando estoy de irme a Francia! Bueno, no me enrollo más. Espero que le vaya muy bien. Entró sin poder mover un músculo del cansancio que traía y ahora mueve bastante bien las articulaciones. Las heridas de un hijo fallecido son muy difíciles de sanar, pero usted lo hará.

Odisto escuchó lo del hijo fallecido y sintió una arcada subirle hasta el garguero. Se incorporó de golpe y arreó un codazo a la monja, que poco le faltó para caerse de bruces al suelo. El jandulés echó la cabeza hacia el lado contrario de la hermana y vomitó. La náusea le lubricó la garganta y recuperó la voz perdida aquellos días y la fuerza. Dicen que la bilis no se expulsa hasta que colma la vesícula de uno; quizás la historia de la monja fue la gota que colmó la suya, y gracias a ella pudo expulsar todo el amargor retenido tanto tiempo. No obstante, aunque ya podía sentarse y hablar, tuvo que reposar algunas semanas más, y el ánimo, a diferencia de la fuerza física, siguió bajo. Solo se alegró un poco con la visita de un escritor que se hacía llamar Salvador Espriu.

—En tres años haré de esta azotea mi casa. También lo harán los falangistas. ¡El agua y el aceite! ¿No? ¡Cuidádmela! Y cuidaos, que la vida bien merece ser vivida, por muchas pérdidas que suframos o inconveniencias que nos salten encima. ¡Quien no recuerda a sus muertos los mata dos veces! Y muertos, la memoria desaparece antes que el cuerpo. Hay que recordar mientras se pueda. Vivir y recordar. No lo olvides.

Aquellas simples palabras le hicieron la espera más llevadera y le dieron la fuerza necesaria para ocupar sus días imaginando Jándula y a su familia, las cosas que les contaría y lo mucho que se alegraría de verlos a todos.

Dos semanas después de entrar el año le tomaron el pulso y le dieron el alta. Cincuenta y ocho pulsaciones por minuto en reposo. Le colocaron una pequeña llave, como la de los relojes, enganchada al corazón. Si se le volvía a ralentizar, debía dar cuerda. Se lo instalaron bajo la axila, para que no fuera visible bajo la ropa.

Una enfermera a la que no había visto hasta la fecha le llevó el alta para que la firmara. Odisto tomó la pluma y escribió su nombre completo. Cuando la joven verificó la firma, vio que no coincidía con el nombre bajo el que se había registrado.

—En la hoja de ingreso pone que te llamas Odisto Ardolento.

—Efectivamente.

—Entonces, ¿por qué acabas de firmar como Luis Vílchez Gómez?

—No lo sé. Es lo que me sale siempre que firmo. ¡Soy un hombre del campo, yo no entiendo de letras! Siempre he firmado así.

—Bueno… Pues no lo entiendo, la verdad. A ver… —La enfermera no salía de su asombro—. Si te parece, pongo por encima tu nombre de ingreso, ¿sí?

—Haga usted lo que crea pertinente.

—No me hables de usted.

—¡Conforme! Escribe Odisto. Ese es mi nombre. ¡Y santas pascuas!

Fue un alta forzosa. Había contado los días para salir de las instalaciones médicas, pero, llegada la liberación, no supo a dónde ir en una ciudad que transpiraba miedo e incuria política. Las calles estaban vacías, como la mayoría de viviendas y de establecimientos. Los únicos peatones eran militares, indigentes y algunos burgueses, que esperaban con alegría la inminente toma de la ciudad por las fuerzas sublevadas. Los estratos sociales estaban más marcados que nunca, y de aquel espíritu republicano de resistencia, hermandad y lucha del inicio de la guerra no quedaba más que la piel muerta: carteles meados, tímidas banderas rasgadas con tres dedos de suciedad, tranvías cuya pintura roja y negra con las iniciales de la CNT y de la FAI se caía a cachos, y estaciones de tren y de bus repletas de rostros desilusionados.

Después de pasar varias noches durmiendo a la intemperie en un repecho de Montjuïc, intentó sin éxito que lo acogieran en un hostal hasta que encontrara algo de trabajo. Fue en el espejo de la casapuerta de una de aquellas fondas malolientes del barrio Chino donde se vio reflejado de cuerpo entero por primera vez desde que abandonó Jándula. Se dio cuenta de que, bajo la capa de mierda, tizne y cansancio que llevaba encima, el hombre que lo observaba lucía veinte años más de los que tenía. Se preguntó si alguien lo reconocería en Jándula si ni él mismo era capaz. Las ojeras le llegaban hasta la comisura de los labios; tenía la nariz pelada y llena de surcos; la barba le mediría un palmo y el cabello raleaba, dibujándole unas entradas que le habían ampliado la frente. Lo que más le sorprendió fueron las orejas. Le habían crecido varios dedos. Sabía que no dejaban nunca de crecer, que un hombre con largos lóbulos significaba un hombre de largo camino. Del tupé de antaño no quedaba ni rastro, solo unas guedejas largas echadas hacia atrás. Amén del resto del cuerpo: extremadamente feble, los omóplatos y las clavículas le sobresalían y se le marcaban por debajo de la camisa, y le había aparecido una giba con la que nunca antes había cargado pese al anterior trabajo en el campo.

La mujer del hostal dio un par de palmas delante de la mirada de Odisto, que se había quedado embobado analizando su reflejo. Le repitió que, sin dinero, no había sitio para nadie. Abandonó el hostal desmoralizado. Recorrió aquel enrevesado laberinto de calles del barrio Chino, decorado con carteles de la organización Mujeres Libres, con los que las feministas anarquistas querían convencer a las prostitutas para cambiar de oficio; bajó las Ramblas y almorzó en una casa de comidas, de nombre Can Juárez, donde dio con un grupo de marineros levantinos que lo invitaron a la comida y le ofrecieron dormir donde ellos se hospedaban. Odisto aceptó sin saber si eran buenas compañías. El patriarca lo desconocía, pero iba a pasar tanto tiempo con ellos que incluso se dejaría la sotabarba típica de los hombres de mar.

El lugar en el que se hospedaban era un almacén industrial en el *carrer* Pujades —antiguo despacho rehabilitado que había funcionado de sede de un comité de milicias antifascistas—. Las camas raramente se encontraban todas ocupadas, ya que la mayor parte del tiempo los marineros se echaban a la mar. Odisto aceptó. Se entendió bien con aquellos hombres taciturnos, que solo hablaban cuando bebían.

Una semana y pico después, el local se llenó al completo y tuvieron que dormir tres por cama. La razón: la llegada masiva de hombres de territorios recién arrebatados por los sublevados, entre ellos, la isla de Menorca, reducto balear que había aguantado en manos de los republicanos. Los ingleses protegieron con los barcos de la Royal Navy aquel territorio insular, para que ni los italianos ni los alemanes se hicieran con ella. Preferían que perteneciera a Franco. Así, en Mahón, dos días después de que el gobierno republicano cruzara las grapas del istmo y llegara a Francia, se negoció la rendición de Menorca, que se hizo franquista.

Aquel comienzo del año fue fatídico para la República y glorioso para los sublevados. Tras el exilio del presidente y del Gobierno en bloque —pese al posterior e inútil intento del jefe del Gobierno Negrín de volver a Alicante y reavivar la guerra—, el apoyo fáctico de Inglaterra a Franco, Francia a punto de reconocer el gobierno del caudillo como único gobierno legítimo, el golpe de Estado de Casado —golpe triunfante que iba a optar, al contrario que el gobierno de Negrín, por una rendición ante Franco y el final de la guerra, aunque se tratara de un desafuero que trajera consigo otra división más en el seno de las fuerzas republicanas—, el fallido «plan P» republicano de dividir el bloque nacional por Extremadura —que desgastó del todo los malogrados restos del ejército— y el impulso y la fuerza de los quintacolumnistas y de las tropas rojas que o bien se rendían o bien se unían al bando fascista, a los combatientes republicanos no les quedó otra que asumir la derrota e intentar sobrevivir a duras penas, ya fuera emigrando al extranjero o refugiándose en los últimos territorios republicanos bien armados.

La noche anterior a que las tropas de Yagüe tomaran la ciudad de Barcelona, justo donde esta narración se encuentra ahora, los marinos de la armada republicana convinieron en huir de Iberia. Antes del alba desanclarían sus buques de guerra y partirían al extranjero o al Levante, pues en Cartagena descansaba la mayor parte de la flota roja.

Odisto hizo otro tanto. Decidió que se montaría en el dragaminas de sus nuevos amigos levantiscos y se echaría a la mar junto a ellos. Después del lento viaje hasta Cartagena, y luego hasta Almería —a una velocidad cauta para evitar adentrarse en zonas conquistadas—, el jandulés se encontraría lo más cerca que había estado durante todo el conflicto de Jándula. Con suerte, conseguiría llegar a su huerto atravesando campo y sin necesidad de pasar por grandes núcleos urbanos. La tierra desde el Mediterráneo hasta Jaén era un enorme trecho de cultivos y vegas donde le sería fácil esconderse de los militares, fueran del bando que fueran.

104

La dama sobre el mamut

26 de enero de 1939. Cuatro y media de la mañana.

Los marineros supieron que Tarragona acababa de ser conquistada por los sublevados y que estos se dirigían a paso firme hacia la Ciudad Condal. Debían partir de inmediato. Nuestro hombre se enteró media hora más tarde. Odisto veía por cuarta noche consecutiva la película documental *Tierra de Iberia* —escrita por Dos Passos y Hemingway, prohibida en el territorio franquista— en uno de los cines del paseo de Gracia, en los que había que sentarse en el suelo porque los asientos se habían usado de barricadas urbanas. Los parapetos en Barcelona no eran cosa sencilla y necesitaron quemar muebles para montarlos. Al igual que ocurría en los barrios más céntricos de París, la geométrica distribución urbana no facilitaba la tarea de impedir el avance del enemigo. Tengo entendido que Haussmann diseñó el centro de París de manera cuadriculada con la intención de asfixiar las continuas revueltas públicas. En el caso de Cerdá, el ingeniero que planificó la brutal división del centro de Barcelona en minimanzanas con forma de cuadriláteros achaflanados, tengo mis dudas, pero intuyo que aparte de la higiene sus planos tuvieron un gran motivo sociopolítico.

En todo caso, aquella madrugada, el cine al que fueron no era el de cada noche, donde un francés que quería grabar una película en Barcelona sobre la sierra de Teruel había robado la cámara. Los escritores Malraux y Aub estaban detrás de aquel hurto, a quienes de nada les sirvió la cámara, ya que huyeron de la ciudad antes de que llegaran los franquistas.

Pusieron la película a las cuatro de la mañana. Tenían los horarios invertidos debido al trabajo en el puerto. A Odisto, cansado de ver la misma una y otra vez, se le ocurrió preguntar si no podrían poner *Morena clara*, que había escuchado que era muy divertida.

Le cayó un buen rapapolvo. La película había sido prohibida por los republicanos en 1937 por las inclinaciones fascistas del director, Florián Rey, y de la actriz, Imperio Argentina —cuyas avenencias con el régimen comenté al principio del libro—. Así, la noche del 25 al 26 de enero, Odisto no tuvo más remedio que volver a ver una última vez aquel metraje propagandístico extranjero que se sabía de memoria. Pero no pudo terminarlo. A las cinco de la mañana sonaron las alarmas del puerto y la situada en el Arco del Triunfo. A las alarmas urbanas les siguieron las sirenas de los buques. Había llegado el temido momento, era hora de partir.

Odisto corrió hasta su cuarto, cogió el macuto que tenía preparado debajo de la cama y se dirigió al puerto con los últimos marineros. Atravesaron el hermoso parque de la Ciutadella, tan similar al de Luxemburgo de París, y se asombraron ante el hueco dejado por la escultura de *La dama del paraguas*, que había huido dejando el paraguas en la fuente. «¡Se habrá montado en el mamut! ¡Esta se nos ha hecho franquista!». No notó un gran bullicio; la mayor parte de los barceloneses afines a la república ya habían abandonado la ciudad y los que quedaban lo hacían de forma ordenada. Aquellos soldados solo repetían como un mantra que debían partir antes de que los primeros rayos de sol iluminaran el horizonte mediterráneo. Y así lo hicieron.

El jandulés fue de los últimos en embarcar; se distrajo en el puerto con un hombre que acababa de tomar una instantánea de su rostro, a menos de media vara de él. Odisto, que temía las represalias del régimen si llegaban a reconocerlo en aquella fotografía, se encaró con el hombre, de nombre Antoni Campañà.

—¡Dame el carrete ahora mismo! —le reclamó Odisto.

—¡Tranquilo, hombre! ¡Si no las voy a publicar! Las meteré en una caja roja y no verán la luz hasta treinta años después de mi muerte. ¡Te lo aseguro! —Odisto vaciló un momento. Tenía prisa y aquellas palabras no lo convencían.

—¿Y cuándo tienes pensado morirte? Porque si lo haces ahora mismo…

—¡Moriré casi en el próximo siglo! Cuando las fotografías salgan a la luz, ni tus hijos vivirán, o serán viejísimos. ¡De verdad, no te preocupes!

El rostro alicaído de aquel hombre lo llenó de cierta paz, y también de una tristeza profunda. Todo apuntaba a que decía la verdad y a que no perdería nada confiando en él, pero se negó a hacerlo. Miró de nuevo hacia las aguas, pensando si le daba tiempo a seguir discutiendo con el fotógrafo; comprobó que aún disponía de unos minutos antes de que la embarcación se hiciera a la mar, pero cuando se volvió, el hombre había desaparecido. Se maldijo y se fue corriendo al barco.

Aquellas diapositivas no serían las únicas que tardarían en ver la luz. Otro de los grandes fotógrafos de la Guerra Civil, Centelles, al exiliarse decidió dejar la maleta donde guardaba las fotografías bélicas en una casa de Carcasona. Hizo prometer a la familia que se las guardaría. Las fotos tardarían casi cuarenta años en hacerse públicas. De igual forma, tres pequeñas cajas con los negativos de las casi cuatro mil fotografías que habían tomado Endre Friedmann y Gerda Taro desaparecieron en la llamada «maleta mexicana»; no aparecieron hasta las postrimerías del siglo XX. Resulta curioso que tardaran tanto en ver la luz unas estampas tan cargadas de vida, pero también de muerte y de oscuridad.

A la rémora de Odisto le dio tiempo a montarse en el barco por muy poco. Hubo de atravesar a codazos una madeja de niños hambrientos que pedían que se los llevara con él en el viaje. El jandulés consiguió desasirse de sus enérgicos bracitos entre lágrimas. Se dijo que no pensaría en ellos hasta llegar a casa.

Veinte minutos más tarde, el barco zarpaba. Odisto se apoyó en la barandilla con el sombrero entre los brazos para despedirse de Barcelona. Fue entonces cuando notó que tenía algo grande en el bolsillo. Se echó mano y descubrió con asombro lo que era: una figurita de un niño con una bandera republicana, vestido de obrero y con una gorra, que levantaba el puño izquierdo. Se trataba de una figura bien conocida por el pueblo, apodada *«el més petit de tots»*, que habían producido varios almacenes barceloneses dos años antes como propaganda de la lucha republicana, algo así como la mascota de los revolucionarios catalanes. Uno de aquellos niños lo había debido de meter en el bolsillo de nuestro hombre. Aquel gesto casi desquebraja el dique emocional que el jandulés había construido en torno a las miserias de la guerra, ante las que él, en aquel momento, poco podía hacer.

Lo último con vida que vio Odisto en la ciudad, y desde la cubierta del barco, fue una mula desorientada en la playa. Le llamó mucho la atención que el pelaje del animal era igual al del extraño jabalí que había visto en Jándula, la última vez justo antes de huir del pueblo y de adentrarse en el túnel de la montaña. Al parecer, el dueño de aquella pintoresca mula no pudo llevársela y el animal se quedó solo en una ciudad vacía y a punto de cambiar de raíz. Sin nadie que se hiciera cargo de ella, la mula se acercó a un pilón de agua pasada que había entre las barracas del desaparecido barrio del Somorrostro, bebió agua como último acto volitivo y corrió de vuelta al mar, donde Odisto fue el último hombre que le prestó atención. Al adentrarse en las olas, cayó de bruces. Se le raspó la piel de la cabeza, la dentada se le partió contra varias rocas y se rompió una pata trasera. Sin hacer nada para volver a levantarse, huir o nadar, abrió la boca cuanto pudo y dejó que el mar la acariciara por dentro. Bebió hasta morir. Odisto vio un rosario de peces saliendo del agua, justo de donde la mula había puesto fin a sus días. Los nubarrones entonces cubrieron el cielo y tronó fuerte.

Odisto se alejó de la barandilla y acudió tambaleándose a uno de los marineros, conteniendo otra náusea. Lo sentaron en una de las sillas atornilladas junto a la proa, donde menos se movía el guardapesca. Nunca antes había viajado en barco ni había sentido y visto el mar con tanta amplitud. Lo agobiaba su inmensidad.

Sentado con los ojos cerrados en aquellas maderas vacilantes consiguió dormirse. Volvió a abrir los ojos con los primeros rayos, que vaticinaban la caída de Barcelona. Efectivamente, la ciudad fue tomada y, para sorpresa de los fascistas, todo el pueblo barcelonés salió a las calles a recibirlos con banderas nacionales, carlistas y falangistas, así como gritando lemas fascistas y con dibujos del Cid y grandes pancartas con frases como «una, grande y libre», «todo por la patria» o «paz y trabajo»; agitando colgaduras rojigualdas, telas con el águila de los Reyes Católicos y dibujos de Franco con el casco militar, en cuyo morrión se podía leer: «1 de octubre, arriba Franco Caudillo de Iberia...».

La fecha del primero de octubre coincidía con el día en que el ferrolano había sido investido Caudillo de Iberia.

Todo aquello lo fotografió uno de los fotógrafos más leales al bando rebelde, un aragonés llamado Francisco Martínez Gascón, a quien llamaban «Kautela». Aquel hombre había inmortalizado batallas como las del Ebro y Teruel, y entonces retrataba aquella entrada en Barcelona: «la *Caiguda*». Los cabecillas nacionales no se creyeron la muestra de interés del pueblo barcelonés por su causa y, si bien la agradecieron públicamente, consideraron que, en el futuro, tendrían que vigilar bien de cerca la ciudad y castigarla con represión —prueba de ello, la sangre con la que, a partir de la noche siguiente, regarían, fusilamientos mediante, el extenso Campo de la Bota—. En la villa se aplicaría el llamado «*terror blanc*».

El día ya iluminaba toda la ciudad. Las tropas moras de Yagüe soltaron sus fusiles y se dedicaron a recaudar su «impuesto de guerra»: durante varios días arrasaron tiendas y hogares, cargando con todas las riquezas que veían, y violaron y asesinaron a cuantos quisieron. Dicen que murieron alrededor de diez mil personas en la primera semana.

La ciudad asistía a un nuevo amanecer, uno de características muy diferentes, donde el catalán iba a ser prohibido. Aquella primera mañana, las campanas de las iglesias tocaron a la misma hora, avisando de la celebración de una misa en la Sagrada Familia en honor al caudillo, cuyos rezos se oyeron desde el buque donde iba Odisto. De nuevo sintió nuestro patriarca miedo, pese a encontrarse a salvo en mitad del mar. Se acordó de la flamante manecilla que le habían colocado debajo de la axila para avivar el fuelle de su corazón. Decidió darle toda la cuerda posible. Recuperó la fuerza, el equilibrio y la serenidad.

Pensó en cómo aquella guerra había cambiado al pueblo, y en qué poca cosa quedaban los ideales cuando los hombres y las mujeres eran heridos; qué poco importaba la política y la lucha cuando las costuras del cuerpo se soltaban, cuando la nación resultaba diezmada. Odisto nunca había escrito un poema, pero cerró los ojos y, mientras se daba cuerda al corazón, formó mentalmente unos versos sin rima:

Un religioso astilla una cruz. Un ateo se unge con agua bendita.
Un patrono levanta el puño. Un obrero extiende la palma.
Todos cosen los miembros de sus hijos.

A cientos de leguas de allí, la cuerda del engranaje cardíaco del padre pareció despertar el corazón del hijo, el de Paulo, que recibía, un día más, los primeros rayos de sol junto al cadáver de su hermano.

105

La lluvia de pan

El cuerpo del hermano fusilado yacía bajo una manta negra de hormigas. El cuerpo de Paulo también estaba cubierto de insectos, pero menos, quizás porque, pese a que estaba rígido y no se movió durante casi dos meses, sabían que aquel «animal grande» estaba vivo, en estado latente, y que en cualquier momento volvería a la vida. Fue un logrado presentimiento. El joven despertó casi en el mes de febrero, en 1939, gracias a la vitalidad que la llave de la axila infundió al corazón de Odisto y, en paralelo, al suyo propio.

Paulo se odió por no haber protegido el cadáver de su hermano, que, tras quitarle las gruesas capas de insectos del rostro, estaba apenas reconocible, con la piel llena de surcos, como la superficie de una colmena joven.

Se echó a un lado y vomitó. No tenía comida en el estómago, así que vomitó un aire rojizo, un humo líquido. No sabía cuánto tiempo exacto había permanecido tumbado junto a su hermano, congelado de pánico y con la mirada perdida. Pensó que un par de días. Más tarde descubriría que habían sido más de sesenta. Aquello explicaba la extrema delgadez. Había sobrevivido sin comer gracias a las escasas reservas de grasa de su cuerpo. Parecía un maniquí de anatomía ósea, una vid en invierno. Se estremeció al palparse. Le vino una imagen grotesca: si alguien aparecía en aquella dehesa y los descubría, ¿pensaría que el muerto era el erguido y el vivo el que descansaba? Había perdido tanto peso que probablemente pesaba menos que José que, de no ser por las hormigas, se habría conservado bastante bien en los fríos afilados de la Terra Alta. Sacando fuerzas de flaqueza, se acercó al río y se lavó. Su propio cuerpo estaba tan desprovisto de calor que el agua gélida le pareció templada. No apreció que la tonalidad del líquido era tan rosa como su aliento; en la parte alta había un tapón de hombres republicanos que no habían conseguido cruzar y que fallecieron en el cauce, haciendo de presa. Dos meses más tarde seguían sangrando. Después, hizo lo propio con su hermano: lo lavó y lo vistió con su propia ropa. Fue entonces cuando comprobó que tenía las mismas tres heridas futuras que él llevaba en el pecho. Paulo pensó que si José había muerto de un solo disparo, los otros dos proyectiles serían para él. Evitó pensar en aquello y se dispuso a vestirse con la ropa de un militar que había cerca; los campos alrededor estaban sembrados de víctimas. Antes de ponerse los pantalones, se ató con varios pañuelos rojos unas ramas resistentes a las piernas, para que lo ayudaran a mantener el equilibrio. Las ramas estaban secas, pertenecían a una sabina caída. Al partirlas, sintió como si el árbol emitiera un lamento, y una brisa le levantó la gorra y le despejó la cara de cabello. Necesitaba salir de aquella tierra cuanto antes. Tenía la impresión de que la naturaleza había llegado a un punto crítico en el que quería deshacerse de los humanos. Cargó con su hermano al hombro, cuyo cuerpo se había aligerado por la descomposición, y se puso en marcha. Le esperaba un largo viaje. Había decidido llevar el cadáver a su padre, a quien esperaba encontrar en Jándula.

Se acercó al primer pueblo que vio, Corbera d'Ebre, donde todo estaba destrozado salvo algunos muros, un par de masías y la preciosa torre de la iglesia. Dejó a su hermano a la entrada, bajo un peral rajado en tres. Su intención era mendigar algo de ropa limpia que no estuviera manchada de sangre. El pueblo estaba vacío. Entró en una de las casas que todavía quedaba en pie y él mismo seleccionó dos hatos: ropa simple y neutral, sin distinciones militares. Después fue a la iglesia, escalando las montañas de escombros de las calles. En el camino vio que no estaba solo, pero los lugareños estaban tan afligidos que no atendían nada más que a los escombros. Entró en el semiderruido templo con un designio grotesco: robar un ataúd —así fuera de un lugareño o contuviera los restos sagrados de algún santo— y meter a su hermano en él. A la entrada del pueblo había varios carros abandonados, así como yuntos y mulas de carga. La idea de llevar en cortejo fúnebre a José atravesando la península —cuyas carreteras, no lo pasemos por alto, seguían arrasadas por la guerra y por la explosión del volcán— le pareció plausible. Pero en la iglesia de San Pedro no había nada que hubiera mantenido su forma original. Se contentó con un tapiz rajado que haría de sudario. Tampoco le fue fácil la empresa de hacerse con un transporte. Carros había, pero las mulas tenían dueño, y no andaban lejos. Se dijo que robaría una de ellas por la noche.

Una vecina del pueblo, una tal Arnulfa, de setenta y muchos años, pareció leerle las ideas y le ofreció una de las mulas de su marido:

—Llévatela. Era de mi esposo. Lo enterraron las bombas. Te doy la mula, pero con una condición. ¡No te la comas! Estás muy flaco y sé lo que es pasar hambre. Pero, si te la comes, para mí es como si masticaras a mi marido. Te daré dos botes de leche condensada para compensar. ¡Y no pienses en hacer negocio! Las mulas son estériles. ¡Cuídamela bien!

Paulo le prometió que la protegería todo el camino. Le contó para qué la quería y ella pareció quedarse más aliviada. Unció el animal al carro que mejor se había conservado, montó a su hermano en él y partió. Al auparlo notó por primera vez el fuerte olor a muerto. Hasta la fecha lo había pasado por alto, tan abstraído como estaba. No le era un olor nuevo, ya que en la guerra el hedor era constante, pero le perturbaba que proviniera del cuerpo de su hermano. Partió.

El plan le parecía bien sencillo. Atravesaría las tierras aragonesas y manchegas hasta llegar a Andalucía, a su añorada Jándula, de la que no debió haberse ido nunca. Se odió por haber abandonado a su familia y rezó por que todos estuvieran bien, en especial su padre. No podría aguantar otra muerte más, ni irse a la tumba sabiendo que Odisto había fallecido sin él a su lado, quizás incluso por el pesar que le habría provocado su precoz alistamiento en el ejército. Él había asesinado a su hermano y él debía darle un funeral propio y entre los suyos.

Atravesaría el centro de la península sin pasar por Madrid. La capital le daba miedo. Si el país seguía en guerra, cosa que desconocía, sería un hervidero bélico, y si el conflicto había llegado a su fin, sería un nido de venganzas.

Lo primero que vio al dejar la Terra Alta fue una lluvia de pan. Observó a los campesinos, secretamente republicanos, correr hacia el alimento gritando «¡este pan bien vale una misa!». El jandulés también salió corriendo a comérselo, agradecido y con lágrimas en los ojos, hasta que vio el polisíndeton tallado en el bollo: «ni un hogar sin lumbre ni un íbero sin pan». Tiró el trozo, escupió lo masticado y retomó el camino. Se acordó de las palabras del general Miaja, que había advertido que aquel pan, o al menos el que caía sobre Madrid, podía estar envenenado. Lo que al joven echó para atrás no fue el posible veneno, sino el lema grabado en las barras. El estómago le rugió encolerizado que no entendía de consignas. Paulo no cedió y continuó el camino con una mano en el estómago y la otra en las riendas. Había aprendido lo que la guerra era capaz de hacer con un país, cómo podía envenenar a cualquier hombre de la manera más sutil. Lo había sufrido en sus carnes y huía de aquello, pese a que dichas carnes ya casi ni existieran. Siguió alimentándose de legumbres y de cereales que machacaba él mismo con una piedra y masticaba penosamente. Se acordó de una historia que había escuchado en la batalla: en las cárceles los presos padecían fuertes estreñimientos y a veces tenían que meterse los dedos en el recto y, con las llaves con las que abrían las latas de conserva, sacarse las heces, hiriéndose la mucosa anal y provocándose fisuras y hemorroides que luego intentaban paliar metiéndose parcialmente en el ano una bala de plomo. ¡Remedios de viejos!

Haciendo caso omiso de la constante lluvia de pan, de la que en ocasiones debía protegerse bajo una perola, e intentando escoger los caminos menos torturados para que el cadáver de José no sufriera con el traqueteo del carro, tardaría dos semanas en llegar a Castilla la Nueva.

El último pueblo en el que se detuvo dentro de Aragón fue Albarracín, que había recibido la herencia arquitectónica de varios pueblos: visigodos, árabes y cristianos. La ciudad de color rodeno estaba construida a lo largo del río Guadalaviar —sobre cuya hoz había casas colgadas, como en Cuenca— y junto a una enorme peña coronada por una fila de murallas escalonadas, de altos muros y con una crestería de amplias almenas. Resultaba similar al bello pueblo burgalés de Frías. Allí lo increpó una mujer mayor:

—¡Es intolerable lo de las momias!

—¿Qué momias? —respondió Paulo con curiosidad, asustado ante su aparición.

—Los republicanos se entretuvieron en vaciar las tumbas de los templos y en poner las momias de los santos en posiciones ridículas para echarse fotos con ellas. ¡Lo hemos visto en el periódico! Unas fotos horribles del monasterio de las Salesas de Barcelona, y otras de Toledo y El Escorial. ¡Una barbaridad!

—Nena, ¿ya estamos con lo mismo? —Un hombre viejo, su marido, la agarró del brazo y se disculpó ante el jandulés—. ¡Que sí, que no está bonito! Pero menos bonito está jugar con los vivos. ¿No? ¡Que dicen que en esta guerra se matan entre hermanos!

Paulo escuchó aquellas palabras y sintió que la visión se le cerraba y oscurecía. Abandonó el pueblo antes de caerse desmayado. Llegó hasta el límite de la región, donde nace el río Tajo. Aquella zona era llamada «la Tajá», porque el cielo del descampado estaba dividido en dos colores: a un lado, Aragón, con un cielo azul oscuro con nubes de color arrebol; al otro, Castilla la Nueva, con el suyo de un azul violeta.

Tras cruzar la línea fronteriza, el carro tropezó con un bache. Algo metálico sobresalía de la tierra. Dudó de si detenerse, pero decidió no tocar aquel objeto enterrado, no fuera a ser un obús. A punto estuvo de desenterrar algo que hoy día sigue en el mismo lugar: los restos óseos del autor de *La vida es sueño*.

106

Las flores frías de invierno

¡A nuestros enemigos, si están muertos, los volveré a desenterrar y los volveré a matar!

Aprovechando que Juliana con el trasiego bélico se había quedado sola en la casa, y que además sufría una vesania que avanzaba cada día, los hijos de Odisto, Gonzalo y Josito, le habían robado la radio. Los niños, una vez se acostaba Ángeles, se llevaban el aparato al pajar y lo escuchaban entre las pacas. Estaban obsesionados con las seiscientas arengas radiofónicas que el militar fascista Queipo de Llano lanzaba desde Unión Radio Sevilla, como si fuera una historia de miedo. También tenían acceso a la retransmisión de mensajes políticos de la «voz desconocida de Madrid», que no era otra que la del escritor Arturo Barea, que retransmitía desde uno de los sótanos del Edificio Telefónica de la capital; y a las oratorias del denominado Goebbels íbero, un tal Dionisio Ridruejo que, un año atrás, había estrechado la mano a Hitler.

Una de aquellas noches, la arenga de Queipo fue más estremecedora que de costumbre y Josito se despertó gritando. Como solía hacer cuando tenía una pesadilla, se echó las manos detrás de las orejas y se pellizcó la fina piel que le unía los cartílagos con el resto de la cabeza: si le dolía, significaba que había salido del sueño. Se calmó tras el pellizco y quiso despertar a su hermano, pero no estaba a su lado. Se incorporó, tanteó a ciegas la habitación y no encontró rastro de él. Se aproximó al cuarto de su hermana. Oyó su respiración; aguzó el oído y creyó oír también la de Pedro, que algunas noches abandonaba el zulo para dormir arriba con ella. Volvió a su habitación y comprobó de nuevo que Gonzalo no se había caído de la cama. Salió a la cocina y notó que la puerta de la casa estaba abierta. Pensó en salir a buscarlo, y así hizo.

No avisó a su hermana porque sabía que la encolerizaría; no quería trastocar la calma que estaba volviendo a ella. Se abrigó, cogió la vara de lazarillo y salió.

Recorrió los bancales del huerto sin encontrarlo. Entonces oyó no muy lejos los pasos de su hermano. Gritó en repetidas ocasiones su nombre, pero este no le respondió. Josito decidió seguir el rastro sonoro que iba dejando. Lo hizo durante una legua, gritando sin parar su nombre. Aunque no contestaba, sabía que se trataba de él, además de por el sonido de la pisada, por el olor que iba dejando. No estaba muy orientado, pero tenía la sensación de que la persecución lo estaba llevando al terreno prohibido de las afueras septentrionales de Jándula, aquel pedazo de tierra que no salía en los mapas y que, llegado el caso, según les había dicho su hermana, sería el mejor escondite ante un problema con los militares. Josito se preguntó si Gonzalo estaba soñando y corría sonámbulo. Una vez llegó al terreno prohibido, que el ciego reconoció por el frío gélido del lugar —debido a las chuzas brillantes que nacían en toda la región y que congelaban la escena—, Gonzalo respondió por primera vez a Josito.

—¡Hermano! ¡No quiero morir dos veces! ¡Tenemos que escondernos!

—¡Gonzalo! ¿De quién huyes? Por favor, ¿puedes venir y darme la mano? Estoy muy desorientado y no sé dónde pisar. ¡Me dan miedo las chuzas! Ángeles dijo que...

—¿Nos podemos quedar aquí hasta que el hombre de la radio muera? —respondió aterrado Gonzalo—. ¡Su voz viene del cielo! ¿Y si es Dios, que se ha vuelto malo? ¿Y si el tío malo ha subido desde Sevilla y ha matado a Dios?

—¿Cómo del cielo? Por favor, Gonzalo, ¿puedes darme la mano?

—No puedo caminar. No puedo moverme.

—¿Estás herido?

—No lo sé, pero no puedo mover los pies.

—¿Cómo que no...? ¡Gonzalo, no te muevas! Has debido de pisar una mata de chuzas y se te habrán congelado los pies. Tócatelos y dime si están fríos.

El hermano obedeció y se palpó las pantorrillas. Se quemó los dedos con tan solo rozarlas.

—¡Muy fríos! Hasta las rodillas parecen de hielo.

—Tranquilo. Quédate de pie y no te muevas.

—Creo que he tenido un mal sueño... ¿He venido hasta aquí corriendo?

—Sí.

—¡Perdóname, Josito! Estaba soñando. Me doy cuenta ahora. Me pesa la cabeza.

—Escucha. Tengo que dejarte solo. He de volver a casa y traerte un cubo con agua caliente. Hay que mojarte los pies lo más rápido posible. Avisaré a la hermana.

—¡No! Se va a enfadar.

—¡Más se va a enfadar si pierdes las piernas!

—¿Me voy a quedar sin piernas?

—¡Si te estás quieto y no te mueves, no! ¡Escucha! ¿Tú me ves a mí?

—¡Está muy oscuro! Solo veo las hojas de las chuzas, que están iluminadas en la oscuridad. Son azules y blancas.

—¿Puedes orientarme hasta llegar al camino?

—Pues, no veo mucho... A la derecha está el camino. ¿No tienes el palo contigo?

—Sí, pero me da miedo tocar una chuza con él y que se congele y se quiebre.

—¡No! La hermana dijo que las chuzas solo congelan cosas vivas. Tu palo no está vivo. ¿Le ha crecido algún brote...? —Gonzalo no terminó la frase. Escuchó un ruido extraño, como el de una roca cayendo en un charco de cristal—. ¿Josito? ¿Me oyes? ¡Dime que estás bien y que no te has caído en las chuzas!

De un repullo al ver que posaba el pie sobre vacío, Josito se había girado bruscamente y se había caído sobre el centro de una pequeña hondonada llena de chuzas que crecían enraizadas las unas con las otras.

A Gonzalo le bajó el miedo de la coronilla hasta los dedos de los pies, mientras que el frío, imparable, le subía por las piernas. Se estaba congelando y no podía hacer nada para evitarlo. Si se impulsaba hacia delante, las piernas se le resquebrajarían y se quedaría sin ellas; se quedaría lisiado, nunca más podría volver a andar y podría desangrarse esa misma noche si nadie a su alrededor se ocupaba de él. Pero si no se movía, se quedaría completamente congelado, de pies a cabeza. La mata de chuzas sobre la que había posado las plantas de los pies era enorme y tenía fuerza suficiente como para congelar a una docena de hombres. La única manera de sobrevivir era quedarse quieto; con suerte, la primavera lo descongelaría y le devolvería la vida y el movimiento. Lo que más le preocupaba era el estado de su hermano, que tras la caída había dejado de hablar. Le aterraba que no hubiera sabido relajarse y que se hubiera congelado entero.

Josito seguía sin responder, sumido en una grave letargia. Gonzalo, desesperado pero lleno de torpor, se enjugó las lágrimas y bajó los embotados brazos. Los pegó al cuerpo —para que, una vez rígidos, no se le posaran pájaros encima para espulgarse— y se dejó congelar muerto de miedo, con una sensación que nunca había sentido antes, gritando el nombre del hermano hasta que sus labios fueron escarcha.

107
Los disparos de la dedalera

La mañana se había levantado despejada en Jándula, lo cual no quitaba frío al viento. Un grupo de niños aprovechó que no llovía para hacer una de sus exploraciones diarias. Sus familias les habían prohibido jugar en las calles céntricas del pueblo, pero las huertas y los campos eran suyos. Echaron una carrera desde la casa del último que se había unido al grupo —que vivía frente al cortijo donde Josefina Manresa, musa del joven rapsoda orcelitano, había crecido— hasta la vaguada al norte de las primeras huertas. Pronto disminuyeron la velocidad, acosados por los repentinos flatos que les crujían en las entrañas. Continuaron caminando, discutiendo sobre la guerra, repitiendo las palabras y expresiones que habían escuchado en boca de sus madres, pues sus padres, llamados a filas, ya no eran referentes en su día a día.

—¡Como sigamos haciéndonos mayores pronto tendremos que ir a la guerra!

—¿Qué guerra? ¡Si ya le queda nada!

—A la guerra le queda poco, pero como gane Franco, las vamos a pasar canutas.

—Mi madre dice que nos van a dar palos por todos lados.

—¡Pues tendremos que prepararnos para la batalla contra Franco, que yo soy valiente!

—¡Y yo más!

—¡Pues yo no! Estoy cansado de que mi padre esté fuera y de comer pan y cebolla.

—¡Oye! ¡Mirad cómo suena esto! —Se oyó un estruendo como el de un disparo.

El más pequeño de los cinco había aplastado con los dedos varias flores arrancadas de una dedalera. Los capullos de esa planta producían un sonido similar al de un disparo de escopeta si se apretaban con fuerza. La planta crecía por toda la península.

Tenía diferentes nombres según la región: dedillos de Dios, zapatitos de Cristo, guantes de Nuestra Señora, calzones de zorra, dedales de monja, bragas de cucu o alcahuetas del cerezo. El resto de niños se echaron las manos al pecho y desorbitaron los ojos al comprobar que las pequeñas explosiones las había provocado uno de ellos; se agacharon y se escondieron detrás de unas matas. Temían que los soldados del pueblo hubieran oído los falsos proyectiles.

Una cuadrilla de milicianos armados que controlaba las calles cercanas a las huertas en efecto los oyó y apuntó hacia el lugar de donde procedían. No vieron a ningún soldado contrario, pensaron que probablemente se escondían entre las rastrojeras y hierbas altas. Apuntaron hacia allí y dispararon. Estaban demasiado lejos para que las balas llegaran hasta los niños, que salieron corriendo a campo traviesa sin ton ni son. Todos menos uno de ellos, Meinardo, el que había aplastado las flores. Los militares lo encontraron más tarde tirado en el suelo. Yacía junto a un charco de vómito de color violeta. Cuando comprobaron que en sus manos y en sus labios había restos de dedaleras espachurradas, comprendieron que no lo habían matado sus balas. Intentaron despertarlo, pero estaba inconsciente y sufría leves convulsiones. El militar más corpulento se lo echó a los hombros y corrió a llevárselo al médico. Fernando también supo de qué se trataba en cuanto le vio las comisuras manchadas de lila: se había comido las flores, que eran altamente tóxicas y provocaban un desbarajuste en el ritmo cardíaco. Meinardo no iba a sobrevivir.

Para cuando los militares se alejaron con el cuerpo del muchacho convaleciente, los niños ya habían recorrido media legua. Se habían adentrado en un terreno al que nunca antes habían ido, lleno de plantas brillantes que congelaban al rozarlas. Una de ellas tenía la forma de un niño tumbado y la otra de uno de pie. Se asustaron y salieron corriendo a refugiarse en el regazo de sus madres, a quienes contarían la extraña forma de aquellas plantas.

108
Las mujeres vernáculas

Trinidad, Eulalia, Covadonga y Olga. Antes de la guerra llamadas Irune, Laia, Lena y Uxía.

—Zerba sartu behar da holan, onean? Beno, hau onean izen bada... Ez dakit, ez dot aituten... Herrie berea ote da oin, edo zelan doa kontue?

—Doncs si, així és; la guerra s'ha acabat perquè han près Madrid. Això ja es sabia: si prenen la capital, per molts poblets que hi hagi de l'altre bàndol...

—¿Qué otru bandu, ho? ¡Si malpenes queda yá naide que nun se dea énte'l caudiellu!

—Bendito desastre! Tantos mortos para isto, para esta merda!

—A veure, tranquil·la... Les dones no haurien de participar en política; no d'aquesta manera, tan nervioses...

—Xa vai! Falou quen puido! Non, se ao final virache ben e todo que gañase quen gañou! Carallo, merda de país e merda de xente...

—Ja s'està posant nerviosa una altra vegada...

—Gelditu gure dozue? Ez al dozuez bi Iberiak zuen elkarrizketan eta zuen jokatuteko eran ikusten?

—Que dous Iberias nin que dúas hostias? Eu non represento ningún bando, é só que o energúmeno este tachoume de non-sei-que polo mero feito de ser muller, e contra iso...

—Pentsetan dozue, Iberiako lekuren baten, erregimenetik kanpo edo kondenatuen artean gelditu zirenetatik, batailoi barri bat sortuko dala? Edo estatu kolpe bat?

—Què et creus, que això és la Revolució francesa? Aquí estem adormits... No t'en vagis de naps a cols.

—Ye ellí onde habríemos dir toos, o a eses llombes de Mágina, que si nun somos a escondemos o a emigrar van cafianos abondo... o van matamos.

109

Los cacillos de agua y el aliso

Los dos hermanos pequeños de Ángeles, el ciego Josito y el larguirucho Gonzalo, tras caer en las matas de las chuzas y congelarse de pies a cabeza, fueron examinados por el médico del pueblo, que hizo el reconocimiento *in situ*, pues cuanto menos los movieran, mejor. Fernando cortó un pedacito de hielo de cada niño, de sus cabellos. Los derritió y midió el porcentaje de agua y de materia que contenían. Se llevó una triste sorpresa al comprobar que apenas había materia. Realizó el mismo proceso, pero con los dedos meñiques. Después de semanas analizando más partes del cuerpo, aquellas que pensaba que, de sobrevivir los niños, no les serían indispensables, sacó una firme conclusión. Reunió a la familia restante, es decir, a Ángeles, que supuestamente vivía sola en el cortijo —Pedro bajo tierra—, y también avisó al pueblo, para que así pudieran acudir los más cercanos a la familia. Se reunieron caída la noche en una de las salas de la enfermería.

—Janduleses, gracias por venir. Sois más de los que imaginaba. Veo que ya vamos perdiendo el miedo a mostrar públicamente los lazos afectivos que tenemos con nuestros vecinos, amigos y familiares. Es algo a celebrar. Necesitamos que la normalidad vuelva al pueblo. Dicen que el fin de la guerra está al caer. Esperemos que así sea, pese a que el resultado no sea afín al espíritu de todos. En cualquier caso, como médico vuestro que soy, me alegra veros aquí reunidos. Antes de nada, no os preocupéis por Ángeles. Su mirada perdida y la tensión de su cuerpo es algo lógico, con todo el sufrimiento que ha pasado desde que empezó el conflicto. Además, ya conoce los resultados de los análisis. Todos sabemos que cuando un cuerpo cae en una chuza se congela enteramente, y que hay que esperar a que se descongele de forma natural. Gracias a los avances de la medicina y de la química, a día de hoy podemos saber a ciencia cierta cuánto tiempo durará el proceso. Si un cuerpo cae en verano o en primavera sobre las hojas heladas, una vez lo separemos de la planta, tardará entre seis meses y un año. Si se cae en otoño, entre un año y dos. Sin embargo, si lo hace en invierno, depende de los cuerpos. Como ellos cayeron en invierno, aunque fuera a finales, hice lo correspondiente con varios pedazos de Josito y de Gonzalo; los analicé y el resultado es estremecedor. El agua gélida se ha hecho con todas sus células y, si fueran descongelados hoy, no habría nada debajo del hielo, solo agua y nada más que agua. Pero tampoco lo habría dentro de un año, ni de dos, ni de diez... Si los cálculos son acertados, el tiempo oficial de deshielo para los dos hijos de Odisto es de treinta y seis años.

La sala entera rompió en gritos y en insultos hacia las odiadas chuzas. Ángeles ni se inmutó, continuaba mirando al infinito con el rostro desencajado de dolor. Casi cuarenta años para que aquellos cuerpos inocentes perdieran la rigidez.

—¡Escuchadme! Anoche pude comunicarme con Ángeles y es mi deber transmitiros su decisión: quiere que sus hermanos sean descongelados con la entrada de esta primavera. No concibe abandonarlos al tiempo y que vuelvan a la vida casi cuatro décadas más tarde. Es una decisión no exenta de rabia, pero hay que ponerse en el lugar de la joven, y de la familia casi inexistente.

—¿Y si, tras la guerra, volviera Odisto? —preguntó uno de los vecinos.

—Si así ocurre, tendría que sobrevivir treinta y seis años para volver a ver a sus hijos en movimiento. Apenas alcanzamos los noventa años y Odisto tiene casi sesenta. Sería una decisión torpe dejarlos congelados tanto tiempo. Además, no olvidemos las secuelas que cuarenta años de hibernación causaría en los niños. Solo sabemos las que dejan dos años de helada: pérdida de memoria, rigidez de la piel, ojos vidriosos... Males que no querríamos para nuestros hijos. Creo que la decisión de Ángeles es la más acertada. Así pues, el próximo martes veintisiete de marzo, una semana después del inicio de la primavera, estáis todos llamados a colaborar en el descongelamiento y a ofrecer vuestros cacillos de agua, si así lo deseáis. Vuestras muestras de afecto en un momento tan delicado ayudarán al ánimo de la familia. Eso es todo.

La última semana de marzo volvieron pues a reunirse los allegados de la familia para el descongelamiento. Con cuidado de que no se quebraran, pusieron a los dos niños congelados en una de las terrazas de la huerta de Odisto. Varias mujeres habían formado un círculo despejado de matas, hoz en mano, y sobre una cama de hojas de higuera terminaron de colocarlos.

Acomodaron a Ángeles frente a ellos, sentada en una silla de anea cuyas patas enterraron para que no se meneara con los primeros vientos vernales, que aquel año soplaban con fuerza. La primavera, que había comenzado una semana atrás, trajo un sol destemplado y unos aires silvestres que arramblaban con todo. También le enterraron los pies a la joven y se los regaron, a ver si tomaba algunos nutrientes de la tierra, y le clavaron en las pantorrillas unos hierros que habían permanecido bajo tierra hasta la fecha para que crearan el óxido que, mezclado con su sangre, paliaría su anemia. Ángeles se encontraba más débil que nunca y había perdido la mitad de su peso. Solo su vientre lucía lleno de salud. Recordad que, gracias al hechizo pictórico de Zabaleta, su embarazo sería de veintisiete meses. Si todo iba bien y conseguía recobrar la salud, daría a luz en abril de 1940.

Pedro, el padre de la futura criatura, ante el estado de su amada, tanto el anímico como el físico, deseaba más que nunca que los rumores que decían que la guerra estaba casi acabada fueran reales, que ganara el bando nacional de una vez y que el viejo ácrata que la había tomado con él, Venancio, se esfumara de Jándula. Así podría abandonar el búnker, cultivar la huerta y alimentar a su enamorada y a su futuro vástago. Pensaba en aquello todas las noches antes de dormirse. A veces se le venía a la cabeza la imagen de todos los hombres que, como él, estarían escondidos en zulos. Se decía que, si en lugar de haber sido perseguido por un rojo lo hubiera sido por un nacional, la situación sería mucho peor para él: no podría salir en mucho tiempo. ¿En un año tal vez? ¿En tres? ¿En cuarenta? Pensó que, una vez fuera libre, formaría un sindicato clandestino para todos aquellos hombres escondidos, fueran de la ideología que fueran, e intentaría liberarlos del fondo de la tierra.

Como habréis imaginado, Pedro no acudió al descongelamiento. Debía seguir escondido en el zulo hasta que acabara el conflicto. El final de la guerra se presentía muy cerca y ocupaba las conversaciones de todos los janduleses, incluso de aquellos que acudieron al descongelamiento y esperaban de pie alrededor de los cuerpos de los dos infantes.

—¡Hija mía, hablas como si la guerra se hubiera terminao ya!

—¿Y qué le falta a Franco pa acabarla? He escuchado en la radio que esta semana se hará con Madrid. A ver si es verdad y trae pan y calma.

—Sí, a costa de nuestras libertades.

—¡Calla ya, pesá! ¿O quieres empezar tú otra guerra?

—Oye, ¿y quién es el padre de la criatura?

—Creo que Pedro, el huérfano. ¡Otro a quien no se le ve el pelo!

—Mujer, ¿no te enteraste? Se tuvo que ir. Lo habían amenazao.

—¿Quiénes?

—Los anarquistas. Al parecer, les dio unas mantas con rubeola y, en nada que se arrebujaron en ellas, enfermó la mitad. ¡Y eso que las bordaron con la cara de Bakunin!

—¡Así que fue él!

—¡Qué familia tan desjraciá! De un día a otro se ha quedao en na y menos. ¡Con el buen entronque que tenían!

—Bueno, qué, ¿habéis traído el cacillo?

—¡Calla, calla! ¡Qué pena más grande! ¡Ya podría avanzar la ciencia y salvar a los pobres chiquillos! Y no tener que ahorrarles nosotros el sufrimiento.

—¡Deberíamos cortar las chuzas! No traen más que calentamientos de cabeza.

—Pues sí, hija. O que vallen la tierra donde crecen, porque no es la primera vez.

—¡Y la de animalicos que han caído también en ellas!

—Esto nos pasa por confiaos.

—¿Qué confiaos? ¡Por no dar un palo al agua! ¡Holgazanes!

—¡Nena, baja la voz! Que esto empieza ya.

—¿Ese quién es? ¿El cura?

—¿Qué cura? ¿Estás ciega o qué? ¡Si es el farmacéutico!

—¡Que no veo de lejos, mujer! Antiguamente se hacía con un cura.

—Si no acaba la guerra y se echan los milicianos al monte, ¡aquí ni cura ni san cura!

Llegó el momento esperado. El farmacéutico dio el visto bueno y el pueblo comenzó el proceso del descongelamiento: cada jandulés se acercaba con un cacillo de latón lleno de agua templada y la vertía sobre las dos piezas de hielo. El agua, poco a poco, fundía a los niños. Unas horas después, ya habían perdido la mitad de sus cuerpos.

Tal como predijo Fermín, en el suelo no había sangre diluida ni carne desleída; solo agua clara. Era cierto que no había apenas materia en el hielo. En aquel mismo lugar, en la pequeña hondonada que recogía el agua caída, iba a crecer un aliso que en unos años se haría fuerte y robusto, y duraría más que cualquiera de los que habían presenciado aquella guerra.

Así fue como Josito y Gonzalo se deshelaron y se unieron a la tierra. Antes de que cayera la noche, los dos cuerpos habían desaparecido. Los miembros más inocentes de la familia desaparecieron, semillas de una especie autóctona que se estaba extinguiendo.

Ángeles se guardó dos botes con el agua de las glándulas pineales de ambos hermanos, donde habían aprendido de Descartes que el alma se comunicaba con el resto del cuerpo. Días más tarde los colocaría en el nicho del cementerio de la familia, donde sus espíritus descansarían para la eternidad.

Por cierto, si os preguntáis la razón por la que he preferido descongelarlos y matarlos a que despertaran en cuarenta años, os la resumo: me daba pena que, en cuatro décadas, los niños despertaran en una sociedad que, en lugar de tratar la guerra con una firme memoria histórica, firmará un pacto de silencio y dedicará únicamente un par de páginas en los libros de texto al conflicto. Prosigo.

Un sino parecido al deshielo de los niños le aguardaba al país. Si nada lo impedía, Franco iba a ganar aquella guerra e impondría una dictadura durante treinta y seis años. Congelaría las voluntades y las libertades, arrebataría el poder a los débiles y el alma a los contrarios, e impondría las escamas del fascismo a todas las pieles de Iberia, imbricadas.

Franco era quien marcaba los tiempos, y aquella misma noche había decidido ponerle fin a la guerra después de tres años alargándola a su antojo. Había decidido que un veintiocho de marzo era un día excelente para tomar de una vez Madrid. Ordenó que las tropas entraran en la capital.

Antonio Machado

«¡Madrid! La tierra se desgarra, el cielo truena,
~~pero~~ tú ~~ya no~~ sonríes con plomo en las entrañas».

Jesús Fernández Santos

«El fragor final trajo el silencio, el polvo, el rumor de los cascotes, de la metralla, cayendo sobre la tierra, sobre las casas abiertas [...], sobre los muros rotos, sobre los cuerpos desgarrados, muertos».

110

La villa donde sí pasaron

El primer cambio que sufrió Madrid, antes incluso de que ningún soldado sublevado entrara en la ciudad, fue la pérdida de una de sus letras. Franco, para poder pagar los gastos que la guerra había supuesto al país, así como los constantes bombardeos de pan que realizaba para ganarse a la otra mitad del pueblo, y sin una sola pieza de oro en el Banco de Iberia —que se encontraba en alguna cámara acorazada en Moscú—, decidió vender el nombre de «Madrid» al gobierno provisional de la República China, presidido por Wang Kemin. El país asiático quería construir una réplica de la ciudad prebélica; la Madrid original e íbera pasó a llamarse Madriz, y yo lo respetaré de ahora en adelante.

Otro gran cambio fue el espíritu de la ciudad. Madriz no pasó antes de tiempo de republicana a nacional, como ocurrió con Barcelona; la capital de Iberia se mantuvo republicana casi hasta el final, pese a la presión de los quintacolumnistas. Pero aquellos últimos días del mes de marzo, la resistencia disminuyó hasta desaparecer. Desde el fin de la batalla del Ebro, los combatientes, políticos, intelectuales y personas llanas que temían por su vida en el futuro régimen habían comenzado a emigrar. Después de una última parada en Vallecas, se marchaban con lo puesto hacia el Levante peninsular. A la par que dicha huida civil, en la capital brotaban sentimientos conservadores y a favor de que las fuerzas fascistas tomaran la ciudad. Los derechistas salieron de sus escondites y se quitaron el camuflaje, quemando los uniformes republicanos y las insignias del Frente Popular, y engalanándose de símbolos falangistas o del requeté; y acudieron a las administraciones públicas a esperar a las fuerzas del Caudillo para entregarles como buena prueba de fidelidad los cuadernos donde habían anotado todas las barbaridades que los rojos —sus vecinos, conocidos y amigos— habían cometido, verdaderos manuales de venganza. Al mismo tiempo, sus mujeres limpiaban el morado que habían aplicado sobre la última franja de la bandera y añadían tejido a los vestidos y a las mangas de las camisas, para que el dictador las encontrara decentes. Los religiosos sonreían oyendo las máquinas de coser a la hora de la siesta. «Tapaditas y recatadas. Vamos por el buen camino».

La Iglesia volvería a hacerse con Madriz. Las campanas repicaban en toda la ciudad. Los clérigos de mayor puesto jerárquico se frotaban las manos, Dios mediante, y trazaban una hoja de ruta para exterminar a los impíos, no fuera a ser que, subrepticiamente, sobrevivieran e inculcaran a hurtadillas el libertinaje. «La semilla del mal germina más fuerte y rápido que la del bien», argumentaban. Y ordenaron más de setecientas misas, para no olvidar a los siete mil religiosos a los que los republicanos habían arrebatado la vida, como a los claretianos de Barbastro, por poner un solo ejemplo.

Con las banderas blancas izadas en todos los altos de Madriz al inicio de la primavera, parte del pueblo corrió a abrazar al vecino tres años después. Si bien hubo quienes, incluso con lágrimas en los ojos, aprovecharon para susurrarle al otro en el oído un «te vas a enterar, rojo de mierda», la mayoría no guardaba rencor. El horror del conflicto les sirvió para desprenderse de los odios internos, raigambre tóxica y, de alguna forma, atávica y latente en la sociedad íbera desde mucho antes de que ocurriera la guerra.

El centro neurálgico de los abrazos entre ambos bandos fueron las estaciones de tren. Durante el conflicto solo quedó operativa la de Atocha. Las estaciones fueron limbos testigos de extrañas simbiosis. Bajo las enormes marquesinas y en los amplios vestíbulos, los *hunos* volvían esperanzados a su ciudad de origen después de un destierro amargo, mientras que los *hotros* se veían obligados a hacer el mismo viaje a la inversa, a dejar Madriz para no volver más. No hubo nunca tantos abrazos como en aquellos desembarcaderos.

En cuanto a la ciudad, arquitectónicamente era otra, muy diferente a la que había emergido a comienzos de siglo. Los edificios estaban agrietados por las bombas y por la erupción del volcán. Aquella sima, por cierto, fue cegada con las ruinas de

Madriz, con el armamento que ya no necesitaban y con las pertenencias de todos los fallecidos. Algunos incluso se acercaban hasta el cráter con una carretilla con sus cosas y las lanzaban aun estando vivos. Decían que sabían que iban a ser fusilados en cuestión de días y que con el suicidio facilitaban a su familia la tarea de desprenderse de sus enseres personales. También hubo quien se lanzó al volcán. «Si me mata Franco, ¡sabe Dios dónde pondrán mi cuerpo! Penarán mis seres queridos buscando mis huesos. Si me tiro, al menos los míos sabrán dónde traerme flores».

Madriz había sido una de las ciudades más destrozadas durante los tres años anteriores. Había tanto trabajo que hacer que la reconstrucción de la ciudad comenzó antes incluso de que Franco la tomara, aquella última semana del mes de marzo. Con los pingajos de las ropas de los fallecidos y con las banderas republicanas, los madrileños ataban los tabiques de las casas para que resistieran; barrieron las calles de escombros y limpiaron los parques de metralla; reconstruyeron el tranvía y encalaron los suelos de las azoteas; se reubicaron los edificios públicos: las élites políticas eligieron y tomaron los edificios mejor conservados, los más robustos y de aspecto dictatorial, y los religiosos escogieron los museos que habían resistido y los convirtieron en templos provisionales, ya que las iglesias eran las que más habían sufrido y todavía servían de cárceles para ambos bandos. Por eso los fieles no rezaban en los templos, sino delante de las pinturas de las galerías de arte que mostraban escenas sacras, bendecidas antes por los pocos curas que quedaban en la ciudad. ¡Porque cuántos fieles había! ¡Lo nunca visto! De hecho, no había madrileño que no se postrara ante cualquier imagen religiosa y rezara un padrenuestro. Los tenderos que vendían imaginería religiosa hicieron su agosto.

Los altares se llenaban y las galerías del metropolitano se quedaban vacías. Los refugiados salieron poco a poco de sus hediondos túneles —no hemos de olvidar que el olor de la guerra estaba compuesto por ocho sustancias: meado, mierda, miedo, vómito, sudor, pólvora, descomposición y hambre—. Como hormigas en día de sol, cientos de personas se despidieron de las galerías subterráneas: mujeres con bultos gigantes sobre las cabezas y mantas cargadas a la espalda, que buscaban a familiares que no llegarían a encontrar; hombres de boina mugrienta y pantalones bombachos que protegían entre sus lánguidos brazos a su familia; niños extenuados y hambrientos, de barrigas hinchadas y miradas ojerosas; antiguos mandatarios republicanos mirando al suelo y decidiendo cómo se suicidarían; artistas esbozando ideas que no llegarían ni siquiera a exponer en voz alta a otro compañero; extranjeros que habían ayudado en la contienda republicana y pedían ser repatriados, dándose golpes en la cabeza para vaciarla de las palabras en íbero que habían aprendido y que podrían sonsacarles en un interrogatorio lingüístico... Todos salían del metropolitano susurrando y temerosos. Y todos caminaban sin zapatos, para no malherir más la pobre tierra de Madriz.

Los que la pisaban con botas metálicas y clavos eran los militares franquistas que no lograron o no querían apartar de su cabeza un descomunal sentimiento de venganza: centenas de quintacolumnistas que, en mitad de la plaza de Colón y tomando parte del paseo de la Castellana —rebautizado entonces como «avenida del Generalísimo»—, hirieron la tierra con el izamiento de la bandera más grande jamás cosida, de cien varas de largo por cuarenta de ancho, con un peso de alrededor de doscientos cincuenta kilos —a cuyo sastre, por cierto, ejecutaron al comprobar que había cosido un microscópico hilo morado en la franja inferior—. Aquellos hombres no colgaron la enseña de un asta ni de un edificio, sino de una enorme torre humana que obligaron a hacer a los presos catalanes. Más de mil doscientos hombres desgastados por la guerra y heridos —la mayoría provenientes de la batalla del Ebro— tuvieron que ejercer de *castellers* para erigir una torre de doce varas de altura. Por el momento, llevaban un día aguantando la posición, pero aquel soporte vexilológico tenía las horas contadas; los falangistas se frotaban las manos pensando en la de *polacos* que morirían con el desplome del forzado *castell*. El delegado de aquella centuria de falangistas, que había ejercido antes de la guerra de matemático, avisó a los militares de que, a media noche, la torre humana se desplomaría. Prepararon grandes fuegos alrededor para iluminar bien la escena, que se unieron a los cientos que prendieron de noche el resto de quintacolumnistas en toda la ciudad —así como los que provocaron los refugiados afines al golpe de Franco que se habían pertrechado en las embajadas— para alumbrar bien Madriz de cara a la inminente entrada de las tropas nacionales. Aquellas hogueras fueron alimentadas con las revistas *Cruz y Raya*, *El Mono Azul*, *Revista de Occidente*, *Hora de Iberia*..., así como con los cuadernos de las Casas del Pueblo, los libelos revolucionarios y los libros infantiles de Elena Fortún, o los de Dámaso Alonso, María Zambrano, Vicente Huidobro, Max Aub, José Bergamín... También añadieron fotos del bando republicano, de batallas perdidas y de los moros tomando Covadonga, pues consideraban que aquello era mejor si se pasaba por alto en la historia del país.

En Madriz, la ciudad más asfixiada de Europa por los bombardeos, los fuegos lo iluminaron todo: la falta de alimento; la guerra alrededor; las propias diferencias entre los izquierdistas y la falta de liderazgo de estos —cuyo presidente huía desde el Levante en una barca hecha con caramelos cilíndricos de Hellín, de marca *La Elisa*, que flotaban por estar huecos—; la queja de las embajadas llenas de derechistas; la aparición de plagas de insectos que antes eran pasto de las ratas, las cuales habían huido —junto a los gatos— por temor a ser devoradas por los republicanos; el malhumor de los nacionales que tuvieron que hacerse pasar por anarquistas y comunistas, ansiosos por que el cambio fuera más expeditivo y poder ir pronto a misa y a ver procesiones; el agotamiento de los milicianos que habían defendido una y otra vez la «pasarela de la muerte» que unía la Casa de Campo con la Ciudad Universitaria, que habían intentado fortalecer las cuatro líneas concéntricas que protegían la villa, pero que ahora huían entre sombras hacia el mar...

Y, finalmente, las tropas entraron. El ejército nacional se tomó su tiempo. Fueron ganando paulatinamente posiciones ofrecidas en bandeja, como la Casa de Velázquez y las facultades medio derruidas de la Ciudad Universitaria. Allí descubrieron en mitad del bosque unas columnas que parecían antiguas, en medio de la nada, de las que salía un olor nauseabundo casi en forma de humo. Se trataba de unas canalizaciones que los republicanos habían construido para evacuar el hedor de los búnkeres y de las trincheras. Las habían disfrazado de columnas para darles un toque más digno.

También se toparon con un enorme animal que sacudía un madroño, al que confundieron con un miliciano. Lo horadaron siete balas estrelladas. Los militares se rieron de la escena: el último madrileño asesinado antes de tomar la ciudad había resultado ser un oso. Al general de la tropa no se le olvidaría aquella casualidad.

Cruzada la línea defensiva y entrando ya en Madriz, a los milicianos que no lograban hacer prisioneros los dejaban que huyeran, que tomaran el metropolitano deprisa y se desplazaran hacia el este. Sabían que el viaje no les serviría de nada, que los arrinconarían en la costa levantina.

En cuanto el general Espinosa de los Monteros puso el pie en el adoquinado de Madriz, se escucharon miles de voces coreando el *Cara al sol.* Mujeres vestidas de azul entonaron la canción desde los estrechos balcones de la capital, las mismas que antes, vestidas de rojo, habían entonado *La Internacional.* Y desde el cielo, Dios alzaba los millares de hilos transparentes que había atados a los brazos de los madrileños, para que recibieran a las tropas con el saludo fascista. Dios no entiende de política, creo, pero deseaba contentar los ánimos del millón de personas que le había enviado la noche anterior a la toma de la capital incontables plegarias deseando que la guerra acabara con la victoria franquista.

Madriz se hizo franquista. De la noche a la mañana, con la aparición de las tropas, el júbilo estaba presente en todos los ciudadanos, y las paredes amanecieron llenas de pintadas con el escudo heráldico de los Reyes Católicos. La mayor parte se alegraba del final de la guerra y confiaba en la estabilidad política, así como en un posible perdón de los ganadores a los perdedores. El resto, menos optimista, disimulaba como mejor podía y explicaba a sus vecinos que si lloraba, no era de pena, sino de felicidad.

Y mientras los adultos levantaban los brazos y saludaban a los militares, los niños corrían felices de saber que no tendrían que ir a la guerra: unos se metían con júbilo en las trincheras abandonadas del parque del Oeste, donde buscaban armas olvidadas por los soldados para jugar a la guerra; otros fueron a desenterrar los puentes de la ciudad y las grandes estatuas, protegidas bajo altas pirámides de tierra y de escombros. Y si a su lado pasaba un fotógrafo, levantaban el brazo con la mano bien recta. Una de ellos, Eulocadia, de trece años, que había encontrado un rifle cargado, disparó contra unas prostitutas que huyeron despavoridas. Ninguna resultó herida, aunque la mitad moriría en un ajusticiamiento días más tarde, por haber pecado «por voluntad propia y en repetidas ocasiones». Otro de los niños, un tal Cesáreo, sufrió un calambre en el antebrazo que le cerró la palma en puño cuando la alzaba frente a los soldados; murió acto seguido, atravesado por veinte disparos provenientes de una decuria ordenada por un despiadado cabo. No se oyeron apenas, ya que en la ciudad había una música estruendosa de vivas a Iberia, de canciones falangistas y de radios a todo volumen, donde la voz de Franco se repetía en un bucle eterno, voz que solo fue interrumpida por un mensaje del militar republicano Casado, que pedía a los suyos que no corrieran de forma descabalada en su huida hacia Valencia, Alicante, Cartagena y Almería, que el exilio estaba bien preparado y asegurado para todos. Todos excepto las largas filas de soldados rojos que recorrieron el paseo de la Castellana custodiados por militares franquistas para ser ejecutados; todos excepto los hombres que fueron hechos presos y forzados a trabajar en la construcción de infraestructuras estatales y de monumentos megalíticos; todos excepto aquellos a quienes un futuro opaco les esperaba al día siguiente en los puertos bajo una lluvia de acero.

Eva

Augurio XIV

El que ha sido presidente de la República durante casi toda la guerra, Manuel Azaña, emigrado a Francia, donde firmó su dimisión tras ver que el país galo y la Inglaterra de Chamberlain aceptaban el gobierno de Franco, va a morir en la localidad de Montauban —su tumba será arropada por una bandera mexicana, ya que las honras republicanas serán prohibidas por el presidente francés—. Su muerte, que acaecerá año y medio después del final de la guerra, será agónica, y hoy os la adelanto: sufrirá una somatización del mal que la República padeció en sus últimos coletazos: el corazón se le desacompasará, las arterias se le ensancharán y se le hincharán las carnes. Los espasmos serán continuos; cada vez que abra la boca, le saldrá un coágulo de sangre y se le tambalearán los dientes. No dormirá más; cerrará los ojos y le escocerán los párpados, donde empezarán a formársele pequeños agujeros que no le ocultarán la luz; las manos le temblarán, y también los pies, y no podrá incorporarse. Los oídos le pitarán con un ruido grave y la respiración irá cada vez más rápida hasta que se le cierre la tráquea antes de un fatídico y último bombeo de sangre. Así acabará Manuel, y la sombra de una República con él.

Julián Besteiro

«Me quedaré con los que no pueden salvarse. Es indudable que facilitaremos la salida de España a muchos compañeros que deben irse, y que se irán por mar, por tierra o por aire; pero la gran mayoría, las masas numerosas, esas no podrán salir de aquí, y yo, que he vivido siempre con los obreros, con ellos seguiré y con ellos me quedo. Lo que sea de ellos será de mí».

Max Aub

«Estos que ves ahora deshechos, maltrechos, furiosos, aplanados, sin afeitar, sin lavar, cochinos, sucios, cansados, mordiéndose, hechos un asco, destrozados, son, sin embargo, no lo olvides nunca pase lo que pase, son lo mejor de España, los únicos que, de verdad, se han alzado, sin nada, con sus manos, contra el fascismo, contra los militares, contra los poderosos, por la sola justicia; cada uno a su modo, a su manera, como han podido, sin que les importara su comodidad, su familia, su dinero. Estos que ves, españoles rotos, escacharrados, derrotados, *desfaratados*, hacinados, heridos, soñolientos, medio muertos, esperanzados todavía en escapar, son, no lo olvides, lo mejor del mundo. No es hermoso. Pero es lo mejor del mundo».

Dos valencianos

—¡Avelino! ¡No te acerques tanto a la ventana, que todavía te descerrajan un tiro!

—¡Que no, Emeteria! ¿No ves que un hombre con miedo no sabe apuntar? No vas a escuchar más tiros que los de gracia que dé Franco. ¡Dios mediante!

—¡Y ni se te ocurra sentarte!

—¡Pues ya me dirás tú qué hacemos de pie hasta que entren los franquistas!

—¡No nos sentamos! ¿Qué quieres, que se nos arrugue la ropa? ¡Con lo que me ha costado plancharte el traje!

—¿Y si me lo quito?

—¿Y que la entrada de las tropas te pille en cueros? ¿Eso quieres contarles a tus nietos? ¡Olvídate! Dime, ¿se ve movimiento en el puerto?

—Acaba de llegar un pesquero; se está llenando de gente. ¡Este se hunde!

—¡Pues no te sientes y a esperar se ha dicho!

111

Los nuevos colores del Levante

Al día siguiente de caer Madriz, lo hicieron Albacete, Cuenca, Guadalajara, Ciudad Real, Almería y Jaén. El frente republicano dejaba de existir, disueltos sus miembros en ácido. Jándula tardó un día más en hacerlo.

La siguiente gran ciudad fue Valencia, el treinta de aquel mes caduco, y allí es donde se disponía a anclar momentáneamente el buque que transportaba a Odisto desde Barcelona hasta Cartagena, un dragaminas de capa caída. Habían tardado varias semanas en llegar a la capital del Turia porque habían decidido ir lentos y con suma prudencia. Aquella mañana soleada de marzo arribaron al puerto. Se encontraron con la ciudad que esperaban: una Valencia llena de militares que entraban a la villa y de republicanos que huían; montaban en pequeñas embarcaciones construidas clandestinamente en el colorido barrio del Cabanyal y partían buscando un puerto extranjero. Otros muchos intentaron huir a pie, en camiones o a caballo hacia las sierras para continuar haciendo la guerrilla desde allí. Hubo también quienes se rindieron y esperaron el castigo que Franco les impondría, y otros tantos que se alegraban de la llegada del Caudillo y sonreían en sus casas, cautos hasta que la victoria no se proclamara.

El jandulés tenía previsto alejarse del barco y conocer la ciudad durante el medio día que iban a estar atracados en Valencia. Le habían hablado maravillas de ella, de las vistas desde el Miguelete y de la sala de columnas helicoidales con forma de palmeras que había en la Lonja de los Mercaderes, así como de las puertas de Quart y de Serranos —donde habían guardado las obras de arte del Museo del Prado al comienzo de la guerra—. Pero ante el caos que se estaba formando en el puerto, con tantos valencianos como querían huir, uno de los marineros con los que más migas había hecho, Juanet, le advirtió de que si se bajaba del barco se olvidara de montarse de nuevo en él, que el capitán había decidido zarpar en una hora, pero no a Alicante como tenían previsto, sino a Orán.

—¿Dónde se ha visto algo igual? ¡Si casi ni se ve el barco! ¡Se están agarrando hasta en el casco! Como no salgamos pronto, nos hundimos.

—¿Tú qué vas a hacer? ¿Vas hasta Argelia? —le preguntó Odisto, indeciso.

—Yo seguiré hasta Alicante con los enfermos, pero por tierra. Si los dejamos en los hospitales de Valencia, aunque estén convalecientes, los fusilarán. Nos vamos los tres en una camioneta de la Cruz Roja: Ulrico, Blas y yo. Saldremos mañana de madrugada. Llevaremos una cuadrilla de hombres con tuberculosis. ¿Quieres venirte? Te pilla de camino si quieres ir a Almería, ¡aunque dicen que ya ha sido tomada! Al parecer, los últimos republicanos, desesperados, han tenido que meter en un buque a las embarazadas madrileñas que habían huido hasta allí. Las fotos las publicó en la gaceta una húngara o mexicana. ¡Menudo paritorio formaron! Tiene que escucharse en todo el Mediterráneo el llanto de cientos de recién nacidos. ¡Espero que no lleguen a Francia, porque como los escuche la Montseny se nos suicida!

—Supongo que no debería ir a Almería entonces. Podría acompañaros hasta Cartagena y desde allí marcharme a Jándula. ¿Crees que hay sitio para mí?

—¿En la ambulancia? ¡Claro! Puedo negociarlo. ¡Siempre y cuando te dé menos miedo pillar una tisis que caer en manos de los franquistas!

—¡Yo nunca me alisté en ningún ejército, Juanet! —repuso Odisto queriendo salvar su orgullo—. ¡No temo a nadie! No creo que puedan juzgarme por nada militar.

—¿No te enteraste de lo de las listas?

—¿Qué listas?

—Las del personal a bordo del dragaminas que nos trajo hasta aquí. Al parecer, había un espía y se las ha llevado en cuanto hemos entrado por el puerto. ¡Quizás no pase nada, pero vete tú a saber! Por eso queremos salir de Valencia, por si estamos fichados.

—¿Quién era el espía?

—Un tal Simeón, de cocina, el que bizqueaba cuando se descalzaba.

—¿Y qué va a hacer con nuestros nombres?

—Probablemente se los entregue a algún superior, pero no te preocupes. No creo que nadie se interese por ti, ni que conozcan siquiera el pueblo ese del que vienes.

—¡Jándula!

—Pues eso, Jándula. Además, por lo que he escuchado, todos los fascistas clandestinos han hecho listas. Habrá tantas que será imposible hacerles caso. ¡Es a lo único a lo que se han dedicado estos quintacolumnistas!

—Pues contad conmigo. Yo en Orán no tengo nada que hacer y mi familia me espera. Arregla lo que tengas que arreglar.

—Me alegra que sigamos juntos un poco más en el camino, compañero.

Caída la tarde, se despidió Odisto, pañuelo en mano y con la respiración entrecortada, del buque que, durante tantos días, había sido su hogar. El barco partió. A cuatrocientas varas de la costa, el jandulés presenció una escena tremebunda. Los marineros tuvieron que tirar a familias enteras por la borda para no encallar, sin chalecos ni botes salvavidas. El mal menor, se repetía Odisto, enjugándose las lágrimas. Aquel sería el último navío que trasladaría civiles al extranjero.

El jandulés y sus tres compañeros descansaron, durmieron algunas horas y partieron hacia Alicante al día siguiente, la madrugada del 30 de marzo. Acoplaron a todos los enfermos en aquel camión falto de piezas y lleno de tiros — que apenas podía llamarse «ambulancia» — y tomaron la carretera. Intentarían no alejarse mucho de la costa al no conocer con exactitud qué parte del territorio interior había sido ya conquistado por el bando nacional.

Odisto, que iba atado al techo —la tripulación sana viajaba fuera del remolque, para evitar el contagio—, echó la vista atrás y vio decenas de aviones militares volar bajo sobre Valencia. Temió un bombardeo, pero vio que de las escotillas salían octavillas propagandísticas. Escuchó los gritos de júbilo de los valencianos, así como las pisadas marciales de las tropas nacionales que entraban en la ciudad: miles de hombres y casi noventa tenientes.

Valencia era ya nacional. En solo un día, la Cárcel Modelo iba a pasar de doscientos cincuenta presos a quince mil. Tanto Odisto como sus compañeros se alegraron de haber abandonado la ciudad a tiempo.

Lo primero que llamó la atención de Odisto en el viaje hasta Alicante fue la inmensa albufera donde las familias faenaban de pie en las alargadas barcas, sin cruzar la mirada con nadie en los humedales. Muchos de ellos se dedicaron a la pesca durante el conflicto, pero más de la mitad había vuelto días atrás, esperando pasar desapercibidos entre lizas y anguilas.

Después atravesaron una marisma menos entrada en la tierra. Pertenecía a los grandes arrozales de las zonas desecadas de la antigua albufera romana, al norte de la desembocadura del Júcar. No estaba muy transitada, ya que de marzo a abril era el período en el que los levantinos esperaban a que la tierra se secara. Aun así, se veían grupos arreglando el campo, haciendo como que hacían cosas, que los nacionales los pillaran trabajando y no con el viejo fusil en la mano.

Descansaron en el asilo de ancianos de Sueca, cuyo estilo neomudéjar entusiasmó a los marineros. Allí curaron a los enfermos, los asearon y los volvieron a meter en el desvencijado camión. Pusieron rumbo a la vecina Cullera y después a Gandía, y cruzaron el Júcar y sus riberas pobladas de naranjos. Una capa verdiblanca vestía aquellas lomas suaves. Odisto pensó en el olivar del mundo y sintió cerca su tierra.

A media tarde llegaron a la apacible Denia, quieta junto al castillo sobresaliente en el valle de molinos harineros. Siguieron hasta Gata y Benissa, donde hicieron otro pequeño alto. Los lugareños, al ver la noble tarea a la que los marineros y Odisto se habían encomendado, les ofrecieron cestas con pasas de uva moscatel y damajuanas de mistela, la bebida con la que los reyes íberos brindaban en sus bodas.

Fue allí donde tuvieron que cubrirse con impermeables y huir hacia la costa con la llegada de una nube baja que venía de los cielos del sanatorio Fontilles, una leprosería que habían construido dos décadas atrás en un valle, rodeada de una inmensa muralla.

Volvieron a acercarse al mar, hasta Calpe, donde emergía el peñón de Ifach, el segundo más grande de toda la península tras el de Gibraltar. Hasta allí escaló Blas, el más ágil de los cuatro, con unos binoculares que le permitirían comprobar el estado de la mar y confirmar si seguía siendo seguro ir a Alicante. Al no percibir fuego enemigo ni la presencia de buques nacionales, propuso que continuaran. Atravesaron la garganta del Mascarat y continuaron por la Marina Baja, llena de vergeles; después, la tierra de los nísperos y luego Benidorm. Continuaron en línea recta, atravesando los montes de Villa Joyosa hasta llegar al Benacantil, donde los recibió el altivo castillo de Santa Bárbara. Llegaron a Alicante la noche del 30 de marzo.

Odisto y sus amigos se centraron en trasladar a los tuberculosos a una enfermería situada en el centro de la ciudad. En la ambulancia había trece cuerpos apilados, separados tan solo por una sábana que impedía que la sangre contaminara a los demás. El jandulés se acordó de todos aquellos soldados de ambos bandos que lo habían llevado de una batalla a otra, arriesgando sus vidas por salvar la de un desconocido de un pueblo perdido del sur.

El último hombre con el que cargó Odisto le regaló una cadenita de oro, que el jandulés se guardó en el bolsillo después de intentar rechazarla una y otra vez. La joya le hizo pensar en la chapa grabada con su nombre. Se preguntó dónde la habría extraviado y qué nombre habrían puesto en su tumba si hubiera muerto sin identificación.

Terminado el trabajo, se alejó de sus amigos para asearse en los baños de la enfermería. Allí, mientras se frotaba con jabón las manos y los brazos, el cuello y el rostro, la lengua y los orificios nasales, como le habían aconsejado, escuchó la voz de un hombre joven que recitaba un poema desde una habitación contigua. Se secó y se acercó para presentarse. Odisto, Miguel. Miguel, Odisto. El joven decía ser uno de los poetas que más habían luchado de su generación. Odisto le dijo que él no entendía de poesía. Pero Miguel tenía ganas de conversar. Le dijo a Odisto que quería contarle la historia del final de sus días. Que se sentara al otro lado de la ventana, en el patio al que daba su habitación, así no se contagiaría. Y Odisto aceptó. Cogió un taburete, salió al patio interior y se sentó junto a aquella minúscula ventana, como el cura que se apoya en el confesionario y oye una historia desagradable.

—Voy a morir aquí, ¿sabes? En esta ciudad, en la enfermería de una prisión. Pero todavía no, en un par de años. Antes de eso, de que mis bronquios se rindan, intentaré huir. Me escabulliré a Lusitania, donde trataré de vender un reloj de oro que me dio el maestro Aleixandre. Solo con ese reloj podría viajar hasta las Américas. Pero al parecer, el joyero me delatará a las fuerzas del orden, ¡que ya sabes que el dictador luso, Salazar, lo que se dice trigo limpio no es! Así que nada, ¡vuelta a la prisión! Poco después, mi amigo Pablo, otro poeta, logrará ponerme en libertad. ¿Y para qué? Si luego, nada más pisar mi pueblo, me encerrarán de nuevo. Soy de Orihuela, ¿sabes? Allí me espera mi novia, que es la más preciosa de todas las republicanas. Pero ella no es alicantina, es jiennense, de un pueblecito del que no habrás oído hablar, Jándula, en el valle del...

A Odisto le dio un vuelco el corazón al escuchar aquel nombre en labios ajenos, pero la conversación fue interrumpida por las voces de los enfermos que gritaban asomados a las rejas.

—¡Han llegado! ¡Los franceses!

Acto seguido, Juanet, Ulrico y Blas aparecieron en el patio; venían a por Odisto. Este se despidió de Miguel y le dijo que haría por donde por leer su poesía. El otro le deseó salud. Y Odisto y sus compañeros corrieron hacia la bocana del puerto para ver la entrada al fondeadero del buque galo que salvaría a todos los republicanos antes de que llegara Franco.

112
El puerto de los olvidados

Una y media de la mañana; madrugada del 31 de marzo de 1939. Víspera del final de la guerra.

Conforme se fueron acercando al mar, la escena se fue haciendo más multitudinaria y jovial. Miles de militares republicanos agitaban el fusil hacia el cielo y gritaban de alegría. Alrededor de quince mil personas esperaban a los buques franceses e ingleses que el fragmentadísimo gobierno republicano les había prometido. Habían pasado las primeras horas de la noche con el miedo a haber sido dejados de la mano de Dios, a ser atrapados por los fascistas, pero la aparición del enorme buque les dio la esperanza que necesitaban. Muchos de ellos apartaron las ideas de suicidio, hasta que el buque se aproximó y vieron que se trataba del Júpiter, un navío de guerra perteneciente a la marina sublevada desde hacía dos años. Los ánimos decayeron, pero tras el Júpiter asomó otro buque y volvieron a agarrarse a la esperanza. «¡Son los franceses! ¡Hundirán el Júpiter! ¡Lo barrenarán y se irá a pique! ¡Estamos salvados!». Se equivocaban: era de nuevo un barco nacional, el Canarias, el mismo que había bombardeado Barcelona un año atrás. Y a estos dos se les unió otro, el Vulcano, que venía desde la isla de La Palma.

Alicante se confirmó como la ratonera que tanto habían temido. Los soldados republicanos estaban rodeados: por tierra, las tropas de Franco estaban a punto de llegar; por aire, serían derribados y apenas contaban ya con aviación, y por mar, los buques les acababan de mostrar que no había escapatoria y que ninguna nave iría ya en su ayuda.

Los soldados, las mujeres, padres, hijos, amigos y conocidos republicanos abarrotaron el puerto de Alicante. Odisto se encontraba entre ellos, contemplando la escena con la misma consternación. Se dijo que debía partir a Jándula a toda prisa. Si lo tenían que arrestar, prefería que fuera en la sierra, vestido de campesino y yendo a su huerto. No se lo pensó demasiado. Se dirigió a la parte exterior del muelle, al rompeolas, para despedirse de sus amigos. Allí estaba Blas, mirando hacia el agua y secándose la frente, dando pasos de un lado a otro, ausente.

—¡Blas! ¡Blas! —Odisto lo sacudió de los hombros—. ¿Qué ocurre? ¿Qué pasa?

—¡Ay, Odisto! ¡Se ha tirado para matarse! ¡Y no sabe nadar!

Blas señaló hacia el agua y Odisto vio a un viejo ahogándose, a golpes contra Ulrico y Juanet, que se habían echado al mar para salvarlo.

—¿Queréis dejarme morir en paz? ¡Os vais a ahogar por mi culpa! ¿No veis que es una causa perdida? ¡Así me saquéis mil veces, mil veces me volveré a tirar! ¡Dejadme!

Odisto ayudó a sus dos amigos a salir del mar. El viejo, bien tozudo, había abierto la boca en el agua y había respirado. Se ahogó y se perdió entre la mar bravía. Nada pudieron hacer por él.

Se sentaron en el muelle los cuatro y esperaron a que los dos jóvenes se recompusieran: Ulrico y Juanet rondaban la treintena, mientras que Blas y Odisto pronto, si todo iba bien, alcanzarían los sesenta. Se hizo un silencio monumental entre aquellos hombres desesperados que necesitaban pensar una solución que los mantuviera con vida. Pero duró poco. El silencio fue mancillado por varios tiros de escopeta. Nuevos disparos se sucedieron. Odisto se levantó y fue testigo de una consecución de suicidios que nunca olvidaría. Eran tantos y todos al mismo tiempo que no pudo mover un dedo para evitar alguno. La mayoría eran hombres, pero también algunas mujeres. He aquí el final de nueve de ellos, elegidos al azar:

~~Cornelio y Ulpiano~~ se conocían de toda la vida. Uno de cuarenta y siete años y el otro de veintinueve. Se hicieron uña y carne y, durante los tres años de contienda, compartieron una hermosa historia de amistad, pero también de amor. El miedo hizo que aquellos dos hombres se unieran cuerpo a cuerpo en época de frío y se bañaran juntos en las eternas primaveras en el frente. Un romance más entre cientos que quedaron sin registro. Cornelio dio un último abrazo en aquel puerto a Ulpiano. Cuando le estaba susurrando algo en el oído, aprovechando que había pegado su rostro al del otro, apretó el gatillo y la bala atravesó cuatro hemisferios y una sola historia, oculta y bella, que jamás saldría a la luz.

~~Práxedes~~, alcalde de una pequeña villa de la Albufera, terminó de desgajar una manzana y de comérsela, sujetando los pedazos del fruto entre el pulgar derecho y la hoja de la navaja. Le llevó un par de minutos, tiempo en el que apenas pestañeó, sentado en una piedra alta del rompeolas y mirando al mar, llorando sin lágrimas, ya que el fuerte viento de levante empujaba las gotas saladas hacia dentro. Dio el último bocado y, todavía masticándolo, se llevó la navaja al cuello y se lo rajó de lado a lado. Sus amigos se echaron sobre él. Doce brazos ensangrentados intentando frenar un río que arrastraba trozos de manzana sin masticar. Odisto, al verlo, se acercó corriendo para intentar detener el río de sangre. Sacó el lápiz color carne que había llevado durante toda la guerra en el bolsillo, aquel que perteneciera a la abuela de su esposa, Patrocinio. Intentó pintar sobre la herida del hombre y cerrársela, pero no funcionó. Odisto aprendió entonces que no todas las carnes tenían el mismo color, que aquel lápiz solo servía para las claras. Le dio rabia, partió el lápiz en dos y lo arrojó al mar.

~~Olalla~~ se abrió el vientre con la hoja de un cuchillo esmerilado y se lanzó al mar, tiñendo de rojo las olas más cercanas. Estaba embarazada de nueve meses. El hijo le salió del vientre y, aplicando por instinto el reflejo de inmersión, continuó vivo largo rato, observando en apnea los cuerpos que caían hacia el fondo del mar. Hasta que falleció.

~~Celestino~~ se tragó la pequeña cápsula que había guardado durante los últimos dos años en el bolsillo interior de una camisa bordada por su madre. Se sentó sobre un laúd abandonado, dotado de una graciosa vela desgastada, y metió los pies en el agua, con la mirada hacia el sol que pronto surgiría por el horizonte y que ya daba cierta luz a un nuevo día. Levantó la cabeza al cielo y, entre lágrimas, vociferó: «¡Esto es todo, Dios! ¡Ya no te necesito más! ¡Quédate con todas mis plegarias, con toda la justicia que quise que instauraras y el amor que te pedí hacia esta tierra y hacia estos hombres! ¡Haz lo que quieras con todo eso! ¡Me alegra decirte adiós! ¡Y no, no estoy enfadado! ¡Tan solo me estoy despidiendo! ¡Ojalá no te hubiera inventado nunca!».

~~Atilio~~ tampoco preparó demasiado su muerte. Cogió una roca afilada del embarcadero y, abriendo la boca como para gritar, pero emitiendo solo un ruido seco y ronco, se dio con ella en la sien derecha hasta que perdió el conocimiento.

~~Felicia y Petronila~~, hermanas huérfanas de padre y madre, cuyos hermanos también habían dejado de existir en la todavía presente guerra, cargaron con un carro de madera hasta un acantilado que había junto al puerto, se abrazaron, recordaron la dicha que había sido para ellas luchar por la República y se besaron con el corazón acelerado. Después retiraron la manta que protegía el carro y sacaron una larga cadena. Se la ataron a los pies, ayudadas por unas argollas que se aplicaron a los tobillos, procedentes de la llamada «bota íbera», y volvieron al carro a por el yunque de setenta kilos al que se acababan de unir. Sus brazos levantaron del suelo la pieza y la lanzaron al agua, tirando esta de las cadenas, de las piernas de las treintañeras y de sus vidas hacia el fondo del mar.

~~Atanasio~~ se alejó al borde más exterior de la bocana cargado con una fina red de pesca. Ajeno a los tiros que se sucedían sin ton ni son en la costa, esperó a que la red se llenara de peces. La levantó, liberó a algunos, los más grandes, y el resto se los tragó vivos. Con veinte peces en el estómago, se bebió una jarra de agua salada y se cosió los labios con las mismas herramientas con las que había zurcido las carnes muertas de los grandes pescados en la lonja. Se echó las manos al estómago, doblado de dolor. Vomitó, pero antes de ahogarse, se lanzó al mar alzando el puño izquierdo bien alto, que fue lo último que se pudo ver del cuerpo de Atanasio.

Veinte mil personas fueron detenidas del 30 al 31 de marzo de 1939, o bien fusiladas directamente o hacinadas en los campos de concentración vecinos de Los Almendros y Albatera, e incluso en el majestuoso castillo de Santa Bárbara. La cuenta de los muertos no la llevo; solo el mar sabe cuántos perdieron la vida aquel amanecer en Alicante. Si queréis saber la cifra exacta, preguntádselo a la ciudad. Os recomiendo que subáis hasta el barrio de Santa Cruz, que os sentéis a ver la puesta de sol y que busquéis una cruz roja que brilla más que el propio cielo. Fijad bien la vista en ella y la cifra de fallecidos os vendrá a la mente.

Odisto logró huir antes de que las tropas nacionales entraran en la ciudad. Se despidió de Blas, que decidió quedarse en el muelle y esperar al enemigo con el arma en la mano. Le dijo: «Yo no me suicidaré. Me tendrán que matar ellos si quieren verme muerto; pero hasta que eso pase, ¡no me quedaré con los brazos cruzados!». Finalmente huiría hacia los dos últimos bastiones republicanos de todo el continente: Ibi y Tibi, que también caerían, aunque algo más tarde. En cuanto a Ulrico y Juanet: el primero le propuso al otro un suicidio colectivo, pero Juanet, a quien le esperaba un hijo de tres años en Ayamonte, no pudo aceptarlo por muchas ganas que tuviera de contentar a su amigo y de desaparecer del mapa antes que de caer preso. Ulrico se disparó en la cabeza, con tan mala suerte —al menos para él— que no murió en el acto. Despertó en la enfermería del campo de concentración de Albatera. Juanet huyó hacia el sur, primero a Murcia y después a Cartagena. Presenció la caída de las dos últimas ciudades republicanas de Iberia, pues el 31 de marzo, con la toma de Cartagena, la guerra llegó a su fin. También fue testigo del hundimiento del buque reaccionario Castillo de Olite, el barco siniestrado en aguas íberas con mayor número de pasajeros. Murieron tantos como en el desastre del Titanic: mil quinientos. Se hundió gracias a un solo disparo lanzado por un fascista amenazado a punta de pistola por los republicanos. El hombre, que quería sobrevivir, sencillamente disparó el proyectil. Los republicanos lo dejaron libre, pero los fascistas, cuando supieron que había sido el culpable, aun sabiendo que fue bajo amenaza, lo fusilaron. Juzgad vosotros mismos la situación y planteaos una pregunta interesante: si el hombre fusilado hubiera sobrevivido milagrosamente al castigo, ¿de qué bando se habría, emocionalmente, sentido?

Cuando los generales franquistas entraron en Alicante y llegaron al puerto, era tal la cantidad de suicidados que decidieron no moverlos y enterrarlos bajo cemento y hormigón. Los obreros que lo hicieron eran republicanos apresados, entonces ya mano de obra forzada y esclavos que nunca serían liberados. Así, la madrugada del 31 al 1 de abril, se inauguró un largo paseo marítimo. Lo decoraron con más de seis millones de teselas y plantaron a ambos flancos miles de palmeras; que la belleza del paseo hiciera olvidar a los transeúntes lo que había bajo sus pies: una fosa común cargada de muerte como la de Pico Reja en Sevilla o la del cementerio de San Rafael en Málaga, donde dicen que la tapia había recibido tantos disparos —dos mil cien; tres disparos por víctima— que parecía un colador.

Sin hombres en el Levante, que era la última esperanza republicana, la península entera cayó y se entregó a Franco. La guerra llegó a su fin.

Odisto se despidió del Mediterráneo y se adentró en la península con la ropa de un mozo de labranza fallecido. Tomó rumbo a Jándula, que lo esperaba, si todo iba bien, a sesenta leguas de marcha a pie.

Eva

Augurio XV

Ya están aquí. Llegaron hace dos días. Aún no han dado conmigo. Primero están asegurándose los puestos gubernamentales, después irán a por los ciudadanos. Mi plazoleta está algo recóndita. Me van a sacar los ojos. Será como tenerlos dormidos, como la historia de Argos, pero sin ponérselos a un plumífero. Mañana me sacarán los ojos y con ellos la visión, y quedarán mis cuencas vacías de historias y llenas de anonimato, yermos inaccesibles, pozos secos cubiertos de polvo endurecido. Eso a mí, pero a vosotros... ¡Os van a sacar la vida durante cuarenta años! ¡Y en mi honor no se hará nada, ni siquiera un nuevo mes o un nuevo día! ¡Desagradecidos! ¡Yo, que os di luz en vuestro amargo futuro, que os avisé y que caí afónica y enferma por contaros de las inmundicias que estaban por llegar! ¡Yo, que os avisé del adalid de un solo testículo, de las réplicas continuas del ciclán! Nadie me rendirá pleitesía. Es verdad que no hice yo por acordarme de vosotros, pero dije mucho para que os acordarais de mí. Y ahora me priváis de ver... ¡Me quitan la visión, pero no os quitarán el recuerdo! Estoy segura de que las siguientes generaciones podrán juzgar sin el velo del tiempo, que las nubes de sus cielos nunca pasaron por estos nuestros. Se acabó.

113

La última estación del viacrucis

El parte de guerra se leyó a las diez y media de la noche del primero de abril de 1939.

Media hora antes, Paulo, después de días cruzando la extensa Mancha, ponía pie en Andalucía, al norte de la sierra de Segura. El viaje fue muy tranquilo. Apenas se topó con militares en activo, solo con milicianos y familias que huían hacia la costa, que no se pararon a escrutar qué carga transportaba el jandulés en el carro: el cadáver putrefacto de su hermano. La pudrición, no obstante, se había detenido con los polvos de natrón y la raspadura de limón que echó encima del cuerpo una mujer manchega que olió la muerte y vio el dolor en el rostro de Paulo. Se llamaba Mercedes. Provenía de un pueblo ciudadrealeño llamado Fuencaliente. Se dirigía a casa de su hermano, oriundo de Yecla, cuando se cruzó con Paulo. Fue una de las escasas veces que el jandulés se paró a conversar con alguien. En todo el camino había evitado meterse en los pueblos, pese a que aquello le supuso constantes desvíos. Dormía durante el día y viajaba de noche. No necesitaba el sol para orientarse en los campos manchegos, desmontes llanos. Así, evitaba toparse con la lluvia de pan, que tenía lugar a media mañana. Seguía alimentándose solo de frutos y hierbas del campo, y de algún conejo que conseguía cazar con una trampa casera.

—Lo unté bien con los polvos. No olerá en todo el camino, ¡pero apúrese! No aguantará mucho más. El cuerpo de su hermano ha de encontrar la paz pronto. Le deseo mucha suerte, parece usted un joven noble. ¡Ah! También le puse algo de tierra encima de la manta y dibujé con un palo algunos motivos. Es una tradición que se hace en el pueblo de mi marido, Bandujo, el día de los Santos. ¿Conoce usted el norte?

—Gracias, Mercedes. Pasé algunos meses en Galiza. Buena tierra.

—¡Yo no la puedo ni ver! El norte me robó muchos años, con sus cielos oscuros y lóbregos, y la lluvia constante. Ahora he de irme. Mi hermano ha vuelto hace nada a casa. Ha estado trabajando para el dichoso tren de los cuarenta días. Ahora quiere retomar su trabajo como médico en el pueblo. ¡Veremos a ver si no tengo que llevármelo a Fuencaliente y esconderlo en casa! Por cierto, ¿necesita pan? He ido guardando el que ha caído del cielo. ¡Yo ni lo pruebo! ¡A mí no me compran de esa manera! Es como si me dijeran toma y come de mis manos, que las tuyas las acabo de machacar.

—¡Pienso exactamente igual! Ni probarlo.

—Seguro que no sabe a nada. El pan que bien parece no es más que aire. ¡Cuídese!

Paulo continuó. No volvió a encontrarse con nadie hasta llegar a la mitad del trayecto. Se topó entonces con un inmenso cortejo fúnebre. Fue a la altura de Tomelloso, en pleno corazón manchego. No se adentró en la ciudad porque de noche apenas la vio: la habían pintado de marrón para camuflarla con el árido suelo. Incluso habían reorientado las chimeneas de las casas hacia el suelo para que la tierra más porosa se tragara el humo y no dar pistas a la aviación enemiga.

Paulo estaba tumbado bajo un pino bien frondoso. Protegido de los rayos del sol, durmió durante el día y abrió los ojos con el ocaso. Comió algo y quiso proseguir su ruta. La calma lo rodeaba, no se oía un solo animal, ni siquiera el viento imperioso que daba fuelle a los gigantes contra los que un buen caballero había luchado en aquel suelo siglos atrás. La única luz que caía provenía de una luna tímida, que no osaba subir al cénit no le fueran a disparar antes del inminentísimo último parte de guerra. Entonces vio Paulo llegar desde el este, a su izquierda, una luz anaranjada que brillaba con mucho movimiento a la altura del camino. Entrecerró los ojos y vio que no se trataba de una sola luz, sino de muchas: ¡cientos de ellas! ¡Miles de antorchas incandescentes! Paulo decidió atar la mula detrás de un otero y se subió al montecillo para averiguar de qué se trataba.

Antes de que llegara el cortejo, vio correr a un matrimonio cogido de la mano. Llevaban sus nombres grabados en la frente y el rostro lleno de sangre. Creyó leer «Pepema» e «Ivonne». Lo descubrieron en el monte y le advirtieron del peligro de quedarse allí.

—¡Muchacho! ¡Como te vean los de la procesión, te arrancan la cabeza! ¿No ves que desde ahí parece que vas a pegarles un tiro?

—¿Qué os pasa? ¿Por qué sangráis?

—Nos han escrito nuestros nombres en la frente con una navaja. ¡Escóndete en otro lugar! ¡Te matarán si te descubren!

El matrimonio siguió su camino hacia Tomelloso. Se iban limpiando la sangre de la frente con las mangas de las camisas. Cada vez caminaban con menos fuerza y rapidez. Paulo se preguntó si lograrían llegar a la ciudad o si se desangrarían antes. Se santiguó y siguió mirando hacia el camino por donde llegaba la procesión.

Veinte minutos después, lo vio todo con claridad: miles de hombres encapuchados portaban antorchas y marchaban a paso flemático. Formaban una procesión desde Alicante hasta el monasterio de El Escorial. En el centro de la marcha, unos hombres, también encapuchados, cargaban sobre sus hombros un ataúd, el del líder de la Falange, José Antonio Primo de Rivera, muerto en Alicante al principio del golpe de Estado, a quien llamaron «el Caído», «el Profeta», el «Mártir de la Cruzada» y, sobre todo, «el Ausente», ya que, desde su muerte hasta pasados dos años, Franco había impedido que se supiera la noticia de su fallecimiento, para evitar que la Falange encontrara un sustituto que le pudiera hacer sombra, y no fuera a convertirse el muerto en un ídolo póstumo. Le salió mal la jugada, ya que no solo lo considerarían ídolo, sino también profeta. Habían exhumado su cuerpo y lo trasladaban en procesión hasta el monasterio, donde lo enterrarían con honras fúnebres. Diez días de trayecto a pie. Algunos de ellos, con cilicios, teñían el suelo de rojo. De vez en cuando se detenían y echaban un cazo de silicatos al ataúd para que el cuerpo se conservara mejor. Tras la caminata, aquel muerto esperaría en El Escorial hasta que Franco, veinte años después, inaugurara la megalítica tumba del Valle de los Caídos, templo construido con cemento y con los huesos de los republicanos que se mataron allí trabajando.

A Paulo se le erizó el vello. Aquellas personas marchaban de forma casi marcial, con la misma consternación. La andanza era enorme pero no parecía importarles. No se dieron cuenta de su presencia. Se quedó escondido hasta que pasaron los dos últimos participantes del megalomaníaco viacrucis, que iban descapuchados y armados, vigilando la cola de la procesión. Le pareció escuchar algo así:

—¡Ya hubiera querido el Durruti ese tener un entierro como este! Que murió el mismo día que nuestro profeta. Pero se fue sin pena ni gloria. Dicen que murió al dispararársele su propio naranjero contra el pecho. ¡Ni su propio cuerpo lo aguantaba! En fin. Los rojos se olvidan pronto de sus mártires. Además, ¿quién iba a echar de menos a un hombre que derramaba sangre a su antojo? Se enteraba de que sus hombres se acostaban con prostitutas y, al día siguiente, ¡amanecían las catalanas con un tiro en la cabeza! Decía que las putas te podían contagiar meningitis, paludismo, estrabismo y sífilis, ¡y que no quería acabar en un sifilicomio! ¡Con lo que matan las enfermedades venéreas! ¡Casi más que las balas!

—Hombres así son los que hacen falta en el bando republicano para que los propios rojos escarmienten y se pasen a nuestras filas. La de pueblos que habrán asolado por no ser lo bastante rojos. Si no la columna de Durruti, la de Hierro, ¡o la de su puta madre!

—Ya se sabe que de aquellos barros…

Paulo agachó la cabeza al ver que uno de ellos se acercaba al otero a orinar. Por poco no le alcanza la orina, sí su olor agrio. Esperó a que se alejaran y se echó al camino.

La última tarde-noche cruzando la Mancha se encontró con otra escena peculiar, aunque menos grotesca. En el valle del río Madera, afluente del Mundo, se encontró con un pueblo entero que cargaba sacos enormes de unas casas a otras. Los costales estaban llenos de almorta, harina para las gachas que iban a alimentar a más de la mitad de los íberos en la hambruna de la posguerra, a pesar de que su uso continuado ocasionaba latirismo, que se traducía en la hinchazón de las piernas.

Se le antojó acercarse y se tomó un plato de gachas. Con el estómago lleno, retomó el camino. Lo último que vio antes de cambiar de región fue a cuatro ancianas montadas en un mismo burro. Tenían más de ciento veinte años. Venían de Lanjarón, lugar donde los cuerpos aguantaban más tiempo vivos en toda la península, y se dirigían a Riópar. Las ancianas, que iban cosiendo cortinas alpujarreñas con los ojos cerrados, le sonrieron.

Y Paulo llegó a Andalucía.

El primer pueblo en el que entró fue Segura de la Sierra. Allí vio que todos los lugareños corrían hacia el castillo almohade, que estaba construido sobre el monte más alto, un roquedal desde donde Paulo podría ver, a lo lejos, la región donde estaba Jándula. La tierra de Jorge Manrique lo recibió con una brisa pura y fría que lo llenó de dicha. Ató la mula en una fuente, cubrió bien el cadáver de su hermano y ascendió junto a los segureños.

—¡Es Franco, que va a hablar!

—¿Está ahí arriba? —preguntó Paulo nervioso.

—¡No! ¡Pero sí la radio! Aunque tú, con solo una oreja, no sé si te enterarás... —A Paulo le pareció un tanto grosero aquel comentario, pero hizo oídos sordos.

Llegó a lo alto del monte. Mientras esperaba el mensaje del Caudillo, contempló los caminos hacia su tierra. Parameras no sembradas, olivares con las ramas caídas de haber aguantado el peso del fruto no recogido, hermosos árboles aturullados, ataviados con fustes y traviesas en un intento de volver a darles forma, y huertos con sed. Al día siguiente llegaría a su querida Jándula.

De pronto, aquellos campos se vistieron de una luz rosada, como si una nube aloque se interpusiera entre el sol y la tierra. Paulo alzó la mirada y contempló un cielo rojo. Se hizo un silencio interrumpido por un viejo que, levantando la garrota, dijo:

—¡Es la sangre derramada, que se refleja en el cielo!

Aquella vez no se trataba de los efectos de una extraña aurora, como la del 25 de enero de 1938, ni del volcán; tampoco de un fenómeno atmosférico menor, como el sucedido durante la guerra de la Independencia. Simplemente, el cielo se tiñó de la sangre caída durante los tres últimos años. Un cielo encarnado que parecía consolar con su reflejo a la tierra despedazada, los humos viejos y los cascajos que antaño abrigaran a familias enteras y a animales. El movimiento se hizo lento, el silencio reinó y los pájaros volaron sin llamar la atención, bien alto. No graznarían más los cuervos, sino los vientres por el hambre; no escupiría más sangre la tierra, aunque seguiría recibiéndola, una sangre mucho más fría; no habría balas silbantes y perdidas, ya que toda bala futura tendría un objetivo desarmado. El mundo que conocían antes del conflicto ya no existía, para bien o para mal. Tendrían que acostumbrarse al que llegaba, y a sus cuatro largas décadas.

> *En el día de hoy, cautivo y desarmado el Ejército Rojo, han alcanzado las tropas nacionales sus últimos objetivos militares. La guerra ha terminado. Burgos, primero de abril de 1939.*

Una vez escuchado el último parte de guerra, los que habían acudido al monte desnudaron sus heridas de guerra y las orientaron hacia el cénit. Cientos de rajas en carne viva. La cándida luz les alivió y aceleró la cicatrización.

Millones de heridas abiertas haciendo por cerrar un capítulo, como yo ahora con Paulo.

Su santidad el papa Pío XII

«Con inmenso gozo nos dirigimos a vosotros, hijos queridísimos de la Católica España, para expresaros nuestra paterna congratulación por el don de la paz y de la victoria con que Dios se ha dignado coronar el heroísmo cristiano de vuestra fe y caridad, probado en tantos y tan generosos sufrimientos. [...] Los designios de la Providencia, amadísimos hijos, se han vuelto a manifestar una vez más sobre la heroica España. La nación elegida por Dios como principal instrumento de evangelización del Nuevo Mundo y como baluarte inexpugnable de la fe católica acaba de dar a los prosélitos del ateísmo materialista de nuestro siglo la prueba más excelsa dc que por encima de todo están los valores eternos de la religión y del espíritu».

Bernard Shaw

«Un cristiano no puede rezar por la victoria, solo puede rezar por la paz».

114

La comitiva de presos

Un par de días antes de que el último parte de guerra se emitiera, la mayor parte de los pueblos de la península se llenó de banderas blancas anticipando el final del conflicto. Ángeles vio llenarse de blanco la bella Jándula el día antes del mensaje.

Tras la muerte de sus dos hermanos pequeños, la hija de Odisto había vuelto a entrar en una depresión vertiginosa, en una hoyada anímica sin escaleras ni cuerda a la que amarrarse, de donde no podía salir ni lo intentaba. La tristeza habitaba en ella. Realizaba tareas funcionales y llevaba el trabajo del hogar y del huerto al día, pero no miraba a nadie a los ojos ni se comunicaba. A veces asentía con la cabeza, pero solo ante Pedro, todavía metido en el zulo, o cuando su vecina Hortensia, que había perdido a su marido por una depresión parecida, trataba de cuidar de ella. También seguía visitándola Fuensanta, pero menos, pues estaba disgustada con Ángeles por haber perdido a todos los hermanos de una forma u otra. Nadie la culpaba directamente, ya que la guerra había asolado muchas familias, pero algunos le reprochaban no haber estado en lo que debía estar. Al pueblo siempre le gustaba hablar.

Aquel 31 de marzo, Ángeles estaba sentada en la primera de las terrazas de la huerta, bajo un sol espléndido y entre brisas primaverales que templaban el ambiente, junto a una montaña de dos varas y media de habas. Su labor era desvainarlas y meterlas en unas mallas grandes antes de escaldarlas y conservarlas en botes. En los trabajos mecánicos se desenvolvía muy bien, ya fuera partiendo almendras, machacando aceitunas o pelando pimientos asados. Pero aquella calma autoimpuesta, con la que mantenía el encefalograma casi plano, se vio alterada con la llegada de Sara, una vecina de las huertas. Era la única que sabía que Pedro no había huido y que estaba escondido en un zulo bajo el cortijillo. Llegó corriendo y cojeando. Se había torcido un tobillo en los caprichosos relieves del camino.

—¡Ángeles! ¡Angelita mía! —Entró en el huerto gritando su nombre. Ángeles levantó la cabeza sobre la montaña de habas para ver quién la requería—. ¡Ángeles, mi niña! ¡Es Venancio! ¡Se lo llevan preso! —La hija de Odisto abrió los ojos y empezó a respirar nerviosa—. ¡La guerra se acaba! ¡Ya puede salir Pedro! ¡Va, avísalo! ¡Han llegado los nacionales y se llevan presos a los anarquistas! Irán por el atajadero de Vilches, por donde parten las caceras. ¡Vamos, quítate el tabardo y acerquémonos! ¡Y avisa a Pedro!

Ángeles se echó la mano al vientre. Sintió una punzada hacia el corazón, una energía proveniente del estómago hacia el resto del cuerpo. Notó frío en todas las venas, como si la sangre se hubiera helado y le enviara una imagen cerebral de la inmensa orografía de su cuerpo. Se le erizaron los vellos y los cabellos, y de los ojos le brotó arenilla, un polvo que flotaba y ascendía hacia el cielo. La sacó de aquel estado de ensimismamiento Sara, que la sacudía, mirándola fijamente. Fue la primera vez que Ángeles miraba a alguien a los ojos desde la muerte de Josito y Gonzalo.

—¿No te das cuenta de lo que significa? ¡Pedro es libre! ¡Han detenido a Venancio! ¡Va, vamos rápido o no veremos cómo se lo llevan! —Sara le ofreció la mano y Ángeles se la agarró—. ¡Leñe, qué fría estás! ¿No avisas a Pedro? —Ángeles, que no dejaba de mirarla a los ojos, no reaccionó a la proposición de sacar a su esposo del zulo—. Bueno, quizás sea mejor esperar a verlo nosotras primero, ¿no? —La joven tenía la respiración agitada y le temblaba el pulso—. Venga, tranquila... ¡Verás qué bien cuando sepamos que se lo llevan de verdad! ¡Y no te creas que es un canje de presos! ¡A estos los dejan sin vida hoy mismo! ¡Cómo va a cambiar el pueblo sin sus amenazas! ¡Una gloria! ¡Va, vamos nosotras a verlo primero!

Partieron de la mano. Cruzaron las huertas, bordearon el barranco de los Mulos y subieron los primeros montes cercanos. Allí, un camino llano se adentraba en la sierra, en dirección al suroeste, el llamado «atajadero de Vilches». Había un tropel de curiosos en camino. Sara, con sus anchos hombros, se abrió paso entre la multitud y se colocó en primera fila. Ángeles se quedó rezagada, con los ojos nerviosos, mirando a todas partes. Por el camino, una inmensa comitiva de presos republicanos, como una procesión, desfilaba frente a los vecinos. No llevaban uniforme y mostraban un ánimo obtuso. Iban sucios, desastrados y desgastados. A muchos de ellos les faltaba la piel y lucían las carnes vivas. Habían sido arrestados una hora antes. Los llevaban a la prisión franquista del centro de Jaén.

Tanto Ángeles como Sara se quedaron quietas, mudas, observando el cordado de hombres. Algunos janduleses los insultaban y los golpeaban. Los guardiaciviles hacían la vista gorda. Los prisioneros eran tantos que las jóvenes esperaron más de media hora para ver pasar a todos los hombres. Hasta que, casi al final, vieron a Venancio. El pueblo allí reunido lo abucheaba. La mirada de Ángeles se encontró con la del anarquista. El hombre parecía afligido, ya fuera por haber caído preso o por sentir verdadero remordimiento; parecía bien consciente de haber causado la desestabilización de la familia de Odisto: el exilio del patriarca y los días —bajo tierra— del prometido de Ángeles. Las penas siempre afloran apresado el cuerpo.

Pedro, desde el zulo, había oído el vocerío de Sara y se había asomado para enterarse de la buena nueva que la vecina parecía traer. Si aquello era cierto, era hombre libre. Sin Venancio y con las fuerzas de orden franquistas, nadie recordaría lo de las mantas infectas de rubeola. Decidió abandonar el zulo y seguir a las mujeres. Era la primera vez en mucho tiempo que le daba de lleno la luz solar. Hizo todo el trayecto con los ojos entrecerrados, viendo solo manchas borrosas entre regiones nítidas, rodeadas de una aureola blanca que le dilataba las pupilas y le hacía daño. Tenía la cara de un tono verdoso, de llevar a oscuras tanto tiempo, y se tambaleaba como los niños que caminaban por primera vez por las veredillas de los huertos. Llegó tarde al atajadero, cuando la comitiva de presos llegaba a su fin. Vio a lo lejos a su amada acercándose a Venancio.

Cuando el cabecilla ácrata pasó frente a la joven, dio un paso hacia ella y ella hacia él, separándose del cuerpo protector de Sara. Un guardiacivil se acercó y se interpuso. Venancio le pidió que lo dejara hablar con ella, que necesitaba pedirle perdón. El guardia cedió. El anarquista quería abrazarla, pero no sabía si la joven querría. Extendió los brazos y le cogió las manos; se acercó a su rostro y, con lágrimas en los ojos, le pidió perdón:

—Hija mía, sé el tormento que os he causao, y no sabes lo que me arrepiento. Odisto era un buen hombre, benemérito y loable, y se tuvo que exiliar por mi culpa. Cuando vuelva a casa, porque estoy seguro de que estará al caer, pues es un hombre bien fuerte..., dile de mi parte que me perdone, que siento con toda mi alma lo que os ha pasao. Y en cuanto a tu novio, ¡el condenao nos dio las mantas aquellas! Pero también siento mucho que tuviera que huir. Sé que mis palabras sirven de poco hoy, pero ¡ay, cuánto lo siento! ¡Qué desjraciao soy! ¿Me perdonarás? Escucha. Dame un abrazo, por favor.

Ángeles, que no había dejado de llorar desde que el hombre le tomara las manos, aceptó el abrazo y se fundió en él. Notó que el preso se sacaba algo del cinto del pantalón y temió que fuera una pistola o una navaja. Y así era: un cuchillo algo chato, pero bastante afilado. Ángeles iba a gritar, pero se calmó al ver que Venancio le ponía el mango en la palma de la mano.

—Yo soy la carne, tú el cuchillo. —Le llevó la mano hacia su propio cuello, muy discretamente, escondida en el interior del abrazo. La hoja afilada rozaba la piel dura del cuello de Venancio—. Ángeles, hazme un tajo aquí y me quedaré en el sitio. Os he robado la vida, ¡róbamela a mí ahora! Es lo justo. A mí me van a matar en cuanto torzamos la esquina. ¡No os creáis eso de que nos llevan a la cárcel! Bien oiréis los disparos. Mátame tú ahora y véngate. A los guardias les dará igual. Ya lo han hecho con otros por el camino. ¡Uno menos! Aprieta el cuchillo, Angelines. Déjame ir en paz sabiendo que fue un Ardolento mi verdugo, que no me merezco otro trato. Por favor...

Ángeles, que por primera vez parecía haber recuperado la fuerza y el control, rechazó la oferta de Venancio. Bajó la mano y arrojó el cuchillo al suelo. Después, miró al pobre hombre y pronunció su primera palabra desde la muerte de sus hermanos, de manera indulgente y sin acritud ninguna: un simple «adiós». Y se alejó del camino. Sara la dejó ir. La vio tan resuelta que no la reconoció, y consideró que necesitaba desandar sola el camino.

Cuando la hija de Odisto bajó las colinas cercanas a la sierra y puso un pie en las huertas, escuchó una lluvia horizontal de acero: la que estaban recibiendo los presos. Venancio no erraba. Aquellos reos nunca llegaron a ninguna prisión; los guardiaciviles consiguieron engañarme hasta a mí. Ángeles cerró los ojos y lloró y balbuceó con la boca abierta, apretando los puños y liberando la presión acumulada. Se encontró con Pedro, que venía en su búsqueda, y se abrazaron largo rato. El joven vio que su amada volvía a tener brillo en los ojos y la palabra en los labios:

—¡Ya está, amor mío! ¡Se acabó!

Lloró todas las lágrimas acumuladas durante meses, y años. Sacó todo el dolor de su corazón. Le vinieron a la mente Josito y Gonzalo hechos agua, Mariángeles raptada, Martina desaparecida, su madre atragantada, sus dos hermanos muertos en la batalla y su padre exiliado; sus abuelos paternos hechos cenizas, los maternos en el cementerio, Juliana con la cabeza ida, su primo asfixiado con los braseros, sus tíos con el corazón ralentizado, su vecino echado al alcohol y el hijo de este inmolado; el cura fusilado, los señoritos degollados, y tantas otras nobles personas que habían desaparecido sin dejar rastro. Se derrumbó en un llanto desgarrado y afónico. Se abrazó a Pedro y dejó el peso de su cuerpo sobre él, aunque sentía que había recuperado la fuerza, y la respiración, y sus emociones. La barriga entonces se le hinchó un poco más y se le enderezó la curva del vientre. Se alegraba de haber sacado la cabeza de la tierra y de ser consciente de sí misma, de alejarse de la enajenación. Sumida en aquel tierno abrazo, sintió un desconocido placer, como si la tierra comprendiera su desdicha y le otorgara los brazos de Pedro. Se dijo que era una afortunada por haber sobrevivido a la guerra, y que tenía que aprovechar esa suerte. Su familia había dejado de existir, pero ella, encinta, era la casa de una futura familia, y como tal debía reunir fuerzas y mirar hacia el lugar desde donde soplaban los vientos, no hacia las ruinas que estos provocaron.

Y en aquella huerta alta, desde donde veían toda la región, los dos jóvenes contemplaron cómo ondeaban banderas blancas en todos los pueblos y aldeas, un mar de olivos que, de pronto, perdió a raudales el verde oscuro y se blanqueó.

115

El látigo, el azufre y la zozobra

Abril reestructuró la península, que pasaba de manos republicanas a nacionales. Los ríos recuperaron sus aguas claras; las acelgas dieron reposo a una tierra fatigada y no volverían a nacer; florecía de nuevo la simetría en los campos segados, el pan de la zona iba tomando la forma de la hogaza perfecta, aunque fuera un bien que escaseara; las flores se atreverían de nuevo a mirar al sol, a dejarse polinizar, a permitir la entrada a las abejas de vientre ayunado; las calles se limpiaron de cuerpos pútridos, de muros derrumbados y de ramas de árboles agostados; los templos volvían a construirse y las misas a darse, saliendo curas de debajo de las piedras, felices al saber que la iglesia volvía a ser el pilar de la sociedad; los aristócratas desempolvaban sus sellos para clavar sus garras en la espalda del campesinado; se crearon puestos que vigilarían la sociedad, como los censores o los mandatarios de las colonias penales militares, donde trabajarían como esclavos los prisioneros de guerra —en edificaciones colosales como el Valle de los Caídos, el Arco de la Victoria o el Canal del Bajo Guadalquivir; en reconstrucciones casi integrales como el Alcázar de Toledo o la Ciudad Universitaria de Madriz, y en otras obras, como la construcción de aeropuertos, canales, carreteras, tendidos eléctricos, vías de ferrocarril, puentes y presas—; los campos se limpiaron de cadáveres y de restos bélicos, y se intentaron extirpar las minas que había por todo el territorio, obligando a los presos a realizar aquellas peligrosas —y suicidas— maniobras; las cárceles volvieron a respirar tras la decisión de no cerrar los campos de concentración abiertos durante la guerra, inaugurando muchos otros, una amplia red de infiernos sin derechos —casi doscientos, como los campos de Lavacolla, Albatera, San Pedro de Cardeña, Miranda de Ebro, Zeluán, Horta, Higuera de Calatrava, Camposancos, La Corchuela, Castuera o Los Merinales, y muchos más—; las farolas recuperaron las bombillas, aunque con menos potencia eléctrica para que, en la sombra, el miedo se instaurara mejor... Porque aquel nuevo régimen sería mejor o peor que el anterior, pero estaría basado en el miedo más que los precedentes. La oscuridad duraría cuarenta años.

Gerardo Fernández Pérez
Comandante franquista de aviación

«¿Que se han creído ustedes? ¿Qué han perdido unas elecciones? ¡Nada de eso! Han perdido una guerra con todas sus consecuencias. Y no piensen en la cárcel, pues luego vienen los indultos. ¡Piensen que serán condenados a muerte y fusilados!».

María Zambrano

«¿Y por qué vuelven ustedes a España si saben muy bien que su causa está perdida? Pues por esto, por esto mismo».

116

El caligrama del funcionario civil

Des-
de hoy,
Franco asumirá todo el poder.
Y el
pue-
blo
lo
acatará
felizmente.
No habrá igualdad.
La mujer no podrá votar.
No existirán los cementerios civiles.
La religión será una asignatura indefectible.
Las mujeres no deberán usar nunca maquillaje.
Los gitanos no serán considerados pueblo íbero.
Todo íbero será siempre profundamente católico.
Las faldas, largas y amplias, deberán cubrir las piernas.
Las piscinas se separarán por sexo, así como las escuelas.
Estará mal visto comer en mangas de camisa en los restoranes.
Los escotes estarán prohibidos, y los pantalones para las mujeres.
Se censurará/expurgará todo contenido político, cultural y escrito.
Los niños mayores de dos años deberán llevar traje de baño en las playas.
El director de los periódicos será nombrado por el Ministerio del Interior.
La mujer deberá dedicarse al hogar y al matrimonio, y no emprender una carrera.
A los homosexuales se les aplicará, si no la muerte directa, la terapia de la lobotomía.
Castigaremos a los proxenetas, violadores e invertidos en los campos de concentración.
Se reinstaura la pena de muerte para delitos comunes y políticos con carácter retroactivo.
El judaísmo, el liberalismo y la democracia serán tres de los enemigos del nuevo régimen.

117

El nicho bajo el almendro

Paulo lavaba el cadáver de su hermano en una de las terrazas de la huerta. Lo hacía solo. Su hermana no debía tocar un muerto en su estado; traía mala suerte y podría abortar. Paulo se alegró de ser el único que lavaba el cuerpo. Lo tomó como un acto moral de justicia, como un deber fraternal. Le aplicaba jabón de la casa y lo enjuagaba con agua del río. El jabón lo había preparado él mismo el día anterior con aquel fin, nada más llegar a Jándula y reunirse con su hermana y Pedro.

Después de lavarle el cuerpo, que se había conservado a la perfección durante el viaje desde el Ebro —gracias al natrón y a la raspadura de limón—, lo amortajó. Lo hizo tal y como había dejado de hacerse un siglo atrás en el pueblo: envolviendo la cabeza del fallecido con grandes hojas de higuera; atando una cinta de color blanco en cada extremidad, en las muñecas y en los tobillos, y cosiéndole los ojos con hilo del manto de la Virgen. Si bien, modificó el último paso y en lugar de hilo sacro utilizó hebras de una roída bandera republicana. En la herida de bala tampoco metió una hostia consagrada, como mandaba la tradición, sino la chapa que José llevaba al cuello en el momento de su muerte: la que había pertenecido a Jacobo, donde iba su nombre grabado. Paulo intuía que la relación entre los jóvenes había sido más que amistosa.

Finalmente, lo cubrió con una manta de esparto fino y ató unas hojas de palmera alrededor para que quedara firme y bien sujeto.

Antes de que anocheciera, Paulo y Pedro lo colocaron con cuidado sobre un lienzo atado a dos postes de madera, que formaban una camilla que podían llevar en procesión, y le dieron tres vueltas alrededor de la huerta. Ángeles los seguía, lanzando puñados de harina, formando nubes blancas que se quedaban suspendidas a la tenue luz ambarina del día que moría.

Después del recorrido se pararon en el límite entre la huerta y el campo vecino, donde se había criado Jacobo, en el caballón que separaba los terrenos. Allí había un solo árbol que pertenecía a ambos huertos: un almendro que había florecido días atrás. Decidieron que sería un buen lugar para darle sepultura, cerca de aquellos a quienes más amó. Lo enterraron debajo de una de las raíces. Según decían, cuando se enterraba a alguien bajo las raíces de un árbol, si al año siguiente agitaban el tronco y se desprendían todas las flores de golpe, significaba que la tierra no quería acoger aquel cuerpo y que debían trasladarlo a otro lugar o bajo otro árbol.

El día se fue apagando. Lo último visible del huerto caída la noche fue el blanco de las flores del almendro y tres cuerpos tumbados junto a él, reposando e intentando averiguar qué brillaba más, si los pétalos albos o las tímidas estrellas del mes de abril.

118

Las camionetas verdes

Jándula lució de un día para otro largas banderas nacionales en sus balcones, y blancas en los tejados y en las azoteas —antiguas telas republicanas ahogadas en jofainas llenas de lejía caliente—. El pueblo, que había sido tradicionalmente de izquierdas, se tiñó de blanco en son de paz. Se sintió aliviado ante el final de la contienda, aunque hubieran ganado los sublevados. Los janduleses estaban cansados de tanta guerra y hambre, y también de luchas políticas que se quedaban en vientos prometedores. Solo quería que los vecinos exiliados volvieran —los que aún seguían con vida— y que reinara una cierta normalidad. Pero aquella paz soñada no iba a ser posible, ya que los vencedores se vengaron y aplicaron su moral y el terror a diestro y siniestro.

Por ejemplo, no sé si os acordaréis de Eliseo y de Mucio; medio libro atrás os conté que tuvieron que exiliarse para no presenciar la muerte de sus padres, sacados en procesión por el pueblo. Aquellos dos jóvenes volvieron de su refugio en Los Rosales y se vengaron. Recuperaron las tierras que habían robado a sus padres antes de asesinarlos y dispararon mientras dormían a los hijos de Venancio, Ronaldo y Liberto, los tres fusilados por la Guardia Civil. Después se unieron a Martín, el único señorito que había sobrevivido, y fueron a matar al resto de amigos no apresados de Venancio, pero no en sus camas, sino frente a la tapia encalada del cementerio. También encontró el metal Felisindo, el bibliotecario y maestro del pueblo que tanto había hecho por desasnar a los niños durante el conflicto. Promotor de una educación laica, le metieron un enorme crucifijo por la boca hasta que le salió por el vientre. «¡Esto le pasa por haber cocinado con los maderos de una cruz cuando se impuso la república! ¡Podría haberse ahorrado el circo, maestrito!», le gritaron al oído una vez había muerto. Y a Gregorio, el maestro krausista que había enseñado música escondido entre los árboles altos de las huertas, le encajaron la boca en los pedales de un armonio y pisaron su caja torácica hasta que crujió entero. Y Abilio, quien había acusado a la derecha de haber bloqueado la antena de la radio del pueblo con espejos para que el conflicto pillara por sorpresa a los rojos, fue obligado a rajarse el cuello mirándose en un espejo. También mataron a Iván el de los Yerros y a Leo el Matafieras, que se habían encargado de recoger dichos cristales; los ataron a la antena de la radio en día de tormenta. Y a Agrado, la meteoróloga, le cortaron las manos por no haber predicho buen tiempo el día de la victoria nacional. Y a Fabriciano y a Frontonia, los viejos que intentaron esconder las acelgas, los enterraron vivos en el único campo que quedaba plantado con aquella hortaliza. Y a Escolapia, la vieja que posaba una cadenilla sobre las manos de las embarazadas para adivinar el sexo del neonato, la ahorcaron con una cadena de cobre y la balancearon cual péndulo, por no haber hecho por donde para que, durante la guerra, nacieran más varones que mujeres. Y al alcalde don Cástulo, a su secretario Adolfo y a su mujer Romualda los desnudaron, los ataron juntos y los lanzaron por el barranco de los Mulos, idea que tuvo Danilo el de la Benemérita, por muy amigo que se dijera del alcalde antaño. A Marieta la Portaumbrales, por haber cantado tantas veces *La Internacional*, la metieron en una sala bajo la imprenta, confiscada por el nuevo alcalde, y la dejaron morir de hambre en una habitación en la que se escuchaba de forma intermitente y a un volumen alto la canción con la que tanto se había obsesionado. Y al pobre Fermín, que tanto había hecho por Odisto y por su familia, lo mataron por haber permitido reuniones secretas en el sótano de su farmacia —pese a que fueron contra la izquierda—. El buen hombre fue el primero que estrenó el flamante garrote vil que los nacionales acababan de traer y de atornillar en el centro de la plaza del pueblo. Para quien lo desconozca, aquel instrumento era algo así como el equivalente a la guillotina en Iberia. Sentaban al acusado en una silla, abrazaban su cuello con un collar de hierro y giraban una manivela cuyo extremo se incrustaba en la nuca y acababa partiéndole el pescuezo. A Franco le gustaba tanto aquel proceso ejecutor que lo mantendría durante casi toda la dictadura. Y en cuanto a Eva, juzgaron que había dicho demasiadas cosas; unas veces a favor de los *hunos*, otras de los *hotros*, pero cada vez menos neutral. Ella misma vaticinó su propia muerte. Le sacaron los ojos, le cortaron la lengua, le ataron las manos y los pies por la espalda y le rajaron todo el costado izquierdo. Se desangró y murió.

Mientras aquellas muertes iban teniendo lugar cada día, los nacionales que habían sobrevivido celebraban la llegada del orden y acudían a misa, felices de poder continuar con sus vidas burguesas, de vivir de las rentas de sus terrenos y de ser respetados y temidos por la mayor parte de los janduleses.

Muchos de ellos esperaban con entusiasmo la llegada del nuevo cura para llevarle los cuadernos donde habían apuntado todas las barbaridades sucedidas durante la guerra. Rezaban para que el eclesiástico fuera vengativo. El cura resultó ser alguien conocido, el único personaje del árbol genealógico de este libro que, hasta la fecha, solo ha aparecido en boca de otros y se mantuvo lejos de Jándula: el hijo de Juliana la Coneja, hermano de Antonio y tío del amor de José. Aquel cura, que se había marchado antes del estallido de la conflagración a un seminario en el norte y que, tras la victoria nacional, logró mover los hilos necesarios para sustituir al ejecutado cura de Jándula, don Robustiano, se llamaba, como dije en los primeros capítulos, Rafael. Y, efectivamente, después de comprobar que la guerra le había arrebatado a sus sobrinos y a su hermano Antonio —que había caído en una depresión tan profunda que, enganchado a la bebida, murió por su propio peso marchito—, y tras saber que su madre había expirado sola en la enorme casa sin recibir el amparo del pueblo, decidió ser un cura vengativo.

En las horas de un día le dio tiempo a llegar a Jándula, comprobar el estado de su familia y del cortijo, rezar por sus muertos y acudir a las autoridades provisionales para avisar de su incorporación. Después se dirigió a lo que quedaba de iglesia. Le alegró ver que el pueblo había comenzado la restauración del templo y que la alta torre había sobrevivido. Allí charló con algunos lugareños que se acercaron a besarle la mano atraídos por el cuello clerical, todo un símbolo de poder. Uno de ellos se arrodilló ante él y le besó la punta de los zapatos. Y el cura, encantado. Cuando se levantó, le dio un zurrón de cuero con un fajo bien protegido en el interior y le susurró al oído que aquel era el libro registral que había escrito don Fulgencio hasta que fue asesinado. En él estaban listados los nombres de los falsos católicos, aquellos que, empezada la guerra, habían querido comprar los sacramentos para hacerse pasar por fieles. Don Rafael le dio las gracias de corazón y le dijo que se pasara por su cortijo a la noche, que iba a hacer de él todo un presbítero. El hombre aceptó y volvió a la multitud. Y el cura, con el libro a buen resguardo, bien atado a su cuerpo con el largo cíngulo y disimulado con el sobrepelliz y bajo la casulla parda ajironada que llevaba, subió a lo alto del campanario y se dirigió al pueblo:

—«No os unáis en yugo desigual con los incrédulos porque ¿qué compañerismo tiene la justicia con la injusticia? ¿Y qué comunión la luz con las tinieblas?». Pablo de Tarso nos obsequió con estas lúcidas palabras, que en buen momento llegan hoy. Es hora de, en comunión, coser Jándula. ¡Hay que reconstruir la península desde la religión! ¡La amnistía es pecado! Volver a la guerra sería el mayor de los errores. Los que se quedaron y pecaron pagarán con la penitencia o a la tierra volverán, y antes de hora. Aunque, si es para volver a Dios, todo momento es oportuno. Dios dijo: «No ararás con el buey y el asno juntamente». Y no lo haremos. Mejor eliminaremos los yerbajos con la guadaña. Así pues, mañana por la mañana, en cuanto amanezca, quiero que vengan a la plaza de la iglesia todos los hombres y mujeres de izquierdas que queden en el pueblo; todos sin excepción. Dichosos quienes acepten la palabra de Dios. Benditos seáis. Amén.

Al día siguiente, un nutrido grupo de personas acudió a la cita, ojerosos y con miedo. Temían que, si no iban, los vecinos los delataran más tarde como izquierdistas; entonces las represalias serían mayores, pensaban. Cientos de personas esperaron los primeros rayos del alba en el jardín mayor. A las seis y media apareció el cura seguido de veintidós camionetas. Don Rafael pidió educadamente que se montaran por orden en los vehículos, que no armaran jaleo, que iban a hacer un pequeño viaje hasta la pedanía de Tíscar, donde recibirían el sacramento de la fe, de aquella que habían perdido, y que antes de la hora de la siesta estarían de vuelta. Pero las camionetas no llegarían a Tíscar. Se quedaron mucho antes. Fueron conducidas al cementerio y allí, delante de las agujereadas tapias laterales, aquellas personas fueron fusiladas. Hombres, mujeres, niños y ancianos. Como eran tantos los cadáveres, los enterraron en las cunetas que había desde el camposanto hasta el pueblo. El cura se negó a que recibieran honras fúnebres y a que descansaran junto a los católicos.

A pocos les extrañó que las camionetas volvieran vacías. A la mañana siguiente, todo el pueblo acudió a misa. Pero no todos se quedaron de brazos cruzados ante la barbarie cometida por el cura. Pronto hallarían a Rafael crucificado en la misma pared agujereada del cementerio ante la que había ordenado los fusilamientos; y bocabajo, como San Pedro.

El cura que lo iba a reemplazar, temeroso del pueblo, mandó construir un muro de cristal alrededor del altar, y las marcas de aquello se adivinan hoy todavía en el presbiterio.

119

La bala de la relojera

Rosa, la relojera de Jándula, no había abierto la relojería desde que había comenzado la guerra. Se dijo que, una vez terminado el conflicto, volvería a contar el tiempo, que las agujas no debían moverse en época de carnes rotas y de pérdidas continuas. Así, el tercero de abril, lunes, a las ocho de la mañana, desclavó los maderos con los que había cubierto el escaparate y la puerta del local, quitó las tiras engomadas que había pegado al cristal para que no estallara; limpió el polvo acumulado durante aquel millar de días y dio cuerda a los relojes que había expuestos en el mostrador.

Antes de colgar el cartel de abierto, decidió bajar a la recámara oculta que había bajo la tarima del local. Allí guardaba una colección de relojes muy especial, de la que nadie había oído nunca hablar, salvo su difunto padre y ella. Aquel habitáculo tenía colgados en las paredes alrededor de doce mil relojes, uno por jandulés. —Recordad que Jándula tenía en los años treinta casi doce mil lugareños, mientras que hoy día no llega ni a la mitad por el brutal éxodo del campo a las ciudades, y por las balas—. Junto a cada reloj había un letrerito con el nombre de uno de los janduleses que vivían entonces en el pueblo. Si el reloj se movía —relojes que no necesitaban cuerda para avanzar—, significaba que aquella persona seguía viva. Si, por el contrario, tenía las agujas detenidas, el lugareño había muerto. Y si las agujas andaban a una velocidad lenta y pesada, al dueño de aquel reloj le quedaba poco de vida.

Rosa se echó las manos a la cabeza al descubrir el número de relojes parados. Sabía que habían muerto janduleses debido a aquella guerra, pero nunca habría imaginado que tantos. Sin embargo, lo que más le impresionó no fueron los relojes parados, sino los que seguían moviéndose a una velocidad ralentizada.

Según sus cálculos, casi una décima parte de los janduleses que habían sobrevivido a la guerra iban a morir en los próximos días. La pobre pensó que la guerra volvería; no se imaginó que tantas muertes vendrían de la recién instaurada dictadura.

Alarmada, cogió una vara recia y derribó todos los relojes de las paredes. Cargó contra ellos como si tuvieran culpa de algo, cuando no eran más que meros mensajeros. Solo dejó uno en su lugar: el propio. Era el único que estaba cubierto por un cajetín de madera. Nunca lo había mirado; le daba miedo encontrárselo con un ritmo casi inexistente. Pero aquella vez la curiosidad le pudo y levantó la pequeña compuerta de madera para observar el comportamiento de las agujas de su reloj. No iban lentas, iban velocísimas. Incluso costaba apreciarlas de lo rápido que iban. Sabía que aquello era similar a haberlas encontrado lentas: significaba que su vida se iba a acabar antes de hora.

Hundida en la confusión, tanto por las muertes pasadas como por las que tendrían lugar, y la suya inminente, se dejó caer al suelo, sobre el colchón que habían formado todos los relojes, pensando qué podía hacer. Por un lado, no sabía si decírselo a los suyos e incluso al pueblo. Temía que, si conocían sus destinos, los muertos fueran más. Y por otro lado tenía que elegir entre verse morir en unas horas —según sus cálculos— o poner fin a su vida y cortar la agonía. Consideró que lo mejor era llevar a cabo la primera idea que se le pasó por la cabeza.

Inundó la recámara de alcohol, encendió un mixto y lo lanzó al aire, apretando acto seguido el gatillo de la pistola cuyo frío cañón reposaba sobre la lengua.

Apagado el fuego, nadie supo nunca por qué Rosa guardaba tantos relojes en el trastero de su tienda.

120
La vuelta a Jándula

Odisto no pisó Jándula hasta veinte días después del último parte de guerra.

Desde su huida de Alicante, había caminado cauteloso y siempre a la sombra, a poder ser de noche. Un viaje que en circunstancias normales habría hecho en una semana; a pie fue tres veces más largo.

No ayudó que lo tuvieran retenido varios días en el santuario de la Vera Cruz, a mitad de camino. Los franquistas lo encontraron solo y bordeando Caravaca de la Cruz, y temían que se tratara de un jefe de una cuadrilla de maquis. Lo soltaron después de llamar a Jándula y comprobar que no había estado afiliado a ningún partido político. En aquella fortaleza conoció a una familia que decía haber luchado en tierra jiennense el último año. Le contaron cómo había cambiado la zona: por ejemplo, que el pozo de San Vicente ya no era pozo, sino montaña, de la cantidad de cuerpos de recién nacidos que habían ido a parar allí con la guerra, y que Marinela, la dueña, había muerto de tristeza. También le dijeron que, al parecer, la última recogida de la aceituna había sido desastrosa y tuvieron que tirar todo el aceite: el fruto estaba agusanado. A Odisto le apenó profundamente el relato. Sentía un enorme deseo de llegar a su huerto, abrazar a su familia e hincar las rodillas en su tierra.

Antes de abandonar la fortaleza, una de las presas le colgó una cuerda del cuello con una mini réplica de la cruz de Caravaca que aquel lugar custodiaba.

—Yo no sé si es usted cristiano o no, pero, en los tiempos que corren, le vendrá bien serlo, ¡o al menos aparentarlo! Acépteme esta cruz. ¡E intente que lo pillen con ella en el cuello! Además, mire esta piedrecita del pie de la insignia. Es iridio. Proviene de la «capa negra», una lámina de metales nobles muy extraños que está muy cerca de aquí, en el barranco de Gredero. ¿Sabe lo que dicen? ¡Que es algo de otro mundo que cayó aquí! Tenga usted mucha suerte.

El jandulés le agradeció el detalle y llevó la cruz todo el camino. Y bien que le vino, pues gracias a ella logró llegar a Jándula días más tarde sin que lo volvieran a parar ni a molestar, en un carro conducido por un tal Cliserio, un católico que, convencido por la cruz, lo montó y lo llevó hasta la entrada de Jándula. Lo hizo la mañana del veinte de abril de 1939. Lo dejó en el descampado que daba la bienvenida al pueblo por el noroeste.

Odisto llegó a Jándula con los ojos vidriosos de la emoción.

Hice que, algo lejana, sonara en sus oídos una melodía que lo iba a acompañar en aquella última estación del viacrucis de vuelta. Para quien desee escucharla al mismo tiempo, se trata del *Himno de los querubines* de Piotr Ilich Chaikovski.

Odisto entró por el camino principal, que lo llevaría hasta el centro del pueblo, hasta la plaza, donde tomaría las calles cuesta abajo hacia las huertas y su querido cortijo. Se emocionó nada más adentrarse en el descampado. Allí jugaban unos niños a lanzar cantos rodados sobre la superficie de una charca. Odisto había olvidado que los niños sabían y debían jugar. Junto a estos, unos viejos —niños invertidos— también se daban al juego. Habían construido un dominó gigante con ladrillos amarillos como piezas. Se habían deshecho de las piezas fabricadas de hueso con las que jugaban antaño; les traían malos recuerdos. Reconoció a un par de ellos, a Alcibíades y a Remigio, hermanos que tenían el rostro lleno de vello, pero no quiso acercarse. No sabría qué decir y le urgía llegar a casa. Los ancianos no percibieron su presencia.

El patriarca dejó el descampado y pisó la primera calle del pueblo, la avenida de Mágina. Una mezcla de aprensión, júbilo y nerviosismo se hizo con su cuerpo. Le temblaban las pantorrillas y le lloraban los ojos, que se enjugaba constantemente con el revés de sus gordos dedos índices. No se encontró con apenas nadie por las calles; a la hora de la siesta y casi en el mes de mayo, el calor impedía a los janduleses hacer vida normal desde la comida hasta la media tarde —salvo a los niños y a algunos viejos—.

Pasó por delante del bar Castillo. Su dueño, que barría el tranco, lo reconoció, se echó la mano al pecho y le hizo un discreto ademán con la cabeza, una ceremonia sutil. Odisto pensó que sus paisanos, sin saber de él durante tanto tiempo, tendrían miedo de que se hubiera metido en política. Siguió caminando y llegó a la curva donde arrancaba la calle en cuesta que llevaba a la iglesia mayor: la calle de la Virgen. Vio que las aceras estaban limpísimas y las paredes bien enlucidas, decoradas con guirnaldas de flores frescas y estampas de la Virgen de Tíscar, que había sido destruida a hachazos a poco del golpe de Estado y que tuvieron que reemplazar por una nueva imagen.

Odisto pensó en lo bella que debía de estar la calle Adentro, un callejón estrecho famoso por albergar cientos de macetas de todas las especies; calle que, además, había ganado numerosos años el premio a la mejor fachada —que otorgaban cada año durante la feria—. La tenía a tan solo un minuto de desvío, al igual que el templo, pero sus pasos no le guiaban más que hacia su cortijo. Al pasar frente al arco de la Manquita de Utrera le llegó un fuerte olor a flores de Pascua, un dulce frito y azucarado que se hacía para Semana Santa. La Pascua había tenido lugar la primera semana del mes, pero el nuevo cura del pueblo había decidido aumentar los días de celebración y de culto, concatenando varias novenas dedicadas a la Virgen de Tíscar y en honor a los caídos que habían luchado por Iberia, pero solo a los que lo hicieron en el lado nacional. Tal era la obstinación del párroco y su poder, que los janduleses comulgaban dos veces al día, en misa de mañana y de tarde. Junto a las estampas de la Virgen y a las flores había colgados y pintados en las paredes de las calles retratos de Franco. También habían modificado el mobiliario urbano a favor del nuevo régimen: se eliminaron las estatuas y los nombres de calles en honor a militares o ilustres republicanos; se cerraron las escuelas públicas, las casas de socorro, los salones de baile, las tiendas de ropa que imitaban la moda venida de París —incluso contrataron ujieres para coser en las puertas de las dos iglesias los escotes demasiado pronunciados o las mangas demasiado cortas— y las diferentes sedes políticas de diversas ideologías que convivieron durante la República. También se prohibió el rojo en toda pieza textil o decorativa. Hasta hubo campesinos que inyectaron tinte verde a sus manzanas para evitar que les quemaran los árboles.

Odisto pasó por delante de la lechería. El olor a pan y a dulce le hizo recordar el sabor de las sopas con leche que María le preparaba cada noche desde que se conocieron, que no eran más que chuscos y mollas de pan correoso mojados en leche y azúcar. Vio salir a una jovencita de la tienda y derramar un cubo de leche que pintó de blanco la acera por la que ascendía nuestro hombre. La joven lo miró y salió corriendo. «Le habrán enseñado a evitar a los extraños», pensó Odisto mientras pisaba la leche y dejaba un rastro blanco a su paso.

Llegó a la plaza del pueblo, dejando el jardín mayor a mano derecha y el pequeño a la izquierda. Todo lucía más blanco y ordenado que nunca; precioso, pero demasiado limpio, como sin estrenar. Vio que la farmacia de su buen amigo Fermín estaba ilesa, pero cerrada. Si todo iba bien, se pasaría a la noche por su casa. No había esquela con el nombre de su amigo en la puerta del establecimiento.

Continuó atravesando el jardín mayor. Allí se encontró con el primer rostro amigo: Eleuterio, el campesino con el que trocaba rábanos, aunque en los últimos tiempos se hubiera enfriado su relación por motivos ajenos al conflicto. El hombre se acercó a saludarlo. En su cara se leía el más absoluto asombro y una sincera mueca de dolor. Le puso la mano en el hombro, apretó fuerte y le dijo:

—Bueno es volver a tenerte aquí, Odisto. Mucho ánimo y sé fuerte.

¿Qué quería decir con aquello? ¿Que los tiempos que llegaban serían peores que los pasados? ¿Estaría bien su familia? Tuvo un mal presentimiento; parecía como si el hombre le hubiera dado el pésame. «Le ha faltado arrojarme garbanzos por lo alto», pensó Odisto. Aceleró el paso. La turbación cada vez le iba a más. Su corazón, hipersensible tras el ruido de aquellos años, se aceleró. Se le taponaron los oídos y le goteó sudor de las manos. «¡No te mueras a dos pasos de casa, que capaz eres!», se volvió a decir.

Antes de abandonar la plaza, se cruzó con dos señoras que cargaban dos palanganas llenas de sangre. No las reconoció. Una de ellas se acercó a él y le pidió si podía echarles una mano y cargar con uno de los lavamanos hasta la fuente de los Cuatro Caños. A Odisto aquella ruta le venía bien, pero se aseguró antes de quién era aquella sangre.

—No es usted del pueblo, ¿no?

Odisto se sorprendió ante la pregunta. Su rostro había debido de cambiar más de lo que pensaba, o quizás eran extranjeras. Disimuló.

—No lo soy.

—Entonces no lo entenderá... A ver cómo se lo cuento sin que parezca que hemos perdido la cabeza. Resulta que en este pueblo tenían una vidente. Nosotras somos de Peal de Becerro, pero nos vinimos aquí con la guerra. El caso es que la vidente no se movía de su sitio, como si fuera una estatua sin serlo. Total, que, al acabar la guerra, se la cargaron. La echaron en un hoyo con cal. Pero lo extraño no es eso, sino que de las patas de la silla en la que estuvo sentada toda la vida brota sangre, tanta que nos tiene la calle encenagada. ¡No ganamos para llevar cubos a la fuente! Y aunque han intentado mover la silla, no hay manera.

Odisto se secó el sudor de la frente con la mano temblorosa, agarró con brío la palangana y la llevó a la fuente, con paso rápido y a varias varas de las señoras, que no entendieron la prisa de Odisto. Desconocían que cargaba con la sangre de su cuñada.

La plazoleta de la fuente estaba como de costumbre. Allí era donde los mayores bailaban pasodobles y escuchaban recitales de flamenco en verano, bajo farolillos de colores. Odisto se aproximó a uno de los chorros, bebió algo de agua y continuó el camino. Conforme fue abandonando el centro del pueblo, apreció que el resto de calles, que no daban a la principal, estaban heridas: llenas de tiros, desquebrajadas, abatidas por la humedad y envueltas en una sensación de abandono. Farolas que reposaban sus cabezas en los tejados; ventanas abiertas que invitaban al tiempo a modificar los interiores imperturbables; y aceras con un palmo de cal desprendida de las casas, con los geranios rígidos y las gitanillas secas.

Todo no es de color. Todo no es de color...

Odisto llegó al barranco de los Mulos. Desde aquel mirador buscó la casa de sus padres, pero vio que encima de los andamios no había nada, solo ruinas. Parecía como si hubiera sido devastada por un incendio. Quizás habían sobrevivido y estaban en otro lugar. Se obligó a no ponerse en lo peor. Se sintió mal por no haber pensado en ellos tanto como en sus descendientes. De vez en cuando se le pasó la imagen de su padre por la cabeza, cuando estuvo herido en el frente. Temía que se hubiera ido a la tumba con el reconcome de haber provocado su exilio. Esperaba encontrárselo en el cortijo junto a los demás y decirle que lo perdonaba. En su madre también pensó, cada día, pero como no me lo hizo saber, ya que Odisto era un hombre celoso de su intimidad, no lo narré.

En el último tramo, descendió a mano izquierda hacia las huertas. Atravesó una amplia alameda y se encontró con Justa, amiga de la familia, de unos setenta años. Odisto se había encontrado con más mujeres que hombres, resultado de la guerra. La mujer lo abrazó y le dio dos fuertes besos. Le pellizcó la piel del mentón, como si fuera un niño, y le dijo, con una sonrisa de oreja a oreja, que Fuensanta se iba a alegrar mucho de su vuelta. Odisto le preguntó si se encontraba bien y se alegró de escuchar que así era. Le fastidió saber que a su padre, el pintor Zabaleta, se lo habían llevado preso a un campo de concentración en Higuera de Calatrava y a la cárcel de Jaén. Al menos, Fuensanta está bien, se dijo. Bajó hacia las huertas pensando en ella. Apenas lo había hecho durante la guerra. Era de los que se esperaba lo peor y no hacía castillos en el aire.

Llegó a las huertas, a las primeras. El camino estaba abandonado. Se notaba que el campesinado había cambiado la azada por el rifle. El suelo estaba cubierto de yerbajos y de grietas en las que cabían los pies de Odisto. El campo estaba lleno de ferralla y de esqueletos de animales. No había nada que Odisto encontrara más triste que una huerta sin desbrozar, inculta, infértil y desatendida. Vio a una mujer que arrancaba las matas con un pequeño escardillo, que se levantó para saludarlo. Se reconocieron. Se acercó seria, le estrechó la mano y la cubrió con la otra. Le dijo que sentía mucho lo de sus hijos. Odisto balbuceó un «qué hijos», y ella le respondió que los que ya no estaban con ellos. El patriarca sintió un pitido en ambos oídos y dejó de oír, la vista se le nubló. No tuvo fuerzas para preguntarle por los desaparecidos. Dejó a la señora hablando sola y corrió el último tramo que quedaba hasta su huerto. A mitad, le dio un pinchazo fuerte en el pecho y se tuvo que parar para retomar el fuelle. Le dio cuerda al corazón. Se volvió a decir que, hubiera pasado lo que hubiera pasado, de nada serviría morir antes de llegar. Continuó a paso ligero. El sol le estaba abrasando la cabeza y tenía la boca seca. «Solo me queda recorrer la calle de Basilio y llego», pensó. Basilio era el abuelo de María, del que decían que era el más viejo de la región. Para sorpresa de Odisto, vivo que seguía, aunque sus sentidos se dedicaran a una sola función: la de percibir que seguía existiendo. El viejo estaba sentado en un taburete de anea en medio del terrenillo ante su cortijo, plantado de habicholillas, ataviado con su vetusto sombrero y comiendo altramuces, aquellas habas amarillas que los janduleses pelaban sin manos, con la ayuda de los labios, haciendo un sonido líquido de succión que era la razón del otro nombre por el que se conocía aquel fruto en la región: «chochos de vieja». Odisto no quería que lo reconociera; había decidido no detenerse, pero cuando pasó a su lado, pese a estar ciego y sordo, el viejo le habló:

—No sé quién eres, pero, como no tengo nada más que aportar a esta historia, haz como si estuviera muerto y continúa tu camino. ¡Y si te entra sed, bebe de mi botijo, que da agua bien fresquita! También tengo algo de almuco ahí dentro, por si te ruge el buche.

Odisto miró el botijo con un deseo creciente, pero el tiempo apremiaba. Sintió pena por Basilio, y más triste se habría sentido de saber que el viejo había recibido la extremaunción unos días atrás. Se la había dado el nuevo cura. Moriría al poco. El párroco ya le había hablado al viejo de los cuatro novísimos y de lo que podía esperar: muerte, juicio, infierno y gloria. Sin embargo, Basilio, debido a su sordera, que le reproducía las palabras en su oído interno como el zumbido de un abejorro, asintió risueño.

Tras la huerta del viejo, Odisto vio a lo lejos el barranco de los Mulos y el bar del Escobas, que desde allí parecía casi en ruinas. Tragó saliva y sintió la necesidad de santiguarse, como un acto reflejo. Al Escobas sería al primero al que buscaría una vez comprobara que su familia seguía entera y que había malentendido a la mujer del escardillo. Los amigos habían perdido cinco hijos en aquella guerra; tenían de qué hablar.

A la izquierda, al fin, descubrió el comienzo de su huerta. Se aproximó a la verja exterior, que estaba abierta, y se detuvo a contemplar, a través de los huecos que los árboles frutales dejaban, la extensión y el vigor de su terreno. Estaba desmejorada, como el resto, pero le pareció que guardaba una lozanía que concordaba con el carácter estoico con el que su tierra se había enfrentado a plagas, sequías, fuegos, lluvias y, también, a la guerra.

—Mi huertecita bella... —Le brotaron dos grandes lágrimas silenciosas.

Bajó con paso lento la cuesta hacia la terraza donde estaba el cortijo. Sabía que cuanto más tardara en enterarse de los miembros que habían desaparecido, más podría disfrutar de la falsa sensación de que todos estaban vivos. A escasos pasos se detuvo y cerró los ojos. Se dijo que mejor se hubiera quedado en el norte, envuelto en ignorancia. Sacudió la cabeza y retomó el paso intentando no pisar ningún tallo u hoja y hacer el mínimo de ruido. Cien varas lo separaban de su cortijo, de tomar aquel revés y ver a los suyos, quienes, sentados en corro, trenzaban espuertas, sogas, ramales, seras y barjas con el esparto recogido días atrás, el cual habían remojado y aplastado con una maza de madera.

Nuestro hombre sentía que no controlaba más su cuerpo, que caminaba como un autómata. Notó el corazón a cien por hora y una presión desagradable en lo alto del vientre, como si el globo de su estómago se hubiera desinflado por completo y sus paredes no pudieran separarse las unas de las otras. Y entonces, giró.

La familia, que formaba un círculo abierto hacia el cortijo y, por ende, hacia el camino por donde apareció Odisto, se levantó del suelo, soltó el esparto y se quedó de piedra ante la figura del padre. Cuatro miembros: Fuensanta, Ángeles, Pedro y Paulo, que había decidido volver a su nombre de cuna y se llamaba de nuevo Pablito. Los cuatro, si bien no había habido un solo día que no comentaran cuánto faltaría para que padre volviera, se quedaron estupefactos. Y Odisto, que se quitó el sombrero, con la mirada llorosa y las manos inquietas, sin saber dónde posar la vista, también.

Ángeles fue la primera en abrazarlo. Apoyó la cabeza en su hombro, aprovechando que su padre había menguado, y cerró los ojos mientras lloraba y sentía aquel olor tan puro, el más familiar de todos después del de su fallecida madre, olor que le trajo reminiscencias de tiempos colmados de inocencia. Odisto rompió el abrazo para llevar las manos al vientre de Ángeles. Le sonrió y soltó una tímida risa acompañada de llanto. No se lo había imaginado y fue el mejor de los regalos que la vida pudo ofrecerle. Un descendiente.

A Ángeles le siguió Fuensanta, que no conseguía salir del asombro y estaba muy cortada, también sumida en un llanto incontenible. Odisto la besó por todo el rostro, le acarició la nuca y le susurró algunas palabras de cariño. Pedro fue el siguiente. Lo abrazó con ímpetu, más del esperado por Odisto, que tardó poco en comprender que era el padre de su futuro nieto. Sintió que aquel amor ajeno lo llenaba tanto como el más familiar.

Solo quedaba Pablito —respeto el nombre que él desea tener—. Estaba de pie junto al esparto, llorando, acariciando en su bolsillo el pañuelo rojo de Humilde, el hombre al que había ahogado en la guerra, y la chapa con el nombre de José, que también había guardado. No había sido capaz de dar ni un paso. Lo atribulaba un solo pensamiento: que no se merecía estar allí. Se quedó paralizado hasta que Odisto le habló.

—¿Puedo abrazar a mi hijo?

Pablito asintió y se unieron en un abrazo. Fue el más sentido de todos. Odisto notó que aquel hombre, pues, entonces sí, había dejado de ser un niño, estaba destrozado. Se percató de que le faltaba una oreja y sintió una pena profunda por él, por lo que habría debido pasar. De repente, se sintió fuerte en comparación con la angustia y la laceración que sufría su hijo. El llanto atormentado de Pablito erizó el vello de todos los presentes y prolongó el abrazo. Parecía como si el padre estuviera consolando al hijo pequeño tras un mal sueño. Odisto le sopló un airecillo en el oído sano, para amansarlo, y le dijo que todo estaba bien, que ya no había nada más que temer. Después preguntó por José y por los pequeños, sin soltar al hijo, y Pablito, con la pregunta, se derrumbó más todavía.

Odisto, que comprendió el significado de aquella falta de respuesta, dejó la mirada perdida hacia la huerta sin dejar de abrazar al hijo. La línea de sus ojos fue a parar, de casualidad, al espejo roto que colgaba de la parra, aquel que había servido para el afeite de todo el pueblo tiempo atrás. No se había movido de su sitio. Allí seguía, igual de resquebrajado, tan ignorante del tiempo, reflejando un mundo muy distinto. Las cosas y su inmortalidad. Le dio cierta envidia la existencia sencilla del espejo.

Sin deshacer el abrazo, alargó los brazos hacia la lámina reflejante, que tenía al alcance de la mano. Se acercó el espejo a la cara, ladeada y encajada sobre el hombro de su hijo, y descubrió que su rostro no había envejecido nada, como si no hubieran pasado los años. Pero no era lo único extraño: vio que la huerta reflejada en el espejo era distinta a la que se había encontrado: seguía mostrando un día igual de soleado, pero el cortijo lucía más blanco y limpio, los yerbajos no habían crecido aún y los familiares no eran cuatro, sino una veintena.

Odisto volvió a dejar el espejo en su lugar y sintió una profunda paz.

Miguel Hernández
Canción última

Pintada, no vacía:
pintada está mi casa
del color de las grandes
pasiones y desgracias.

Epílogo

Los primeros albaricoques del año

Odisto iba a tener un nieto.

Con cada parto en Jándula, un aire solano sacudía con furia los árboles. Aquella noche primaveral de 1940, el viento destemplado arrastró mucha tierra y cubrió de polvo y de ceniza las hojas de los chopos que nacían en las riberas. Odisto paseaba por el camino que iba a la par del riachuelo. Había aprovechado para bajar al río y hacerse con un sapo, cuya panza se frotó en el lado derecho del cuello. Desde el final de la guerra, hacía entonces un año, una culebrilla le había brotado en la piel e intentaba rodearle todo el pescuezo. Decían los viejos que, si eso ocurría, la persona se asfixiaba y moría. Volvió a echar el anfibio en el agua, que con tanto frote había perdido la lividez, y continuó caminando. Estaba tan absorto que no percibió que la vereda había perdido el resplandor nocturno del cielo. Los partos le abducían el espíritu.

«Tengo las manos peor que estas tierras de barbecho», pensó al vérselas bajo la luz de una lábil luna. Se adentró en un calvero en mitad de un bosquecillo de árboles frutales y arrancó un albaricoque temprano. Lo desnudó con las manos mientras enterraba con el talón la piel en una tierra legamosa. Había perdido su navaja, la que siempre había querido dejar en herencia a su hijo mayor para que, toda vez que el vástago cortara con ella, se acordara de su padre. A falta de José, se la daría a Pablito. Sería su único mayorazgo. Recordó a su primogénito. Miró hacia la linde de la huerta vecina, al almendro en flor, y se santiguó con los ojos llorosos. Sacó la medalla que se había colgado recientemente, una de san Francisco de Sales —patrón de los escritores, así sentía que rendía culto tanto a Dios como al narrador—, la besó y siguió a lo suyo.

Mordió el fruto con sus dientes desordenados, que se le habían apiñado por la humedad de los días que pasó cerca del mar, y saboreó la carne del fruto, chorreándole el jugo pringoso por las muñecas. Me viene a la cabeza la breve mención que hizo Camus a la belleza de la vida mientras observaba un melocotón; la escena, en la casi vecina Argelia, era bien similar.

Habían pasado cuatro años desde la última vez que Odisto se había comido un albaricoque en su huerta, en la primavera del año 1936, la tarde anterior al parto del fallecido Ricardo. ¿Cuántas cosas habían tenido que ocurrir para que el viejo pudiera volver a disfrutar del fruto del damasco? Pensó que quizás tendría que pasar un lustro hasta saborear otro, tan caprichoso como era el tiempo. En todo caso, sin irme por los cerros de mi tierra, esta historia va a terminar como empezó: con una pieza de fruta, un parto y una muerte.

Ya os hablé de la fruta; ahora os narraré el parto.

Ángeles iba a tener un hijo, aquel que había tardado el doble de tiempo en gestar; hijo de Pedro y de sexo masculino, según los indicios. Querían llamarlo Luis. No obstante, como mandaba la tradición, hasta que no naciera el niño no pronunciarían el nombre.

Aquella vez ningún niño entorpecería el acto del alumbramiento, ya que no quedaba ninguno en la familia. Tampoco tuvieron que sacar las velas fuera del cortijo, ya que se habían quedado sin ellas durante la guerra. Solo dejaron encendida la del bautizo de Ángeles, que alumbraba la estancia. Todo estaba preparado. El agua tibia, los paños limpios, las sábanas por si una hemorragia, las tenazas por si una complicación; alfiler y aguja saquera; tijeras, hilo y una cebolla partida por la mitad bien cerca del rostro de la parturienta, que tenía ataques de tos. Ángeles estaba más preocupada que de costumbre, pues se había intentado rasurar el vientre bajo sin ayuda y se había hecho una herida sangrante. Ana, la partera, que había vuelto ilesa de Madriz tras el conflicto y hecha toda una mujer, la curó y le calmó la pesadumbre diciéndole que se la había cosido con la cuerda de nailon de una guitarra tensada en sol sostenido, y que ni siete partos podrían volver a abrírsela.

Mientras la herida supuraba y las contracciones aumentaban, Odisto desgastaba el camino principal de los campos bajos, el más cercano al río y donde en la reciente guerra habían acabado con la vida de su hija Martina. En aras de la verdad, Martina sí que había sobrevivido: sin luz, tacto ni voz, pero vivía, y aquella noche de parto se había sentado junto a su hermana para que ella pudiera sentir su presencia.

El patriarca se entretenía tocándose los diecinueve botones negros que llevaba cosidos en el bolsillo de la camisa, uno por familiar cercano fallecido. A lo lejos veía al bueno de Pedro, menos apartado del cortijo, pateando un madero húmedo. Recordó la reciente y sencilla boda del muchacho con su hija. Lo hicieron de negro, ya que habían consumado antes de llegar al altar, y con el nuevo cura —el que había sustituido al crucificado de don Rafael—, pese a que Odisto lo detestara por la represalia que tomó tras la guerra contra los republicanos.

Le vino entonces a nuestro patriarca a la mente cómo eran los partos tiempos atrás en Jándula: una vez nacido el niño, se aplicaba la ceremonia de la covada; es decir, el hombre era el que permanecía en la cama descansando mientras que la mujer se reincorporaba a la vida laboral y a las tareas domésticas cotidianas. Un mundo del revés.

Llegó el momento.

Fuensanta, que sujetaba y distendía los hombros a Ángeles en los instantes en los que Ana no necesitaba su ayuda, vigilaba la secuencia sacra por detrás de la joven, dándole apoyo, deseando que, de alguna forma, la convirtiera en abuela. Fuensanta había retomado la relación sentimental con Odisto. Atrás quedaron las contriciones del hombre al pensar en María; había llovido demasiado como para padecer más. Si uno no hacía de tripas corazón, se quedaba estancado, muerto en vida ante el fugaz decurso de los años.

Ana se asomó al sexo de Ángeles y vio aparecer la cabeza del pequeño Luis. No fue un parto largo ni complicado, pese a ser primeriza.

Nació el pequeño bebé del sangrante vientre de Ángeles. Lo tomó la partera, le lavó la cabeza llena de rojo, amarillo, moco y hojas de yerbabuena —pues Ángeles se había alimentado durante aquellos meses solo de semillas de esta menta, que ofrecía una protección especial y lavaba las impurezas al bebé—, le cortó el cordón y le dio una palmadita bocabajo. Luis emitió su primera queja, aquel lamento estruendoso y breve por haberlo llevado a una vida caduca sin su permiso; el dolor de sentirse vivo, que era, a su vez, el mayor milagro de la vida. Y la partera lo puso en el regazo materno. Nacía Luis, mi abuelo, quien me iba a contar, antes de morir, todas las historias de este libro, las vivencias de nuestra familia jiennense y de Jándula, trasunto de Quesada.

Entonces sonaron tres disparos y un ibis escarlata cruzó el cielo de la huerta, huyendo del lugar donde se habían escuchado los estruendos. Volaba raso.

Minutos antes de los disparos, Odisto, después de haberle parecido ver la sombra de un peculiar jabalí huyendo a lo lejos, vio a unos guardiaciviles acercarse a él. «Vendrán a felicitarme por el nieto», se dijo.

A menos de una vara de distancia, sonrientes, le dijeron una única frase:

—Caballero, vamos a dar un paseo.

Francisco Ayala

«No había nada por ninguna parte. Nada, sino silencio; un silencio húmedo que rezumaba, calaba hasta lo más hondo; un silencio que era la ausencia y el vacío de la atronadora refriega, ya pasada. No había nada, nada sobre la tierra... Bajo ella, muertos infinitos yacían en confusión, ahora casi tierra ya también ellos, y todavía lastimada humanidad, sin embargo; muertos preñados con el plomo de su muerte; muertos retorcidos en el horror de su martirio; muertos consumidos en la perfección absoluta de su hambre; muertos. Sepultados de cualquier modo, entre las raíces de los vegetales, entregados a esas garras ávidas, insaciables, vivificadas por la lluvia que había escurrido tan largamente por entre piedras y huesos. [...]

—Ya todo acabó; ya todos somos uno. Nos une la tierra; nos iguala la tiniebla de la tierra; nos liga, tanto como nuestro amor, nuestro odio; nos hermana la comunidad de nuestro destino. [...]

—Pero ¿sigue la vida? ¿Otros siguen viviendo? ¿No quedó todo detenido un día para nunca más?».

Agradecimientos

A la Editorial Siruela: Julio Guerrero, por el salto al vacío; Elena Palacios, por ser mi mano derecha; Ofelia Grande, por abrirme las puertas de su casa; Natalia Zarco, Marta Gómez de Cadiñanos, María Casas, Jessica Ayuso… y el resto del equipo, por tanto esfuerzo conjunto y cariño.

A la Agencia MB: Txell Torrent, por ayudarme a apuntalar Jándula y el stendhalazo praguense; Marta González, por los roscones arremangados, y Mònica Martín, por apostar por el libro.

Al jurado de la Beca Leonardo y de la Beca Montserrat Roig, por facilitarme la investigación.

A tantos libreros y periodistas que hicieron del boca oreja un milagro. En especial a Santiago Palacios y a Juan Cruz, que han sido dos padrinos para mí.

A los escritores Fulgencio Argüelles, Olivier Salon, Irene Vallejo, Luis García Montero y Pablo Martín Sánchez, por confiar en el libro al comienzo de esta aventura.

A Joaquín Sabina, por el soneto dedicado al libro.

A Iñaki Gabilondo, por sus palabras hacia esta obra.

A Ian Gibson, por haberme llenado la cabeza de pájaros iberistas.

A los historiadores José Joaquín Quesada, Javier Marco, Javier Vera y Vicente Ortiz, por descifrarme la guerra.

A Miguel Vera, por confiarme la memoria de su exiliado padre.

A Rosa Valiente, por la portada y los lazos con mi pueblo.

A Benoît, por haberme apoyado y permitido terminar el libro en los Alpes.

A Leticia y a Charles, por acompañarme por la península buscando la sombra de la guerra.

A François de Sales.

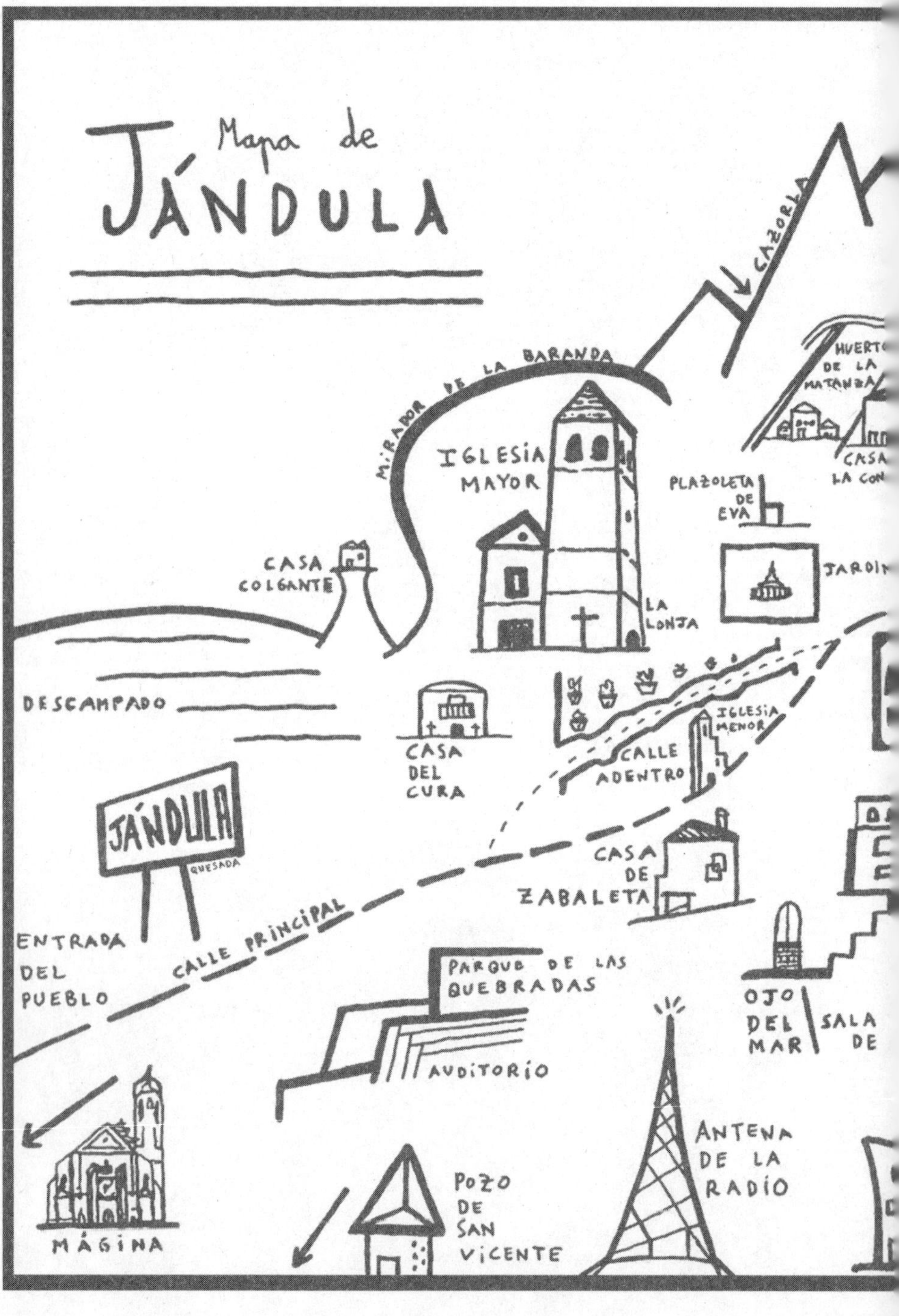
Mapa de
JÁNDULA
CAZORLA
MIRADOR DE LA BARANDA
IGLESIA MAYOR
PLAZOLETA DE EVA
CASA COLGANTE
LA LONJA
DESCAMPADO
CASA DEL CURA
IGLESIA MENOR
CALLE ADENTRO
JÁNDULA
QUESADA
CASA DE ZABALETA
ENTRADA DEL PUEBLO
CALLE PRINCIPAL
PARQUE DE LAS QUEBRADAS
AUDITORIO
OJO DEL MAR
MÁGINA
POZO DE SAN VICENTE
ANTENA DE LA RADIO

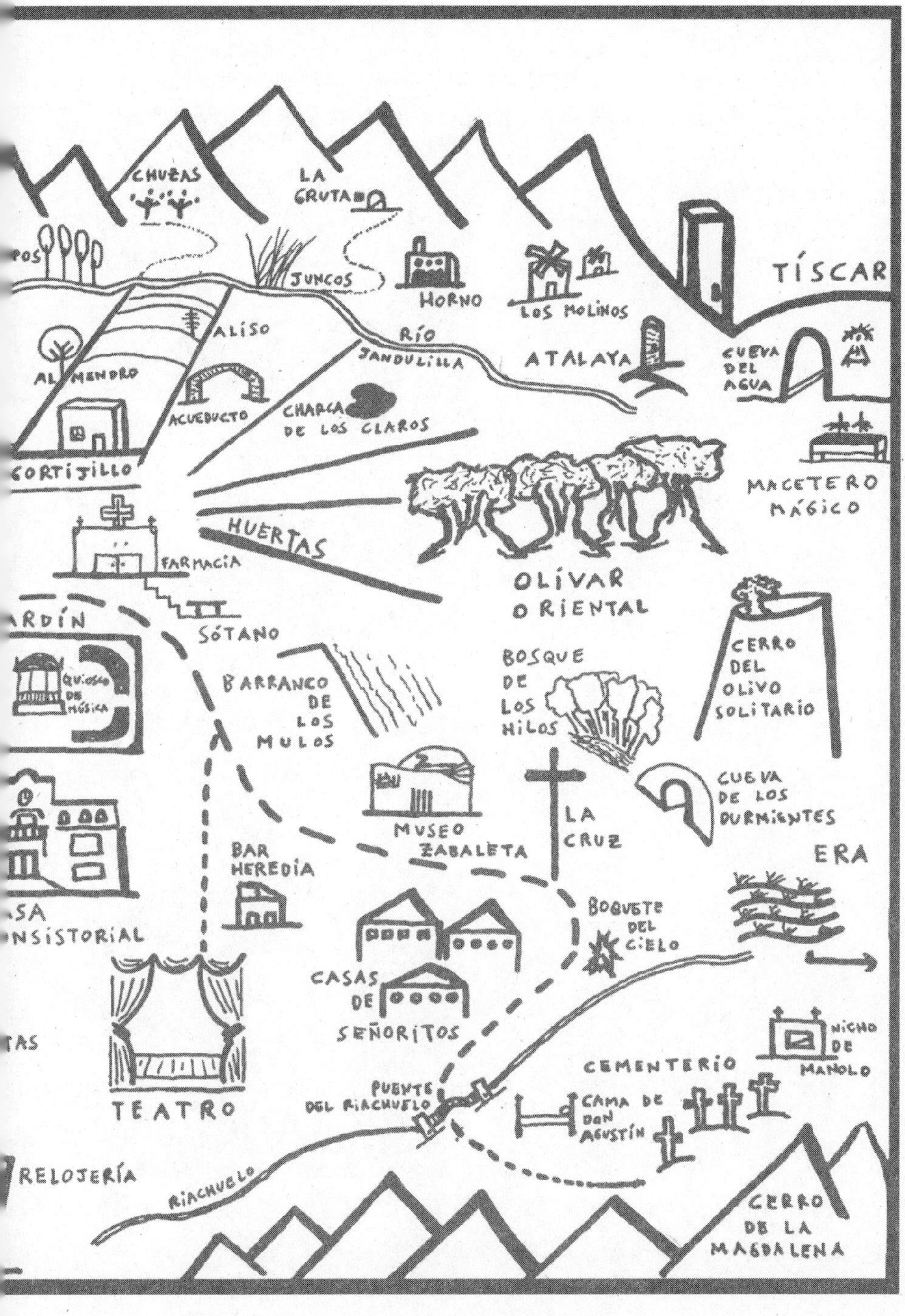

LA GRUTA
JUNCOS
HORNO
LOS MOLINOS
TÍSCAR
ALISO
RÍO JANDULILLA
ATALAYA
CUEVA DEL AGUA
ALMENDRO
ACUEDUCTO
CHARCA DE LOS CLAROS
CORTIJILLO
MACETERO MÁGICO
HUERTAS
FARMACIA
OLIVAR ORIENTAL
SÓTANO
QUIOSCO DE MÚSICA
BARRANCO DE LOS MULOS
BOSQUE DE LOS HILOS
CERRO DEL OLIVO SOLITARIO
MUSEO ZABALETA
LA CRUZ
CUEVA DE LOS DURMIENTES
ERA
BAR HEREDIA
BOQUETE DEL CIELO
CASAS DE SEÑORITOS
NICHO DE MANOLO
CEMENTERIO
PUENTE DEL RIACHUELO
CAMA DE DON AGUSTÍN
TEATRO
RELOJERÍA
RIACHUELO
CERRO DE LA MAGDALENA